Oscar bes

OPERE DI AGATHA CHRISTIE

Appuntamento con la paura
Un cavallo per la strega
La casa dei sogni
C'era una volta
La dama velata
Destinazione ignota
Dieci piccoli indiani
Le due verità
È troppo facile
È un problema
Giorno dei morti
In tre contro il delitto
Intrigo alle Baleari
Il meglio dei racconti
Un messaggio dagli spiriti
Il misterioso signor Quin
Il mistero di Lord Listerdale
Il mondo è in pericolo
Nella mia fine è il mio principio
Parker Pyne indaga
Passeggero per Francoforte
Perché non l'hanno chiesto a Evans?
Il segreto di Chimneys
Il Segugio della Morte
I Sette Quadranti
Testimone d'accusa
Trappola per topi
Tre topolini ciechi
Tutto il teatro
L'uomo vestito di marrone
Verso l'ora zero

POIROT
Aiuto, Poirot!
Alla deriva
L'assassinio di Roger Ackroyd
Assassinio sull'Orient Express
Il segreto di Greenshore
Carte in tavola
Il caso del dolce di Natale
Corpi al sole
Delitto in cielo
La domatrice
Dopo le esequie
Due mesi dopo
Gli elefanti hanno buona memoria
Le fatiche di Hercule
Fermate il boia
Hercule Poirot indaga
Macabro Quiz
Il mistero del Treno Azzurro
Il mondo di Hercule Poirot
Il Natale di Poirot
Non c'è più scampo
La parola alla difesa
Il pericolo senza nome
Poirot a Styles Court
Poirot e i quattro
Poirot e la salma
Poirot e la strage degli innocent
Poirot non sbaglia
Poirot si annoia
Poirot sul Nilo
I primi casi di Poirot
Quattro casi per Hercule Poirot
Il ritratto di Elsa Greer
La sagra del delitto
Il segreto di Greenshore
Se morisse mio marito
La serie infernale
Sfida a Poirot
Sipario, l'ultima avventura di Poirot
Sono un'assassina?
Tragedia in tre atti

MISS MARPLE
Addio, Miss Marple
Assassinio allo specchio
Il caso della domestica perfetta
C'è un cadavere in biblioteca
Un delitto avrà luogo
Giochi di prestigio
Istantanea di un delitto
Miss Marple al Bertram Hotel
Miss Marple e i tredici problemi
Miss Marple nei Caraibi
La morte nel villaggio
Nemesi
Polvere negli occhi
Il terrore viene per posta

TOMMY & TUPPENCE
Avversario segreto
Le porte di Damasco
Quinta colonna
Sento i pollici che prudono
Tommy e Tuppence: in due s'indaga meglio

AUTOBIOGRAFIE
Il giro del mondo
La mia vita
Viaggiare è il mio peccato

PUBBLICATI COME MARY WESTMACOTT
Il deserto del cuore
Una figlia per sempre
Nell e Jane
Ritratto incompiuto
Rosa d'autunno
Ti proteggerò

Agatha Christie®

POIROT IN VIAGGIO

IL MISTERO DEL TRENO AZZURRO

DELITTO IN CIELO

POIROT SUL NILO

OSCAR MONDADORI

I edizione Oscar bestsellers ottobre 2015

ISBN 978-88-04-65695-1

Questo volume è stato stampato
presso ELCOGRAF S.p.A.
Stabilimento - Cles (TN)
Stampato in Italia. Printed in Italy

Traduzioni di Grazia Maria Griffini e Giuseppe Settanni

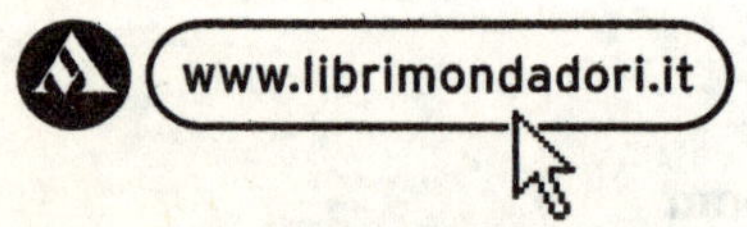

Poirot in viaggio

IL MISTERO DEL TRENO AZZURRO

Traduzione di Giuseppe Settanni

1
L'uomo dai capelli bianchi

Era circa mezzanotte quando un uomo impellicciato attraversò Place de la Concorde. L'ostentata ricercatezza degli abiti formava uno strano contrasto con la figura sparuta, macilenta e, tutto sommato, piuttosto volgare.

Un omuncolo con la faccia da topo, che nessuno avrebbe giudicato idoneo, in apparenza, a rivestire ruoli significativi, tanto meno una posizione di comando. Ma le apparenze, come si sa, ingannano. In verità, nonostante l'aspetto insignificante, quell'omuncolo poteva influire in misura non lieve sui destini del mondo. In un impero governato da topi, lui era il re dei topi.

Presso un'ambasciata, in quel preciso momento, attendevano il suo ritorno. Ma, prima, aveva da sbrigare una faccenda privata, una questione che quelli dell'ambasciata ignoravano. La luna illuminava il suo volto cereo e smunto. Aveva un naso affilato dal profilo vagamente aquilino. Suo padre, un ebreo polacco, modesto lavorante di sartoria, avrebbe dato chissà cosa per avere tra le mani un affare come quello che lui si accingeva a trattare quella sera.

Attraversò a un certo punto la Senna inoltrandosi in uno dei quartieri più malfamati di Parigi. Giunto di fronte a un alto e fatiscente caseggiato, entrò nel portone e salì fino a un appartamento del quarto piano. Prima ancora che bussasse, una donna, che evidentemente lo aspettava, gli aprì la porta. Senza una parola di benvenuto, lo aiutò a togliersi la pelliccia e lo fece accomodare in un salottino arredato in modo pacchiano. Trine impolverate color rosa schermavano la luce delle lampadine, e attenuavano, senza poterlo dissimulare, l'effetto crudo del volto pesantemente bistrato della donna. Nonostante la luce soffusa, risaltavano in modo altrettanto evidente i tratti slavi del volto largo e appiattito. Non era possibile equivocare né sulla professione di Olga Demiroff, né sulla sua nazionalità.

«Tutto a posto, ragazza mia?»

«Tutto liscio, Boris Ivanovic.»

Lui annuì mormorando: «Non mi pare di essere stato pedinato».

Ma il suo tono tradiva una certa ansietà. Andò alla finestra, scostò un lembo della tenda e scrutò attentamente la strada. Si ritrasse di scatto.

«Ci sono due uomini, sul marciapiede di fronte… Mi sa che…» Si interruppe e cominciò a mordersi le unghie, un vizio cui indulgeva quando era nervoso.

La russa, però, stava già scuotendo la testa con atteggiamento rassicurante.

«Erano già lì prima che tu arrivassi.»

«Eppure, hanno l'aria di tenere d'occhio la casa.»

«È possibile» ammise lei indifferente.

«Ma allora…»

«E con ciò? Anche ammesso che sappiano… da qui in poi non sarai certo tu quello che seguiranno.»

Un sorrisetto maligno si dipinse sulle labbra dell'uomo.

«No» convenne «è vero.»

Rimuginò per qualche momento.

«Questo accidenti di un americano… che badi lui a se stesso, come chiunque altro» disse.

«Ben detto.»

L'uomo si accostò di nuovo alla finestra.

«Ossi duri» mormorò. «Vecchie conoscenze della polizia, temo. Molto bene, auguro a quei due teppisti, quei due *apaches*, buona caccia.»

Olga Demiroff scosse la testa per dissentire.

«Se l'americano è all'altezza della sua fama, non basteranno certo quelle due mezze tacche di *apaches* per intimorirlo.» Poi proseguì: «Mi domando piuttosto…».

«Sì?»

«Oh, niente. È solo che ho visto un uomo passare qui sotto un paio di volte, questa sera: un tipo con i capelli bianchi.»

«Ebbene?»

«Ecco: passando davanti a quei due, ha lasciato cadere un guanto. Uno di loro lo ha raccolto e glielo ha restituito immediatamente. Un trucco alquanto logoro.»

«Insomma, secondo te, l'uomo con i capelli bianchi sarebbe lo stesso che li ha assoldati?»

«Più o meno.»

Il russo parve allarmato e inquieto.

«Sei certa che il pacchetto sia al sicuro? Che nessuno ci abbia messo le mani? Sono circolate troppe chiacchiere... troppe chiacchiere.»

Ricominciò a mordersi le unghie.

«Giudica tu stesso.»

La donna si avvicinò al caminetto e si mise a rovistare tra la carbonella e la carta appallottolata. Da lì sotto cavò un pacchetto oblungo, avvolto in carta da giornale tutta sudicia di fuliggine.

«Ingegnoso» fece l'uomo prendendo il pacchetto.

«Hanno perquisito la casa da cima a fondo per due volte. Hanno perfino guardato dentro il materasso.»

«È come ho detto» mormorò lui. «Se n'è parlato troppo di questa faccenda. Tanto mercanteggiare sul prezzo... è stato uno sbaglio.»

Intanto aveva disfatto il pacco. All'interno c'era un pacchetto più piccolo avvolto in carta marrone. Aprì anche questo, verificò il contenuto e si affrettò a richiuderlo. Mentre era intento a questa operazione, suonarono alla porta.

«L'americano è puntuale» osservò Olga, dando un'occhiata all'orologio.

Uscì dalla stanza. Tornò dopo un attimo precedendo un uomo massiccio, dalle spalle quadrate, che tradiva chiaramente la sua origine d'oltre Atlantico. Il suo sguardo acuto si appuntò prima sulla donna e poi sull'uomo.

«Monsieur Krassnine?» chiese educato.

«Sono io» rispose Boris. «Perdonatemi se ho scelto un luogo così inconsueto per questo incontro, ma l'esigenza di segretezza veniva prima di tutto. Non posso permettere in alcun modo che il mio nome sia associato a questa faccenda.»

«Capisco» disse cortesemente l'americano.

«Ho la vostra parola, vero, che rispetterete la massima riservatezza riguardo a questa transazione? In mancanza di questa condizione, non sarà possibile dar corso alla... vendita.»

L'americano fece un cenno d'assenso.

«Ci siamo già accordati su questo» ricordò annoiato. «E ora, vorreste farmi vedere la merce?»

«Avete il denaro, in contanti?»

«Sì» rispose l'altro.

Tuttavia non fece l'atto di prenderlo. Dopo un momento di esitazione, Krassnine indicò con un cenno il pacchetto sul tavolo.

L'americano lo prese e disfece il pacco. Poi si accostò a una lampada e osservò attentamente il contenuto sotto la luce. Soddisfatto, tirò fuori dalla tasca un portafoglio di pelle ben rigonfio ed estrasse un fascio di banconote. Allungò il denaro al russo, che lo contò con cura.

«Tutto a posto?»

«Sì, perfetto, *monsieur*. Grazie.»

«Ah!» fece l'altro. Con aria noncurante si infilò in tasca il pacchetto. Poi accennò un inchino a Olga. «Buonasera, *mademoiselle*. Buonasera, Monsieur Krassnine.»

Dopo che fu uscito, i due si scambiarono un'occhiata. L'uomo si passò la lingua sulle labbra secche.

«Mi chiedo... ce la farà mai a tornare fino al suo albergo?» mormorò.

Come per un tacito accordo, si accostarono alla finestra. Fecero giusto in tempo a scorgere l'americano nell'attimo in cui usciva in strada. Prese verso sinistra avviandosi a passo svelto, trascurando di guardarsi alle spalle. Due figure emersero silenziosamente dall'ombra di un portone e gli si misero alle calcagna; pedinato e pedinatori si persero lontano nel buio della notte. Olga Demiroff non era per nulla turbata.

«Arriverà a destinazione sano e salvo» disse. «Non hai motivo di preoccuparti... o di sperare, qualunque cosa ti passi per la testa in questo momento.»

«Come fai a essere così sicura che ce la farà?» chiese incuriosito.

«Uno che ha fatto tutti quei soldi non può essere uno stupido» spiegò Olga. «E a proposito di soldi...»

Guardò Krassnine con aria esplicita.

«Eh?»

«La mia parte, Boris Ivanovic.»

Con una certa riluttanza, Krassnine prese dal fascio due banconote e gliele allungò. Lei abbozzò appena un cenno di ringraziamento e, senza minimamente scomporsi, fece sparire il denaro infilandolo nella giarrettiera.

«Così va bene» commentò, soddisfatta.

«Non provi un po' di rimpianto, Olga Vassilovna?»

«Rimpianto? Per cosa?»

«Per quello che hai avuto per le mani. Ci sono donne... la maggior parte delle donne, credo, farebbero follie per cose del genere.»

Lei annuì con atteggiamento pensoso.

«Già, hai ragione. È una debolezza molto diffusa, tra le donne. Io, però, sono immune. Piuttosto, chissà...» si interruppe.

«Chissà che cosa?» sollecitò l'altro incuriosito.

«L'americano si sbarazzerà facilmente di quei due, su questo non ho dubbi. Ma dopo...»

«Eh? Che ti passa per la testa?»

«Sicuramente regalerà quella roba a una donna» osservò Olga, riflettendo. «Mi domando che cosa succederà dopo...»

A questo punto si riscosse con impazienza e si avvicinò di nuovo alla finestra. Dopo un attimo le uscì un'esclamazione soffocata, che fece accorrere il suo amico.

«Guarda, sta ripassando quello di cui ti ho parlato.»

Guardarono giù tutti e due. Una figura elegante, sottile, avanzava con passo sciolto nella strada sottostante. Portava cilindro e mantello. Mentre attraversava il cono di luce di un lampione, brillò il riflesso di una ciocca di candidi capelli.

2
Monsieur le Marquis

L'uomo dai capelli bianchi proseguì per la sua strada, senza fretta, senza far caso, apparentemente, a ciò che lo circondava. Svoltò prima a destra e poi a sinistra, canticchiando.

Ma all'improvviso si arrestò, tendendo l'orecchio. Gli era giunta l'eco di un rumore molto caratteristico: come lo scoppio di un pneumatico… o uno sparo. Sulle sue labbra aleggiò per un istante uno strano sorriso. Poi si rimise tranquillamente in cammino.

Un po' più avanti, girato un angolo, si trovò di fronte un piccolo assembramento di persone. Un rappresentante della legge stava annotando su un taccuino le testimonianze dei rari passanti ancora in giro a quell'ora di notte. L'uomo dai capelli bianchi si accostò lentamente a uno di questi per chiedergli se fosse accaduto qualche cosa.

«*Mais oui, monsieur*. Due *apaches* hanno assalito un anziano gentiluomo americano.»

«E lo hanno ferito?»

«No davvero» rispose l'uomo con una risata. «Lui, l'americano, aveva una rivoltella in tasca, e prima che loro potessero saltargli addosso, gli ha fatto fischiare vicino alle orecchie un paio di colpi di avvertimento, così precisi che i due delinquenti se la sono data a gambe. La polizia, come al solito, è arrivata troppo tardi.»

«Ah!» fece l'uomo dai capelli bianchi.

Non manifestò la minima reazione.

Riprese, indifferente, la sua passeggiata notturna. Dopo un altro breve tratto di strada, attraversò la Senna e si inoltrò nei quartieri più eleganti e ben frequentati della città. Venti minuti più tardi, si fermò davanti a una casa, in una zona molto quieta e signorile.

Il negozio, poiché di un negozio si trattava, aveva una facciata estremamente sobria, che non dava certo nell'occhio. Demetrius Papopolous aveva raggiunto una tale consolidata notorietà, nel campo dell'antiquariato, da rendere superflua ogni forma di vistoso richiamo; anzi, per la verità, concludeva la maggior parte dei suoi affari privatamente, senza che i clienti passassero dal negozio. Monsieur Papopolous aveva la sua abitazione da tutt'altra parte, nello splendido appartamento di sua proprietà affacciato sugli Champs Elisées, e, a quell'ora, sarebbe stato più logico per lui essere a casa a riposare, invece che sul posto di lavoro; ma l'uomo dai capelli bianchi era sicuro di trovarlo lì in negozio, e senza alcuna indecisione premette il campanello.

Quella sua fiducia era ben motivata. La porta difatti si aprì e un uomo si delineò sulla soglia. Alle orecchie aveva un paio di anelli d'oro che risaltavano sul colorito scuro della pelle.

«Buonasera» disse il visitatore. «Il vostro padrone è in casa?»

«Il padrone c'è, ma è escluso che riceva a quest'ora di notte» grugnì l'altro.

«Sono sicuro che vorrà vedermi, invece. Ditegli che è arrivato il suo amico, *monsieur le Marquis*.»

Il servitore aprì la porta senza molto entusiasmo, e lasciò entrare il visitatore.

L'uomo che si era presentato come *monsieur le Marquis* aveva parlato tenendosi una mano davanti al viso. Quando il servitore tornò ad annunciare che Monsieur Papopolous era lieto di riceverlo, questi aveva operato una nuova trasformazione nel proprio aspetto. Il servitore doveva essere molto distratto, o più probabilmente molto ben addestrato, poiché non si mostrò sorpreso di fronte alla mascherina nera di seta che celava la fisionomia dello strano visitatore. Si limitò a scortarlo fino in fondo al negozio e ad aprirgli la porta annunciando a bassa voce: «*Monsieur le Marquis*».

Un uomo dall'aspetto autorevole si fece incontro al nuovo arrivato. C'era un che di austero, patriarcale, nella figura di Monsieur Papopolous. Aveva la fronte alta e spaziosa e una magnifica barba bianca. Il suo atteggiamento era ieratico.

«Mio caro amico» esclamò Papopolous.

Si espresse in francese con un tono salottiero, altisonante.

«Spero vogliate scusarmi per l'ora così tarda» disse il visitatore.

«Ma non c'è bisogno che vi scusiate» disse Papopolous. «È un orario molto interessante, invece. Immagino, per altro, che anche il resto della serata lo sia stato altrettanto, per voi, no?»

«Non a livello personale.»

«Non a livello personale» ripeté Papopolous. «Be', no. Certo che no. Allora, c'è qualche novità?»

Dicendo così, lanciò all'altro uno sguardo di sottecchi, che non aveva assolutamente più nulla di ieratico né di benevolo.

«Nessuna novità. Il tentativo è fallito. Comunque, non mi aspettavo nulla di diverso.»

«Già, già» fece Papopolous. «Certi metodi brutali...»

Agitò la mano come per esprimere la sua avversione per ogni forma di violenza. Non c'era niente di brutale, di rozzo, nella persona di Monsieur Papopolous, né negli oggetti di cui faceva commercio. Era ben introdotto in quasi tutte le corti d'Europa e i sovrani si rivolgevano a lui chiamandolo familiarmente Demetrius. Una delle sue doti più apprezzate era la sua squisita discrezione. La sua grande cautela, insieme alla nobiltà dell'aspetto, gli aveva permesso di condurre in porto senza suscitar sospetti anche parecchie transazioni non troppo limpide.

«L'aggressione» mormorò Monsieur Papopolous, scuotendo la testa «qualche volta funziona, ma molto raramente.»

L'altro diede un'alzata di spalle.

«Fa risparmiare tempo» replicò «e in caso di fallimento non si rischia nulla, o quasi nulla. L'altro piano, comunque, non fallirà.»

«Ah» esclamò Papopolous attento.

L'altro sottolineò la sua asserzione con un cenno affermativo del capo.

«Io ho una grande fiducia nella vostra... reputazione» proclamò l'antiquario.

Monsieur le Marquis sorrise benevolo.

«Penso di potervi garantire che questa vostra fiducia non andrà delusa» mormorò.

«Voi avete non comuni possibilità di agire» disse l'altro con una nota d'invidia nella voce.

«Perché me le creo» replicò *monsieur le Marquis*. Poi si alzò e prese il mantello che aveva negligentemente buttato sullo schienale di una poltrona.

«Vi terrò informato, Monsieur Papopolous, tramite i soliti canali, ma voi badate a fare la vostra parte.»

Monsieur Papopolous parve punto sul vivo.

«Non ci sono mai intoppi quando provvedo io a qualcosa» disse risentito.

L'altro sorrise, e senza aggiungere nemmeno una parola di saluto, lasciò la stanza, richiudendosi la porta alle spalle.

Monsieur Papopolous rimase pensoso per un attimo accarezzandosi la barba, poi andò verso una porta all'altro capo della stanza, che si apriva verso l'interno. Girò la maniglia e una giovane donna, che stava evidentemente con l'orecchio appoggiato alla serratura per origliare, perse l'equilibrio e finì lunga distesa. Monsieur Papopolous non mostrò preoccupazione o sorpresa: era senz'altro una cosa del tutto naturale, dal suo punto di vista.

«E allora, Zia?» chiese.

«Non l'ho sentito andar via» chiarì Zia.

Era una bella figliola, piuttosto giunonica, con occhi neri e ardenti e una tale somiglianza con Monsieur Papopolous, da essere riconoscibili a prima vista come padre e figlia.

«È seccante» si lamentò lei, contrariata «che il buco della serratura non permetta di vedere e ascoltare nello stesso tempo.»

«È una cosa che ha infastidito spesso anche me» ammise Monsieur Papopolous con grande semplicità.

«Dunque, questo sarebbe il celebre *monsieur le Marquis*» disse Zia pensosa. «Si nasconde sempre il volto dietro quella mascherina, papà?»

«Sempre.»

Seguì un breve silenzio.

«È per i rubini, immagino?» chiese Zia.

Il padre annuì.

«Che ne pensi, piccola mia?» la sollecitò, con un lampo ammiccante nei suoi occhietti vivaci.

«Di *monsieur le Marquis*?»

«Sì.»

«Penso» fece Zia, scandendo le parole «che è molto raro trovare un gentiluomo inglese che sappia parlare francese con tanta naturalezza.»

«Ah» fece Monsieur Papopolous. «Dunque è questo che ti ha colpita.»

Come sua abitudine, non si sbilanciò con osservazioni personali, ma indirizzò alla figlia un'occhiata di compiaciuta approvazione.

«Un'altra cosa che ho notato» aggiunse Zia «è la strana forma della sua testa.»

«Un po' troppo grossa» confermò il padre. «Ma è normale che faccia questo effetto quando si porta una parrucca.»

Si guardarono e si sorrisero.

3
Cuore di Fuoco

Rufus Van Aldin passò attraverso la porta girevole all'ingresso del Savoy, e si diresse verso il banco della reception. L'impiegato sorrise e lo salutò con rispettosa sollecitudine.

«Bentornato, signor Van Aldin.»

Il milionario americano fece un distratto cenno di risposta.

«Tutto bene in mia assenza?» chiese.

«Sissignore. Il maggiore Knighton è già nella vostra suite.»

«Posta?»

«L'ho fatta recapitare di sopra, signor Van Aldin. Oh! Un attimo.»

Si voltò verso una casella e gli porse una lettera.

«È arrivata solo qualche minuto fa» si giustificò.

Rufus Van Aldin prese la lettera e, nell'osservare la calligrafia tipicamente femminile sulla busta, la sua espressione subì una repentina trasformazione. I suoi tratti si addolcirono e la piega severa della bocca si increspò in un accenno di sorriso. Non sembrava neanche più la stessa persona. Si avviò verso l'ascensore rigirando la lettera tra le mani e sorridendo.

Nel salotto della suite, seduto a una scrivania, c'era un giovane intento a dividere un mucchio di corrispondenza, con una rapidità che tradiva una lunga pratica. All'apparire di Van Aldin scattò in piedi.

«Salve, Knighton!»

«Felice di rivedervi, signore. Vi siete divertito?»

«Così e così» fece il milionario senza scomporsi. «Parigi non è più quella di una volta, ormai. Comunque… ho ottenuto quello per cui ci sono andato.»

Sorrise compiaciuto con un'espressione decisa.

«Non stento a crederlo, conoscendovi» osservò divertito il segretario.

«Proprio così» confermò l'altro.

Lo disse con l'aria di sancire un incontrovertibile dato di fatto. Si tolse il pesante soprabito e si accostò alla scrivania.

«C'è niente di urgente?»

«Non mi pare, signore. La solita corrispondenza, in generale. Però non ho ancora finito di esaminarla tutta.»

Van Aldin assentì. Non era nelle sue abitudini sprecarsi in lodi o critiche. Il suo atteggiamento verso i dipendenti era semplice; li metteva alla prova e, se non era soddisfatto, li licenziava. I suoi metodi per selezionare il personale erano inconsueti. Knighton, per esempio, l'aveva incontrato casualmente due mesi prima in una località turistica svizzera. Gli era piaciuto a prima vista, si era informato sui suoi trascorsi militari durante la guerra e aveva così saputo come si era procurato la menomazione che lo costringeva a zoppicare.

Knighton non aveva fatto mistero di essere alla ricerca di un'occupazione, chiedendo timidamente al milionario se poteva aiutarlo in qualche modo. Van Aldin non poteva evitare di sorridere divertito ogni volta che ricordava il genuino sbigottimento di Knighton quando, di punto in bianco, gli aveva offerto il posto di suo segretario personale.

"Ma... ma io non ho nessuna pratica nel campo degli affari" aveva balbettato.

"Questo non ha nessunissima importanza" aveva replicato Van Aldin. "Per le questioni strettamente finanziarie dispongo già di tre segretari. Ma, dato che dovrò passare i prossimi sei mesi in Inghilterra, quello che mi serve è qualcuno che ci sia nato e che sia abbastanza sveglio e, diciamo così, navigato, per farmi da guida nei rapporti sociali."

Fino a questo momento, Van Aldin non aveva avuto motivo di pentirsi della sua scelta. Knighton si era dimostrato svelto, intelligente e pieno di risorse, per non parlare dei suoi modi distinti e cordiali.

Il segretario additò un paio di lettere sistemate in evidenza sulla scrivania.

«Forse sarebbe opportuno dare un'occhiata a queste, signore» consigliò. «La prima riguarda il contratto Colton.»

Ma Rufus Van Aldin lo prevenne sollevando una mano.

«Per stasera non voglio più sentir parlare di lavoro» dichiarò. «Quelle lettere possono aspettare fino a domattina. Questa no, invece» aggiunse, contemplando compiaciuto la busta che aveva in mano. Di nuovo, la sua espressione parve illuminarsi.

Richard Knighton sorrise a sua volta.

«La signora Kettering?» chiese sottovoce. «Ha telefonato sia ieri sia oggi. Sembra molto ansiosa di parlarvi, signore.»

«Davvero!»

Il volto dell'uomo si rabbuiò. Aprì la busta che aveva in mano e tirò fuori il foglio. Mentre leggeva si accigliava sempre di più, la bocca assumeva quella piega severa che tutti a Wall Street conoscevano bene. Educatamente Knighton distolse lo sguardo. Il milionario intanto si lasciò scappare un'imprecazione soffocata e sferrò un pugno sul tavolo.

«Questo è troppo» ringhiò. «Povera piccola, ma per fortuna ha suo padre alle spalle.»

Si aggirò nervoso nella stanza, con espressione cupa. Knighton si immerse nel lavoro con rinnovato fervore. Poi, di colpo, Van Aldin si fermò. Raccolse il soprabito dalla sedia dove l'aveva gettato.

«Uscite di nuovo, signore?»

«Sì, vado da mia figlia.»

«Se telefonano quelli della Colton...»

«Ditegli di andare al diavolo» disse Van Aldin.

«Molto bene» fece il segretario senza scomporsi.

Van Aldin si era già rimesso il cappotto. Si ficcò in testa il cappello e si diresse verso la porta. Quando fu con la mano sulla maniglia, si arrestò un attimo.

«Siete in gamba, Knighton» disse. «Voi sapete evitarmi le grane quando ho la luna per traverso.»

Knighton sorrise, senza replicare.

«Ruth è la mia unica figlia» proseguì Van Aldin «e nessuno al mondo può rendersi conto di cosa significhi per me.»

Il suo volto si illuminò di nuovo a quel pensiero. Si infilò una mano in tasca.

«Volete vedere qualcosa di interessante, Knighton?»

Tornò verso il segretario.

Estrasse un pacchetto avvolto in una comune carta marrone. Strappò via la carta e apparve un astuccio di consunto velluto rosso, sul quale erano impresse delle iniziali sormontate da una corona. Lo aprì di scatto sotto gli occhi del segretario, che restò abbagliato. In contrasto netto con il bianco non più immacolato dell'interno, risaltava la tonalità rosso sangue delle pietre.

«Mio Dio!» esclamò Knighton. «Sono... sono veri?»

Van Aldin, divertito, scoppiò a ridere.

«Non mi sorprende che mi facciate una domanda del genere. Tra questi rubini vi sono i tre più grossi del mondo. Li portava Caterina di Russia, Knighton. Quello al centro è noto come il "Cuore di Fuoco". È veramente unico... non presenta la minima imperfezione.»

«Ma varranno una fortuna!» mormorò il segretario.

«Un'enormità di dollari» confermò Van Aldin. «Tralasciando, ovviamente, il valore storico.»

«E voi ve li portate in tasca, senza alcuna precauzione?»

Van Aldin rise di nuovo.

«A quanto pare. Vedete, sono un regalino per Ruth.»

Il segretario sorrise discretamente.

«Adesso capisco perché la signora Kettering era tanto ansiosa al telefono» mormorò.

Van Aldin scosse la testa. La sua espressione si indurì di nuovo.

«Vi sbagliate» disse. «Lei non ne sa nulla; è una sorpresa che voglio farle.»

Richiuse l'astuccio e lo riavvolse nella carta.

«Caro Knighton» disse «è triste pensare quanto poco si possa fare per le persone che ci sono più care. Se servisse, non esiterei a regalare alla mia Ruth il mondo intero, ma non serve, purtroppo. Sì, magari mettendosi questi intorno al collo potrà sentirsi contenta per un po', ma...»

Scosse la testa con amarezza.

«Quando una donna non è felice in casa propria...»

Non terminò la frase. Il segretario annuì. Conosceva molto bene la pessima fama del genero di Van Aldin, il marchese Derek Kettering. Il milionario sospirò affranto. Si rimise il pacchetto nella tasca del cappotto, accennò un saluto a Knighton e uscì.

4
In Curzon Street

La signora Kettering abitava in Curzon Street. Il maggiordomo che venne alla porta riconobbe subito Rufus Van Aldin e si permise un discreto sorriso di saluto; quindi lo condusse di persona nel salotto del primo piano.

Subito una donna si alzò dal suo posto accanto alla finestra e gli si fece incontro.

«Oh, papà, sono stata tanto in pena! È tutto il giorno che telefono al maggiore Knighton per rintracciarti, ma tu te n'eri andato chissà dove.»

Ruth Kettering aveva ventotto anni. Senza essere bella, faceva colpo, soprattutto per il colore ramato dei capelli. In gioventù Van Aldin era soprannominato Pel di Carota, e Ruth aveva preso tutto da lui, evidentemente. Accentuavano il contrasto gli occhi scuri e le ciglia nerissime (effetto sottolineato da un trucco sapiente, forse). Aveva una figura alta e slanciata e si muoveva con grazia. A colpo d'occhio pareva una Madonna di Raffaello. Guardando meglio, tuttavia, si poteva riconoscere la stessa linea volitiva della mascella del padre, spia di una grande determinazione di carattere. Quella durezza nei lineamenti donava certamente più all'uomo che a lei. Fin dalla più tenera età, Ruth Van Aldin era abituata a non inchinarsi a nessuno, e chiunque avesse cercato di intralciarla aveva dovuto accorgersi di come fosse virtualmente impossibile fare recedere dai suoi propositi la figlia di Rufus Van Aldin.

«Knighton mi ha detto delle tue telefonate» disse il milionario. «Ma sono tornato da Parigi soltanto mezz'ora fa. Come mai eri così ansiosa di parlarmi? Riguarda Derek?»

Ruth Kettering avvampò, tradendo tutta la propria esasperazione.
«È inqualificabile. Supera tutti i limiti» esclamò. «Mi tratta in un modo... non mi sta nemmeno a sentire quando gli parlo.»
Dal suo tono trapelava smarrimento oltre che rabbia.
«Darà retta a me» fece cupo il padre.
Ruth riprese il suo sfogo.
«In quest'ultimo mese l'ho visto a malapena. Se ne va in giro dappertutto con quella donna.»
«Chi è?»
«Mirelle. Sai, quella ballerina che si esibisce al Parthenon.»
Van Aldin annuì.
«Sono stata a Leconbury la settimana scorsa. Per parlare con Lord Leconbury di questa... di questa situazione. È stato gentilissimo, mi ha dato ragione e ha promesso di intervenire. Ha detto che farà a Derek un bel discorsetto.»
«Ah!» esclamò Van Aldin.
«Che cosa vuoi dire con quel "ah!", papà?»
«Esattamente quello che hai capito, Ruth. Il povero vecchio Leconbury non conta più nulla, ormai. Certo che ha preso le tue parti, ci credo. Visto che suo figlio ha sposato la figlia di uno degli uomini più ricchi degli Stati Uniti, è ovvio che faccia di tutto per rimediare alla meglio la situazione. Purtroppo, come tutti sanno, ha già un piede nella fossa, e può dire quello che vuole, tanto Derek non gli darà mai retta.»
Ruth, dopo essere rimasta per un po' in silenzio, azzardò: «Non potresti fare qualcosa tu, papà?».
«Certo che potrei» fece il milionario. Poi aggiunse: «Potrei fare parecchie cose, ma una sola riuscirebbe a sanare davvero questa situazione. Hai abbastanza fegato, Ruth, piccola mia?».
Lei fissò attenta il padre, che confermò con un cenno le proprie parole.
«Intendo dire quello che ho detto. Devi solo trovare il coraggio di ammettere di fronte al mondo il tuo sbaglio. C'è solo un modo per uscirne, Ruth. Tagliare i rami secchi e ricominciare da capo.»
«Cioè...»
«Divorzio.»
«Divorzio!»

Van Aldin fece un sorriso amaro.

«Pronunci questa parola come se fosse una parolaccia. Eppure ogni giorno, intorno a te, tra i tuoi amici, si verificano divorzi.»

«Oh, lo so bene. Ma...»

Si interruppe, mordendosi le labbra. Suo padre annuì con atteggiamento comprensivo.

«Lo so, Ruth. Tu sei come me, non sopporti l'idea di doverti dare per vinta. Ma come io ho imparato a mie spese, anche tu devi capire che ci sono circostanze nelle quali non esiste altra via d'uscita. Potrei trovare il sistema per ricondurre da te il tuo Derek, ma presto tutto tornerebbe al punto di prima. Non fa per te, Ruth; è marcio, marcio fino al midollo. E bada, io non so perdonarmi il fatto di avertelo lasciato sposare. Ma tu ti eri messa in testa di averlo a tutti i costi, e lui è riuscito a far credere di essere seriamente intenzionato a voltare pagina... e siccome ti avevo già ostacolato un'altra volta, tesoro mio...»

Disse queste ultime parole senza guardarla in viso. Se l'avesse fatto, avrebbe notato come erano avvampate di colpo le guance di sua figlia.

«Infatti» mormorò lei.

«Il mio cuore era troppo tenero per provarci una seconda volta. Ma Dio sa se avrei voluto impedirti questa sciocchezza. La vita infelice che hai fatto in questi anni, cara Ruth, dimostra che purtroppo avevo ragione.»

«Non è stato tutto rose e fiori...» ammise la signora Kettering.

«Ecco perché ti dico che questa situazione deve finire una volta per tutte!» esclamò, dando una manata sul tavolo. «Anche se sei ancora innamorata di quel disgraziato, è ora che tu dia un taglio netto. Guarda in faccia la realtà. Derek Kettering ti ha sposato per i soldi. Questa è la verità. Liberati di lui, Ruth.»

Ruth fissò a lungo il pavimento, poi, sempre a capo chino, disse: «E se lui non acconsentisse?».

Van Aldin la guardò sconcertato.

«Lui non avrà voce in capitolo.»

Lei arrossì mordendosi il labbro inferiore.

«No, certo che no. Volevo solo dire che...»

Non terminò la frase. Il padre le lanciò uno sguardo indagatore.

«Che volevi dire?»

«Volevo dire...» Scelse accuratamente le parole prima di continuare. «Potrebbe cercare di renderci le cose difficili.»

Van Aldin fece una smorfia minacciosa.

«Intendi dire opponendosi per vie legali? Che ci provi! Comunque ti sbagli, il tuo è un timore infondato. Non si opporrà. Qualsiasi avvocato interpelli, gli dirà subito che non ha alcuna probabilità di vincere, in tribunale.»

«Non pensi che...» obiettò lei esitando «sì, insomma, magari solo per vendicarsi e farmi del male... potrebbe cercare di mettermi in cattiva luce?»

Suo padre la guardò sempre più perplesso.

«Davanti al giudice, cioè?»

Poi scosse la testa.

«È molto improbabile. Vedi, dovrebbe avere qualche cosa su cui basarsi.»

La signora Kettering non rispose. Van Aldin la scrutò, cercando di guardarla negli occhi.

«Su, Ruth, sputa il rospo. C'è qualcosa che ti preoccupa? Di che si tratta?»

«Niente, ti assicuro.»

Ma il suo tono non era troppo convincente.

«Hai paura di finire sulla bocca di tutti, è così? Lascia fare a me. Manderò in porto questa faccenda nel modo più discreto possibile, senza sollevare il minimo chiasso.»

«Benissimo, papà. Se davvero pensi che sia la cosa migliore da fare, d'accordo.»

«Che c'è, Ruth? Provi ancora qualcosa per lui?»

«No.»

Ma il tono tradiva ancora l'incertezza. Van Aldin non ne tenne conto, come se si ritenesse ugualmente soddisfatto. Incoraggiò la figlia battendole amorevolmente la mano sulla spalla.

«Andrà tutto bene, piccola mia. Adesso cerchiamo di non pensarci più. Ti ho portato un regalo da Parigi.»

«Per me? Qualcosa di speciale?»

«Dovrebbe proprio piacerti» fece Van Aldin con un sorriso.

Tirò fuori dalla tasca del cappotto il pacchetto e lo porse alla figlia. Lei lo scartò avidamente, estrasse l'astuccio e lo aprì. Non poté trattenere un lungo "Oh!" estasiato. Ruth adorava i gioielli, erano sempre stati la sua passione.

«Papà, che meraviglia!»

«Sono pietre veramente uniche, vero?» disse il milionario con orgoglio. «Allora, ti piacciono?»

«Se mi piacciono? Papà, non credo ai miei occhi. Come le hai avute?»

Van Aldin sorrise.

«Ah! Questo è un mio segreto. L'affare è stato trattato privatamente, com'è ovvio. Questi rubini sono piuttosto famosi. Vedi la pietra più grande al centro? Forse ne hai già sentito parlare: è il famoso Cuore di Fuoco.»

«Il Cuore di Fuoco!» esclamò la signora Kettering.

Aveva tolto il gioiello dall'astuccio e lo stringeva al petto. Il milionario la osservò, andando col pensiero a tutte le donne che lo avevano portato prima di lei. Quanti spaventi, quanta disperazione, quante gelosie dovevano aver provato. Il Cuore di Fuoco, come tutte le pietre leggendarie, aveva fama di essersi lasciato dietro una lunga scia di tragedie e di violenze. Ora, però, saldamente afferrato dalla mano di Ruth Kettering, quel rubino pareva aver perso il suo potere malefico. Con la sua fredda, equilibrata compostezza, questa donna del mondo occidentale sembrava la negazione stessa di ogni tragica passione capace di infiammare il cuore. Ruth rimise il gioiello nell'astuccio; poi, di slancio, buttò le braccia al collo del padre.

«Grazie, grazie, grazie, papà! Sono una meraviglia! È il regalo più stupendo che io abbia mai ricevuto!»

«Di nulla» replicò Van Aldin, stringendola affettuosamente. «Lo sai che tu sei tutto per me, Ruth.»

«Ti fermi a cena, spero. Vero, papà?»

«Penso di no. Ti preparavi a uscire o sbaglio?»

«Sì, ma posso facilmente disdire l'impegno. Non era nulla di entusiasmante, del resto.»

«No» disse Van Aldin. «Vacci. Io ho parecchie cose da sbrigare. Ci vediamo domani, cara. Ti avverto prima per telefono, poi ci possiamo incontrare nello studio Galbraith. Che ne dici?»

Gli avvocati Galbraith, dello studio Galbraith, Cuthberston & Galbraith erano i legali di Van Aldin a Londra.

«Benissimo, papà.» Esitò. «Non dovrò rinunciare alla vacanza in Costa Azzurra, spero?»
«Quando hai fissato la data della partenza?»
«Il 14.»
«Oh, non ci saranno impedimenti. Queste cose richiedono molto tempo, prima di andare in porto. A proposito, Ruth, se fossi in te non porterei questi rubini all'estero. Lasciali in banca.»
La signora Kettering annuì.
«Meglio evitare che tu finisca assassinata a scopo di rapina da qualcuno interessato al Cuore di Fuoco» aggiunse scherzosamente.
«Parli proprio tu che sei venuto qui portandotelo in tasca come se niente fosse» ribatté sua figlia, sorridendo.
«Già...»
Una certa esitazione nel tono del padre stuzzicò la sua curiosità.
«Che c'è, papa?»
«Nulla» rispose lui con un sorriso. «Stavo ripensando a una piccola avventura che mi è capitata a Parigi.»
«Un'avventura?»
«Sì, la sera che ho comprato questi.»
Accennò all'astuccio.
«Su, raccontamela, ti prego.»
«È presto detto, Ruth. Un paio di *apaches* avevano evidentemente qualche grillo per la testa, così gli ho sparato per intimorirli e loro se la sono filata. Questo è tutto.»
La baciò affettuosamente e si congedò. Quando fu di ritorno al Savoy, andò da Knighton e gli affidò un incarico riservato.
«Rintracciatemi il signor Goby; troverete l'indirizzo nella mia agenda. Ditegli di presentarsi qui domattina alle nove e mezzo.»
«Sissignore.»
«Voglio anche incontrare il signor Kettering. Fate tutto il possibile per scovarlo. Provate al suo circolo, insomma rintracciatelo al più presto in qualsiasi modo, e fissategli un appuntamento qui per domani mattina. Meglio sul tardi, verso mezzogiorno. Quelli come lui non sono molto mattinieri.»
Il segretario annuì. Van Aldin si affidò alle cure del suo cameriere, che gli preparò un bagno caldo. Più tardi, mentre indugiava nella vasca, si mise a riflettere sul colloquio che aveva avuto con la figlia. Nel complesso si sentiva soddisfatto. La sua mente di

uomo d'azione aveva da tempo stabilito che il divorzio era l'unica via d'uscita. Ruth aveva accettato la soluzione da lui proposta e tuttavia, nonostante l'acquiescenza dimostrata dalla figlia, gli era rimasto un vago senso di incertezza. Qualcosa nel suo modo di fare gli era parso innaturale. Corrugò la fronte, perplesso.

«Può darsi che io mi sbagli» mormorò tra sé «eppure, scommetto che mi nasconde qualcosa.»

5
Un uomo utile

Rufus Van Aldin aveva appena terminato la sua abituale colazione a base di caffè e fette di pane tostato quando Knighton entrò nella stanza.

«Il signor Goby aspetta di essere ricevuto, signore.»

Il milionario diede un'occhiata all'orologio. Erano le nove e mezzo in punto.

Un paio di minuti più tardi il visitatore fece il suo ingresso nella stanza. Era un ometto anziano, vestito in modo dimesso, che aveva l'abitudine di non guardare in faccia l'interlocutore e lasciar vagare lo sguardo intorno per la stanza.

«Buongiorno, signor Goby» disse Van Aldin. «Accomodatevi.»

«Grazie, signor Van Aldin.»

Il signor Goby prese posto, tenendo le mani sulle ginocchia e fissando ostinatamente il termosifone.

«Ho un lavoro per voi.»

«Davvero, signor Van Aldin?»

«Mia figlia è sposata con il marchese Derek Kettering, come credo sappiate.»

Il signor Goby trasferì lo sguardo dal termosifone al cassetto di sinistra della scrivania, lasciando affiorare una leggera smorfia ironica. Era un uomo che sapeva parecchie cose, ma gli ripugnava ammetterlo.

«Su mio consiglio, mia figlia è in procinto di presentare istanza di divorzio. Questa, ovviamente, è materia di competenza dell'avvocato. Ma, per motivi miei personali, vorrei prima raccogliere il maggior numero possibile di informazioni.»

Il signor Goby, passando a osservare la mantovana, mormorò: «Sul conto del signor Kettering?».

«Sul conto del signor Kettering.»

«Molto bene, signore.»

Il signor Goby si alzò in piedi.

«Quando potrò disporne?»

«Avete fretta, signore?»

«Io ho sempre fretta» disse il milionario.

Il signor Goby indirizzò un sorriso pieno di comprensione al paracenere del caminetto.

«Va bene per le due di oggi pomeriggio, signore?» chiese.

«Magnifico» approvò l'altro. «Arrivederci, signor Goby.»

«Buongiorno, signor Van Aldin.»

«Un uomo veramente prezioso» osservò Van Aldin dopo che il signor Goby se ne fu andato, quando si trovò solo con il segretario. «Nel suo genere, è uno specialista.»

«Quale sarebbe il suo genere?»

«Le informazioni riservate. Basta dargli ventiquattr'ore di tempo ed è capace di svelarti dalla a alla zeta i risvolti più nascosti della vita dell'arcivescovo di Canterbury.»

«Davvero prezioso, senza dubbio» concordò Knighton con un sorriso.

«Già in un paio di occasioni i suoi servizi mi sono stati molto utili» proseguì Van Aldin. «E ora, Knighton, al lavoro.»

Nelle tre ore successive i due sbrigarono una gran mole di lavoro. Alle dodici e mezzo squillò il telefono e il signor Van Aldin fu informato che era arrivato il signor Kettering. Knighton attese un cenno di Van Aldin, prima di dare una risposta.

«Dite al signor Kettering di salire, per favore.»

Il segretario raccolse le carte dal tavolo e si ritirò. Sulla soglia incrociò il signor Kettering, che si fece da parte per farlo passare.

«Buongiorno, signore. Eravate molto ansioso di vedermi, se ho ben capito.»

Il suo modo di parlare strascicato, venato di una sfumatura ironica, stimolò Van Aldin a qualche riflessione. La personalità di suo genero non era certamente priva di fascino, su questo non vi erano mai stati dubbi. Lo osservò. Derek Kettering aveva trentaquattro anni, un fisico asciutto, il volto abbronzato dai lineamenti sottili che conservavano ancora, in modo indefinibile, una fanciullesca spavalderia.

«Entrate» lo invitò Van Aldin. «Sedetevi.»

Kettering si lasciò sprofondare in un'ampia poltrona. Guardò il suocero con una sorta di divertita condiscendenza.

«È parecchio che non ci si vede» osservò amabilmente. «Da almeno due anni, direi. Avete incontrato Ruth, di recente?»

«Ieri sera» confermò Van Aldin.

«È in gran forma, vero?» proseguì l'altro disinvolto.

«In base a quanto ho saputo sulle vostre abitudini, non capisco quando abbiate avuto occasione di accorgervene» commentò asciutto Van Aldin.

Derek Kettering inarcò un sopracciglio.

«Oh, capita che ci si incontri, talvolta, in qualche locale notturno, sapete?» fece senza scomporsi.

«Veniamo al dunque» tagliò corto Van Aldin. «Ho consigliato a Ruth di presentare istanza di divorzio.»

Derek Kettering non parve affatto colpito.

«Veramente drastico!» mormorò. «Vi disturba se fumo?» Si accese una sigaretta e aggiunse: «E che cosa ha detto Ruth?».

«Ruth è d'accordo.»

«Davvero?»

«È tutto quello che avete da dire?» chiese Van Aldin aspro.

Kettering scosse un po' di cenere di sigaretta nella grata del focolare.

«Sapete,» disse con distacco «io credo che vostra figlia stia facendo un grosso errore.»

«Dal vostro punto di vista, senz'altro è così» ribatté cupo Van Aldin.

«Oh, andiamo,» fece l'altro «mettiamo da parte i risentimenti personali. Non stavo affatto pensando a me, in questo momento. Lo dicevo solo per Ruth. Sapete bene che al mio povero vecchio genitore non resta molto da vivere. Ruth farebbe meglio ad aspettare un altro paio di anni, così io diventerei Lord Leconbury e lei Lady Leconbury, dato che è solo per questo che mi ha sposato.»

«La vostra insolenza supera tutti i limiti» ruggì Van Aldin.

Derek Kettering lo guardò senza scomporsi.

«Vi do ragione, badate. In fin dei conti è un'idea passata di moda» disse. «Un titolo nobiliare non ha più alcun fascino, al giorno d'oggi. Comunque, il vecchio feudo di Leconbury è ancora un gran bel posto e la nostra famiglia resta pur sempre una delle più antiche d'Inghilterra. Credo che a Ruth non farebbe piacere, una volta divorziati, sapermi risposato e vedere un'altra donna insediarsi a Leconbury.»

«Io sto parlando seriamente» ammonì Van Aldin.

«Oh, ma sono serissimo anch'io» disse Kettering. «Mi trovo in pessime acque, dal punto di vista finanziario, e se Ruth divorziasse, sarei nei guai. In fin dei conti, se Ruth ha sopportato questa situazione per dieci anni, che cosa le impedisce di resistere un altro po'? Vi do la mia parola d'onore che il mio vecchio ha al massimo un altro anno e mezzo di vita, e, come ho detto prima, sarebbe un peccato se Ruth non potesse ottenere quello per cui mi ha sposato.»

«Vorreste sostenere che mia figlia vi ha sposato per il titolo?»

Derek Kettering non riuscì a trattenere una risata beffarda.

«Credevate forse che fosse stato un matrimonio d'amore?»

«Quello che so» rispose Van Aldin «è che dicevate cose ben diverse, a Parigi, dieci anni fa.»

«Davvero? Può darsi. Be', Ruth era molto bella... Allora, ricordo, avevo grandi propositi in mente, volevo cambiare vita, mettere la testa a posto e vivere all'altezza delle migliori tradizioni anglosassoni, accanto a una moglie bella e innamorata.»

Rise di nuovo, in modo alquanto stridulo.

«Ma voi non mi credete, vero?» chiese.

«Per me, non ho dubbi. L'unico motivo per cui avete sposato Ruth sono i soldi» ribatté asciutto Van Aldin.

«E lei invece mi avrebbe sposato per amore, secondo voi?» chiese l'altro ironico.

«Certamente» disse Van Aldin.

Derek Kettering lo fissò pensoso per qualche secondo, poi annuì.

«Vedo che ci credete veramente» disse. «Anch'io, in un primo tempo, ho pensato che fosse così, ma posso garantirvi, mio caro suocero, che ho dovuto ricredermi ben presto.»

«Non capisco dove vogliate arrivare» replicò Van Aldin «e nemmeno mi interessa. Avete trattato Ruth in un modo inqualificabile.»

«Oh, è vero» ammise Kettering. «Ma neanche lei è un tipo facile. È vostra figlia, in fin dei conti. Sotto l'apparenza mite, è dura come il granito. A quanto so, voi avete fama di essere un tipo duro, ma Ruth è ancora più dura di voi. Voi, tutto sommato, siete capace di amare qualcuno più di voi stesso. Ruth non lo è e non lo sarà mai.»

«Adesso basta» tagliò corto Van Aldin. «Vi ho convocato solo per chiarirvi senza equivoci quali sono le mie intenzioni. Mia figlia ha il diritto di ritrovare un po' di felicità e ricordate sempre che ci sono io dietro di lei.»

Derek Kettering si alzò e andò a gettare la sigaretta nel camino. Quando riprese a parlare, il suo tono era molto pacato.

«Insomma, che cosa state cercando di dirmi, esattamente?» domandò.

«Voglio dire» rispose Van Aldin «che fareste meglio a non cercare di opporvi al divorzio.»

«Oh!» fece Kettering. «Che cos'è, una minaccia?»

«Prendetela come volete» disse Van Aldin.

Kettering avvicinò una sedia al tavolo. Vi si sedette e guardò in faccia il milionario.

«E se invece» disse in tono di sommessa sfida «solo per ipotesi, mi opponessi?»

Van Aldin scosse le spalle.

«Siete un illuso, giovanotto: non avete nessun appiglio. Parlatene con i vostri avvocati, ve lo diranno subito. Tutta Londra conosce la vostra condotta scandalosa.»

«Immagino che Ruth abbia suscitato un putiferio attorno alla faccenda di Mirelle. Molto sciocco da parte sua. Io non interferisco in quello che fa lei.»

«Che cosa volete dire?» chiese brusco Van Aldin.

Derek Kettering rise.

«Vedo che non siete abbastanza informato, signore» disse. «Non mi sorprende che siate così prevenuto nei miei confronti.»

Prese cappello e bastone e si avviò verso la porta.

«Non è mia abitudine dispensare consigli» disse, lanciando la stoccata finale. «Ma, in questo caso, ritengo che sarebbe auspicabile una maggiore sincerità nei rapporti tra padre e figlia.»

Detto questo, uscì chiudendosi la porta alle spalle, ignorando lo scatto con cui il milionario era saltato in piedi.

«A cosa avrà voluto alludere?» mormorò Van Aldin una volta rimasto solo, lasciandosi ricadere sulla sedia.

Gli ripiombò addosso, stavolta più forte, quel senso di incertezza che lo tormentava da un po'. C'era qualcosa che non era ancora riuscito a chiarire fino in fondo. Il telefono era lì accanto; alzò il ricevitore e chiese al centralino di passargli il numero di casa di sua figlia.

«Pronto! Pronto! Parlo con il Mayfair 81907? La signora Kettering è in casa? Cosa, è uscita? Oh, è a pranzo. A che ora torna? Non lo sapete? Ah, va bene; no, non ho nessun messaggio da lasciare.»

Riappese infuriato. Alle due del pomeriggio cominciò a passeggiare su e giù per la stanza, aspettando con impazienza l'arrivo di Goby. Alle due e dieci la porta si aprì e il signor Goby fu fatto accomodare.

«E allora?» lo investì brusco il milionario.

Ma il piccolo signor Goby non era tipo da farsi mettere fretta. Prese posto al tavolo, tirò fuori un consunto taccuino e cominciò a leggere con voce monotona. Il milionario ascoltò con aria assorta e alla fine parve ritemprato e più soddisfatto che mai. Goby richiuse il taccuino e guardò fisso il cestino della carta straccia.

«Uhm!» grugnì Van Aldin. «La cosa mi sembra chiara. Il tribunale dovrebbe darci ragione. Gli elementi di prova raccolti presso l'albergo sono sicuri, immagino?»

«Irrefutabili» disse il signor Goby, guardando in cagnesco una poltroncina dorata.

«E si trova in pessime acque dal punto di vista finanziario. Sta cercando di ottenere un prestito, dite? Ha già spremuto tutto quello che poteva, sulla garanzia di quello che aspetta di ereditare dal padre. Non appena si spargerà la notizia del divorzio, i suoi creditori cominceranno a farsi vivi e non avrà più pace. Lo abbiamo in pugno, Goby; non ha scampo.»

Batté il pugno sul tavolo. Aveva un'espressione minacciosa e trionfante.

«La nota informativa sembra soddisfacente, sì» confermò il signor Goby con un filo di voce.

«Ora devo fare un salto in Curzon Street» disse il milionario. «Vi sono molto grato, Goby. Siete sempre il migliore.»

Sul volto minuto dell'ometto affiorò un pallido sorriso compiaciuto.

«Grazie, signor Van Aldin» disse. «Cerco di fare del mio meglio.»

Van Aldin non si recò direttamente in Curzon Street. Passò prima dalla City, dove ebbe un paio di colloqui che accrebbero la sua soddisfazione. Dopo di che prese la metropolitana per scendere a Down Street. Mentre camminava lungo Curzon Street, incrociò un uomo che era appena uscito dal n. 160. Per un attimo, il milionario pensò che fosse Derek Kettering; statura e portamento erano simili. Ma quando l'altro gli passò vicino, si accorse che era uno sconosciuto. Per quanto... non del tutto; quel viso gli ricordava qualcosa, qualcosa di poco piacevole, senza dubbio. Si spremette le meningi, senza riuscire a farsi venire in mente una circostanza precisa. Allora scosse con irritazione il capo e riprese la sua strada. Odiava sentirsi tradito dalla memoria.

Ruth Kettering lo stava aspettando. Gli corse incontro sulla porta e lo baciò.

«Allora, papà, come vanno le cose?»

«Molto bene, Ruth, ma ho da dirti due parole.»

Avvertì in lei un cambiamento quasi impercettibile; la vide farsi più guardinga e cauta, in contrasto con l'impulsivo calore della sua accoglienza di poco prima. Si accomodò in un'ampia poltrona.

«Sì, papà?» chiese. «Che cosa c'è?»

«Ho parlato con tuo marito, stamattina» disse Van Aldin.

«Hai visto Derek?»

«Sì. Mi ha detto parecchie cose, con una bella faccia tosta. Al momento di andarsene, mi ha fatto un accenno che non ho capito. Mi ha detto che tra te e me dovrebbe esserci più sincerità. Che cosa avrà voluto dire, Ruthie?»

La signora Kettering si mosse un po' a disagio sulla poltrona.

«Mah... non saprei, papà. Come posso saperlo?»

«E invece lo sai benissimo» ribatté Van Aldin. «Ha aggiunto anche qualcos'altro e cioè che lui si fa i fatti suoi senza interferire nei tuoi. Che significa?»

«Non lo so» disse di nuovo Ruth Kettering.

Van Aldin le si sedette accanto. La sua bocca assunse una piega severa.

«Stammi a sentire, Ruth. Io non intendo impegnarmi in questa storia a occhi chiusi. Tutto ciò potrebbe anche voler dire che tuo marito è intenzionato a crearci dei fastidi. Ma anche se vuole, non può, data la sua situazione: di questo sono più che certo.

Non mi mancano i mezzi per metterlo a tacere una volta per tutte, però devo prima sapere se è necessario che vi ricorra oppure no. A che cosa alludeva dicendo che anche tu ti fai i fatti tuoi?»

La signora Kettering si strinse nelle spalle.

«Può voler dire qualsiasi cosa» disse con una certa esitazione. «Non so proprio, ecco.»

«Tu lo sai» fece Van Aldin.

Era diventato aggressivo come se avesse di fronte un avversario in affari.

«Ti farò una domanda esplicita, allora. Chi è?»

«Chi è chi?»

«Lui. Quello cui alludeva Derek. Quello con cui ti fai i fatti tuoi. Non devi preoccuparti, mia cara, lo so che non è una questione seria, ma dobbiamo considerare ogni cosa nel modo in cui potrebbero considerarla in tribunale. Queste faccende possono essere distorte parecchio, lo sai. Voglio sapere chi è quest'uomo e fino a che punto ti sei spinta con lui.»

Ruth non rispose. Ma intanto il suo nervosismo trapelava dal modo con cui si torceva le mani.

«Su, piccola» la sollecitò Van Aldin in tono più affettuoso. «Sono tuo padre, puoi confidarti senza alcun timore. Anche quell'altra volta, a Parigi, sono stato abbastanza comprensivo... Perbacco!»

Si interruppe di colpo, come fulminato.

«Ecco chi era!» mormorò tra sé. «Mi pareva di conoscerla, quella faccia!»

«Di che cosa parli, papà? Non capisco.»

Van Aldin si protese verso di lei e le afferrò il polso guardandola fisso negli occhi.

«Dimmi, Ruth, ti sei vista di nuovo con quel tipo?»

«Quale tipo?»

«Quello che ha causato tutto quel pandemonio dieci anni fa. Sai benissimo di chi parlo.»

«Vuoi dire...» balbettò lei «vuoi dire il conte de la Roche?»

«Conte de la Roche!» grugnì Van Aldin. «Ti ho detto fino alla nausea che non è altro che un volgare truffatore. Se non fossi arrivato io a strapparti dalle sue grinfie, ti saresti lasciata abbindolare.»

«E così, grazie al tuo intervento, ho sposato Derek Kettering» ritorse Ruth con amarezza.

«Sei stata tu a sceglierlo» ribatté il milionario.

Lei si strinse nelle spalle.

«E adesso» proseguì sommessamente Van Aldin «hai ricominciato a vederlo... Dopo tutto quello che ti ho detto. È stato qui in casa, oggi. L'ho incrociato in strada, ma al momento non ero riuscito a riconoscerlo.»

Ruth aveva ritrovato nel frattempo la sua calma.

«Voglio dirti una cosa, papà; ti sbagli sul conto di Armand... il conte de la Roche, cioè. Oh, lo so che ci sono stati diversi spiacevoli episodi, quando era giovane... me ne ha parlato; ma... insomma, non ha mai smesso di volermi bene. Ha sofferto moltissimo quando tu ci hai costretto a dividerci, a Parigi, e ora...»

Non riuscì a finire, perché il padre cominciò a gridare.

«E così ti sei andata a innamorare di un simile disgraziato, eh? Tu, la mia unica figlia! Mio Dio!» Levò le mani al cielo. «Ah, le donne! Le donne!»

6
Mirelle

Derek Kettering, uscendo trafelato dalla suite di Van Aldin, si scontrò con una donna dall'aria riservata, che passava in quel momento nel corridoio. Quando Derek si scusò, lei accettò le scuse con un sorriso garbato e proseguì, lasciandogli la piacevole impressione di una personalità serena e distensiva e di un paio di occhi grigi notevolmente attraenti.

Nonostante il sarcasmo e la freddezza ostentati con il suocero, quel colloquio lo aveva scombussolato più di quanto avesse voglia di ammettere. Pranzò da solo, dopo di che si presentò, incupito, nel sontuoso appartamento dove abitava la famosa Mirelle. Una vivace francesina gli aprì la porta con un radioso sorriso.

«Prego, *monsieur*, entrate. *Madame* sta riposando.»

Fu scortato nella lunga sala arredata all'orientale che conosceva molto bene. Mirelle stava allungata sul divano, sorretta da un incredibile numero di cuscini di color ambra in tutte le sfumature, per valorizzare l'ocra della sua carnagione. La danzatrice aveva un corpo splendido e flessuoso, e anche il viso, dai tratti asiatici, se pure un po' smunto, aveva un fascino esotico, tutto particolare, specie con quel sorriso irritante che le sue labbra carnose rivolsero a Derek Kettering.

Lui la baciò, poi si lasciò cadere su una poltrona.

«Che cosa hai fatto finora? Ti sarai appena alzata, vero?»

«No» disse la danzatrice. «Ho lavorato.»

Tendendo la mano diafana e affusolata verso il pianoforte, indicò il mucchio di spartiti che l'ingombravano.

«È stato qui Ambrose. Abbiamo ascoltato la nuova opera.»

Kettering fece un distratto cenno d'assenso. Non gliene importava assolutamente nulla di Claude Ambrose e della sua trasposizione in opera lirica del *Peer Gynt* di Ibsen. Anche Mirelle, del resto, confinava il proprio interesse solo al fatto che l'allestimento dello spettacolo le avrebbe offerto l'occasione irripetibile di interpretare il personaggio di Anitra.

«È un balletto meraviglioso» mormorò lei. «Voglio trasfondere nella danza tutto l'ardore del deserto. Mi presenterò in scena tutta coperta di gioielli... e ah! *mon ami*, questo mi ricorda che ho visto una splendida perla nera, ieri in Bond Street...»

Fece una pausa, lanciandogli un'occhiata d'intesa.

«Ragazza mia,» fece Kettering «è del tutto inutile parlare di perle nere con me. A questo punto, per quello che mi riguarda, le cose si sono messe molto male.»

Lei reagì, spalancando gli occhioni neri.

«Perché, Derek? Che cosa è successo?»

«Il mio riverito suocero» chiarì Kettering «si prepara a darmi il benservito.»

«Eh?»

«In altre parole, vuole che Ruth chieda il divorzio.»

«Che stupidaggine!» fece Mirelle. «Cosa gli fa pensare che lei desideri divorziare?»

Derek Kettering sogghignò.

«Soprattutto per causa tua, *chérie*!» disse.

Mirelle si strinse nelle spalle.

«Assurdo» commentò in tono perentorio.

«Totalmente assurdo» confermò Derek.

«E tu che cosa pensi di fare?» chiese Mirelle.

«Ragazza mia, che cosa vuoi che faccia? Da una parte c'è uno con una barca di soldi; dall'altra uno con una barca di debiti. Non c'è alcun dubbio su chi sia destinato a vincere.»

«Sono incredibili, queste donne americane» osservò Mirelle. «Si direbbe che tua moglie non ti voglia nemmeno un po' di bene.»

«Dunque,» fece Derek. «per quello che riguarda noi due, come la vedi?»

Lei gli lanciò un'occhiata interrogativa. Lui le si avvicinò e le prese le mani tra le sue.

«Resterai con me?»

«Che cosa vuoi dire? Dopo...»

«Sì» disse Kettering. «Dopo, quando i creditori mi saranno alle costole come lupi intorno alla preda. Io ho perso la testa per te, Mirelle; hai intenzione di lasciarmi?»

Lei sottrasse le mani alla sua stretta.

«Lo sai che ti adoro, Derek.»

Ma lui colse la nota evasiva nel tono di quella risposta.

«È così, allora? Quando la nave affonda, i topi scappano.»

«Ah, Derek!»

«Confessa» inveì lui. «Mi butterai via; è così?»

Lei scrollò le spalle.

«Mi piaci molto, *mon ami*... mi piaci davvero tanto. Tu hai molto fascino, sei quello che si dice *un beau garçon*, ma *ce n'est pas pratique*.»

«Sei un capriccio riservato a chi è ricco, eh? È così?»

«Considera pure le cose in questo modo, se preferisci.»

Si abbandonò di nuovo sui cuscini.

«Ma io ti voglio sempre bene lo stesso, Derek.»

Lui andò alla finestra e rimase lì a guardar fuori, volgendole le spalle. A un certo punto lei si drizzò puntandosi su un gomito e lo osservò incuriosita.

«A che pensi, *mon ami*?»

Lui sogghignò voltandosi appena verso di lei, con una misteriosa espressione che la mise un po' a disagio.

«Per la verità, stavo pensando a una donna, mia cara.»

«Una donna, eh?»

Se si trattava di questo, Mirelle pensava di poter capire.

«Stai pensando a qualche altra donna, è così?»

«Oh, non devi preoccuparti; è una pura evocazione della fantasia. L'immagine di una donna dagli occhi grigi.»

Mirelle chiese brusca: «Quando l'hai incontrata?».

Derek Kettering scoppiò in una risata beffarda.

«L'ho urtata involontariamente in un corridoio del Savoy.»

«Bene! E che cosa ti ha detto?»

«Per quanto ricordo, io le ho detto "Scusate tanto" e lei ha risposto "Non fa nulla" o qualcosa del genere.»

«E poi?» incalzò la ballerina.

Kettering scrollò le spalle.

«E poi basta. L'incidente si è chiuso così.»

«Proprio non ti capisco» dichiarò Mirelle.

«Ritratto di una donna dagli occhi grigi» mormorò Derek pensoso. «Non mi aspetto certo di incontrarla di nuovo.»

«Perché?»

«Chissà, forse potrebbe portarmi sfortuna. Capita, con le donne.»

Mirelle scivolò giù dal divano e gli andò vicino, gli cinse il collo con un braccio sinuoso come un serpente.

«Sei un bambinone, Derek» sussurrò lei. «Sei davvero ingenuo. Sei *un beau garçon*, e io ti adoro, ma io non sono fatta per essere povera... decisamente no. Ora ascoltami, è tutto molto semplice. Devi rappacificarti con tua moglie.»

«Temo che questo non rientri nella sfera delle soluzioni praticabili» replicò Derek asciutto.

«Come fai a dirlo? Non capisco.»

«Mia cara, Van Aldin non mi lascerà nessuno spazio di manovra. È il tipo di persona che quando si è messo in testa una cosa va fino in fondo.»

«Ho sentito parlare di lui» annuì la ballerina. «È molto ricco, vero? Uno degli uomini più ricchi d'America. Qualche giorno fa, a Parigi, ha comprato il più bel rubino del mondo... il Cuore di Fuoco, si chiama.»

Kettering tacque. La danzatrice proseguì insinuante: «È una pietra meravigliosa, fatta apposta per una donna come me. Io amo i gioielli, Derek; mi comunicano qualcosa. Ah! Mettermi addosso un rubino come il Cuore di Fuoco!».

Sospirò estasiata a quel pensiero, ma poi tornò subito concreta.

«Tu non puoi capire queste cose, Derek. Tu sei solo un uomo. Van Aldin avrà dato questi rubini a sua figlia, immagino. È la sua unica figlia?»

«Sì.»

«Perciò, quando lui morirà, erediterà tutto. Sarà una donna ricchissima.»

«È già ricca adesso» precisò Kettering. «Lui le ha dato in dote un paio di milioni, all'atto del matrimonio.»

«Un paio di milioni! Ma è una cifra astronomica. E se lei morisse improvvisamente, eh? Passerebbe tutto a te?»

«Se tutto restasse come adesso, sì» confermò esitante Kettering. «Per quanto ne so, non ha fatto testamento.»

«*Mon Dieu!*» esclamò la ballerina. «Che magnifica soluzione sarebbe, se morisse.»

Seguì un breve silenzio, poi Derek scoppiò in una sonora risata.

«Mi piace il tuo modo di andare al sodo, saltando ogni mediazione, Mirelle, ma temo che difficilmente il tuo desiderio possa essere esaudito. Mia moglie ha una salute di ferro.»

«*Eh bien!*» fece Mirelle. «Una disgrazia è sempre possibile, non credi?»

Lui la squadrò bruscamente ma rimase silenzioso.

Lei proseguì.

«Ma tu hai ragione, *mon ami*, non ci si può basare sui "se". Insomma, mio piccolo Derek, questo divorzio non si deve fare. Tua moglie deve accantonare l'idea.»

«E se si ostinasse?»

Negli occhi della danzatrice, stretti come due fessure, passò un lampo crudele.

«Io penso che cederà, mio caro. Nella sua posizione ha motivo di temere uno scandalo. Ci sono un paio di storie sul suo conto che lei non amerebbe certo veder pubblicate sui giornali.»

«E cioè?» chiese Derek.

Mirelle rise di gusto, rovesciando il capo all'indietro.

«*Parbleu!* Mi riferisco al gentiluomo che si fa chiamare conte de la Roche. So tutto su di lui. Io sono di Parigi, ricorda. È stato il suo amante prima che ti sposasse, no?»

Kettering l'afferrò per le spalle.

«Questa è un'infame menzogna» insorse. «Ricordati che, dopotutto, è sempre mia moglie.»

Mirelle rimase leggermente sconcertata.

«Siete straordinari, voi inglesi» si lagnò. «Comunque, può anche darsi che tu abbia ragione. Queste americane sono alquanto frigide, non è vero? Ma lasciami dire, *mon ami*, che sicuramente lei era innamorata di lui, prima di sposarti, tanto che il padre era intervenuto e aveva detto al conte di girare alla larga. È bastato così poco per far versare a *mademoiselle* molte lacrime. Ma ha obbedito. Adesso, però, e tu lo sai bene come lo so io, le cose stanno in modo ben diverso. Si vedono praticamente ogni giorno e il 14 lei lo raggiungerà a Parigi.»

«Come fai a essere così informata?» domandò Derek.

«Io? Ho un amico a Parigi, caro Derek, che conosce il conte molto bene. È già tutto stabilito. Lei ha detto che parte per la Costa Azzurra, ma in realtà va dal conte a Parigi. Sì, sì credimi: è tutto programmato.»

Derek Kettering rimase immobile come una statua.

«Capisci» disse insinuante la ballerina «se ti fai furbo, l'hai praticamente in pugno. Puoi renderle le cose molto difficili, se vuoi!»

«Oh, per carità di Dio, taci» proruppe Kettering. «Chiudi quella dannata boccaccia!»

Mirelle rise, e con una mossa felina, si allungò di nuovo sul divano. Kettering prese cappello e cappotto e uscì dall'appartamento sbattendo la porta. La danzatrice continuò a ridere tra sé anche dopo che se ne fu andato. Sapeva di aver fatto un buon lavoro.

8
Lettere

La sottoscritta Mary Ann Harfield, nel presentarVi, signorina Katherine Grey, i suoi più rispettosi saluti, desidera richiamare la Vostra cortese attenzione...

La signora Harfield, giunta di getto fino a questo punto, si arenò completamente, di fronte a una difficoltà che si è dimostrata sempre insuperabile per parecchie persone: quella di esprimersi in terza persona.

Dopo essersi arrovellata per un minuto o due, la signora Harfield strappò il foglio e ricominciò da capo.

Cara signorina Grey,

pur apprezzando pienamente il modo in cui avete assolto le Vostre incombenze a beneficio di mia cugina Jane (la cui recente scomparsa è stata un duro colpo per tutti noi) non posso evitare...

La signora Harfield arrivò di nuovo a un punto morto. Ancora una volta la lettera fu consegnata al cestino della carta straccia. Solo dopo il quarto tentativo, la signora Harfield si ritenne soddisfatta. Lo scritto fu debitamente chiuso nella busta, affrancato e spedito alla signorina Katherine Grey, Little Crampton, St Mary Mead, Kent; il mattino seguente si trovava sulla tavola della signorina, accanto al piatto della colazione, in compagnia di un'altra busta, lunga e azzurrina, all'apparenza più importante.

Katherine Grey aprì per prima la lettera della signora Harfield. Nella sua versione definitiva, lo scritto suonava come segue:

Cara signorina Grey,
mio marito e io desideriamo esprimerVi la nostra gratitudine per i servigi resi alla mia povera cugina, Jane. La sua morte è stata un duro colpo per noi, anche se, ovviamente, non ci era sfuggito lo stato di decadimento mentale, oltre che fisico, che aveva aggravato le sue condizioni negli ultimi tempi. Vorrei qui rimarcare che, naturalmente, le sue sorprendenti disposizioni testamentarie non avrebbero alcuna validità legale, se si dovesse andare in giudizio. Sono convinta che, con il Vostro consueto buonsenso, Ve ne sarete resa conto già da sola. Mio marito dice che è sempre meglio regolare queste questioni in privato. Saremo felici di raccomandarVi con ottime referenze per un nuovo impiego similare, e confidiamo che vorrete accettare un piccolo regalo. Credetemi, cara signorina Grey, sinceramente Vostra,

Mary Ann Harfield

Katherine scorse la lettera fino in fondo, fece un lieve sorriso e la rilesse una seconda volta. La sua espressione era palesemente divertita. Poi prese l'altra busta, quella che aveva lasciato da parte. Data una rapida occhiata al contenuto, la accantonò e rimase a guardare fisso davanti a sé. Stavolta la sua espressione era seria. In verità, sarebbe stato difficile per chiunque indovinare quali emozioni si celavano dietro quello sguardo calmo e riflessivo.

Katherine Grey aveva trentatré anni. Veniva da una buona famiglia, ma poiché suo padre era finito in miseria, aveva dovuto lavorare fin dalla giovinezza. Appena ventitreenne era stata assunta come dama di compagnia dalla signora Harfield.

Era opinione generale che l'anziana signora Harfield fosse una persona "non facile". Le dame di compagnia andavano e venivano e il ricambio era sorprendentemente rapido. Giungevano piene di speranza e se ne andavano con gli occhi pieni di lacrime. Ma dal momento in cui Katherine Grey aveva messo piede a Little Crampton, dieci anni prima, era subentrata una pace perfetta. È impossibile fornire una spiegazione per certe cose. Incantatori di serpenti si nasce, non si diventa. Katherine Grey era nata con questa capacità di tenere a bada le vecchie gentildonne, così come i cani o i marmocchi, senza che ciò le costasse, in apparenza, il minimo sforzo.

A ventitré anni era una ragazza posata e poco appariscente con un bel paio di occhi grigi. A trentatré era ancora una donna posata, poco appariscente, e aveva sempre quegli stessi occhi grigi luminosi, che fissavano il mondo con una sorta di serenità fiduciosa e incrollabile. Inoltre, aveva fin dalla nascita il dono di un notevole senso dell'umorismo.

Mentre se ne stava lì seduta davanti alla tavola apparecchiata per la colazione, fissando davanti a sé, udì il campanello della porta d'ingresso, accompagnato dall'energico, secco rintocco del batacchio. Mezzo minuto più tardi la piccola cameriera fece accomodare il visitatore, annunciando un po' affannata: «Il dottor Harrison».

Il dottore, un corpulento uomo di mezz'età, varcò la soglia della stanza con l'impeto e l'energia che gli erano propri e che il suo modo di bussare aveva lasciato intuire.

«Buongiorno, signorina Grey.»

«Buongiorno, dottor Harrison.»

«Sono passato presto» esordì il dottore «nel caso abbiate già avuto comunicazioni da quella tale cugina della signora Harfield. Mary Ann, per la precisione: una persona assolutamente spregevole.»

Senza dire una parola, Katherine prese la lettera e gliela porse. Con compiaciuto divertimento spiò l'espressione del dottore mentre leggeva, il modo in cui aggrottò le sopracciglia folte, e i suoi sordi brontolii indignati. Giunto al termine, la buttò sulla tavola.

«Assolutamente mostruoso» esclamò schiumando di rabbia. «Ma non datevene pensiero, mia cara. Sono chiacchiere che non stanno in piedi. La defunta signora Harfield ragionava perfettamente, al pari di voi e me, e nessuno è in grado di sostenere il contrario. Non hanno alcun appiglio legale, e lo sanno. La minaccia di impugnare il testamento è solo un bluff. E lo dimostra ancor più questo tentativo di raggirarvi in modo subdolo. E datemi retta, mia cara, non lasciatevi intenerire in alcun modo, se cercheranno di impietosirvi. Non fatevi prendere da sciocchi scrupoli di coscienza, come sentirvi in dovere di dividere almeno il contante, o qualcosa del genere.»

«Temo di non aver avuto ancora alcuno scrupolo» lo rassicurò Katherine. «Si tratta in fondo di lontani parenti del marito della defunta, che si fanno vivi adesso per la prima volta, dopo che per tutta la vita non l'hanno mai degnata della minima attenzione.»

«Siete una donna con la testa sulle spalle» disse il dottore. «Io so meglio di chiunque altro quanto avete penato in questi ultimi dieci anni. Avete diritto di godervi per intero la fortuna che la signora Harfield vi ha lasciato, senza dover dire grazie a nessuno.»

Katherine sorrise con aria pensosa.

«Per intero...» ripeté. «Avete idea di quale sia l'ammontare complessivo, dottore?»

«Be'... abbastanza da fruttare almeno cinquecento sterline all'anno, immagino.»

Katherine annuì.

«Come pensavo» disse. «Ora leggete qui.»

Gli passò la lettera che aveva tirato fuori dalla busta azzurrina. Il dottore lesse e proruppe in un'esclamazione di sincera meraviglia.

«Impossibile» mormorò. «Impossibile.»

«Possedeva uno dei pacchetti di controllo della Mortaulds. Ogni anno, da quarant'anni a questa parte, doveva fruttarle almeno otto, diecimila sterline di partecipazione agli utili. Sono certa che non ha mai speso più di quattrocento sterline all'anno, per il proprio mantenimento. Era sempre terribilmente oculata, in fatto di denaro. Tanto che ero convinta fosse costretta a contare il centesimo.»

«E in tutto questo tempo quelle entrate non hanno fatto che accumularsi e fruttare interessi. Mia cara, state per diventare una donna molto ricca.»

Katherine Grey assentì.

«Sì» disse. «È vero.»

Il tono di lei era distaccato, impersonale.

«Bene,» fece il dottore, alzandosi per congedarsi «vi faccio le mie più sincere felicitazioni.» Scostò la lettera della signora Mary Ann Harfield prendendola con disdegno tra il pollice e l'indice. «Non vi date pena per quella donna e questa sua lettera indecente.»

«Oh, non lo è poi tanto» fece la signorina Grey tollerante. «Date le circostanze, è perfettamente naturale che mi faccia un discorso del genere.»

«A volte alimentate in me i più gravi sospetti» disse il dottore.

«Perché?»

«Per le cose che voi trovate perfettamente naturali.»

Katherine Grey rise.

A pranzo, il dottor Harrison comunicò alla moglie la grande novità. Lei prese la cosa con molta eccitazione.

«Chi avrebbe mai detto che la vecchia signora Harfield fosse così ricca! Sono contenta che abbia lasciato tutto a Katherine Grey. Quella donna è una santa.»

Il dottore fece una smorfia.

«I santi me li sono sempre figurati come tipi alquanto ostici. Katherine Grey è troppo umana per essere una santa.»

«È una santa dotata di senso dell'umorismo» precisò lei, strizzando l'occhio. «E, non so se l'hai mai notato, è molto carina.»

«Katherine Grey?» Il dottore era sinceramente sorpreso. «Be', ha dei begli occhi, per quanto ne so.»

«Oh, voi uomini!» esclamò sua moglie. «Ciechi come talpe. Katherine ha tutto per essere bella. Ha solo bisogno di qualche vestito adatto!»

«Vestiti? Che cosa c'entrano i vestiti? L'ho vista sempre vestita in modo perfettamente dignitoso.»

La signora Harrison sospirò con gli occhi al cielo e il dottore si alzò da tavola preparandosi a uscire per riprendere il suo giro di visite.

«Potresti andare a trovarla, Polly» suggerì.

«Ci vado di sicuro» fece la signora Harrison entusiasta.

Alle tre, era a casa della signorina Grey.

«Mia cara, sono così contenta per voi» esordì con calore, stringendo la mano di Katherine. «Tutti, qui in paese, ne saranno felici.»

«È molto gentile da parte vostra venire fin qui a dirmi questo» fece Katherine. «Speravo proprio di vedervi perché volevo chiedervi di Johnnie.»

«Oh! Johnnie. Be'...»

Johnnie era il figlio minore della signora Harrison, e quest'ultima non si fece pregare per approfondire l'argomento. Attaccò a raccontare una lunga storia nella quale le tonsille e le adenoidi di Johnnie avevano una parte preminente. Katherine ascoltava assorta. Le abitudini sono dure a morire. Ascoltare era stata l'essenza della sua vita in quegli ultimi dieci anni. "Mia cara, vi ho mai detto di quel ballo all'accademia navale di Portsmouth? Quando Lord Charles espresse la sua ammirazione per il mio abito da sera?" E lei, compunta, a rispondere: "A dire il vero sì, mi pare che me ne abbiate già parlato, signora Harfield, ma non ricordo più i dettagli. Perché non me lo raccontate di nuovo?". E la vecchia signora si lanciava a riferire da capo l'episodio, arricchendolo di nuovi particolari. Katherine ascoltava soltanto a metà, ma intervenendo sempre a tono quando la signora si interrompeva...

Provava la stessa, curiosa sensazione di sdoppiamento, cui era ormai abituata, anche ora che ascoltava la signora Harrison.

Solo dopo circa mezz'ora, quest'ultima si interruppe improvvisamente.

«Non ho fatto altro che parlare di me per tutto questo tempo» esclamò. «E invece ero venuta qui per sentire di voi e dei vostri progetti.»

«Non ne ho ancora nessuno.»

«Mia cara, non penserete mica di restare qui.»

Lo disse con un tono inorridito che fece sorridere Katherine.

«No; penso che farò qualche viaggio. Ho visto ben poco del mondo, fino a questo momento, sapete?»

«Me lo immagino. Deve essere stato tremendo restare rinchiusa qui dentro per tutti questi anni.»

«Non lo so» fece Katherine. «Ne ho ricevuto in cambio tanta libertà, invece.»

Accorgendosi della perplessità dell'interlocutrice, arrossì un poco.

«Deve suonare alquanto sciocco... dire una cosa così. Naturalmente, non parlavo di libertà in senso prettamente materiale...»

«Lo credo bene» sottolineò la signora Harrison, che ricordava quante scarse erano state le "libere uscite" di Katherine.

«Ma, in un certo qual modo, è appunto la mancanza di libertà materiale che lascia spaziare lo spirito. Si diventa più liberi di pensare. Io ho sempre avuto una sgradevolissima sensazione di grande libertà mentale.»

La signora Harrison scosse la testa.

«Credo di non riuscire a capire.»

«Ah! Se voi vi foste trovata al mio posto, vi sarebbe chiarissimo. Ma ciò non toglie che abbia effettivamente voglia di qualche cambiamento. Vorrei... be', vorrei un po' di avventura. Oh, non da vivere in prima persona, non intendo questo. Ma trovarmi in mezzo a qualche evento eccitante, anche se solo nel ruolo di spettatrice. Sapete, non accade gran che a St Mary Mead.»

«Potete ben dirlo» confermò con una certa enfasi la signora Harrison.

«Per prima cosa andrò a Londra» proseguì Katherine. «Devo pur consultare qualche avvocato. Dopo di che, penso che farò un viaggio all'estero.»

«Buona idea.»

«Ma, naturalmente, prima di tutto…»

«Sì?»

«Dovrò rinnovare un po' il guardaroba.»

«Proprio quello che dicevo ad Arthur oggi a pranzo» esclamò la signora Harrison. «Sapete, Katherine, potreste essere molto attraente, curandovi come si deve.»

La signorina Grey rise, con la sua naturale modestia.

«Oh, non credo proprio di poter mai diventare una gran bellezza» disse con sincerità. «Comunque, qualche bel vestito nuovo mi piacerebbe proprio. Ma mi sembra di parlare un po' troppo di me, adesso.»

La signora Harrison le lanciò un'occhiata maliziosa.

«Dev'essere un'esperienza nuova, per voi» disse bonaria.

Prima di lasciare il villaggio, Katherine andò a salutare la vecchia signorina Viner. Quest'ultima era di due anni più anziana della povera signora Harfield, e le si leggeva in faccia un senso di legittimo trionfo per essere riuscita a vivere più a lungo della sua amica.

«Chi l'avrebbe mai detto che Jane Harfield sarebbe morta prima di me?» disse subito a Katherine. «Eravamo compagne di scuola, noi due. Ed ecco qua, lei se l'è presa il Signore e io invece resto ancora su questa terra.

«Mi pare che voi abbiate l'abitudine di mangiare sempre del pane nero, a cena, non è vero?» mormorò Katherine meccanicamente.

«Non mi aspettavo che ve lo ricordaste, mia cara. Sì. Se Jane Harfield avesse mangiato anche lei una fetta di pane nero ogni sera e avesse preso un po' di stimolante ai pasti, forse oggi sarebbe ancora qui.»

La vecchia signorina rimase in silenzio qualche attimo, annuendo con aria trionfante; poi, come per un soprassalto della memoria, aggiunse: «E così, a quanto ho sentito, vi trovate tra le mani un sacco di denaro, vero? Bene, bene. Abbiatene cura. E state andando a Londra per distrarvi un po'? Comunque, non vi illudete di trovare marito, mia cara. Non siete il tipo che attira gli uomini. Senza contare che cominciate a essere anche voi piuttosto stagionata. Quanti anni avete?».

«Trentatré» le disse Katherine.

«Be',» osservò perplessa la signorina Viner «non sono poi nemmeno tanti. Certo, avete perso la freschezza della gioventù.»

«Temo proprio di sì» fece Katherine, che l'ascoltava divertita.

«Ma siete pur sempre molto graziosa» aggiunse la signorina Viner in tono più gentile. «E sono sicura che per molti uomini non sarebbe una cattiva soluzione prendere per moglie una come voi, piuttosto che queste vanerelle del giorno d'oggi che vanno in giro a mostrare le gambe più di quanto sia mai stato nelle intenzioni del Creatore. Arrivederci, mia cara, e spero proprio che possiate passarvela bene, anche se raramente l'apparenza corrisponde alla sostanza, in questa vita.»

Rincuorata da queste profezie, Katherine si avviò verso la stazione, dove trovò che si era radunato mezzo paese per vederla partire, compresa Alice, la piccola cameriera tuttofare, che le offrì un mazzolino di fiori e si mise a piangere senza ritegno per la commozione.

«Non ce ne sono molte come lei» disse Alice tra i singhiozzi, quando infine il treno fu partito. «Quando Charlie mi tradì con quella ragazza del caseificio, nessuno avrebbe potuto essere più gentile e comprensivo della signorina Grey, e anche se era un po' pignola riguardo all'argenteria e alla polvere, era sempre pronta a lodarmi se vedeva che avevo fatto qualcosa in più. Ero pronta a farmi in quattro per lei, ogni giorno. Una vera signora, ecco che cos'era.»

E questa fu la partenza di Katherine da St Mary Mead.

8
Lady Tamplin scrive una lettera

«Bene» disse Lady Tamplin. «Bene.»

Posò l'edizione del «Daily Mail» e rimase per un po' a guardare la distesa azzurra del Mediterraneo. Un ramo dorato di mimosa le pendeva sopra il capo e faceva da cornice a un bel quadro: una bella signora dai capelli biondi e luminosi e dagli occhi blu in un *néglігé* che le donava molto. È pur vero che il biondo-oro delle chiome era in parte frutto di artifici estetici, così come il rosa che le coloriva le guance, ma il blu degli occhi era un dono di natura, e la quarantaquattrenne Lady Tamplin poteva ancora essere considerata una donna estremamente attraente.

In quel momento, comunque, Lady Tamplin non stava pensando a come salvaguardare il proprio fascino. La sua mente era presa da riflessioni più gravi.

Lady Tamplin era una figura di spicco nell'ambiente mondano della Costa Azzurra, e i suoi ricevimenti a Villa Marguerite erano giustamente rinomati. Donna di notevole esperienza, aveva avuto ben quattro mariti. Il primo era stato semplicemente un'imprudenza, e per questo motivo preferiva evitare di parlarne. Il pover'uomo aveva avuto almeno il lodevole riguardo di morire quasi subito, dopo di che la vedova aveva sposato il ricco proprietario di una fabbrica di bottoni. Anche lui era passato a miglior vita dopo tre anni di matrimonio: pare in seguito a una serata di eccessive libagioni insieme a degli amici. Poi era stata la volta del visconte Tamplin, che aveva dato a Rosalie la posizione sociale cui lei ambiva da sempre. Lady Tamplin aveva conservato il titolo nobiliare quando si era sposata per la quarta volta. E questa volta per puro diletto. Il signor Charles Evans, un gran bel giovane di ventisette anni, dai modi estremamente raffinati, appassionato sportivo e amante dei piaceri di questo mondo, non aveva di suo alcuna sostanza.

Lady Tamplin era in generale molto soddisfatta della vita che conduceva, ma ogni tanto era vagamente allarmata da preoccupazioni di carattere finanziario. Il fabbricante di bottoni le aveva lasciato una considerevole fortuna, ma "tra una cosa e l'altra..." – come Lady Tamplin amava dire – il denaro se ne era andato in gran parte. Ora "una cosa" era la svalutazione dei capitali causata dalla guerra, "l'altra" le stravaganze del defunto Lord Tamplin. Non si faceva mancare nulla, intendiamoci. Ma questo difficilmente poteva soddisfare il temperamento di Rosalie Tamplin.

Ecco perché, quel mattino di gennaio, aveva spalancato i suoi occhioni blu, leggendo un certo articolo sul giornale, e commentato sommessamente, in tono vago: "Bene". Sulla terrazza, insieme a lei, c'era solo sua figlia, la viscontessa Lenox Tamplin. Una figlia come quella costituiva una vera e propria spina nel fianco per Lady Tamplin: senza il minimo garbo, precocemente sfiorita, aveva la spiacevole abitudine di intervenire nei momenti meno indicati con battute sarcastiche che parevano fatte apposta per mettere a disagio la madre.

«Pensa, cara» disse Lady Tamplin.

«Che c'è?»

Lady Tamplin prese il «Daily Mail» e lo passò alla figlia, indicando il trafiletto che le stava a cuore.

Lenox lo lesse senza minimamente partecipare all'eccitazione di sua madre. Poi restituì il giornale.

«E allora?» chiese. «Cose del genere succedono tutti i giorni. Si sente in continuazione parlare di vecchie spilorce di provincia che morendo lasciano tutte le proprie sostanze all'umile dama di compagnia.»

«Sì, lo so, cara» disse la madre. «Senza contare che queste eredità non sono mai così cospicue come riportano i giornali. Ma anche ipotizzando che si tratti solo della metà...»

«Be',» obiettò Lenox «tanto non li ha mica lasciati a noi quei soldi.»

«Non esattamente, mia cara» disse Lady Tamplin. «Ma si dà il caso che Katherine Grey sia una mia cugina. Del ramo dei Grey del Worcestershire, giù a Edgeworth. Ma ci pensi? È mia cugina!»

«Ah» fece Lenox.

«Mi stavo perciò chiedendo...»

«Se potevamo ricavarne qualcosa anche noi» completò la frase Lenox, con uno di quei suoi sorrisetti che lasciavano sconcertata la madre.

«Ma, cara...» tentò di protestare Lady Tamplin.

Fu un flebile tentativo, in realtà, poiché Rosalie Tamplin era abituata alla mancanza di *savoir faire* della figlia, anche se trovava questa caratteristica "oltremodo imbarazzante".

«Mi stavo chiedendo» riprese Lady Tamplin, marcando le sopracciglia ripassate sapientemente a matita «se... Oh! Buongiorno, Charles, amore mio. Stai andando a giocare a tennis! Splendido!»

Charles le indirizzò un sorriso benevolo e un complimento di circostanza: «Il rosa di quella roba che hai addosso ti dona moltissimo, sai?» e passò oltre scendendo i gradini verso l'uscita.

«Che caro!» mormorò Lady Tamplin, seguendolo con uno sguardo amoroso. «Dunque, cosa stavo dicendo? Ah, sì!» disse, tornando alle considerazioni di carattere pratico. «Mi chiedevo...»

«Oh, per carità! Vai avanti. È la terza volta che lo dici.»

«Be', cara» fece Lady Tamplin. «Stavo pensando che sarebbe una buona idea se scrivessi alla cara Katherine una lettera per suggerirle di fare una capatina da queste parti. È chiaro che lei è fuori dal giro, adesso, e io credo che apprezzerebbe il fatto che siano i suoi parenti a introdurla nell'alta società. Il che si tradurrebbe in un vantaggio reciproco.»

«Quanto pensi di riuscire a farle scucire?» chiese Lenox.

Sua madre le lanciò un'occhiataccia, quindi mormorò: «Certamente dovremo arrivare a una sorta di accordo finanziario. Purtroppo, qui tra una cosa e l'altra... la guerra... il tuo povero padre...».

«E ora ci si è messo anche Charles» precisò Lenox. «Se sei decisa a tenertelo è un lusso alquanto costoso.»

«Per quello che ricordo, era una ragazza a modo» andò avanti a dire Lady Tamplin, seguendo il filo dei suoi pensieri. «Posata, schiva, non era certo una bellezza appariscente né una cacciatrice d'uomini.»

«Insomma non c'è pericolo che possa insidiare Charles» osservò Lenox.

Lady Tamplin la guardò sdegnata. «Charles non farebbe mai...» cominciò.

«No, hai ragione» fece Lenox. «Sa troppo bene a chi lo deve se può fare la bella vita.»

«Cara» insorse Lady Tamplin «non potresti sforzarti di usare un linguaggio un po' meno grossolano?»

«Scusami» disse Lenox.

Lady Tamplin raccolse il «Daily Mail» e il suo *négligé*, una valigetta per il trucco e varie lettere sparse.

«Scriverò alla cara Katherine immediatamente» annunciò «ricordandole i bei vecchi tempi giù a Edgeworth.»

Rientrò in casa, con un'espressione risoluta nello sguardo.

Diversamente dalla signora Mary Ann Harfield, scrivere una lettera era una cosa che le riusciva con molta naturalezza. La sua penna corse veloce riempiendo ben quattro fogli senza pause né sforzi, e rileggendoli non trovò necessaria alcuna correzione.

La lettera fu recapitata a Katherine il mattino del suo arrivo a Londra. Non dovette esserle difficile leggere tra le righe di quello scritto, ma la questione non era rilevante. Depose la lettera nella borsetta e uscì per presentarsi all'appuntamento con i legali della defunta signora Harfield.

Lo studio era uno dei più vecchi e affermati e si trovava dalle parti di Lincoln's Inn Fields. Dopo un'attesa di pochi minuti, Katherine fu accolta dal socio più anziano, un uomo garbato dagli occhi azzurri acuti e dai modi paterni.

Discussero per un po' delle ultime volontà della signora Harfield e degli aspetti legali della faccenda, dopo di che Katherine consegnò all'avvocato la lettera della signora Mary Ann Harfield.

«Ho pensato che fosse meglio farvela vedere» disse «benché la trovi piuttosto ridicola.»

Lui la lesse e fece un sorrisetto.

«Un tentativo piuttosto grossolano, signorina Grey. Mi sembra perfino superfluo dirvi che tutta questa gente non può accampare il minimo diritto sui beni in questione e che se si azzardassero ad andare in tribunale perderebbero senz'altro la causa.»

«L'avevo immaginato.»

«La natura umana alle volte non dà prova di molta saggezza. Al posto della signora Harfield, avrei piuttosto fatto appello alla vostra generosità.»

«Questa è una delle cose che volevo discutere con voi. Vorrei destinare una certa somma a queste persone.»

«Non siete obbligata.»

«Lo so.»

«E non vi aspettate che comprendano lo spirito con cui lo fate. Probabilmente lo giudicheranno un tentativo di liquidarli, anche se si guarderanno bene dal rifiutare.»

«Me ne rendo conto e so che è inevitabile.»

«Accettate il mio consiglio, signorina Grey. Lasciate stare.»

Katherine scosse il capo. «Avete ragione, lo so, ma vorrei farlo lo stesso.»

«Intascheranno il denaro e dopo si accaniranno ancora di più contro di voi.»

«Benissimo» disse Katherine. «Facciano come credono. Ognuno si diverte come meglio può. Dopotutto, però, erano parenti della signora Harfield, e anche se, finché era in vita, l'hanno disprezzata e trascurata, non mi pare giusto che non abbiano proprio nulla.»

Mantenne ferma la sua decisione nonostante le proteste dell'avvocato, e alla fine di quel colloquio se ne uscì nelle strade di Londra confortata dalla sensazione di poter spendere, libera di accarezzare qualsiasi progetto per il futuro. Per prima cosa si recò nell'atelier di un sarto famoso.

La ricevette una specie di sognante duchessa francese con il fisico da indossatrice e Katherine le dichiarò apertamente le proprie esigenze, senza fingere di essere quello che non era.

«Vorrei, se posso, affidarmi a voi totalmente. Sono stata povera per tutta la vita e non so nulla di alta moda, ma ora che dispongo di un po' di denaro vorrei vestire in modo da non sfigurare.»

La francese fu incantata da quel discorso così *naïf*.

Il suo temperamento artistico era stato umiliato, quella stessa mattina, da un'argentina arricchita, la moglie di un grosso allevatore di bestiame, che aveva insistito per avere proprio quei vestiti che erano meno adatti al suo tipo di bellezza vistosa. Con occhi acuti, esperti, esaminò Katherine da capo a piedi. «Ma sì, certo… sarà un piacere *mademoiselle*. Avete una splendida figura; degli abiti di linea semplice la metteranno nel giusto risalto. Siete anche *très anglaise*. Io spero, *mademoiselle*, che non siate tra quelle che riterrebbero offensivo questo mio giudizio. Invece, vi assicuro, io trovo che non ci sia nulla di più delizioso di una genuina *belle anglaise*.»

A questo punto mise da parte i modi da duchessa e cominciò a impartire ordini mobilitando le indossatrici dell'atelier. «Clotilde, Virginia, svelte: quel piccolo *tailleur gris clair* e la *robe de soirée "soupir d'automne"*. Marcelle, ragazza mia, il vestito color mimosa *crêpe de Chine*.»

Fu una mattinata di sogno. Marcelle, Clotilde, Virginia, un po' annoiate e imbronciate, sfilarono, con quell'andatura caratteristica di tutte le indossatrici che costituisce una nota immancabile nell'atmosfera di ogni *défilé*. La "duchessa" rimase accanto a Katherine, facendo una serie di annotazioni su un taccuino.

«Scelta eccellente, *mademoiselle*, di ottimo gusto. Veramente. Saranno dei capi perfetti se, come immagino, passerete l'inverno sulla Costa Azzurra.»

«Vorrei vedere un'altra volta quel vestito da sera» disse Katherine. «Quello color malva.»

Virginia si ripresentò sulla passerella, girando lentamente su se stessa.

«Mi pare il più bello di tutti» fece Katherine, osservando i morbidi drappeggi in una squisita combinazione di malva, grigio e azzurro. «Come lo chiamate?»

«*"Soupir d'automne"*; oh, sì, *mademoiselle*, pare fatto apposta per voi.»

Che cosa c'era in quelle parole che tornarono alla mente di Katherine, dopo che era uscita dall'atelier, dandole un vago senso di malinconia?

"Soupir d'automne; oh, sì, *mademoiselle*, pare fatto apposta per voi." Era già autunno, per lei, senza che avesse mai conosciuto, e senza speranza di conoscere più né primavera né estate. Tutto ciò era perso, per lei, e nessuno avrebbe potuto restituirglielo. Tutti questi anni di servitù a St Mary Mead... e intanto la vita era passata.

"Sono una sciocca" si disse Katherine. "Sono una sciocca. Che cosa voglio, in fin dei conti? Insomma, ero più contenta un mese fa: com'è possibile?"

Tirò fuori dalla borsetta la lettera che aveva ricevuto quella mattina, quella che le aveva scritto Lady Tamplin. Katherine non era così ingenua. Comprendeva bene le sfumature implicite in quelle parole, così come il motivo di quell'improvvisa dimostrazione di affetto da parte di una cugina da lungo tempo dimenticata. Era per interesse e non per piacere che Lady Tamplin era così ansiosa di avere la sua compagnia. Ebbene, perché no? La convenienza sarebbe stata reciproca.

"Ci andrò" decise Katherine.

Stava scendendo verso Piccadilly, in quel momento, e così entrò da Cook, per risolvere la questione *hic et nunc*. Dovette attendere qualche minuto. L'uomo che era davanti a lei, e che parlava con l'impiegato dietro il bancone, doveva andare anche lui in Costa Azzurra. Dunque ci stavano andando proprio tutti, pensò. Bene, per la prima volta nella sua vita, anche lei avrebbe fatto "come tutti", come tutti quelli del bel mondo, cioè.

Poi l'uomo si volse per andarsene e lei prese il suo posto. Avanzò le sue richieste all'impiegato, ma allo stesso tempo la sua mente era occupata da qualcos'altro. Il viso di quell'uomo le era vagamente familiare. Dove l'aveva visto prima? Improvvisamente se ne ricordò. Era stato quella mattina, uscendo dalla sua stanza al Savoy. Si erano scontrati accidentalmente nel corridoio dell'albergo. Che strana coincidenza, imbattersi nella stessa persona due volte in un giorno! Gettò un'occhiata alle spalle, messa a disagio da qualcosa che non sapeva precisare. L'uomo era fermo sulla soglia e la osservava. Un brivido le corse per la schiena; come il presentimento di una imminente tragedia...

Allora si riscosse, scacciando dalla mente quell'impressione con il suo consueto buonsenso, e dedicando tutta la propria attenzione a quello che le stava dicendo l'impiegato dell'agenzia di viaggi.

9
Un'offerta rifiutata

Succedeva di rado che Derek Kettering perdesse la calma che gli era caratteristica, e che gli era stata preziosa in tante circostanze difficili. Anche in quell'occasione, dopo aver lasciato l'appartamento di Mirelle, tornò immediatamente padrone di sé. Ora più che mai era vitale per lui mantenersi freddo e lucido. La situazione in cui si trovava era la più ardua che avesse mai sperimentato, con una serie di fattori imprevisti riguardo ai quali, per il momento, non sapeva come comportarsi.

Si incamminò immerso in profonde riflessioni. Aveva le sopracciglia aggrottate ed era svanito quel suo atteggiamento spavaldo. Nella sua mente si affacciarono tutte le possibili ipotesi. Derek Kettering era certamente molto meno svagato di quanto non apparisse. Considerò le varie strade che gli si presentavano davanti… una in particolare. Rifuggiva di fronte a quell'idea, eppure… A mali estremi, estremi rimedi.

Quanto a suo suocero, era certo di non sbagliarsi: un tipo come quello sarebbe stato sempre irremovibile. Una guerra tra Derek Kettering e Rufus Van Aldin poteva finire in un solo modo. Derek maledisse il denaro e il potere del denaro. Risalì lungo St James Street, raggiunse Piccadilly e qui svoltò avviandosi verso Piccadilly Circus. Trovandosi a passare davanti all'agenzia di viaggi Thomas Cook & Sons, esitò e rallentò. Tirò dritto per un tratto, ma ormai la sua mente aveva cominciato a lavorare. Alla fine decise, e girò bruscamente sui tacchi, così bruscamente che si scontrò con una coppia di passanti alle sue spalle, e tornò sui propri passi. Stavolta non andò oltre, ma entrò nell'agenzia. Era un momento di scarsa affluenza, e trovò subito un impiegato pronto a servirlo.

«Vorrei andare a Nizza la settimana prossima. Potete consigliarmi?»

«Che giorno vorreste partire?»

«Il 14. Qual è il treno più comodo?»

«Be', naturalmente il migliore di tutti è il Treno Azzurro. Consente di evitare i fastidiosi controlli di frontiera al valico di Calais.»

Derek annuì. Lo sapeva già, nessuno era più esperto di lui riguardo a queste cose.

«Dunque, il 14...» mormorò l'impiegato. «Ci manca poco, ormai. I posti sul Treno Azzurro sono già quasi tutti prenotati.»

«Vedete un po' se è rimasto qualche posto nelle carrozze-letto. «Altrimenti...» non terminò la frase, e rimase con un sorriso alquanto enigmatico stampato sulla faccia.

L'impiegato sparì per mezzo minuto, poi tornò. «È tutto sistemato, signore; ci sono ancora tre cabine libere. Posso prenotargliene una. A che nome?»

«Pavett» disse Derek. Fornì come indirizzo quello del suo pied-à-terre in Jermyn Street.

L'impiegato annuì, terminò di compilare il foglio di prenotazione, congedò Derek con un rispettoso saluto e passò a servire la cliente successiva.

«Vorrei andare a Nizza... il 14. Non c'è un treno che si chiama Treno Azzurro?»

Derek si voltò di scatto.

Che coincidenza... che strana coincidenza. Gli tornò in mente quello che aveva detto a Mirelle: "*Ritratto di una donna dagli occhi grigi. Non mi aspetto per niente di incontrarla di nuovo*". Ma ecco che invece se la trovava di fronte un'altra volta; non solo, ma per di più aveva intenzione di partire per la Costa Azzurra lo stesso giorno, sullo stesso treno dove anche lui aveva prenotato un posto.

Provò un fugace brivido per la schiena, una specie di timore superstizioso. Aveva detto, scherzando, che questa donna poteva portargli sfortuna. E se, per ipotesi... se quel presentimento fosse stato fondato? Rimase qualche attimo fermo sulla soglia, a osservare la donna che parlava con l'impiegato. No, la memoria non lo aveva ingannato: quella donna aveva una certa classe, in tutti i sensi. Non molto giovane, non particolarmente bella. Eppure aveva qualcosa... forse erano quegli occhi grigi, che parevano capaci di vedere tutto, anche troppo. Uscendo si rese conto che quella donna gli faceva una certa paura. Qualcosa in lei gli rammentava l'inesorabilità del destino.

Rientrando nel suo pied-à-terre in Jermyn Street, convocò il suo segretario.

«Prendi questo assegno, Pavett, incassalo domattina presto, poi va' da Cook in Piccadilly: ti consegneranno dei biglietti prenotati a tuo nome. Pagali e portali qui.»

«Molto bene, signore.»

Pavett si ritirò.

Derek si avvicinò a un tavolino e prese un mucchietto di corrispondenza; sapeva già di cosa si trattava. Tutti solleciti di pagamento, per conti piccoli e grandi. Il tono delle richieste era ancora cortese, ma Derek sapeva che sarebbe cambiato ben presto, non appena una certa notizia fosse diventata di pubblico dominio.

Di malumore, si lasciò cadere in un'ampia poltrona di pelle. Era un bel guaio... niente da dire. Un maledetto guaio! E le prospettive su come venirne fuori erano poco incoraggianti.

Pavett si annunciò sulla soglia con un discreto colpetto di tosse.

«C'è un signore che vuole vederla... il maggiore Richard Knighton.»

«Knighton?»

Derek si fece attento. Sottovoce, quasi parlando tra sé, disse: "Knighton... che il vento stia girando?".

«Devo... ehm, farlo entrare, signore?»

Kettering annuì. Quando Knighton si affacciò nella stanza trovò il padrone di casa di umore gioviale e ben disposto.

«Vi ringrazio di questa visita» disse Derek.

Knighton era visibilmente sulle spine.

Gli occhi acuti dell'altro se ne accorsero subito. Era chiaro che il segretario di Van Aldin considerava molto sgradevole l'incombenza affidatagli. Rispondeva con monosillabi ai modi disinvolti di Derek, e quando questi gli offrì da bere, rifiutò e parve irrigidirsi ancora di più. Alla fine, Derek si decise a chiedergli quale fosse il motivo della sua visita.

«Bene» disse con tono leggero «che cosa vuole da me ora il mio stimato suocero? Perché immagino che sia stato lui a inviarvi da me, giusto?»

Knighton restò serio, quasi torvo.

«Proprio così» fece. «Purtroppo, non ho potuto esimermi.»

Derek lo guardò ironico.

«Le notizie che avete da darmi sono dunque così brutte? Coraggio, Knighton. Vi assicuro che ho la pelle abbastanza dura.»

«Non è questo» disse Knighton. «Ma...»

Esitò.

Derek lo fissò.

«Avanti, non vi fate scrupoli» lo invitò garbatamente. «Posso immaginare che gli incarichi che vi affida mio suocero non siano sempre piacevoli.»

Knighton si schiarì la gola. Si espresse in un tono formale sforzandosi di dissimulare l'imbarazzo.

«Il signor Van Aldin mi incarica di presentarvi la sua ultima offerta.»

«Un'offerta?» Per qualche attimo Derek manifestò apertamente la sua sorpresa. L'esordio di Knighton non corrispondeva certo al tipo di discorso che aveva immaginato di dover ascoltare. Prese le sigarette, e senza dimenticare di chiedere a Knighton se voleva fumare, se ne accese una, sistemandosi meglio sulla poltrona e mormorando con una sfumatura di sarcasmo: «Un'offerta? La cosa suona piuttosto interessante».

«Posso continuare?»

«Ma certo. Dovete perdonare la mia sorpresa, ma pare che il mio caro suocero sia venuto a più miti consigli rispetto al tono della nostra chiacchierata di stamane. E non è nel suo carattere il fatto che adesso abbassi la cresta: non me lo sarei aspettato da uno come lui, un Napoleone della finanza. Evidentemente deve avere scoperto che la sua posizione non è così forte come credeva.»

Knighton ascoltò con pazienza le osservazioni di Kettering, restando lì impalato, senza tradire la minima emozione. Attese che l'altro avesse finito, poi disse in tono pacato: «Riassumerò la proposta nella forma più succinta possibile».

«Dite pure.»

Knighton parlò senza guardare l'altro in faccia, con tono distaccato, impersonale.

«Semplicemente questo: la signora Kettering, come sapete, sta per presentare istanza di divorzio. Se rinuncerete a opporvi, il giorno in cui la sentenza sarà definitiva riceverete una somma di centomila...»

Derek, che in quel momento stava trafficando per accendersi meglio la sigaretta, si bloccò di colpo.

«Centomila!» esclamò. «Dollari?»

«Sterline.»

Seguirono due minuti buoni di assoluto silenzio. Kettering aveva le sopracciglia aggrottate, immerso in una profonda riflessione. Centomila sterline! Significava poter restare con Mirelle e continuare a vivere senza farsi mancare nulla, così com'era abituato. Significava anche che Van Aldin doveva sapere qualcosa. Van Aldin non era tipo da sborsare tanti soldi senza un motivo. Si alzò dalla poltrona e andò accanto al caminetto.

«E se, per ipotesi, dovessi rifiutare la sua generosa offerta?» chiese con ironica, cortese freddezza.

Knighton si agitò impaziente.

«Posso assicurarvi, signor Kettering» disse cupamente «che mi è costato parecchio venire qui a farvi questa ambasciata.»

«Vi capisco benissimo» disse Kettering. «Non ve la prendete, non è colpa vostra. Comunque, vi prego ugualmente di voler rispondere alla mia domanda.»

Anche Knighton si alzò in piedi e parlò con maggiore riluttanza.

«Nel caso rifiutaste la proposta,» disse «il signor Van Aldin mi incarica di dirvi senza peli sulla lingua che è deciso a stroncarvi. Solo questo.»

Kettering alzò le sopracciglia, ma conservò il suo modo di fare rilassato e ironico.

«Ah, certo!» disse. «Immagino che sia in grado di farlo. Le mie modeste forze non sono certo sufficienti a sfidare uno degli uomini più ricchi d'America. Centomila sterline! Se si vuole comprare un uomo, tanto vale farlo fino in fondo. E se vi dicessi che per duecentomila farei tutto quello che vuole?»

«Riferirei il vostro messaggio a Van Aldin» fece Knighton in tono freddo. «È questa la vostra risposta?»

«No» disse Derek. «Anche se può apparire folle. Tornate da mio suocero e ditegli di andare al diavolo, lui e i suoi tentativi di comprarmi. È chiaro?»

«Chiarissimo» rispose Knighton. Fece per congedarsi, poi si trattenne. «Ehm… permettetemi di dirvi, signor Kettering, che sono contento abbiate risposto in questo modo.»

Derek non replicò. Dopo che l'altro se ne fu andato, rimase un paio di minuti assorto nei suoi pensieri. Uno strano sorriso gli affiorò sulle labbra.

"Ecco fatto" mormorò tra sé.

10
Sul Treno Azzurro

«Papà!»

La signora Kettering ebbe un sussulto. Quella mattina i nervi le giocavano brutti scherzi. Ammantata in modo impeccabile in una lunga pelliccia di visone, un grazioso cappellino rosso lacca che le ombreggiava il viso, aveva percorso l'affollato marciapiede della Victoria Station profondamente immersa nei suoi pensieri. L'improvviso incontro con il padre che era venuto fin lì per vederla partire ebbe un effetto imprevisto su di lei.

«Ehi, Ruth, che salto che hai fatto!»

«Credo che sia perché non mi aspettavo di vederti, papà. Mi avevi già salutato ieri sera e mi avevi detto che stamattina dovevi andare a una conferenza.»

«Tutto vero, infatti» confermò Van Aldin. «Ma tu per me sei molto più importante di qualsiasi conferenza. Sono venuto a darti un ultimo saluto prima della partenza. Non ci vedremo per un po'.»

«Molto carino da parte tua, papà. Vorrei tanto che tu potessi venire con me.»

«E se lo facessi davvero?»

Era solo una battuta scherzosa, e Van Aldin fu sorpreso nel vedere come avvamparono improvvisamente le guance di Ruth. Per un attimo credette di cogliere un lampo allarmato nello sguardo della figlia, che reagì con una risatina incerta.

«Per un attimo ho pensato che parlassi sul serio» disse lei con un tono rassegnato.

«Ti avrebbe fatto piacere?»

«Certamente» fece Ruth con enfasi esagerata.

«Ah, bene.»

«Non starò via tanto a lungo, papà» proseguì Ruth. «Tra un mese potrai raggiungermi.»

«Uffa!» fece Van Aldin in tono pacato. «A volte mi viene il desiderio di andare a farmi visitare da qualche dottorone di Harley Street, nella speranza di sentirmi dire che ho assolutamente bisogno di sole e di un cambiamento d'aria.»

«Fatti forza» lo sollecitò Ruth. «Il mese prossimo è molto più indicato per andare al mare. In questo momento hai una quantità di impegni che non puoi assolutamente trascurare.»

«Purtroppo è vero» disse Van Aldin con un sospiro. «È ora che tu salga, ormai, Ruth. Dov'è il tuo posto?»

Ruth Kettering accennò con lo sguardo verso la testa del treno. Accanto allo sportello di una delle carrozze pullman stava una donna alta e ossuta, vestita di nero: la cameriera personale di Ruth. All'arrivo della padrona si fece da parte per lasciarla salire.

«Vi ho sistemato la borsa da viaggio sotto il sedile, signora, nel caso vi dovesse servire. Devo prendere le nostre coperte da viaggio, o pensate di chiederne una?»

«No, grazie, non mi serve. Ora è meglio che raggiungiate il vostro posto, Mason.»

«Sissignora.»

La cameriera si congedò.

Van Aldin salì nel vagone insieme a Ruth. Lei si accomodò al proprio posto, e Van Aldin posò i giornali e le riviste sul tavolino davanti a lei. La poltrona di fronte era già occupata da una donna e lui le diede una breve occhiata.

Un paio di particolari si impressero nella sua mente: due begli occhi grigi e un elegante abito da viaggio. Poi chiacchierò un po' con Ruth, scambiando quel tipo di frasi che sono abituali quando si va a salutare qualcuno che parte.

Quando si udì il fischio del treno, controllò l'orologio.

«Sarà meglio che scenda, adesso. Ciao, mia cara. Non ti preoccupare, penserò io a tutto.»

«Oh, papà!»

Qualcosa nel tono di Ruth lo fece voltare bruscamente. La voce della figlia parve quasi incrinata dalla disperazione e questo evento assolutamente inconsueto lo aveva fatto sobbalzare. Per una frazione di secondo lei era sembrata sul punto di alzarsi impulsivamente per chiamarlo, ma riacquistò subito il controllo.

«Ci vediamo il mese prossimo» disse disinvolta.

Due minuti più tardi il treno si mise in moto.

Ruth era rimasta irrigidita al proprio posto, mordendosi il labbro inferiore nello sforzo di trattenere le lacrime che le inumidivano gli occhi. Si sentì piombare addosso un senso di orribile desolazione. Provò l'impulso folle di saltare giù dal treno e tornare indietro prima che fosse troppo tardi. Per la prima volta nella sua vita, Ruth, che era sempre stata così calma, così piena di autocontrollo, tremava come una foglia. Che cosa avrebbe detto suo padre, se avesse saputo?

Follia! Sì, nient'altro che follia! Per la prima volta in tutta la sua vita si era lasciata travolgere da una reazione emotiva, al punto da spingersi a fare qualcosa che perfino lei sapeva essere incredibilmente stolta e sconsiderata. Essendo figlia di Van Aldin, era abbastanza intelligente per riconoscere di aver commesso una sciocchezza, e obiettiva a sufficienza per condannare la propria azione. Ma era figlia di suo padre, aveva come lui la stessa volontà di ferro di ottenere quello che si era prefissa e una volta presa una decisione, non c'era verso di farle cambiare idea.

L'ostinazione del suo carattere si era manifestata fin dalla più tenera infanzia, e le circostanze della vita non avevano fatto altro che rafforzarla. Perciò tenne duro soffocando i rimorsi. Bene, ormai il dado era tratto. Non poteva far altro che andare avanti, fino alle estreme conseguenze.

Alzò lo sguardo, e i suoi occhi incontrarono quelli della donna seduta di fronte a lei. Ebbe di colpo la sensazione che l'altra fosse riuscita a leggere nei suoi pensieri. In quegli occhi grigi, le parve di scorgere comprensione e sì... perfino compassione.

Ma fu solo un'impressione. I volti delle due donne tornarono inespressivi. La signora Kettering prese a sfogliare una rivista e Katherine Grey fissò il susseguirsi apparentemente infinito dei deprimenti panorami suburbani che sfilavano oltre il finestrino.

Ma Ruth trovava sempre più difficile concentrare la propria attenzione sulle pagine della rivista. Ansiosi interrogativi si affollavano nella sua mente. Dentro di sé continuava a dirsi che era una pazza, un'incosciente. Come tutte le persone fredde e cocciute, quando perdeva il controllo, lo perdeva del tutto. Era troppo tardi... O forse no? Come avrebbe voluto avere accanto qualcuno con cui confidarsi, una persona capace di consigliarla! Era un desiderio che non aveva mai avuto prima; fino ad allora avrebbe respinto l'idea di fare affidamento sul giudizio di un estraneo, piuttosto che sul proprio... ma che cosa le stava capitando? Panico: sì, era questa la parola più adatta per descrivere quello che le capitava. Proprio lei, Ruth Kettering, si stava facendo prendere dal panico.

Lanciò un'occhiata furtiva alla donna che le stava di fronte. Le sarebbe piaciuto avere per amica una donna come quella, così signorile, graziosa, riflessiva e umana, a giudicare dall'aspetto. Con una persona così avrebbe potuto confidarsi; ma purtroppo era un'estranea. La sola idea, tuttavia, bastò a risollevare alquanto il morale di Ruth. Abbozzando un sorriso, riprese a leggere la rivista. Doveva proprio imparare a controllarsi. Dopotutto, si era cacciata volontariamente in questa situazione; aveva deciso autonomamente. Quale felicità aveva goduto finora, nella vita? E, tra sé, cominciò a ripetersi: "Perché dovrei rinunciare a essere felice, per una volta? Nessuno lo saprà mai".

Il treno raggiunse Dover. Ruth non soffriva il mal di mare. Odiava il freddo, e perciò si affrettò a cercare riparo nella cabina privata che aveva prenotato. Anche se le seccava ammetterlo, Ruth era in qualche modo superstiziosa. Era una di quelle persone che restano colpite da certe strane coincidenze.

Dopo essere sbarcata a Calais per sistemarsi insieme alla cameriera nella sua cabina doppia a bordo del Treno Azzurro, aveva raggiunto il vagone ristorante. Rimase sorpresa e impressionata quando, accomodandosi al tavolo, si trovò di fronte, per la seconda volta, la donna con cui aveva viaggiato nella carrozza pullman. Le due donne accennarono un sorriso.

«Che coincidenza» disse la signora Kettering.

«Davvero» fece Katherine. «Le cose vanno in modo un po' buffo, a volte.»

Un cameriere arrivò subito a servirle, con l'impeccabile efficienza e sollecitudine che costituivano il vanto della Compagnie International des Wagons-lits, depositando davanti a loro la minestra. Quando, finita la minestra, attaccarono l'omelette, avevano già cominciato a chiacchierare come vecchie amiche.

«Sarà una meraviglia, starsene al sole» sospirò Ruth.

«Sono sicura che sarà una sensazione splendida.»

«Conoscete bene la Costa Azzurra?»

«No, è la prima volta che ci vado.»

«Ma guarda.»

«Voi invece ci andate tutti gli anni, immagino?»

«Praticamente. Gennaio e febbraio a Londra sono orribili.»

«Ho sempre vissuto in campagna. Anche lì i mesi belli non sono molti. Quasi sempre si sguazza in mezzo al fango.»

«Che cosa vi ha fatto decidere a intraprendere questo viaggio?»

«I soldi» rispose semplicemente Katherine. «Per dieci anni ho vissuto del mio stipendio di dama di compagnia, appena sufficiente a comprarmi un paio di scarpe da campagna; ora ho ereditato quella che a me pare una grossa fortuna, anche se, tradotta in cifre, non credo che a voi farebbe altrettanta impressione.»

«Ah, sì! Come fate a dirlo?»

Katherine rise. «Non è che lo sappia. Alle volte ci si forma un'opinione senza saperne spiegare i motivi. Mi sono formata l'impressione che voi siate una delle signore più ricche di questa terra. Vai a sapere perché. Probabilmente mi sono sbagliata.»

«No» disse Ruth. «Non vi siete sbagliata.» Divenne improvvisamente molto seria. «Vorrei che mi diceste quali altre impressioni avete avuto su di me.»

«Be'...»

Ruth la incalzò, decisa a farle superare l'evidente imbarazzo. «Oh, per favore, mettiamo da parte le convenzioni. Voglio saperlo. Fin da quando siamo partite da Londra, ho cominciato a tenervi d'occhio, perché avevo, non so come dire, la sensazione che potevate capire quello che mi passava per la testa.»

«Non ho la facoltà di leggere il pensiero, ve l'assicuro» disse Katherine con un sorriso.

«No, certamente; ma vi prego, ditemi ugualmente che impressione avete avuto.» L'ansia di Ruth era talmente sincera che l'altra decise di soddisfare la sua curiosità.

«Se proprio ci tenete, ve lo dirò; ma non giudicatemi impertinente, poi. Vedendovi, mi sono detta che dovevate essere molto giù e me ne sono dispiaciuta.»

«Avete ragione. Avete perfettamente ragione. Sono in un guaio terribile. Io… io vorrei confidarmi con voi, se me lo consentite.»

"Oh, santo cielo!" pensò Katherine tra sé. "Il mondo è lo stesso dappertutto, a quanto pare! La gente non faceva che raccontarmi i suoi problemi, a St Mary Mead, e ora si ricomincia anche qui. Sono stufa di ascoltare i guai del prossimo!"

Però, rispose cortesemente: «Dite pure».

Il pranzo era ormai alla conclusione. Ruth sorseggiò il caffè, si alzò, e senza degnare di considerazione il fatto che Katherine non aveva ancora accostato la tazzina alle labbra, le disse: «Venite con me nella mia cabina».

Si trattava per la precisione di due cabine contigue. Affacciandosi alla porta di comunicazione, Katherine notò la presenza della cameriera, una donna alta e ossuta che aveva già visto alla Victoria Station: sedeva impettita, stringendo in grembo una valigetta in pelle, su cui spiccavano le iniziali R.V.K. La signora Kettering richiuse la porta e si accomodò, imitata da Katherine.

«Sono nei guai e non so come fare. C'è un uomo a cui tengo molto, davvero molto. Ci siamo amati quando eravamo giovani, ma ci hanno costretto in modo ingiusto a separarci. Ora siamo insieme di nuovo.»

«Davvero?»

«Io… in questo momento sto andando a raggiungerlo. Oh! Immagino penserete che stia facendo un grosso sbaglio, ma voi non conoscete la situazione. Mio marito è un uomo impossibile. Mi ha sempre trattata in modo vergognoso.»

«Ma guarda…» fece Katherine, continuando a fingere interesse.

«Quello che però mi fa star male è che ho ingannato mio padre… era lui quello che è venuto a salutarmi alla Victoria Station. Lui vuole che divorzi e, ovviamente, non sospetta minimamente che io stia andando a incontrare quest'altro uomo. La giudicherebbe un'assurda follia.»

«Be', non lo pensate un po' anche voi?»

«Sì… temo di sì.»

Ruth Kettering abbassò lo sguardo; le mani erano scosse da un tremito nervoso.

«Ma non posso più tirarmi indietro.»

«Perché no?»

«È tutto fissato, ormai. E se non andassi gli spezzerei il cuore.»

«Oh, vi sbagliate» ribatté Katherine con energia. «Il cuore è un organo molto più resistente di quanto non si creda.»

«Mi giudicherà una donna senza forza né carattere.»

«A me pare che sia una grossa sciocchezza quella che state per fare adesso» replicò Katherine. «E credo che ve ne rendiate conto anche da sola.»

Ruth Kettering si nascose il volto tra le mani. «Non lo so… non so più. Sin dalla partenza ho una specie di orribile presentimento… come se dovesse capitarmi qualcosa molto presto… qualcosa cui non posso sfuggire.»

Afferrò convulsamente la mano di Katherine.

«Penserete che io sia matta, sentendomi parlare in questo modo, ma lo so, ne sono sicura: sta per accadere qualcosa di terribile.»

«Non dite così» la incoraggiò Katherine. «Cercate di tranquillizzarvi. Volendo, potreste mandare un telegramma a vostro padre appena arriviamo a Parigi e lui vi raggiungerebbe subito.»

Ruth si illuminò.

«Sicuro, potrei fare così. Povero vecchio papà. È strano… ma non avevo mai capito prima d'oggi quanto sono legata a lui.» Si ricompose, asciugandosi gli occhi col fazzoletto. «Sono stata davvero una sciocca. Grazie per aver ascoltato questo mio sfogo. Non so come ho fatto a ridurmi così.»

Si alzò in piedi. «Adesso mi sento tranquilla. Forse avevo solo bisogno di parlare con qualcuno. Mi sorprendo io stessa di essere stata così sciocca.»

Katherine si alzò a sua volta.

«Sono contenta che vi sentiate meglio» disse, sforzandosi di parlare nel tono più distaccato possibile. Sapeva bene che dopo le confidenze viene il momento dell'imbarazzo. Con molto tatto, aggiunse: «Ora dovrei tornare nella mia cabina».

Uscì nel corridoio proprio mentre la cameriera stava uscendo dalla cabina accanto. La donna si girò e parve scorgere qualcosa alle spalle di Katherine, qualcosa che a giudicare dall'espressione, le suscitò una viva sorpresa. Katherine si voltò, ma il corridoio era vuoto: probabilmente la cameriera aveva visto qualcuno che si era già ritirato nella propria cabina. Katherine si inoltrò lungo il corridoio per tornare al proprio posto, nella carrozza successiva. Mentre passava accanto all'ultima cabina del vagone, da questa si affacciò per un attimo una donna, che subito si affrettò a richiudere la porta. La fisionomia della donna era di quelle che è impossibile scordare, e Katherine era destinata a rivedere ben presto quel viso, senz'altro bello, un perfetto ovale dalla carnagione scura, pesantemente truccato. Katherine ebbe l'impressione di averlo già visto da qualche parte.

Riguadagnò la propria cabina senza altre avventure e si sedette a riflettere sulle confidenze che aveva appena ricevuto. Si chiedeva perplessa chi fosse la donna in pelliccia di visone, e anche come sarebbe andata a finire quella storia.

"Se sono riuscita a impedire a qualcuno di fare una stupidaggine, potrò dire che tutto questo è servito almeno a qualcosa" pensò. "Ma chi lo sa? Quella donna è la classica donna egoista e cocciuta, attenta a non fare mai un passo falso, e magari non le farebbe male comportarsi tutto all'opposto, per una volta. Oh, be'... non credo proprio di incontrarla di nuovo. Sarà anzi lei stessa a cercare di evitarmi. Quando permetti che qualcuno ti racconti i fatti propri, il peggio è proprio questo: che se ne pentono subito e non vanno mai fino in fondo."

Si augurò che le assegnassero un posto diverso nella carrozza ristorante, per cena. Si disse, non senza ironia, che sarebbe stato imbarazzante per entrambe. Si mise comoda posando la testa su un cuscino, sentendosi improvvisamente stanca e vagamente depressa. Intanto avevano raggiunto Parigi, e il lento attraversamento della *ceinture*, con tutte quelle interminabili fermate, fu molto noioso.

Quando finalmente il treno arrivò alla Gare de Lyon, Katherine fu felice di poter scendere a sgranchirsi le gambe sul marciapiede. L'aria fresca, anche se la temperatura era un po' rigida, ebbe un effetto tonificante. Notò piuttosto divertita che la sua amica, in pelliccia di visone, aveva evitato l'imbarazzo di un nuovo incontro a cena ricorrendo a un altro sistema. La cameriera si stava facendo passare attraverso il finestrino un cestino da viaggio.

Quando il treno ripartì, e l'ora di cena fu annunciata da un sonoro squillare di campanelli, Katherine si avviò alla carrozza ristorante con uno stato d'animo molto più disteso. Il suo compagno di tavola, quella sera, era un tipo completamente differente:

un ometto distinto, chiaramente straniero, con un paio di grossi baffi curatissimi dalle punte rivolte all'insù, e una strana testa a uovo, che teneva leggermente reclinata di lato. Katherine aveva portato un libro con sé, che posò accanto al piatto. A un certo punto, si accorse che l'uomo fissava la copertina del libro con un atteggiamento ammiccante e ironico.

«Vedo, *madame*, che avete lì un *roman policier*. Amate questo genere di letture?»

«Mi divertono» ammise Katherine.

L'ometto annuì con grande bonomia.

«Mi dicono che si vendono sempre molto bene. Mi saprebbe spiegare come mai, eh, *mademoiselle*? Ve lo chiedo come studioso dell'umana natura. Come mai?»

Katherine cominciò a trovare spassoso quel colloquio.

«Forse danno alla gente l'illusione di partecipare a qualcosa di eccitante.»

L'uomo annuì con aria grave.

«Sì. C'è del vero in quello che dite.»

«Naturalmente, la gente sa che queste cose, nella realtà, non succedono...» proseguì Katherine, ma lui la interruppe bruscamente.

«Ma a volte, *mademoiselle*, accadono davvero! E il sottoscritto, *mademoiselle*, ne sa qualcosa, ve l'assicuro.»

Lei gli lanciò una rapida occhiata, piena di interesse.

«Un giorno, chi lo sa, lei stessa potrebbe trovarcisi dentro» continuò lui. «Dipende tutto dal caso.»

«Mi pare piuttosto improbabile» obiettò Katherine. «A me non capitano mai cose di questo genere.»

L'ometto si protese verso di lei.

«Vi piacerebbe che vi capitassero?»

Quella domanda colse Katherine di sorpresa, facendola trasalire.

«Sarà una mia impressione» disse l'ometto impomatato, lucidando una forchetta con il tovagliolo, per precauzione igienica «ma penso che abbiate una gran voglia di assistere a qualche evento interessante. *Eh bien, mademoiselle*, la mia esperienza mi insegna che si finisce sempre per trovare quello di cui si va in cerca! Non si sa mai nella vita quello che può accadere!» Deformò l'espressione in una smorfia comica. «Anzi, a volte si trova anche di più di quanto ci si aspetta di trovare.»

«È una profezia?» chiese Katherine alzandosi da tavola.

L'ometto scosse la testa.

«È pur vero che di norma non sbaglio mai... ma non vado in giro a vantarmene. Buonanotte, *mademoiselle*, e dormite bene.»

Katherine si avviò per tornare al suo vagone, ripensando divertita e affascinata al suo strano commensale. Passando davanti alla cabina della sua amica in pelliccia vide attraverso la porta aperta il controllore che preparava il letto. La donna stava accanto al finestrino e guardava fuori. A giudicare da ciò che si scorgeva dalla porta di comunicazione, la cabina accanto era vuota, con le coperte e i bagagli ammucchiati ordinatamente sul sedile. Nessuna traccia della cameriera.

Katherine trovò il proprio letto già pronto, e dato che era stanca, si ficcò subito sotto le coperte e spense la luce quando erano appena le nove e mezzo.

A un certo punto della notte si svegliò di soprassalto; non sapeva dire quanto tempo fosse passato. Controllando l'orologio, si accorse che era fermo. Fu assalita da un intenso disagio, che sentiva acuirsi di momento in momento. Finì che si alzò, e buttandosi sulle spalle la vestaglia, uscì nel corridoio. Il treno intero pareva sprofondato nel sonno. Katherine abbassò il finestrino e vi si sedette accanto, nella vana speranza che la gelida aria notturna le potesse snebbiare la mente facendo piazza pulita dei suoi angosciosi timori. Alla fine decise di andare dal controllore, in fondo al vagone, per chiedergli l'ora e regolare di conseguenza il suo orologio. Ma trovò che il suo seggiolino era vuoto. Esitò, poi si spinse nel vagone successivo. Scrutando il lungo corridoio fiocamente illuminato, si sorprese nel vedere un uomo che teneva la mano appoggiata sulla maniglia della cabina dove dormiva la donna in pelliccia. O almeno, le parve che si trattasse della stessa cabina. Ma forse si era sbagliata. L'uomo rimase qualche attimo in quella posizione, volgendole la schiena, con un atteggiamento apparentemente incerto, esitante. Poi si girò lentamente, e Katherine si accorse, con un senso di arcana fatalità, che era la stessa persona che aveva già notato due volte: la prima volta nel corridoio del Savoy, e la seconda da Cook & Sons. Poi l'uomo aprì la porta della cabina e si infilò all'interno, richiudendosi la porta alle spalle.

Un'idea attraversò la mente di Katherine. Forse l'uomo era lo stesso cui aveva accennato la donna in pelliccia: quello che doveva incontrare e per il quale si era messa in viaggio.

Poi Katherine si disse che la sua fantasia stava ricamando un po' troppo attorno a questa faccenda, e che probabilmente quella non era affatto la cabina di lei.

Tornò nel suo vagone. Cinque minuti più tardi il treno cominciò a rallentare. Si udì il lungo sibilo dei freni ad aria compressa e nel giro di pochi minuti il treno si fermò. Erano arrivati a Lione.

11
Un assassinio

Il risveglio di Katherine, l'indomani mattina, fu allietato da un sole brillante. Andò a fare colazione presto, senza peraltro incontrare nessuna delle sue nuove conoscenze del giorno prima. Quando tornò nella sua cabina, trovò che il controllore l'aveva appena riassettata riconvertendola nella versione diurna. L'uomo era un tipo dalla faccia malinconica, scuro di capelli e con un paio di baffoni all'ingiù.

«Siete fortunata, *madame*» fece l'uomo. «C'è un sole magnifico. È sempre una grossa delusione, per i viaggiatori, quando all'arrivo si incappa in una giornata grigia.»

«Sarei rimasta delusa anch'io» confermò Katherine.

Il controllore si accinse a congedarsi.

«Il treno porta un po' di ritardo, *madame*» disse. «Vi avvertirò quando staremo per arrivare a Nizza.»

Katherine annuì. Si sedette accanto al finestrino, incantata dallo splendido panorama inondato di sole. Le palme, il blu intenso del mare, il giallo brillante delle mimose componevano uno spettacolo totalmente inedito per lei, che da ben quattordici anni sopportava il grigiore e la monotonia degli inverni inglesi. La novità di quella luce prodigiosa non mancò di affascinarla.

Quando arrivarono a Cannes, Katherine scese dal treno e passeggiò per un po' lungo il marciapiede. Era curiosa di sapere che cosa stesse facendo la donna in pelliccia e cercò di dare un'occhiata dentro la sua cabina attraverso il finestrino. Le tendine erano le uniche, in tutto il treno, ancora abbassate. Katherine rimase alquanto perplessa e, tornando a bordo, passò di proposito davanti alle due cabine comunicanti e notò che le porte erano ancora chiuse, con le tendine abbassate. Evidentemente la signora in pelliccia non amava alzarsi presto.

Poco dopo il controllore venne da lei ad avvisarla che entro pochi minuti il treno avrebbe raggiunto Nizza. Katherine gli diede la mancia; l'uomo ringraziò, ma non accennò ad andarsene. Aveva un'aria stranamente afflitta. Katherine, che dapprima aveva pensato che la mancia fosse stata insufficiente, non tardò ad accorgersi che si trattava di qualcosa di molto più serio.

L'uomo, terreo, tremava tutto e pareva spaventato a morte. Le teneva gli occhi addosso con un'espressione strana. Alla fine le chiese brusco: «Scusatemi, *madame*, aspettate di incontrare qualcuno a Nizza?».

«Sì, penso di sì» rispose Katherine. «Perché me lo chiedete?»

Ma l'uomo si limitò a bofonchiare qualcosa di indistinto scuotendo la testa e allontanandosi nel corridoio. Non riapparve finché il treno non fu fermo alla stazione, quando cominciò a passarle i suoi bagagli attraverso il finestrino.

Katherine rimase per un po' in attesa sul marciapiede, sentendosi spersa, ma poi un giovanotto biondo dall'aria candida le si accostò e le chiese esitante: «La signorina Grey, vero?».

«Sì, sono io.»

Il giovane la gratificò di un radioso sorriso, e riprese serafico: «Io sono Charles... il marito di Lady Tamplin. Spero che vi abbia parlato di me, ma magari se n'è dimenticata. Avete a portata di mano il vostro *billet de bagages*? Io avevo perso il mio, quando sono venuto qui l'ultima volta, e non vi dico quante storie mi hanno fatto. La tipica pignoleria della burocrazia francese!».

Katherine tirò fuori lo scontrino e fece per avviarsi, quando una voce insinuante le mormorò all'orecchio.

«Un momento, *madame*, per favore.»

Katherine si girò e scorse un individuo che pareva voler compensare con la ricchezza delle passamanerie dorate sull'uniforme la propria statura insignificante. Spiegò che c'erano delle formalità da sbrigare, e pregava *madame* di volerlo cortesemente seguire. I regolamenti di polizia, si sa, per quanto assurdi vanno rispettati, concluse, levando le braccia al cielo.

Charles Evans ascoltò senza capire granché, essendo la sua conoscenza del francese molto limitata.

«I soliti francesi» mormorò il signor Evans. Era uno di quei figli d'Inghilterra devotamente fedeli alla madrepatria, che una volta insediati in terra straniera, mal sopportano la presenza degli indigeni. «Hanno sempre qualche stupido cavillo. Eppure non mi risulta che abbiano mai fermato la gente alla stazione, prima d'ora. Questa è la prima volta: deve essere una nuova trovata. Temo che non possiate fare altro che seguirlo.»

Katherine si incamminò dietro la sua guida. Fu piuttosto sorpresa nel constatare che la stava conducendo verso una delle carrozze del treno che, staccata dal resto del convoglio, stazionava su un binario morto. L'uomo la invitò a salire sul vagone e, precedendola lungo il corridoio, la scortò fino alla porta di una delle cabine letto. All'interno c'era un personaggio pomposo che pareva essere un ufficiale di polizia, accompagnato da un tipo anonimo, forse un suo subalterno. Il personaggio dall'aria pomposa si alzò per andarle incontro, e facendole un rispettoso inchino, disse: «Vogliate perdonarmi, *madame*, ma ci sarebbero alcune formalità da espletare. Spero, *madame*, che parliate francese».

«Penso di riuscire a cavarmela, *monsieur*» rispose Katherine nella lingua dell'altro.

«Molto bene. Ma prego, *madame*, accomodatevi. Io sono Monsieur Caux, commissario di polizia.» Lo disse impettito, con aria di importanza, e Katherine si sforzò di apparire abbastanza colpita.

«Volete controllare il mio passaporto?» chiese lei. «Eccolo qui.»

Il commissario la fissò con sguardo indagatore e fece un cenno d'assenso.

«Grazie, *madame*» disse, prendendo il passaporto. Si schiarì la gola. «Ma quello che più mi sta a cuore è avere da voi qualche piccolo chiarimento.»

«Chiarimento?»

Il commissario annuì con aria grave.

«Riguardo a una signora che è stata vostra compagna di viaggio. Ieri avete pranzato insieme.»

«Temo di potervi dire ben poco su di lei. Abbiamo scambiato due chiacchiere a tavola, ma è una perfetta estranea, per me. Non l'avevo mai vista prima.»

«Eppure» rimarcò brusco il commissario «siete andata nella sua cabina, dopo pranzo, e avete parlato ancora per un po'.»

«Sì» ammise Katherine. «Questo è vero.»

Il commissario pareva aspettarsi che dicesse qualche altra cosa. Le diede un'occhiata che voleva essere di incoraggiamento.

«Sì, *madame*?»

«Ebbene, *monsieur*?» ribatte Katherine.

«Potete darmi un'idea di quale sia stato l'argomento della vostra conversazione?»

«Potrei» disse Katherine «ma al momento non vedo il motivo per cui dovrei farlo.»

Da buona inglese, provava un vivo fastidio per quell'interrogatorio. Questo ufficiale di polizia straniero le pareva impertinente.

«Nessun motivo, dite voi?» esclamò il commissario. «Oh, sì, *madame*: posso garantirvi che c'è un buon motivo.»

«Gradirei conoscerlo, se non vi dispiace.»

Il commissario si grattò penosamente una guancia per qualche momento, senza parlare.

«*Madame*» disse alla fine «il motivo è molto semplice. La signora in questione è stata trovata morta nella sua cabina, stamane.»

«Morta!» Katherine restò senza fiato. «Che cosa è stato? Un attacco di cuore?»

«No» rispose il commissario, con un tono pacato, quasi assente. «È stata assassinata.»

«Assassinata!» esclamò Katherine.

«Ora capite, *madame*, perché siamo così ansiosi di raccogliere ogni possibile informazione.»

«Ma sicuramente la sua cameriera...»

«La cameriera è sparita.»

«Oh!» Katherine non aveva più parole.

«Dato che il controllore vi ha visto parlare insieme nella cabina della signora, lo ha ovviamente riferito a noi della polizia, ed ecco perché, *madame*, vi abbiamo trattenuto, sperando di poter avere da voi qualche chiarimento.»

«Mi dispiace» disse Katherine. «Non so nemmeno come si chiamasse.»

«Kettering. Lo abbiamo desunto dal suo passaporto e dai talloncini sul bagaglio. Se noi...»

In quel momento bussarono alla porta. Monsieur Caux si accigliò. Socchiuse l'uscio e si affacciò.

«Che cosa c'è?» chiese con aria imperiosa. «Non posso essere disturbato.»

La testa a forma d'uovo del commensale di Katherine, quello della sera prima, apparve sulla soglia. Aveva stampato in volto un caldo sorriso.

«Il mio nome» disse «è Hercule Poirot.»

«No!» balbettò il commissario. «Il famoso Hercule Poirot?»

«In persona» confermò l'ometto. «Ricordo di avervi incontrato una volta, Monsieur Caux, alla Sûreté di Parigi; ma senza dubbio avrete ormai dimenticato il nostro incontro...»

«Nient'affatto, *monsieur*, nient'affatto!» dichiarò con calore il commissario. «Ma entrate, vi prego. Siete già al corrente...»

«Sì, lo so» disse Hercule Poirot. «Sono venuto per vedere se potevo essere di qualche aiuto.»

«Voi ci onorate» si affrettò a dire il commissario. «Lasciate che vi presenti, Monsieur Poirot...» poi, dopo aver consultato il passaporto che gli era rimasto in mano «Madame... ehm... Mademoiselle Grey.»

Poirot sorrise dolcemente all'indirizzo di Katherine.

«È strano» mormorò «che le mie parole si siano tradotte in realtà così presto, non è vero?»

«Purtroppo *mademoiselle* non è in grado di dirci molto» si lagnò il commissario.

«Come stavo dicendo,» chiarì Katherine «la povera signora era una estranea per me.»

Poirot annuì.

«Ma vi ha parlato, no?» disse gentilmente. «Vi sarete formata un'impressione, o sbaglio?»

«Sì» disse Katherine pensosa. «Immagino di sì.»

«E dunque, qual è questa impressione?»

«Sì, *mademoiselle*» la sollecitò il commissario protendendosi verso di lei. «Diteci almeno le vostre impressioni.»

Katherine rimase per un po' in silenzio, considerando tra sé la questione. Le pareva in un certo modo di tradire la fiducia della morta, rivelando le sue confidenze, ma quella terribile parola, "assassinio", le risuonava nell'orecchio e non le consentiva alcun riserbo. La posta in gioco era troppo grossa. Perciò cercò di essere più esauriente possibile, ripetendo quasi parola per parola il colloquio che aveva avuto con la signora Kettering.

«Interessante» osservò alla fine il commissario. «Eh, Monsieur Poirot, non lo trovate interessante? Potrebbe avere qualcosa a che fare con il delitto...» Lasciò la frase in sospeso.

«Suppongo che sia da escludere il suicidio» disse Katherine, dubbiosa.

«No» confermò il commissario. «Non può trattarsi di suicidio. È stata strangolata con un cordoncino nero.»

«Oh!» Katherine rabbrividì. Monsieur Caux protese le mani come per scusarsi. «Non è bello... no. Certo i rapinatori sui nostri treni sono più brutali di quelli che avete nel vostro paese.»

«È orribile.»

«Sì, sì» la confortò sempre con l'aria di scusarsi. «Ma voi siete molto coraggiosa, *mademoiselle*. Immediatamente appena vi ho vista, mi sono detto: "*Mademoiselle* è molto coraggiosa". Ecco perché vorrei chiedervi di fare qualcosa di più... una cosa che non sarà certo piacevole ma assolutamente necessaria, ve l'assicuro.»

Katherine lo fissò con aria apprensiva.

Lui spalancò mestamente le braccia.

«Vorrei chiedervi, *mademoiselle*, di seguirmi nella cabina qui accanto.»

«Devo proprio?» sussurrò Katherine sgomenta.

«Qualcuno deve pure identificarla» disse il commissario «e poiché la cameriera è sparita...» Si schiarì la gola imbarazzato. «Pare che voi siate la persona che l'ha vista più a lungo, durante il viaggio.»

«Benissimo» disse Katherine in tono pacato. «Se è proprio necessario...»

Si alzò. Poirot fece un lieve cenno d'assenso.

«*Mademoiselle*, siete una persona veramente comprensiva» disse. «Posso accompagnarvi, Monsieur Caux?»

«Ma certo, caro Poirot.»

Uscirono nel corridoio e Caux aprì la porta della cabina della morta. Le tendine nell'angolo più lontano erano state scostate a metà per far luce. La vittima giaceva sulla cuccetta di sinistra, in una posa così naturale da sembrare addormentata. Aveva le coperte tirate quasi fin sopra la testa, che era rivolta verso la parete, sicché si intravedevano solo i capelli ramati. Con delicatezza, Caux le posò una mano sulla spalla e girò il corpo per permettere di vedere il viso. Katherine arretrò involontariamente stringendo i pugni fino a conficcarsi le unghie nei palmi. Il volto era sfigurato, al punto da essere quasi irriconoscibile, da un colpo sferrato con eccezionale violenza. Anche Poirot non poté trattenere un'esclamazione di sorpresa.

«Quando è stato fatto questo, mi chiedo» disse poi. «Prima o dopo il decesso?»

«Il medico legale dice che è stato dopo» rispose Caux.

«Strano» fece Poirot, aggrottando le sopracciglia. Si volse verso Katherine. «Fatevi forza, *mademoiselle*, e guardatela bene. Siete certa che sia la stessa persona con cui avete parlato ieri in treno?»

Katherine mantenne i nervi saldi. Facendo appello a tutto il proprio autocontrollo osservò a lungo, accuratamente, la figura inerte della morta. Poi si chinò in avanti e le prese la mano.

«Mi pare di non poter sbagliare» rispose infine. «Il viso è troppo sfigurato per essere ancora riconoscibile, ma il fisico, la statura e i capelli sono gli stessi, e inoltre ho notato questo...» indicò un piccolo neo sul polso sinistro della vittima. «È un particolare che mi era rimasto impresso.»

«*Bon*» approvò Poirot. «Come testimone, siete preziosissima, *mademoiselle*. Dunque, non c'è dubbio sull'identità: tuttavia, la faccenda è molto strana.» Corrugò la fronte mentre osservava perplesso la morta.

Caux si strinse nelle spalle.

«Si vede che la furia omicida dell'assassino non si è placata con la morte della vittima» arrischiò.

«Se fosse stata ammazzata a bastonate, si potrebbe capire» obiettò pensoso Poirot. «Ma invece è stata strangolata da qualcuno che le è scivolato alle spalle di soppiatto. In questo modo nessuno avrebbe potuto udire il leggero gemito della vittima nel momento in cui restava soffocata. Ma poi le è stato inferto questo colpo sulla faccia. Perché? Forse l'assassino sperava, sfigurandola, che la vittima non potesse essere più identificata? O la odiava così tanto che non ha resistito alla tentazione di colpirla quando era già morta?»

Katherine rabbrividì e lui si affrettò a confortarla con gentilezza.

«Su, *mademoiselle*, non vi lasciate andare» le disse. «Per voi, lo capisco, si tratta di un'esperienza nuova e terribile. Per me, purtroppo, non ha nulla di insolito, ormai. Vorrei pregare entrambi di avere ancora un attimo di pazienza.»

Gli altri rimasero accanto alla porta a osservarlo mentre si muoveva in giro per la cabina. Prese nota di tutti i particolari: i vestiti della vittima piegati con ordine ai piedi del letto, la sontuosa pelliccia appesa a un gancio, il cappellino rosso lacca riposto su una retina in alto. Poi passò nella cabina contigua, quella dove Katherine aveva intravisto la cameriera. Qui il letto non era stato rifatto. Tre o quattro coperte stavano ammucchiate alla rinfusa sul sedile; c'erano inoltre una cappelliera e un paio di valigie. A questo punto Poirot si rivolse improvvisamente a Katherine.

«Voi siete stata qui, ieri» disse. «Trovate nulla di cambiato? Vi pare che manchi qualcosa?»

Katherine si guardò intorno attentamente, passando in rivista le due cabine.

«Sì» confermò. «C'è qualcosa che manca, in effetti: una valigetta rossa di pelle. Portava impresse le iniziali R.V.K. Direi che si trattava di una piccola borsa da viaggio, oppure di un grosso portagioie. Ce l'aveva la cameriera, quando l'ho notato.»

«Ah!» esclamò Poirot.

«Ma certo» fece Katherine. «Be', io non mi intendo affatto di queste cose, ma adesso, considerando che sono spariti contemporaneamente la cameriera e il portagioie, la cosa mi pare abbastanza semplice.»

«Volete dire che il rapinatore era la cameriera? No, *mademoiselle*; ci sono buoni motivi per escluderlo.»

«Quali?»

«La cameriera è scesa a Parigi.»

Caux si volse verso Poirot.

«Avrei piacere sentiste la testimonianza del controllore direttamente dall'interessato» mormorò confidenzialmente. «È molto interessante.»

«Credo che anche *mademoiselle* sia interessata ad ascoltarla» disse Poirot. «Spero che non abbiate obiezioni, commissario.»

«No» fece il commissario, con un tono che contraddiceva la sua asserzione. «Certo che no, Monsieur Poirot... se lo dite voi. Avete finito qui?»

«Mi pare di sì. Un altro minutino.»

Stava rivoltando le coperte, e ora ne aveva accostata una al finestrino, per osservarla da vicino. Poi raccolse tra le dita qualcosa.

«Che cos'è?» chiese Caux incuriosito.

«Quattro capelli rossi.» Poirot si chinò sopra la vittima. «Sì, appartengono senz'altro a *madame*.»

«E con ciò? Vi pare un particolare importante?»

Poirot depose di nuovo la coperta sul sedile.

«Chi può dire che cos'è importante e che cosa non lo è? È troppo presto per poterlo capire. Ma è sempre meglio prendere nota con cura anche dei minimi particolari.»

Tornarono di là nella prima cabina, ad attendere il controllore che arrivò poco dopo per essere interrogato una seconda volta.

«Il vostro nome è Pierre Michel, vero?» disse il commissario.

«Sissignore.»

«Vorrei pregarvi, gentilmente, di ripetere a questo signore quello che avete visto quando il treno si è fermato a Parigi» fece Caux accennando a Poirot.

«Molto bene, signor commissario. È successo poco dopo che il treno aveva lasciato la Gare de Lyon. Ero venuto per preparare i letti, pensando che *madame* stesse cenando nella carrozza ristorante, ma lei invece aveva preso un cestino da viaggio e stava mangiando in cabina. Mi ha detto che era stata costretta a far scendere la cameriera a Parigi, e che quindi dovevo rifare un letto soltanto. Ha preso il cestino da viaggio e se l'è portato nella cabina accanto, mentre io sistemavo il letto; poi ha soggiunto che non voleva essere svegliata, la mattina dopo, perché preferiva dormire fino a tardi. Le ho risposto che poteva stare tranquilla e lei mi ha augurato la buonanotte.»

«Voi non vi siete affacciato per niente nella cabina contigua?»

«Nossignore.»

«Perciò non avete notato se c'era una valigetta di pelle rossa, in mezzo al bagaglio?»

«Nossignore, non l'ho vista.»

«Ritenete possibile che potesse esserci qualcuno nascosto nella cabina qui accanto?»

Il controllore ci pensò sopra.

«La porta di comunicazione era socchiusa» disse. «Se qualcuno ci si fosse nascosto dietro, non avrei potuto vederlo, ma naturalmente sarebbe stato perfettamente visibile da *madame* quando è andata di là.»

«Giusto» confermò Poirot. «Avete qualche altra informazione da darci?»

«Credo che sia tutto, *monsieur*. Non ricordo altro.»

«E riguardo a stamattina?» lo incalzò Poirot.

«Come *madame* aveva ordinato, non l'ho disturbata. Mi sono azzardato a bussare solo poco prima di arrivare a Cannes. Non avendo ottenuto risposta, ho aperto con la mia chiave. *Madame* pareva ancora addormentata. Le ho posato una mano sulla spalla per scuoterla, e allora...»

«E allora avete visto quello che era successo» intervenne Poirot, completando la frase. «*Très bien.* Mi pare di aver saputo tutto quello che volevo sapere.»

«Spero, signor commissario, di non essere ritenuto colpevole di alcuna negligenza» disse il controllore. «Una cosa del genere sul Treno Azzurro! È tremendo.»

«Tranquillizzatevi» disse il commissario. «Sarà fatto tutto il possibile per evitare indiscrezioni attorno a questa faccenda, se non altro nell'interesse della giustizia. Io non vi ritengo colpevole di nessuna negligenza.»

«Potreste, signor commissario, riferire questa vostra opinione alla mia Compagnia?»

«Ma certo» assicurò Caux con impazienza. «Ora potete andare.»

L'uomo si ritirò.

«In base al referto del medico legale» proseguì poi il commissario «la signora era probabilmente già morta prima che il treno arrivasse a Lione. Chi può averla uccisa? Stando a quello che ci ha detto *mademoiselle*, sembra chiaro che a un certo punto, durante il viaggio, la vittima doveva riunirsi all'uomo cui accennava. Il fatto che si sia liberata della cameriera mi pare significativo. Lui allora sarà salito sul treno a Parigi, e lei lo avrà nascosto nella cabina contigua, non vi pare? Se le cose sono andate così, può darsi che in seguito abbiano litigato e che lui l'abbia uccisa in un impeto di rabbia. Questa è una prima possibilità. La seconda, che per me è la più probabile, è che la vittima sia stata aggredita da un rapinatore che viaggiava sul treno; quest'ultimo si è inoltrato furtivamente nel corridoio senza che il controllore lo vedesse, e dopo averla uccisa, se ne è andato indisturbato con la valigetta rossa, che senza dubbio conteneva gioielli o comunque qualcosa di valore. Con tutta probabilità è sceso dal treno a Lione, e noi abbiamo già telegrafato a quella stazione, per raccogliere tutte le informazioni possibili sui passeggeri scesi lì.»

«Potrebbe anche essere rimasto sul treno fino a Nizza» suggerì Poirot.

«È possibile» ammise il commissario. «Ci voleva un bel fegato, però.»

Poirot lasciò passare un paio di minuti prima di riprendere a parlare.

«Dunque, voi sareste propenso a credere che sia stato un comune ladro?»

Il commissario si strinse nelle spalle.

«Dipende. Dobbiamo prima ritrovare la cameriera. È possibile che abbia lei la valigetta. Se fosse così, allora l'uomo di cui la vittima ha parlato a *mademoiselle* sarebbe implicato nella faccenda, che andrebbe classificata come un crimine passionale. Per conto mio, sono convinto che l'ipotesi di una rapina sia quella più verosimile. Questi delinquenti stanno diventando sempre più temerari, da un po' di tempo a questa parte.»

Poirot si girò allora verso Katherine.

«E voi, *mademoiselle,* avete udito o visto nulla, durante la notte?»

«Nulla.»

Poirot tornò a rivolgersi al commissario.

«Non abbiamo più bisogno di trattenere *mademoiselle,* mi pare» suggerì.

«Potete lasciarci un recapito?» chiese Caux.

Katherine gli fornì l'indirizzo della villa di Lady Tamplin. Poirot accennò un inchino.

«Potrò vedervi ancora, *mademoiselle*?» disse. «O sarete troppo presa con i vostri amici?»

«Al contrario» protestò Katherine. «Avrò moltissimo tempo a disposizione e sarò felicissima di rivedervi.»

«Eccellente» disse Poirot, reclinando il capo con un cenno amichevole. «Questo sarà il nostro privato *roman policier*. Condurremo le indagini insieme.»

12
A Villa Marguerite

«E così hai vissuto tutto in prima persona!» commentò Lady Tamplin con un moto di invidia. «Mia cara, che cosa eccitante!» Sospirò spalancando i suoi bellissimi occhioni blu che parevano di porcellana.

«Un autentico assassinio» fece Evans, anche lui al colmo dell'eccitazione.

«Naturalmente Charles non poteva nemmeno immaginare quello che voleva da te la polizia» proseguì Lady Tamplin. «Che cosa vuoi che ne sappia, lui, di queste cose? Mia cara, che fortuna hai avuto! Sai, io penso che... sì, ne può senz'altro venir fuori qualcosa.»

L'apparente ingenuità dei suoi occhioni da bambola lasciò trapelare il lampo di un freddo calcolo egoistico.

Katherine si sentì piuttosto a disagio. Stavano giusto finendo di pranzare e passò in rivista con un'occhiata i suoi tre commensali. Lady Tamplin, piena di ingegnose risorse; il signor Evans, che trasudava da tutti i pori la propria candida voglia di vivere, e Lenox con un bizzarro sorrisetto malevolo dipinto sul viso impenetrabile.

«Davvero una fortuna eccezionale» mormorò Charles. «Mi sarebbe piaciuto moltissimo poter essere lì con voi e vedere... sì, insomma, tutti i particolari.»

Il suo tono era pieno di curiosità infantile.

Katherine rimase zitta. La polizia non le aveva imposto alcun obbligo di segretezza, e d'altra parte le sarebbe stato impossibile cercare di negare l'evidenza e tacere l'accaduto alla cugina. Ma avrebbe di gran lunga preferito evitare di parlarne.

«Sì» disse Lady Tamplin, riemergendo di colpo dalle sue riflessioni. «Penso proprio che si possa fare qualcosa. Un piccolo resoconto, sapete, scritto come si deve, da parte di un testimone oculare, con un tocco di femminilità: "Come ho parlato, ignara di quello che stava per accadere, con la vittima"... qualcosa del genere, sapete.»

«Pazzesco!» commentò Lenox.

«Non avete idea» proseguì Lady Tamplin con voce suadente «quanto sarebbero disposti a pagare i giornali per un piccolo pezzo a sensazione di questo genere! A patto, ovviamente, che l'autore sia qualcuno con una posizione sociale veramente inattaccabile. Immagino, mia cara Katherine, che tu non te la sentiresti di farlo da sola; ma se tu mi darai le linee essenziali, posso pensare io a tutto il resto. Il signor de Haviland è un mio caro amico. Ci intendiamo molto bene. È un uomo delizioso, non il solito, squallido cronista. Allora, Katherine, che ne dici?»

«Preferirei non farlo» ribatté Katherine senza troppi riguardi.

Lady Tamplin rimase piuttosto sconcertata di fronte a questo netto rifiuto. Sospirando, cercò di strapparle qualche altro dettaglio.

«Aveva un aspetto che colpiva, hai detto? Mi domando chi possa essere. Hai saputo come si chiamava?»

«Me l'hanno detto» ammise Katherine «ma non me lo ricordo. Ero troppo sconvolta.»

«Lo credo bene» intervenne il signor Evans. «Deve essere stato un colpo tremendo.»

È ovvio che, anche se Katherine avesse ricordato il nome della vittima, non sarebbe mai arrivata ad ammetterlo. L'incalzante interrogatorio di Lady Tamplin la rendeva sempre più reticente. Lenox, che non era priva, a suo modo, di spirito d'osservazione, se ne accorse, e invitò Katherine a salire di sopra per visitare la sua stanza. Prima, però, la prese da parte e le sussurrò: «Non badare a mamma: per guadagnare qualche soldo sarebbe disposta a qualsiasi abiezione».

Più tardi Lenox tornò dabbasso e trovò la madre e il patrigno che discutevano della nuova arrivata.

«È presentabile» stava dicendo Lady Tamplin. «Sicuramente presentabile. Veste con molta proprietà. Quel vestito grigio è proprio uguale al modello che indossava Gladys Cooper nel film *Palm Trees in Egypt*.»

«Hai notato i suoi occhi?» intervenne il signor Evans.

«Lascia perdere gli occhi, Charles» lo prevenne Lady Tamplin acida. «Si sta discutendo di questioni serie.»

«Oh, vabbé...» fece il signor Evans, ritirandosi nel proprio guscio.

«Non mi pare molto... malleabile» disse Lady Tamplin.

«Ha tutto quello che serve per essere una gran dama, come si legge sui libri» interloquì Lenox, con un sorrisetto.

«Ha una mentalità ristretta» mormorò Lady Tamplin. «Date le circostanze, penso che sia inevitabile.»

«Immagino che farai di tutto per allargare le sue vedute» fece Lenox, sogghignando «ma con lei le tue arti non avranno alcun effetto. Come avrai notato, si è subito impuntata rifiutando di darti retta. Quella è peggio di un mulo.»

«Comunque» disse Lady Tamplin speranzosa «non mi pare affatto una persona gretta. Certa gente, quando si trova tra le mani un po' di denaro, tende ad attribuirvi un'importanza esagerata.»

«Oh, riuscirai facilmente a farle scucire quello che hai in mente» commentò Lenox. «Il che, in fondo, è l'unica cosa veramente importante, no? È per questo che si trova qui.»

«È mia cugina» disse Lady Tamplin, un po' indignata.

«Cugina, eh?» fece il signor Evans, risvegliandosi un'altra volta. «Allora penso che dovrei darle del tu e chiamarla Katherine, non è così?»

«Non ha alcuna importanza come la chiami, Charles» ribatté Lady Tamplin.

«Bene» disse il signor Evans. «Allora farò così. Pensi che sappia giocare a tennis?» aggiunse speranzoso.

«Certo che no» rispose Lady Tamplin. «Ha fatto sempre la dama di compagnia, te l'ho detto. Le dame di compagnia non giocano a tennis o a golf. Al massimo possono giocare a croquet, ma a quanto mi risulta passano il tempo soprattutto lavorando a maglia e facendo il bagnetto ai cani.»

«Oddio!» esclamò il signor Evans. «Davvero?»

Lenox salì di sopra a raggiungere Katherine nella sua stanza. «Posso aiutarti?» chiese, più per forma che per altro.

Katherine le rispose che non serviva, e Lenox si sedette sul bordo del letto fissando pensosa la nuova ospite.

«Perché sei venuta?» chiese infine. «Da noi, voglio dire. Tu non sei come noi.»

«Oh, sono ansiosa di entrare nell'alta società.»

«Non scherzare» ribatté Lenox, poiché aveva visto balenare un sorrisetto sul volto di Katherine. «Sai bene quello che voglio dire. Non sei per niente come immaginavo. Devo dire che hai un guardaroba veramente bello. Purtroppo io non posso mettermi quel genere di vestiti, anche se li adoro, perché sono troppo goffa.»

«Piacciono anche a me» replicò Katherine «ma fino a qualche tempo fa il mio amore era sempre andato deluso. Guarda qui, che ne dici di questo?»

Lei e Lenox discussero di vari modelli.

«Mi piaci» disse Lenox a un certo punto. «Ero venuta su per dirti di non farti infinocchiare da mia madre, ma ora ho capito che non hai bisogno di simili consigli. Sei una persona terribilmente onesta e tutta d'un pezzo, senza essere però una cinica o una sciocca. Oh, al diavolo! Che cosa c'è adesso?»

Dalla hall si udiva la voce di Lady Tamplin che chiamava: «Lenox, ha appena telefonato Derek. Vorrebbe venire a cena, questa sera. Va bene? Voglio dire, il menu di stasera non prevede stranezze francesi, quaglie o cose del genere, vero?».

Lenox la rassicurò e tornò nella stanza di Katherine. Ora aveva un'espressione più sollevata e allegra.

«Sono contenta che venga il vecchio Derek» disse. «Vedrai, piacerà senz'altro molto anche a te.»

«Chi è Derek?»

«È il figlio di Lord Leconbury, sposato a una ricca americana. Tutte le donne stravedono per lui.»

«Come mai?»

«Oh, per i soliti motivi… è molto attraente e un po' canaglia, il che non guasta mai in questi casi. Fa perdere la testa a tutte.»

«Anche a te?»

«Qualche volta» ammise Lenox. «Altre volte, invece, penso che vorrei sposare un tranquillo vicario di campagna per dedicarmi al giardinaggio.» Fece una breve pausa, poi aggiunse: «Un vicario irlandese sarebbe il massimo, così potrei anche andare a caccia».

Dopo un paio di minuti tornò sull'argomento di prima. «C'è qualcosa di strano, in Derek. Tutti quelli della sua famiglia sono un po' toccati... soprattutto accaniti giocatori. I suoi antenati erano capaci di giocarsi anche le mogli e le proprietà, e facevano le cose più pazze solo per il gusto di dimostrare di che cosa erano capaci. Derek sarebbe stato un perfetto brigante, sempre allegro e spensierato, ma con la grinta giusta.» Si avviò verso la porta. «Be', quando ne hai voglia, raggiungici giù.»

Rimasta sola, Katherine si mise a riflettere. A questo punto si sentiva già terribilmente a disagio, in rotta di collisione con tutto ciò che la circondava. Il trauma di quella macabra scoperta in treno e il modo in cui i suoi ospiti avevano reagito alla notizia l'avevano scossa profondamente. Riconsiderò attentamente dentro di sé tutta la vicenda e in particolare pensò alla donna assassinata. Ruth le aveva fatto una certa compassione, ma onestamente non poteva dire che le fosse piaciuta. Aveva intuito immediatamente quale insano egoismo dominasse la sua personalità.

Il modo in cui quella donna l'aveva liquidata non appena raggiunto il suo scopo le era parso perfino comico, ma in qualche modo aveva generato in lei un certo risentimento. Katherine era certa che, concluso lo sfogo, la donna impellicciata avesse maturato qualche decisione, ma chissà di che cosa si trattava. Comunque sia, la morte era sopraggiunta a scompigliare tutti i suoi piani. Strano destino che fosse andata così, con quel brutale delitto che aveva messo fine al suo viaggio. Ma ecco che Katherine rammentò un piccolo particolare che avrebbe forse dovuto riferire alla polizia: le era tornato in mente solo adesso. Era davvero così importante, poi? Certamente, lei aveva pensato che quell'uomo stesse entrando proprio nella cabina della vittima, ma poi si era resa conto che avrebbe anche potuto sbagliarsi. Magari era invece una cabina vicina, e poi l'uomo non poteva assolutamente essere un rapinatore. Ricordava molto chiaramente di averlo visto già due volte in precedenza, al Savoy e all'agenzia Cook & Sons. No, senza dubbio doveva essersi sbagliata: non era possibile che fosse entrato nella cabina della vittima. Pertanto era stato un bene non aver detto niente alla polizia. Se l'avesse fatto, avrebbe potuto mettere nei guai un innocente.

Scese dabbasso e raggiunse gli altri sulla terrazza.

Attraverso i rami di mimosa, contemplò la distesa azzurra del Mediterraneo, e mentre continuava ad ascoltare distrattamente le chiacchiere di Lady Tamplin si sentì felice di essere lì. Non c'era paragone con St Mary Mead.

Quella sera indossò il vestito color malva, il modello che portava il romantico nome di *"soupir d'automne"*, e dopo essersi ammirata allo specchio, scese le scale avvertendo, per la prima volta nella sua vita, un vago senso di timidezza.

Gli ospiti di Lady Tamplin erano quasi tutti già arrivati, e poiché una rumorosa confusione era sempre parte essenziale dei ricevimenti di Lady Tamplin, il baccano era già terribile. Charles andò incontro a Katherine, mettendole in mano un cocktail e prendendola sottobraccio.

«Oh, eccoti qui, Derek» esclamò Lady Tamplin, quando la porta si aprì per fare entrare l'ultimo arrivato. «Ora finalmente potremo metterci a tavola. Sto morendo di fame.»

Katherine guardò da quella parte e spalancò gli occhi. Dunque, era lui Derek... si rese conto di non essere eccessivamente sorpresa. Aveva sempre saputo che avrebbe finito per imbattersi di nuovo nell'uomo che aveva visto già tre volte per una curiosa serie di coincidenze. Sicuramente, si disse, anche lui l'aveva riconosciuta. Lo vide interrompersi bruscamente mentre stava dicendo qualcosa a Lady Tamplin, per poi riprendere con un certo sforzo. Andarono tutti a sedersi a tavola, e Katherine scoprì che gli avevano assegnato proprio il posto vicino al suo. Lui le rivolse la parola con un sorriso smagliante.

«Sapevo che vi avrei rivisto presto» osservò «ma non avrei mai immaginato di incontrarvi qui. Era destino, sapete. Una volta al Savoy, e un'altra da Cook: non c'è due senza tre. Non cercate di farmi credere che non vi ricordate di me o che non mi avete notato. Anche se non volete ammetterlo, sono sicurissimo che mi avete già notato.»

«Oh, sì, infatti» disse Katherine. «Ma questa non è la terza volta che ci incontriamo. È la quarta. Vi ho visto sul Treno Azzurro.»

«Sul Treno Azzurro!» Nella sua espressione comparve una smorfia indefinibile. Fu come se si fosse accorto che lei gli aveva dato scacco matto. Poi, con aria indifferente, disse: «Che cos'è stato tutto quello scompiglio stamattina? Mi hanno detto che è morto qualcuno... è vero?».

«Sì» confermò grave Katherine. «È morto qualcuno.»

«Non si dovrebbe mai morire su un treno» osservò Derek. «A mio parere in questo modo si causano un sacco di complicazioni burocratiche e internazionali, senza contare che i treni hanno una scusa per arrivare più in ritardo del solito.»

«Signor Kettering?» Un'aggressiva signora americana, seduta di fronte a loro, si protese verso Derek rivolgendogli la parola con la sfacciata determinazione tipica della sua razza. «Signor Kettering, voi mi state trascurando, e io che vi credevo un galante e perfetto cavaliere!»

Derek si protese a sua volta rispondendole qualcosa, mentre Katherine restava di sasso.

Kettering! Era quello il nome della vittima, certo! Ora ricordava... ma che strana situazione! Ecco qui l'uomo che aveva visto entrare nella cabina della moglie la sera prima; evidentemente l'aveva lasciata viva e vegeta, e ora se ne stava tranquillo a cena, senza minimamente sospettare il destino che le era toccato. Perché non c'era dubbio: non sapeva nulla.

Intanto un cameriere si era chinato a sussurrare qualcosa all'orecchio di Derek, porgendogli nel contempo un bigliettino. Scusandosi con Lady Tamplin, aprì la busta, e un'espressione sbigottita gli comparve sul viso mentre leggeva il messaggio; poi guardò verso la padrona di casa.

«Questo è incredibile. Scusami, Rosalie, temo che dovrò abbandonare la vostra compagnia. Il prefetto di polizia mi vuole vedere subito. Non riesco a immaginare di che cosa si tratti.»

«Adesso pagherai il fio di tutte le tue colpe» scherzò Lenox.

«Deve essere così» fece Derek. «In effetti sarà chissà quale stupidaggine, ma non credo di potermi esimere dal rispondere a un invito simile. Come osa quel vecchiaccio scomodarmi mentre sono a cena? Se l'ha fatto, deve essere qualcosa di dannatamente serio» concluse ridendo e, scostando la sedia, si alzò per uscire.

13
Van Aldin riceve un telegramma

Il pomeriggio del 15 febbraio Londra rimase avvolta da una fitta nebbia giallastra. Rufus Van Aldin, nella sua suite al Savoy, approfittò delle pessime condizioni atmosferiche per buttarsi nel lavoro. Knighton se ne rallegrò. Negli ultimi tempi il suo principale aveva stentato a concentrarsi, e quando lui si era azzardato a sottoporgli delle questioni urgenti, Van Aldin lo aveva messo a tacere bruscamente. Ma ora pareva di nuovo lanciato, con rinnovata energia, e il segretario ne approfittò. Sempre con la massima cautela, sapeva spronarlo in modo così sapiente che Van Aldin non se ne accorgeva nemmeno.

Ma anche se concentrato nel lavoro, un pensiero indistinto ronzava nella testa di Van Aldin. Un'osservazione del tutto casuale del suo segretario (per altro ignaro delle possibili implicazioni) aveva innescato questo processo: una sorta di invisibile infezione che andava propagandosi sempre di più nella sua coscienza, finché alla fine non poté più ignorarla.

In apparenza continuava ad ascoltare quello che Knighton gli diceva con la solita attenzione e il solito acume, ma in realtà la sua mente non registrava nemmeno una parola. Annuì automaticamente, tuttavia, e il segretario gli sottopose delle altre carte. Mentre le stava riordinando, Van Aldin disse:

«Vi dispiace ripetermi quello che avete detto, Knighton?»

Per un attimo Knighton si sentì cadere le braccia.

«Vi riferite a questo, signore?» Gli tese un rapporto societario, scritto fittamente, che aveva ancora in mano.

«No, no» disse Van Aldin. «Quello che avete detto prima, di

aver visto cioè la cameriera di Ruth a Parigi, ieri sera. Non capisco proprio come sia possibile. Dovete esservi sbagliato.»

«Non mi sono sbagliato, signore; le ho anche parlato.»

«Be', raccontatemi per filo e per segno com'è andata.» Knighton obbedì.

«Dopo aver concluso il contratto con Bartheimers» spiegò «ero tornato al Ritz per fare i bagagli pensando di andare a cena e poi subito alla Gare du Nord, in tempo per prendere il treno delle nove. Entrando nella hall dell'albergo ho notato una donna che subito ho riconosciuto come la cameriera della signora Kettering. Mi sono avvicinato e le ho chiesto se la signora Kettering si era fermata lì anche lei.»

«Sì, sì» interruppe Van Aldin. «Questo lo so già. E lei vi ha detto che Ruth aveva proseguito per la Costa Azzurra dicendole di aspettarla lì al Ritz in attesa di ulteriori istruzioni.»

«Esatto, signore.»

«È molto strano, molto strano davvero» mormorò Van Aldin. «A meno che quella donna non abbia commesso qualche scorrettezza che ha fatto perdere la pazienza a Ruth.»

«In tal caso» obiettò Knighton «sicuramente la signora Kettering le avrebbe liquidato le sue spettanze e l'avrebbe rispedita in Inghilterra. Non l'avrebbe certo mandata ad alloggiare al Ritz.»

«No» ammise il milionario. «Questo è vero.»

Stava per aggiungere qualche altra cosa, ma si trattenne. Stimava molto Knighton e aveva piena fiducia in lui, ma non avrebbe mai e poi mai discusso delle faccende private di sua figlia davanti al segretario. La mancanza di sincerità di Ruth nei suoi confronti aveva già offeso i suoi sentimenti, e questa notizia appresa per caso aveva acuito ancora di più i suoi timori e il suo dispiacere.

Perché Ruth aveva lasciato la cameriera a Parigi? Quale scopo o motivo poteva mai giustificare tale decisione?

Ragionò per un attimo su quella strana combinazione provocata dal caso. Certo, Ruth non avrebbe mai potuto supporre che proprio il suo segretario potesse imbattersi, lì a Parigi, nella cameriera. Eppure, a volte la vita è piena di sorprese, e ciò che si cerca di nascondere salta subito fuori.

Trasalì, riflettendo su quell'ultima frase, che era affiorata nella sua mente con totale naturalezza. Che cosa stava cercando di nascondergli sua figlia? Gli ripugnava doversi porre quella domanda; sapeva bene qual era la risposta... nessun dubbio, si trattava di Armand de la Roche.

Van Aldin non poteva rassegnarsi all'idea che proprio sua figlia si facesse abbindolare da un uomo come quello, anche se doveva ammettere che Ruth era in buona compagnia, da questo punto di vista: una quantità di altre donne intelligenti, di ottima famiglia, avevano finito per soccombere al fascino del sedicente conte. Gli uomini lo catalogavano subito, le donne invece no.

Cercò una frase che potesse allontanare gli eventuali sospetti del suo segretario.

«Ruth cambia sempre idea da un momento all'altro» disse, e poi aggiunse con fare disinvolto: «Sapete per caso se la cameriera le aveva dato qualche motivo per questo... cambiamento di piani?».

Knighton badò a usare un tono il più possibile impersonale, per rispondere a quella domanda:

«A suo dire, signore, la signora Kettering avrebbe incontrato inaspettatamente una sua vecchia conoscenza»

«Ah, è così?»

Quando Van Aldin parlò di nuovo, l'orecchio scaltrito dall'esperienza del segretario colse, nel tono apparentemente disinvolto del milionario, la pena interiore che gli incrinava la voce.

«Oh, capisco. Un uomo o una donna?»

«Credo che mi abbia parlato di un uomo, signore.»

Van Aldin annuì. Si stavano avverando i suoi peggiori timori. Si alzò dalla scrivania e cominciò a passeggiare su e giù per la stanza, com'era sua abitudine quando era inquieto. Alla fine non riuscì più a contenere i suoi sentimenti e sbottò:

«Quello che ancora non è riuscito a nessuno è di indurre una donna a ragionare. In un modo o nell'altro, sembra che non siano dotate del minimo buonsenso. E poi mi vengono a parlare dell'intuito femminile... quando invece è universalmente noto che non c'è preda più sicura, per ogni genere di mascalzoni e truffatori, di una donna. Nemmeno una su dieci è capace di riconoscere un furfante quando ne incontra uno; chiunque abbia un aspetto decente e la lingua sciolta può fare di una donna quello che vuole. Se a suo tempo mi fossi regolato a modo mio...»

Fu interrotto da un fattorino venuto a portare un telegramma.

Van Aldin lo aprì, lo lesse e di colpo sbiancò in volto. Si aggrappò allo schienale di una sedia come per sorreggersi, congedando con un gesto il fattorino.

«Che cosa è successo, signore?»

Knighton, allarmato, gli era andato vicino.

«Ruth!» mormorò con voce roca Van Aldin.

«La signora Kettering?»

«Morta!»

«Una sciagura? Il treno?»

Van Aldin scosse la testa.

«No, Knighton. Qui c'è scritto che l'hanno anche rapinata, perciò è chiaro, anche se non usano questo termine, che la mia povera bambina è stata assassinata.»

«Oh, mio Dio!»

Van Aldin indicò con un cenno il telegramma.

«Viene dalla polizia di Nizza. Devo partire con il primo treno.»

Knighton si dimostrò efficiente come sempre. Consultò l'orologio alla parete.

«Ce n'è uno che parte alle cinque dalla Victoria Station, signore.»

«Va bene. Voi verrete con me, Knighton. Informate Archer, il mio cameriere, e mettete in valigia le vostre cose. Badate voi, qui. Io voglio passare da Curzon Street.»

Si udì il trillo del telefono, e il segretario si affrettò a rispondere. «Sì, chi parla?»

Poi si rivolse a Van Aldin.

«È il signor Goby, signore.»

«Goby? Non posso vederlo, adesso. No, però... aspettate, abbiamo ancora tempo. Dite di farlo salire.»

Van Aldin aveva una tempra d'acciaio e aveva già riacquistato la sua fredda calma di sempre. Quando salutò il signor Goby, nessuno avrebbe indovinato il turbamento che era in lui.

«Vado un po' di fretta, Goby. Dovete dirmi qualcosa di importante?»

Il signor Goby tossì imbarazzato.

«Ho qui il rapporto sui movimenti del signor Kettering, signore, come avevate chiesto.»

«Sì. Ebbene?»

«Il signor Kettering è partito ieri mattina per la Costa Azzurra.»

«Che cosa?»

Qualcosa nel tono di quella domanda dovette sgomentare Goby. Per una volta, non si attenne alla sua abitudine di non guardare mai in faccia l'interlocutore, e lanciò un'occhiata furtiva al milionario.

«Con quale treno è partito?» chiese Van Aldin.

«Col Treno Azzurro, signore.»

Il signor Goby si schiarì la gola un'altra volta e, guardando l'orologio sul caminetto, aggiunse: «La signorina Mirelle, la danzatrice che si esibisce al Parthenon, è partita anche lei con lo stesso treno».

14

Il racconto di Ada Mason

«Signore, non ho parole per esprimervi tutto il nostro orrore, la nostra costernazione, la nostra profonda partecipazione al vostro dolore.»

Monsieur Carrège, il giudice istruttore, accolse con queste parole l'arrivo di Van Aldin. Monsieur Caux, il commissario, emise dei versi gutturali che stavano a significare che si univa alle condoglianze del giudice. Van Aldin spazzò via con un gesto brusco e autoritario quelle espressioni ufficiali di costernazione e partecipazione, di cui non sapeva che farsene. La scena era l'ufficio del giudice istruttore presso il tribunale di Nizza. Oltre a Monsieur Carrège, al commissario e a Van Aldin, c'era un'altra persona in quella stanza. E fu lui a prendere la parola.

«Il signor Van Aldin» disse «desidera che si agisca... che si faccia luce immediatamente.»

«Ah!» esclamò il commissario. «Non vi ho ancora presentato. Monsieur Van Aldin, questo è Monsieur Hercule Poirot; avrete senz'altro sentito parlare di lui. Anche se si è ritirato già da alcuni anni, è ancor oggi considerato uno dei più grandi investigatori del mondo.»

«Onorato di fare la vostra conoscenza, Monsieur Poirot» disse Van Aldin, ripetendo meccanicamente la formula di cortesia. «Vi siete ritirato dalla professione?»

«È così, infatti. Ora mi godo le gioie della vita.»

L'ometto impomatato sottolineò il concetto con un gesto magniloquente.

«Monsieur Poirot viaggiava per caso proprio sul Treno Azzurro» spiegò il commissario «e si è gentilmente offerto di assisterci con la sua vasta esperienza.»

Il milionario americano scrutò Poirot con attenzione. Poi, inaspettatamente, disse: «Sono un uomo molto ricco, Monsieur Poirot. Di solito si dice che un uomo ricco può comprare tutto e tutti. Non è vero. Ma poiché, in un certo senso, sono un grand'uomo, penso di potermi permettere di chiedere un favore a un altro grand'uomo, come voi».

Poirot assentì.

«Apprezzo molto le vostre parole, Monsieur Van Aldin. Mi metto interamente al vostro servizio.»

«Grazie» disse Van Aldin. «Io posso solo dirvi che potrete contare sulla mia eterna riconoscenza. E ora, signori, al lavoro.»

«Propongo» disse Carrège «di interrogare Ada Mason, la cameriera. Se non sbaglio, l'avete fatta venire qui con voi, giusto?»

«Sì» rispose Van Aldin. «Passando da Parigi l'abbiamo invitata a seguirci. È rimasta molto scossa nel sentire che la sua padrona era morta, ma questo non le impedirà di fornire una testimonianza esauriente.»

«Facciamola entrare» disse il giudice Carrège.

Premette il pulsante di un campanello sulla sua scrivania, e poco dopo Ada Mason fece il suo ingresso nella stanza.

Era vestita di nero, e il naso, rosso vicino alle narici, faceva supporre che avesse pianto. Al posto dei suoi soliti guanti grigi da viaggio ne aveva indossato un paio di pelle nera. Si guardò in giro trepidante, e parve riacquistare confidenza solo quando notò che era presente anche il padre della sua padrona. Carrège si vantava di saper mettere a proprio agio le persone che doveva interrogare, e anche stavolta fece del suo meglio. Fu aiutato anche da Poirot, in qualità di interprete e con modi amichevoli capaci di rassicurare la cameriera inglese.

«Vi chiamate Ada Mason, dico bene?»

«Sono stata battezzata col nome di Ada Beatrice» precisò la Mason.

«Perfetto. Sappiate, mia cara, che comprendiamo benissimo che è stato un duro colpo per voi.»

«Oh, può ben dirlo, signore. Sono stata al servizio di molte signore e tutte, credo, sono rimaste soddisfatte, ma non avrei mai immaginato di potermi trovare un giorno in una situazione simile.»

«Comprendo benissimo» fece Carrège.

«Prima d'ora, mi ero imbattuta in fatti del genere solo leggendo gli articoli di cronaca nera. Naturalmente, avevo sentito dire che su questi treni stranieri...» Ammutolì improvvisamente, ricordandosi che i signori cui si rivolgeva erano della stessa nazionalità dei treni in questione.

«Bene, passiamo a esaminare i fatti» disse Carrège. «Se ho capito bene, alla partenza da Londra non si era parlato affatto dell'eventualità di farvi scendere a Parigi?»

«Oh, no, signore. Dovevamo andare insieme direttamente fino a Nizza.»

«Eravate mai andata all'estero con la signora, prima d'ora?»

«No, signore. Ero al suo servizio solo da due mesi.»

«Vi è sembrata del solito umore, alla partenza?»

«Era preoccupata e un po' inquieta; era anche di umore irritabile ed era difficile accontentarla.»

Il giudice Carrège annuì.

«Ebbene, mia cara, quando vi è stato comunicato per la prima volta che dovevate scendere a Parigi?»

«Quando siamo arrivati alla Gare de Lyon. Alla mia padrona era venuta voglia di scendere a fare due passi sul marciapiede. Era appena uscita in corridoio, quando ha avuto un'esclamazione di sorpresa ed è tornata in cabina accompagnata da un signore. Poi ha chiuso la porta di comunicazione con la mia cabina, e così non ho sentito né visto più nulla, finché non l'ha riaperta all'improvviso annunciandomi che aveva cambiato i piani. Mi ha dato dei soldi e mi ha detto di scendere e andare al Ritz. Lì la conoscevano bene, mi ha detto, e mi avrebbero dato una stanza. Avrei dovuto restare lì in attesa di ulteriori istruzioni: mi avrebbe telegrafato per dirmi che cosa dovevo fare. Ho avuto così appena il tempo di raccogliere le mie cose e saltar giù prima che il treno ripartisse. È successo tutto molto in fretta.»

«E mentre la signora Kettering vi diceva queste cose, dove si trovava l'uomo che aveva incontrato?»

«Stava nell'altra cabina, signore, e guardava fuori dal finestrino.»

«Potete descrivercelo?»

«Signore, l'ho visto appena e sempre di schiena. Era un signore alto, con i capelli scuri; è tutto quello che posso dire. Era vestito in modo molto sobrio, come se ne vedono tanti, con un soprabito blu scuro e un cappello grigio.»

«Era anche lui un passeggero del treno?»

«Non credo, signore; per quello che ho capito, era venuto in stazione per vedere la signora Kettering di passaggio a Parigi. Naturalmente avrebbe potuto essere anche lui già da prima sul treno. Ma non mi era mai passato per la testa, prima d'ora.»

La Mason parve leggermente sconcertata da quella ipotesi.

«Ah!» fece Carrège, accingendosi a passare a un altro argomento. «In seguito la vostra padrona ha chiesto al controllore di non svegliarla, la mattina seguente. Vi pare normale, questo fatto?»

«Oh, sì, signore. La signora non faceva mai colazione e di notte stentava a prendere sonno, perciò le piaceva restare a letto fino a tardi, la mattina.»

Carrège, soddisfatto, passò oltre.

«Tra gli altri bagagli c'era anche una valigetta in pelle rossa, è così?» chiese. «La vostra padrona vi teneva i gioielli?»

«Sissignore.»

«L'avete portata con voi al Ritz?»

«Io portare il portagioie della signora al Ritz? Oh, no di certo, signore. «Il tono della Mason era scandalizzato.»

«L'avete lasciato nella cabina?»

«Certo, signore.»

«Sapete per caso se la vostra padrona aveva portato con sé molti gioielli?»

«Un bel po', sì. In effetti non mi sentivo tranquilla, ve l'assicuro... con tutto quello che si sente in giro sulle rapine ai danni di chi viaggia all'estero! Erano assicurati, certo, ma mi pareva ugualmente un rischio tremendo. Soltanto i rubini, mi aveva detto la signora, valevano diverse centinaia di migliaia di sterline.»

«I rubini! Quali rubini?» chiese Van Aldin, saltando dalla sedia.

La Mason si volse verso di lui.

«Credo che fossero quelli che voi le avevate appena regalato, signore.»

«Mio Dio!» esclamò Van Aldin. «Volete dire che si era portata i rubini? Ma le avevo detto di lasciarli in banca!»

La Mason diede un leggero colpetto di tosse, che evidentemente era la massima forma di dissenso che il suo collaudato riserbo professionale permetteva di esprimere. Stavolta quel colpetto di tosse fu molto eloquente. Intendeva sottolineare, meglio di quanto avrebbero potuto fare le parole, l'abitudine della sua padrona di non dare mai retta a nessuno.

«Doveva averle dato di volta il cervello» mormorò Van Aldin. «Che cosa mai le avrà preso?»

Ora fu Carrège a schiarirsi la gola, per invitare Van Aldin a seguire l'interrogatorio senza interferire.

«Per il momento» disse Carrège rivolto alla Mason «mi pare di non avere altro da chiedervi. Vi prego di accomodarvi nell'altra stanza, dove vi rileggeranno la vostra deposizione, dopo di che voi la firmerete.»

Non appena la Mason uscì scortata da un impiegato, Van Aldin si affrettò a chiedere al magistrato: «Ebbene? Cosa sapete?».

Carrège aprì un cassetto della scrivania, tirò fuori una lettera e la porse a Van Aldin.

«È stata rinvenuta nella borsetta di *madame*.»

Chère amie,

farò come vuoi; sarò prudente, discreto, tutte quelle cose che un innamorato più detesta. A Parigi sarebbe forse stato troppo pericoloso, ma le Isole d'Oro sono abbastanza fuori dal mondo, e puoi star sicura che nessuno ne saprà nulla. È veramente degno di te e della tua divina benevolenza interessarti tanto al libro che sto scrivendo sui più famosi gioielli del mondo. Sarà certo uno straordinario privilegio poter vedere dal vero e toccare questi storici rubini. Voglio dedicare un capitolo particolare al Cuore di Fuoco. Mia adorata! Presto ti ricompenserò per tutti questi tristi anni di separazione e di vuoto.

Il tuo sempre innamoratissimo

Armand

15
Il conte de la Roche

Van Aldin lesse in silenzio. Il suo volto diventò scarlatto dalla rabbia. I presenti videro le vene gonfiarglisi sulla fronte, mentre le sue mani forti si stringevano a pugno. Restituì la lettera senza parole. Carrège rimase a fissare la scrivania, il commissario Caux guardava il soffitto e Poirot pareva assorto nel togliersi un granello di polvere dalla manica del cappotto. Con il massimo tatto, ognuno di loro evitò di incontrare lo sguardo di Van Aldin.

Fu infine Carrège, memore dei doveri che il suo ufficio gli imponeva, ad affrontare lo sgradevole argomento.

«Forse, *monsieur*» mormorò «avete idea di chi possa essere l'autore di questa lettera?»

«Sì, so chi è» rispose pieno di amarezza Van Aldin.

«Chi, dunque?» lo incalzò il magistrato.

«Un farabutto che si fa chiamare conte de la Roche.»

Seguì un silenzio imbarazzato, Poirot si protese in avanti, raddrizzò un righello sulla scrivania del giudice e si rivolse apertamente al milionario americano.

«Monsieur Van Aldin, noi tutti ci rendiamo conto della pena che vi costa parlare di queste cose, ma credetemi, *monsieur*, è venuto il momento di abbandonare ogni riserbo. Se volete che sia fatta giustizia, dovete dirci tutto quello che sapete. Rifletteteci un momento e capirete quanto sia vero.»

Van Aldin rimase per un po' silenzioso, poi, con riluttanza, fece un cenno d'assenso.

«Avete ragione, Monsieur Poirot» disse. «Per quanto spiacevole possa essere, non ho il diritto di nascondervi nulla.»

Il commissario tirò un sospiro di sollievo, il giudice istruttore si appoggiò alla spalliera della sedia, sistemandosi nel contempo gli occhiali a *pince-nez* sul lungo naso sottile.

«Forse vorrete dirci tutto quello che sapete sul conto di questo signore, Monsieur Van Aldin» lo invitò quest'ultimo.

«Tutto ha avuto inizio undici o dodici anni fa, a Parigi. Mia figlia era molto giovane allora, piena di idee ingenuamente romantiche, come tutte le ragazze a quell'età. Senza che io lo fossi venuto a sapere, aveva conosciuto questo conte de la Roche. Ne avete forse sentito parlare?»

Il commissario e Poirot annuirono.

«Si fa chiamare conte de la Roche» proseguì Van Aldin «ma dubito che possa vantare titoli nobiliari.»

«Proprio così: non potrete mai trovare il suo nome nell'Almanacco di Gotha» confermò il commissario.

«L'avevo già appurato, infatti» disse Van Aldin. «Questo tale è un furfante di bell'aspetto, i suoi modi possono trarre in inganno facilmente, e inoltre esercita un fascino irresistibile sulle donne. Ruth si è infatuata di lui, ma io sono intervenuto subito per troncare la loro relazione. Quell'uomo non era altro che un volgare truffatore.»

«Esatto» fece il commissario. «Il sedicente conte de la Roche è ben noto a noi della polizia. Già da tempo avremmo voluto incastrarlo, ma ahimè!... non è facile; quell'uomo è molto furbo, e si attacca sempre a donne di elevata posizione sociale. Sia che riesca a estorcere loro il denaro con scuse o ricattandole, finisce sempre per farla franca, dato che le sue vittime si preoccupano soprattutto di evitare uno scandalo. Così, nessuno si è mai fatto avanti a denunciarlo, un po' per non fare una figuraccia in pubblico, e un po' perché ha veramente uno straordinario potere sull'animo femminile.»

«Difatti» ammise amaramente il milionario americano. «Bene, come vi ho detto, ho troncato quella relazione molto bruscamente. Ho spiegato senza mezzi termini a Ruth con che razza di individuo aveva a che fare, e lei, per amore o per forza, ha dovuto darmi retta. Circa un anno più tardi, ha conosciuto il suo attuale marito e lo ha sposato. Per quanto ne sapevo, la storia sembrava definitivamente archiviata; purtroppo, invece, solo la settimana scorsa ho scoperto, restando ovviamente di stucco, che mia figlia aveva ripreso i contatti con il conte de la Roche. Si incontravano regolarmente sia a Londra sia a Parigi. Io mi sono adirato e ho cercato di far capire a mia figlia che era una grossa imprudenza, perché (ora ve lo posso dire, signori) Ruth si accingeva nel frattempo a presentare un'istanza di divorzio.»

«Molto interessante» mormorò Poirot, gli occhi al soffitto.

Van Aldin si girò bruscamente a guardarlo, poi proseguì.

«Le ho detto che era una follia continuare a vedere il conte in simili circostanze e lei mi ha fatto capire che era d'accordo.»

Il giudice istruttore diede un leggero colpo di tosse.

«Invece, come emerge dal contenuto di questa lettera...» lasciò la frase a metà.

Van Aldin fece una smorfia amareggiata.

«Lo so. Bisogna guardare in faccia la realtà, anche se non è piacevole. Sembra chiaro che Ruth aveva deciso di andare a Parigi per incontrare de la Roche. Dopo che io l'avevo messa in guardia, tuttavia, deve aver scritto al conte per suggerire un altro luogo d'incontro.»

«Le Isole d'Oro» concluse il commissario. «Si trovano di fronte a Hyères: un angolino idilliaco e remoto.»

Van Aldin annuì.

«Mio Dio! Come può essere stata così ingenua?» esclamò. «Possibile che abbia creduto veramente a questa storia del libro sui gioielli più famosi! Lui doveva aver preso di mira i rubini fin dal primo momento.»

«Ho sentito parlare di certi famosissimi rubini» intervenne a quel punto Poirot «che in origine facevano parte del tesoro degli zar di Russia; pare che siano veramente unici, e che il loro valore sia quasi incalcolabile. Ho raccolto certe voci secondo cui sarebbero da poco venuti in possesso di un americano. Sono dunque nel giusto, *monsieur*, ritenendo che siate stato voi ad acquistarli?»

«Sono entrati in mio possesso circa dieci giorni fa, a Parigi.»

«Scusatemi, *monsieur*, posso chiedervi quanto tempo si è prolungata la trattativa preliminare all'acquisto?»

«Circa due mesi. Perché me lo chiedete?»

«In certi ambienti queste notizie fanno presto a diffondersi» disse Poirot. «Gioielli di quel genere si tirano sempre dietro gente interessata.»

Il viso dell'americano si contorse in uno spasmo.

«E pensare che io ci ho scherzato sopra quando li ho dati a Ruth» disse con voce rotta. «Le avevo raccomandato di non portarseli sulla Costa Azzurra perché non potevo permettere che mia figlia finisse assassinata da qualche rapinatore. Mio Dio! Alle volte si dicono certe cose... senza immaginare neanche lontanamente che potrebbero diventare vere.»

Scese nella stanza un doloroso silenzio, finché Poirot non riprese la parola con il suo solito tono distaccato.

«Cerchiamo di riassumere gli indizi per ordine, con precisione. In base a quello che abbiamo appurato finora, pare probabile che il conte de la Roche fosse al corrente del vostro acquisto. Con un semplice stratagemma, ha indotto Madame Kettering a portare con sé le pietre. Perciò è lui l'uomo che la Mason ha visto sul treno a Parigi.»

Gli altri tre fecero dei cenni d'assenso.

«*Madame* si sorprende di vederlo lì, ma lui padroneggia prontamente la situazione. Tolta di mezzo la Mason, ordina un cestino da viaggio. Il controllore ci ha detto di non aver rifatto il letto nella seconda cabina, e che gli sarebbe stato impossibile scorgere qualcuno nascosto dietro la porta di comunicazione. Perciò, fino a questo punto, il conte è riuscito perfettamente a nascondere la propria presenza sul treno. Nessuno sapeva che lui si trovava lì, eccetto *madame*, dato che egli era stato ben attento a non farsi vedere in viso dalla cameriera. Quest'ultima infatti non ha saputo dirci altro se non che si trattava di un uomo alto e scuro di capelli. Tutto molto vago. A questo punto i due rimangono perfettamente soli... mentre il treno continua a correre nella notte. Il conte sapeva che non ci sarebbero stati tentativi di resistenza, né invocazioni d'aiuto... *Madame* si sente al sicuro con lui, con quello che crede sia il proprio innamorato.»

Si rivolse premurosamente a Van Aldin.

«La morte, *monsieur*, deve essere stata praticamente istantanea. Ma andiamo oltre. Il conte prende il portagioie che era lì a portata di mano. Poco dopo il treno entra nella Gare de Lyon.»

Carrège approvò questa ricostruzione.

«Precisamente. A questo punto scende dal treno senza farsi notare dal controllore. Non era per niente difficile scendere non visto e andare a prendere un altro treno per Parigi o per dove altro avesse in mente. Così il delitto sarebbe stato attribuito a qualche rapinatore. Se non fosse stato per quella lettera nella borsetta di *madame*, il conte avrebbe potuto proclamarsi del tutto estraneo ai fatti.»

«È stato un grosso errore da parte sua non frugare in quella borsetta» notò il commissario.

«Senza dubbio era sicuro che lei avesse distrutto quella lettera così compromettente. E anzi scusatemi, *monsieur*, se dico questo, mi meraviglio proprio che sua figlia l'avesse conservata.»

«Forse, invece» mormorò Poirot «il conte aveva previsto anche questo.»

«Che volete dire?»

«Voglio dire che abbiamo tutti riconosciuto, di comune accordo, che il conte de la Roche è soprattutto un grande conoscitore dell'animo femminile. Se questo è vero, come è possibile che non abbia previsto che *madame* avrebbe conservato la lettera?»

«Sì, già...» fece il giudice istruttore dubbioso. «C'è qualcosa di vero in quello che dite. Ma a volte, capite, non si è pienamente padroni di se stessi. Tutti possono fare degli errori. *Mon Dieu*!» esclamò con convinzione. «Se i criminali fossero sempre capaci di ragionare freddamente senza mai incappare in qualche sbaglio, come faremmo noi ad acchiapparli?»

Poirot abbozzò un sorriso.

«Il caso mi sembra chiaro» proseguì l'altro. «Ma è difficile portare delle prove. Il conte è astuto come una volpe, e se non possiamo identificarlo con sicurezza, riuscirà a sgusciarci dalle mani anche stavolta.»

«Trovare qualcuno che l'abbia visto e che sia in grado di riconoscerlo è cosa piuttosto improbabile» osservò Poirot.

«Proprio così.» Il giudice istruttore si grattò il mento perplesso. «Sarà molto difficile.»

«Sempre che sia stato lui a commettere il delitto...» aggiunse Poirot. Caux saltò su sorpreso.

«Avete qualche dubbio al riguardo?»

«Sì, signor commissario, ho qualche dubbio.»

L'altro non si sbilanciò. «In fin dei conti avete ragione» disse, dopo attenta riflessione. «Stiamo correndo troppo. È possibile che il conte abbia un alibi.»

«Be',» ribatté Poirot «questo non ha nessuna importanza. Naturalmente, se ha ideato questo crimine si sarà anche procurato un alibi. Un uomo come il conte, con la sua esperienza, non avrà certo trascurato di prendere delle precauzioni. No, io lo dicevo per un motivo totalmente diverso.»

«E sarebbe?»

Poirot levò enfaticamente un indice. «La psicologia...»

«Eh?» fece il commissario.

«Dal punto di vista della psicologia c'è qualcosa che non quadra. Il conte è un farabutto e va bene. Il conte è un truffatore e va bene. Il conte prende di mira le donne, giusto anche questo. Ha escogitato un piano per rubare i gioielli di *madame*. Ma è possibile che si sia macchiato addirittura di un assassinio? No, io dico! Un uomo come il conte è sempre un codardo; perciò sta bene attento a non esporsi troppo. Si attiene alle regole del gioco senza mai rischiare eccessivamente. Che uno come lui possa arrivare all'assassinio... no, cento volte no!» Scosse la testa insoddisfatto.

Il giudice istruttore, tuttavia, non parve d'accordo con questa tesi.

«Arriva sempre il giorno in cui anche le persone di questo tipo perdono la testa e si cacciano nei guai» osservò filosoficamente. «E il caso che ci troviamo di fronte ne è un chiaro esempio. Senza volervi dare torto, Monsieur Poirot...»

«Ho espresso semplicemente la mia opinione» si affrettò a spiegare Poirot. «Il caso è affidato a voi, perciò sta a voi decidere la strada da seguire.»

«Per quanto mi riguarda, sono convinto che l'uomo che dobbiamo cercare sia il conte de la Roche» disse Carrège. «Siete d'accordo con me, commissario?»

«Pienamente.»

«E voi, signor Van Aldin?»

«Sì» disse l'americano. «Quell'uomo è un delinquente pronto a tutto, non ho dubbi.»

«Temo che non sarà facile rintracciarlo» disse il magistrato «ma faremo del nostro meglio. Saranno diramate immediatamente istruzioni.»

«Permettetemi di assistervi» intervenne Poirot. «Semplificherà di molto le cose.»

«Come?»

Gli altri lo guardarono sorpresi. Poirot sfoderò un sorriso smagliante.

«Sapere tutto di tutti fa parte del mio mestiere» spiegò. «Il conte è senz'altro una persona accorta. Attualmente si trova nella villa che ha preso in affitto: Villa Marina, ad Antibes.»

16
Poirot indaga

Tutti guardarono ammirati Poirot. Senza dubbio il buffo ometto aveva messo a segno parecchi punti a suo favore. Il commissario fece una risatina che suonò piuttosto falsa.

«C'è sempre da imparare da voi, Monsieur Poirot» esclamò. «Ne sapete più della polizia.»

Poirot rivolse lo sguardo al soffitto, sforzandosi di apparire modesto.

«Cosa volete, è il mio pallino» mormorò «quello di informarmi sempre su tutto. Naturalmente, io non ho problemi di tempo, perché non sono sommerso dal lavoro.»

«Ah!» fece il commissario scuotendo la testa con enfasi. «Non me ne parlate...»

Poirot si rivolse a Van Aldin.

«Anche voi siete convinto che il conte de la Roche sia l'assassino?»

«Be', mi pare abbastanza chiaro... sì, certo.»

Una nota dubbiosa nella risposta dell'americano attirò la curiosità del giudice istruttore. Van Aldin si accorse del suo sguardo e si riscosse come per scacciare un pensiero molesto.

«Che fine ha fatto mio genero?» chiese. «È stato informato? È a Nizza, se ho capito bene.»

«Certamente.» Il commissario esitò, poi aggiunse in tono discreto: «Senz'altro sapete già che Monsieur Kettering era tra i passeggeri del Treno Azzurro, ieri notte...».

Van Aldin annuì.

«L'ho saputo prima di partire da Londra» confermò laconico.

«Stando a quello che ci ha detto» continuò il commissario «non immaginava che la moglie viaggiasse sullo stesso treno.»

«Lo credo bene» disse Van Aldin cupo. «Date le circostanze, sarebbe stata davvero una sorpresa non troppo piacevole trovarsi davanti mia figlia.»

Gli altri tre lo guardarono interrogativamente.

«È inutile far tanti misteri, ormai» sbottò esasperato Van Aldin. «Nessuno può immaginare cosa ha dovuto subire mia figlia. Derek Kettering non era da solo sul treno. C'era una donna con lui.»

«Ah?»

«Mirelle... quella ballerina.»

Carrège e Caux si scambiarono un'occhiata annuendo come per confermare un discorso che avevano fatto in precedenza. Carrège si appoggiò allo schienale della sedia, intrecciò le mani e levò gli occhi al soffitto.

«Ah!» fece. «Già...» tossì imbarazzato «mi pareva di aver sentito qualcosa al riguardo.»

«È molto conosciuta, questa donna» disse Caux.

«E anche molto costosa» aggiunse a mezza voce Poirot.

Van Aldin era avvampato. Si protese verso la scrivania e vi fece calare con violenza un pugno.

«La verità è che mio genero è un poco di buono!» gridò.

Guardò i suoi interlocutori uno per uno.

«Oh, lo so» proseguì. «A vederlo, con quei suoi modi così signorili e disinvolti, la sua aria giovanile e piena di fascino, non si direbbe. Ha ingannato anche me, all'inizio. Scommetto che quando gli avete comunicato la notizia ha fatto la scena del marito sconvolto... come se per lui si trattasse di una specie di fulmine a ciel sereno.»

«Infatti, è caduto dalle nuvole. Era completamente sbigottito.»

«Maledetto ipocrita» disse Van Aldin. «E si è finto molto addolorato, immagino?»

«No...» replicò il commissario. «Non direi così... vero, Monsieur Carrège?»

Il magistrato intrecciò le dita, socchiudendo gli occhi.

«Impressionato, smarrito, inorridito... questo sì» dichiarò. «Distrutto dal dolore... no... non direi.»

Hercule Poirot si inserì di nuovo nel discorso.

«Monsieur Van Aldin, permettetemi una domanda: Monsieur Kettering trarrà benefici economici dalla morte della moglie?»

«Certo, un paio di milioncini» rispose Van Aldin.

«Di dollari?»

«Sterline. Li avevo dati a Ruth come dote. E poiché non lascia né un testamento né figli, questa somma andrà tutta al marito.»

«Dal quale era sul punto di divorziare» mormorò Poirot. «Eh, già... *précisément*.»

Il commissario lo guardò meravigliato.

«Vorreste dire...» cominciò.

«Non voglio dire niente» disse Poirot. «Metto solo insieme i vari fatti, ecco tutto.»

Van Aldin lo fissò con crescente interesse.

L'ometto impomatato si accinse a congedarsi.

«Credo di non potervi più essere di alcuna utilità, signor giudice» annunciò, facendo un inchino a Carrège. «Posso pregarvi di tenermi informato sugli eventuali sviluppi? Ve ne sarei molto grato.»

«Senz'altro.»

Si alzò anche Van Aldin.

«Avete ancora bisogno di me?»

«No, *monsieur*. Per il momento abbiamo ottenuto tutte le informazioni che ci servivano.»

«Allora vorrei accompagnare Monsieur Poirot per scambiare due chiacchiere con lui. Sempre che non abbia obiezioni.»

«È un onore, *monsieur*» replicò Poirot.

Van Aldin gli offrì un sigaro, che l'altro rifiutò, preferendo le proprie sigarette. Van Aldin aveva già riacquistato il controllo di sé. Dopo aver percorso un tratto di strada fumando in silenzio, il milionario americano riprese: «Da quello che ho capito, Monsieur Poirot, non esercitate più la professione, vero?».

«È così, *monsieur*. Ora mi godo le gioie della vita.»

«Nonostante ciò aiutate la polizia nelle sue indagini?»

«*Monsieur*, se un dottore, camminando per la strada, si imbattesse in un ferito, direbbe forse "Ormai mi sono ritirato dalla professione" e passerebbe oltre senza prestargli assistenza? Se mi fossi trovato già da prima qui a Nizza, e la polizia mi avesse mandato a chiamare per avere aiuto, avrei rifiutato. Ma sembra proprio che il destino volesse tirarmi per forza dentro questa faccenda.»

«Vi siete trovato sul posto» ammise Van Aldin pensoso. «Avete esaminato la cabina, non è vero?»

Poirot fece un cenno di conferma.

«Senza dubbio avrete individuato qualche particolare, diciamo così, interessante?»

«Forse» fece laconico Poirot.

«Insomma, capite a cosa voglio arrivare?» disse Van Aldin. «A me pare che emerga abbastanza chiaramente la colpevolezza del conte de la Roche, ma mi avete messo una pulce nell'orecchio. Vi sto osservando già da un'ora, e non mi è sfuggito il fatto che, per un motivo o per l'altro, questa ipotesi non vi sembra convincente. È così?»

Poirot si strinse nelle spalle. «Potrei anche sbagliarmi.»

«E qui veniamo al favore che avevo intenzione di chiedervi. Accettereste di occuparvi del caso per mio conto?»

«Per voi personalmente?»

«Esatto.»

Poirot rimase un po' in silenzio. Poi replicò: «Vi rendete conto di quello che significa?».

«Penso di sì» rispose Van Aldin.

«Molto bene» disse Poirot. «Accetto. Ma in questo caso, dovete rispondere con franchezza a un paio di domande.»

«Ma certo. È sottinteso.»

Poirot cambiò atteggiamento, passando di colpo a modi più sbrigativi.

«La faccenda del divorzio» disse. «Avete suggerito voi a vostra figlia di chiederlo?»

«Sì.»

«Quando?»

«Una decina di giorni fa. Avevo ricevuto una sua lettera dove si lamentava del comportamento del marito, e allora le ho fatto capire senza mezzi termini che l'unico rimedio era il divorzio.»

«Di che cosa si lamentava in particolare?»

«Del fatto che si faceva vedere in giro con una certa signora dalla fama non certo limpida... quella tale Mirelle di cui vi ho già parlato.»

«La ballerina. È così, eh? E questo *madame* non poteva accettarlo? Era molto legata al marito?»

«Non direi, esattamente...» rispose Van Aldin, esitando.

«Insomma, se capisco bene, non era tanto il suo cuore a soffrire di questa situazione, quanto il suo orgoglio. Giusto?»

«Sì, suppongo che si possa dire così.»

«Quindi, il matrimonio deve essersi rivelato fin dall'inizio non molto felice?»

«Derek Kettering è marcio fino al midollo» disse Van Aldin. «È incapace di rendere felice una donna.»

«Proprio un poco di buono, insomma. Dico bene?»

Van Aldin assentì.

«*Très bien!* Voi consigliate a *madame* di divorziare, lei accetta: di conseguenza voi consultate i vostri legali. Quando ha cominciato Monsieur Kettering a rendersi conto di quello che c'era nell'aria?»

«L'ho mandato io stesso a chiamare e gli ho spiegato come intendevo regolarmi.»

«E lui in che modo ha reagito?» chiese Poirot.

L'espressione di Van Aldin si rabbuiò al ricordo. «È stato arrogante.»

«Perdonate la domanda, *monsieur*: ha fatto per caso qualche accenno al conte de la Roche?»

«Non lo ha nominato espressamente» borbottò l'altro controvoglia. «Ma mi ha fatto chiaramente capire che era al corrente di quella relazione.»

«Qual era, se posso chiederlo, la situazione finanziaria di Monsieur Kettering al momento?»

«Come potete pensare che io ne sappia qualcosa?» chiese Van Aldin, dopo una breve esitazione.

«Mi pare logico che abbiate raccolto informazioni in proposito.»

«Ebbene, avete ragione... l'ho fatto. Ho scoperto che Kettering era in pessime acque.»

«E adesso invece si trova a ereditare due milioni di sterline! È molto strana la vita, non vi pare?»

«Che volete dire?»

«Faccio delle semplici considerazioni» ribatté Poirot. «Mi limito a riflettere, a fare un po' di filosofia spicciola. Ma torniamo al punto. Certo, Monsieur Kettering non si sarà detto disposto a concedere il divorzio senza fare opposizione?»

Van Aldin attese qualche momento prima di rispondere.

«Non so esattamente quali fossero le sue intenzioni.»

«Avete intavolato ulteriori discussioni con lui?»

Di nuovo una breve pausa prima che Van Aldin si decidesse a rispondere.

«No.»

Poirot si arrestò di colpo, si tolse il cappello e tese la mano per congedarsi.

«A questo punto devo salutarvi, *monsieur*. Non posso fare nulla per voi.»

«Dove volete arrivare?» chiese stizzito Van Aldin.

«Voi non mi dite tutta la verità. Io non posso fare nulla.»

«Non so di che cosa parlate.»

«Io penso che lo sappiate, invece. Tranquillizzatevi, Monsieur Van Aldin. So essere discreto.»

«E va bene, allora» disse l'americano. «Devo ammettere che su questo punto non sono stato sincero. Effettivamente ho avuto un altro contatto con mio genero.»

«Sì?»

«Per la precisione, ho mandato da lui il mio segretario, il maggior Knighton, a offrirgli la somma di centomila sterline in contanti a patto che non ponesse ostacoli legali al divorzio.»

«Una bella somma» commentò Poirot ammirato. «E qual è stata la risposta di vostro genero?»

«Mi ha mandato a dire di andare al diavolo» rispose Van Aldin.

«Ah!» esclamò Poirot.

Ma il suo volto restò impassibile. In quel momento era troppo occupato a riordinare metodicamente i fatti.

«Monsieur Kettering ha detto alla polizia di non aver visto sua moglie, né di averle parlato, durante il viaggio dall'Inghilterra a qui. Secondo voi è plausibile una tale affermazione, *monsieur*?»

«Secondo me, sì» rispose Van Aldin. «Anzi, immagino che fosse suo interesse girare il più possibile alla larga.»

«Perché?»

«Perché c'era quella donna con lui.»

«Mirelle?»

«Sì.»

«A proposito, come siete venuto a sapere questo particolare?»

«La persona che avevo incaricato di tenere d'occhio mio genero mi ha riferito di averli visti salire insieme sul treno.»

«Capisco» disse Poirot. «E dunque, dite voi, date le circostanze, si sarebbe guardato bene dal tentare qualsiasi abboccamento con Madame Kettering.»

L'ometto impomatato tornò muto per un bel pezzo. Van Aldin si astenne dall'interrompere le sue riflessioni.

17
Un aristocratico

«Siete mai stato, prima, sulla Costa Azzurra, George?» chiese Poirot la mattina seguente al suo cameriere.

George era un inglese la cui fisionomia, nella sua imperturbabilità, pareva scolpita nel legno.

«Sissignore. Ci sono stato due anni fa, quando ero ancora al servizio di Lord Edward Frampton.»

«E oggi siete di nuovo qui con Hercule Poirot. Vedete dunque quanta strada avete fatto, anche voi?»

Il cameriere non replicò a quella battuta scherzosa. Dopo una pausa, chiese: «L'abito da passeggio marrone, signore? Tira un'arietta piuttosto fresca, oggi».

«Ha una macchia d'unto sul panciotto» obiettò Poirot. «È successo giovedì scorso, al Ritz, mentre consumavo un delicato *filet de sole à la Jeannette.*»

«La macchia non c'è più, signore» disse George in tono leggermente risentito. «Ho provveduto a rimuoverla.»

«*Très bien!*» si complimentò Poirot. «Sono molto soddisfatto di voi, George.»

«Grazie, signore.»

Dopo un breve silenzio, Poirot mormorò in tono vago: «Poniamo il caso, mio buon George, che voi vi foste trovato nella seguente situazione: che, pur potendovi fregiare di un titolo nobiliare pari a quello di Lord Frampton, il vostro ultimo padrone, vi foste trovato però totalmente squattrinato, e che per questa ragione aveste sposato una ricca ereditiera; la quale, tuttavia, a un certo punto chiede, con ottime motivazioni, il divorzio; che cosa fareste?».

«Mi sforzerei di farle cambiare idea» rispose George.

«Con mezzi pacifici o coercitivi?»

George parve scosso.

«Vi chiedo scusa, signore» disse. «Ma non credo che un gentiluomo dell'aristocrazia potrebbe mai abbassarsi a fare scenate degne del mercato di Whitechapel. Non farebbe mai qualcosa indegna del suo rango.»

«Lo credete davvero, George? Ora come ora, non ne sono tanto sicuro. Ma, tutto sommato, potreste anche avere ragione.»

Bussarono alla porta. George andò a vedere chi era, aprendo con discrezione solo quel tanto che bastava ad affacciarsi. Si udì un breve colloquio a bassa voce, poi il cameriere tornò da Poirot.

«Un biglietto per voi, signore.»

Poirot lo prese. Era del commissario Caux.

Ci accingiamo a interrogare il conte de la Roche.
Il giudice istruttore vorrebbe che foste presente.

«Presto, George, il mio abito!»

Un quarto d'ora più tardi, impeccabile nel suo vestito marrone, Poirot entrò nell'ufficio del giudice istruttore. Lui e Caux, che era arrivato in precedenza, salutarono Poirot in tono deferente.

«La faccenda è piuttosto scoraggiante» esordì Caux a mezza voce. «Pare che il conte sia arrivato a Nizza il giorno precedente al delitto.»

«Se questo è vero, la questione è chiusa» rispose Poirot.

Carrège si schiarì la gola.

«Prima di accettare quest'alibi, dobbiamo svolgere accurate indagini» dichiarò. Premette il pulsante del campanello che si trovava sulla scrivania.

Poco dopo entrò un uomo alto, dai capelli scuri, vestito con estrema ricercatezza, l'aria vagamente altezzosa. L'aspetto del conte era talmente aristocratico che sarebbe parsa bestemmia anche il solo pensare che suo padre era in realtà un oscuro commerciante di granaglie di Nantes, anche se ciò corrispondeva al vero. Guardandolo, chiunque avrebbe giurato che i suoi antenati fossero tra i tanti che avevano versato il loro sangue blu sul palco della ghigliottina all'epoca della Rivoluzione francese.

«Eccomi qui, signori» disse con tono sdegnoso il conte. «Posso sapere perché sono stato convocato?»

«Accomodatevi, conte, vi prego» disse cortese il giudice. «Stiamo investigando sulla morte di Madame Kettering.»

«La morte di Madame Kettering? Non capisco.»

«Se non sbaglio, voi la conoscevate.»

«Certo che la conoscevo. Che cosa c'entra questo?»

Aggiustandosi il monocolo, diede un'occhiata in giro, soffermandosi su Poirot che lo fissava con sincera e ingenua ammirazione, cosa che non mancò di sollecitare la vanità del conte. Carrège, frattanto, si appoggiò allo schienale della sedia e diede un colpetto di tosse.

«Come? Non sapete che Madame Kettering è stata assassinata?»

«Assassinata? *Mon Dieu*, che cosa terribile!»

La sorpresa e il dolore furono interpretati in modo eccellente, così eccellente, in realtà, da apparire genuini.

«Madame Kettering è stata strangolata tra Parigi e Lione» continuò il giudice istruttore. «E i suoi gioielli sono scomparsi.»

«È una vergogna!» insorse il conte accalorato. «La polizia dovrebbe fare qualcosa per mettere fine a queste rapine sui treni. Non si può più viaggiare sicuri, al giorno d'oggi.»

«Nella borsetta di *madame* è stata rinvenuta una vostra lettera» disse a quel punto Carrège. «Da essa si desume che dovevate incontrarvi.»

Il conte scrollò le spalle.

«È inutile cercare di nasconderlo, ormai» ammise apertamente. «Siamo tutti uomini di mondo. Qui tra di noi, in forma privata, non ho difficoltà a riconoscere che avevamo una relazione.»

«Immagino che l'abbiate incontrata a Parigi e che abbiate viaggiato insieme fin qui?» chiese Carrège.

«Questo era il piano originale, ma poi *madame* ha cambiato idea. Abbiamo stabilito quindi di vederci a Hyères.»

«Dunque, non l'avete incontrata sul treno la sera del 14, alla Gare de Lyon?»

«Nient'affatto. La mattina di quello stesso giorno io sono arrivato a Nizza. Perciò quello che dite è impossibile.»

«Certo, certo» fece Carrège. «Ma per una questione puramente formale, spero non abbiate difficoltà a precisarmi i vostri movimenti la sera del 14.»

Il conte raccolse un attimo le idee.

«Ho cenato a Monte Carlo al Café de Paris. Dopo sono andato allo Sporting. Ho anche vinto qualche migliaio di franchi» precisò, con una scrollatina di spalle. «Credo di essere rientrato a casa verso l'una.»

«Perdonate, *monsieur*, con quale mezzo siete tornato?»

«Con la mia auto.»

«Da solo?»

«Da solo.»

«C'è qualcuno che possa confermare quanto avete appena affermato?»

«Senza dubbio molti tra i miei amici mi avranno visto quella sera. Ho cenato da solo.»

«Vi ha aperto il cameriere quando siete tornato alla villa?»

«No. Ho usato la mia chiave.»

«Ah!» fece il magistrato.

Suonò di nuovo il campanello sulla scrivania. La porta si aprì e si affacciò un usciere.

«Fate entrare la Mason, la cameriera» disse Carrège.

«Subito, signor giudice.»

Venne fatta entrare Ada Mason.

«*Mademoiselle*, vorreste farci la cortesia di guardare con attenzione questo signore? Sforzatevi di ricordare: vi pare la stessa persona che avete visto nella cabina della vostra padrona a Parigi?»

La donna squadrò a lungo e con molta attenzione il conte, il quale, ragionò Poirot, doveva sentirsi alquanto a disagio.

«Non sono in grado di dirlo con certezza, signore» dichiarò infine la Mason. «Forse sì o forse no. L'ho visto solo di spalle, perciò mi è difficile dirlo. Nel complesso, mi pare che gli somigli abbastanza.»

«Ma non ne siete sicura?»

«Be'... no» ammise a malincuore la Mason. «No... non sono sicura.»

«Avete mai visto prima questo signore in Curzon Street?»

La Mason scosse la testa.

«Non incontravo mai i visitatori» spiegò «a meno che non si trattenessero particolarmente a lungo.»

«Molto bene, basta così» disse brusco il giudice istruttore.

Era chiaramente deluso.

«Un momento» intervenne Poirot. «C'è una domanda che vorrei fare a mademoiselle Mason. Posso?»

«Certo, Monsieur Poirot… certo, fate pure.»

Poirot si rivolse alla cameriera.

«Che cosa ne è stato dei biglietti?»

«I biglietti, signore?»

«Sì, quelli per il viaggio da Londra a Nizza. Li aveva la vostra padrona?»

«La padrona aveva solo quello per la carrozza pullman, signore; gli altri li avevo io.»

«Che fine hanno fatto?»

«Li ho dati al controllore del treno francese, signore. Mi aveva detto che questa era la prassi consueta. Ho forse fatto male?»

«No, no, avete fatto benissimo. Era un semplice dettaglio.»

Caux e il giudice istruttore lo guardarono incuriositi. La Mason rimase incerta per qualche attimo, finché il magistrato non la congedò con un cenno sbrigativo. Poirot scribacchiò qualcosa su un pezzo di carta e lo passò a Carrège. Questi lo lesse e la sua espressione si illuminò.

«Bene, signori» domandò il conte con il suo solito tono altezzoso. «Avete ancora bisogno di me?»

«No, no, state tranquillo» si affrettò a rispondere Carrège, affabile. «Ormai abbiamo chiarito ogni cosa, riguardo alla vostra posizione. Dato che avevamo trovato quella lettera di *madame*, capirete che eravamo obbligati a sentire anche voi.»

Il conte si alzò, raccolse il suo elegante bastone dall'angolo dove lo aveva posato e, accennando un inchino, uscì dalla stanza.

«Ecco fatto» disse Carrège. «Avevate proprio ragione, Monsieur Poirot: è molto meglio fargli credere che non abbiamo sospetti su di lui. Due dei miei uomini gli si metteranno alle calcagna giorno e notte, e intanto controlleremo anche il suo alibi. Mi è sembrato piuttosto… evanescente.»

«È possibile» ammise pensoso Poirot.

«Ho chiesto a Monsieur Kettering di presentarsi qui, stamattina» annunciò il magistrato «anche se non mi pare che abbiamo molto da chiedergli; tuttavia ci sono un paio di circostanze che andrebbero chiarite…» Si interruppe, grattandosi il naso.

«Quali, ad esempio?» chiese Poirot.

«Be'...» fece il giudice, lievemente imbarazzato «per esempio questa donna con cui pare che abbia viaggiato... Mademoiselle Mirelle: lei alloggia in un albergo, e lui in un altro. È una cosa che mi sembra un po' strana.»

«Pare quasi» intervenne il commissario Caux «che abbiano timore di compromettersi.»

«Esattamente» confermò Carrège trionfante. «E non si capisce il perché di tutte queste cautele.»

«L'eccesso di cautela mette sempre in sospetto, eh?» fece Poirot.

«*Précisément.*»

«Credo che varrebbe la pena rivolgere a Monsieur Kettering un paio di domande» mormorò Poirot.

Il magistrato istruì l'usciere. Pochi attimi più tardi, Derek Kettering, disinvolto come sempre, faceva il suo ingresso nella stanza.

«Buongiorno, *monsieur*» disse il giudice in tono cortese.

«Buongiorno» rispose asciutto Derek Kettering. «Mi avete mandato a chiamare. Ci sono novità?»

«Accomodatevi, prego, *monsieur.*»

Derek prese posto posando cappello e bastone sulla scrivania del giudice.

«Ebbene?» domandò impaziente.

«Fino a questo momento non è emerso nulla di nuovo» disse guardingo Carrège.

«Molto interessante» commentò sarcastico Derek. «E mi avete fatto venire per dirmi questo?»

«Ovviamente, *monsieur*, pensavamo che vi facesse piacere essere informato sugli sviluppi dell'indagine» replicò il magistrato.

«Anche se questi sviluppi non ci sono.»

«Volevamo anche rivolgervi qualche domanda.»

«Fate pure.»

«Siete certo di non aver visto vostra moglie sul treno, di non aver parlato con lei?»

«Ve l'ho già detto. No.»

«Se l'avete detto, avrete avuto senz'altro i vostri motivi.»

Derek gli lanciò un'occhiata sospettosa.

«Non-sapevo-che-fosse-sul-treno» dichiarò scandendo ogni parola, come se stesse parlando con qualcuno corto d'intelletto.

«Questo è quello che dite voi, sì» ribatté senza scomporsi Carrège. Derek si accigliò.

«Vorrei capire dove state cercando di arrivare. Sapete che cosa penso, Monsieur Carrège?»

«Che cosa, *monsieur*?»

«Penso che la polizia francese goda di una fama largamente immeritata. A quest'ora dovreste aver già individuato questi rapinatori che mettono a segno i loro colpi sui treni. È scandaloso che simili cose possano accadere su un *train de luxe* come quello, e che la polizia francese sia ancora incapace di mettervi riparo.»

«Stiamo provvedendo, *monsieur*, non temete.»

«Madame Kettering, se ho capito bene, non ha lasciato un testamento» interloquì improvvisamente Poirot. Teneva le mani intrecciate, e fissava intento il soffitto.

«Credo che non abbia mai pensato a farne uno» rispose Kettering. «Perché?»

«Ereditando, vi toccherà una bella fortuna» disse Poirot. «Una bella fortuna davvero.»

Pur continuando a fissare il soffitto, con la coda dell'occhio non gli sfuggì il modo in cui avvampò Derek Kettering.

«Che intendete dire e chi siete voi?»

Poirot smise di stare con le gambe accavallate e di guardare il soffitto e rizzandosi sulla sedia fissò dritto negli occhi l'interlocutore.

«Mi chiamo Hercule Poirot» disse con voce pacata «e sono probabilmente il più grande investigatore del mondo. Siete proprio sicuro di non aver visto vostra moglie su quel treno, di non averle parlato?»

«Dove volete andare a parare? State forse dicendo… insinuate per caso… che l'abbia uccisa io?»

Poi, inaspettatamente, fece una risata.

«È inutile che io mi accalori così. È troppo palesemente assurdo. Andiamo, se l'avessi uccisa, non avrei avuto alcun bisogno di rubare anche i gioielli, no?»

«Questo è vero» ammise Poirot, un po' mortificato. «Non ci avevo pensato.»

«Se mai c'è stato un caso lampante di omicidio a scopo di rapina, è questo» disse Derek Kettering. «Povera Ruth, ecco cosa le hanno combinato quei dannati rubini. Deve essersi sparsa la voce che li avrebbe portati con sé. A quanto si dice, non è il primo delitto che viene commesso a causa di quelle pietre.»

A quel punto un lampo attraversò gli occhi verdi di Poirot che sembrava un gatto ben pasciuto, dal pelo lucido.

«Un'ultima domanda, Monsieur Kettering» disse. «Potete dirmi quando avete visto per l'ultima volta vostra moglie?»

«Lasciatemi pensare» rifletté Kettering. «Deve essere stato... sì, più di tre settimane fa. Temo di non potervi precisare la data esatta.»

«Non importa» fece Poirot, senza scomporsi. «È tutto quello che volevo sapere.»

«Allora» disse Derek Kettering con impazienza «c'è altro?»

Guardò Carrège. Quest'ultimo cercò un suggerimento da Poirot, e ricevette un leggerissimo segno di diniego col capo.

«No, Monsieur Kettering» disse allora compìto. «Non ritengo utile disturbarvi oltre. Buongiorno.»

«Buongiorno» fece Kettering e se ne uscì sbattendo la porta.

Non appena il giovane fu uscito, Poirot si protese verso il giudice e gli chiese perentorio: «Ditemi: quand'è che avete parlato di questi rubini a Monsieur Kettering?».

«Io non gliene ho parlato affatto» rispose Carrège. «L'abbiamo saputo anche noi solo ieri, da Monsieur Van Aldin.»

«Sì, ma se ne parlava nella lettera del conte.»

Carrège parve risentirsi.

«Naturalmente non ho fatto parola a Monsieur Kettering di quella lettera» protestò. «Tirar fuori la faccenda dei gioielli, in questa fase delle indagini, rischierebbe di comprometterne gli sviluppi futuri.»

Poirot si protese ancor più verso di lui, tamburellando sul tavolo.

«E allora come faceva a saperlo?» chiese. «*Madame* non può avergliene parlato, perché non la vedeva da tre settimane. Mi pare estremamente improbabile che possano averglielo detto Van Aldin o il suo segretario; i loro colloqui con lui hanno avuto tutt'altro tenore; inoltre, la stampa non ha fatto il minimo cenno alla cosa, quindi non può nemmeno averlo letto su qualche giornale.»

Si alzò prendendo bastone e cappello.

«E tuttavia» mormorò tra sé «il nostro gentiluomo sa tutto sui gioielli. Comincio davvero a farmi qualche domanda!»

18
Derek a pranzo

Derek Kettering andò direttamente al Negresco, dove ordinò un paio di cocktail che tracannò d'un fiato; poi rimase a guardare assorto la distesa azzurra e abbagliante del mare. Meccanicamente notò l'aspetto dei passanti... una folla amorfa, mal vestita, per nulla interessante. Ormai capitava sempre più di rado di vedere qualcosa di bello. Ma dovette rapidamente correggere questa impressione, non appena una donna prese posto a un tavolino poco distante dal suo. Indossava un meraviglioso completo nero e arancio, con un cappellino che le proiettava l'ombra sul viso. Ordinò un terzo cocktail; si rimise a fissare il mare, e un profumo noto sollecitò le sue narici. Si girò. La donna vestita di nero e arancio si era avvicinata a lui. Vide finalmente il suo viso e la riconobbe. Era Mirelle. Gli sorrideva, sfacciata e seducente.

«Derek!» mormorò. «Sarai contento di vedermi, no?»

Sedette di fronte a lui all'altro capo del tavolino.

«Avanti, stupido, non mi dai il benvenuto?» lo stuzzicò.

«È davvero un piacere inaspettato» disse Derek. «Quando hai lasciato Londra?»

Lei scrollò le spalle.

«Un paio di giorni fa.»

«E il Parthenon?»

«Gli ho dato... come si dice?... il benservito!»

«Davvero?»

«Non sei molto espansivo, Derek.»

«Dovrei esserlo?»

Mirelle si accese una sigaretta e aspirò qualche boccata prima di continuare: «Pensi forse che non sia prudente, così presto?».

Derek la fissò; poi scrollò le spalle e chiese: «Pensavi di pranzare qui?».

«*Mais oui.* Pranzerò insieme a te.»

«Mi dispiace molto» ribatté Derek «ma ho un impegno importante.»

«*Mon Dieu!* Insomma, voi uomini siete peggio dei bambini» esclamò la ballerina. «Ecco, ti stai comportando con me da bambino viziato sin da quel giorno, a Londra, quando te ne sei andato infuriato da casa mia. Da allora non hai più smesso di tenermi il muso. Ma è inaudito!»

«Ragazza mia» disse Derek «non capisco proprio di cosa tu stia parlando. Tanto, da quella volta a Londra, abbiamo ormai assodato che quando la nave affonda i topi scappano. Non abbiamo altro da dirci.»

A dispetto del tono disincantato, aveva un'espressione tirata, stravolta. Mirelle si protese verso di lui.

«Non mi inganni» mormorò. «So... so bene quello che hai fatto per me.»

Lui sussultò. Il tono di lei, pieno di sottintesi, lo colpì. Lei fece un cenno di conferma col capo.

«Ah! Non aver paura; so mantenere un segreto. Sei magnifico! Hai un coraggio enorme, ma, in fin dei conti, sono stata io a darti l'idea quel giorno, a Londra, quando ti ho detto che le disgrazie possono sempre capitare. Ma non sei in pericolo? La polizia non sospetta nulla?»

«Ma cosa...»

«Zitto!»

Alzò una mano bruna e affusolata, al cui mignolo spiccava un grosso smeraldo.

«Hai ragione; non avrei dovuto parlare di queste cose in un locale pubblico. Accantoniamo questo discorso per ora, e pensiamo che i nostri guai sono finiti; la nostra vita insieme sarà meravigliosa, splendida!»

Derek scoppiò in una risata stridula.

«E così i topi sono tornati, adesso, eh? Due milioni fanno gola a chiunque... certo. Avrei dovuto saperlo.» Rise di nuovo. «Vuoi aiutarmi a spendere questi due milioni, vero, Mirelle? È la tua specialità, in questo nessuno può batterti.» Rise ancora.

«Taci!» esclamò la ballerina. «Si può sapere che ti prende, Derek? Non vedi che la gente si volta a guardarti?»

«Ah! Vuoi sapere che c'è? C'è che tu hai chiuso con me, Mirelle. Capisci? Hai chiuso!»

Mirelle non reagì come lui aveva immaginato. Lo fissò per qualche istante, poi sorrise con dolcezza.

«Ma che bambinone! Ti arrabbi, te la prendi, e solo perché faccio delle considerazioni pratiche. Ma non ti ho sempre detto che ti adoro?»

Si protese verso di lui.

«Ma io ti conosco, Derek. Guardami... è Mirelle che ti parla. Tu non puoi vivere senza di lei, e lo sai. Io ti amavo già prima e ora ti amerò cento volte di più. Saprò farti felice. Non c'è nessuna come Mirelle.»

I suoi occhi sfavillarono fissandosi in quelli di Derek. Lo vide diventare sempre più pallido e sorrise compiaciuta. Conosceva il potere delle proprie arti di seduzione.

«Ora è tutto chiaro» concluse, con una risatina sommessa. «E ora, Derek, vuoi invitarmi a pranzo?»

«No.»

Derek si riscosse e si alzò in piedi.

«Mi dispiace, te l'ho già detto... ho un impegno.»

«Vuoi mangiare con qualche altra donna? Non posso crederci.»

«Pranzerò con quella signora laggiù.»

Si diresse deciso verso una donna in bianco che stava arrivando in quel momento. Le rivolse la parola un po' impacciato.

«Signorina Grey, posso... posso avere l'onore di invitarvi a pranzo? Ci siamo incontrati da Lady Tamplin, se ricordate.»

Katherine lo squadrò per qualche attimo con i suoi occhi grigi e pensosi così espressivi.

«Grazie» disse infine. «Accetto con molto piacere.»

19
Una visita inaspettata

Il conte de la Roche aveva appena finito il suo pranzo, consistente in una *omelette fines herbes*, una *entrecôte Béarnais* e un *Savarin au Rhum*. Si alzò da tavola. Attraversò il salone della villa, passando in rassegna con sguardo compiaciuto gli *objets d'art* che componevano l'arredamento. La tabacchiera Luigi XV, la scarpina di seta appartenuta a Maria Antonietta e la piccola serie dei cimeli che facevano parte della *mise en scène* di cui il conte si serviva per abbagliare i suoi ospiti, spacciandoli per cimeli di famiglia. Affacciandosi sulla terrazza, dove la vista poteva spaziare sul Mediterraneo, fissò distrattamente lo scenario; quel giorno non era in vena di apprezzarne la bellezza. Tutto il suo elaborato piano era andato in fumo e ora si trovava a dovere ripartire da zero. Adagiato su una poltroncina di vimini, una sigaretta tra le dita bianche e affusolate, il conte era immerso in profonde riflessioni.

Un po' più tardi lo raggiunse Hippolyte, il cameriere, con un carrello dove c'erano caffè e varie bottiglie di liquore. Il conte optò per un cognac.

Quando il cameriere si accinse a ritirarsi, il conte lo trattenne con un leggero cenno. Hippolyte rimase in rispettosa attesa di istruzioni. Il suo aspetto non poteva certo definirsi gradevole, ma i suoi modi impeccabili oscuravano ampiamente questo difetto. Ora pareva la personificazione dell'attenzione deferente.

«Può darsi» disse il conte «che nei prossimi giorni si presentino qui degli sconosciuti, cercando di avere da te e da Marie qualche confidenza. Probabilmente vi faranno delle domande sul mio conto.»

«Sì, signor conte.»
«Forse è già accaduto?»
«No, signor conte.»
«Non si è presentato nessuno? Ne sei sicuro?»
«Nessuno, signor conte.»
«Molto bene» disse il conte. «Comunque, ne sono sicuro, verranno presto, vedrai. E si metteranno a fare domande.»
Hippolyte guardò il padrone. Intuiva il senso di quel discorso. Il conte parlava lentamente, lo sguardo rivolto altrove.
«Come sai, io sono arrivato qui martedì mattina. Se la polizia o chiunque altro dovesse chiedertelo, bada di non dimenticartelo. Io sono arrivato qui martedì, il 14… non mercoledì 15. È chiaro?»
«Perfettamente, signor conte.»
«Quando c'è di mezzo una signora, è sempre necessaria un'assoluta discrezione. Sono certo, Hippolyte, che tu saprai essere discreto.»
«Potete stare tranquillo, signore.»
«E Marie?»
«Anche Marie. Garantisco io.»
«D'accordo allora» mormorò il conte.
Dopo che Hippolyte si fu ritirato, il conte sorseggiò il caffè con aria assorta. Un paio di volte corrugò le sopracciglia, scuotendo la testa, e poi, sempre immerso nelle sue riflessioni, annuì meccanicamente. Il corso dei suoi pensieri fu interrotto dal ritorno di Hippolyte.
«Una signora, *monsieur*.»
«Una signora?»
Il conte rimase sorpreso. Non che la visita di una signora fosse un fatto inusuale, a Villa Marina, ma il conte, al momento, non riuscì assolutamente a immaginare chi fosse.
«Credo si tratti di una signora che *monsieur* non conosce» suggerì il cameriere.
Il conte era sempre più perplesso.
«Falla accomodare, Hippolyte.»
Un attimo più tardi un'ammaliante visione in nero e arancio si presentò sulla terrazza, avvolta in una nuvola di esotico profumo floreale.
«Il signor conte de la Roche?»

«Al vostro servizio, *mademoiselle*» rispose il conte con un inchino.

«Mi chiamo Mirelle. Forse avrete sentito parlare di me.»

«Ah, infatti, *mademoiselle*; chi non è rimasto incantato dallo squisito talento di Mademoiselle Mirelle?»

La ballerina accettò il complimento con un sorriso.

«Perdonate se mi sono presentata a voi in questo modo così irrispettoso delle forme» esordì lei.

«Ma anzi, è un piacere. Accomodatevi, vi prego, *mademoiselle*» si affrettò a dire il conte, aiutandola a prendere posto.

Dietro l'affettazione dei suoi modi galanti, lui la stava già studiando con cura. Il conte si poteva vantare di conoscere quasi tutto, in fatto di donne. È vero, la sua esperienza riguardava in genere donne che non potevano sperare di stare alla pari di Mirelle, per la classe e per l'astuzia. Insomma, era una donna bella quanto rapace, l'omologa femminile del conte, contro la quale le sue solite armi erano spuntate, lui se ne rendeva ben conto. Mirelle era una smaliziata parigina. Nondimeno, un particolare non poteva sfuggire all'occhio acuto del conte: capì subito infatti di trovarsi di fronte a una donna infuriata, e lui sapeva per esperienza che una donna infuriata commette sempre, prima o poi, l'imprudenza di dire qualche parola di troppo. Da questo fatto un uomo accorto poteva spesso, ragionando freddamente, trarre profitto.

«Vi ringrazio di aver onorato con la vostra presenza la mia casa, *mademoiselle*.»

«Abbiamo degli amici in comune, a Parigi» disse Mirelle. «Mi hanno parlato molto di voi, ma il motivo che mi ha spinto a venire qui, oggi, è un altro. Da quando sono qui a Nizza, ho sentito parlare di voi in un senso ben diverso... non so se potete capirmi.»

«Ah!» fece sommessamente il conte.

«Sarò franca» proseguì la ballerina. «Badate, parlo così solo perché ho molto a cuore la vostra sorte. In giro per Nizza si sente dire, signor conte, che siete stato voi a uccidere quella signora inglese, Madame Kettering.»

«Io... l'assassino di Madame Kettering? Che assurdità!»

Invece di mostrarsi indignato, usò un tono piuttosto blando. Sapeva che questo avrebbe rinfocolato la loquace aggressività di Mirelle.

«Ma sì» fece lei, tornando alla carica. «È come vi ho detto.»

«La gente prova gusto a sparlare del prossimo» borbottò il conte come se la cosa non lo riguardasse. «Non me la prendo certo per delle cattiverie così meschine.»

«Voi non capite.» Mirelle si protese verso di lui, gli occhi scuri sfavillanti. «Non sono i pettegolezzi della gente ad accusarvi. È la polizia.»

«La polizia?»

Il conte drizzò le orecchie.

«Sì, sì. Io ho amici un po' dappertutto... voi mi capite. È stato il prefetto in persona...» lasciò la frase a metà, con un'eloquente scrollata di spalle.

«Chi non commette qualche indiscrezione, quando c'è di mezzo una bella donna?» fece il conte.

«Quelli della polizia credono che siate stato voi ad uccidere Madame Kettering. Ma si sbagliano.»

«Certo che si sbagliano» sottolineò senza scomporsi il conte.

«Sì, ma non potete provarlo, perché non conoscete la verità. Io invece...»

Il conte la guardò con curiosità.

«Sapete chi ha ucciso Madame Kettering? È questo che volete dire, *mademoiselle*?

Mirelle annuì energicamente.

«Sì.»

«E chi è stato, allora?» chiese il conte.

«Il marito.» Si protese per parlare vicino all'orecchio del conte, a voce bassa, ma vibrante di rabbia ed eccitazione. «È stato il marito a ucciderla.»

Il conte si allungò sulla poltroncina di vimini appoggiandosi allo schienale. Il suo viso era una maschera impassibile.

«*Mademoiselle*... posso chiedervi come fate a saperlo?»

«Come lo so?» Mirelle scattò in piedi. «Perché me lo aveva preannunciato, senza alcuna cautela. Era rovinato, pieno di debiti, disonorato. Solo la morte della moglie avrebbe potuto salvarlo. Questo mi ha detto. Ha preso anche lui quel treno, ma badando che sua moglie non lo sapesse. Perché, secondo voi? Per poter scivolare silenziosamente quella notte fino alla sua cabina... Ah!» chiuse gli occhi. «Mi immagino la scena...»

Il conte accennò un colpetto di tosse.

«Sì... forse» mormorò. «Ma certo, *mademoiselle*, in tal caso non avrebbe rubato i gioielli.»

«I gioielli» sospirò Mirelle. «I gioielli. Ah! Quei rubini...»

Assunse un'aria sognante, mentre gli occhi brillavano di desiderio. Il conte la osservò incuriosito, convincendosi ancora di più, se ce ne fosse stato bisogno, che le pietre preziose hanno un potere arcano sulle donne. Poi si riscosse, per tornare a questioni più pratiche.

«Che cosa vorreste che facessi, *mademoiselle*?»

Anche Mirelle tornò bruscamente alla realtà.

«È semplice. Dovete andare alla polizia. Direte loro che il signor Kettering è l'autore del delitto.»

«E se non mi credessero? Se mi chiedessero di fornire le prove?» La scrutò attentamente.

Mirelle fece una risata sommessa, sistemandosi i drappeggi nero e arancio del vestito.

«Mandateli da me, signor conte» disse. «Gli darò io la prova che cercano.»

Detto questo se ne andò com'era venuta, impetuosa come un turbine.

Il conte la seguì con lo sguardo, con espressione perplessa.

"È davvero fuori di sé" si disse. "Che cosa può averla fatta infuriare così? Ma il suo gioco è troppo scoperto. Davvero crede che Kettering abbia ucciso la moglie? Vorrebbe che lo credessi io, comunque. E anche la polizia."

Sorrise tra sé. Non aveva nessuna intenzione di andare alla polizia. A giudicare dalla sua espressione sorridente, scorgeva davanti a sé una serie di altre opportunità ben più allettanti.

Poi, però, si accigliò di nuovo. Secondo Mirelle, la polizia sospettava di lui. Poteva essere vero oppure no. Una donna come quella, se infuriata, non era tipo da preoccuparsi troppo della veridicità delle proprie asserzioni. D'altra parte, era senz'altro possibile che avesse ottenuto informazioni di prima mano. In tal caso (fece qui una smorfia amara) era opportuno prendere certe precauzioni.

Entrò in casa e interrogò di nuovo Hippolyte per sapere se si era presentato qualche sconosciuto. Il domestico fu categorico nell'assicurare di no. Il conte salì in camera da letto e si diresse a uno scrittoio antico appoggiato alla parete. Abbassò la piccola serranda e le sue dita delicate andarono alla ricerca di una molla celata sul fondo di una delle caselle per riporre la corrispondenza. Lo scatto della molla rivelò un cassetto segreto; dentro c'era un pacchetto avvolto in carta marrone. Il conte lo tirò fuori soppesandolo accuratamente nella mano per qualche attimo. Poi si portò l'altra mano alla sommità della testa e si strappò un capello. Lo posò sul bordo del cassetto, che poi richiuse con la massima delicatezza. Portando con sé il pacchetto, scese dabbasso, raggiunse il garage, dov'era parcheggiata una due posti rosso fuoco. Dieci minuti più tardi era sulla strada per Monte Carlo.

Trascorse un paio d'ore al Casinò, poi andò a passeggio per la città. Alla fine risalì in macchina e si diresse verso Mentone. Già prima, nel pomeriggio, aveva notato un'anonima auto grigia che lo seguiva tenendosi a una certa distanza. Ora la notò di nuovo. Sorrise tra sé. La strada si arrampicava sempre di più, e il conte accentuò la pressione sull'acceleratore. La piccola due posti rosso fuoco era un modello speciale, e avendo un motore molto più potente di quanto l'aspetto esteriore dell'auto non lasciasse supporre, rispose scattando poderosamente in avanti.

Poco dopo il conte si guardò indietro compiaciuto; la macchina grigia lo seguiva ancora, ma molto più indietro. Avvolta in una nuvola di polvere, la vetturetta divorava la strada. Ormai la velocità era pericolosamente elevata, ma il conte era un ottimo guidatore. In breve cominciò a ridiscendere dall'altro versante, districandosi tra curve e controcurve. Finalmente rallentò, per fermarsi poi davanti al Bureau de Poste. Allora balzò giù dalla macchina, aprì la cassetta degli attrezzi sul predellino del parafango, tirò fuori il pacchetto e si affrettò all'interno dell'ufficio postale. Due minuti più tardi era già ripartito in direzione di Mentone. Quando la macchina grigia arrivò, il conte stava già sorbendo il tè sulla terrazza di uno degli alberghi.

Più tardi fece ritorno a Monte Carlo, dove cenò, e quindi rientrò a casa verso le undici. Hippolyte gli venne incontro turbato.

«Ah! Finalmente siete arrivato, signor conte! Per caso, mi avete cercato per telefono?»

Il conte fece un cenno di diniego.

«Eppure, verso le tre, ho ricevuto una vostra chiamata, con l'ordine di raggiungervi al Negresco di Nizza.»

«Ma davvero?» fece il conte. «E ci sei andato?»

«Certamente, signore, ma al Negresco mi hanno detto che non ne sapevano nulla, che voi non eravate nemmeno passato di lì.»

«Ah» disse il conte. «E magari a quell'ora Marie era fuori per fare la spesa, vero?»

«È così, signor conte.»

«Bene. Non fa nulla. Deve essere stato uno sbaglio.»

Salì di sopra, sorridendo compiaciuto.

Quando fu solo nella sua stanza, chiuse a chiave la porta e si guardò intorno con cura. Ogni cosa pareva al suo posto, come al solito. Aprì vari cassetti e armadi. La stanza era stata sicuramente oggetto di un'accurata perquisizione: anche se pareva che non fosse stato toccato niente, lui era in grado di accorgersene.

Si avvicinò allo scrittoio e fece scattare la molla nascosta. Il cassetto si aprì di scatto, ma non c'era più traccia del capello che lui vi aveva posato. Assunse un'espressione piuttosto ammirata.

«Sono davvero in gamba, qui in Francia, i poliziotti» si disse. «Proprio in gamba. Non gli sfugge niente.»

20
Katherine trova un ammiratore

Il mattino seguente Katherine e Lenox stavano prendendo insieme il sole sulla terrazza di Villa Marguerite. Tra loro stava nascendo un'amicizia, nonostante la differenza d'età. Se non ci fosse stata Lenox, Katherine avrebbe trovato intollerabile la vita a Villa Marguerite. Il caso Kettering era sulla bocca di tutti, in quei giorni, e Lady Tamplin fece di tutto per far sapere in giro che la sua ospite vi era stata coinvolta. Le proteste di Katherine cadevano puntualmente nel vuoto, senza scalfire minimamente la sicurezza di essere nel giusto di Lady Tamplin. Lenox cercò di farsi coinvolgere il meno possibile nei pettegolezzi di sua madre, fingendosi divertita, ma sotto sotto schierandosi in difesa di Katherine e dei suoi sentimenti. Charles, da parte sua, contribuiva non poco ad aggravare la situazione, con il suo ingenuo e inestinguibile entusiasmo, dato che non si stancava di presentare Katherine a tutti dicendo: «Questa è la signorina Grey. Avete sentito parlare del delitto sul Treno Azzurro? Lei ci si è trovata in mezzo, perché ha parlato a lungo con Ruth Kettering poco prima che l'ammazzassero! Che fortuna, eh?».

Anche quella mattina c'erano state un paio di battute di questo genere, tanto che Katherine aveva reagito con una risposta insolitamente acida. Una volta sola, Lenox aveva osservato con il suo solito tono strascicato: «Non sei abituata a essere messa in piazza come una bestia rara, eh? Hai parecchio da imparare, Katherine».

«Mi dispiace di aver perso la calma. Di solito non mi succede.»

«Ormai dovresti aver capito che non vale proprio la pena di prendersela. Charles è solo uno stupido; non lo fa apposta.

Mamma, invece, è chiaramente una che ci marcia, ma puoi fare fuoco e fiamme fino a far crollare la casa, senza che lei si scomponga minimamente. Si limiterà ad aprire i suoi malinconici occhioni blu.»

Katherine non commentò in alcun modo questi giudizi e Lenox proseguì: «Io mi sento più vicina a Charles. Mi entusiasma l'idea di un delitto ben congegnato, senza contare che, conoscendo Derek, la cosa mi stuzzica ancora di più».

Katherine annuì.

«E così hai pranzato con lui, ieri» aggiunse pensosa Lenox. «Ti piace Derek Kettering?»

Katherine ci pensò su prima di rispondere.

«Non lo so» disse sommessamente.

«È molto bello.»

«Sì, è attraente.»

«Che cos'è che non ti piace, in lui?»

Katherine non rispose a quella domanda, o per lo meno non direttamente. «Mi ha parlato della morte della moglie» disse. «Mi ha confessato apertamente che per lui è stata soprattutto un gran colpo di fortuna.»

«E questo ti ha turbato, immagino» fece Lenox. Rimase un attimo in silenzio, poi aggiunse con uno strano tono di voce: «Tu gli piaci, Katherine».

«Mi ha offerto un ottimo pranzo» scherzò sorridendo Katherine.

Ma Lenox non si lasciò sviare dal discorso.

«Mi sono accorta di come ti guardava la sera che è venuto qui» disse pensosa. «E dire che tu non saresti il suo tipo... proprio l'opposto delle donne che frequenta di solito. Ma forse è come per la religione: ci si converte passata una certa età.»

«*Mademoiselle*, siete desiderata al telefono» annunciò Marie, comparendo sulla soglia del salone. «Monsieur Poirot desidera parlare con voi.»

«Altre lacrime e sangue. Vai, Katherine, vai ad amoreggiare con il tuo investigatore.»

La voce di Hercule Poirot arrivò nitida e chiara all'orecchio di Katherine.

«Parlo con Mademoiselle Grey? *Bon. Mademoiselle*, debbo riferirvi una richiesta da parte di Monsieur Van Aldin, il padre di

Madame Kettering. Avrebbe molto piacere di parlarvi, o lì a Villa Marguerite, o al suo albergo, dove preferite.»

Katherine rifletté per un momento, decidendo poi che far venire Van Aldin a Villa Marguerite sarebbe stato penoso oltre che superfluo. Lady Tamplin avrebbe accolto il suo arrivo con grande eccitazione. Non perdeva mai un'occasione di coltivare un milionario. Perciò disse a Poirot che preferiva andare lei a Nizza.

«Perfetto, *mademoiselle*. Passerò a prendervi io stesso in macchina. Diciamo fra tre quarti d'ora, va bene?»

Poirot fu estremamente puntuale. Katherine era pronta, e partirono subito.

«Allora, *mademoiselle*, come va?»

Lei osservò intensamente i suoi occhi sfavillanti, e confermò dentro di sé la sua prima impressione su di lui: aveva senz'altro qualcosa che riusciva ad attirare irresistibilmente.

«Questo è il nostro *roman policier*, no?» disse Poirot. «Vi avevo promesso che lo avremmo studiato insieme. E io mantengo sempre le promesse.»

«Siete troppo gentile.»

«Ah, non fate la modesta; ma immagino che vorrete sapere gli sviluppi del caso, no?»

Katherine ammise che era vero, e Poirot procedette a farle un ritratto preciso del conte de la Roche.

«Ritenete che sia lui l'assassino?» chiese Katherine, pensosa.

«È stata formulata questa ipotesi» rispose prudente Poirot.

«Ma voi ci credete?»

«Non ho detto questo. E voi, *mademoiselle*, che cosa ne pensate?»

Katherine scosse la testa.

«Come faccio a dirlo? Io non ne so nulla di queste cose, ma mi pare che...»

«Sì?» l'incoraggiò Poirot.

«Be', da come me lo avete descritto, il conte non mi pare tipo da ammazzare qualcuno.»

«Ah! Molto bene» esclamò Poirot. «Concordate con me; è proprio quello che ho detto anch'io.» La fissò bruscamente. «Ma ditemi, avete incontrato Monsieur Kettering?»

«Ci siamo visti in un primo tempo a casa di Lady Tamplin e poi abbiamo pranzato insieme ieri.»

«*Un mauvais sujet*» disse Poirot, scuotendo la testa. «Ma *les femmes* sono spesso attratte dai poco di buono, eh?»

Le strizzò l'occhio e Katherine rise.

«È il tipo d'uomo che non passa inosservato» continuò Poirot. «L'avrete senz'altro visto anche sul treno?»

«Sì, infatti. L'ho notato.»

«Nella carrozza ristorante?»

«No. L'ho visto solo una volta... stava entrando nella cabina di sua moglie.»

Poirot annuì. «Una strana faccenda» mormorò. «Se non sbaglio avete detto che eravate sveglia, quando il treno è arrivato a Lione, e che vi eravate affacciata al finestrino. Per caso non avete visto un uomo alto e bruno, sul tipo del conte de la Roche, che lasciava il treno?»

Katherine fece un cenno di diniego. «No, mi pare di non aver notato nessuno» disse. «Ho visto solo un giovanotto con berretto e cappotto scendere a terra, ma non per lasciare il treno, solo per sgranchirsi le gambe sul marciapiede. Poi c'era un francese grasso con la barba, col soprabito sopra il pigiama, che voleva un caffè. A parte questi, credo che ci fossero solo gli inservienti del treno.»

Poirot annuì varie volte. «Vedete» confidò poi «il conte de la Roche ha un alibi. Un alibi è sempre una faccenda molto antipatica, che dà luogo ai più gravi sospetti. Ma eccoci arrivati!»

Salirono direttamente nella suite di Van Aldin, dove trovarono Knighton. Poirot lo presentò a Katherine. Dopo i convenevoli di rito, Knighton disse: «Vado ad avvisare il signor Van Aldin che è arrivata la signorina Grey».

Uscì dalla porta che dava su un'altra stanza. Si sentì un mormorio di voci e subito Van Aldin fece il suo ingresso andando incontro a Katherine tendendole le mani e lanciandole nel contempo un'occhiata indagatrice.

«Felice di conoscervi, signorina Grey» disse semplicemente. «Ero ansioso di sentire quello che potete dirmi riguardo a Ruth.»

La pacata semplicità dei modi del ricco americano impressionò molto favorevolmente Katherine. Capì che il dolore di quell'uomo era autentico e profondo.

Van Aldin le porse una sedia.

«Prego, accomodatevi, e ditemi tutto.»

Poirot e Knighton si ritirarono discretamente nell'altra stanza, lasciandoli soli. Katherine non ebbe difficoltà a dire tutto quello che ricordava. Con semplicità e naturalezza riferì la conversazione che aveva avuto con Ruth Kettering, praticamente parola per parola. Van Aldin l'ascoltò in silenzio, appoggiato allo schienale della sedia. Quando lei ebbe finito, disse soltanto: «Vi ringrazio, mia cara».

Tacquero entrambi per qualche istante. Katherine giudicò inopportuna qualsiasi parola di conforto. Quando l'americano riprese a parlare, usò un tono diverso: «Vi sono molto grato, signorina Grey. Penso che abbiate contribuito a rasserenare la mia povera Ruth nelle ultime ore di vita. Ora voglio chiedervi qualcosa. Voi sapete, il signor Poirot ve l'avrà detto, dell'esistenza di quel farabutto con cui mia figlia era rimasta invischiata. Era lui l'uomo di cui vi ha parlato: quello che doveva incontrare. A vostro parere, è possibile che mia figlia avesse cambiato idea, a questo riguardo, dopo il colloquio con voi? Pensate che volesse rimangiarsi la parola?».

«Onestamente non sono in grado di dirlo. Ma di certo doveva aver preso una decisione e mi è sembrata più sollevata.»

«Non vi ha accennato minimamente al luogo dove pensava di incontrare quel mascalzone: se a Parigi o a Hyères?»

Katherine scosse la testa.

«Non mi ha detto nulla a questo riguardo.»

«Ah!» disse Van Aldin pensoso. «È questo il nodo fondamentale. Bene, col tempo si vedrà.»

Si alzò e andò ad aprire la porta di comunicazione con la stanza attigua. Poirot e Knighton tornarono a unirsi agli altri due.

Katherine rifiutò l'invito di Van Aldin di trattenersi per il pranzo e Knighton la scortò fino in strada e l'aiutò a salire in macchina. Quando tornò trovò Poirot e Van Aldin impegnati in una fitta conversazione.

«Purtroppo non sono riuscito a sapere che cosa aveva deciso Ruth. Potrebbe essere qualsiasi cosa. Magari pensava davvero di scendere a Parigi e telegrafarmi. Oppure pensava di proseguire fino alla Costa Azzurra per avere lì una spiegazione definitiva con il conte. Ma sono tutte vane congetture: non sappiamo niente di niente. E tuttavia la cameriera ha testimoniato che Ruth è apparsa molto sorpresa quando ha visto comparire il conte alla stazione di Parigi. Senz'altro non faceva parte dei piani. Siete d'accordo con me, Knighton?»

Il segretario sobbalzò. «Vi chiedo scusa, signor Van Aldin. Non stavo ascoltando.»

«Siete un po' assente, eh?» notò Van Aldin. «Questo non è da voi. Comincio a credere che quella ragazza vi abbia messo in subbuglio.»

Knighton arrossì.

«È una donna veramente eccezionale» disse Van Aldin serio. «Davvero notevole. Avete notato i suoi occhi?»

«Qualunque uomo» rispose Knighton «non potrebbe fare a meno di notarli.»

21
Al tennis

Passarono diversi giorni. Una mattina Katherine andò a fare una passeggiata e al ritorno fu accolta da Lenox con un sorrisetto sarcastico.

«Ha telefonato il tuo spasimante, Katherine!»

«Chi sarebbe il mio spasimante?»

«Uno nuovo: il segretario di Rufus Van Aldin. Pare che tu l'abbia colpito. Stai diventando una rubacuori, Katherine. Prima Derek Kettering, e ora quest'altro, questo Knighton. Quello che è buffo, è che io so chi è, l'ho ben presente. Era stato ricoverato nell'ospedale che mamma aveva allestito qui durante la guerra. A quell'epoca avevo circa otto anni.»

«Era ferito gravemente?»

«Alla gamba, se ricordo bene; una faccenda piuttosto seria, e penso che il dottore abbia fatto un po' un pasticcio. Gli avevano assicurato che una volta guarito non avrebbe zoppicato, che sarebbe andato perfettamente a posto, ma quando è uscito di lì zoppicava eccome, si trascinava praticamente su una gamba sola.»

Si unì a loro Lady Tamplin.

«Stavi parlando a Katherine del maggiore Knighton?» chiese. «Una così cara persona! Da principio non l'avevo riconosciuto... si vede sempre tanta di quella gente... ma ora ho ricollegato tutto.»

«Prima d'ora era troppo poco importante perché valesse la pena di ricordarlo» commentò Lenox. «Ora invece è il segretario di un ricchissimo americano, e tutto è cambiato.»

«Ma cara!» esclamò Lady Tamplin con il suo solito tono di blando rimprovero.

«Perché ha telefonato il maggiore Knighton?» si informò Katherine.

«Ha chiesto se volevi andare al tennis questo pomeriggio. Se accettavi sarebbe venuto a prenderti con la macchina. Mamma e io abbiamo accettato per te, ringraziandolo molto. Così mentre tu ti spupazzi il segretario di un milionario, io potrei avere una possibilità di agganciare il milionario in persona. Deve essere sulla sessantina, immagino, perciò sarà ben contento di avvicinare una persona giovane e fresca come me.»

«Anch'io vorrei tanto incontrare il signor Van Aldin» intervenne Lady Tamplin, seria. «Ne ho sentito tanto parlare. Questi personaggi del Nuovo Mondo, così rozzi e spicci, hanno un gran fascino.»

«Il maggiore Knighton ha tenuto a precisare che l'invito veniva dal signor Van Aldin» riferì Lenox. «Me l'ha ripetuto con tanta insistenza che ho cominciato a sentire puzza di bruciato. Tu e Knighton fareste una bella coppia, seriamente, Katherine. Che Dio vi benedica, bambini miei!»

Katherine rise e andò di sopra a cambiarsi.

Knighton arrivò subito dopo pranzo e resse eroicamente alle manifestazioni di trasporto di Lady Tamplin, ora che l'aveva riconosciuto.

Quando furono in macchina insieme diretti verso Cannes, commentò rivolto a Katherine: «Lady Tamplin non è per nulla cambiata».

«Nel modo di fare o nell'aspetto?»

«In tutti e due. Immagino che abbia passato i quaranta ormai, ma è sicuramente ancora una bella donna.»

«È vero» confermò Katherine.

«Sono felice che abbiate accettato di venire» proseguì Knighton. «Ci sarà anche il signor Poirot. Che ometto straordinario. Lo conoscete bene, signorina Grey?»

Katherine scosse la testa. «L'ho incontrato in treno mentre venivo qui. Stavo leggendo un romanzo poliziesco, e incidentalmente avevo osservato che certe cose non succedono mai nella realtà. Naturalmente non avevo idea di chi fosse.»

«È un personaggio davvero notevole» disse in tono convinto Knighton «e in più di un caso ha preso iniziative veramente geniali. Ha un talento particolare per andare dritto alla radice delle questioni, e fino alla fine non si riesce mai a capire che cosa abbia in mente. Ricordo che tempo fa ero ospite in una dimora di campagna, nello Yorkshire, quando furono rubati i gioielli di Lady Clanravon. All'inizio pareva si trattasse di uno dei soliti furti, ma la polizia locale non ne venne a capo in nessun modo. Io suggerii di convocare Hercule Poirot, dicendo che era il solo capace di aiutarli, ma i Clanravon mantennero ciecamente la loro fede in Scotland Yard.»

«E come è andata a finire?» chiese Katherine incuriosita.

«I gioielli non sono stati mai più recuperati» rispose Knighton.

«Avete davvero tanta fiducia in lui?»

«Senz'altro. Il conte de la Roche è un tipo molto scaltro. È sempre riuscito a farla franca. Ma stavolta si trova di fronte Hercule Poirot, e penso che anche per lui sia giunta la resa dei conti.»

«Il conte de la Roche?» domandò pensosa Katherine. «Credete sia stato lui?»

«Sicuro» rispose Knighton, guardandola con sorpresa. «Voi no?»

«Oh, sì» si affrettò a dire Katherine. «Insomma voglio dire, se ammettiamo che non è stata una delle solite rapine in treno.»

«Potrebbe essere anche questo, naturalmente» ammise l'altro «ma in questa faccenda non ci vedo nessuno più adatto del conte de la Roche.»

«Tuttavia ha un alibi.»

«Oh, gli alibi!» Knighton sfoderò un sorriso attraente, che gli conferì un'aria da ragazzino.

«Eppure avete detto di essere appassionata di romanzi polizieschi, signorina Grey. Dovreste sapere che quando uno ha un alibi perfetto va messo in cima alla lista dei sospettati.»

«Credete che sia così anche nella vita reale?» chiese Katherine con un sorriso.

«Perché no? La finzione si basa in fondo su fatti reali.»

«Ma li trascende» suggerì Katherine.

«Forse. Comunque, se io fossi un criminale non vorrei avere alle calcagna uno come Hercule Poirot.»

«Nemmeno io» concordò Katherine divertita.

Al loro arrivo trovarono ad aspettarli proprio Poirot. Dato che quel giorno faceva caldo, indossava un candido vestito color anatra, con una camelia all'occhiello.

«*Bonjour, mademoiselle*» esordì Poirot. «Ho un aspetto molto inglese, non trovate?»

«State benissimo» rispose Katherine con garbo.

«Voi fate finta di adularmi ma vi beffate di me» disse scherzosamente Poirot. «Ma non importa. È sempre papà Poirot quello che ride per ultimo.»

«Dov'è il signor Van Aldin?» chiese Knighton.

«Ci raggiungerà sulle gradinate dopo che avremo preso posto. Per dirvi la verità, amica mia, non è troppo soddisfatto del mio lavoro. Oh, questi americani, non sanno che cosa sia il riposo, la calma. Il signor Van Aldin vorrebbe che mi lanciassi a caccia di criminali setacciando tutti i vicoli di Nizza.»

«Be', anche secondo me non sarebbe poi una cattiva idea» osservò Knighton.

«Vi sbagliate» disse Poirot. «In queste faccende non serve l'energia, ma la sottigliezza. Qui al tennis si incontrano tutti. Questo è importante. Ah, ecco il signor Kettering.»

Derek veniva rapidamente verso di loro. Aveva un'aria sprezzante e irritata, come se gli fosse successo qualcosa di spiacevole. Lui e Knighton si salutarono piuttosto freddamente. Solo Poirot parve non notare alcun senso di disagio, e continuò a chiacchierare amabilmente in un lodevole tentativo di rasserenare l'atmosfera. A questo scopo spese anche qualche complimento.

«È sorprendente, Monsieur Knighton: parlate francese in modo veramente perfetto» notò. «Così bene che, volendo, potreste farvi prendere per un francese autentico. È molto raro, per un inglese.»

«Piacerebbe anche a me» disse Katherine. «Ma so fin troppo bene che il mio francese è molto mediocre, tipicamente britannico.»

Raggiunsero i loro posti e si accomodarono, e quasi subito Knighton colse un gesto con cui il suo datore di lavoro lo richiamava dal capo opposto del campo. Andò a raggiungerlo.

«Stimo molto quel giovanotto» disse Poirot, accompagnando quelle parole con un radioso sorriso all'indirizzo del segretario che si allontanava. «E voi, *mademoiselle*?»

«Mi piace molto.»

«E voi, Monsieur Kettering?»

Derek stava per ribattere con una battutaccia astiosa, ma si controllò cogliendo qualcosa negli occhietti scintillanti dell'investigatore belga, qualcosa che lo mise di colpo sul chi vive. Rispose guardingo, scegliendo accuratamente le parole.

«Knighton è una bravissima persona» disse.

Per un attimo Katherine ebbe l'impressione che Poirot fosse rimasto deluso.

«È un vostro grande ammiratore, signor Poirot» disse lei, riferendogli alcune delle cose che Knighton le aveva detto. Si divertì nel vedere l'ometto pavoneggiarsi impettito a quelle lodi, sforzandosi però di inscenare un'espressione di falsa modestia che non avrebbe ingannato nessuno.

«Questo mi fa tornare alla mente qualcosa» disse improvvisamente Poirot. «Volevo parlarvi di una piccola faccenda di lavoro. Mentre stavate chiacchierando con quella poveretta, sul treno, credo abbiate perso senza accorgervene un portasigarette.»

Katherine lo guardò sorpresa. «Non direi» replicò. Ma Poirot estrasse da una tasca un portasigarette di morbida pelle blu, con l'iniziale "K" in oro.

«No, non è mio» replicò Katherine.

«Ah, mille scuse, allora. Doveva appartenere senza dubbio a *madame* stessa. "K", naturalmente sta per Kettering. Avevamo qualche dubbio, perché ne aveva già un altro in borsetta, e ci era parso strano che ne portasse con sé due.» Poi, improvvisamente, si rivolse a Derek. «Non sapete, per caso, se questo portasigarette fosse di vostra moglie?»

Per un attimo Derek parve preso in contropiede da quella domanda. Balbettò un po' nel rispondere: «Io… io non lo so, ma immagino di sì».

«Non è vostro per caso?»

«Certamente no. Se fosse mio, è difficile che potesse averlo mia moglie.»

Poirot assunse un'espressione ingenua e infantile.

«Pensavo che magari vi fosse caduto di tasca mentre eravate nella cabina di vostra moglie» spiegò con franchezza.

«Non ci sono mai stato. L'ho già detto alla polizia una dozzina di volte.»

«Vi chiedo umilmente scusa» disse Poirot dispiaciuto. «È stata *mademoiselle* qui, a dirmi di avervi visto entrare in quella cabina.»

Seguì una pausa imbarazzata.

Katherine osservò Derek. Le parve di vederlo impallidire leggermente, ma forse era la sua fantasia. La risata che seguì tuttavia suonò abbastanza naturale.

«Vi siete sbagliata, signorina Grey» disse disinvolto. «Da quello che mi ha detto la polizia, ne desumo che la mia cabina era solo una o due porte più in là rispetto a quella di mia moglie... anche se al momento non ne avevo il minimo sospetto. Dovete avermi visto mentre entravo nella mia cabina.» Si alzò vedendo Van Aldin e Knighton che si avvicinavano.

«Adesso vi lascio» annunciò. «Non sopporto in alcun modo la vicinanza di mio suocero.»

Van Aldin porse a Katherine un saluto molto cortese, ma era chiaramente di cattivo umore.

«Ebbene, signor Poirot: a quanto vedo vi piace molto seguire i tornei di tennis» grugnì.

«Mi appassiona» dichiarò placido Poirot.

«Buon per voi che vi trovate qui in Francia» osservò Van Aldin. «Noi in America siamo fatti di una stoffa più dura. Da noi il lavoro viene prima del piacere.»

Poirot non se ne ebbe a male, ma sorrise amabilmente all'indirizzo dell'irato milionario.

«Non ve la prendete, vi prego. Ognuno ha i suoi metodi. Io, per parte mia, ho trovato molto allettante l'idea di combinare l'utile e il dilettevole.»

Guardò Katherine e Knighton. Erano immersi in una conversazione a due, da cui nulla poteva distrarli. Poirot annuì soddisfatto, poi si accostò all'orecchio di Van Aldin, abbassando la voce.

«Non è solo per divertimento che sono qui, Monsieur Van Aldin. Guardate laggiù, dall'altra parte del campo... quell'uomo dal colorito bruno e con una bella barba folta.»

«Ebbene, chi è?»

«Quello» rispose Poirot «è Monsieur Papopolous.»

«Un greco, eh?»

«Esatto, un greco. È un antiquario di fama mondiale. Ha un negozietto a Parigi e la polizia sospetta che l'attività lecita ne copra un'altra illecita.»

«Quale?»

«Quella di ricettatore, specialmente di preziosi. Non c'è niente che non sappia riguardo all'arte di tagliare di nuovo le pietre per ricavarne gioielli d'aspetto diverso. Intrattiene rapporti sia con i nomi più prestigiosi dell'alta società europea, sia con i peggiori avanzi di galera.»

Van Aldin stava ora guardando Poirot con accresciuto interesse.

«E allora?» domandò, in tono improvvisamente ansioso.

«Mi stavo chiedendo...» fece Poirot «... io, Hercule Poirot» qui si batté con gesto drammatico il dito sul petto «mi chiedo: *perché monsieur Papopolous è venuto proprio adesso a Nizza?*»

Van Aldin rimase colpito. Per un momento aveva dubitato di Poirot, sospettando che fosse inadeguato al proprio compito, nient'altro che un *poseur*. Ma adesso, di colpo, tornava a credere in lui. Fissò l'investigatore.

«Devo scusarmi con voi, Monsieur Poirot.»

Poirot fece un gesto stravagante per dirgli che non era il caso.

«Bah!» esclamò. «Tutto questo non ha nessuna importanza. Ora ascoltatemi, Monsieur Van Aldin; devo comunicarvi alcune novità. Si tratta di qualcosa di molto interessante, ve l'assicuro. Come sapete, il conte de la Roche è stato sotto costante sorveglianza sin dal suo colloquio con il giudice istruttore. Il giorno seguente, durante la sua assenza, Villa Marina è stata perquisita dalla polizia.»

«E allora?» chiese Van Aldin. «Hanno trovato qualcosa? Scommetto di no.»

Poirot fece un lieve inchino.

«Il vostro acume non vi inganna, Monsieur Van Aldin. Non hanno trovato nulla che potesse incriminare il conte. D'altra parte c'era da aspettarselo. Il conte de la Roche, come si usa dire, non è nato ieri. È un tipo astuto con una grande esperienza.»

«Questo è assodato. Andate avanti» brontolò Van Aldin.

«Ovviamente, sarebbe anche possibile che il conte non abbia nulla di compromettente da nascondere. Ma non dobbiamo trascurare questa possibilità. Ora, se veramente ha qualcosa che vuole nascondere, quale sarebbe il luogo migliore per farlo? La sua casa, che la polizia ha d'altronde già perquisito accuratamente, no di certo. Addosso alla propria persona nemmeno, poiché sa bene che potrebbe essere arrestato in qualsiasi momento. Non rimane perciò che la sua macchina. Come vi ho già detto, era sotto stretta sorveglianza. Era seguito quel giorno, quando è andato a Monte Carlo. Da lì ha preso la strada che porta a Mentone. La sua auto è molto veloce, e lui, che è un ottimo guidatore, è riuscito a distanziare i suoi inseguitori. Per un quarto d'ora l'hanno completamente perso di vista.»

«E voi pensate che in quell'intervallo sia riuscito a nascondere qualcosa lungo la strada?» chiese Van Aldin, vivamente interessato.

«Non lungo la strada. *Ça n'est pas pratique.* Ma adesso state a sentire che cosa ho fatto: mi sono permesso di dare un piccolo suggerimento a Monsieur Carrège, e lui si è degnato graziosamente di accettarlo. È stato predisposto di conseguenza che in ogni Bureau de Poste della zona stazionasse qualcuno in grado di riconoscere il conte de la Roche. Perché, vedete, il modo migliore per nascondere una cosa è spedirla per posta.»

«E allora?» domandò Van Aldin, impaziente.

«Ebbene... *voilà!*» E con gesto teatrale Poirot tirò fuori dalla tasca un pacchetto avvolto alla meglio in carta marrone, senza più lo spago, dato che era stato chiaramente già aperto per ispezionarne il contenuto.

«Durante quel quarto d'ora, il nostro caro amico aveva spedito questo.»

«Spedito a chi?» chiese subito l'altro.

Poirot annuì filosoficamente.

«Già, l'indirizzo del destinatario avrebbe potuto fornirci qualche indizio, ma sfortunatamente non è così. Il pacchetto è stato spedito presso uno di quei piccoli edicolanti di Parigi che provvedono anche a tenere in deposito i pacchi fino a che qualcuno non viene a riscuoterli, pagando una piccola commissione.»

Poirot disfece il pacchetto, e ne venne fuori una scatola rettangolare di cartone. Diede in giro un'occhiata guardinga.

«Il momento è favorevole» disse a bassa voce. «Tutti gli occhi sono puntati sulla partita di tennis. Guardate, *monsieur*!»

Aprì il coperchio della scatola per una frazione di secondo.

Van Aldin non poté trattenere un'esclamazione di enorme sorpresa, e impallidì.

«Mio Dio!» sussurrò senza fiato. «I rubini!»

Rimase come stordito. Poirot si rimise il pacchetto in tasca. Finalmente l'americano parve riprendersi; allora si protese verso l'investigatore e gli afferrò una mano stringendola con tanta foga che Poirot fece una smorfia di dolore.

«Grandioso» esclamò Van Aldin. «Davvero! Siete formidabile, signor Poirot. Decisamente formidabile.»

«Non ho fatto niente di speciale» replicò con modestia Poirot. «Ordine, metodo, prepararsi con anticipo a ogni eventualità. Il segreto è tutto qui.»

«E adesso, suppongo, il conte de la Roche sarà arrestato?» continuò Van Aldin smanioso.

«No» disse Poirot.

Sul volto di Van Aldin si dipinse un'espressione sbigottita.

«Ma perché? Di che altro c'è bisogno?»

«L'alibi del conte regge ancora.»

«Ma è assurdo.»

«Sì» riconobbe Poirot. «Pare assurdo anche a me, ma sfortunatamente dobbiamo prima provarlo.»

«E nel frattempo si eclisserà.»

Poirot scosse energicamente il capo.

«No» disse. «Non lo farà. L'unica cosa che il conte non può permettersi di sacrificare è la sua posizione sociale. Deve assolutamente continuare a mostrare una faccia di bronzo e attendere l'evolversi della situazione.»

Van Aldin non era ancora persuaso.

«Ma non capisco...»

Poirot lo prevenne levando una mano. «Abbiate fiducia in me ancora per un poco, *monsieur*. Ho una piccola idea che mi frulla per la testa. Molti si sono beffati delle piccole idee di Hercule Poirot... ma alla fine hanno dovuto ricredersi.»

«Va bene, allora» concesse Van Aldin. «Andate avanti. Quale sarebbe questa vostra piccola idea?»

Poirot rimase in silenzio qualche istante, poi disse: «Passerò da voi in albergo domani mattina alle undici. Nel frattempo, non dite nulla a nessuno».

22
Papopolous a colazione

Papopolous stava facendo colazione. Seduta di fronte a lui c'era sua figlia Zia.

Bussarono alla porta del soggiorno, e un domestico in livrea portò a Papopolous un biglietto da visita. Questi lo esaminò, inarcò le sopracciglia, e lo passò a Zia.

«Ma bene!» esclamò Papopolous, pizzicandosi pensosamente il lobo dell'orecchio sinistro. «Hercule Poirot. Che cosa vorrà?»

Padre e figlia si scambiarono un'occhiata.

«L'ho notato ieri al tennis» disse Papopolous. «Zia, questa faccenda non mi piace.»

«Ci è stato molto utile, una volta» gli ricordò la figlia.

«Questo è vero» ammise Papopolous. «Inoltre, da quello che ho sentito, dovrebbe essersi ritirato dalla professione.»

Questo breve colloquio tra padre e figlia si svolse in greco. Dopo di che Papopolous si rivolse al domestico in francese e disse: «*Faîtes monter ce monsieur*».

Qualche attimo dopo Hercule Poirot, vestito con estrema ricercatezza, dondolando un bastone da passeggio con aria gioviale, entrò nella stanza.

«Mio caro Papopolous!»

«Mio caro Monsieur Poirot!»

«Mademoiselle Zia, i miei omaggi» aggiunse Poirot con un profondo inchino.

«Spero ci scuserete se andiamo avanti con la nostra colazione» disse Papopolous, versandosi un'altra tazza di caffè. «La vostra visita è alquanto... mattutina.»

«È scandaloso, lo ammetto» disse Poirot «ma vedete, sono piuttosto pressato dalla fretta.»

«Ah!» mormorò Papopolous. «Siete impegnato in un nuovo caso?»

«Un caso molto serio» confermò Poirot. «La morte di Madame Kettering.»

«Ah, sì, ho sentito qualcosa» fece il greco guardando con aria innocente il soffitto. «Se non sbaglio si tratta di quella signora che è morta sul Treno Azzurro, vero? Ne hanno parlato anche i giornali, ma non ho letto da nessuna parte che ci fosse sotto un delitto.»

«Nell'interesse della giustizia» spiegò Poirot «si è ritenuto opportuno mantenere il riserbo su questo punto.»

Seguì una pausa di silenzio.

«E in che modo potrei aiutarvi, Monsieur Poirot?» chiese educatamente l'antiquario.

«*Voilà*» rispose Poirot. «Verrò al punto.» Estrasse dalla tasca il famoso pacchetto che Van Aldin aveva visto a Cannes, lo aprì, tirò fuori i rubini e li allungò sul tavolo verso Papopolous.

Non un muscolo si mosse sul volto dell'anziano antiquario, e Poirot, che lo scrutava attento, non riuscì a decifrare alcuna reazione. Prese i gioielli e li esaminò ostentando un distaccato interesse, poi alzò lo sguardo verso l'investigatore con aria interrogativa.

«Superbi, vero?» chiese Poirot.

«Veramente magnifici, sì» confermò Papopolous.

«Quanto pensate che possano valere?»

Il greco abbozzò una smorfia.

«È proprio necessario che ve lo dica, Monsieur Poirot?» chiese.

«La sapete lunga, Monsieur Papopolous. No, non è necessario. Ma una cosa, per esempio, la si potrebbe dire: cioè che non valgono certo cinquecentomila dollari.»

Papopolous rise e Poirot si unì a lui.

«Come imitazioni» disse Papopolous, restituendo le pietre a Poirot «sono tuttavia veramente magnifiche, come ho detto. Sarebbe indiscreto chiedervi, Monsieur Poirot, come ve le siete procurate?»

«Nient'affatto» disse Poirot. «Non ho nessuna difficoltà a esaudire la curiosità di un vecchio amico come voi. Erano in possesso del conte de la Roche.»

Papopolous inarcò le sopracciglia in modo eloquente.

«Dite sul serio?» mormorò.

Poirot si protese verso di lui assumendo l'aria più innocente di questo mondo.

«Monsieur Papopolous» disse. «Voglio mettere le carte in tavola con voi. Gli originali di questi gioielli sono stati rubati a Madame Kettering sul Treno Azzurro. Ora io voglio dirvi prima di tutto una cosa: *non sono interessato al recupero della refurtiva. Questo è un compito che spetta alla polizia*. Io non lavoro per la polizia, bensì per Monsieur Van Aldin. A me interessa solo mettere le mani sull'assassino di Madame Kettering. Se cerco di sapere che fine hanno fatto i gioielli, è solo perché questo mi può mettere sulle tracce dell'assassino. Mi capite?»

Queste ultime parole furono scandite con grande enfasi. Papopolous, sempre impassibile, disse: «Avanti, avanti».

«Ho motivo di ritenere che i gioielli cambieranno presto di mano qui a Nizza… forse è già successo.»

«Ah!»

Papopolous sorseggiò il caffè con aria riflessiva, e per una volta parve un po' meno nobile e patriarcale del solito.

«E così mi sono detto» continuò Poirot «che fortuna! Il mio vecchio amico Papopolous si trova anche lui qui a Nizza. Non si rifiuterà certo di darmi una mano.»

«Ma che tipo di aiuto vorreste da me?» chiese freddamente il greco.

«Mi sono detto: senza dubbio Papopolous è qui a Nizza per affari.»

«Nient'affatto» ribatté l'antiquario. «Sono qui per motivi di salute. Me l'ha ordinato il dottore.»

Diede alcuni colpi di tosse piuttosto cavernosi.

«Questo mi rattrista moltissimo» replicò Poirot, manifestando un'insincera apprensione. «Ma tanto per finire quello che stavo dicendo: se un granduca russo, o un'arciduchessa austriaca, o un principe italiano, volessero disfarsi dei loro gioielli di famiglia… a chi ricorrerebbero? A Monsieur Papopolous, senza dubbio. Giusto? Lui solo è famoso in tutto il mondo per la discrezione con cui maneggia questo genere di transazioni.»

L'altro abbozzò un inchino di ringraziamento.

«Voi mi adulate.»

«Gran cosa, la discrezione» disse filosoficamente Poirot, e fu ripagato dal fuggevole sorrisetto che increspò appena l'espressione del greco. «Del resto, anch'io so esserlo.»

Gli sguardi dei due si incrociarono.

Allora Poirot proseguì con tono accorto, scegliendo con estrema cura le parole.

«Mi sono detto questo: se i gioielli hanno cambiato di mano qui a Nizza, sicuramente Papopolous ne avrà sentito parlare. Lui sa sempre tutto di quello che succede nel mondo dei preziosi.»

«Ah!» fece il greco, addentando un *croissant*.

«La polizia, voi capite, non entra per niente in questa faccenda» disse Poirot. «È una cosa privata.»

«A volte si sentono certe voci» ammise cautamente Papopolous.

«Per esempio?» incalzò Poirot.

«Che motivo avrei di riferirle?»

«Un motivo ci sarebbe» ribatté Poirot. «Non so se ricordate che diciassette anni fa avevate ricevuto in custodia un certo oggetto di grande valore da, diciamo, un personaggio di primo piano. Era affidato a voi e sparì inspiegabilmente. E così vi siete trovato, come si dice, nei guai fino al collo.»

Girò dolcemente lo sguardo verso la ragazza. Zia aveva messo da parte tazza e piattino, e puntando i gomiti sul tavolo, il mento tra le mani, seguiva quel colloquio con grandissimo interesse. Continuando a guardare verso di lei, Poirot proseguì:

«Io mi trovavo a Parigi, a quel tempo. Voi mi avete chiamato e mi avete implorato di tirarvi fuori da quel guaio dicendo che se vi avessi fatto ritrovare l'oggetto mi avreste serbato eterna gratitudine. *Eh bien!* Io ve l'ho fatto ritrovare.»

Papopolous emise un prolungato sospiro.

«È stato il momento più spiacevole della mia carriera» ammise sommessamente.

«Diciassette anni sono tanti» concluse Poirot «ma io credo di non sbagliarmi se dico che le persone della vostra stirpe non dimenticano.»

«Vi riferite al fatto che sono greco?» mormorò Papopolous, ironico.

«No, non a quello» replicò Poirot.

Seguì un lungo silenzio, e finalmente l'anziano antiquario si drizzò orgogliosamente nella figura.

«Non vi sbagliate, infatti» disse calmo. «Io sono ebreo. E come dite voi, quelli della nostra stirpe non dimenticano.»

«Allora vorrete aiutarmi?»

«Per quanto riguarda i gioielli, mio caro Poirot, non posso far nulla.»

Anche l'antiquario, adesso, parlava con cautela, scegliendo accuratamente le parole.

«Io non so nulla. Non ho sentito nulla. Ma forse posso darvi un'indicazione utile... se siete interessato alle corse di cavalli.»

«A volte possono interessarmi» disse Poirot, guardandolo fisso.

«C'è un cavallo che corre a Longchamps e che penso valga la pena di tenere d'occhio. Certo, si tratta di notizie passate attraverso molte persone: non c'è niente di sicuro.»

Si interruppe, fissando Poirot come per accertarsi che l'altro capisse bene il senso delle sue parole.

«Certo, mi rendo conto» fece Poirot, annuendo.

«Il nome del cavallo» continuò Papopolous, appoggiandosi allo schienale della sedia e mettendo a contatto le punte delle dita «è il Marchese. Credo, ma non ne sono sicuro, che si tratti di un cavallo inglese, eh, Zia?»

«Mi pare di sì» fece la ragazza.

Poirot si alzò di scatto.

«Vi ringrazio» disse. «È una gran cosa avere quella che si dice una "dritta" direttamente dalle stalle. *Au revoir, monsieur*, e ancora molte grazie.»

Si volse verso la ragazza.

«*Au revoir*, Mademoiselle Zia. Mi sembra ieri quando vi ho incontrato per la prima volta a Parigi. A vedervi, si direbbe che non siano passati più di due anni.»

«Invece c'è una bella differenza tra avere sedici anni oppure trentatré, quanti ne ho adesso» sospirò Zia.

«Ma non nel vostro caso» dichiarò Poirot con galanteria. «Voi e vostro padre potreste venire da me a cena, una sera.»

«Sarebbe un piacere» rispose Zia.

«Allora l'organizzeremo senz'altro» disse Poirot. «E adesso scusatemi, ma devo congedarmi.»

Poirot uscì in strada e si incamminò spedito, canticchiando a mezza bocca un motivetto. Roteò allegramente il bastone con un sorriso soddisfatto sulle labbra. Entrò nel primo Bureau de Poste che incontrò e spedì un telegramma. Ci mise un po' per stilarlo nel modo più opportuno, perché le parole erano in codice e dovette far ricorso alla memoria. Alla fine il senso apparente del messaggio pareva riguardare una spilla da cravatta mancante, ed era indirizzato all'ispettore Japp, di Scotland Yard.

Una volta decifrato, il breve messaggio suonava come segue:

TELEGRAFATEMI TUTTI I DATI ESISTENTI SULLA PERSONA NOTA COME "IL MARCHESE".

23
Una nuova ipotesi

Erano le undici in punto quando Poirot si presentò all'albergo di Van Aldin. L'americano era solo.

«Siete puntualissimo, Poirot» disse con un sorriso, alzandosi per andargli incontro.

«Sempre» rispose Poirot. «Tengo molto alla precisione. Senza ordine e metodo...»

Si interruppe. «Ma forse sono cose che vi ho già detto. Veniamo piuttosto al motivo della mia visita.»

«La vostra piccola idea?»

«Esattamente.»

Poirot sorrise e proseguì: «Prima di tutto, *monsieur*, gradirei interrogare di nuova la cameriera, Ada Mason. È qui?».

«Sì, c'è.»

«Molto bene!»

Van Aldin lo guardò incuriosito. Suonò il campanello, e un fattorino venne incaricato di far venire la Mason.

Poirot l'accolse con grande gentilezza, il che faceva sempre un notevole effetto sulle persone di modesto livello sociale.

«Buongiorno, *mademoiselle*» disse. «Accomodatevi, prego. *Monsieur*, voi permettete, vero?»

«Sì, sì, prego, accomodatevi, signorina» fece Van Aldin.

«Grazie, signore» disse la Mason compunta, sedendo impettita sul bordo di una sedia. Aveva più che mai l'aria di una zitella acida.

«Vi ho chiesto di venire per farvi qualche altra domanda» entrò in argomento Poirot. «Dobbiamo andare fino in fondo a questa faccenda. Torno sempre alla questione dell'uomo che era sul treno. Voi asserite di aver visto il conte de la Roche. O meglio, avete detto che è possibile che fosse lui, anche se non ne siete sicura.»

«Come vi ho detto, signore, non ho potuto vedere in faccia quell'uomo. È per questo che non posso essere più precisa.»

Poirot annuì con un benevolo sorriso.

«Certo, certo. Comprendo benissimo la difficoltà. Ora, *mademoiselle*, come mi avete detto, voi eravate al servizio di Madame Kettering da due mesi. Durante tutto questo tempo, avete visto spesso il vostro padrone?»

La Mason rifletté qualche istante, poi rispose: «Solo due volte, signore».

«Da vicino, o da lontano?»

«Be', una volta è venuto in Curzon Street, signore. Io ero di sopra e guardando giù dalla balaustra l'ho visto nell'ingresso. Ero un po' curiosa, capite... tenuto conto di come stavano le cose tra lei e il marito.» La Mason terminò la frase con un imbarazzato colpetto di tosse.

«E la seconda volta?»

«È stato nel parco pubblico, signore, mentre mi trovavo con Annie... che è una delle domestiche. Lei mi ha indicato il signore che stava passeggiando insieme a una donna, una straniera a giudicare dall'aspetto.»

Poirot fece di nuovo un cenno di approvazione col capo.

«Ora ascoltatemi, Mademoiselle Mason: siete proprio sicura che l'uomo che avete visto parlare con la vostra signora alla Gare de Lyon non fosse il vostro padrone?»

«Il padrone, signore? Oh, non credo proprio che potesse essere lui.»

«Ma non potete dirlo con certezza» insistette Poirot.

«Be'... non ho mai pensato prima a questa possibilità.»

La Mason era chiaramente perplessa di fronte a questa ipotesi.

«Avete sentito che il vostro padrone si trovava anche lui su quello stesso treno. Niente di più normale, pertanto, che fosse lui l'uomo incontrato da *madame*.»

«Ma il signore che parlava con la signora doveva essere venuto da fuori, signore. Aveva soprabito e cappello.»

«Va bene, *mademoiselle*, ma riflettete un minuto. Il treno era appena arrivato alla Gare de Lyon. Molti passeggeri hanno piacere di approfittare di quella sosta prolungata per sgranchirsi un po' le gambe sul marciapiede. Anche la vostra signora aveva pensato di fare lo stesso, ed è per questo che aveva indossato la pelliccia, no?»

«Sissignore» confermò la Mason.

«Il vostro padrone, dunque, deve aver fatto lo stesso. Il treno è riscaldato, ma fuori fa freddo. Si mette dunque soprabito e cappello, scende dal treno e lo percorre per tutta la lunghezza, ma a un certo punto alza gli occhi verso i finestrini illuminati e dietro uno di essi scorge Madame Kettering. Fino a quel momento non sospettava minimamente che lei fosse sul treno. Naturalmente, risale e si dirige verso la cabina. Vedendolo, lei ha un'esclamazione di sorpresa, e si affretta a chiudere la porta di comunicazione con l'altra cabina, poiché vuole parlare a quattr'occhi con il marito.»

Quando ebbe finito, Poirot si appoggiò allo schienale, spiando l'effetto delle sue parole. Nessuno meglio di lui sapeva che non si può mettere fretta alle persone di modesta condizione sociale come la Mason. Bisogna che abbiano il tempo di liberarsi delle proprie idee preconcette. Passarono tre minuti prima che la Mason si decidesse a rispondere: «Be', certo, signore, potrebbe essere andata come dite voi. Non ci avevo mai pensato. Il padrone è anche lui alto e bruno, più o meno della stessa taglia. Il fatto è che, vedendo com'era vestito, mi sono fatta l'idea che venisse da fuori. Sì, avrebbe potuto essere il padrone. Però non sono in grado di dire con certezza quale fosse dei due».

«Molte grazie, *mademoiselle*. Non ho altre domande. Ah, solo un'ultima cosa.» Tirò fuori dalla tasca il portasigarette che aveva già mostrato a Katherine. «Sapete dirmi se questo apparteneva alla vostra signora?» domandò alla Mason.

«No, non è della signora… a meno che…»

Sembrò improvvisamente sconcertata. Era chiaro che stava affiorando qualche idea.

«Sì?» la incoraggiò Poirot.

«Penso, signore… non ne sono sicura, ma penso… che sia quello che la mia signora aveva portato per darlo al padrone.»

«Ah» fece Poirot senza commenti.

«Ma naturalmente non posso dire se glielo abbia poi dato oppure no.»

«È ovvio, certo» disse Poirot. «Bene, questo è tutto, mi pare, *mademoiselle*. Vi auguro una buona giornata.»

Ada Mason si ritirò compunta, chiudendo la porta dietro di sé senza far rumore.

Poirot lanciò un'occhiata a Van Aldin, con un sorrisetto compiaciuto. L'americano appariva sbigottito.

«Voi credete... pensate davvero che fosse Derek?» chiese incredulo. «Ma tutti gli indizi portano in un'altra direzione. Insomma, il conte aveva i gioielli, l'abbiamo colto con le mani nel sacco.»

«No.»

«Ma voi mi avete detto...»

«Che cosa vi avrei detto?»

«La faccenda dei gioielli. Me li avete anche fatti vedere.»

«No.»

Van Aldin lo guardò fisso.

«Volete dire che non me li avete mostrati?»

«No.»

«Ieri, al campo di tennis?»

«No.»

«Signor Poirot, siete diventato pazzo voi o lo sono io?»

«Nessuno dei due è pazzo» spiegò l'investigatore. «Voi mi avete fatto una domanda; io vi rispondo. Mi avete chiesto se vi ho mostrato i gioielli, ieri. Io rispondo: no. Quelli che vi ho mostrato, Monsieur Van Aldin, erano una perfetta imitazione, impossibile da distinguere dagli originali, se non dall'occhio di un esperto.»

24
Poirot dà un consiglio

Ci volle qualche minuto prima che Van Aldin potesse assimilare questa notizia. E anche allora continuò a guardare Poirot in silenzio, come stordito. Il piccolo investigatore belga annuì con un sorriso indulgente.

«Già» disse. «Questo cambia un po' le cose, vero?»

«Falsi!»

Si protese verso di lui.

«Voi ne eravate convinto fin dall'inizio, vero? Per tutto questo tempo non avete fatto altro che cercare di dimostrare questa vostra idea? Non avete mai creduto che il conte de la Roche fosse l'assassino?»

«Ho avuto subito molti dubbi» disse Poirot senza scomporsi. «Rapina con violenza e assassinio...» scosse la testa energicamente. «No, è difficile immaginare il conte de la Roche in una simile veste: non corrisponde alla sua personalità.»

«Ma che volesse rubare i rubini, questo lo credevate?»

«Certamente. Su questo non c'è alcun dubbio. Dunque, vi riassumerò i fatti in base alla mia personale ricostruzione. Il conte sapeva dei rubini e ha ideato di conseguenza un suo piano. Ha inventato la storia romantica di un libro che stava scrivendo, in modo da indurre vostra figlia a portare con sé le pietre. Nel frattempo se ne è procurato delle copie perfette. È evidente che mirava prima o poi a effettuare una sostituzione. *Madame*, vostra figlia, non era un'esperta di gioielli. Era probabile che sarebbe passato molto tempo prima che lei scoprisse quello che era successo. E anche quando se ne fosse accorta, be'... non credo che lo avrebbe denunciato. Avrebbe suscitato uno scandalo. Nelle mani del conte restavano sempre molte lettere compromettenti. Oh, sì, il suo piano era molto astuto ma anche molto semplice, dal suo punto di vista. Doveva essere indubbiamente un piano già collaudato, di cui il conte si era servito per mettere a segno altri colpi del genere.»

«Mi sembra abbastanza plausibile, sì» mormorò pensoso Van Aldin.

«Soprattutto si accorda con la personalità del conte» sottolineò Poirot.

«Sì, ma adesso...» Van Aldin guardò l'altro con aria un po' smarrita. «Come si spiega quello che è successo? Ditemelo voi, Monsieur Poirot.»

Poirot si strinse nelle spalle.

«È molto semplice» disse. «Qualcuno ha prevenuto la mossa del conte.»

Seguì un prolungato silenzio.

Van Aldin pareva assorto nel riordinare i fatti nella sua mente per trarre le dovute conseguenze. Alla fine domandò: «Da quanto tempo sospettate mio genero?».

«Fin dall'inizio. Lui aveva il movente e anche l'occasione. Tutti hanno dato per scontato che l'uomo che era stato visto nello scompartimento insieme a *madame* fosse il conte de la Roche. Anch'io l'ho creduto, in un primo momento. Poi una volta mi avete detto incidentalmente che vi era capitato di scambiare il conte per vostro genero. Questo mi ha indotto a capire che devono essere molto simili, sia nella statura e nella struttura fisica, sia nel colore dei capelli. Ho cominciato a combinare tutti questi elementi, formulando qualche ipotesi personale. La cameriera era con vostra figlia solo da due mesi. Era improbabile che avesse avuto occasione di vedere spesso il signor Kettering, dato che lui non viveva più in Curzon Street; e inoltre l'uomo era stato ben attento a tenere il viso rivolto dall'altra parte.»

«Voi pensate che sia stato lui... ad ammazzarla?» chiese Van Aldin con voce rotta dall'emozione.

Poirot levò subito una mano per prevenire conclusioni troppo affrettate.

«No, no, non ho detto questo... ma è una possibilità... molto consistente. Era ridotto alle corde, con l'acqua alla gola, con la minaccia di una completa rovina. Era l'unico sistema per venirne fuori.»

«Ma allora perché avrebbe preso anche i gioielli?»

«Per far apparire il delitto come opera di un comune rapinatore. Altrimenti i sospetti sarebbero caduti subito su di lui.»

«Se è così, che cosa ne avrebbe fatto dei rubini?»

«Questo resta ancora da chiarire. Ci sono diverse possibilità. Qui a Nizza c'è una persona che potrebbe aiutarci a questo riguardo, quella che vi ho indicato al campo di tennis.»

Si alzò imitato da Van Aldin, che gli andò vicino posandogli una mano sulla spalla. L'americano gli parlò con voce che tradiva il tumulto delle sue emozioni.

«Trovatemi l'assassino di Ruth» disse. «Questo è tutto quello che vi chiedo.»

Poirot si drizzò impettito.

«Fidatevi di Hercule Poirot» affermò con orgoglio professionale. «Non temete. Scoprirò la verità.»

Spazzolò il cappello con la mano per togliere un peluzzo, sorrise rassicurante al milionario e si congedò. Nondimeno, mentre scendeva le scale la sua espressione fiduciosa svanì.

"Procede tutto molto bene" si disse "ma ci sono delle difficoltà." Mentre stava uscendo dall'albergo si arrestò di botto. Davanti all'ingresso si stava fermando un'auto. Dentro c'erano Katherine Grey e Derek Kettering, che le parlava con fervore. Dopo un paio di minuti l'auto ripartì e Derek, che ne era sceso, rimase lì sul marciapiede a seguirla con lo sguardo. Aveva una strana espressione. Poi diede improvvisamente una scrollata di spalle, trasse un profondo sospiro e, girandosi, si trovò accanto Hercule Poirot. Ebbe un involontario sussulto. I due si fissarono. Lo sguardo di Poirot era fermo e severo, quello di Derek, di aperta sfida. Quando Kettering parlò, oltre al suo solito tono beffardo, si avvertì anche una sfumatura di rabbia.

«Una cara ragazza, non è vero?» chiese, marcando leggermente un sopracciglio.

I suoi modi erano perfettamente disinvolti.

«Sì» disse Poirot pensoso. «Avete descritto Mademoiselle Katherine molto bene. La vostra frase è molto anglosassone, e Mademoiselle Katherine è anche lei molto anglosassone.»

Derek restò perfettamente immobile senza rispondere.

«È anche molto *sympathique*, no?»

«Sì» ammise Derek. «Non ce ne sono molte come lei.»

Parlò a bassa voce, quasi lo stesse dicendo a se stesso. Poirot annuì significativamente. Poi si accostò a Derek e gli parlò in tono completamente diverso, grave e pacato, sorprendendo l'interlocutore.

«Perdonerete a un vecchio come me un'osservazione che può apparire impertinente, *monsieur*. Voi inglesi avete un proverbio che dice: "È meglio aver sepolto il vecchio amore, prima di cominciare con uno nuovo".»

Kettering reagì con rabbia.

«Cosa diavolo volete dire?»

«Me l'aspettavo che vi sareste arrabbiato» disse Poirot placidamente. «Comunque, se volete sapere quello che intendo dire, *monsieur*, basta che vi voltiate: c'è una seconda macchina e dentro c'è un'altra signora.»

Derek si girò a guardare. La sua faccia avvampò d'ira.

«Mirelle, accidenti a lei!» mormorò. «Adesso le farò vedere...»

Poirot lo fermò mentre si stava slanciando.

«Vi sembra saggio fare una cosa del genere?» lo ammonì. Nei suoi occhi verdi brillò un lampo severo. Ma Derek era troppo fuori di sé per badare agli avvertimenti.

«Ho rotto una volta per tutte, con lei, e lo sa» sbraitò.

«Voi avete rotto con lei, ma lei ha rotto con voi?»

Derek scoppiò in una risata sguaiata.

«Ah, lei non ha certo nessuna voglia di rompere con due milioni di sterline!» disse brutalmente. «Mirelle è una specialista, per queste cose.»

Poirot inarcò le sopracciglia.

«Non siate così cinico» suggerì.

«Non dovrei esserlo, secondo voi?» Sul suo volto comparve un sorriso pieno di amarezza. «Ho vissuto abbastanza a lungo, Monsieur Poirot, per sapere che le donne si somigliano tutte.» Ma subito dopo la sua espressione si addolcì. «Tutte eccetto una.»

Sfidò ancora una volta Poirot con lo sguardo. «Quella» disse, accennando col capo in direzione di Cap Martin.

«Ah!» fece Poirot.

Questa laconica risposta era calcolata per provocare l'impetuoso temperamento dell'altro.

«Lo so quello che state per dirmi» grugnì Derek. «La vita che ho condotto finora, il fatto che io non sono degno di lei. Direte che non ho il diritto nemmeno di pensare una cosa simile. Direte che quello che si dice su di me non sono poi tutte calunnie, visto che ho la sfrontatezza di parlare in questo modo quando mia moglie è morta da pochissimi giorni, per di più assassinata.»

Si interruppe per riprendere fiato, e Poirot ne approfittò per protestare:

«Veramente, io non ho detto niente di tutto questo.»

«Ma lo direte.»

«Eh?» fece Poirot.

«Lo so, direte che non ho nessunissima probabilità di sposare Katherine.»

«No» obiettò Poirot. «Non direi questo. Avete una cattiva reputazione, questo è vero, ma con le donne ciò non costituisce mai un deterrente. Se foste un uomo di eccellente carattere, di assoluta moralità, che non ha mai fatto niente di ciò che non si deve fare, facendo magari invece tutto quello che va fatto… *eh bien!* allora avrei dei seri dubbi sulle vostre probabilità di successo. La moralità, voi mi capite, non è una cosa romantica. Tuttavia di solito è apprezzata dalle vedove.»

Derek Kettering lo fissò torvo, poi si girò sui tacchi e andò verso l'auto in attesa.

Poirot lo seguì con lo sguardo, piuttosto interessato. Vide la splendida danzatrice sporgersi dalla macchina per dire qualcosa.

Derek Kettering non si fermò. Si tolse il cappello in segno di saluto e passò oltre.

"Ecco qua" si disse Poirot. "E ora credo sia tempo che ritorni *chez moi.*"

Rientrando in casa trovò l'imperturbabile George che stirava un paio di pantaloni.

«Una piacevole giornata, George, un po' stancante, ma non priva di lati interessanti» disse.

George prese atto di queste osservazioni con la sua solita espressione impassibile.

«Bene, signore.»

«La personalità di un criminale, George, è una materia affascinante. Spesso gli assassini hanno un grande *charme* personale.»

«Ho spesso sentito dire che il dottor Crippen era un signore affabile e garbato. Eppure fece la moglie a fettine come un trito di carne per le polpette.»

«I tuoi esempi sono sempre appropriati, George.»

Il domestico non rispose, ma nel frattempo squillò il telefono. Poirot alzò con calma il ricevitore.

«*Hallo, hallo*, sì, sì. Qui è Hercule Poirot che parla.»

«Sono Knighton. Potete restare in linea un minuto, Monsieur Poirot? Il signor Van Aldin vorrebbe parlarvi.»

Dopo una breve pausa di silenzio, giunse attraverso l'apparecchio la voce dell'americano.

«Siete voi, Poirot? Volevo solo riferirvi che la Mason è venuta a dirmi che, dopo averci pensato bene, è quasi sicura che l'uomo visto a Parigi fosse Derek Kettering. Dice che aveva qualcosa di familiare, in effetti, ma che al momento non era riuscita a identificarlo. Ora sembra proprio sicura.»

«Ah» fece Poirot. «Grazie, Monsieur Van Aldin. Questo ci fa compiere un passo avanti.»

Posò il ricevitore e rimase per un po' con un curioso sorriso stampato sul viso. George dovette parlargli due volte prima di ottenere risposta.

«Eh?» disse Poirot. «Che cosa mi stavate dicendo?»

«Pranzate, qui, signore, o andate fuori?»

«Né l'uno né l'altro. Me ne vado a letto e mi prendo una tisana. È accaduto proprio quello che mi aspettavo, e quando questo succede, resto sempre profondamente emozionato.»

25

Minaccia

Mentre Derek passava accanto alla macchina, Mirelle si sporse dal finestrino.

«Derek, devo parlarti un momento...»

Ma, togliendosi il cappello, Derek tirò dritto per la sua strada.

Quando tornò al suo albergo, il *concierge* lasciò il bancone di legno della portineria e gli andò incontro.

«C'è un signore che desidera parlarvi, *monsieur*.»

«Chi è?»

«Non mi ha detto il suo nome, *monsieur*, ma ha insistito che si tratta di una cosa importante, e che vi avrebbe aspettato.»

«E adesso dov'è?»

«Nel salottino, *monsieur*. Ha detto che preferiva aspettare lì, perché è più appartato.»

Derek annuì e si avviò in quella direzione.

Il salottino era vuoto, se si esclude la presenza del visitatore, che si alzò accennando un inchino con la disinvolta grazia dei francesi. Derek aveva visto il conte de la Roche solo una volta prima di allora, ma non gli fu difficile riconoscere quella fisionomia aristocratica. La sua espressione si rabbuiò. Che incredibile faccia tosta!

«Siete il conte de la Roche, vero?» lo apostrofò. «Temo che abbiate perso il vostro tempo venendo qui.»

«Io spero di no» ribatté il conte senza scomporsi, facendo balenare con un sorriso i suoi denti bianchissimi.

I modi fascinosi del conte erano normalmente sprecati con quelli del suo stesso sesso. Gli uomini, senza eccezioni, lo detestavano. Derek Kettering sentì distintamente una gran voglia di sbatterlo fuori a calci. Si trattenne solo per non fare uno scandalo in un luogo pubblico. Si meravigliò ancora una volta che Ruth potesse dare tanta importanza a quest'uomo, anche se era proprio quello che era successo. Una vera canaglia, per non dir di peggio. Notò con disgusto le mani bianche e curatissime del conte.

«Sono venuto» esordì il conte «per parlare di una certa questione di comune interesse. Credo fareste bene a darmi retta.»

Di nuovo Derek frenò a fatica la tentazione di prenderlo a calci. Non gli era sfuggito il tono di velata minaccia nelle parole del conte, ma lui le interpretò a suo modo. C'erano svariati motivi che gli suggerivano di stare a sentire quello che il conte aveva da dire.

Si sedette mettendosi a tamburellare impazientemente con le dita sul piano del tavolo.

«Va bene» disse brusco. «Di che si tratta?»

Non era nello stile del conte uscire subito allo scoperto.

«Prima di tutto, *monsieur*, permettetemi di farvi le mie condoglianze per la recente perdita.»

«Se vi permettete un'altra impertinenza su questo argomento,» ammonì con fredda determinazione Derek «vi farò volare fuori dalla finestra.»

Sottolineò il concetto indicando con un cenno del capo la finestra accanto alla quale si trovava il conte, che impallidì risentito.

«Se è questo che volete, vi manderò i miei padrini» disse altezzosamente.

Derek fece una risata.

«Un duello, eh? Mio caro conte, non vi prendo abbastanza sul serio per darvi una simile soddisfazione. Ma avrei un grandissimo piacere nel farvi percorrere a calcioni tutta la Promenade des Anglais.»

Il conte non era molto ansioso di arrivare allo scontro. Si limitò a inarcare le sopracciglia, commentando: «Gli inglesi sono dei barbari».

«Veniamo al sodo» fece Derek. «Che cosa avete da dirmi?»

«Sarò franco» rispose il conte «ed entrerò subito in argomento. È meglio per tutti e due, non vi pare?»

Sorrise con i suoi modi raffinati.

«Avanti» sollecitò Derek.

Il conte levò gli occhi al soffitto, unì le punte delle dita, e mormorò mellifluo: «Voi ora siete diventato molto ricco, *monsieur*».

«Che diavolo ve ne importa?»

Il conte si drizzò impettito.

«*Monsieur*, il mio nome è stato disonorato! Mi si sospetta... mi si accusa... di un delitto orrendo.»

«L'accusa non viene da me» replicò freddamente Derek. «Come parte interessata, io non ho espresso alcuna opinione.»

«Sono innocente» esclamò il conte. «Lo giuro di fronte a Dio» e levò con un gesto drammatico la mano verso il cielo. «Sono innocente!»

«Monsieur Carrège, se non sbaglio, è il giudice istruttore incaricato del caso» gli ricordò Derek in tono distaccato.

Il conte proseguì senza tenerne conto.

«Non solo sono ingiustamente sospettato di un crimine che non ho commesso, ma questa vicenda mi ha anche ridotto in serie ristrettezze finanziarie.»

Accompagnò queste parole con un eloquente colpetto di tosse.

Derek si alzò di scatto.

«Me l'aspettavo da voi» sibilò. «Siete uno sporco ricattatore! Non vi darò un soldo. Mia moglie è morta, e qualsiasi scandalo vogliate montare non la può più toccare ormai. Lo so, ha scritto delle lettere compromettenti. Ma se io accettassi di darvi immediatamente una somma per riaverle, sono sicuro che fareste in modo da conservarne sempre qualcuna di scorta. Vi avverto, de la Roche, "ricatto" è una brutta parola, dal punto di vista del codice penale, sia in Inghilterra sia in Francia. Non ho altro da dirvi. Buongiorno.»

«Un momento» lo prevenne il conte levando una mano prima che Derek uscisse. «Vi sbagliate, *monsieur*. Siete completamente fuori strada. Io sono, come credo, sempre un gentiluomo.» Derek gli rise in faccia. «Le lettere di una donna sono per me qualcosa di sacro.» Buttò la testa all'indietro con aria che voleva essere nobile. «La proposta che intendevo farvi è di tutt'altra natura. Io sono, come si dice, in estreme difficoltà finanziarie, e la mia coscienza mi impone di andare alla polizia e riferire certe informazioni.»

Derek fece lentamente marcia indietro.

«Che cosa intendete dire?»

Sul viso del conte balenò di nuovo il suo sorriso affascinante.

«Sicuramente non è necessario che entri nei dettagli» mormorò con gusto. «Come si dice? Cercate a chi giova, non è vero? Come ho appena detto, voi ora siete diventato molto ricco.»

Derek reagì con una risata.

«Se è tutto qui…» fece con sdegno.

Ma il conte stava già scuotendo la testa.

«No, mio caro signore, non è tutto qui. Non sarei venuto da voi se non avessi avuto informazioni ben più precise e dettagliate. Ricordate, *monsieur*, che non è piacevole essere arrestati e incriminati per assassinio.»

Derek gli si parò davanti minaccioso. Il suo atteggiamento esprimeva una tale furia che il conte arretrò involontariamente di un paio di passi.

«Mi state per caso minacciando?» ringhiò Kettering.

«Fareste meglio ad ascoltarmi fino in fondo» assicurò il conte.

«Tra tutti i bluff che ho sentito, questo è il più colossale.»

Il conte levò la mano affusolata.

«Vi sbagliate. Non è un bluff. Ho ottenuto queste informazioni da una certa signora. È lei ad avere la prova irrefutabile che voi siete l'autore del delitto.»

«Lei? Lei chi?»

«Mademoiselle Mirelle.»

Derek arretrò sbigottito.

«Mirelle!» mormorò.

Il conte fu lesto a trarre vantaggio dal disorientamento dell'altro.

«Una bagatella di centomila franchi» disse. «Non chiedo di più.»

«Eh?» fece Derek ancora assente, stordito.

«Stavo dicendo, *monsieur*, che basterebbe una sciocchezza come centomila franchi per acquietare la mia… coscienza.»

Derek si riscosse e fissò cupo il conte.

«Volete una risposta subito?»

«Possibilmente, *monsieur*.»

«E allora eccola: per conto mio, potete andare al diavolo. Capito?»

Mentre il conte restava troppo sbalordito per replicare qualcosa, Derek girò sui tacchi e uscì a grandi passi dalla stanza.

Una volta in strada, chiamò un taxi e si fece portare all'albergo dove alloggiava Mirelle. Dal portiere apprese che la ballerina era appena rientrata. Derek estrasse dalla tasca un biglietto da visita.

«Portate questo a *mademoiselle* e chiedetele se può ricevermi.»

Di lì a poco, Derek fu scortato di sopra da un cameriere in livrea.

Affacciandosi sulla soglia della suite, Derek fu quasi stordito dal profumo esotico che pervadeva l'ambiente. La stanza era piena di garofani, orchidee e mimose. Mirelle stava in piedi accanto alla finestra, avvolta in una vaporosa vestaglia tutta trine e merletti.

Lei gli si fece incontro festosa, tendendo le braccia.

«Derek, sei venuto da me, finalmente. Sapevo che l'avresti fatto.»

Lui si sottrasse al suo abbraccio, fissandola severo.

«Perché hai mandato da me il conte de la Roche?»

La donna assunse un'espressione di stupore, che lui prese per genuina.

«Io avrei mandato da te il conte de la Roche? A che scopo?»

«Per ricattarmi, a quanto pare» disse Derek cupo.

Lei lo fissò fingendo ancora sorpresa. Poi di colpo sorrise e annuì.

«Ma certo. C'era da aspettarselo, che facesse una cosa del genere, *ce type là*. Avrei dovuto saperlo. No, davvero, Derek. Non l'ho mandato io.»

Lo scrutò con aria indagatrice, come per cercare di indovinare i suoi pensieri.

«Ora ti spiego» disse Mirelle. «Mi vergogno un po', ma ti dirò tutto lo stesso. L'altro giorno, tu mi capisci, ero fuori di me dalla rabbia, non ragionavo più...» e accompagnò quelle parole con un gesto eloquente. «Non ho un carattere molto paziente, come tu sai. Volevo vendicarmi, e così sono andata dal conte de la Roche, e gli ho detto di andare alla polizia, per raccontare che... eccetera eccetera. Ma non temere, amor mio. Non ho perso la testa del tutto: solo io ho le prove che potrebbero incriminarti. La polizia non potrà mai arrivare a te se io non voglio, capisci? E allora... adesso?»

Si strinse contro di lui teneramente, guardandolo da sotto in su con aria languida.

Lui la respinse. Mirelle restò a fissarlo ansante, gli occhi ridotti a due fessure come quelli di un gatto.

«Attento a te, Derek, ti avverto. Sei tornato per restare con me o no?»

«Non tornerò mai più con te» rispose Derek con fredda determinazione.

«Ah!»

La ballerina diventò ancor più somigliante a una gatta infuriata. I suoi occhi lampeggiavano d'ira.

«Allora c'è un'altra donna? Quella con cui hai pranzato ieri, eh? È così?»

«Tanto vale che tu lo sappia subito: intendo chiederle di sposarmi.»

«Quell'inglese tutta gelida e a modino! Credi che ti sopporterà per un solo minuto? Ah, no.» Il suo splendido corpo fremeva. «Stammi bene a sentire, Derek: ricordi quella conversazione che abbiamo avuto a Londra? Tu mi hai detto che l'unica cosa che poteva salvarti era la morte di tua moglie e ti sei rammaricato che fosse invece così piena di salute. Poi si è affacciata nella tua mente l'idea di una disgrazia "accidentale...".»

«Immagino che sia questa la conversazione che hai riferito al conte» fece Derek sprezzante.

Mirelle si mise a ridere.

«Mi credi così sciocca? Che cosa se ne farebbe la polizia di una storia così vaga? Ascoltami... ti do un'ultima possibilità. Liberati di quell'insulsa donna inglese. Torna da me, *chéri*; e ti prometto che non farò mai parola...»

«Riguardo a che cosa?»

Sogghignò sommessamente. «Credevi che non ti avesse visto nessuno...»

«Cosa vuoi dire?»

«Quello che ho detto. Credevi che non ti avesse visto nessuno... Ma io ti ho visto, mio caro Derek: *ti ho visto uscire dalla cabina di tua moglie, quella notte, poco prima che il treno arrivasse a Lione. E c'è di più. So anche che tua moglie era morta quando sei uscito da quella cabina.*»

Lui la fissò. Poi, come in un incubo, girò adagio su se stesso e uscì dalla stanza, barcollando leggermente.

26
Un avvertimento

«Bene» disse Poirot «ormai siamo come vecchi amici, e non ci sono segreti tra di noi.»

Katherine si voltò a guardarlo. C'era qualcosa nella sua voce, un'inflessione seria e convinta, che non gli aveva mai sentito prima.

Stavano seduti su una panchina dei giardini pubblici, a Monte Carlo. Katherine era venuta lì con i suoi amici e si era imbattuta quasi subito in Knighton e Poirot.

Lady Tamplin aveva monopolizzato Knighton sommergendolo di ricordi del passato, che Katherine sospettava fossero per la maggior parte inventati. Si erano allontanati così, insieme, tenendosi sottobraccio. Knighton aveva lanciato un paio di occhiate dietro di sé e Poirot aveva osservato la coppia andar via seguendola con i suoi occhietti scintillanti.

«Certo che siamo amici» confermò Katherine.

«Tra di noi c'è stata subito una gran simpatia, fin dall'inizio» disse Poirot riflessivo.

«Quando mi avete detto che quello che si legge sui romanzi polizieschi accade anche nella vita reale, a volte.»

«E avevo ragione, no?» fece lui, levando enfaticamente un indice. «Eccoci qui, catapultati nel bel mezzo di una situazione romanzesca. Per me questo è naturale, è il mio mestiere... ma per voi è diverso. Già...» concluse meditabondo «per voi è senz'altro diverso.»

Lei si girò di scatto a guardarlo. Era come se la stesse mettendo in guardia, alludendo a qualche invisibile minaccia.

«Perché dite che mi trovo nel pieno di questa situazione? È vero che ho avuto quel colloquio con la signora Kettering poco prima che morisse, ma ormai è acqua passata. Non ho più niente a che fare con questo caso.»

«Ah, *mademoiselle*, possiamo mai veramente dire: "Tutto questo non mi riguarda più?"»

Katherine lo fissò apertamente.

«Insomma, che cosa c'è?» chiese. «State cercando di dirmi qualcosa... o meglio di spingermi in una certa direzione. Ma io non sono molto brava nel cogliere le allusioni. Preferirei che mi parlaste chiaro e tondo.»

Poirot la guardò con aria afflitta. «*Ah, mais c'est anglais ça*» mormorò. «Ogni cosa dev'essere o bianca o nera, tutto ben preciso e definito. Ma la vita, *mademoiselle*, non è così. Ci sono cose che, ad esempio, non sono ancora accadute eppure già proiettano un'ombra davanti a loro.»

Si deterse la fronte con un fazzolettone di seta e borbottò: «Ora sto diventando troppo poetico, forse. Torniamo a parlare, come piace a voi, di cose concrete. E parlando di cose concrete, ditemi, se possibile, che cosa ne pensate del maggiore Knighton».

«Mi piace moltissimo» disse Katherine con calore. «È una persona deliziosa.»

Poirot sospirò.

«Che vi prende?» chiese Katherine.

«Lo lodate con tanto calore» disse Poirot. «Se aveste detto con tono indifferente: "Oh, sì, simpatico"... *eh bien*, sarei stato molto più contento, ecco.»

Katherine non replicò. Si sentiva a disagio. Poirot proseguì in tono vago: «E d'altra parte chi lo sa? *Les femmes* hanno tanti di quei modi per nascondere i loro sentimenti... e magari l'apparente calore è un metodo come un altro per arrivare allo stesso risultato».

Sospirò di nuovo.

«Non capisco...» fece Katherine.

Lui la interruppe.

«Non capite perché io sia d'un tratto così impertinente, *mademoiselle*? Io sono un uomo vecchio, ormai, e ogni tanto... non molto spesso... mi capita di prendere a cuore la sorte di certe persone che mi diventano particolarmente care. Noi siamo amici, *mademoiselle*. L'avete riconosciuto anche voi. Ed è per questo che... vorrei vedervi felice.»

Katherine fissò davanti a sé senza parlare. Con la punta del parasole di *cretonne* prese a tracciare dei segni nella ghiaia del viale.

«Vi ho fatto una domanda che riguardava il maggiore Knighton, e ora vorrei farvene un'altra. Vi piace il signor Derek Kettering?»

«Ma lo conosco appena!» disse Katherine.

«Questa non è una risposta.»

«Penso di sì.»

Lui la guardò, come se fosse rimasto colpito da qualcosa nel tono di lei. Poi annuì lentamente, con aria grave.

«Forse avete ragione, *mademoiselle*. Sapete, l'uomo che vi parla ha avuto modo di osservare il mondo in lungo e in largo, e così adesso so che due cose sono vere. Un uomo buono può essere rovinato dal suo amore per una donna cattiva... ma vale anche l'inverso. Un uomo cattivo può ugualmente essere rovinato dal suo amore per una donna buona.»

Katherine si volse a guardarlo un po' incerta.

«Quando dite rovinato...»

«Intendo dal suo punto di vista. Uno deve mettere nel fare il male altrettanto trasporto che mette nel fare qualsiasi altra cosa.»

«Voi state cercando di mettermi in guardia» mormorò Katherine. «Ma nei confronti di chi?»

«Io non sono in grado di leggere nel vostro cuore, *mademoiselle*; e se anche potessi non penso che vi farebbe piacere. Voglio solo dire questo: ci sono degli uomini che hanno uno strano fascino sulle donne.»

«Il conte de la Roche» fece Katherine sorridendo.

«Ce ne sono anche altri... più pericolosi del conte de la Roche. Hanno qualità che attirano: una certa audace sfrontatezza, la capacità di non fermarsi di fronte a nulla. Voi siete affascinata, *mademoiselle*; io me ne accorgo, ma credo che non ci sia nulla al di là di questo. Almeno lo spero. Quest'uomo di cui parlo prova dei sentimenti che possono senz'altro essere sinceri, e tuttavia...»

«Sì?»

Poirot si era alzato e la guardava fissa. Poi, scandendo con aria grave le parole, disse: «*Mademoiselle*, voi forse potreste amare un ladro, *ma non un assassino*».

Fece un brusco dietrofront e si allontanò lasciandola lì a sedere sulla panchina.

La udì emettere una soffocata esclamazione di sorpresa ma non se ne curò. Ormai l'aveva messa sull'avviso. Lasciò che avesse il tempo di assimilare il senso inequivocabile di quella frase.

Derek Kettering, sbucando alla luce del sole all'uscita dal Casinò, se la vide davanti tutta sola su quella panchina e si affrettò a raggiungerla.

«Ho fatto qualche puntata alla roulette» le disse, con una risata. «Ma mi è andata male. Ho perso tutto... tutto quello che avevo con me, voglio dire.»

Katherine gli lanciò un'occhiata preoccupata. Si era subito resa conto che il suo modo di fare era cambiato e tradiva un'agitazione interna.

«L'ho sempre pensato che avevate l'animo del giocatore d'azzardo. Il gioco mi sembra molto connaturato col vostro carattere.»

«Uno che non può fare a meno di mettere sempre tutto in gioco? È così che mi vedete? Non avete mica torto. E non ci trovate qualcosa di molto stimolante, in tutto questo? Rischiare tutto in un solo colpo... non c'è niente di più esaltante.»

Pur posata e refrattaria a certe tentazioni, Katherine avvertì un vago fremito.

«Vorrei parlarvi» proseguì Derek. «D'altra parte, chissà quando avrò un'altra possibilità? C'è chi dice in giro che ho ucciso io mia moglie... no, per favore non mi interrompete. È assurdo, certo.» Tacque per qualche attimo, poi riprese a parlare, con maggiore determinazione. «Quando ho a che fare con la polizia e le autorità locali, sono costretto a darmi un contegno, per decenza. Ma con voi preferisco non mentire. Mi sono sposato per interesse. Ero in cerca di denaro, quando ho conosciuto Ruth Van Aldin. Lei aveva l'aspetto di una Madonna e io... be', ho fatto ogni genere di buoni propositi... ma sono rimasto amaramente deluso. Mia moglie era innamorata di un altro quando mi ha sposato. Non le è mai importato nulla di me. Oh, non mi sto lamentando; tutta la faccenda si presentava come uno scambio ragionevole, in fin dei conti. Lei voleva il castello di Leconbury e io volevo i soldi. I guai sono cominciati per il modo in cui Ruth, da buona americana purosangue, intendeva dettar legge nei rapporti coniugali. Anche se a lei non importava un accidente del sottoscritto, aveva la pretesa di avermi sempre a sua disposizione. Non si stancava mai di dirmi che mi aveva comprato e che perciò le appartenevo. Naturalmente io reagii trattandola malissimo. Mio suocero ve l'avrà detto, e non ha torto quanto a questo. Poco prima che Ruth morisse, avevo di fronte a me la prospettiva della rovina più totale.» Scoppiò improvvisamente in una risata. «Del resto, non si può evitare di andare incontro a una fine del genere quando si ha di fronte un avversario come Rufus Van Aldin.»

«E allora?» chiese sommessa Katherine.

«E allora» disse Derek con un'alzata di spalle «Ruth è stata provvidenzialmente assassinata.»

Rise di nuovo, in un modo che ferì Katherine, la quale non poté evitare di trasalire.

«Sì» ammise Derek. «Quello che sto dicendo è di pessimo gusto. Comunque è vero. E ora vi voglio dire un'altra cosa. Fin dal primo momento che vi ho vista ho capito che al mondo, per me, non ci siete che voi. Eppure mi avete anche fatto... paura. Ho pensato che potevate portarmi sfortuna.»

«Sfortuna?» fece Katherine sorpresa.

Lui la fissò. «Perché lo ripetete con quel tono? A che cosa state pensando?»

«Stavo pensando a certe cose che qualcuno mi ha detto.»

Derek sogghignò con amarezza. «Mia cara, vi diranno un sacco di cose su di me, e per lo più vere. Sì, anche le peggiori... cose di cui non vi vorrò mai parlare. Sono sempre stato un giocatore d'azzardo... e ho sfidato ogni genere di rischio. Ma sono faccende sulle quali non intendo ritornare, né ora né mai. È acqua passata. C'è solo una cosa che voglio assolutamente che sappiate: vi giuro solennemente che non ho ucciso mia moglie.»

Lo disse con estrema serietà, eppure c'era un tocco di teatralità nel suo modo di esprimersi. Incontrò lo sguardo perplesso di lei e continuò: «Lo so. Vi ho mentito l'altro giorno. Sono effettivamente entrato nella cabina di mia moglie».

«Ah» fece Katherine.

«È difficile spiegarvi perché l'ho fatto, ma ci proverò. È stato un impulso. Vedete, io stavo praticamente spiando mia moglie. Sono salito sul treno e mi sono tenuto nascosto. Mirelle mi aveva detto che Ruth doveva incontrare il conte de la Roche a Parigi. Be', per quello che ho potuto vedere, le cose non sono andate così. Allora ho provato vergogna per quel mio comportamento subdolo, e mi è balenata l'idea di andare da lei per avere una spiegazione definitiva, così ho aperto la porta e sono entrato.»

Fece una pausa.

«E poi?» chiese Katherine.

«Ruth era a letto, addormentata, con il viso verso la parete, perciò, l'ho vista solo di spalle. Certo, avrei potuto svegliarla. Ma di colpo, ho avuto una reazione contraria. Dopotutto, che cosa restava da dire, che non ci fossimo già detti centinaia di volte? Così sono uscito dalla cabina, il più silenziosamente possibile.»

«E perché avete mentito alla polizia su questo punto?»

«Perché non sono completamente matto. Mi sono reso conto subito che, per quanto riguarda il movente, io sarei l'assassino ideale. Se mi fossi azzardato ad ammettere che ero entrato nella sua cabina prima che lei morisse, mi sarei scavato la fossa con le mie mani una volta per tutte.»

«Capisco.»

Capiva veramente? Non riuscì a trovare una risposta dentro di sé. Katherine era soggiogata dalla personalità magnetica di Derek, ma qualcosa in lei si ritraeva istintivamente...

«Katherine...»

«Io...»

«Io vi ho detto che cosa provo per voi. E voi cosa sentite per me?»

«Io... io non lo so.»

Era cosciente che quella risposta non era adeguata. O lo sapeva o non lo sapeva. Se solo...

Si guardò intorno come se fosse alla disperata ricerca di qualcuno che potesse aiutarla. Un lieve rossore si diffuse sulle sue guance nel vedere un uomo alto e biondo che si affrettava zoppicando lungo il vialetto diretto verso di loro: il maggiore Knighton.

Lei salutò il suo arrivo con sollievo e insolito calore.

Derek si alzò corrucciato, scuro in volto come per un preannuncio di tempesta.

«Lady Tamplin si sta dando al gioco?» disse beffardo. «Sarà meglio che la raggiunga, trarrà senz'altro beneficio dal mio metodo infallibile.»

Fece dietrofront e li lasciò soli. Katherine si sedette di nuovo. Il cuore le batteva all'impazzata, ma lei rimase lì a parlare del più e del meno come se niente fosse, con quell'uomo pacato, quasi schivo, che le stava accanto, finché non si sentì tornare padrona di sé.

Ma allora si rese conto con grande turbamento che anche Knighton le stava aprendo il proprio cuore, anche se in una forma molto diversa da quella usata da Derek.

Parlava timidamente, quasi balbettando. Le parole gli uscivano stentate.

«Dal primo momento che vi ho vista... lo so... avrei dovuto attendere ancora prima di parlare... ma Van Aldin potrebbe decidere di partire da un giorno all'altro, e non so se capiterà un'altra occasione. Mi rendo conto che non potete ancora sapere se mi volete bene oppure no... è troppo presto, questo è impossibile. È una presunzione da parte mia, ne sono convinto. Io dispongo di qualche mezzo di sostentamento, ma non è molto... no, per favore, aspettate a rispondere. So quello che potreste dire. Ma nel caso che dovessi andarmene all'improvviso, volevo solo che sapeste... che io vi amo.»

Lei era veramente turbata... e anche un po' commossa. I suoi modi erano così gentili e amorevoli...

«Un'altra cosa: volevo dirvi che se mai aveste dei problemi, io farò tutto quello che posso.»

Le prese una mano tra le sue, la tenne stretta per un po' e infine la lasciò bruscamente e si allontanò rapido verso il Casinò senza guardarsi indietro.

Katherine rimase immobile a osservarlo. Derek Kettering... Richard Knighton... due uomini così diversi... molto, molto diversi. Knighton era così gentile e fidato. Quanto a Derek...

Poi Katherine ebbe d'improvviso una curiosa sensazione. Le parve di non trovarsi più sola su quella panchina nei giardini del Casinò, ma che ci fosse qualcuno accanto a lei e che quel qualcuno fosse la donna assassinata, Ruth Kettering. Le sembrò anche che cercasse con tutte le sue forze, ma invano, di dirle qualcosa. Quell'impressione fu così sorprendentemente vivida che non le riuscì di scacciarla. Si sentì assolutamente certa che lo spirito di Ruth Kettering si sforzasse di comunicarle qualcosa di importanza vitale. La sensazione alla fine svanì. Katherine si alzò, tremando un poco. Che cosa voleva farle sapere Ruth Kettering?

27
Un colloquio con Mirelle

Quando Knighton lasciò Katherine, andò in cerca di Hercule Poirot e lo trovò nella sala grande, che giocava spensierato alla roulette, facendo il minimo della puntata sui numeri pari. Mentre Knighton si univa a lui, uscì il 33, e la puntata di Poirot fu ritirata dal croupier.

«È andata male!» disse Knighton. «Volete puntare ancora?»

Poirot scosse la testa.

«Per il momento no.»

«Siete affascinato dal gioco?» chiese curioso Knighton.

«Non dalla roulette!»

Knighton gli lanciò una rapida occhiata. Il suo volto mostrò turbamento. Nella sua voce, esitante, si avvertì una nota di deferenza.

«Mi domandavo... avete da fare, Poirot? C'era qualcosa che volevo chiedervi.»

«Sono a vostra disposizione. Vogliamo uscire? C'è un bel sole.»

Si avviarono insieme e Knighton trasse un lungo respiro.

«Amo molto la Costa Azzurra» disse. «Ci sono venuto per la prima volta dodici anni fa, durante la guerra, quando fui ricoverato nell'ospedale aperto da Lady Tamplin. Mi sentivo in paradiso, dopo la vita in trincea nelle Fiandre.»

«Lo credo bene» disse Poirot.

«Come sembra lontana ora la guerra!» osservò Knighton.

Passeggiarono in silenzio per un altro tratto di strada.

«Avete qualcosa per la mente?» chiese di punto in bianco Poirot.

Knighton lo guardò mostrando una certa sorpresa.

«Avete proprio ragione» confessò. «Come avete fatto a capirlo?»

«Era fin troppo chiaro» replicò con distacco Poirot.

«Non immaginavo che la mia espressione fosse così trasparente.»

«È il mio mestiere osservare le fisionomie» spiegò con sussiego il piccolo investigatore belga.

«Ve ne voglio parlare, Monsieur Poirot. Avete sentito di quella danzatrice... Mirelle?»

«La *chère amie* di Monsieur Derek Kettering?»

«Proprio lei, sì; comprenderete, sapendo questo, come il signor Van Aldin sia molto prevenuto nei confronti di questa donna. Lei gli ha scritto chiedendogli un incontro, ma lui mi ha incaricato di risponderle con un netto rifiuto, cosa che ho ovviamente fatto. Ma questa mattina lei è venuta al nostro albergo e ci ha fatto recapitare un suo biglietto, in cui diceva che doveva vedere urgentemente il signor Van Aldin per una faccenda di vitale importanza.»

«Interessante» fece Poirot.

«Il signor Van Aldin era furioso. Mi ha ordinato di scendere e riferirle di andarsene. Io però mi sono preso la libertà di dissentire dalla linea di condotta del mio principale. Mi sembrava molto probabile che questa donna fosse in possesso di qualche informazione di rilevante importanza. Sappiamo infatti che si trovava anche lei sul Treno Azzurro quella famosa notte, e dunque poteva aver sentito o visto qualcosa, qualcosa che sarebbe stato importantissimo per noi sapere. Non siete d'accordo con me, Monsieur Poirot?»

«Senz'altro» disse Poirot senza enfasi. «Monsieur Van Aldin, se posso dire così, ha reagito in una maniera oltremodo impulsiva e sciocca.»

«Mi fa piacere che la pensiate anche voi come me» disse il segretario. «Ora voglio dirvi qualche altra cosa, Monsieur Poirot. L'atteggiamento del signor Van Aldin mi è sembrato talmente poco accorto che mi sono preso la libertà di andare io di mia iniziativa a parlare con quella donna.»

«*Eh bien?*»

«Non è stato facile, perché lei insisteva che voleva vedere il signor Van Aldin in persona. Io le ho riferito la sua risposta smussandola come potevo. In effetti, per essere sincero, le ho detto tutt'altro: che il mio padrone era troppo occupato per vederla al momento, ma che poteva lasciar detto qualunque cosa a me. Questo comunque non le è bastato per indurla a sbottonarsi, e di conseguenza se ne è andata senza dirmi nulla. Ma io, Monsieur Poirot, sono convinto che quella donna sappia qualcosa.»

«Questa è una faccenda seria» commentò pacato Poirot. «Sapete dove alloggia?»

«Sì.» Knighton gli fece il nome dell'albergo.

«Bene» fece Poirot. «Ci andremo immediatamente.»

Il segretario lo guardò dubbioso.

«E il signor Van Aldin?»

«Il signor Van Aldin è un uomo ostinato» disse Poirot. «Io non perdo tempo a discutere con la gente ostinata. Faccio come se non ci fosse. Andremo a trovare quella donna. Le dirò che Monsieur Van Aldin vi ha dato pieno potere di agire in suo nome, e voi vi guarderete bene dal contraddirmi, spero.»

Knighton lo fissava ancora piuttosto incerto, ma Poirot ignorò le sue esitazioni.

All'albergo seppero che *mademoiselle* era ancora nella sua suite, e Poirot le fece recapitare sia il suo biglietto da visita che quello di Knighton, con sopra scritto "Da parte del signor Van Aldin".

Poco dopo vennero informati che Mademoiselle Mirelle accettava di riceverli.

Quando furono introdotti nella suite della ballerina, Poirot prese immediatamente il controllo della situazione.

«*Mademoiselle,*» mormorò facendo un profondo inchino «siamo qui in nome e per conto del signor Van Aldin.»

«Ah! E come mai non è venuto di persona?»

«È indisposto» mentì disinvolto Poirot. «Il tipico mal di gola, così comune qui al mare di questa stagione, lo affligge, ma io sono autorizzato ad agire in suo nome, al pari del maggiore Knighton, suo segretario. A meno che, naturalmente, *mademoiselle,* non preferiate attendere una quindicina di giorni.»

Di una cosa Poirot era abbastanza certo: che, per un temperamento come quello di Mirelle, la sola parola "attendere" doveva suonare come un anatema.

«*Eh bien, messieurs,* dirò tutto a voi. Sono stata paziente. Mi sono trattenuta. E per cosa? Per essere insultata! Sì, insultata! Ah! Se crede di poter trattare Mirelle in questo modo, di poterla gettare via come un vecchio guanto... Mai nessun uomo si è stancato di me. Mi sono sempre stancata io di loro.»

Si mise a camminare su e giù per la stanza visibilmente agitata, mentre il suo corpo fremeva di rabbia. Un tavolinetto le ostacolava il passaggio, e lei lo scaraventò in un angolo, mandandolo a fracassarsi contro il muro.

«E questa sarà la fine che farà anche lui!» strillò.

Agguantò un vaso di vetro pieno di gigli e lo scagliò contro la grata del focolare, dove si frantumò in mille pezzi.

Knighton la guardava con fredda disapprovazione tipicamente britannica. Era chiaramente imbarazzato e a disagio. Poirot, invece, da parte sua, si godeva la scena.

«Ah, è magnifico!» esclamò. «Si vede bene che *madame* ha un forte temperamento.»

«Sono un'artista» rivendicò Mirelle. «Ogni vero artista ha temperamento da vendere. Ho detto a Derek di stare bene attento e non ha voluto ascoltarmi.» Si girò di botto verso Poirot. «È vera o no questa storia che vorrebbe sposare una signorina inglese?»

Poirot tossicchiò.

«*On m'a dit*» mormorò «che l'adora appassionatamente.»

Mirelle gli si avvicinò di scatto.

«Ha ucciso sua moglie» strillò. «Ecco, adesso lo sapete! Me lo aveva anche preannunciato, che voleva farlo. Si era ficcato in un vicolo cieco... e allora, zac! Ha scelto la strada più facile.»

«Dite che Monsieur Kettering ha ucciso la moglie?»

«Sì, sì, sì. Ve l'ho già detto, no?»

«Ma la polizia» disse pacatamente Poirot «vorrà qualche prova.»

«L'ho visto io con i miei occhi uscire dalla sua cabina quella notte.»

«Quando?» chiese brusco Poirot.

«Poco prima che il treno raggiungesse Lione.»

«Sareste pronta a giurarlo, *mademoiselle*?»

Era un Poirot diverso ora a parlare, spiccio e incisivo.

«Sì.»

Seguì un attimo di silenzio. Mirelle era ansante, e i suoi occhi, pieni di sfida e insieme di paura, saltavano rapidi dall'uno all'altro dei suoi interlocutori.

«Queste vostre affermazioni sono estremamente gravi, *mademoiselle*» disse l'investigatore. «Vi rendete conto di quanto siano gravi?»

«Certamente.»

«Bene,» fece Poirot «allora capirete, *mademoiselle*, che non possiamo perdere neanche un istante. Spero che acconsentirete ad accompagnarci subito nell'ufficio del giudice istruttore.»

Mirelle fu presa in contropiede. Esitò, ma, come Poirot aveva previsto, non aveva più via d'uscita.

«D'accordo» mormorò. «Lasciatemi prendere il mantello.»

Appena rimasero soli, Poirot e Knighton si scambiarono un'occhiata.

«È necessario battere il ferro finché è caldo, come si suol dire» disse Poirot. «È una donna impulsiva; può darsi che tra un'ora si penta e decida di fare marcia indietro. Dobbiamo impedirlo a ogni costo.»

Mirelle riapparve, avvolta in una cappa di velluto color sabbia guarnita da un collo di leopardo. Lei stessa non pareva molto dissimile da una pantera, fulva e pericolosa. I suoi occhi mandavano lampi di rabbia e determinazione.

Trovarono il giudice istruttore in compagnia del commissario Caux. Poche frasi di presentazione da parte di Poirot, e Mademoiselle Mirelle venne garbatamente invitata a raccontare quello che sapeva. Lei lo fece più o meno con le stesse parole che aveva usato con Knighton e Poirot, ma tenendo un contegno molto più equilibrato.

«È una storia straordinaria, *mademoiselle*» disse il giudice Carrège, impressionato. Si appoggiò allo schienale, si sistemò gli occhiali a *pince-nez* e girò lo sguardo sul gruppo degli astanti, fissandolo sulla ballerina.

«Volete farci credere che Monsieur Kettering vi ha addirittura preannunciato la sua intenzione di uccidere la moglie?»

«Sì, sì. Mi ha detto che era troppo in salute per sperare che morisse di morte naturale. Ci voleva un incidente... e che ci avrebbe pensato lui.»

«Vi rendete conto, *mademoiselle*,» l'ammonì Carrège «che vi state accusando di averlo istigato?»

«Io? Mai e poi mai, *monsieur*. Nemmeno per un istante ho preso sul serio quelle sue affermazioni. Ah, no davvero! Li conosco gli uomini, *monsieur*, dicono tutto quello che gli passa per la testa, ma sarei ben sciocca se mi illudessi che vanno presi alla lettera.»

Il giudice istruttore inarcò le sopracciglia.

«Dunque dobbiamo intendere che voi avete considerato le minacce di Monsieur Kettering come chiacchiere insulse? Posso chiedervi, allora, *mademoiselle*, che cosa vi ha spinto a rompere il vostro contratto a Londra e a venire fin qui in Costa Azzurra?»

Mirelle gli lanciò un'occhiata di fuoco.

«Volevo essere vicina all'uomo che amavo» disse semplicemente. «Vi pare così strano?»

Poirot intervenne con la consueta cortesia per porre una domanda.

«È stato, allora, Monsieur Kettering a richiedere la vostra compagnia qui a Nizza?»

Mirelle parve annaspare alquanto. Esitò visibilmente prima di rispondere. Quando lo fece, si trincerò dietro un atteggiamento sdegnoso.

«In queste cose seguo l'istinto, *monsieur*» disse.

I tre uomini sapevano benissimo che quella non era una risposta, ma nessuno fiatò.

«Quando avete cominciato a convincervi che Monsieur Kettering aveva ucciso la moglie?»

«Come vi ho detto, ho visto il signor Kettering che usciva dalla cabina della moglie poco prima che il treno arrivasse a Lione. Aveva una strana espressione sulla faccia... al momento non capii... un'espressione sconvolta e terribile. Non la dimenticherò mai.»

La sua voce raggiunse note stridule, mentre agitava le braccia gesticolando in modo bizzarro.

«Ah, ecco» fece Carrège.

«Solo dopo, quando sono venuta a sapere che, alla partenza da Lione, *madame* era già morta, si è fatta luce nella mia mente!»

«E tuttavia, non siete andata nemmeno allora alla polizia, *mademoiselle*» disse il commissario.

Mirelle lo guardò con altezzoso distacco; stava chiaramente prendendo molto gusto in quella parte.

«Dovevo forse tradire il mio amore?» chiese. «Ah, no: non chiedete a una donna di fare questo.»

«Eppure ora...» la stuzzicò il commissario.

«Ora è diverso. È stato lui a tradire me! Dopo questo affronto non posso più tacere...»

Il giudice istruttore tagliò corto.

«Va bene, va bene» mormorò con tono comprensivo. «E ora, *mademoiselle*, vi prego di leggere la trascrizione di quello che ci avete appena detto, controllare se è esatta, e firmarla.»

Mirelle non perse tempo con il documento.

«Sì, sì,» disse «è a posto.» Si alzò accingendosi a congedarsi. «Avete ancora bisogno di me, *messieurs*?»

«Per il momento no, *mademoiselle*.»

«E Derek sarà arrestato?»

«Immediatamente.»

Mirelle fece una risata crudele e si avvolse nel collo di leopardo avviandosi verso l'uscita.

«Avrebbe dovuto pensarci prima di insultarmi in quel modo.»

«Ci sarebbe un'ultima cosina» si scusò Poirot con un colpetto di tosse. «Giusto un piccolo dettaglio...»

«Sì?»

«Che cosa vi porta a dire che Madame Kettering era già morta dopo la partenza del treno da Lione?»

Mirelle lo fissò.

«Ma *era* morta.»

«Davvero?»

«Certo, io...»

Si interruppe bruscamente. Poirot la scrutava attento, e notò che aveva assunto un'espressione di colpo più guardinga.

«Me l'hanno detto. È quello che dicono tutti.»

«Oh» fece Poirot. «Non sapevo che questo fatto fosse mai stato menzionato fuori dall'ufficio del giudice istruttore.»

Mirelle parve a disagio.

«Sono voci che girano» disse in tono vago. «Finché ti arrivano all'orecchio. Me l'ha detto qualcuno. Non ricordo chi.»

Andò verso la porta e il commissario Caux si affrettò ad aprirgliela, ma mentre lo faceva, la voce garbata di Poirot si levò un'altra volta.

«E i gioielli? Scusatemi, *mademoiselle*. Potete dirmi qualcosa a questo riguardo?»

«I gioielli? Che gioielli?»

«I rubini di Caterina la Grande. Dato che raccogliete tante voci, forse avrete sentito parlare anche di loro.»

«Non so niente di nessun gioiello» ribatté brusca Mirelle e infilò la porta.

Quando fu uscita, Caux tornò al proprio posto; il magistrato emise un sospiro.

«Che furia scatenata!» commentò. «Ma *diablement chic;* mi chiedo se abbia detto la verità... Tutto sommato, mi pare di sì.»

«La sua storia contiene una parte di verità, certamente» puntualizzò Poirot. «C'è la conferma della signorina Grey, a questo riguardo. Affacciandosi nel corridoio, poco prima che il treno raggiungesse Lione, ha visto Monsieur Kettering entrare nella cabina della moglie.»

«Le sue responsabilità sembrano abbastanza chiare, ormai» sospirò il commissario. «Che peccato, però!»

«Che volete dire?»

«L'ambizione della mia vita è stata sempre quella di riuscire un giorno a mettere le mani sul conte de la Roche. E questa volta pensavo proprio di esserci riuscito... Di quest'altro non mi importa granché.»

Monsieur Carrège si grattò il naso.

«Se qualcosa va storto» osservò guardingo «sarà molto imbarazzante. Monsieur Kettering fa parte della migliore aristocrazia. Ne parleranno tutti i giornali. Se abbiamo fatto uno sbaglio...» scrollò le spalle come per scacciare un cupo presagio.

«E ora veniamo ai gioielli» disse il commissario. «Che cosa pensate che ne abbia fatto?»

«Li avrà presi per depistare le indagini» disse Carrège. «Ma devono essere stati un grosso imbarazzo per lui, e avrà cercato di disfarsene al più presto, immagino.»

Poirot sorrise.

«Io ho una mia idea, a proposito dei gioielli. Ditemi, *messieurs,* che cosa sapete di un uomo chiamato il Marchese?»

Il commissario si protese in avanti, con viva eccitazione.

«Il Marchese!» fece. «Il Marchese? Pensate davvero che sia coinvolto in questo caso, Monsieur Poirot?»

«Vi ho chiesto che cosa sapete di lui.»

Il commissario fece una smorfia.

«Molto meno di quanto vorremmo, purtroppo» ammise. «Agisce dietro le quinte, capite. Ha i suoi scagnozzi che fanno per lui la parte sporca del lavoro. Ma è uno di alta estrazione sociale. Di questo siamo sicuri. Non proviene dalle file dei criminali abituali.»

«Un francese?»

«Sì, insomma... Almeno noi crediamo di sì. Ma non siamo sicuri. Ha messo a segno i suoi colpi in Francia, in Inghilterra, in America. Ci sono state una serie di rapine in Svizzera lo scorso autunno che sono state attribuite a lui. In tutti i modi è certamente un *grand seigneur*, capace di parlare francese e inglese con uguale disinvoltura, e la sua origine vera resta un mistero.»

Poirot annuì e si avviò a congedarsi.

«Non potreste dirci qualche altra cosa, Monsieur Poirot?» lo sollecitò il commissario.

«Per il momento, no,» disse Poirot «ma forse ci saranno delle novità per me quando arriverò in albergo.»

Carrège assunse un'aria preoccupata. «Se il Marchese è coinvolto in questo caso...» Non completò la frase.

«Scombussola tutte le nostre ipotesi» si lagnò Caux.

«Ma non le mie» disse Poirot. «Al contrario, io penso che combini perfettamente. *Au revoir*, dunque; se saprò qualcosa di nuovo e di importante ve lo comunicherò immediatamente.»

Tornò a piedi verso il suo albergo con un'espressione grave. Durante la sua assenza era arrivato un telegramma. Lo aprì. Era un lungo messaggio; lo rilesse due volte, poi se lo infilò lentamente in tasca. Di sopra, c'era George ad attenderlo.

«Sono stanco, George, molto stanco. Volete ordinarmi una cioccolata?»

Quando portarono la cioccolata, fu lo stesso George a servirla, sul tavolino accanto allo scrittoio. Mentre il cameriere si preparava a ritirarsi, Poirot gli chiese: «Immagino che abbiate un'approfondita conoscenza dell'aristocrazia inglese, vero George?».

George sorrise compunto.

«Credo di sì, signore» rispose.

«Suppongo che voi siate convinto che i criminali escono sempre dai ceti più bassi della popolazione?»

«Non sempre, signore. C'è stato ad esempio il caso clamoroso di uno dei figli più giovani del duca di Devize. Aveva lasciato Eton circondato già da una pessima fama, e dopo di allora ha causato un gran subbuglio in diverse occasioni. La polizia non voleva accettare la scusa che si trattasse di cleptomania. Un giovanotto molto sveglio, signore, ma dissoluto fin nelle più intime fibre, se potete comprendere quello che voglio dire. Sua grazia il duca lo ha spedito in Australia, e ho sentito dire che lì è finito in prigione sotto un altro nome. Molto insolito, signore, ma vero. Inutile dire che il giovane gentiluomo non aveva certo problemi finanziari.»

Poirot annuì filosoficamente.

«Il gusto del rischio» mormorò «e qualche rotella fuori posto. Mi chiedo adesso...»

Tirò fuori il telegramma dalla tasca e lo rilesse un'altra volta.

«Poi c'è stata la figlia di Lady Mary Fox» continuò il domestico, evocando i ricordi. «Truffava i commercianti con una disinvoltura davvero impressionante. È una grossa preoccupazione per molte delle migliori famiglie, se posso dir così, e ci sono molti altri casi che potrei citare.»

«Avete una vasta esperienza, George» si complimentò Poirot. «Spesso mi chiedo se, essendo vissuto sempre con le famiglie più titolate, non vi sentiate in qualche modo diminuito venendo a fare il cameriere da me. Quanto meno, deve essere molto meno eccitante, per voi.»

«Non esattamente, signore» disse George. «Ho letto ad esempio su "Society Snippets" che siete stato ricevuto a Buckingham Palace. Questo è successo proprio quando ero in cerca di un nuovo posto. Sua Maestà, a quanto ho letto, vi ha accolto molto familiarmente e ha dimostrato un'altissima considerazione per le vostre capacità.»

«Ah, ecco» fece Poirot. «Fa sempre piacere conoscere i veri motivi delle cose.»

Rimase pensieroso per un po', poi chiese: «Avete telefonato a Mademoiselle Papopolous?».

«Sissignore. Lei e suo padre saranno lieti di cenare con voi stasera.»

«Ah» disse Poirot pensoso. Bevve la cioccolata, sistemò accuratamente tazza e piattino al centro del vassoio, poi fece qualche altra considerazione, in tono svagato, come parlando più a se stesso che al cameriere.

«Lo scoiattolo, mio caro George, colleziona noci. Ne fa scorta in autunno perché gli torneranno utili dopo. Se vogliamo sapere qualcosa sugli uomini, George, dobbiamo imparare attraverso gli esempi che ci fornisce il mondo animale. Io ho appreso molto in questo modo: tanto è vero che a volte faccio come il gatto, che aspetta paziente davanti alla tana del topo; altre volte mi comporto come il cane, seguendo la scia dell'odore della preda, senza mai staccare il naso dall'usta; infine, mio buon George, sono anche una specie di scoiattolo, e ho raccolto in giro tutti i fatti che mi interessavano, un po' qua e un po' là. Ora andrò al mio deposito e tirerò fuori una noce particolare, una noce che ho messo da parte, vediamo... diciassette anni fa. Mi seguite, George?»

«Non avrei mai pensato che le noci potessero conservarsi così a lungo, signore» disse George. «Anche se so che questi nuovi barattoli a chiusura ermetica possono fare miracoli.»

Poirot lo guardò e sorrise.

28
Poirot fa come gli scoiattoli

Poirot partì da casa per recarsi al suo appuntamento a cena con tre quarti d'ora di anticipo. Aveva uno scopo ben preciso. La macchina non lo portò direttamente a Monte Carlo, infatti, ma passò prima dalla casa di Lady Tamplin a Cap Martin, dove lui chiese di poter parlare con Katherine Grey. Le signore si stavano cambiando per la sera, e l'investigatore fu pregato di attendere in un salottino: qui, dopo un paio di minuti, fu raggiunto da Lenox Tamplin.

«Katherine non è ancora pronta» annunciò. «Posso lasciare un vostro messaggio o preferite aspettare che scenda?»

Poirot la guardò pensoso. Prima di rispondere ci mise un bel po', come se quella decisione comportasse la necessità di un'attenta riflessione. Evidentemente dalla risposta dipendeva qualcosa di importante.

«No» disse alla fine. «Non credo sia necessario che io aspetti Mademoiselle Grey per parlarle direttamente. Anzi, forse è meglio il contrario. A volte, certi discorsi sono un po' difficili.»

Lenox attese educatamente, guardandolo un po' perplessa.

«C'è una novità» proseguì Poirot. «Abbiate la compiacenza di riferire alla vostra amica che Monsieur Kettering è stato arrestato stanotte con l'accusa di aver ucciso la moglie.»

«Volete che dica questo a Katherine?» chiese Lenox. Improvvisamente parlava ansimando, come se avesse fatto una lunga corsa, e Poirot notò che era impallidita.

«Sì, per favore, *mademoiselle*.»

«Perché?» chiese Lenox. «Pensate che Katherine resterà scossa? Pensate che provi qualcosa di particolare per lui?»

«Non lo so, *mademoiselle*» disse Poirot. «Francamente non lo so. Vedete, di regola mi vanto di sapere tutto, ma in questo caso, be'... non l'ho capito ancora. Ne sapete forse più voi di me.»

Lenox rimase in silenzio per qualche attimo, le scure sopracciglia aggrottate.

«Lo credete davvero colpevole?» domandò senza perifrasi.

Poirot si strinse nelle spalle.

«La polizia dice che è stato lui.»

«Ah» esclamò Lenox «tergiversate, eh? Quindi c'è un margine di incertezza.»

Poi tacque di nuovo, crucciata. Poirot le disse con tono gentile: «Conoscete Derek Kettering da parecchio tempo, vero?».

«Da quando ero bambina» disse Lenox un po' schiva.

Poirot annuì diverse volte senza far commenti.

Con uno dei suoi bruschi scatti, Lenox avvicinò una sedia e ci si sedette, i gomiti puntati sul tavolo, la faccia tra le mani. Poi si mise a fissare insistentemente Poirot che le stava di fronte all'altro capo del tavolo.

«Su che cosa si basa l'accusa?» chiese. «Sul fatto che aveva un buon movente, suppongo. Che alla morte della moglie deve aver ereditato un sacco di soldi.»

«Due milioni di sterline.»

«E se sua moglie non fosse morta, lui sarebbe stato rovinato?»

«Sì.»

«Ma deve esserci qualche altra cosa» incalzò Lenox. «Ha viaggiato su quello stesso treno, lo so, ma... anche questo fatto da solo non è una prova.»

«Un portasigarette con sopra la lettera K, che non apparteneva alla signora Kettering, è stato rinvenuto nella cabina; inoltre Derek è stato visto da due persone diverse entrare e poi uscire dalla cabina poco prima che il treno arrivasse a Lione.»

«Chi sono queste due persone?»

«La vostra amica, la signorina Grey, è una. L'altra è Mademoiselle Mirelle, la ballerina.»

«E lui, Derek, come si giustifica?» volle sapere Lenox.

«Nega del tutto la circostanza.»

«Che sciocco!» rimarcò vivacemente Lenox. «Poco prima di Lione, dite? Nessuno sa quando... quando è morta esattamente?»

«Il referto medico non può essere molto preciso, a questo riguardo, però si è inclini a ritenere che difficilmente la morte sia avvenuta dopo la partenza da Lione. Ciò che sappiamo è che pochi momenti dopo la partenza da Lione la signora Kettering era già morta.»

«Come fate a dirlo?»

Poirot sfoderò uno strano sorrisetto compiaciuto.

«Qualcuno è entrato nella cabina e l'ha trovata morta.»

«E non ha fatto fermare il treno, o che so... svegliare tutti?»

«No.»

«Come mai?»

«Indubbiamente doveva avere le sue ragioni.»

Lenox gli puntò bruscamente gli occhi addosso.

«E voi le conoscete?»

«Penso di sì... sì.»

Lenox rimase in silenzio a riflettere. Poirot la guardava senza dir nulla. Finalmente lei rialzò il capo. Un soffuso rossore le aveva colorito le guance e le scintillavano gli occhi.

«Voi pensate che l'abbia uccisa qualcuno che si trovava sul treno, ma invece potrebbe essere andata anche in un altro modo. Perché non rintracciate tutti quelli che si sono imbarcati sul treno mentre era fermo a Lione? Uno di loro avrebbe potuto andare dritto nella sua cabina, strangolarla, prendere i gioielli e scendere di nuovo senza che nessuno ne sapesse niente. Avrebbe potuto essere uccisa mentre il treno era in sosta a Lione. Per questo sarebbe stava viva quando Derek andò da lei, e morta quando è entrata quell'altra persona.»

Poirot si appoggiò allo schienale della sedia e trasse un lungo sospiro. Fissò la ragazza al di là del tavolo e annuì tre volte, con aria grave.

«*Mademoiselle,*» disse poi «quello che avete detto adesso è molto giusto... molto vero. Stavo procedendo alla cieca, nel buio, e voi mi avete indicato la via verso la luce. C'era un punto che mi lasciava perplesso e ora voi mi avete suggerito la soluzione.»

Si alzò.

«E Derek?» chiese Lenox.

«Chi lo sa?» fece Poirot, stringendosi nelle spalle. «Ma voglio dirvi una cosa, *mademoiselle*: non sono ancora soddisfatto. Io, Hercule Poirot, non sono ancora soddisfatto. Può darsi però che questa sera stessa, io ne possa sapere di più. Almeno, farò di tutto per riuscirci.»

«Dovete incontrare qualcuno?»

«Sì.»

«Qualcuno che sa qualcosa?»

«Qualcuno che potrebbe forse sapere qualcosa. In queste faccende non bisogna tralasciare nessun tentativo. *Au revoir, mademoiselle.*»

Lenox lo accompagnò alla porta.

«Vi sono stata... utile?» chiese.

L'espressione di Poirot si raddolcì, mentre la guardava da sotto in su, lì sulla soglia.

«Sì, *mademoiselle*. Mi avete fornito un aiuto prezioso. Ricordatevelo, quando vi dovesse capitare di sentirvi molto giù.»

Quando fu di nuovo in viaggio, dentro la macchina, Poirot si immerse nelle sue riflessioni, ma nei suoi occhi verdi brillava un guizzo di luce che era sempre il segno precursore dell'imminente trionfo.

Arrivò all'appuntamento con qualche minuto di ritardo e trovò che Papopolous e la figlia erano già al tavolo. Si scusò umilmente, e per farsi perdonare superò se stesso profondendosi in mille attenzioni e dimostrazioni di cortesia. L'antiquario greco aveva un'aria particolarmente nobile quella sera e faceva pensare a un austero patriarca dalla vita senza macchia. Zia era attraente e di buonumore. La cena fu molto piacevole. Poirot fu più vivace e brillante che mai.

Raccontò aneddoti, battute divertenti, colmò di garbati complimenti Zia Papopolous e narrò alcuni dei più interessanti episodi accadutigli durante la carriera. Il menu era davvero raffinato e il vino eccellente.

Quando furono verso la fine, Papopolous chiese educatamente:

«E quella piccola informazione che vi ho dato? Avete fatto la vostra piccola scommessina su quel cavallo?»

«Mi tengo in contatto con il mio... allibratore» rispose Poirot.

Gli occhi dei due uomini si incontrarono.

«È un cavallo molto noto, allora?»

«No» replicò Poirot. «È invece quello che si dice un *outsider*.»

«Ah!» esclamò l'altro pensieroso.

«E ora che ne dite di un salto al Casinò per fare qualche puntatina alla roulette?» propose gaiamente Poirot.

Al Casinò la compagnia si divise: mentre Poirot si dedicava a scortare premurosamente Zia, Papopolous se ne andò per conto suo.

Poirot non ebbe fortuna, ma Zia invece sì e in breve vinse qualche migliaio di franchi.

«È meglio che mi fermi qui» fece, rivolta a Poirot.

Gli occhi di Poirot scintillarono.

«Superbo!» esclamò. «Vedo che siete la degna figlia di vostro padre, Mademoiselle Zia. Sapete quando ci si deve fermare. Ah! Questo è il segreto.»

Guardò in giro nel salone.

«Non vedo più vostro padre» osservò senza dar peso alla cosa. «Vado a prendere il vostro mantello, *mademoiselle,* e poi faremo due passi in giardino.»

Ma non andò direttamente al guardaroba. I suoi occhi acuti avevano notato qualcosa poco prima che Papopolous si allontanasse. Era ansioso di sapere che fine avesse fatto quel volpone di un greco. Lo rintracciò inaspettatamente nel grande atrio dell'ingresso principale. Stava accanto a una colonna e parlava con una donna che pareva arrivata lì da poco. La donna era Mirelle.

Poirot si avvicinò senza dare nell'occhio, piazzandosi dietro alla colonna, in modo da ascoltare l'animata conversazione che si svolgeva tra i due: o meglio, era solo la ballerina a parlare. Papopolous contribuiva solo con qualche occasionale monosillabo e con una serie di gesti espressivi.

«Vi dico che mi serve un po' di tempo» stava dicendo la ballerina. «Tra poco potrò avere il denaro.»

«Aspettare» fece il greco scrollando le spalle «non piace a nessuno.»

«Solo un altro po' di tempo» implorò Mirelle. «Ah! Dovete farlo. Una settimana... dieci giorni... non chiedo di più. I soldi stanno per arrivare.»

Papopolous si mosse un poco impaziente e diede intorno un'occhiata guardinga... Fu così che si trovò accanto Poirot, quasi a contatto di gomito, che sorrideva con l'espressione più innocente di questo mondo.

«Ah! *Vous voilà*, Monsieur Papopolous. Vi stavo giusto cercando. Mi permettete di portare Mademoiselle Zia a fare una piccola passeggiata in giardino? Oh, buonasera, *mademoiselle*.» Le fece un profondo inchino. «Mille scuse per non avervi visto subito.»

La danzatrice accettò quel saluto con evidente impazienza, seccata per l'interruzione del colloquio. Poirot colse al volo la situazione. Papopolous stava già dicendo: «Ma certo... come volete» e Poirot si affrettò a ritirarsi in buon ordine.

Portò a Zia il mantello e insieme uscirono in giardino.

«È qui che si tolgono la vita quelli che hanno perso tutto» disse Zia.

Poirot diede una leggera alzata di spalle. «Così dicono. Gli uomini sono spesso molto sciocchi, non vi pare, *mademoiselle*? Mangiare, bere, respirare aria buona, è tutto quello che ci vuole, *mademoiselle*. Che sciocchezza lasciare questa vita perché non si ha più denaro o perché si ha il cuore spezzato. L'*amour* è la causa di molte disgrazie, non è vero?»

Zia si mise a ridere.

«Non dovreste ridere di una cosa come l'amore, *mademoiselle*» protestò Poirot, levando con energia l'indice ammonitore. «Soprattutto voi, che siete così giovane e bella.»

«Adulatore» disse Zia. «Non dimenticate che ho trentatré anni, Monsieur Poirot. Voglio essere franca con voi, perché non è proprio il caso di fare misteri su questo. Come avete detto a mio padre, sono passati esattamente diciassette anni da quella volta che ci avete aiutato a Parigi.»

«Vedendovi, giurerei che sono molti di meno» affermò Poirot con galanteria. «Allora eravate più o meno uguale ad adesso, *mademoiselle*: ecco, forse solo un po' più sottile, un po' più pallida, e un po' più seria. Avevate sedici anni ed eravate appena uscita dal collegio. Ormai non eravate più una collegiale, ma non ancora una donna. Eravate comunque anche allora deliziosamente affascinante, Mademoiselle Zia; sono sicuro che l'avranno pensato in parecchi.»

«A sedici anni» disse Zia «si è solo delle sciocche.»

«Questo è possibile» ammise Poirot. «Sì, è possibile. A sedici anni si è piuttosto ingenui, è vero. Si finisce per credere a tutto quello che ci viene detto.»

Anche se notò l'imbarazzo che apparve per un attimo nello

sguardo della ragazza, Poirot non lo diede a vedere. Continuò quel discorso con aria apparentemente svagata: «Era stato un caso insolito, quello. Vostro padre, *mademoiselle*, non si è mai reso conto di come sono andate veramente le cose».

«No?»

«Quando mi ha chiesto di spiegargli i dettagli della faccenda, io mi sono limitato a fargli questo semplice discorso: "Senza clamore, né scandali, vi ho riportato quello che avevate perduto. Non fatemi altre domande". E sapete, *mademoiselle*, perché?»

«Non ho idea» fece in tono gelido Zia.

«Perché in cuor mio avevo un debole per quella piccola collegiale, così pallida, così sottile e seria.»

«Non capisco di che cosa stiate parlando» sbottò Zia irata.

«Non capite, *mademoiselle*? Avete dimenticato Antonio Pirezzio?»

Zia si lasciò sfuggire un'esclamazione soffocata, quasi un grido.

«Era venuto da voi in negozio a lavorare come commesso, ma solo per poter mettere le mani su qualcosa che gli interessava. Un commesso può ardire di mettere gli occhi addosso alla figlia del padrone, o no? Certo, se è giovane e bello e ha la lingua sciolta. E dato che non si può passare tutto il tempo ad amoreggiare, ogni tanto il discorso cade su qualcosa che è in temporaneo possesso di Monsieur Papopolous, e che attira grandemente tutti e due. Come avete ammesso anche voi, *mademoiselle*, i giovani sono ingenui e si lasciano facilmente ingannare, e così il commesso, con l'astuzia, è riuscito a farsi mostrare l'oggetto, e il luogo dove era custodito. Quando l'oggetto è scomparso, quando è accaduta quella terribile catastrofe, ohimè… povera piccola collegiale! Che terribile posizione, la sua. È sconvolta, povera piccina. Deve dirlo oppure no? Ed ecco che arriva quel tipo così in gamba, Hercule Poirot. Come per miracolo, le cose vanno a posto. Il cimelio di famiglia dal valore inestimabile ritorna al suo posto e la questione è chiusa senza altre domande.»

Zia insorse inviperita.

«Lo avete sempre saputo, fin da allora? Chi ve ne ha parlato? È stato… Antonio?»

Poirot scosse il capo.

«Nessuno me l'ha detto» ribatté senza scomporsi. «Semplice intuizione. E ho fatto centro, non è vero, *mademoiselle*? Sapete, se non si è dotati di molto intuito, non si può fare il mio mestiere.»

Zia rimase a lungo in silenzio continuando a camminare accanto a lui. Poi disse con voce aspra: «Ebbene, che cosa avete intenzione di fare? Volete dirlo a mio padre?».

«No» fece quasi risentito Poirot. «Certamente no.»

Lei lo scrutò incuriosita.

«Volete qualcosa da me?»

«Voglio il vostro aiuto, *mademoiselle*.»

«Che cosa vi fa credere che io possa aiutarvi?»

«Non lo credo, lo spero soltanto.»

«E se io non vi aiutassi, allora lo direste a mio padre?»

«Ma no, ma no! Sbarazzatevi di questa idea, *mademoiselle*. Non sono un ricattatore. Non intendo certo condizionarvi con la minaccia di svelare il vostro segreto.»

«Perciò, se rifiuto di aiutarvi...» disse la ragazza.

«La cosa finisce lì, e basta.»

«Perché, allora...?»

«Datemi retta, *mademoiselle*, e ve lo dirò. Le donne, si sa, sono generose. Quando possono restituire un favore, lo fanno sempre volentieri. Io sono stato generoso con voi, una volta, *mademoiselle*. Avrei potuto parlare, ma ho tenuto a freno la lingua.»

Seguì un altro silenzio prolungato. Poi Zia disse: «Mio padre vi ha dato un suggerimento, l'altro giorno».

«È stato molto cortese, da parte sua.»

«Io non credo di poter aggiungere nient'altro» disse guardinga Zia.

Poirot rimase forse deluso, ma si guardò bene dal darlo a vedere e mantenne un'espressione assolutamente impassibile.

«*Eh, bien!*» disse con aria disinvolta. «Allora cambiamo argomento.»

E andò avanti a parlare del più e del meno. Ma Zia era distratta da qualche altro pensiero, e rispondeva in modo meccanico e non appropriato. Quando giunsero di nuovo nei pressi del Casinò, sembrò aver maturato una decisione.

«Monsieur Poirot?»

«Sì, *mademoiselle*?»

«Io... io vorrei aiutarvi come posso.»

«Molto gentile da parte vostra, *mademoiselle*... molto gentile.»

Di nuovo una pausa di silenzio. Poirot non fece pressioni. Si accontentò di aspettare, lasciandole tutto il tempo che voleva.

«Ma sì...» fece Zia «dopotutto, perché non dovrei dirvelo? Mio padre è un tipo estremamente prudente... e sta sempre bene attento a non dire una parola di troppo. Ma io so che con voi non è necessario. Ci avete detto che vi interessa solo l'assassino, non i gioielli. Io vi credo. Avevate proprio ragione, pensando che eravamo qui a Nizza per quei rubini. Sono passati di mano secondo i piani. Adesso li ha mio padre. Lui vi ha già suggerito l'identità del nostro misterioso cliente.»

«Il Marchese?» chiese Poirot a bassa voce.

«Sì, il Marchese.»

«Avete mai visto in faccia il Marchese, Mademoiselle Zia?»

«Una volta, ma non molto bene» disse Zia. «È stato attraverso il buco della serratura.»

«Ciò comporta sempre qualche difficoltà» scherzò con aria comprensiva Poirot. «Comunque, l'avete pur visto. Sareste in grado di riconoscerlo?»

Zia fece un cenno di diniego.

«Portava una maschera» spiegò.

«Vi è sembrato giovane o vecchio?»

«Aveva i capelli bianchi. Ma poteva trattarsi di una parrucca. O forse no. Se lo era, era calzata con molta cura. Tuttavia, non credo affatto che fosse vecchio. Il suo incedere era sciolto, e anche la sua voce non era proprio quella di un vecchio.»

«La sua voce?» fece Poirot pensoso. «Già, la sua voce! Sareste capace di riconoscerla, Mademoiselle Zia?»

«Penso di sì.»

«Vi aveva molto incuriosito, non è vero? È per questo che lo avete spiato dal buco della serratura.»

Zia annuì.

«Sì, sì, morivo dalla curiosità. A furia di sentirne parlare, capirete... non era un ladro come tutti gli altri... è una figura quasi leggendaria.»

«Sì» disse Poirot pensoso. «Forse avete ragione.»

«Comunque non era di questo che vi volevo parlare» disse Zia. «Bensì di un altro piccolo fatto che ritengo possa esservi utile.»

«Sì?» la sollecitò Poirot.

«I rubini, come ho detto, sono stati consegnati a mio padre a Nizza. Non ho visto chi li ha portati, ma...»

«Continui pure»

«So di certo una cosa: *era una donna*.»

29

Una lettera dall'Inghilterra

Cara Katherine,

vivendo come fai adesso tra tanta bella gente, non credo che possa importarti molto di avere notizie di noialtri, quaggiù; ma poiché ti ho sempre considerata una ragazza piena di buonsenso, forse non sarai diventata un tipo pieno di arie come tante altre. Qui tutto va più o meno come al solito. L'arrivo del nuovo curato, comunque, ha messo a rumore tutto il paese, poiché è scandalosamente amante del bere. A parer mio, comunque, non è nient'altro che il solito cattolico. Sono andati tutti quanti a lamentarsi di ciò dal vicario, ma tu sai com'è il vicario: tutto carità cristiana e poco spirito pratico. Ho avuto una quantità di fastidi con le domestiche, in questi ultimi tempi. Quella ragazza, Annie, mi fa disperare: sempre a mostrare le gambe con le gonne al ginocchio, senza nemmeno avere il buonsenso di mettersi un paio di calze di lana. Sono tutte insofferenti, e guai a dir loro mezza parola. Per un verso o per l'altro i miei reumatismi non mi davano più pace, e così il dottor Harris mi ha convinto a farmi visitare da uno specialista di Londra, anche se io ho detto subito che ciò sarebbe servito solo a buttare tre ghinee, senza contare il biglietto ferroviario (fortuna che, trattenendomi fino a mercoledì, sono riuscita ad avere un passaggio per il ritorno). Il dottore di Londra, dopo avermi visitata, ha fatto una faccia lunga lunga e ha cominciato a girare attorno senza mai arrivare al punto, finché io gli ho detto: "Sono una donna semplice, dottore, e mi piace sentirmi dire le cose in modo semplice e chiaro. È cancro, oppure no?". E lui, allora, ha dovuto ammettere che era così. Dicono che riguardandomi potrei resistere ancora un anno, senza soffrire troppo, anche se sono sicura di poter sopportare il dolore come qualunque altra donna che sia sostenuta dalla fede in Cristo.

La vita mi pare piuttosto vuota, a volte, dato che ormai quasi tutti quelli che conoscevo sono morti o sono andati via da tempo. Vorrei tanto che tu fossi ancora qui a St Mary Mead, mia cara, questo è innegabile. Se tu non avessi ereditato tutto quel denaro entrando a far parte dell'alta società, ti avrei offerto il doppio di quanto ti dava la povera Jane per venire ad assistermi; ma non vale la pena di arrovellarsi per quello che è impossibile avere. Se però ti trovassi in difficoltà, è sempre possibile, pensaci. Del resto si sente sempre parlare di finti nobili che sposano ragazze ingenue e portano via tutti i loro soldi, lasciandole con solo gli occhi per piangere. Sono convinta però che sei troppo intelligente per farti abbindolare in questo modo; ma non si sa mai: una come te, che non ha mai avuto problemi di questo genere, potrebbe facilmente perdere la testa. Perciò ricordati sempre che per qualsiasi evenienza, qui per te ci sarà sempre un tetto; e che anche se sono una che parla senza peli sulla lingua, il mio cuore è pieno di buoni sentimenti. La tua vecchia e affezionata amica,

Amelia Viner

P.S. Ho letto il tuo nome sul giornale accomunato a quello di tua cugina, la viscontessa Tamplin; ho ritagliato l'articolo e l'ho messo via insieme agli altri ritagli. Domenica ho pregato Iddio che ti preservi dai peccati d'orgoglio e dalla vanagloria.

Katherine lesse questa lettera così particolare, la rilesse, poi la mise da parte e rimase a fissare la distesa azzurra del Mediterraneo attraverso la finestra della camera da letto. La prese una strana commozione e un nodo le serrò la gola. La invase all'improvviso la nostalgia per St Mary Mead: quella piccola cittadina così piena di minuti eventi familiari, banali, sciocchi... ma dove lei si sentiva a casa. Le venne allora una gran voglia di reclinare la testa sugli avambracci e mettersi a piangere.

Lenox, entrando proprio in quel momento, salvò la situazione.

«Ehilà, Katherine» la salutò Lenox. «Ma... che cos'hai?»

«Nulla» disse Katherine, agguantando la lettera della signorina Viner e ficcandola in borsetta.

«Hai un'aria un po' strana» osservò Lenox. «Sai... spero che non ti dia fastidio... ho telefonato al nostro amico, il signor Poirot, e gli ho chiesto di pranzare insieme a noi a Nizza. Gli ho detto che volevi vederlo, perché ho pensato che per me non sarebbe venuto.»

«Sei tu che vuoi vederlo, allora?» chiese Katherine.

«Sì» disse Lenox. «Ho quasi perso la testa per lui. Prima d'ora non avevo mai incontrato un uomo con gli occhi così verdi, proprio come quelli di un gatto.»

«Ah» fece Katherine, con aria assente. Quegli ultimi giorni avevano messo a dura prova i suoi nervi. L'arresto di Derek Kettering era sulla bocca di tutti, e il "mistero del Treno Azzurro" era stato sviscerato da tutti i punti di vista, in continuazione.

«Ho fatto venire una macchina» disse Lenox «e ho raccontato alla mamma una storia per giustificare questa uscita: il guaio è che non ricordo più che cosa le ho detto; ma non importa, tanto anche lei ha la memoria corta. E del resto, se avesse saputo dove eravamo dirette, avrebbe voluto venire anche lei, per cercare di spremere qualche informazione da Poirot.»

Quando arrivarono al Negresco, Poirot era già lì ad attenderle.

L'investigatore fu pieno di galanteria tutta francese, e si profuse in tanti di quei complimenti nei confronti delle sue ospiti, che ben presto Katherine e Lenox non poterono frenare qualche risatina; nel complesso, però, il pranzo non fu dei più lieti. Katherine era svagata e distratta, e Lenox alternava scoppi di loquacità a lunghi silenzi. Mentre stavano lì sulla terrazza sorseggiando il caffè, la ragazza partì di colpo all'attacco, ansiosa di conoscere le ultime novità.

«Come vanno le cose? Sapete a cosa mi riferisco, no?»

Poirot diede un'alzata di spalle. «Procedono per il loro verso» rispose.

«E voi vi limitate ad aspettare gli eventi?»

Lui la guardò mestamente.

«Voi siete giovane, *mademoiselle*, ma dovete imparare che ci sono tre cose cui non si può mettere fretta: *le bon Dieu*, la natura, e i vecchi.»

«Sciocchezze!» esclamò Lenox. «Voi non siete vecchio.»

«Ah, è molto carino da parte vostra dirmi questo.»

«Oh, ecco qui il maggiore Knighton» fece Lenox.

Katherine si girò di scatto ma poi distolse lo sguardo.

«È insieme al signor Van Aldin» proseguì Lenox. «C'è giusto una cosa che vorrei chiedere al maggiore Knighton. Torno subito.»

Rimasti soli, Poirot si accostò a Katherine e mormorò: «Vi vedo assente, *mademoiselle*; i vostri pensieri stanno volando lontano, non è vero?».

«In fondo non tanto: solo fino all'Inghilterra.»

Spinta da un impulso repentino, prese la lettera che aveva ricevuto quella mattina e gliela diede da leggere.

«È la prima voce che si leva a evocare la mia vita passata; ebbene, non so perché, ma mi fa star male.»

Lui lesse lo scritto fino in fondo e lo restituì a Katherine. «E così, pensate di tornare a St Mary Mead?» chiese sommessamente.

«No, non ci tornerò. Perché dovrei?»

«Ah» fece Poirot. «Mi sbagliavo, allora. Scusatemi, un minuto solo.»

Raggiunse Lenox Tamplin che stava parlando con Van Aldin e Knighton. L'americano sembrava invecchiato di colpo. Salutò Poirot con un cenno del capo, poi riprese la sua aria assente.

A un certo punto si volse verso Lenox per rispondere a una sua domanda e Poirot ne approfittò per prendere da parte Knighton.

«Monsieur Van Aldin ha l'aria di non stare molto bene» disse.

«E vi sorprendete?» ribatté Knighton. «Lo scandalo dell'arresto di Derek Kettering ha colmato la misura. Ora si pente perfino di avervi chiesto di appurare la verità.»

«Dovrebbe tornarsene in Inghilterra» disse Poirot.

«Infatti partiamo dopodomani.»

«Ah! Questa è una buona notizia» approvò l'investigatore.

Esitò, poi si volse a guardare verso il tavolo dove stava seduta Katherine, dall'altro lato della terrazza.

«Vorrei» mormorò «che voi diceste questo alla signorina Grey.»

«Questo che?»

«Che voi... cioè che il signor Van Aldin sta per tornare in Inghilterra.»

Knighton parve alquanto perplesso ma obbedì e andò a raggiungere Katherine.

Poirot lo seguì con lo sguardo annuendo soddisfatto, dopo di che tornò a unirsi a Lenox e Van Aldin. Dopo un paio di minuti andarono tutti al tavolo dove già si trovavano gli altri due. Restarono per un altro po' a parlare del più e del meno, finché l'americano e il suo segretario si congedarono. Anche Poirot si apprestò ad andarsene.

«Grazie mille per la vostra ospitalità, *mesdemoiselles*» esclamò. «Un pranzo eccellente. Ne avevo davvero bisogno!» Spinse in fuori il petto e si batté sullo sterno. «Ora mi sento un leone... un gigante. Ah, Mademoiselle Katherine, voi non mi avete ancora visto quando sono veramente in forma. Finora avete visto un Poirot gentile, calmo: ma c'è in me un altro Poirot. Adesso mi potrò scatenare e seminerò il terrore nel cuore di chiunque mi sentirà.»

Lanciò alle due donne un'occhiata compiaciuta ed esse si mostrarono debitamente impressionate, anche se Lenox si mordeva il labbro inferiore, e gli angoli della bocca di Katherine fremevano in modo sospetto.

«Lo farò davvero» aggiunse lui in tono grave.

Quando già si era allontanato di qualche passo, Katherine lo richiamò.

«Monsieur Poirot, io... volevo dirvi che avevate visto giusto. Sto per tornare al più presto in Inghilterra.»

Poirot la fissò con aria severa, facendola arrossire.

«Capisco» disse in tono grave.

«Non credo che possiate capire davvero» replicò Katherine.

«Io so molte più cose di quanto voi non crediate, *mademoiselle*» ribatté lui tranquillo.

La lasciò così e si avviò verso l'uscita.

Salì su un taxi in attesa e si fece portare ad Antibes.

A Villa Marina l'impassibile domestico del conte de la Roche, Hippolyte, era occupato a tirare a lucido la stupenda cristalleria di cui il suo padrone si era circondato. Il conte era assente quel giorno, era andato a Monte Carlo. Gettando per caso un'occhiata dalla finestra, Hippolyte si sorprese nel vedere un visitatore che stava marciando con aria decisa verso l'ingresso, un visitatore dall'aria così poco comune, che Hippolyte, con tutta la sua esperienza, non riuscì a catalogarlo. Chiamò sua moglie Marie, e indicandole il visitatore le chiese il suo parere.

«Non sarà un'altra volta la polizia?» disse ansiosa Marie.

«Ma l'hai visto bene?»

Marie guardò più attentamente.

«No, non è certamente un poliziotto» dichiarò. «Meno male.»

«In fondo, ci hanno dato pochi fastidi» disse Hippolyte.

«Certo, se il signor conte non mi avesse messo in guardia, non avrei mai capito che cos'era in realtà quello sconosciuto che bazzicava dal vinaio.»

Intanto suonò il campanello, e Hippolyte, incedendo dignitoso, andò ad aprire la porta.

«Mi dispiace, il signor conte non è in casa.»

Ma l'ometto con i baffi curatissimi rivolti all'insù sorrise senza scomporsi minimamente.

«Lo sapevo già» rispose. «Voi siete Hippolyte Flavelle, se non sbaglio?»

«Sì, signore.»

«E avete una moglie di nome Marie.»

«Sì, *monsieur*, ma...»

«Vorrei parlare con entrambi» disse l'ignoto visitatore, inoltrandosi disinvoltamente nell'ingresso sotto il naso di Hippolyte. «Vostra moglie è senza dubbio in cucina» disse.

Prima che Hippolyte potesse riaversi dalla sorpresa, il distinto ometto andò deciso verso la porta che si apriva sulla destra, in fondo all'atrio, e dopo aver percorso il corridoio, si presentò in cucina a Marie, che rimase a bocca aperta.

«*Voilà*» disse lo strano visitatore, insediandosi su una poltroncina di legno. «Io sono Hercule Poirot.»

«Sì, signore?»

«Non conoscete il mio nome?»

«Non l'ho mai sentito» fece Hippolyte.

«Permettetemi di dirvi che siete piuttosto ignorante. Il mio nome è famosissimo.»

Sbuffò e incrociò le braccia sul petto.

Hippolyte e Marie continuavano a fissarlo sbigottiti. Non sapevano proprio come comportarsi con questo visitatore così insolito.

«Desiderate qualcosa, *monsieur*...» chiese meccanicamente Hippolyte.

«Desidero sapere perché avete mentito alla polizia.»

«*Monsieur!*» esclamò Hippolyte. «Io... avrei mentito alla polizia? Non ho mai fatto niente del genere.»

Poirot scosse la testa.

«Vi sbagliate» disse. «L'avete fatto in diverse occasioni. Dunque, vediamo...» Estrasse un piccolo taccuino e lo consultò. «Ah, sì: almeno in sette occasioni. Ve le riassumo.»

In tono gentile e distaccato elencò le sette occasioni.

Hippolyte restò di sasso.

«Ma non è di questi sette errori passati che voglio parlare» continuò Poirot. «Vi ammonisco solo, amico mio, affinché non prendiate il vizio di credervi troppo furbo. Ora vengo in particolare alla bugia che mi interessa: la vostra affermazione che il conte de la Roche è arrivato qui alla villa la mattina del 14 gennaio.»

«Ma non è una bugia, *monsieur*, è la verità. Il signor conte è arrivato martedì mattina, il 14. Dico bene, Marie?»

Marie annuì decisa.

«Già, proprio così. Lo ricordo perfettamente.»

«Ah» fece Poirot. «E che cosa avete preparato al vostro padrone, per il *déjeuner* di quella mattina?»

«Io...» Marie rimase zitta, cercando una risposta.

«Strano» osservò Poirot «come ci si possa ricordare perfettamente certe cose e dimenticare certe altre.»

Si protese in avanti e sferrò un pugno sul tavolo; i suoi occhi lampeggiavano d'ira.

«È proprio come ho detto: raccontate le bugie e pensate che nessuno possa smascherarvi. Ma ci sono due persone che non si lasciano ingannare. Sì, sono due. Uno è *le bon Dieu*...»

Levò una mano verso il cielo, poi si riadagiò sulla poltroncina, e con le palpebre chiuse, aggiunse convinto: «L'altro è Hercule Poirot».

«Vi garantisco, *monsieur*, che vi sbagliate. Il signor conte ha lasciato Parigi lunedì notte...»

«Certo, è vero,» confermò Poirot «con il rapido. Non so dove abbia interrotto il suo viaggio. Forse non lo sapete neanche voi. Quello che so è che è arrivato mercoledì mattina e non martedì mattina.»

«Vi sbagliate, *monsieur*» ribatté ostinatamente Marie.

Poirot si alzò in piedi.

«E allora la legge dovrà fare il suo corso» mormorò.

«Che volete dire, *monsieur*?» chiese Marie allarmata.

«Che sarete arrestati per complicità nell'assassinio della signora Kettering.»

«Assassinio!»

Hippolyte sbiancò in volto, le gambe molli per lo spavento. Marie si fece sfuggire di mano il mantello e scoppiò in singhiozzi.

«Ma è impossibile... impossibile. Io credevo...»

«Dato che insistete a mentire, non so che farci. Il vostro atteggiamento è molto sciocco.»

Stava già dirigendosi verso la porta quando Hippolyte lo richiamò, tutto agitato.

«*Monsieur, monsieur*, un attimo, prego. Io... non immaginavo che fosse una cosa così grave. Credevo fosse semplicemente qualcosa che riguardava una signora. Abbiamo avuto qualche piccolo fastidio dalla polizia, in passato, per questioni di questo genere. Ma un delitto... è cosa ben diversa.»

«Non ho tempo da perdere in discussioni» esclamò Poirot. Si girò bruscamente e agitò minaccioso un pugno a poca distanza dalla faccia di Hippolyte. «Devo star qui a perdere la giornata per far intendere la ragione a una coppia di imbecilli? Quello che mi preme è sapere la verità. Se non volete dirmela, allora peggio per voi. Per l'ultima volta: quando è arrivato il conte a Villa Marina? Martedì mattina oppure mercoledì mattina?»

«Mercoledì» balbettò il marito e Marie, dietro di lui, confermò con un cenno della testa.

Poirot rimase un po' a fissarli, poi annuì con aria severa.

«Molto saggio da parte vostra, ragazzi miei» affermò. «Avete evitato per un pelo di cacciarvi in grossissimi guai.»

Lasciò Villa Marina, sorridendo compiaciuto.

"Questa è la prima conferma alla mia ipotesi" disse tra sé. "Sarà ora di ottenere anche l'altra?"

Erano le sei quando Mirelle ricevette da un fattorino il biglietto da visita di Hercule Poirot. Lo rigirò un attimo indecisa, poi diede ordine di farlo salire. Quando Poirot giunse da lei, la trovò che passeggiava febbrilmente su e giù per la stanza. Subito lo investì come una furia.

«Ebbene?» esclamò. «Allora? Che altro c'è? Non mi avete fatto già abbastanza male, tutti voi? Facendomi tradire il mio povero Derek? Che altro volete da me?»

«Solo che rispondiate a una piccola domanda, *mademoiselle*. Dopo che il treno ha lasciato Lione, quando siete entrata nella cabina della signora Kettering...»

«Come sarebbe a dire?»

Poirot la fissò con aria di rimprovero e cominciò da capo.

«Ho detto: quando siete entrata nella cabina della signora Kettering...»

«Non ci sono mai entrata.»

«*Ah, sacré!*»

Poirot perse la pazienza e affrontò infuriato la ballerina, tanto che lei si ritrasse impaurita.

«Credete che io non sappia già la verità? Posso descrivervi per filo e per segno tutto quello che è successo come se fossi stato presente. Voi siete entrata nella cabina della signora e l'avete trovata morta. Vi dico che lo so. Ostinarvi a mentire potrebbe essere molto pericoloso, Mademoiselle Mirelle. State bene attenta a quello che fate.»

La donna non resse allo sguardo accusatore di Poirot e abbassò gli occhi.

«Io... io non...» balbettò, e poi tacque.

«C'è solo una cosa che mi chiedo ancora» disse l'investigatore. «Mi chiedo, *mademoiselle*, se siete riuscita a trovare quello che cercavate oppure...»

«Oppure cosa?»

«Oppure se qualcuno vi ha preceduto.»

«Non risponderò più a nessuna domanda» esclamò con voce rotta la ballerina. Si divincolò dalla stretta di Poirot e si buttò istericamente a terra, scoppiando in singhiozzi. Una cameriera accorse allarmata.

Hercule Poirot diede un'alzata di spalle, contemplò indignato la scena e uscì tranquillamente dalla stanza.

Nel complesso, aveva un'aria soddisfatta.

30
La signorina Viner giudica

Katherine guardò fuori dalla finestra della camera da letto della signorina Viner. Scendeva una pioggerella dolce, anche se insistente. La finestra si affacciava sulla striscia di giardino antistante la casa, tagliata a metà dal vialetto d'accesso e ingentilita su entrambi i lati da aiuole dove in primavera sarebbero sbocciate le rose e giacinti azzurri e carnicini.

La signorina Viner era a letto, un monumentale lettone vittoriano. Un vassoio con i resti della colazione era stato accantonato da una parte, e l'anziana signorina era impegnata ad aprire la corrispondenza e a fare caustici commenti sul contenuto della stessa.

Katherine aveva in mano una lettera che stava leggendo per la seconda volta, spedita dall'Hotel Ritz a Parigi.

Chère Mademoiselle Katherine,

confido che siate in buona salute e che il ritorno al clima invernale dell'Inghilterra non vi sia pesato troppo. Per conto mio, porto avanti le mie indagini con la massima diligenza. Non crediate che io mi trovi qui in vacanza. Molto presto verrò anch'io in Inghilterra, e spero di avere il piacere d'incontrarvi di nuovo. Promesso, vero? Vi scriverò appena arriverò a Londra. Vi rammentate che siamo colleghi, in questa faccenda? Sì, voi lo sapete, ne sono certo.

Nel frattempo, *mademoiselle*, lasciate che vi porga un caloroso e deferente saluto.

Hercule Poirot

Katherine aggrottò le sopracciglia perplessa, come se qualcosa, in quella lettera, non le risultasse chiaro.

«Mi invitano a dare un contributo per il picnic dei ragazzi del coro» disse la signorina Viner. «Ma io non intendo scucire un soldo se non si provvederà a escludere Tommy Saunders e Albert Dykes. Che cosa ci facciano quei due la domenica in chiesa, non lo capisco proprio. Tommy ha cantato la prima strofa di *Dio, affrettati a salvarci*, e poi non ha più aperto bocca; e a meno che il mio naso non sia più quello di una volta, Albert Dykes non ha fatto altro che succhiare un candito alla menta.»

«Sono due ribelli, è vero» confermò Katherine.

Si accinse a leggere la seconda lettera, e subito avvampò. La voce della signorina Viner parve svanire in distanza.

Quando si riscosse e tornò a far caso a quello che la circondava, la signorina Viner stava concludendo in tono trionfante un lungo discorso.

«... e io le ho detto: "Nient'affatto. La signorina Grey è effettivamente cugina di Lady Tamplin". Ho fatto bene?»

«Avete preso le mie parti? È stato molto carino da parte vostra.»

«Sai qual è la verità? Per me un titolo non conta niente. Anche se è la moglie del vicario, quella donna è solo una gran pettegola. Insinuare a quel modo che avevi pagato per potere entrare nell'alta società!»

«Forse non aveva tutti i torti.»

«E invece guardati!» proseguì la Viner. «Ti sei forse trasformata in una gran dama piena di boria, come pure avresti potuto fare? No, eccoti lì, piena di buonsenso come sempre, con un paio di buone calze di cotone Balbriggan e delle scarpe appropriate, senza tacco. Proprio ieri dicevo la stessa cosa a Ellen. "Ellen" le ho detto "prendi esempio dalla signorina Grey. È stata in confidenza con i personaggi più in vista, ma non si sogna certo di andare in giro con le gonne al ginocchio e quelle stupide calze di seta che ti si smagliano solo a guardarle, né tantomeno con quelle ridicole scarpe che si vedono in giro al giorno d'oggi."»

Katherine abbozzò un sorriso, riflettendo tra sé che aveva fatto bene a non mettersi in urto con la mentalità antiquata della Viner. L'anziana signorina, intanto, continuava la sua filippica prendendoci sempre più gusto.

«È stato un gran sollievo per me vedere che non ti sei montata la testa. Solo l'altro giorno riguardavo i miei ritagli. Ne conservo diversi su Lady Tamplin e il suo ospedale di guerra, e le chiacchiere che erano nate sull'argomento, ma non riesco più a trovarli. Vorrei che tu dessi un'occhiata, mia cara, per vedere se saltano fuori; la tua vista è molto migliore della mia. Sono tutti in una scatola nel cassetto dello scrittoio.»

Katherine abbassò gli occhi sulla lettera che aveva ancora in mano e fece per parlare; ma poi si trattenne, andò verso lo scrittoio, tirò fuori i ritagli e cominciò a esaminarli. Da quando era tornata a St Mary Mead, non aveva smesso di ammirare lo stoicismo e il coraggio dell'anziana signorina Viner, e l'aveva assistita con grande devozione; purtroppo sapeva che la sua vecchia amica era condannata, ma l'esperienza le aveva anche insegnato quanto potessero essere importanti certe inezie apparenti per le persone anziane e sofferenti.

«Eccone uno» disse, prendendo un ritaglio. «"La viscontessa Tamplin, che ha trasformato la sua villa di Nizza in un ospedale per ufficiali, è stata vittima di un furto sensazionale: sono spariti infatti tutti i suoi gioielli. Tra questi c'erano anche dei preziosissimi smeraldi, cimeli della famiglia Tamplin."»

«Probabilmente erano falsi» commentò la Viner. «Moltissimi dei gioielli sfoggiati da queste gran dame non sono altro che fondi di bottiglia.»

«Qui ce n'è un altro» continuò Katherine. «Accompagnato da una fotografia. La didascalia dice: "Ritratto in posa della viscontessa Tamplin con accanto la figlioletta Lenox".»

«Fammi vedere» disse la signorina Viner. «Il volto della bambina non lo vedo molto bene, e tu? Ma fa lo stesso. A questo mondo va tutto al contrario, e madri bellissime hanno spesso figli orribili. Qui mi pare che il fotografo abbia fatto apposta a inquadrare la bimba da dietro perché ha capito che era l'unico lato che si salvava.»

Katherine si mise a ridere e ne prese un altro.

«"I ricevimenti più brillanti della stagione sono quelli dati dalla viscontessa Tamplin nella sua villa di Cap Martin. Sua cugina, la signorina Grey, che ha di recente ereditato una grossa fortuna in circostanze molto romantiche, è sua ospite alla villa."»

«È questo quello che mi interessava» disse la Viner. «Mi pare che sia comparsa anche una tua foto su uno dei giornali che purtroppo mi sono sfuggiti; puoi immaginare il genere. Una di quelle che ritraggono a loro insaputa le celebrità, magari a un concorso ippico, e magari mentre stanno appollaiati su uno di quei bastoni con il sedile incorporato, con un piede per aria. Deve essere un colpo per certa gente trovarsi davanti questi ritratti impietosi.»

Katherine non rispose. Stava lisciando con gesto meccanico un ritaglio, lo sguardo perso nel vuoto, l'aria preoccupata. Poi tirò fuori di nuovo la seconda lettera e la rilesse da capo. Infine si rivolse alla signorina Viner.

«Sapete? C'è una persona che ho conosciuto sulla Costa Azzurra, che mi è molto cara e che vorrebbe venire qui a trovarmi.»

«Un uomo?» disse la signorina Viner.

«Sì.»

«Chi è?»

«Il segretario del signor Van Aldin.»

«Come si chiama?»

«Knighton. Il maggiore Knighton.»

«Uhm… segretario di un milionario americano. E vuole venire qui. Dunque, Katherine, per il tuo bene voglio dirti una cosa. Tu sei una donna graziosa e intelligente, ma anche se hai la testa sulle spalle, prima o poi, nella vita, ogni donna commette qualche stupidaggine. Scommetto dieci a uno che quest'uomo mira ai tuoi soldi.»

Con un gesto prevenne la replica di Katherine. «Mi aspettavo che accadesse qualcosa di simile. Chi è in genere il segretario di un uomo ricco? Quasi sempre un giovanotto che ambisce a fare la bella vita. Uno dai modi eleganti con il pallino del lusso e poco spirito di iniziativa, visto che c'è una sola cosa meno faticosa che fare il segretario di un ricco: sposare una donna ricca. Non dico che tu non sia abbastanza carina da attirare un uomo. Ma certo non sei più giovanissima, e anche se hai una figura armoniosa non sei una bellezza, e perciò, quello che voglio dirti è questo: non lasciarti abbindolare; ma se proprio non puoi farne a meno, preoccupati prima di tutto di mettere al sicuro i tuoi averi. Ecco, ora ho finito. Che cosa volevi dirmi?»

«Niente» fece Katherine. «Ma vi dispiacerebbe se venisse qui a trovarmi?»

«Me ne lavo le mani» disse la signorina Viner. «Io ho fatto il mio dovere, il resto dipende da te. Vuoi invitarlo a pranzo oppure a cena? Io direi che sarebbe meglio per cena... per Ellen dovrebbe essere più facile, se non perde completamente la testa.»

«Sarebbe magnifico averlo qui a pranzo» fece Katherine. «È una grossissima cortesia che mi fate, signorina Viner. Il maggiore Knighton mi chiede di telefonargli e dice che verrebbe subito dalla città in macchina.»

«Ellen riesce a cucinare abbastanza bene la bistecca con i pomodori alla griglia» disse la Viner. «Non è un granché, ma è la cosa che le riesce meglio. È inutile dirle di fare una torta alla frutta, perché per impastare è una frana; invece se la cava abbastanza bene con i budini, e credo che se vai da Abbot potrai trovare del buon formaggio Stilton. Ho sempre sentito dire che i signori amano assaggiare un pezzetto di Stilton, e per quanto riguarda il vino ci sono ancora parecchie bottiglie di quelle che ha lasciato papà, forse anche un po' di Mosella frizzante.»

«Oh, no, signorina Viner; non è necessario.»

«Sciocchezze, bambina mia. Un signore non può essere veramente soddisfatto del pasto se non ci beve sopra qualcosa. C'è anche dell'ottimo whisky di prima della guerra, se pensi che gli possa fare piacere. Ora non discutere, e fai come ti dico. La chiave della cantina sta nel terzo cassetto in basso della toilette, nascosta dentro il secondo paio di calze sul lato sinistro.»

Katherine obbedì e andò dove indicato.

«Il secondo paio, mi raccomando» disse la signorina Viner. «Nel primo paio ci sono i miei orecchini con diamanti e la mia spilla di filigrana.»

«Oh» fece Katherine, piuttosto sconcertata. «Non sarebbe meglio mettere tutto nel portagioie?»

La signorina Viner insorse sdegnata.

«No davvero! Ho troppo sale in zucca per fare qualcosa del genere, grazie. Mia cara, ricordo troppo bene cosa è successo con la cassaforte che il mio povero padre aveva fatto installare dabbasso. Contento come una pasqua, ha detto a mia madre: "D'ora in poi, Mary, ogni sera tu mi darai la scatola con i tuoi gioielli e io la riporrò nella cassaforte". Mia madre era una persona tollerante, e sapeva che gli uomini vanno presi per il loro verso, così ha preso il portagioie e glielo ha dato.

«Una notte sono arrivati i ladri e, naturalmente, il primo posto dove sono andati fu la cassaforte! Del resto c'era da aspettarselo, visto che mio padre non faceva altro che andare a vantarsi della sua cassaforte per tutto il villaggio, neanche ci custodisse dentro il tesoro del re Salomone. Hanno preso i boccali e le coppe d'argento, il piatto d'oro della sua elezione al beneficio ecclesiastico, e naturalmente il portagioie con tutti i gioielli.»

Sospirò a quel ricordo.

«C'era il diamante incastonato alla veneziana, alcuni cammei molto belli e dei coralli rosa, più due anelli con diamanti piuttosto grossi. Però, alla fine, lei ha dovuto confessargli che, essendo una donna di buonsenso, aveva in realtà nascosto i gioielli in un paio di corsetti, e che perciò erano ancora al loro posto, perfettamente al sicuro.»

«Allora il portagioie era vuoto?»

«Oh, no, cara» replicò la signorina Viner. «Sarebbe apparso subito che era troppo leggero. Mia madre era una donna molto accorta; aveva pensato anche a quello. Lei ci aveva conservato i bottoni, e in effetti era una soluzione molto pratica. I bottoni degli stivaletti nel primo cassettino, quelli dei pantaloni nel secondo, e nel terzo tutti gli altri tipi. Strano a dirsi, mio padre, invece di farle i complimenti, se ne è avuto a male. Ha detto che non gli piaceva essere ingannato. Ma adesso è meglio che la finisca di chiacchierare tanto: tu vorrai correre a telefonare al tuo amico, e ricordati di scegliere un bel pezzo di carne, e dì a Ellen che non è ammissibile che vada in giro con le calze bucate quando serve a tavola.»

«Ma come si chiama esattamente, signorina Viner: Ellen o Helen? Io pensavo...»

«Sono perfettamente in grado di aspirare le acca come chiunque altro» disse la signorina Viner chiudendo gli occhi spazientita. «È solo che Helen non mi pare un nome appropriato per una domestica. Queste madri di umili condizioni non si sa più dove vogliano arrivare, al giorno d'oggi.»

La pioggia era cessata quando Knighton si presentò al cottage. Un sole pallido e malaticcio cominciava a far capolino tra le nuvole, accendendo riflessi rossastri sulle chiome di Katherine, che lo attendeva sulla soglia per dargli il benvenuto. Lui le andò incontro ansioso come un ragazzo.

«Scusatemi, spero non vi dispiaccia. Il fatto è che non potevo fare a meno di rivedervi al più presto. Spero che l'amica che vi ospita non se ne abbia a male.»

«Entrate a conoscerla» disse Katherine. «All'inizio può mettere un po' in allarme, ma presto vi accorgerete che ha il cuore più tenero di questo mondo.»

La signorina Viner troneggiava in modo regale in soggiorno, sfoggiando una serie di cammei che erano stati provvidenzialmente conservati all'interno della famiglia. Accolse Knighton con un contegno e un'austera cortesia che avrebbero potuto scoraggiare la maggior parte degli uomini. Knighton, tuttavia, seppe essere più che mai garbato e affascinante, e dopo una decina di minuti la signorina Viner si era già considerevolmente ammorbidita nei suoi confronti. Il pranzo procedette sereno, e Ellen (o Helen), con un nuovo paio di calze di seta senza alcuna smagliatura, fece prodigi, nella sua parte di cameriera.

Al termine, Katherine e Knighton andarono a fare una passeggiata tornando poi per prendere un tè in tutta intimità, dato che la signorina Viner era andata a coricarsi.

Quando infine l'auto guidata da Knighton ripartì, Katherine salì lentamente al piano di sopra. La richiamò la voce della signorina Viner dalla camera da letto.

«Il tuo amico se ne è andato?»

«Sì. Grazie per avermi permesso di invitarlo qui.»

«Non hai bisogno di ringraziarmi. Mi avevi forse presa per una di quelle vecchie brontolone che non fanno mai niente per nessuno?»

«Io penso che siate una persona dolcissima» disse Katherine con affetto.

«Uff!» fece intenerita l'anziana signorina.

Mentre Katherine stava per lasciare la stanza, la richiamò.

«Katherine?»

«Sì?»

«Mi sbagliavo riguardo a questo tuo amico. Uno che cerca di imbrogliare può essere cordiale, galante e pieno di piccole attenzioni tanto da affascinarti. Ma quando un uomo ama veramente non può fare a meno di apparire remissivo come una pecora. Ora, io ho notato che, ogni volta che ti guardava, aveva quell'aria da pecora. Perciò ritiro tutto quello che ho detto stamane. Fa veramente sul serio.»

31
A pranzo con il signor Aarons

«Ah!» fece il signor Joseph Aarons, soddisfatto.

Mandò giù una buona sorsata di birra, si accomodò con un sospiro, si deterse le labbra dalla schiuma e sorrise benevolo al suo ospite dall'altra parte del tavolo, Monsieur Hercule Poirot.

«Datemi una bella lombata di manzo e un boccale di qualcosa di decente da bere» disse il signor Aarons «e sono a posto. Lascio volentieri a voi francesi tutti quei piatti delicati e pieni di fronzoli, gli *hors-d'œuvre* e le *omelettes* e le quaglie a pezzettini. Quanto a me» ripeté «non c'è niente di meglio di una bella lombata di manzo.»

Poirot, che aveva appena soddisfatto questa sua voglia, sorrise con aria comprensiva.

«Intendiamoci, mi andrebbe bene anche un bello spezzatino di manzo con rognoni» disse Aarons. «Torta di mele? Sì, la prendo volentieri, grazie, signorina, e portatemi anche un bricco di panna.»

Il pasto proseguì. Finalmente, con un appagato sospiro, il signor Aarons posò le posate.

«Se non sbaglio, volevate parlarmi di una faccenda, Monsieur Poirot» osservò. «Sarò felicissimo di fare qualunque cosa per aiutarvi.»

«Molto gentile da parte vostra» disse Poirot. «Mi sono detto: "Se voglio sapere tutto quello che c'è da sapere sulla professione dell'attore, c'è solo una persona che possa aiutarmi: il mio vecchio amico Joseph Aarons".»

«E non vi sbagliate» ammise il signor Aarons. «Sia che vi interessi il passato, il presente o il futuro, sono io la persona giusta a cui ricorrere.»

«*Précisément.* Ora vorrei chiedervi, Monsieur Aarons, che cosa sapete di una giovane donna di nome Kidd?»

«Kidd? Kitty Kidd?»

«Kitty Kidd.»

«Un tipo in gamba. Era specializzata nell'impersonare ruoli maschili ed era anche cantante e ballerina... Parlate di quella, non è vero?»

«Sì, proprio di quella.»

«Era davvero in gamba. Guadagnava bene. Non le mancava mai un ingaggio. Interpretava soprattutto ruoli maschili, ma era impeccabile anche come attrice di varietà.»

«Così ho sentito» disse Poirot. «Ma da un po' di tempo a questa parte non si vede più sulle scene, vero?»

«No. Ha mollato tutto. È andata in Francia e lì si è messa con un nobile pieno di soldi. Perciò immagino che abbia lasciato il palcoscenico definitivamente.»

«Quanto tempo fa è successo?»

«Dunque... lasciatemi pensare... Tre anni fa. Ed è stata una perdita per il teatro, credetemi.»

«Era brava, dunque?»

«Sapeva imitare, immedesimarsi, peggio di una scimmia.»

«Non sapete il nome dell'uomo del quale era diventata amica a Parigi?»

«Era uno che stava bene, so solo questo. Un conte... o forse un marchese? Ma ripensandoci bene mi pare proprio un marchese.»

«E da allora non ne sapete più nulla?»

«Nulla. Non l'ho più incontrata, nemmeno per caso. Scommetto che starà al caldo in qualche località balneare straniera. Starà facendo la marchesina. Non c'era mai niente da dire su Kitty. Ce la metteva sempre tutta, tutti i giorni.»

«Capisco» disse Poirot pensoso.

«Spiacente di non potervi dire di più, Monsieur Poirot» disse l'altro. «Vorrei aiutarvi davvero in tutti i modi. Voi mi avete fatto un grosso favore, una volta.»

«Ah, ma siamo pari, se è per questo; anche voi, adesso, mi avete fatto un grosso favore.»

«Oggi a me, domani a te. Ah, ah!» concluse Aarons.

«La vostra professione deve essere molto interessante.»

«Insomma...» fece Aarons con distacco. «Se si accettano i lati brutti insieme a quelli belli, allora va bene. Io, tutto sommato, non mi posso lamentare, ma bisogna tenere sempre gli occhi bene aperti. Non si sa mai quale sarà la prossima moda tra il pubblico.»

«Ultimamente è venuta molto in primo piano la danza» fece Poirot riflessivo.

«Io non ci ho mai visto nulla in questo balletto alla russa, ma alla gente piace. Troppo sofisticato per me.»

«Ho conosciuto una ballerina sulla Costa Azzurra: Mademoiselle Mirelle.»

«Mirelle? Quella è un tipo che scotta, sotto tutti i punti di vista. Attorno a lei c'è sempre un giro vorticoso di soldi... anche se, dal punto di vista professionale, è una bravissima ballerina; io l'ho vista, e quindi so quello che dico. Personalmente, l'ho incontrata solo di sfuggita, ma ho sentito dire che averci a che fare è terribile. Isterismi e scenate sono all'ordine del giorno.»

«Già» fece Poirot pensoso. «Non stento a crederlo.»

«Temperamento!» stigmatizzò il signor Aarons. «Qualsiasi follia viene giustificata, nell'ambiente artistico, con la scusa del temperamento! Anche mia moglie danzava prima di sposarmi, ma grazie a Dio non ha mai avuto "temperamento". È meglio evitare il temperamento nella vita coniugale, signor Poirot.»

«Sono d'accordo, amico mio; è fuori posto in certe situazioni.»

«Una donna dovrebbe essere calma e affettuosa, oltre che, naturalmente, una brava cuoca» affermò Aarons.

«Non è da molto che Mirelle ha iniziato la sua carriera, vero?» si informò Poirot.

«Da circa due anni e mezzo, non di più» rispose Aarons. «È stata lanciata da un duca francese. Circola la voce che ora si sia messa con l'ex primo ministro greco.»

«Questo mi giunge nuovo» disse Poirot.

«Oh, lei non è tipo da aspettare che l'erba le cresca sotto i piedi. Dicono che il giovane Kettering abbia ucciso sua moglie istigato da lei. Non ho elementi per giudicare se questa voce sia fondata. Comunque, lui è in prigione, e lei non ha perso tempo a guardarsi in giro e a trovare un'altra sistemazione. E che sistemazione! Dicono che vada in giro con un rubino grosso come un uovo di piccione… a dire il vero non ho mai visto un uovo di piccione, ma è così che si usa dire nei romanzi, per descrivere queste cose.»

«Un rubino grosso come un uovo di piccione!» esclamò Poirot, con gli occhi verdi che gli brillavano come quelli di un gatto. «Questo sì che è interessante!»

«Me ne ha parlato un amico» disse Aarons. «Ma, per quello che ne so, potrebbe essere un coccio di vetro. Tutte uguali, le donne, non si stancano mai di parlare di gioielli. Mirelle si è vantata con questo mio amico, dicendo che è un rubino famosissimo, sul quale, secondo la leggenda, pesa una maledizione. Cuore di Fuoco, pare che l'abbia chiamato.»

«Ma se ricordo bene» disse Poirot «il rubino noto come Cuore di Fuoco è la pietra centrale di un collier.»

«Ecco, vedete? Non ho appena detto che le donne si divertono a raccontare un sacco di fandonie riguardo ai gioielli che esibiscono? Questa, invece, è una pietra singola, appesa a un girocollo di platino; ma, come ho detto prima, scommetto dieci a uno che è solo un coccio di vetro colorato.»

«No» dissentì Poirot. «No… per una serie di motivi non credo che sia un coccio di vetro.»

32
Katherine e Poirot si scambiano impressioni

«Vi trovo cambiata, *mademoiselle*» disse Poirot a un tratto. Lui e Katherine stavano seduti l'uno di fronte all'altra a un tavolino del Savoy di Londra.

«Sì, siete cambiata» continuò.

«In che senso?»

«*Mademoiselle*, certe *nuances* sono difficili da esprimere.»

«Sono più vecchia.»

«Sì, siete più vecchia. Ma con questo non voglio assolutamente dire che dovete temere la comparsa delle rughe o delle zampe di gallina. La prima volta che vi ho visto, *mademoiselle*, avevate un atteggiamento da spettatrice, nei confronti della vita. Avevate l'aria tranquilla e vagamente divertita di chi assiste allo spettacolo seduto nelle seconde file.»

«E adesso?»

«Adesso non vi limitate più a guardare. Forse vi sembrerà assurdo quello che dico, ma avete lo sguardo cauto di un lottatore che ha di fronte un avversario pericoloso.»

«La mia anziana amica è un tipo un po' scorbutico, a volte,» scherzò Katherine «ma posso assicurarvi che non ci impegniamo mai in lotte mortali... Dovreste andare a trovarla, un giorno o l'altro, Monsieur Poirot. Credo che sareste la persona adatta per apprezzare la forza di spirito e il grande coraggio di quella donna.»

Ci fu una pausa di silenzio mentre il cameriere serviva con destrezza il pollo *en casserole*. Quando si fu allontanato, Poirot riprese: «Vi ho mai parlato del mio amico Hastings? Lui dice che io sono un'ostrica in forma umana. *Eh bien, mademoiselle.* In voi ho trovato una degna avversaria. Voi siete molto più impenetrabile di me, vincete a mani basse».

«Sciocchezze» commentò Katherine.

«Hercule Poirot non dice mai sciocchezze. È esattamente come ho detto.»

Seguì un altro silenzio prolungato. Poirot lo interruppe chiedendo: «Avete più visto nessuno dei nostri amici della Costa Azzurra, da quando siete tornata in Inghilterra, *mademoiselle*?».

«Ho visto qualche volta il maggiore Knighton.»

«Ah! Davvero?»

Un lampo nello sguardo di Poirot costrinse Katherine ad abbassare gli occhi.

«Così, il signor Van Aldin si trattiene a Londra?»

«Sì.»

«Devo assolutamente vederlo entro domani o al massimo dopodomani.»

«Avete delle novità da comunicargli?»

«Che cosa ve lo fa pensare?»

«Niente, me lo chiedevo...»

Poirot la fissò con uno sguardo penetrante.

«Ora, *mademoiselle*, vorreste farmi molte domande, me ne accorgo dal vostro atteggiamento. Avanti, fatele! L'affare del Treno Azzurro non è forse il nostro *roman policier*?»

«È vero. C'è qualcosa che vorrei chiedervi.»

«*Eh bien?*»

Katherine sollevò lo sguardo, a un tratto risoluta.

«Che cosa eravate andato a fare a Parigi?»

Poirot fece un sorrisetto.

«Una visitina all'ambasciata russa.»

«Oh.»

«Capisco che questo non vi dice ancora nulla. Ma non voglio essere sempre un'ostrica in forma umana. No, metterò le mie carte in tavola, e questa, vi assicuro, è una cosa che le ostriche non fanno. Avevate sospettato, vero, che non ero soddisfatto della ricostruzione che indicava come colpevole Derek Kettering?»

«La cosa, infatti, mi aveva lasciata perplessa. Avevo creduto, a Nizza, che il caso fosse ormai chiuso, per voi.»

«Voi non dite interamente quello che pensate, *mademoiselle*. Ma io sono pronto ad ammettere per intero le mie responsabilità. Sono stato io, con le mie... ricerche, a far finire Derek Kettering dove si trova attualmente. Non fosse stato per me, il giudice istruttore starebbe ancora vanamente tentando di attribuire il delitto al conte de la Roche. *Eh bien, mademoiselle,* non mi pento di quello che ho fatto. Io ho un solo dovere: scoprire la verità, e in questo modo le tracce portarono direttamente al signor Kettering. Mà è veramente finita così? La polizia dice di sì, ma io, Hercule Poirot, non sono soddisfatto.»

Si interruppe bruscamente. «Ditemi, *mademoiselle,* avete più avuto notizie di Mademoiselle Lenox?»

«Mi ha scritto solo una volta, poche righe. Credo che ce l'abbia con me perché sono tornata in Inghilterra.»

Poirot fece un cenno d'assenso.

«Io ebbi un colloquio con lei la sera che Monsieur Kettering fu arrestato. Un colloquio molto interessante.»

Rimase di nuovo silenzioso, e Katherine si guardò bene dall'interrompere il filo dei suoi pensieri.

«*Mademoiselle*» disse alla fine. «Mi trovo ora ad affrontare un argomento delicato, comunque voglio ugualmente dirvi questo: io credo che ci sia qualcuno che ama il signor Kettering, correggetemi se sbaglio, e io, per il bene di questa persona innamorata... ebbene, io mi auguro di essere dalla parte della ragione e che la polizia stia facendo uno sbaglio. Sapete chi è la persona alla quale mi riferisco?»

Dopo un breve silenzio imbarazzato, Katherine rispose: «Sì, credo di saperlo».

Poirot si protese verso di lei attraverso il tavolo.

«Non sono soddisfatto, *mademoiselle*; no, non sono soddisfatto. Gli indizi portavano al signor Kettering. Ma c'è una cosa che non è stata tenuta nel giusto conto.»

«E cioè?»

«Il volto sfigurato della vittima. Centinaia di volte, *mademoiselle,* mi sono posto questa domanda: Derek Kettering può essere un tipo capace di infierire in quel modo dopo aver commesso un delitto? E a che scopo? Che motivo avrebbe avuto di farlo? Un atto del genere è compatibile con il carattere di Monsieur Kettering? E le risposte a tutti questi quesiti, *mademoiselle,* sono profondamente insoddisfacenti. Torno sempre di nuovo al punto di partenza: perché? E i soli elementi da me raccolti, che possano essere utili a trovare una soluzione, sono questi.»

Tirò fuori il suo taccuino e ne estrasse qualcosa che tenne delicatamente tra il pollice e l'indice.

«Vi ricordate di questi, *mademoiselle*? Mi avete visto raccogliere questi capelli da una coperta nella famosa cabina.»

Katherine si chinò per osservare.

Poirot annuì lentamente diverse volte.

«Vedo che non vi suggeriscono niente, *mademoiselle*. Eppure... io credo che in un qualche modo anche a voi non siano sfuggiti certi particolari che fanno riflettere.»

«Mi sono venute delle idee» ammise controvoglia Katherine. «Idee curiose. Ecco perché vi ho chiesto che cosa eravate andato a fare a Parigi.»

«Quando vi ho scritto...»

«Quando mi avete scritto dal Ritz.»

Uno strano sorriso affiorò sul volto di Poirot.

«Sì, come voi dite, dal Ritz. A volte mi piace permettermi certi lussi... specie quando è un milionario a pagare.»

«L'ambasciata russa...» mormorò Katherine perplessa. «No, non capisco proprio che cosa c'entri.»

«Non entra nel caso direttamente, *mademoiselle*. Sono andato lì per avere certe informazioni. Ho parlato con un certo personaggio e ho minacciato... sì, *mademoiselle*, io, Hercule Poirot, l'ho minacciato.»

«Di andare alla polizia?»

«No» replicò Poirot «di andare da quelli della stampa... un'arma ben più letale.»

Lui la osservò come per spiare l'effetto delle sue parole e Katherine sorrise, scuotendo il capo.

«Non vi sembra di avere ricominciato a fare l'ostrica, Monsieur Poirot?»

«No, no! Non intendo fare nessun mistero. Guardate, vi dirò tutto per filo e per segno. Io sospettavo che quest'uomo dell'ambasciata avesse attivamente preso parte alla vendita dei gioielli a Monsieur Van Aldin. Sicché sono andato a parlargli, l'ho messo un po' alle corde, e infine è saltata fuori l'intera storia. Ho saputo dove i gioielli erano passati di mano e ho appreso anche che c'era uno strano tipo che aspettava al varco Van Aldin, giù in strada: un uomo tutto bianco di capelli ma che camminava con la scioltezza e l'agilità di un giovanotto: un uomo cui, dentro di me, ho dato un nome preciso… *monsieur le Marquis.*»

«E ora siete venuto a Londra per avere conferma di questa storia dal signor Van Aldin?»

«Non solo per questo. Avevo un altro lavoretto da fare. Da quando sono qui a Londra mi sono incontrato con altre due persone: un agente teatrale e un dottore di Harley Street. Da entrambi ho ottenuto certe informazioni. Mettete insieme queste cose, *mademoiselle*, e guardate se potete ricavarne un senso.»

«Io?»

«Sì, voi. Vi dirò una cosa, *mademoiselle.* Per tutto questo tempo sono stato assillato da un dubbio: il furto e l'assassinio erano opera della stessa persona? Per parecchio tempo non ho potuto trovare una risposta soddisfacente.»

«E adesso?»

«Adesso so.»

Cadde per un po' il silenzio. Poi Katherine alzò il capo. Le brillavano gli occhi.

«Io non sono brava come voi, Monsieur Poirot. Metà delle cose che mi avete detto mi sembravano fatti sconclusionati e senza senso. Anche a me erano venute delle idee, ma da un angolo completamente diverso…»

«Ah, ma è sempre così» disse Poirot senza scomporsi. «Uno specchio mostra a tutti la stessa verità, ma ognuno la vede da angoli diversi, a seconda della posizione che ha rispetto a esso.»

«Le mie idee forse sono assurde… ma sono differenti dalle vostre.»

«Sì?»

«Guardate un po': pensate che questo possa darvi qualche indicazione utile?»

Poirot prese il ritaglio di giornale che lei gli tendeva. Lo lesse, poi rialzò gli occhi e annuì con aria grave.

«Come vi ho detto, *mademoiselle*, la prospettiva è diversa a seconda della posizione, ma è sempre lo stesso specchio e uguali sono le cose che in esso si riflettono.»

Katherine si alzò da tavola. «Devo scappar via» disse. «Altrimenti perdo il treno. Monsieur Poirot...»

«Sì, *mademoiselle*?»

«Vi scongiuro, fate presto. Io... io non ce la faccio più ad andare avanti in questo modo.»

La voce di Katherine era incrinata da un'acuta sofferenza.

Lui le batté una mano sulla spalla con aria rassicurante.

«Coraggio, *mademoiselle*, non dovete cedere proprio adesso; la conclusione è molto vicina.»

33
Una nuova teoria

«Monsieur Poirot vorrebbe conferire con voi, signore.»

«Dannato individuo!» ringhiò Van Aldin.

Knighton mantenne un prudente silenzio.

Van Aldin si alzò di scatto mettendosi a passeggiare inquieto su e giù per la stanza.

«Avete letto quello che riportano stamane quei maledetti giornali?»

«Ho dato un'occhiata, signore.»

«Ci danno ancora dentro a tutto spiano?»

«Temo di sì, signore.»

L'americano ricadde a sedere con una mano sulla fronte.

«Se soltanto avessi immaginato che sarebbe andata a finire così» gemette «non avrei mai e poi mai affidato il caso a quel piccolo ficcanaso belga. Trovatemi l'assassino di Ruth: gli avevo chiesto solo questo.»

«Avreste preferito che vostro genero continuasse a scorrazzare libero?»

Van Aldin sospirò.

«Avrei preferito far giustizia con le mie mani.»

«Non credo che sarebbe un modo saggio di procedere, signore.»

«Insomma: siete sicuro che Poirot voglia parlarmi?»

«Sì, signor Van Aldin. Ha detto che era molto urgente.»

«Deve esserlo davvero, dal suo punto di vista. Può venire qui stamattina stessa, se preferisce.»

Fu un Poirot molto serafico e di ottimo umore, quello che si presentò un po' più tardi a casa di Van Aldin. Parve non accorgersi minimamente della fredda accoglienza del padrone di casa, e si mise a parlare piacevolmente del più e del meno. Disse che era a Londra per farsi fare una visita di controllo dal suo medico di fiducia. Fece il nome di un eminente luminare della medicina.

«No, no, *pas la guerre*... è semplicemente un ricordo dei miei giorni nella polizia, la pallottola di un briccone di un *apache*.»

Si toccò la spalla sinistra e fece una smorfia di dolore.

«Vi ho sempre considerato un uomo fortunato, Monsieur Van Aldin; non corrispondete affatto al cliché popolare del ricco americano, martire della dispepsia.»

«Ho una salute di ferro» disse Van Aldin. «Conduco una vita molto morigerata, come sapete; gusti semplici e non smodati.»

«Voi avete avuto modo di vedervi con la signorina Grey, in questi ultimi tempi, non è vero?» chiese Poirot, rivolgendosi con aria innocente al segretario.

«Io... sì; un paio di volte» ammise Knighton.

Diventò un po' rosso in faccia, e Van Aldin esclamò sorpreso: «È strano che non me ne abbiate mai parlato, Knighton».

«Non credevo che vi interessasse, signore.»

«Quella ragazza mi piace molto» disse Van Aldin.

«È un vero peccato che si sia rintanata un'altra volta a St Mary Mead» commentò Poirot.

«Le fa molto onore» insorse Knighton risentito. «Non sono molte le persone disposte a sacrificarsi in quel modo per assistere una vecchia bizzosa che oltretutto non vanta alcun diritto nei suoi confronti.»

«Niente da obiettare» fece Poirot, con un lieve lampo negli occhi «ma insisto a dire che è un peccato. E ora, *messieurs*, veniamo a parlare di cose serie.»

I due uomini lo guardarono con evidente sorpresa.

«Non dovete sorprendervi o allarmarvi per quello che vi dirò. Monsieur Van Aldin, e se vostro genero, nonostante tutto, non fosse l'assassino di vostra figlia?»

«Che cosa?»

Entrambi lo guardarono increduli.

«Supponiamo che Monsieur Kettering non abbia ammazzato lui la moglie.»

«Siete per caso ammattito, Monsieur Poirot?»

Fu Van Aldin a parlare così.

«No» ribatté Poirot. «Non sono matto. Sono eccentrico, forse... almeno secondo certa gente; ma per quanto riguarda la mia professione, sono uno con i piedi molto per terra, come si dice. Vi chiedo, Monsieur Van Aldin: sareste contento o dispiaciuto se quello che ho appena detto fosse vero?»

Van Aldin rimase a fissarlo senza capire.

«Ne sarei felice, naturalmente» disse alla fine. «Ma è un'esercitazione teorica o si tratta di un'ipotesi confortata dai fatti?»

Poirot levò gli occhi al soffitto.

«C'è anche una remota possibilità che sia stato il conte de la Roche dopotutto» disse senza scomporsi. «Visto che alla fine sono riuscito a scalzare il suo alibi.»

«Come avete fatto?»

Poirot diede con modestia una scrollatina di spalle.

«Ho i miei metodi. Un po' di tatto, un po' di ostinazione... la ricetta è tutta qui.»

«Ma i rubini...» obiettò Van Aldin. «I rubini in possesso del conte erano falsi.»

«E di certo, lui non sarebbe mai arrivato a commettere un delitto se non per impossessarsi dei rubini. Ma state trascurando un'eventualità, Monsieur Van Aldin. Per quanto riguarda i rubini, potrebbe essere stato preceduto.»

«Ma questa è una teoria del tutto nuova» esclamò.

«Siete davvero convinto di questa storiella che ci state raccontando?» chiese l'americano.

«Mancano ancora le prove» disse tranquillamente Poirot. «Per ora è solo una teoria, ma sono convinto, Monsieur Van Aldin, che valga la pena di indagare in questa direzione. Vorrei chiedervi di venire con me nel Sud della Francia per fare ulteriori accertamenti sul posto.»

«Lo ritenete davvero necessario... che io venga con voi, voglio dire?»

«Per la verità, pensavo che sareste stato voi a chiedermelo» disse Poirot.

Trapelò dalle sue parole un tono di velato rimprovero che non sfuggì al suo interlocutore.

«Sì, sì, certo» disse Van Aldin. «Quando volete partire, Monsieur Poirot?»

«Vi ricordo che siete molto occupato, in questi giorni» mormorò Knighton.

Ma l'americano aveva già deciso e tacitò il segretario con un gesto brusco.

«Credo che questo abbia la precedenza su tutto» disse. «Benissimo, Monsieur Poirot, a domani allora. Con quale treno?»

«Il Treno Azzurro, ovviamente» rispose Poirot con un sorriso.

24

Di nuovo sul Treno Azzurro

Il "Treno dei milionari", come veniva chiamato talvolta, abbordò una curva a una velocità che poteva dirsi eccessiva. Van Aldin, Knighton e Poirot sedevano insieme in silenzio. Knighton e Van Aldin avevano preso due cabine letto comunicanti, come aveva fatto Ruth Kettering con la sua cameriera in quel viaggio che le era stato fatale. La cabina di Poirot era un po' più avanti lungo il corridoio.

Quel viaggio era molto penoso per Van Aldin, poiché faceva riaffiorare in lui atroci memorie. Poirot e Knighton conversavano di tanto in tanto a bassa voce, evitando di disturbarlo.

Ma non appena il treno ebbe completato il lungo e tedioso attraversamento della *ceinture* di Parigi ed entrò nella Gare de Lyon, Poirot parve improvvisamente galvanizzato e si mise all'opera. Van Aldin comprese che il fatto di viaggiare su quel treno aveva in parte l'obiettivo di ricostruire, nei limiti del possibile, la meccanica del delitto. Lo stesso Poirot si incaricò di interpretare tutti i vari ruoli. Finse dapprima di essere la cameriera, che veniva chiusa di fretta nella propria cabina, poi di essere la signora Kettering che si accorgeva con sorpresa e allarme della presenza del marito sul treno, e infine Derek Kettering che scopriva di avere per compagna di viaggio la moglie. Esaminò nella pratica le varie possibilità, come ad esempio quella di nascondersi all'interno della cabina contigua.

D'un tratto parve colpito da un'idea nuova. Afferrò Van Aldin per un braccio.

«*Mon Dieu*, ma questa è un'eventualità alla quale non avevo pensato! Dobbiamo interrompere il nostro viaggio qui a Parigi. Presto, presto, scendiamo immediatamente.»

Agguantò le proprie valigie e si affrettò giù dal treno. Van Aldin e Knighton, sbigottiti ma obbedienti, lo seguirono. La fiducia di Van Aldin nelle capacità di Poirot resisteva ancora, nonostante tutto. Alla barriera in fondo al marciapiede il controllore impose loro l'alt. I loro biglietti erano stati affidati al controllore sul treno, cosa che tutti e tre, nella fretta, avevano dimenticato.

Poirot fornì le più esaurienti spiegazioni, con la sua parlantina, ma queste non produssero alcun effetto sull'impassibile controllore.

«Facciamola finita» sbottò Van Aldin a un certo punto. «Mi pare di aver capito che avete molta fretta, Monsieur Poirot. Perciò, per l'amor di Dio, paghiamo il biglietto intero, come se fossimo saliti a Calais, e sbrighiamo subito quello che avete in mente, qualsiasi cosa sia.»

Ma Poirot aveva già arrestato d'improvviso il suo profluvio di parole, e si irrigidì come se fosse diventato una statua. Perfino il braccio, levato in alto nella foga per sottolineare un concetto, rimase a mezz'aria, come colpito da paralisi.

«Sono stato un imbecille» disse semplicemente. «*Ma foi*, finisco anch'io per perdere la testa, a volte. Torniamo sul treno e riprendiamo tranquillamente il nostro viaggio. Con un po' di fortuna non dovrebbe essere ancora ripartito.»

Arrivarono appena in tempo, tanto che il treno cominciava già a muoversi quando Knighton, che era l'ultimo dei tre, issò a bordo se stesso e la valigia.

Il controllore fece le sue sentite rimostranze, poi li aiutò a riportare i loro bagagli nelle rispettive cabine. Van Aldin non disse nulla, anche se era chiaramente disgustato dall'inammissibile comportamento di Poirot. Appena rimase solo un momento con Knighton, osservò: «Questa è un'impresa disperata. Fino a un certo punto mi ha dato una certa fiducia, ma ormai ha perso completamente la testa e gira a vuoto come un coniglio terrorizzato».

Poirot tornò subito da loro, profondendosi in scuse con un'aria così abbattuta che ogni rimprovero parve superfluo. Van Aldin accettò le scuse con aria severa, ma si trattenne dal fare acidi commenti.

Cenarono nella carrozza ristorante, dopo di che, con una certa sorpresa degli altri due, Poirot propose di andare tutti e tre nella cabina di Van Aldin.

L'americano lo guardò incuriosito.

«Non ci state mica nascondendo qualcosa, Monsieur Poirot?»

«Io?» fece Poirot con l'aria più innocente di questo mondo. «Che idea!»

Van Aldin non replicò, ma non era soddisfatto. Al controllore venne detto che non c'era bisogno che preparasse i letti. Qualsiasi accenno di sorpresa fu spazzato via dalla generosità della mancia che Van Aldin gli allungò. I tre uomini rimasero a sedere in silenzio. Poirot si dimenava irrequieto. A un certo punto si rivolse al segretario.

«Maggiore Knighton, la porta della vostra cabina è chiusa a chiave? Quella che dà sul corridoio, intendo.»

«Sì, l'ho chiusa appena un momento fa.»

«Ne siete sicuro?» fece Poirot.

«Posso andare a controllare, se vi fa piacere» disse Knighton con un sorrisetto.

«No, no, non vi disturbate. Andrò io stesso.»

Andò di là attraverso la porta di comunicazione e tornò immediatamente, annuendo.

«Sì, sì, è come avete detto. Dovete perdonare certe piccole manie di un vecchio.»

Richiuse la porta di comunicazione e tornò al proprio posto nell'angolo destro dello scompartimento.

Trascorsero le ore. I tre uomini di tanto in tanto si assopivano, svegliandosi di soprassalto a ogni scossone. Probabilmente non era mai accaduto prima che tre viaggiatori prenotassero delle cabine letto sul treno più lussuoso in circolazione, rifiutandosi poi di avvalersi delle comodità messe a loro disposizione. Ogni tanto Poirot consultava l'orologio, si tranquillizzava constatando che c'era ancora tempo e quindi si appisolava di nuovo. Una volta si alzò e andò ad aprire la porta di comunicazione girando intorno lo sguardo con attenzione nella cabina contigua, e poi, scuotendo la testa, riprese il suo posto.

«Che cosa c'è?» chiese a bassa voce Knighton. «Pensate che possa accadere qualcosa, è così?»

«Ho i nervi tesi» confessò Poirot. «Sono come un gatto su un tetto che scotta. Ogni rumore mi fa sobbalzare.»

Knighton sbadigliò.

«Ci state facendo fare un viaggio d'inferno» mormorò. «Spero sappiate quello che fate.»

Poi si girò sistemandosi più comodo che poteva per riprendere sonno. Sia lui che Van Aldin erano ormai sprofondati nel sonno, quando Poirot, controllando l'orologio per la quattordicesima volta, si sporse e batté una mano sulla spalla dell'americano.

«Eh? Che cosa c'è?»

«Tra cinque minuti, *monsieur*, saremo arrivati a Lione.»

«Mio Dio!» Il viso di Van Aldin apparve livido e provato alla fioca luce della lampada notturna. «Allora deve essere stato più o meno a quest'ora che la povera Ruth è stata uccisa.»

Si ricompose sul sedile fissando nel vuoto davanti a sé. Strinse un poco le labbra, rievocando quella terribile tragedia che aveva segnato la sua vita.

Si udì il solito prolungato stridio dei freni, mentre il treno rallentava prima di entrate nella Gare de Lyon. Van Aldin abbassò il finestrino per affacciarsi.

«Se non è stato Derek... se la vostra nuova teoria è giusta, è qui che l'assassino ha lasciato il treno?» chiese continuando a guardare fuori.

Si sorprese vedendo con la coda dell'occhio che Poirot scuoteva la testa.

«No,» rispose con aria grave «la persona che ha lasciato il treno non è *l'assassino*... io credo... sì, che sia stata invece *l'assassina*.»

Knighton si lasciò sfuggire un'esclamazione soffocata.

«Una donna?» chiese brusco Van Aldin.

«Sì, una donna» confermò Poirot con un cenno della testa. «Forse non lo ricordate, Monsieur Van Aldin, ma la signorina Grey disse di aver visto un giovanotto con berretto e cappotto che era sceso dal treno e si sgranchiva ostentatamente le gambe su e giù per il marciapiede. Per conto mio, sono convinto che quel ragazzo fosse con tutta probabilità una donna.»

«Ma chi era?»

L'espressione di Van Aldin esprimeva grande incredulità, ma Poirot rispose con aria seria e convinta.

«Il suo nome... o meglio il nome con il quale per molti anni è stata famosa... è Kitty Kidd, ma voi, Monsieur Van Aldin, la conoscete sotto un altro nome: *quello di Ada Mason*.»

Knighton scattò in piedi.

«Cosa?» esclamò.

Poirot si girò bruscamente verso di lui.

«Ah! Prima che me ne dimentichi...» Estrasse lesto qualcosa dalla tasca e gliela porse.

«Permettetemi di offrirvi una sigaretta... dal vostro portasigarette. Siete stato molto sbadato, non accorgendovi che vi era caduto questo di tasca, quando siete salito sul treno a una delle stazioni della *ceinture* di Parigi.»

Knighton lo fissò come stupefatto. Poi accennò un movimento, ma Poirot lo prevenne levando una mano.

«No, restate dove siete» disse con voce serafica. «La porta della cabina qui accanto è aperta, e voi siete controllato a vista. Ho aperto la porta che dava sul corridoio appena il treno ha lasciato Parigi, e i nostri amici della polizia si sono sistemati nella cabina qui accanto. Immagino che vi rendiate conto che la polizia francese è molto ansiosa di mettervi le manette, maggiore Knighton... o devo dire... *monsieur Le Marquis*?»

35
Spiegazioni

«Spiegazioni?»

Poirot sorrise. Era seduto di fronte a Van Aldin a un tavolo apparecchiato per il pranzo sulla terrazza della suite che l'americano occupava al Negresco. Van Aldin appariva sollevato ma perplesso.

Poirot si allungò comodamente sulla sedia, si accese una delle sue sottili sigarette e fissò pensoso il soffitto.

«Sì, vi darò tutte le spiegazioni del caso. Tutto è cominciato perché c'era un dettaglio che mi lasciava molto dubbioso. E sapete qual era questo dettaglio? Il volto sfigurato. Non è raro, nel corso delle indagini su un delitto, trovarsi di fronte a cose di questo genere, che fanno nascere subito un quesito: quello dell'esatta identità della vittima. Naturalmente, questa è la prima cosa che mi è venuta in mente. La donna morta era realmente la signora Kettering? Ma questa ipotesi non poteva avere alcuno sviluppo, dato che la signorina Grey aveva rilasciato una testimonianza molto obiettiva e affidabile, e così ho accantonato questa idea. La donna morta era davvero Ruth Kettering.»

«Quando avete cominciato a sospettare della cameriera?»

«Ci è voluto parecchio, anche se sin dall'inizio un piccolo particolare aveva attirato la mia attenzione su di lei. Sto parlando del portasigarette rinvenuto nella cabina letto e che lei ci ha detto doveva essere un regalo della signora Kettering al marito. Proprio questo particolare non mi convinceva affatto, considerato lo stato dei rapporti tra i coniugi Kettering. Tutto ciò ha risvegliato nella mia mente un generico dubbio sulla veridicità delle affermazioni della Mason. Tra l'altro, c'era da prendere in considerazione un altro dettaglio alquanto sospetto; il fatto che aveva preso servizio solo da due mesi. Tuttavia, pareva certamente da escludere un suo diretto coinvolgimento nel delitto, dato che era scesa dal treno a Parigi e dato che la signora Kettering era stata vista in seguito da diverse persone, ancora viva. Ma...»

Poirot si sporse in avanti. Levò enfaticamente un indice e lo agitò con convinzione davanti a Van Aldin.

«Ma dato che io sono un bravo investigatore, io sospetto sempre di tutto e tutti. Non credo a nulla di ciò che mi si dice. E così mi sono detto: come sappiamo che Ada Mason è stata fatta scendere a Parigi? Di primo acchito, la risposta a questa domanda pareva del tutto soddisfacente. C'era la testimonianza del vostro segretario, il maggiore Knighton, un personaggio in apparenza totalmente estraneo ai fatti, la cui posizione avrebbe dovuto essere interamente imparziale, e per finire c'erano state le parole che la vittima aveva rivolto al controllore. Ma io ho messo da parte per il momento questo punto, perché mi era nata un'idea molto curiosa, forse fantastica e impossibile. Se, nonostante le scarse probabilità di partenza, questa ipotesi si dimostrava vera, quella particolare testimonianza era priva di valore.

«Mi sono concentrato allora sulla principale pietra d'inciampo che inficiava la mia teoria: l'affermazione del maggiore Knighton di aver visto Ada Mason al Ritz dopo la partenza del Treno Azzurro da Parigi. Pareva una testimonianza abbastanza conclusiva, ma anche qui, vagliando attentamente i fatti, ho notato due cose: la prima che, per una strana coincidenza, anche lui era al vostro servizio da appena due mesi; la seconda, che la sua iniziale era la stessa: 'K'. Supponiamo, per ipotesi, che fosse suo il portasigarette rinvenuto nella cabina letto; allora, se Ada Mason fosse stata una sua complice, e avesse riconosciuto l'oggetto quando gliel'ho mostrato, non si sarebbe comportata esattamente come aveva fatto? Subito, presa alla sprovvista, si è affrettata a elaborare una teoria che avvalorasse la colpevolezza del signor Kettering. *Bien entendu*, questa non era l'idea originale. In base ai piani, il capro espiatorio avrebbe dovuto essere il conte de la Roche; tuttavia Ada Mason doveva evitare di mostrarsi troppo sicura, nel caso il conte avesse potuto dimostrare di avere un alibi. Ora, se riandate con la mente a quel momento, ricorderete che è accaduto qualcosa di molto significativo: io ho suggerito ad Ada Mason che l'uomo che aveva visto non era il conte de la Roche, ma Derek Kettering. Lei è parsa incerta dapprima, ma dopo il mio ritorno in albergo voi mi avete telefonato che era venuta da voi per dire che, dopo averci pensato bene, ora era convinta che quell'uomo fosse realmente il signor Kettering. Mi aspettavo qualcosa del genere. Non poteva esserci che una sola spiegazione, per questa improvvisa certezza da parte sua. Dopo che io avevo lasciato il vostro albergo, lei aveva avuto il tempo di consultarsi con qualcun altro, e ora agiva in base alle istruzioni ricevute. Chi le aveva dato queste nuove istruzioni? Il maggiore Knighton. E c'era un altro piccolo punto, che forse non voleva dir nulla, ma forse aveva invece un grande significato. Durante una conversazione casuale, Knighton aveva accennato a un furto di gioielli nello Yorkshire, in una casa dove egli era ospite. Forse era una pura coincidenza... o forse un altro piccolo anello della catena.»

«Ma c'è una cosa che non capisco, Monsieur Poirot. Evidentemente devo avere dei grossi limiti, altrimenti ci sarei già arrivato da solo. Chi era l'uomo sul treno a Parigi? Derek Kettering o il conte de la Roche?»

«E qui la semplicità è anche la bellezza di tutta la faccenda. *Non c'era nessun uomo.* Ah, *mille tonnerres!*, non vedete la perfezione di tutto il meccanismo? Da chi abbiamo saputo che c'era un uomo sul treno? Solo da Ada Mason. E noi crediamo ad Ada Mason, perché c'è la testimonianza di Knighton che afferma di averla vista quella sera al Ritz, a Parigi.»

«Ma non è stata Ruth stessa a dire al controllore che aveva lasciato la cameriera a Parigi?» obiettò Van Aldin.

«Ah! Ora arrivo anche a questo. Si tratta di una testimonianza fornita dalla stessa signora Kettering, a quanto pare, ma d'altra parte questa prova in effetti non esiste perché, Monsieur Van Aldin, una morta non può fornire nessuna testimonianza. La prova non è fornita da lei, ma dal controllore del treno... e questa è una cosa molto diversa.»

«Dunque, voi pensate che quell'uomo abbia mentito?»

«No, no, nient'affatto. Lui ha detto quella che credeva essere la realtà. Ma la donna che gli ha detto di aver lasciato la cameriera a Parigi non era la signora Kettering.»

Van Aldin lo fissò senza capire.

«Monsieur Van Aldin, Ruth Kettering era morta prima che il treno arrivasse alla Gare de Lyon. È stata Ada Mason, vestita con i panni eleganti della sua padrona, a ordinare un cestino da viaggio e a parlare al controllore.»

«Impossibile!»

«No, no, Monsieur Van Aldin; non è impossibile. *Les femmes*, al giorno d'oggi, si somigliano talmente tutte che uno le identifica più dai panni che hanno indosso che dal viso. Ada Mason era alta più o meno come vostra figlia. Avvolta nella sontuosa pelliccia della padrona e con il cappellino rosso lacca sugli occhi, con un paio di ciuffetti rossi che spuntavano sulle orecchie, non era difficile ingannare il controllore. Ricordate che lui non aveva mai parlato prima con la signora Kettering. È vero, lui aveva visto un momento la cameriera quando aveva preso il suo biglietto, ma la sua impressione era stata semplicemente quella di una donna ossuta vestita di nero. Se fosse stato dotato di eccezionale spirito d'osservazione, avrebbe potuto notare che la padrona e la cameriera erano abbastanza simili, ma era molto poco probabile che ci riflettesse sopra. E tenete presente che Ada Mason, alias Kitty Kidd, era un'attrice, capace quindi di cambiare il proprio aspetto e la propria voce da un momento all'altro. No, no; non c'era pericolo che il controllore la riconoscesse sotto i panni della sua padrona; però c'era un altro pericolo, ben più grave, che cioè, una volta scoperto il cadavere, si rendesse conto che non era la stessa donna con la quale aveva parlato la sera prima. E questo spiega perché il volto è stato sfigurato. L'altro principale pericolo per Ada Mason era che Katherine Grey venisse a fare una visita in cabina dopo che il treno era partito da Parigi e lei si è premunita contro questa difficoltà ordinando un cestino da viaggio e chiudendosi a chiave.»

«Ma chi ha ucciso Ruth... e quando?»

«Prima di tutto, tenete presente che il delitto era stato accuratamente pianificato da tutti e due, Knighton e Ada Mason, e che essi lavoravano in tandem dopo aver suddiviso tra loro i compiti. Knighton era a Parigi, quel giorno, su vostro incarico. È salito sul treno da qualche parte in una delle stazioni della *ceinture* attorno alla capitale. La signora Kettering si sarà certo sorpresa, nel vederlo, ma non avrà avuto alcun sospetto. Forse ha attirato la sua attenzione su qualcosa fuori dal finestrino, e mentre lei si voltava le ha stretto il laccio intorno al collo... una questione di pochi secondi. La porta della cabina era chiusa a chiave e Ada Mason si è messa subito all'opera. Insieme, hanno spogliato la morta. Poi hanno avvolto il corpo dentro una coperta e l'hanno sistemato sul sedile nella cabina contigua tra sacche e valigie. In seguito Knighton è sceso dal treno, portando con sé il portagioie con i rubini. Dato che il delitto verrà fatto risalire ad almeno dodici ore dopo, lui è perfettamente al riparo da ogni sospetto, e la sua testimonianza, insieme alla testimonianza del controllore, procureranno un perfetto alibi alla sua complice.

«Alla Gare de Lyon Ada Mason si è fatta dare un cestino da viaggio e, chiudendosi nella toilette annessa alla cabina, ha indossato rapidamente i vestiti della padrona, si è aggiustata due finti riccioli rossi sotto il cappello e si è truccata per assomigliare il più possibile alla vittima. Quando il controllore si è presentato per preparare il letto, lei gli ha detto che la cameriera era rimasta a Parigi, come era stato stabilito in precedenza; e mentre lui era occupato a sistemare la cuccetta, lei è rimasta a guardare fuori dal finestrino, in modo da rivolgere le spalle verso il corridoio e verso la gente che passava nel corridoio. Una saggia precauzione, come sappiamo. Proprio in quel momento è passata anche la signorina Grey, che poi avrebbe giurato di aver visto la signora Kettering ancora viva a quell'ora.»

«Andate avanti» disse Van Aldin.

«Prima di arrivare a Lione, Ada Mason ha sistemato il corpo della padrona nella cuccetta, ha ripiegato con cura i vestiti della morta ai piedi del letto e, indossati degli abiti maschili, si è preparata a scendere dal treno. Quando Derek Kettering è entrato nella cabina della moglie, l'ha creduta addormentata, perché la Mason aveva provveduto ad allestire con cura la scena, nascondendosi poi nella cabina contigua, in attesa del momento più opportuno per lasciare il treno inosservata. Non appena il controllore è sceso sul marciapiede alla Gare de Lyon, lei lo ha seguito, mettendosi a camminare su e giù come se stesse semplicemente prendendo una boccata d'aria. In un momento in cui nessuno la guardava, ha attraversato in fretta i binari per raggiungere un altro marciapiede e salire sul primo treno in partenza per Parigi e l'Hotel Ritz. Un'altra delle complici di Knighton aveva provveduto a prenotare una stanza a suo nome dalla sera prima. A quel punto le bastava aspettare tranquillamente il vostro arrivo. I gioielli non sono, e non sono mai stati, in suo possesso. Lui, invece, non destava alcun sospetto e, come vostro segretario, ha potuto portarseli dietro a Nizza senza alcun timore di essere scoperto. In questa città doveva avvenire, come programmato, la consegna dei gioielli nelle mani di Monsieur Papopolous, e solo all'ultimo momento sono stati affidati alla Mason perché li portasse all'antiquario greco. Nell'insieme era un piano perfettamente congegnato, degno senz'altro del Marchese, vero maestro nel suo genere.»

«Voi affermate dunque con sicurezza che Richard Knighton è un noto criminale, all'opera già da parecchi anni?»

Poirot annuì.

«Una delle doti principali di questo genio del crimine, noto come il Marchese, è il suo modo di fare affascinante. Anche voi ne siete caduto vittima, Monsieur Van Aldin, quando lo avete assunto come segretario dopo una breve conoscenza superficiale.»

«Avrei giurato che non mirava affatto a ottenere quel posto» esclamò il milionario.

«La cosa è stata condotta con grande astuzia, così grande in effetti, da ingannare anche voi, con la vostra conoscenza degli uomini.»

«Avevo controllato anche i suoi precedenti. Erano eccellenti.»

«Certo, certo, anche questo faceva parte della sua tattica. Come Richard Knighton aveva una vita irreprensibile. Era di ottima famiglia, con un notevole giro di conoscenze, si era distinto come ufficiale in guerra, e pareva al di sopra di ogni sospetto; ma quando ho cominciato a raccogliere informazioni sul misterioso Marchese, ho trovato molti punti di contatto tra i due. Knighton parlava francese come un francese purosangue, era stato in America, Francia e Inghilterra, più o meno negli stessi periodi nei quali il Marchese aveva messo a segno i suoi colpi. Il Marchese era stato più tardi indicato come l'ideatore di vari furti di gioielli in Svizzera, e manco a farlo apposta è stato proprio in Svizzera che voi vi siete imbattuto nel maggiore Knighton; per di più nello stesso periodo in cui cominciava a circolare la voce del vostro interessamento ai famosi rubini.»

«Ma perché un assassinio?» mormorò Van Aldin con voce rotta dall'emozione. «Sicuramente un ladro geniale come lui avrebbe potuto portar via i gioielli senza rischiare di finire impiccato come assassino.»

Poirot scosse la testa. «Questo non è il primo delitto che viene attribuito al Marchese. Uccide per soddisfare un suo istinto; oltretutto, è convinto che sia meglio non lasciare alcuna traccia dietro di sé. E i morti non vanno in giro a spifferare particolari compromettenti.

«Il Marchese aveva una vera passione per i gioielli famosi e di interesse storico. Aveva pianificato con grande anticipo di farsi assumere come vostro segretario e di installare anche la sua complice come cameriera di vostra figlia, alla quale immaginava che i gioielli fossero destinati. Tuttavia, anche se aveva concepito con cura questo piano complesso, non ha trascurato di cercare una scorciatoia, servendosi di due *apaches* per rapinarvi, a Parigi, la sera stessa in cui avete comprato i gioielli. Il tentativo è andato a vuoto, ma questo non credo che possa averlo sorpreso. Gli restava sempre questo piano a lungo termine, che lui giudicava quasi privo di rischi. Nessuno avrebbe potuto accusare Richard Knighton. Ma come tutti i grandi uomini, e il Marchese è un grand'uomo, anche lui aveva un suo tallone d'Achille. Infatti, si è innamorato seriamente della signorina Grey; ma, sospettando che lei gli preferisse Derek Kettering, non ha saputo resistere alla tentazione di far ricadere i sospetti su di lui, quando gli si è presentata l'occasione. E ora, Monsieur Van Aldin, voglio dirvi un fatto veramente curioso. La signorina Grey non è certo il tipo della visionaria, eppure è fermamente convinta di aver avvertito la presenza di vostra figlia accanto a lei, un giorno, nei giardini del Casinò a Monte Carlo, subito dopo aver avuto un lungo colloquio con Knighton. Ha avuto la netta impressione, dice, che la morta stesse cercando disperatamente di avvertirla di qualcosa: improvvisamente ha capito che la morta voleva dirle che l'assassino era Knighton! L'idea le è parsa così assurda, in quel momento, che non ne ha parlato con nessuno. Ma è rimasta così convinta di questa verità che la morta le aveva comunicato, che si è comportata di conseguenza, per quanto strano possa sembrare. Perciò non ha scoraggiato le *avances* di Knighton, e ha finto di essere convinta della colpevolezza di Derek Kettering.»

«Straordinario» esclamò Van Aldin.

«Sì, è molto strano. Non si possono spiegare certe cose. Oh, a proposito: c'era un altro piccolo particolare che mi lasciava molto dubbioso. Il vostro segretario zoppicava vistosamente: un ricordo della guerra. Il Marchese, invece, non zoppicava affatto. La signorina Lenox Tamplin ha menzionato per caso un giorno che la menomazione di Knighton è stata una sorpresa per i dottori che lo avevano avuto in cura nell'ospedale della madre. Questo mi ha fatto pensare che si trattasse di un sistema per meglio sviare i sospetti. Quando sono andato a Londra, ho parlato con il medico che lo aveva operato, il quale mi ha precisato alcuni dettagli di ordine tecnico che mi hanno confermato nella mia convinzione. Ho citato il nome di questo medico in presenza di Knighton, l'altroieri. Sarebbe stato naturale che Knighton ricordasse che era stato proprio quel medico a curarlo, in tempo di guerra, ma lui non l'ha fatto e questo piccolo dettaglio mi ha dato la certezza finale che la mia teoria sul delitto era esatta. Per finire, la signorina Grey mi ha portato un vecchio ritaglio di giornale, dal quale si desumeva che c'era stato un furto nella villa trasformata in ospedale di Lady Tamplin, proprio nello stesso periodo in cui Knighton era stato lì. Lei si era resa conto che stavo seguendo anch'io la stessa traccia quando le ha scritto dall'Hotel Ritz di Parigi.

«Ho avuto qualche difficoltà, lì, con le mie indagini, ma sono riuscito a ottenere quello che volevo: la prova che Ada Mason era arrivata la mattina dopo il delitto, e non la sera prima.»

Seguì un lungo silenzio, e finalmente Van Aldin tese la mano a Poirot.

«Immagino che sappiate che cosa significa questo per me, Monsieur Poirot» disse con voce roca per l'emozione. «Vi farò avere un assegno domani mattina, ma nessun assegno al mondo potrà esprimere tutta la mia riconoscenza per quello che avete fatto. Siete davvero insuperabile, Monsieur Poirot. Siete sempre il migliore.»

Poirot si alzò in piedi, gonfiando il petto.

«Sono solo Hercule Poirot» disse con modestia. «Ma, come voi stesso avete detto, sono anch'io un grand'uomo, a mio modo, come lo siete voi. Sono veramente felice di avervi potuto servire. Ora vado a ristabilirmi dalle fatiche del viaggio. Peccato che il mio eccellente George non sia qui con me.»

Nell'atrio dell'albergo incontrò un amico: il venerabile Papopolous, in compagnia di sua figlia Zia.

«Non avevate lasciato Nizza, Monsieur Poirot?» mormorò il greco stringendo la mano che l'investigatore gli tendeva.

«Certe questioni di lavoro mi hanno costretto a tornare.»

«Lavoro?»

«Lavoro, sì. E parlando di lavoro, spero che vi siate rimesso in salute, in questo frattempo, amico mio.»

«Sto molto meglio. Infatti torniamo a Parigi domani.»

«Sono estasiato nel sentire queste buone notizie. Spero che non abbiate mandato completamente in rovina l'ex primo ministro greco.»

«Io?»

«Da ciò che ho sentito dire, gli avete venduto un meraviglioso rubino che, resti strettamente *entre nous*, viene ora sfoggiato da Mademoiselle Mirelle, la ballerina.»

«Sì» mormorò Papopolous. «Sì, è così.»

«Un rubino molto somigliante al Cuore di Fuoco.»

«Gli somiglia abbastanza, sì, lo ammetto.»

«Avete una mano eccezionale con i gioielli, Monsieur Papopolous. Vi faccio i miei complimenti. Mademoiselle Zia, sono desolato che dobbiate tornare a Parigi così di fretta. Avevo sperato di potervi frequentare un po' di più, ora che ho assolto il mio compito.»

«È indiscreto chiedervi di quale compito si trattava?»

«Nient'affatto, nient'affatto. Sono appena riuscito ad assicurare alla giustizia il Marchese.»

Uno sguardo gelido e distante alterò per un attimo la nobile espressione di Monsieur Papopolous.

«Il Marchese?» mormorò. «Perché mi suona così familiare, questo nome? No… non riesco a ricordare.»

«Certo che non potete ricordarlo» fece Poirot. «Mi riferisco a un criminale e a un ladro di gioielli dalle doti eccezionali. È stato appena arrestato per l'assassinio della signora inglese, Madame Kettering.»

«Davvero? Come sono interessanti queste cose!»

Seguì un educato scambio di saluti, e non appena Poirot fu troppo lontano per ascoltare, Monsieur Papopolous si girò verso la figlia.

«Zia,» disse «quell'uomo è il diavolo!»

«A me piace.»

«Piace anche a me» ammise Monsieur Papopolous. «Ma ciò non toglie che sia il diavolo in persona!»

36

Al mare

La mimosa era ormai quasi sfiorita e il suo olezzo era diventato leggermente sgradevole. Gerani rosa formavano una ghirlanda lungo la balaustra della villa di Lady Tamplin, e più sotto fitti mazzi di garofani spandevano il loro profumo dolciastro, quasi soffocante. Il Mediterraneo era più azzurro che mai. Poirot sedeva sulla terrazza insieme a Lenox Tamplin. Aveva appena finito di raccontare la stessa storia che aveva raccontato a Van Aldin due giorni prima. Lenox lo aveva ascoltato con la più viva attenzione, le sopracciglia aggrottate e gli occhi che fissavano il vuoto.

Quando il racconto fu terminato, chiese semplicemente: «E Derek?».

«È stato rilasciato ieri.»

«E dov'è andato?»

«Ha lasciato Nizza in serata.»

«Per St Mary Mead?»

«Sì, per St Mary Mead.»

Lenox rimase un po' in silenzio.

«Mi sbagliavo riguardo a Katherine» disse. «Credevo non lo amasse.»

«È molto riservata. Non si confida con nessuno.»

«Avrebbe potuto confidarsi almeno con me» disse Lenox, con una punta di amarezza.

«Sì» confermò Poirot con aria grave. «Avrebbe potuto fidarsi di voi. Ma *mademoiselle* ha passato tanta parte della sua vita ad ascoltare, e quelli che hanno tanto ascoltato, hanno qualche difficoltà quando si tratta di parlare; si tengono dentro i loro dispiaceri e le loro gioie senza dir niente a nessuno.»

«Sono stata una sciocca» fece Lenox. «Pensavo che ci fosse Knighton, nel suo cuore. Avrei dovuto capirlo. Forse volevo convincermi che fosse così, perché... insomma, ci speravo.»

Poirot le prese la mano e la strinse gentilmente. «Coraggio, *mademoiselle*» la confortò.

Lenox fissò lo sguardo sulla distesa del mare, e il suo viso, sempre così rigido, parve per un attimo bello.

«Oh, be'» sospirò alla fine. «Non avrebbe funzionato comunque. Sono troppo giovane per Derek; lui è come un ragazzino mai cresciuto. Ha bisogno di qualcuno che gli possa dare sicurezza.»

Dopo un altro prolungato silenzio, Lenox si rivolse a Poirot con uno scatto impulsivo. «Ma io sono stata utile, Monsieur Poirot... in un modo o nell'altro ho fatto qualcosa anch'io, vero?»

«Sì, *mademoiselle*, siete stata voi a farmi balenare la verità, quando avete detto che l'autore del delitto poteva benissimo non trovarsi sul treno. Senza di voi, non avrei potuto afferrare la meccanica degli eventi.»

Lenox trasse un profondo sospiro.

«Ciò mi consola» disse. «Insomma... è qualcosa.»

Si udì in lontananza il fischio di una locomotiva.

«Questo è quel maledetto Treno Azzurro» osservò Lenox. «I treni hanno qualcosa di inesorabile, vero, Monsieur Poirot? Anche se qualcuno viene assassinato e muore, loro vanno avanti lo stesso. Mi esprimo un po' male, ma voi capite quello che voglio dire.»

«Sì, sì, lo so. La vita è come un treno, *mademoiselle*. Va sempre avanti. Ed è bene che sia così.»

«Perché?»

«Perché a un certo punto anche il viaggio del treno arriva alla fine, e voi inglesi avete un proverbio, in proposito, *mademoiselle*.»

«"I viaggi finiscono nell'abbraccio degli innamorati"» citò Lenox con una risata. «Ma per me non sarà così.»

«Sì... è vero. Ma voi siete giovane, più giovane ancora di quanto voi stessa non sappiate. Abbiate fiducia nel treno, *mademoiselle*, perché è *le bon Dieu* che lo guida.»

Si udì di nuovo il fischio della locomotiva.

«Abbiate fiducia nel treno, *mademoiselle*» disse Poirot. «E abbiate fiducia in Hercule Poirot. Lui sa.»

DELITTO IN CIELO

Traduzione di Grazia Maria Griffini

1

Il sole di settembre splendeva sull'aeroporto di Le Bourget mentre i passeggeri attraversavano la pista e salivano sull'aereo di linea *Prometheus*, che sarebbe decollato di lì a pochi minuti per Croydon.

Jane Grey fu tra gli ultimi a entrare e a occupare il suo posto, il n. 16. Alcuni dei passeggeri erano già andati avanti, oltre la porta centrale, al di là della minuscola cucina-dispensa e delle due toilette nella parte anteriore dell'apparecchio. Quasi tutti erano già seduti.

Dal lato opposto del corridoio si levava un gran cicaleccio, e lo dominava una voce femminile acuta, piuttosto stridula. Jane storse lievemente le labbra. Come conosceva bene quel timbro particolare di voce!

«Mia cara... ma è straordinario... Non avevo la minima idea... Dove, mi dite? Juan les Pins? Oh, sì. No... Le Pinet... sì, soltanto la solita gente, quella di sempre... Ma certo, sediamoci vicine. Oh, non si può? Chi...? Oh, capisco...»

E poi una voce di uomo, straniera, cortese: «... Con il più grande piacere, *madame*».

Jane lanciò uno sguardo in quella direzione, di sottecchi.

Un ometto anziano, con un paio di folti baffi e la testa a forma di uovo, stava cortesemente rimuovendo tutto quanto gli apparteneva dal sedile corrispondente a quello di Jane, sul lato opposto del corridoio.

Jane girò lievemente la testa e poté osservare le due donne il cui incontro inatteso era stato l'occasione di quel gesto di cortesia da parte dello sconosciuto. La menzione di Le Pinet aveva stimolato la sua curiosità perché anche lei c'era stata.

Ricordava perfettamente una delle due donne, ricordava come l'aveva vista la volta precedente... a un tavolo di baccarà, con le piccole mani che si aprivano e si richiudevano a pugno ritmicamente e il viso truccato con raffinatezza, simile a una porcellana di Dresda, che arrossiva e impallidiva alternativamente. Con un piccolo sforzo di memoria, Jane pensò, sarebbe anche riuscita a ricordare come si chiamava. Un'amica aveva menzionato il suo nome... aveva detto: "È la moglie di un Pari, proprio così, ma... prima faceva la ballerina o qualcosa di simile".

L'amica aveva pronunciato queste parole con profondo disprezzo. A parlare era stata Maisie, che aveva una posizione di prim'ordine come massaggiatrice specializzata in massaggi "riducenti".

L'altra donna, così pensò *en passant*, invece, era "la vera aristocratica". La fisionomia "equina", da "gentildonna di campagna", si disse ancora Jane, poi dimenticò le due donne e contemplò la vista dell'aeroporto di Le Bourget che si poteva godere dal finestrino. Vari altri apparecchi erano fermi sulla pista, qua e là. Uno di essi assomigliava a un enorme millepiedi di metallo.

L'unica direzione nella quale Jane era ostinatamente decisa a non guardare era quella diritta, davanti a sé. Perché, se lo avesse fatto, avrebbe rischiato di incontrare lo sguardo di lui, e questa era l'unica cosa da evitare assolutamente!

I meccanici gridarono qualche cosa in francese... il motore si mise a rombare... si spense... ricominciò a rombare... infine l'aereo si mise in movimento.

Jane trattenne il fiato. Era soltanto il suo secondo volo. Riusciva ancora a sentirsi emozionata. Ecco, sembrava... sembrava proprio che dovessero andare a schiantarsi contro quella specie di palizzata... ma, no, eccoli già staccati dal suolo... salire... salire... compiere un ampio giro in aria... ed ecco Le Bourget laggiù, sotto di loro.

Il volo di mezzogiorno per Croydon era iniziato. L'aereo portava ventun passeggeri. Dieci nella cabina anteriore, undici in quella posteriore. Aveva due piloti e due steward. Il rumore dei motori era attutito, non c'era bisogno di mettersi il cotone nelle orecchie. Nonostante questo, il frastuono era più che sufficiente a scoraggiare la conversazione e a incoraggiare la meditazione.

Mentre l'apparecchio sorvolava la Francia diretto verso la Manica, i passeggeri della cabina posteriore sprofondarono ognuno nei propri pensieri.

Jane Grey pensò: "No, non voglio guardarlo... non voglio... è molto meglio se non lo faccio. Mi metterò a guardare fuori dal finestrino e a pensare. Sceglierò un soggetto ben preciso... è sempre il metodo migliore. Servirà a occuparmi la mente. Partirò dall'inizio e ci lavorerò su per benino, meditandoci da capo a fondo".

Con risolutezza riportò il proprio pensiero a quello che aveva chiamato "l'inizio", cioè l'acquisto di un biglietto della Lotteria Irlandese. Era stato un capriccio, ma un capriccio emozionante.

Quante risate si erano fatte, e quante battute di spirito si erano sentite nel negozio di parrucchiere in cui lavorava con altre cinque ragazze.

"E che cosa pensi di fare se vincerai, cara?"

"Lo so io quello che farò!"

Progetti... castelli in aria... un mucchio di fantasticherie.

Bene, non aveva vinto "quello" – e per "quello" si intendeva il primo premio –, però aveva vinto ugualmente cento sterline.

"Ne spendi una metà, cara, e metti da parte l'altra metà per i giorni neri. Non si può sapere."

"Se fossi in te, mi comprerei una pelliccia... ma proprio bella, di gran lusso;"

"E se tu facessi una crociera?"

Jane aveva vacillato un pochino al pensiero di una "crociera" ma alla fine era rimasta fedele alla sua prima idea. Una settimana a Le Pinet. Quante delle sue clienti, andavano proprio a Le Pinet oppure erano appena tornate da lì! Jane, mentre le sue dita sapienti mettevano in piega capelli e facevano permanenti, mentre la sua bocca pronunciava meccanicamente le solite frasi fatte: "Vediamo un po', quanto tempo fa avete fatto l'ultima permanente, signora?", "I vostri capelli hanno un colore molto raro, signora", "È stata proprio una magnifica estate, vero, signora?", aveva pensato fra sé: "Perché diavolo non posso andare anch'io a Le Pinet?". Bene, adesso poteva andarci.

I vestiti non rappresentavano una grande difficoltà. Jane, come la maggior parte delle ragazze londinesi impiegate in negozi eleganti, sapeva ottenere effetti addirittura miracolosi, in fatto di moda, spendendo una somma assolutamente ridicola. Unghie, trucco e capelli erano irreprensibili.

Jane andò a Le Pinet.

Possibile che adesso, nei suoi pensieri, i dieci giorni trascorsi a Le Pinet si dovessero ridurre unicamente a un solo, unico episodio?

Un episodio avvenuto a un tavolo da roulette. Jane si era concessa una certa somma ogni sera per il gusto di giocarla al tavolo verde. Ma era anche ben decisa a non superare mai quella somma. Contrariamente a una superstizione molto diffusa, Jane non aveva avuto la classica fortuna dei principianti. Era accaduto la quarta sera, quando stava per fare l'ultima puntata. Fino a quel momento aveva giocato con prudenza, puntando sul colore o su una delle dozzine di numeri. Aveva vinto qualcosa, ma perduto parecchio. Adesso era lì ad aspettare, con il suo gettone in mano. C'erano due numeri sui quali nessuno aveva messo una puntata, il cinque e il sei. Doveva mettere il gettone, l'ultimo che le restava, su uno di quei numeri? E, in tal caso, quale scegliere? Il cinque oppure il sei? Quale dei due sentiva di più?

Il cinque... sì, sarebbe uscito il cinque. La pallina si mise a girare vorticosamente. Jane allungò la mano. Sei, ecco, aveva messo il gettone sul numero sei.

Appena in tempo. Lei e un altro giocatore, seduto di fronte, avevano fatto la puntata simultaneamente: Jane sul sei, lui sul cinque.

"*Rien ne va plus*" disse il croupier.

La pallina continuò a correre, passando da un numero all'altro e infine si fermò.

"*Le numero cinq, rouge, impair, manque.*"

Jane provò una gran voglia di mettersi a gridare per la rabbia. Il croupier ritirò le puntate, pagò le vincite.

L'uomo seduto di fronte a lei disse: "Perché non ritira la sua vincita?".

"La mia?"

"Sì."

"Ma io ho puntato sul sei."

"Niente affatto. Io ho puntato sul sei e lei ha messo il suo gettone sul cinque."

Sorrise... un sorriso molto attraente. Denti candidi su un viso abbronzatissimo, occhi azzurri, capelli ricci, corti.

Piuttosto incredula, Jane ritirò la vincita. Era la verità? In effetti si sentiva un po' confusa. Forse aveva proprio messo il gettone sul cinque. Lanciò un'occhiata dubbiosa allo sconosciuto che le sorrise disinvolto.

"Ecco come bisogna fare" disse. "Basta lasciare lì sul tavolo qualcosa e subito arriva qualcuno che ci mette sopra le mani senza averne alcun diritto! È un vecchio trucco."

Infine si era allontanato, dopo averle rivolto un lieve cenno di saluto. Anche questo era stato carino da parte sua. Altrimenti Jane avrebbe potuto sospettare che le avesse lasciato la propria vincita con il solo intento di far conoscenza. Invece non era quel tipo di uomo. Era simpatico... ed eccolo qui, seduto proprio di fronte a lei.

Adesso era finito tutto... i soldi spesi... due ultimi giorni, piuttosto deludenti, a Parigi e infine a casa.

"E dopo che cosa?"

"Basta" impose Jane al proprio cervello. "Non pensare a quello che può succedere. Servirà soltanto a farti innervosire."

Le due donne avevano smesso di chiacchierare.

Lanciò un'occhiata dall'altra parte del corridoio. Quella che sembrava una figurina di porcellana di Dresda proruppe in un'esclamazione di stizza petulante, esaminandosi un'unghia rotta. Suonò il campanello e quando lo steward in giacca bianca apparve, gli disse: «Fate venire la mia cameriera. Si trova nell'altra cabina».

«Sì, *milady*».

Lo steward, molto deferente, molto rapido e capace, scomparve di nuovo. Si presentò una ragazza francese con i capelli scuri, vestita di nero. Portava una valigetta per i gioielli. Lady Horbury le rivolse la parola: «Madeleine, voglio il mio astuccio di marocchino rosso».

La cameriera si avviò per il corridoio. In fondo alla cabina erano ammucchiate alcune valigie e coperte da viaggio.

La ragazza ritornò con un piccolo astuccio da toilette.

Cicely Horbury lo prese e congedò la cameriera.

«Va bene così, Madeleine. Lo tengo qui con me.»

La cameriera uscì di nuovo. Lady Horbury aprì l'astuccio e, dall'interno perfettamente rifornito di tutto il necessario con ogni cosa al suo posto, trasse una lima per le unghie. Poi contemplò a lungo con aria grave la propria faccia in uno specchietto, toccandola qua e là: un briciolo di cipria, ancora un po' di pomata per le labbra.

Le labbra di Jane si piegarono in una smorfia sprezzante; il suo sguardo proseguì oltre nella cabina.

Dietro le due signore c'era l'ometto straniero che aveva ceduto il proprio posto alla "gentildonna di campagna". Imbacuccato in una quantità di sciarpe pesanti e assolutamente non necessarie, sembrava profondamente addormentato. Forse reso inquieto dall'occhiata scrutatrice di Jane, spalancò gli occhi, la considerò per un momento, poi li richiuse.

Al suo fianco sedeva un uomo alto, con i capelli grigi, la faccia autoritaria. Aveva una custodia da flauto aperta e stava lucidando lo strumento con cura amorosa. "Che strano," pensò Jane "non ha per nulla l'aspetto del musicista, sembra piuttosto un avvocato o un medico."

Dietro ancora c'erano due francesi, uno con la barba e l'altro molto più giovane, forse suo figlio. Stavano chiacchierando, gesticolando in modo agitato.

Dalla parte di Jane, la vista era bloccata dall'uomo con il pullover azzurro pervinca, l'uomo che per qualche assurdo motivo era ben decisa a non voler guardare.

"È sciocco che io mi senta... così... così eccitata... neanche avessi diciassette anni!" pensò Jane indignata.

Di fronte a lei, Norman Gale stava pensando: "È carina... proprio carina... si ricorda perfettamente di me. Come sembrava delusa quando le puntate furono ritirate tutte. Cosa contano quattro soldi a confronto del piacere di vederla gioire per la vincita. Sono stato abbastanza bravo... È molto attraente quando sorride, niente piorrea nella sua bocca... gengive sane e denti robusti... Accidenti come sono eccitato. Calma, ragazzo mio...".

Allo steward che indugiava premuroso al suo fianco con il menu, disse: «Prenderò la lingua fredda».

La contessa di Horbury stava pensando: "Mio Dio, cosa farò? Che maledetto pasticcio... che maledetto pasticcio. A quanto posso vedere, c'è solo una via d'uscita. Se almeno avessi il coraggio necessario. Ci riuscirò? Sarò capace di cavarmela con un bluff? Ho i nervi completamente a pezzi. È la cocaina. Cosa mi è saltato in mente di prendere la cocaina? Ho una faccia spaventosa, semplicemente spaventosa. E il solo fatto che sia qui quella fintona di Venetia Kerr rende le cose ancora peggiori. Mi guarda sempre come se fossi l'essere più infimo della terra. Voleva Stephen per sé. Bene, invece non è riuscita ad averlo! Quella sua faccia, così lunga, mi dà letteralmente sui nervi! Assomiglia talmente a quella di un cavallo! Come odio queste signore di campagna. Mio Dio, cosa devo fare? Bisogna che mi decida. La vecchia strega parlava sul serio quando ha detto...".

Frugò nell'astuccio della toilette, trovò il portasigarette e infilò la sigaretta in un lungo bocchino. Le mani erano scosse da un leggero tremito.

Venetia Kerr pensava: "Maledetta sgualdrinella. Perché non è altro che questo. Potrà fingere, esteriormente, di essere una creatura virtuosa ma, in fondo in fondo, è proprio una sgualdrina. Povero vecchio Stephen... se almeno riuscisse a liberarsi di lei...".

A sua volta cercò il portasigarette. Accettò il fiammifero che le offrì Cicely Horbury.

Lo steward disse: «Le signore devono scusarmi, ma è vietato fumare».

Cicely Horbury esclamò: «Accidenti!».

Monsieur Hercule Poirot stava pensando: "È graziosa, la ragazzina laggiù. C'è fermezza in quel mento. Chissà perché è tanto preoccupata per qualche cosa? E per quale motivo sembra così decisa a non voler guardare il bel giovanotto seduto di fronte a lei? Eppure lo ha notato, eccome... come quel giovanotto ha notato lei...". L'apparecchio perdette leggermente quota. "*Mon estomac*" pensò Hercule Poirot e chiuse gli occhi.

Al suo fianco il dottor Bryant, accarezzando il flauto con le mani nervose, pensava: "Non riesco a decidermi. Non riesco assolutamente a decidermi. Questa è una svolta vitale nella mia carriera...".

Con gesti nervosi tirò fuori il flauto dalla custodia, i suoi movimenti erano carezzevoli, pieni d'amore... La musica... nella musica si poteva trovare l'evasione da ogni problema. Abbozzando un sorriso si portò il flauto alle labbra, poi lo depose nuovamente. L'ometto con i baffi al suo fianco era profondamente addormentato. C'era stato un momento, quando l'aeroplano aveva incontrato qualche turbolenza, in cui gli era sembrato addirittura verde in faccia! Il dottor Bryant si rallegrò con se stesso per non aver mai sofferto di nausea durante i viaggi in treno, in mare o in aereo...

Il signor Dupont *père* si girò eccitatissimo sul sedile ed esclamò, rivolto al signor Dupont *fils*, seduto vicino a lui: «Non c'è il minimo dubbio. Sbagliano tutti... i tedeschi, gli americani, gli inglesi! Le loro datazioni della ceramica preistorica sono completamente sbagliate. Prendi, per esempio, quelle di Samarra...».

Jean Dupont, alto, biondo, con un'aria di falsa indolenza, disse: «Devi prendere in considerazione le prove che vengono da tutte le fonti. C'è Tall Halaf, e Sakje Geuze...».

La discussione si prolungò.

Armand Dupont spalancò impetuosamente una valigetta piuttosto malconcia.

«Prendi queste pipe curde, come le fabbricano oggi. Le decorazioni sono simili, in tutto e per tutto, a quelle della ceramica del 5000 avanti Cristo» Un gesto eloquente rischiò di rovesciare il piatto che uno steward gli stava mettendo davanti.

Il signor Clancy, scrittore di romanzi polizieschi, si alzò dal suo sedile, dietro a Norman Gale, e si avviò a passi felpati verso il fondo della cabina. Estrasse una guida Bradshaw dell'Europa dalla tasca del proprio impermeabile e tornò al suo posto per studiare, a scopi professionali, come risolvere un alibi complicato.

Il signor Ryder, che occupava il sedile dietro il suo, pensò: "Bisogna che mi comporti come se non ci fosse niente da temere, ma non sarà facile. Non riesco assolutamente a capire come farò a mettere insieme le svanziche che ci vogliono a pagare il prossimo dividendo. Se lo voteremo in consiglio, questo dividendo, sarà una bella frittata... Oh! accidenti!".

Norman Gale si alzò e andò alla toilette. Non appena si fu allontanato, Jane tirò fuori uno specchietto e si esaminò ansiosamente la faccia. Non solo, ma se la ritoccò anche con cipria e rossetto.

Uno steward le servì un caffè.

Jane guardò fuori dal finestrino. Laggiù, sotto di loro, la Manica appariva azzurra e luminosa.

Una vespa ronzò intorno alla testa del signor Clancy proprio mentre stava prendendo in considerazione il treno delle 19.55 in partenza da Tzaribrod e lui, con un gesto distratto, la scacciò. La vespa volò a esaminare le tazze del caffè davanti ai due Dupont.

Jean Dupont la ammazzò con un colpetto deciso.

La quiete calò nella cabina. Le conversazioni cessarono, ma i pensieri continuarono. Proprio in fondo, al posto n. 2, la testa di madame Giselle ciondolò cadendo lievemente in avanti. Chiunque avrebbe pensato che stesse dormendo. Invece non era addormentata. Non parlava, non pensava.

Madame Giselle era morta...

2

Henry Mitchell, il più anziano dei due steward, passò rapido da un tavolino all'altro posandovi sopra i conti. Nel giro di mezz'ora sarebbero arrivati a Croydon. Raccoglieva banconote e monete, s'inchinava, diceva: «Grazie, signore. Grazie, signora». Al tavolino dove sedevano i due francesi dovette aspettare un minuto o due, tanto erano occupati a discutere e a gesticolare. Fra l'altro, da loro non c'era da aspettarsi granché come mancia, pensò depresso. Due dei passeggeri dormivano, l'ometto con i baffi e la donna anziana in fondo.

Lei era abituata a dare mance sostanziose, la ricordava perché non era la prima volta che faceva quel tragitto. Quindi evitò di svegliarla. L'ometto con i baffi invece si svegliò e pagò per la bottiglia di acqua minerale e i leggeri biscotti secchi che erano stati tutto il suo pasto.

Mitchell lasciò tranquilla l'altra passeggera fin quando gli fu possibile. All'incirca cinque minuti prima di arrivare a Croydon, si fermò al suo fianco e si chinò su di lei.

«*Pardon*, signora, il suo conto.»

Con deferenza le posò una mano sulla spalla. Lei non si svegliò. Lo steward aumentò la pressione, scuotendola gentilmente, ma l'unico risultato fu quello di vederla accasciarsi improvvisamente sul sedile. Mitchell si chinò su di lei, poi si rialzò, pallidissimo.

Albert Davis, il secondo steward, disse: «Caspita! Vuoi scherzare!».

«Ti dico che è vero.»

Mitchell era bianco come un cencio e tremava.

«Ma sei proprio sicuro, Henry?»

«Sicurissimo. Per lo meno... be', potrebbe aver avuto un malore.»

«Saremo a Croydon fra pochi minuti.»

«Se si è soltanto sentita male...»

Rimasero incerti per un minuto o due, poi decisero il da farsi. Mitchell tornò nella cabina posteriore. Passando da un tavolino all'altro, chinò la testa e mormorò in tono confidenziale.

«Scusatemi, signore, siete medico per caso...?»

Norman Gale disse: «Io sono dentista. Ma se c'è qualcosa che possa fare...» e fece per alzarsi.

«Io sono medico» disse il dottor Bryant. «Che cosa è successo?»

«C'è una signora là in fondo... il suo aspetto mi piace poco.»

Bryant si alzò e accompagnò lo steward. Senza che lo notassero, l'ometto con i baffi li seguì.

Il dottor Bryant si curvò sulla figura rannicchiata nel sedile n. 2, quella di una donna piuttosto corpulenta, di mezza età, vestita completamente di nero.

L'esame del medico fu breve.

«È morta.»

Mitchell chiese: «Che cosa può essere stato, secondo voi... un malore o qualcosa di simile?».

«Non posso assolutamente affermarlo senza un esame più accurato. Quando l'avete vista per l'ultima volta... Viva, voglio dire?»

Mitchell rifletté.

«Stava bene quando le ho portato il caffè.»

«Ricordate a che ora, più o meno?»

«Be', all'incirca tre quarti d'ora fa... più o meno. Poi, quando le ho portato il conto, ho pensato che dormisse...»

Bryant disse: «È morta da almeno mezz'ora».

Il loro dialogo stava cominciando a provocare un certo interesse, qualche testa si era girata a osservarli. Qualche collo si era allungato per ascoltare.

«Suppongo che possa essere stato un malore, o qualcosa del genere» suggerì Mitchell speranzoso.

Si aggrappava disperatamente alla teoria di un malessere improvviso.

Ne soffriva la sorella di sua moglie. E gli pareva che cose del genere fossero semplici, usuali, e che chiunque potesse comprenderle.

Il dottor Bryant non aveva intenzione di impegnarsi in una risposta. Si limitò quindi a scrollare il capo con espressione perplessa.

Una voce si levò al suo fianco, la voce dell'ometto imbacuccato nelle sciarpe, l'ometto con i baffi.

«C'è un segno sul collo» disse.

Aveva parlato in tono di scusa, dovuto alla consapevolezza di rivolgersi a una persona che aveva una cultura in materia superiore alla sua.

«È vero» disse il dottor Bryant.

La testa della donna ciondolò di lato. Sulla gola c'era il segno minuscolo di una puntura.

«*Pardon*...» I due Dupont li avevano raggiunti ed erano rimasti ad ascoltarli. «La signora è morta, dite voi, e c'è un segno sul suo collo?»

Era Jean, il più giovane, a parlare.

«Posso fornire un'informazione? C'era una vespa che svolazzava da queste parti. L'ho uccisa.» E ne mostrò il cadavere nel piattino della sua tazza da caffè. «Non è possibile che la povera signora sia deceduta per la puntura di una vespa? Ho sentito che possono succedere cose del genere.»

«È possibile» confermò Bryant. «Anche a me sono capitati casi simili. Sì, questa è indubbiamente una spiegazione, soprattutto se esisteva già una condizione di debolezza cardiaca...»

«C'è qualcosa che dovrei fare, signore?» domandò lo steward. «Tra un minuto saremo a Croydon.»

«Già, già» disse il dottor Bryant facendosi leggermente da parte. «Non c'è niente che si può fare. Il... ehm... corpo non deve essere rimosso.»

«Sì, signore, capisco perfettamente.»

Il dottor Bryant si preparò a riprendere il suo posto e lanciò un'occhiata di vaga sorpresa al piccolo straniero che era rimasto impassibile al suo posto, avvolto nelle sciarpe.

«Caro signore,» disse «la cosa migliore da fare è tornare a sedersi. Atterreremo a Croydon quasi immediatamente.»

«Proprio così, signore» disse lo steward. Alzò la voce. «Prego i signori viaggiatori di tornare ai loro posti.»

«*Pardon*» disse l'ometto. «C'è qualcosa...»

«Qualcosa?»

«*Mais oui*, qualcosa che è stato trascurato.»

Con la punta della scarpa fece capire ciò che intendeva. Lo steward e il dottor Bryant seguirono con gli occhi quel movimento. Fu così che notarono il tenue luccichio di qualcosa di giallo e nero sul pavimento, seminascosto dal bordo della gonna di madame Giselle.

«Un'altra vespa?» disse il dottore, sorpreso.

Hercule Poirot si mise in ginocchio. Tirò fuori di tasca un paio di pinzette e le usò con delicatezza. Poi si rialzò con il trofeo.

«Sì,» disse «assomiglia moltissimo a una vespa; ma non è una vespa!»

Girò e rigirò l'oggetto da una parte e dall'altra, in modo che il medico e lo steward potessero vedere chiaramente. Si trattava di un piccolo nodo di seta soffice e leggera, gialla e nera, attaccata a una lunga spina, dall'aspetto insolito, con la punta sbiadita.

«Signore Iddio benedetto!» L'esclamazione era sfuggita al piccolo signor Clancy che aveva lasciato il suo posto e stava allungando disperatamente la testa al di sopra della spalla dello steward. «Straordinario! Proprio molto singolare! È la cosa più straordinaria che mi sia mai capitato di vedere. Be', giuro sulla mia testa che non ci avrei mai e poi mai creduto.»

«Potreste cercare di essere un poco più chiaro, signore?» gli domandò lo steward. «Riconoscete per caso questo oggetto?»

«Riconoscerlo? Certo che lo riconosco.» Il signor Clancy trasudava entusiasmo, orgoglio e gratificazione. «Questo oggetto, signori, è una spina che certe tribù indigene lanciano servendosi di una cerbottana... Ehm... non posso dire con esattezza, in questo momento, se si tratta di determinate tribù del Sud America, oppure se quelli che ho in mente siano gli abitanti del Borneo; comunque si tratta, senza ombra di dubbio, di un tipo di freccia che certi indigeni lanciano con una cerbottana e ho il fiero sospetto che sulla punta...»

«Si trovi il famoso veleno che usano gli indigeni del Sud America per le loro frecce» concluse Hercule Poirot. E aggiunse: «*Mais enfin! Est-ce que c'est possible?*».

«Indubbiamente è una cosa straordinaria» disse il signor Clancy, sempre in preda a una forte eccitazione. «Come dicevo, è assolutamente incredibile. Sono uno scrittore di romanzi polizieschi; ma trovarmi addirittura di fronte, nella vita reale...»

Non gli venivano le parole.

L'aeroplano si inclinò leggermente e tutti coloro che si trovavano in piedi vacillarono. L'apparecchio stava compiendo un ampio giro durante la discesa sull'aeroporto di Croydon.

3

La situazione non era più nelle mani dello steward e del dottore. Il loro posto era stato usurpato da quell'ometto imbacuccato nelle sue sciarpe, dall'aspetto alquanto strano, il quale si mise a parlare con un'autorevolezza e una sicurezza che nessuno osò mettere in dubbio.

Bisbigliò qualcosa a Mitchell; quest'ultimo annuì e poi, facendosi largo fra i passeggeri, andò a piantarsi nel vano della porta che conduceva alle toilette e alla parte anteriore dell'apparecchio.

L'aereo, ormai, stava correndo sulla pista. Quando finalmente si arrestò, Mitchell alzò la voce: «Devo chiedere a tutti i passeggeri, signori e signore, di restare seduti ai loro posti e di non muoversi fino a quando non interverranno le autorità competenti. Spero che nessuno sarà trattenuto a lungo».

Quest'ordine, più che ragionevole, venne accettato con la dovuta considerazione da quasi tutti gli occupanti della cabina, ma una persona protestò vivacemente.

«Che assurdità» esclamò Lady Horbury stizzita. «Non sapete chi sono io? Insisto perché mi venga consentito di andarmene di qui all'istante.»

«Dolentissimo, *milady*. Non è possibile fare eccezioni.»

«Ma è assurdo, assolutamente assurdo» Cicely si mise a battere nervosamente un piede sul pavimento. «Farò rapporto nei vostri confronti alla compagnia aerea. È offensivo che noi dobbiamo rimanere chiusi qua dentro con un cadavere.»

«Certamente, mia cara,» disse Venetia Kerr con la sua parlata elegante, lenta, da aristocratica «è gravissimo, ma temo proprio che dovremo chinare la testa.» Quanto a lei, si mise a sedere e tirò fuori un portasigarette. «Posso fumare adesso?» chiese.

L'angosciato Mitchell rispose: «Credo che non ci siano difficoltà adesso, signorina».

Lanciò un'occhiata dietro le spalle. Davis aveva fatto scendere i passeggeri della cabina anteriore dall'uscita di sicurezza ed era andato a prendere ordini.

L'attesa non fu lunga, ma ai passeggeri sembrò che fosse passata come minimo una mezz'ora quando una figura impettita e dall'andatura militaresca, in abiti borghesi, accompagnata da un poliziotto in uniforme, attraversò frettolosamente la pista dell'aeroporto ed entrò nella cabina del velivolo dallo sportello che Mitchell le teneva aperto.

«Dunque, vediamo un po', cos'è tutta questa faccenda?» domandò il nuovo arrivato in tono brusco, ufficiale.

Ascoltò tutto il racconto di Mitchell e la versione del dottor Bryant, poi lanciò una rapida occhiata in direzione del cadavere accasciato sul sedile.

Diede un ordine al suo agente, e infine si rivolse ai passeggeri.

«Signore e signori, volete seguirmi, per cortesia?»

Li scortò fuori dall'aereo e attraversò l'aeroporto ma non passò, come al solito, dalla dogana; li condusse invece in una stanzetta privata.

«Spero di non dovervi fare attendere più del necessario.»

«Sentite un po', ispettore» disse il signor James Ryder. «Io ho un importante appuntamento d'affari a Londra.»

«Spiacente, signore.»

«Sono Lady Horbury. Considero profondamente offensivo che voi mi tratteniate qui, in questo modo!»

«Sono dolentissimo, lady Horbury, ma, vedete, si tratta di una faccenda molto grave. Sembra che ci sia di mezzo un delitto.»

«Il veleno per le frecce degli indigeni del Sud America» mormorò il signor Clancy estasiato, mentre sulla sua faccia si disegnava un sorriso di felicità.

L'ispettore lo squadrò con sospetto.

L'archeologo cominciò a parlare in francese, in tono eccitato, e l'ispettore gli rispose lentamente, con attenzione, nella stessa lingua.

Venetia Kerr disse: «Tutta questa storia è molto fastidiosa, ma suppongo che voi, ispettore, dobbiate fare il vostro dovere». Al che quella brava persona replicò: «Grazie, signora» con un accento pieno di gratitudine.

Poi continuò: «Se lor signore e signori volessero rimanere dove si trovano, desidererei dire due parole al dottor... ehm... dottor...?».

«Il mio nome è Bryant.»

«Grazie. Venite da questa parte con me, dottore.»

«Posso assistere al vostro colloquio?»

Era stato l'ometto con i baffi a parlare.

L'ispettore si voltò per rispondere, mentre una battuta aspra gli saliva alle labbra. Ma l'espressione della sua faccia cambiò di colpo.

«Scusate, monsieur Poirot» disse. «Siete talmente imbacuccato che non vi avevo riconosciuto. Ma certo, venite pure.»

Tenne la porta spalancata per Bryant e Poirot, che la varcarono seguiti dagli sguardi carichi di sospetto del resto della compagnia.

«Si può sapere per quale motivo a lui deve essere concesso di andarsene mentre noi siamo obbligati a restare qui?» esclamò Cicely Horbury.

Venetia Kerr si sedette su una panca con aria rassegnata.

«Probabilmente è della polizia francese,» disse «oppure è una spia dei doganieri.»

Si accese una sigaretta.

Norman Gale disse a Jane, in tono di vaga diffidenza: «Credo di avervi visto a... ehm... Le Pinet».

«Ero a Le Pinet.»

Gale aggiunse: «È un posto straordinariamente bello. Mi piacciono i pini».

«Sì, hanno un profumo così piacevole.»

Poi tacquero tutti e due per un paio di minuti, senza sapere cosa dire.

Alla fine lui disse: «Io... ehm... vi ho riconosciuta subito in aereo».

Jane manifestò una grande sorpresa: «Davvero?».

«Pensate che quella donna sia stata realmente assassinata?» chiese Gale.

«Immagino di sì» disse Jane. «Sotto un certo aspetto, è una situazione piuttosto emozionante, ma è anche abbastanza sgradevole» e rabbrividì leggermente mentre Norman Gale le andava un poco più vicino, quasi con un gesto protettivo.

I Dupont stavano parlando in francese tra loro. Il signor Ryder scriveva cifre e faceva calcoli in un libriccino guardando, di tanto in tanto, l'orologio da polso.

Cicely Horbury si era seduta e batteva con impazienza un piede sul pavimento. Poi, con mani tremanti, si accese una sigaretta.

Un poliziotto grande e grosso in divisa blu, impassibile, stava appoggiato contro la porta.

In un locale adiacente, l'ispettore Japp stava parlando con il dottor Bryant ed Hercule Poirot.

«Sembra che sia una vostra prerogativa, monsieur Poirot, quella di comparire nei posti più inaspettati.»

«E l'aeroporto di Croydon non è un po' fuori dal vostro solito raggio d'azione, caro amico?» domandò Poirot.

«Ah, sono sulle tracce di un pezzo grosso del giro del contrabbando. È stato un vero colpo di fortuna che mi trovassi sul posto. Perché si tratta della faccenda più straordinaria che mi sia capitata da molti anni. Dunque, adesso veniamo al sodo. Per prima cosa, dottore, forse sarà opportuno che mi diate il vostro nome completo e l'indirizzo.»

«Roger James Bryant. Sono uno specialista delle malattie dell'orecchio e della gola. Il mio indirizzo è 329, Harley Street.»

Un imperturbabile agente di polizia, seduto a un tavolo, prese nota di tutte queste informazioni.

«Naturalmente il nostro medico legale esaminerà il cadavere,» disse Japp «tuttavia sarà necessaria la vostra presenza nell'inchiesta, dottore.»

«Certo, certo.»

«Potreste darci un'idea dell'ora in cui deve essere avvenuta la morte?»

«Quando l'ho esaminata, quella donna doveva essere morta già da almeno mezz'ora; questo è avvenuto pochi minuti prima del nostro arrivo a Croydon. Non saprei essere più preciso, però mi pare di aver sentito dire dallo steward che le aveva parlato all'incirca un'ora prima.»

«Bene, dal punto di vista pratico, questo restringe il campo di indagine. Immagino che sia inutile domandarvi se avete osservato qualcosa di sospetto, vero?»

Il dottore scrollò la testa.

«Quanto a me, ero addormentato» disse Poirot con profondo rammarico. «Viaggiando in aereo, soffro quasi come quando viaggio per mare. Così, mi imbacucco ben bene e cerco di dormire.»

«Non avete alcuna idea di quella che potrebbe essere stata la causa della morte, dottore?»

«Preferirei non dire niente di definitivo al riguardo. È uno di quei casi in cui occorrono le analisi di laboratorio e l'autopsia.»

Japp annuì, con aria comprensiva.

«Bene, dottore,» disse «non credo che sia necessario trattenervi ulteriormente. Temo soltanto che... ehm... dovrete sottoporvi a determinate formalità; sarà lo stesso per tutti gli altri passeggeri. Non possiamo fare eccezioni.»

Il dottor Bryant sorrise.

«Preferirei che vi assicuraste che non porto nascoste sulla mia persona né... ehm... cerbottane né altre armi letali» disse in tono grave.

«A questo penserà Rogers.» E Japp fece cenno al suo agente. «A proposito, dottore, avete un'idea di quel che potrebbe trovarsi su questa...?»

Gli indicò la lunga spina acuminata con la punta scolorita che si trovava in una scatoletta sul tavolo di fronte.

Il dottor Bryant scosse la testa.

«È difficile dirlo senza un'analisi. Mi pare che il veleno usualmente impiegato dagli indigeni sia il curaro.»

«E basterebbe a fare un brutto scherzo come questo?»

«È un veleno ad azione estremamente rapida.»

«Ma non è molto facile da ottenere, eh?»

«Non molto facile per un profano.»

«In tal caso vi dovremo perquisire con un'attenzione ancora maggiore» disse Japp, il quale aveva un debole per le battute spiritose. «Rogers!»

Il dottor Bryant e l'agente di polizia uscirono insieme dalla stanza.

Japp inclinò la sua seggiola, mettendola in equilibrio su due sole gambe, e guardò Poirot.

«Una strana faccenda, questa» disse. «Un po' troppo sensazionale per essere vera. Voglio dire che cerbottane e frecce avvelenate in un aeroplano... ecco, sono un insulto alla nostra intelligenza.»

«Questa, amico mio, è un'osservazione profondissima» disse Poirot.

«Un paio dei miei uomini sta frugando l'aereo» disse Japp. «Stanno anche arrivando un fotografo e un esperto di impronte digitali. Credo che adesso sarà meglio parlare con gli steward.»

Andò alla porta e diede un ordine. Gli steward vennero introdotti nel locale. Quello più giovane aveva riacquistato tutto il suo equilibrio. Sembrava più eccitato che altro. Quello più anziano aveva ancora la faccia pallidissima e l'aria spaventata.

«Non c'è da allarmarsi, ragazzi, state tranquilli» disse Japp. «Mettetevi a sedere. Avete tutti i passaporti? Bene.»

Li fece passare rapidamente.

«Ah, eccoci. Marie Morisot... passaporto francese. Sapete niente di lei?»

«Io l'ho già vista prima. Andava e veniva dall'Inghilterra abbastanza spesso» disse Mitchell.

«Ah! Dunque doveva viaggiare per affari. Non sapete di che cosa si occupasse in particolare?»

Mitchell scrollò la testa. Lo steward più giovane disse: «Me la ricordo anch'io. La vedevo sul volo del mattino presto, quello che parte alle otto da Parigi».

«Chi di voi due è stato l'ultimo a vederla viva?»

«Lui.» Lo steward più giovane indicò il collega.

«Precisamente» disse Mitchell. «È stato quando le ho portato il caffè.»

«Che aspetto aveva, allora?»

«Confesso di non averlo notato. Le ho semplicemente dato lo zucchero e offerto il latte, che ha rifiutato.»

«Che ora sarà stata?»

«Ecco, non potrei dirlo con precisione. In quel momento volavamo sopra la Manica. Avrebbero potuto essere all'incirca le due del pomeriggio.»

«Sì, pressappoco» disse Albert Davis, l'altro steward.

«E, in seguito, quando l'avete vista?»

«Quando ho portato i conti.»

«Che ora poteva essere?»

«Un quarto d'ora più tardi. Ho creduto che dormisse... perbacco, invece doveva essere già morta!»

La voce dello steward risuonò carica di paura.

«E non avete notato traccia di questo...» Japp gli indicò la piccola freccia simile a una vespa.

«Nossignore, assolutamente no.»

«E voi, Davis?»

«L'ultima volta che l'ho vista è stato quando servivo i biscotti salati con il formaggio. Allora stava benone.»

«Qual è il vostro sistema di servire i pasti?» domandò Poirot. «Ognuno di voi due serve una cabina separata?»

«Nossignore, lavoriamo insieme. La minestra, poi la carne, la verdura e l'insalata, poi il dolce, e così via. In genere prima serviamo la cabina posteriore, e poi, con una serie di piatti freschi, quella anteriore.»

Poirot annuì.

«Questa Morisot ha scambiato parola con qualcuno, sull'aereo ha dato segno di riconoscere qualche passeggero?» domandò Japp.

«Non direi, per quel che ho visto io, signore.»

«E voi, Davis?»

«Nossignore.»

«Si è mai mossa dal suo posto durante il viaggio?»

«Non credo, signore.»

«Di conseguenza nessuno di voi due... riesce a pensare a qualcosa che possa gettare un po' di luce su questa faccenda?»

I due uomini ci pensarono un momento e poi scrollarono la testa.

«Va bene, allora è tutto per il momento. Vi rivedrò più avanti.»

Henry Mitchell disse con aria molto seria: «È una gran brutta faccenda, signore. E non mi piace che sia toccata proprio a me, mentre ero in servizio, se mi capite».

«Be', non mi sembra che vi si possa assolutamente rimproverare per quanto è successo» disse Japp. «A ogni modo, sono d'accordo, è una gran brutta faccenda... proprio!»

Fece per congedarli, ma Poirot si sporse in avanti.

«Permettetemi una piccola domanda.»

«Prego, fate pure, Monsieur Poirot.»

«Uno di voi due si è accorto, per caso, di una vespa che volava nell'aereo?»

I due uomini fecero segno di no con la testa.

«Per quel che ne so io, non c'era alcuna vespa» disse Mitchell.

«Sì, invece; la vespa c'era» disse Poirot. «Abbiamo il suo cadavere sul piattino di uno dei passeggeri.»

«Bene, io non l'ho vista» disse Mitchell.

«Tanto meno io» aggiunse Davis.

«Non importa.»

I due steward lasciarono la stanza. Japp stava scorrendo rapidamente con gli occhi i passaporti.

«Abbiamo una contessa a bordo» disse. «Immagino che sia quella che ha fatto tutto quel baccano per far sentire la sua importanza. Sarà meglio vederla subito, prima che perda completamente le staffe e pretenda un'interrogazione alla Camera sui metodi brutali della polizia.»

«Suppongo che farete perquisire molto accuratamente tutti i bagagli... Parlo dei bagagli a mano dei passeggeri che viaggiavano nella cabina posteriore dell'aereo, vero?»

Japp gli strizzò l'occhio.

«Figuriamoci, cosa credete, monsieur Poirot? Dobbiamo trovare quella cerbottana... se esiste una cerbottana, e non stiamo tutti sognando! Mi sembra una specie di incubo, questa storia. Non ci sarà da pensare che quel piccoletto, lo scrittore di romanzi polizieschi, abbia perduto il bene dell'intelletto e abbia deciso di mettere in atto uno dei suoi delitti nella realtà, invece di farli vivere solo sulla carta? Perché questa faccenda della freccia avvelenata gli va a pennello.»

Poirot scrollò la testa con aria dubbiosa.

«Sì,» continuò Japp «tutti devono essere perquisiti, che facciano i capricci o no, anche se non vogliono; e bisogna frugare in tutto il bagaglio che portavano a mano... su questo non si discute.»

«Magari si potrebbe fare un elenco molto accurato,» suggerì Poirot «un elenco di tutto ciò che queste persone hanno con sé.»

Japp lo scrutò incuriosito.

«È possibile, se lo dite voi, monsieur Poirot. Per quanto non riesco a capire esattamente a che cosa pensiate. Sappiamo bene ciò che stiamo cercando.»

«Voi, forse, *mon ami*, ma io non ne sono altrettanto sicuro. Sto cercando qualcosa, ma non so di che cosa si tratti con esattezza.»

«Ci ricascate, monsieur Poirot? Vi piace complicare le cose, vero? E adesso, prepariamoci per Sua Signoria, prima che tiri fuori le unghie per cavarmi gli occhi.»

Tuttavia lady Horbury era notevolmente più calma. Accettò la sedia e rispose alle domande di Japp senza la minima esitazione. Si definì la moglie del conte di Horbury e diede come proprio indirizzo Horbury Chase nel Sussex e il numero 315 di Grosvenor Square a Londra. Stava tornando a Londra dopo essere stata a Le Pinet e a Parigi. La donna morta le era del tutto sconosciuta. Durante il volo non aveva notato niente di sospetto. In ogni caso era seduta in direzione opposta, verso la parte anteriore dell'aereo, e quindi non aveva avuto alcuna opportunità di vedere ciò che stava succedendo alle proprie spalle. Non aveva mai abbandonato il suo sedile durante il viaggio. A quanto ricordava, nessuno era entrato dalla cabina anteriore in quella posteriore, salvo gli steward. Non lo ricordava con esattezza, però le sembrava che due dei passeggeri, due uomini, avessero lasciato la cabina per andare alle toilette. Non aveva osservato nessuno intento a maneggiare qualcosa che potesse lontanamente assomigliare a una cerbottana. No, rispose a Poirot, non si era accorta che ci fosse una vespa all'interno dell'aereo.

Lady Horbury fu congedata. Fu la volta di Venetia Kerr. La deposizione della signorina Kerr fu più o meno simile a quella della sua amica. Disse di chiamarsi Venetia Anne Kerr e diede come indirizzo Little Paddocks, Horbury, Sussex. Era di ritorno dal sud della Francia. A quanto le pareva di ricordare non aveva mai visto la donna uccisa, né aveva notato qualcosa di sospetto durante il viaggio. Sì, si era accorta che alcuni passeggeri seduti dietro di lei cercavano di colpire una vespa. Uno di loro, così le pareva, l'aveva uccisa. Tutto era avvenuto quando il pranzo era già stato servito.

E la signorina Kerr uscì di scena.

«Mi sembrate estremamente interessato a quella vespa, monsieur Poirot.»

«Il fatto è che la vespa non è tanto un oggetto di interesse quanto piuttosto una fonte di possibili informazioni, eh?»

«Se volete il mio parere,» disse Japp, cambiando argomento «i colpevoli sono quei due francesi! Erano seduti esattamente dall'altra parte del corridoio rispetto al posto dove si trovava questa Morisot. Sono entrambi male in arnese, e su quella loro logora valigetta c'è un discreto numero di etichette di paesi molto lontani. Non mi meraviglierei affatto che fossero stati nel Borneo o nel

Sud America, o in qualsiasi altro posto del genere. Naturalmente non sarà facile scoprire quale poteva essere il loro movente, ma oso dire che forse potremo saperne qualcosa da Parigi. Dovremo chiedere alla *Sûreté* di collaborare con noi in questo caso. In realtà è un lavoro che riguarda loro più di noi. Ma, se volete che ve lo dica, per me i nostri piccioncini sono quei due delinquenti.» Gli occhi di Poirot ebbero uno scintillio.

«Ciò che dite è possibile, certo, ma, per quel che riguarda alcuni dei punti che mi avete fatto rilevare, siete in errore, amico mio. Quei due uomini non sono delinquenti, o tagliagole, come insinuate. Al contrario, sono due degnissime persone, due archeologi di profonda cultura.»

«Su, andiamo... mi state prendendo in giro!»

«Niente affatto. Li conosco, di vista. Sono monsieur Armand Dupont e il figlio, monsieur Jean Dupont. Non molto tempo fa sono tornati dalla Persia, dove hanno eseguito alcuni scavi di estremo interesse, in una località non molto distante da Susa.»

«Via, andiamo!»

Japp allungò la mano verso un passaporto.

«Avete ragione, monsieur Poirot, però ammetterete che, all'apparenza, non ne hanno affatto l'aspetto, vero?»

«È raro che gli uomini celebri lo abbiano! Io stesso, *moi, qui vous parle*, sono stato scambiato, in passato, per un parrucchiere!»

«Ma cosa mi dite!» esclamò Japp con un sogghigno. «Bene, diamo un'occhiata ai nostri celebri archeologi.»

Monsieur Dupont *père* dichiarò che la defunta gli era perfettamente sconosciuta. Non aveva notato nulla di ciò che era successo durante il viaggio in quanto stava discutendo una questione estremamente interessante con suo figlio. Non si era mai mosso dal suo posto. Sì, verso la fine del pranzo aveva notato una vespa. Suo figlio l'aveva uccisa.

Monsieur Jean Dupont confermò questa deposizione. Non si era accorto di quanto succedeva attorno a lui. La vespa gli aveva dato fastidio e l'aveva uccisa. Qual era stato l'argomento della discussione? Le ceramiche preistoriche nel Medio Oriente.

Il signor Clancy, che arrivò dopo di loro, se la vide piuttosto brutta. Secondo l'ispettore Japp, il signor Clancy ne sapeva un po' troppo di cerbottane e di dardi avvelenati.

«Avete mai posseduto personalmente una cerbottana?»

«Ecco... io... ehm... be'... sì, effettivamente sì.

«Davvero!» L'ispettore Japp si avventò come un falco su quest'affermazione.

Il signor Clancy era assai agitato: «Non dovete... ehm... fraintendermi; i miei scopi sono del tutto innocenti. Posso spiegare...».

«Sissignore, sarà meglio che mi spieghiate davvero...»

«Ecco, vedete, stavo scrivendo un libro in cui l'assassinio era commesso in questo modo...»

«Davvero...»

Di nuovo quell'intonazione minacciosa. Il signor Clancy si affrettò a continuare: «Era tutta una questione di impronte digitali... se mi capite. Mi serviva un'illustrazione che chiarisse un particolare... cioè... le impronte digitali... la loro posizione... la posizione delle impronte sulla cerbottana, e avendo notato un oggetto del genere... Sì, è stato in Charing Cross Road... per lo meno due anni fa, ormai... e così ho comperato la cerbottana... e un mio amico artista me l'ha disegnata molto cortesemente... con le impronte digitali... per illustrare ciò che intendevo dire. Se volete, posso anche indicarvi di quale libro si tratta... il romanzo intitolato *L'indizio del petalo scarlatto*... e anche il mio amico».

«Avete conservato la cerbottana?»

«Ecco, sì... ecco, sì, credo... cioè, sì, l'ho conservata.»

«E dove si trova adesso?»

«Be', immagino... be', deve essere da qualche parte.»

«Che cosa volete dire esattamente, signor Clancy, quando parlate di "qualche parte"?»

«Voglio dire... ecco... da qualche parte... non so dire dove. Non... non sono un uomo molto ordinato.»

«L'avete con voi in questo momento, per esempio?»

«Certamente no. Figuriamoci, saranno sei mesi che non la guardo più!»

L'ispettore Japp gli rivolse un'occhiata glaciale di sospetto e continuò con le domande.

«Vi siete mai alzato dal vostro posto sull'aeroplano?»

«No, assolutamente no... per lo meno... be', sì, mi sono alzato.»

«Oh, vi siete alzato dal posto. E dove siete andato?»

«Sono andato a prendere la guida Bradshaw dell'Europa dalla tasca del mio impermeabile. L'impermeabile era su un mucchio di coperte da viaggio e valigie vicino all'ingresso, in fondo.»

«Quindi siete passato vicino al sedile della donna uccisa?»

«No... Per lo meno... be', sì, devo esserci passato. Ma è stato molto prima che potesse succedere qualcosa. Avevo mangiato solo la minestra.»

Le successive domande ottennero risposte negative. Il signor Clancy non aveva notato niente di sospetto. Era stato assorbito dal perfezionamento di un certo alibi durante un viaggio attraverso l'Europa.

«Alibi, eh?» disse l'ispettore in tono cupo.

Poirot intervenne con una domanda sulle vespe.

Sì, il signor Clancy aveva notato una vespa. Lo aveva attaccato, e lui aveva paura delle vespe. Quando era stato? Subito dopo che lo steward gli aveva servito il caffè. L'aveva scacciata con una mano e la vespa era volata via.

Venne presa nota del nome e dell'indirizzo del signor Clancy e infine gli fu concesso di andarsene, cosa che fece con un'evidente espressione di sollievo.

«Mi sembra che la sua storia puzzi un po' di marcio» disse Japp. «Aveva effettivamente in suo possesso una cerbottana; e guardate un po' come si è comportato. Era letteralmente stravolto!»

«La colpa è della severità del vostro contegno, mio bravo Japp.»

«Nessuno ha motivo di temere niente, purché dica la verità» rispose in tono austero l'uomo di Scotland Yard.

Poirot lo guardò con aria piena di compassione.

«Temo proprio che siate onestamente convinto di ciò.»

«Naturale che sono convinto. È la verità. E, adesso, facciamo chiamare Norman Gale.»

Questi fornì come indirizzo il 14 di Shepherd's Avenue, Muswell Hill. Di professione faceva il dentista.

Stava rientrando da una vacanza trascorsa a Le Pinet, sulla costa francese. Aveva passato una giornata a Parigi a esaminare parecchi nuovi tipi di strumenti odontoiatrici.

Non aveva mai visto la defunta e non aveva notato niente di sospetto durante il viaggio; in ogni caso, era seduto con il viso rivolto dalla parte opposta, verso la zona anteriore dell'aeroplano. Durante il viaggio aveva lasciato il suo posto una volta per andare alla toilette. Era tornato dritto al suo sedile e non si era mai avvicinato al fondo della cabina. Non si era accorto della vespa.

Dopo di lui entrò James Ryder, che sembrava sulle spine e aveva un modo di fare parecchio brusco. Stava tornando da un viaggio d'affari a Parigi. Non conosceva la defunta. Sì, effettivamente occupava il sedile immediatamente davanti a quello di lei, ma non avrebbe potuto osservarla senza alzarsi e voltarsi a guardare oltre lo schienale del proprio posto. Non aveva udito niente, né un grido né un'esclamazione.

Nessuno era arrivato fino a lì, in fondo alla cabina, all'infuori degli steward. Sì, i due francesi avevano occupato i posti che si trovavano sull'altro lato del corridoio alla stessa altezza del suo. Avevano conversato praticamente per tutto il viaggio. Il più giovane dei due aveva ucciso una vespa verso la fine del pasto. No, in precedenza non aveva notato nessuna vespa. Non sapeva come fosse fatta una cerbottana in quanto non ne aveva mai vista una, di conseguenza non poteva dire se ne avesse vista una durante questo viaggio oppure no...

Fu a questo punto che si sentì bussare lievemente alla porta. Un agente di polizia entrò, visibilmente compiaciuto, anche se cercava di controllare la propria soddisfazione.

«Il sergente ha trovato questo, signori, adesso adesso» disse. «Ha pensato che vi avrebbe fatto piacere averlo immediatamente.»

E depose sul tavolo la propria preda, aprendo con cura i lembi del fazzoletto in cui era avvolta.

«Niente impronte digitali, signori, per quanto il sergente ha potuto vedere; però mi ha detto di stare attento.»

L'oggetto era, senza ombra di dubbio, una cerbottana di fattura rozza e artigianale.

Japp sussultò, trattenendo il fiato.

«Signore Iddio! Dunque è proprio vero! Vi giuro sulla mia testa che non ci credevo!»

Il signor Ryder si sporse in avanti con aria piena di interesse.

«Dunque è un oggetto come questo che usano i sudamericani? L'ho letto parecchie volte, ma non ne ho mai vista una. Bene, adesso posso rispondere alla vostra domanda. Non ho notato nessuno che maneggiasse un affare di questo tipo.»

«Dov'è stata trovata?» domandò Japp a bruciapelo.

«Nascosta dietro uno dei sedili, signore, cacciata in fondo.»
«Quale sedile?»
«Il n. 9.»
«Molto divertente» disse Poirot.
Japp si voltò a guardarlo.
«Cosa c'è di divertente in tutto questo?»
«Molto semplice: il n. 9 era il "mio" posto.»
«Be', devo dire che le cose prendono una strana piega per voi» disse il signor Ryder.
Japp aggrottò le sopracciglia.
«Grazie, signor Ryder, basta così, potete andare.»
Quando Ryder si fu ritirato, Japp si rivolse a Poirot con una risata.
«È opera vostra, vecchio mio?»
«*Mon ami,*» disse Poirot con dignità «quando commetterò un omicidio, non sarà certo con il veleno usato per le frecce dagli indigeni del Sud America.»
«Sì, è una cosa un po' troppo rozza per voi» ammise Japp. «Però sembra che abbia funzionato.»
«È proprio questo che vi fa lambiccare il cervello!»
«Chiunque sia stato, deve avere corso i rischi più incredibili. Sì, per Giove, deve essere stato così! Dio Santo, quell'individuo deve essere pazzo completo. Chi ci rimane ancora? Solo una ragazza. Chiamiamola e facciamola finita. Jane Grey... sembra un nome da romanzo.»
«È una ragazza carina.» disse Poirot.
«Ah, davvero, vecchio briccone? Non avete dormito per tutto il tempo, eh?»
«Era carina... e nervosa» disse Poirot.
«Nervosa, eh?» disse Japp, subito all'erta.
«Oh, caro amico, quando una ragazza è nervosa, ciò significa che, generalmente, c'è di mezzo un giovanotto... non un delitto.»
«Oh, già, suppongo che abbiate ragione. Eccola che arriva.»
Jane rispose con sufficiente chiarezza alle domande che le vennero poste. Si chiamava Jane Grey e lavorava nel negozio di parrucchiere del signor Antoine, in Bruton Street. L'indirizzo di casa era: 10, Harrogate Street, NW5. Stava tornando in Inghilterra da Le Pinet.
«Le Pinet... uhm!»

Ulteriori domande fecero venire a galla la storia della Lotteria Irlandese e del famoso biglietto.

«Dovrebbero dichiarare illegali quelle lotterie» bofonchiò Japp.

«Io trovo che siano meravigliose» disse Jane. «Non avete mai puntato una mezza corona su un cavallo?»

Japp arrossì confuso.

Le domande ricominciarono. Quando le venne mostrata la cerbottana, Jane dichiarò di non averla mai vista, in nessuna occasione. Non conosceva la defunta, però l'aveva notata a Le Bourget.

«E che cosa vi ha spinto a notarla in modo particolare?»

«Il fatto che era spaventosamente brutta» rispose Jane con schiettezza.

Da lei non si riuscì a sapere altro e infine le fu concesso di ritirarsi.

Japp si immerse nella contemplazione della cerbottana.

«Mi lascia di stucco» disse. «Le fandonie descritte nei più rozzi racconti polizieschi che diventano realtà! E adesso, che cosa dobbiamo metterci a cercare? Un uomo che abbia viaggiato nelle regioni dalle quali proviene un oggetto come questo? Già, ma da dove proviene esattamente? Bisogna che mi procuri un esperto su questo argomento. Potrebbe essere malese o sudamericana o africana.»

«Originariamente sì» disse Poirot. «Ma se la osservate con attenzione, amico mio, noterete un microscopico pezzetto di carta che è rimasto incollato alla cerbottana. E mi sembra che assomigli moltissimo ai resti di un'etichetta con il prezzo, strappata via. Ho l'impressione che questo specifico esemplare sia arrivato da luoghi tanto selvaggi e remoti attraverso la via di qualche negozio di antiquariato e di curiosità esotiche. Ciò dovrebbe rendere più semplice la nostra ricerca. Ancora una piccola domanda soltanto.»

«Dite pure.»

«Darete ancora ordine che facciano quell'elenco... l'elenco degli oggetti che appartengono ai passeggeri?»

«Be', a questo punto non ha più importanza vitale, ma penso che sia ugualmente opportuno farlo. Ne siete proprio convinto?»

«*Mais oui*, però sono perplesso, molto perplesso. E se riuscissi a trovare qualcosa che mi venisse in aiuto...»

Ma Japp non lo stava ascoltando. Stava esaminando l'etichetta col prezzo, strappata.

«Clancy si è lasciato sfuggire di avere acquistato una cerbottana. Questi scrittori di romanzi polizieschi... fanno sempre fare ai poliziotti la parte degli stupidi... e sbagliano tutto, quando descrivono il nostro metodo di lavoro. Figuriamoci un po' se dovessi dire al mio capo le cose che i loro ispettori dicono ai loro sovrintendenti da romanzo... mi scaraventerebbero fuori dalla polizia domani stesso, prendendomi per un orecchio. Sono tutti un branco di scribacchini ignoranti! E questo è proprio uno di quei delitti maledetti in cui uno scribacchino da quattro soldi potrebbe illudersi di farla franca!»

4

L'inchiesta sulla morte di Marie Morisot si tenne quattro giorni più tardi. Il modo sensazionale in cui la donna era deceduta aveva suscitato un grande interesse fra il pubblico e l'aula del Coroner era affollata. Il primo testimone chiamato fu un anziano francese, alto, con la barba grigia: maître Alexandre Thibault. Parlava un inglese lento e preciso con un vago accento straniero, ma perfetto.

Dopo la domanda preliminare, il Coroner gli chiese: «Avete esaminato il corpo della donna uccisa. Lo riconoscete?».

«Sì. Si tratta di quello della mia cliente Marie Angélique Morisot.»

«Questo è il nome che si trova sul passaporto della defunta. Ma al pubblico non era conosciuta con un nome differente?»

«Sì, quello di madame Giselle.»

Nella sala passò un fremito. I cronisti sedevano al loro posto con la matita in mano. Il Coroner disse: «Volete dirci esattamente chi era questa madame Morisot... o madame Giselle?».

«Madame Giselle... per darle il nome che usava nella sua professione, quando combinava i suoi affari... era fra i più famosi usurai di Parigi.»

«E dove svolgeva la sua attività?»

«In rue Joliette, n. 3. Questo è anche l'indirizzo della sua abitazione privata.»

«Mi pare di capire che venisse in Inghilterra abbastanza di frequente. Il suo giro d'affari si estendeva anche a questo paese?»

«Sì. Molti dei suoi clienti erano inglesi. Era ben conosciuta in un certo settore della società inglese.»

«Come ci descrivereste tale settore della nostra società?»

«La sua clientela era formata in massima parte da persone della classe sociale più alta e da professionisti; generalmente si trattava di casi in cui era importante la massima discrezione.»

«Aveva reputazione di essere una persona discreta?»

«Estremamente discreta.»

«Posso chiedervi se avevate una conoscenza approfondita di... ehm... delle sue varie transazioni d'affari?»

«No. Mi occupavo esclusivamente della parte legale, madame Giselle era una donna pienamente capace di badare ai propri interessi in modo molto competente. Aveva il controllo dell'intero giro d'affari. Era, se mi è consentito dirlo, una donna dal carattere molto originale; un personaggio molto ben conosciuto dal pubblico.»

«A quanto ne sapete, poteva essere considerata una donna ricca all'epoca della sua morte?»

«Era una donna estremamente ricca.»

«Sempre per quel che ne sapete voi, aveva dei nemici?»

«No, che io sappia.»

Maître Thibault scese dal banco dei testimoni e venne chiamato al suo posto Henry Mitchell.

Il Coroner chiese: «Vi chiamate Henry Charles Mitchell, abitate al n. 11 di Shoeblack Lane, a Wandsworth?».

«Sì, signore.»

«E, attualmente, lavorate per la compagnia Universal Airlines?»

«Sì, signore.»

«Siete lo steward anziano sull'aeroplano denominato *Prometheus*?»

«Sì, signore.»

«Martedì scorso, il 18 di questo mese, eravate in servizio sul *Prometheus* durante il volo di mezzogiorno che da Parigi raggiunge Croydon? La defunta viaggiava su quel volo. L'avevate mai vista, in precedenza?»

«Sì, signore. Sei mesi fa viaggiavo sul volo delle 8.45 e l'avevo notata un paio di volte tra i passeggeri.»

«La conoscevate per nome?»

«Ecco, doveva essere certamente sulla mia lista dei passeggeri, signore, ma non mi è sembrato di notarla in modo particolare.»

«Avete mai sentito il nome di madame Giselle?»

«No, signore.»

«Descrivetemi con le vostre parole ciò che è accaduto martedì scorso, per favore.»

«Avevo finito di servire il pranzo, signore, e stavo girando fra i tavolini con i conti. La defunta dormiva, almeno così ho creduto. Ho deciso di non svegliarla fino a cinque minuti prima dell'atterraggio. Quando ho cercato di farlo, mi sono accorto che era morta o che stava molto male. Ho anche scoperto che c'era un medico a bordo. Lui ha detto...»

«Fra poco avremo la deposizione del dottor Bryant. Volete dare un'occhiata a questo oggetto?»

La cerbottana venne consegnata a Mitchell, che la toccò con precauzione.

«Avete mai visto questo oggetto prima d'ora?»

«No, signore.»

«Siete ben certo di non averlo notato nelle mani di uno dei passeggeri?»

«Sì, signore.»

«Albert Davis.»

Lo steward più giovane prese il suo posto.

«Siete Albert Davis e abitate al n. 23 di Barcome Street a Croydon? Siete impiegato presso la compagnia Universal Airlines?»

«Sì, signore.»

«Eravate in servizio sul *Prometheus*, come secondo steward, martedì scorso?»

«Sì, signore.»

«Quando avete avuto notizia della tragedia?»

«Il signor Mitchell, signore, mi venne a dire che temeva fosse successo qualcosa a uno dei passeggeri.»

«Avete mai visto questa prima d'ora?»

La cerbottana fu consegnata a Davis.

«No, signore.»

«Non l'avete notata nelle mani di uno dei passeggeri?»

«No, signore.»

«È per caso successo qualcosa, durante il viaggio, che secondo voi potrebbe gettare luce su questa faccenda?»

«No, signore.»

«Molto bene, potete andare.»

«Dottor Roger Bryant.»

Il dottor Bryant dichiarò il proprio nome e indirizzo e si definì uno specialista in malattie delle orecchie e della gola.

«Vorreste spiegarci con le vostre parole, dottor Bryant, quello che è successo esattamente martedì scorso?»

«Appena prima di arrivare a Croydon, sono stato avvicinato dal primo steward. Mi ha chiesto se ero medico. Quando gli ho risposto affermativamente, mi ha riferito che uno dei passeggeri era stato colto da un malore. Mi sono alzato e l'ho seguito. La donna in questione era accasciata al suo posto. Era già morta da qualche tempo.»

«Quanto per la precisione, secondo voi, dottor Bryant?»

«Direi mezz'ora, come minimo. A mio giudizio il decesso doveva essere avvenuto tra mezz'ora e un'ora prima.»

«Avete formulato qualche teoria su quella che poteva essere la causa della morte?»

«No. Sarebbe stato impossibile dirlo senza un esame più accurato.»

«Però avete notato una piccola puntura, di lato, sul collo?»

«Sì.»

«Grazie... il dottor James Whistler.»

Il dottor Whistler era un ometto piuttosto scarno.

«Siete voi il medico legale della polizia per questo distretto?»

«Sì, sono io.»

«Volete farci la vostra deposizione?»

«Poco dopo le tre del pomeriggio, martedì scorso, 18 corrente, sono stato chiamato all'aeroporto di Croydon. Là mi è stato mostrato il corpo di una donna di mezza età seduta su uno dei sedili dell'aereo di linea *Prometheus*. Era morta e avrei detto che il decesso fosse avvenuto all'incirca un'ora prima. Ho notato una puntura circolare di lato, sul collo, direttamente nella vena giugulare. Un segno del genere avrebbe potuto essere stato fatto sia dalla puntura di una vespa sia dall'inserimento della spina che mi è stata mostrata. Il cadavere, rimosso, è stato portato all'obitorio dove ho potuto eseguire un esame approfondito.»

«A quali conclusioni siete giunto?»

«Sono giunto alla conclusione che la morte era stata provocata dall'introduzione nel flusso sanguigno di una potente tossina. La morte, in seguito a paralisi acuta del cuore, deve essere stata praticamente istantanea.»

«Potete dirmi di quale tossina si trattava?»

«Di una tossina che non ho mai incontrato prima nella mia carriera.»

I cronisti, che lo stavano ascoltando con estrema attenzione, si affrettarono a scrivere: "un veleno sconosciuto".

«Grazie... il signor Henry Winterspoon.»

Il signor Winterspoon era un uomo corpulento, con l'espressione distratta e benevola. Sembrava cortese, gentile ma non molto brillante. Fu quindi quasi uno shock per tutti sapere che era il consulente principale del governo, un'autorità sui veleni rari.

Il Coroner mostrò la spina fatale e domandò al signor Winterspoon se la riconosceva.

«Sì, la riconosco. Mi è stata mandata da analizzare.»

«Volete dirci quali sono stati i risultati di tale analisi?»

«Certamente. Dovrei dire che, in origine, il dardo è stato intinto in un preparato a base di curaro... un veleno per le frecce usato da alcune tribù.»

I cronisti si misero a scrivere con entusiasmo.

«Di conseguenza siete dell'opinione che la morte possa essere stata provocata dal curaro.»

«Oh, no» disse il signor Winterspoon. «C'era soltanto una traccia leggerissima del preparato originario. Secondo i risultati della mia analisi, la freccia era stata bagnata di recente con il veleno del *Dispholidus Typus*, meglio conosciuto come "vipera delle piante".»

«Potreste essere più specifico?»

«Si tratta di una serpe sudafricana... una delle più velenose e letali che esistano. Non si conosce ancora il suo effetto sugli esseri umani, ma si può avere un'idea dell'estrema virulenza del suo veleno se si pensa che, iniettandolo in una iena, questa muore prima che l'ago venga ritirato dal suo corpo. Uno sciacallo muore come se fosse stato colpito da una pallottola di fucile. Il veleno provoca un'emorragia acuta sotto la pelle e agisce direttamente sul cuore, paralizzando le pulsazioni.»

I cronisti scrissero: "Una storia incredibile. Veleno di vipera nel dramma dell'aeroplano. Più terribile di quello del cobra".

«Nella vostra esperienza, vi è mai capitato che questo veleno venisse usato per uccidere deliberatamente qualcuno?»

«No, mai. È estremamente interessante.»

«Grazie, signor Winterspoon.»

Il sergente detective Wilson fece la sua deposizione, descrivendo come aveva rinvenuto la cerbottana dietro i cuscini di uno dei sedili. Su di essa non c'erano impronte digitali. Erano stati fatti alcuni esperimenti con la cerbottana e il dardo avvelenato, e si era giunti alla conclusione che il raggio d'azione dell'arma poteva arrivare, con discreta accuratezza, fino a una distanza di otto-nove metri.

«Monsieur Hercule Poirot.»

Nell'aula ci fu un lieve fremito di interesse, ma la deposizione del signor Poirot risultò molto arida e contenuta. Non aveva notato niente di insolito. Sì, era stato lui a scoprire la minuscola freccia sul pavimento dell'apparecchio. Si trovava nella posizione più logica e naturale se fosse scivolata dal collo della defunta.

«La contessa di Horbury.»

I cronisti scrissero: "La moglie di un Pari viene a deporre all'inchiesta per la misteriosa morte in aeroplano". Alcuni aggiunsero addirittura: "... per la misteriosa morte dovuta a veleno di vipera".

Quelli che scrivevano per le riviste femminili annotarono: "Lady Horbury portava una pelliccia di volpe e uno di quei cappellini da collegiale, l'ultimo modello", oppure: "Lady Horbury, che è una delle donne più eleganti della città, era vestita di nero e portava uno dei nuovissimi cappelli del tipo da collegiale che sono di gran moda", oppure: "Lady Horbury, la quale prima del matrimonio si chiamava Cicely Bland, vestiva elegantemente, in nero e portava uno dei nuovi cappellini...".

Fu un godimento per tutti i presenti guardare la bella donna giovane ed elegante, anche se la sua deposizione risultò una delle più brevi. Non si era accorta di nulla; non aveva mai visto la defunta in vita sua.

Dopo di lei si presentò Venetia Kerr, ma la sua deposizione risultò decisamente meno eccitante.

Gli infaticabili cacciatori di notizie per le riviste dedicate al gentil sesso scrissero: "La figlia di lord Cottesmore indossava una giacca e una gonna di buon taglio con un colletto inamidato all'ultima moda", e presero anche un appunto di questo genere: "Donne dell'alta società all'inchiesta".

«James Ryder.»

«Siete James Bell Ryder, e abitate al 17 di Blainberry Avenue, NW?»

«Sì.»

«Di che cosa vi occupate, qual è la vostra professione?»

«Sono direttore generale della Ellis Vale Cement Co.»

«Volete essere tanto cortese da esaminare questa cerbottana?» (Una pausa.) «L'avete mai vista prima?»

«No.»

«Non avete visto niente di simile in mano a qualcuno, a bordo del *Prometheus?*»

«No.»

«Eravate seduto al posto n. 4, immediatamente davanti a quello della defunta?»

«E se anche fosse?»

«Vi prego di non assumere quel tono con me. Eravate seduto al posto n. 4. Da quel posto potevate vedere praticamente tutti gli altri passeggeri della cabina.»

«No, non è vero. Non potevo vedere nessuna delle persone che si trovavano sul mio lato del velivolo. I sedili hanno la spalliera alta.»

«Ma se una di queste persone fosse uscita nel corridoio, mettendosi in posizione tale da puntare la cerbottana contro la defunta, l'avreste potuta vedere?»

«Certamente.»

«Invece non avete visto niente di simile?»

«No.»

«Avete notato se qualcuna delle persone davanti a voi si è alzata dal suo posto?»

«Ecco, l'uomo che era seduto due posti davanti a me si è alzato ed è andato alla toilette.»

«Cioè in una direzione che lo portava più lontano da voi e dalla donna uccisa?»

«Sì.»

«Non è mai venuto, dopo, nella vostra direzione?»

«No, è tornato immediatamente al suo posto.»

«Portava qualcosa in mano?»

«Assolutamente nulla.»

«Siete ben sicuro di questo?»

«Sicurissimo.»

«Nessun altro si è mosso dal suo posto?»

«Il tizio che stava di fronte a me. È andato in direzione opposta, passandomi di fianco verso il fondo della cabina.»

«Protesto» strillò il signor Clancy, saltando in piedi. «È successo prima... molto prima... verso l'una.»

«Vi prego di mettervi a sedere» disse il Coroner. «Adesso sentiremo anche voi. Procedete, signor Ryder. Avete notato se questo signore teneva in mano qualcosa?»

«Mi pare che avesse una penna stilografica. Quando è tornato indietro aveva in mano un libro con una copertina arancione.»

«È l'unica persona che è tornata indietro, nella vostra direzione, lungo il corridoio della cabina? E voi? Vi siete mai alzato dal vostro posto?»

«Sì, sono andato alla toilette... ma non avevo in mano una cerbottana.»

«State prendendo un tono che non è assolutamente adatto a questa sede. Andate pure.»

Il signor Norman Gale, dentista, fornì una deposizione che non si rivelò della minima utilità. Infine salì sul banco l'indignato signor Clancy.

Quest'ultimo faceva notizia, ma molto meno della moglie di un Pari.

"Deposizione di uno scrittore di romanzi polizieschi. Noto autore ammette l'acquisto di arma mortale. Sensazione in aula."

A ogni modo la sensazione era forse un pochino prematura.

«Sì, signore» disse Clancy con voce stridula. «Ho effettivamente acquistato una cerbottana e c'è di più, oggi l'ho portata con me. Protesto fermamente contro l'insinuazione che la cerbottana con la quale è stato commesso il delitto fosse la mia! Ecco quella di cui sono proprietario.»

E con un ampio gesto di trionfo estrasse la sua cerbottana.

I cronisti scrissero: "Seconda cerbottana presentata in aula".

Il Coroner si comportò con severità nei confronti del signor Clancy. Questo si senti informare che era stato chiamato in quell'aula per essere di aiuto alla giustizia, non per respingere accuse immaginarie. Successivamente gli venne fatta qualche domanda su ciò che era accaduto a bordo del *Prometheus*, ma con scarsissimi risultati. Il signor Clancy, come egli stesso spiegò, dilungandosi in modo assolutamente inutile, era stato troppo assorto nell'esame delle eccentricità del servizio ferroviario dei paesi stranieri e nelle difficoltà che nascevano dall'orario dei treni sull'arco delle ventiquattr'ore, per notare alcunché di ciò che accadeva intorno a lui. Tutti i passeggeri della cabina avrebbero potuto mettersi a lanciare dardi intrisi di veleno con le loro cerbottane e il signor Clancy non si sarebbe assolutamente accorto di nulla.

La signorina Jane Grey, che lavorava in un negozio di parrucchiere, non suscitò alcun brivido fra le penne dei cronisti.

Seguirono i due francesi.

Monsieur Armand Dupont dichiarò di essere in viaggio per Londra, dove avrebbe dovuto tenere una conferenza nella sede della Royal Asiatic Society. Lui e il figlio erano immersi in un'interessantissima discussione di carattere tecnico e avevano notato ben poco di quanto accadeva intorno a loro. Non si erano accorti di nulla fino a quando la loro attenzione era stata attirata dall'emozione prodotta dalla scoperta del cadavere.

«Conoscevate di vista questa madame Morisot o madame Giselle?»

«No, *monsieur*, non l'avevo mai vista.»

«Tuttavia è un personaggio molto noto a Parigi, vero?»

Il vecchio signor Dupont si strinse nelle spalle.

«Non per me. In ogni caso, non sono molto spesso a Parigi, di questi tempi.»

«Siete tornato da poco dall'Oriente, mi pare di capire?»

«Precisamente, *monsieur*, dalla Persia.»

«Voi e vostro figlio avete viaggiato molto in parti del mondo assai remote?»

«*Pardon?*»

«Avete fatto viaggi in luoghi sconosciuti e selvaggi?»

«Questo sì.»

«Vi è capitato di incontrare delle popolazioni che usassero il veleno di serpente per le loro frecce?»

Questo dovette essergli tradotto e, quando monsieur Dupont capì la domanda, scrollò vigorosamente la testa.

«Mai... mai mi è capitato di trovare qualcosa di simile.»

Fu chiamato il figlio. Nella sua deposizione non fece altro che ripetere quanto il padre aveva detto. Non si era accorto di niente. Aveva creduto che esistesse la possibilità che la donna morta fosse stata punta da una vespa, perché egli stesso era stato infastidito parecchio da una di esse e alla fine l'aveva ammazzata.

I due Dupont furono gli ultimi a testimoniare. Poi il Coroner si schiarì la voce e si rivolse alla giuria.

Disse che quello che stavano trattando era, senza dubbio, il caso più incredibile e stupefacente di cui mai gli fosse capitato di occuparsi in quell'aula di tribunale. Una donna era stata assassinata... bisognava accantonare definitivamente ogni sospetto di suicidio o di disgrazia... durante un viaggio in aereo, in un piccolo spazio chiuso. Non c'era assolutamente da prendere in considerazione l'eventualità di una persona estranea che potesse aver commesso il delitto. L'assassino o gli assassini dovevano essere, per forza, uno o alcuni dei testimoni di cui la giuria aveva udito la deposizione durante la mattinata. Questo era un fatto indiscutibile, oltre a essere terrificante e spaventoso. Una delle persone presenti all'inchiesta aveva mentito.

Il modo in cui il delitto era stato eseguito appariva di un'audacia senza pari. Sotto gli occhi di dieci o dodici testimoni, se si contavano gli steward, l'assassino si era portato una cerbottana alle labbra e aveva lanciato nell'aria il dardo fatale, senza essere notato da nessuno. In tutta franchezza, sembrava una cosa incredibile, ma esistevano le prove fornite dalla cerbottana stessa, dalla piccola freccia trovata sul pavimento, dal segno sul collo della donna uccisa e dalle conclusioni a cui erano arrivati i medici, a dimostrazione che proprio questo, incredibile o no che fosse, era successo.

In assenza di ulteriori prove atte a incriminare una persona in particolare, non gli restava altro che consigliare alla giuria di rilasciare un verdetto di omicidio contro una persona o più persone ignote. Ognuno dei presenti aveva negato di conoscere la defunta. Sarebbe stato compito della polizia, adesso, scoprire se invece esisteva, e come, un legame fra uno di essi e madame Giselle. Ma, in assenza di qualsiasi movente per il delitto, non poteva che consigliare il verdetto appena menzionato. Adesso toccava alla giuria prendere in considerazione la sua proposta.

Un membro della giuria dalla faccia squadrata e gli occhi sospettosi si sporse in avanti, respirando rumorosamente.

«Posso fare una domanda, signore?»

«Certo.»

«Ci avete detto che la cerbottana era stata trovata sotto il sedile, vero? E da chi era occupato quel sedile?»

Il Coroner consultò i suoi appunti. Il sergente Wilson gli si avvicinò e mormorò: «Ah, sì. Il posto in questione era il n. 9, occupato da monsieur Hercule Poirot. Il signor Poirot, posso ben dirlo, è un investigatore privato molto conosciuto e rispettato il quale ha... ehm... collaborato parecchie volte con Scotland Yard».

L'uomo dalla faccia squadrata spostò il proprio sguardo sul signor Hercule Poirot.

Si soffermò con un'espressione tutt'altro che soddisfatta sui lunghi baffi del piccolo belga.

"Stranieri," dicevano gli occhi dell'uomo con la faccia quadrata "non ci si può fidare degli stranieri, neppure quando sono tutt'uno con la polizia."

A voce alta disse: «È stato questo signor Poirot a raccogliere da terra la piccola freccia, vero?».

«Sì.»

La giuria si ritirò. Ritornarono dopo cinque minuti e il portavoce dei giurati consegnò al Coroner un pezzo di carta.

«Che cos'è questa roba?» si accigliò il Coroner. «È assurdo, non posso accettare questo verdetto.»

Pochi minuti dopo gli veniva consegnato di nuovo il verdetto corretto e riaggiustato: "La nostra conclusione è che la defunta è morta in seguito ad avvelenamento, ma non esistono prove sufficienti a dimostrare da chi le sia stato somministrato il veleno."

5

Quando Jane lasciò l'aula del tribunale, dopo la sentenza, si trovò Norman Gale al fianco.

Il giovanotto disse: «Sarei molto curioso di sapere che cosa c'era scritto su quel pezzo di carta che il Coroner ha respinto in un modo tanto indignato!».

«Credo di potervelo dire io» esclamò una voce alle loro spalle. Si voltarono e videro gli occhi scintillanti di malizia di monsieur Hercule Poirot.

«Era un verdetto» disse l'uomo «di omicidio premeditato nei miei confronti.»

«Oh, ma certo!» gridò Jane.

Poirot annuì tutto allegro.

«*Mais oui*. Mentre uscivo ho sentito un tale che diceva a un suo amico: "Quel piccolo forestiero... Bada bene quel che ti dico, 'è stato lui'!" e la giuria è stata della stessa opinione.»

Jane rimase incerta: non sapeva se esprimergli il suo rammarico oppure scoppiare a ridere. Scelse quest'ultima soluzione. E Poirot si unì alla risata.

«Però, adesso capirete» disse «che devo assolutamente mettermi all'opera per cancellare l'onta di questa accusa!»

E si allontanò con un sorriso e un inchino.

Jane e Norman seguirono con lo sguardo la sua figura che si allontanava.

«È un tipo straordinariamente curioso, quell'ometto» disse Gale. «Si definisce "un investigatore". Non riesco assolutamente a capire come riesca a investigare su qualche cosa. Qualsiasi delinquente si insospettirebbe subito, anche a vederlo a un chilometro di distanza! Non so immaginare quale travestimento potrebbe usare!»

«Non vi sembra di avere un'idea piuttosto antiquata sugli investigatori?» domandò Jane. «Tutte quelle assurdità, quelle storie di barbe finte sono decisamente fuori moda. Oggigiorno l'investigatore se ne sta tranquillamente seduto a casa propria a cercare di risolvere i casi affrontandoli dal punto di vista psicologico.»

«Molto meno faticoso.»

«Fisicamente, forse; però, naturalmente, occorre avere una mente fredda, lucida.»

«Capisco. Una mente calda e confusa non andrebbe assolutamente!»

Scoppiarono a ridere insieme.

«Sentite» disse Gale. Mentre continuava a parlare, più in fretta di prima, era arrossito lievemente. «Avreste piacere... cioè, sarebbe straordinariamente gentile da parte vostra... È un po' tardi... ma cosa ne direste di venire a prendere un tè con me? Penso che... visto che ci siamo trovati a essere compagni in questa disavventura... e...»

S'interruppe. Disse tra sé: "Si può sapere che cosa ti prende, pezzo di cretino? Non sei più capace di invitare una ragazza a prendere una tazza di tè senza metterti a balbettare, ad arrossire e a comportarti come un completo idiota? Che cosa penserà di te?".

La confusione di Gale servì ad accentuare la freddezza e l'autocontrollo di Jane.

«Grazie mille» disse. «Sì, un tè mi farebbe proprio piacere.»

Trovarono una sala da tè e un'altezzosa cameriera prese la loro ordinazione con aria cupa e dubbiosa, come se volesse lasciar capire: "Non prendetevela con me, se resterete delusi. Dicono di servire il tè, qui dentro, ma *io* non ne ho mai sentito parlare".

La sala era quasi vuota. Questo fatto servì a rendere più significativa l'intimità che era sorta fra loro per il fatto di bere il tè insieme. Jane si tolse lentamente i guanti, e fissò, dall'altro lato del tavolino, il suo compagno. Certo, era proprio attraente, con quegli occhi azzurri e quel sorriso. Ed era anche gentile.

«È una storia singolare, questa faccenda del delitto» disse Gale, mettendosi immediatamente a parlare. Non era ancora riuscito a liberarsi del tutto da un'assurda sensazione di imbarazzo.

«Lo so» aggiunse Jane. «E devo dire che mi preoccupa anche parecchio... Parlo dal punto di vista del mio lavoro. Non so come la prenderanno.»

«Già. A questo non avevo pensato.»

«Potrebbe darsi che Antoine non abbia piacere di tenere nel suo negozio una ragazza che si è trovata coinvolta in un caso di assassinio, che è stata costretta ad andare a deporre a un'inchiesta, e via dicendo.»

«La gente è piuttosto strana» disse Norman Gale con aria pensierosa. «La vita è tanto... tanto ingiusta. Una cosa come questa, di cui non avete nessuna colpa...» Si accigliò, stizzito. «È veramente odioso!»

«Be', non è ancora successo» gli rammentò Jane. «È inutile prendersela per qualcosa che non è ancora successo. A pensarci bene, un motivo ci sarebbe... potrei essere io la persona che ha ammazzato quella donna! E in genere, quando si è commesso un omicidio, dicono che se ne possono commettere anche molti altri; e non sarebbe certamente piacevole pensare di farsi fare la messa in piega da una persona di questo genere!»

«Basta guardarvi per capire che non siete il tipo da uccidere nessuno» disse Norman, fissandola con aria seria.

«Di questo non sono completamente sicura» rispose Jane. «Qualche volta mi piacerebbe eliminare una delle mie clienti... se avessi la sicurezza di cavarmela senza danni! Ce n'è una in particolare... ha una voce che assomiglia al gracchiare di un corvo e brontola su tutto. A volte credo che assassinarla sarebbe una buona azione, non un delitto! Di conseguenza, come vedete, posso dire di avere una mentalità veramente criminale!»

«Bene, comunque non avete commesso questo particolare delitto,» disse Gale «sono qui io a giurarlo.»

«E io posso giurare che non siete stato voi» disse Jane. «Non vi sarebbe di grande aiuto se i vostri pazienti si convincessero, invece, che siete stato proprio voi.»

«I miei pazienti, sì...» Gale assunse un'aria pensierosa. «Immagino che abbiate ragione... a questo non avevo affatto pensato. Un dentista che potrebbe essere un maniaco e un assassino... No, non è una prospettiva molto allettante.»

E aggiunse, d'un tratto, impulsivamente: «Ehi, dico, a voi non importa, vero, il fatto che io sia un dentista?».

Jane alzò le sopracciglia.
«Io? Importarmi?»
«Ciò che voglio dire è questo: che... c'è sempre qualcosa di abbastanza... be', comico, in un dentista. In un certo senso, non è una professione romantica. Mentre un medico, invece... tutti lo prendono sul serio.»
«State tranquillo» lo rassicurò Jane. «Un dentista è senza discussione parecchi gradini più su di una lavorante di parrucchiere.»
Si misero a ridere e Gale disse: «Sento che diventeremo amici. E voi?».
«Sì, lo credo anch'io.»
«Allora, forse vorrete cenare con me una sera, e poi si potrebbe andare a uno spettacolo, che cosa ne dite?»
«Grazie.»
Ci fu una pausa e poi Gale riprese: «Come avete trovato Le Pinet?».
«È stato molto divertente.»
«C'eravate mai andata prima?»
«No, vedete...»
E Jane, sentendosi a un tratto in vena di confidenze, tirò fuori tutta la storia del famoso biglietto della lotteria. Si trovarono d'accordo sugli enormi vantaggi e su quel pizzico di romanticismo che in genere avevano le lotterie e deplorarono l'atteggiamento del governo inglese nei loro confronti, un atteggiamento assolutamente privo di simpatia.
La loro conversazione venne interrotta da un giovanotto vestito di marrone che era rimasto per qualche minuto ad aggirarsi nelle vicinanze del loro tavolino con aria incerta, prima che lo notassero.
Adesso, però, si tolse il cappello e si rivolse a Jane con una sicurezza quasi sfacciata.
«La signorina Jane Grey?» disse.
«Sì.»
«Rappresento il "Weekly Howl", signorina Grey. Mi stavo domandando se non vorreste scrivere per noi un breve articolo su questo delitto fra le nuvole. L'opinione di uno dei passeggeri.»
«Credo proprio di no. Grazie.»
«Oh, via, signorina Grey! Li paghiamo bene.»
«Quanto?» domandò Jane.

«Cinquanta sterline... oppure, ecco... forse potremmo anche fare un poco di più. Diciamo sessanta.»

«No» rispose Jane. «Non credo di poterlo fare. Non saprei che cosa dire.»

«Oh, per questo non c'è problema» disse il giovanotto con disinvoltura. «Vedete, non occorre che vi mettiate a scrivere materialmente l'articolo. Uno dei nostri colleghi si limiterà a farvi qualche domanda, per avere un po' di suggerimenti, e poi compilerà lui stesso l'articolo. In questo modo non avrete il minimo disturbo.»

«Preferisco di no ugualmente» disse Jane.

«Cosa ne direste di cento bigliettoni? Sentite un po', credo che potrei proprio arrivare fino a cento; e potreste farci avere anche una fotografia.»

«No» replicò Jane.

«Quindi sarà meglio che ve ne andiate» disse Norman Gale. «La signorina Grey non desidera essere disturbata.»

Il giovanotto si rivolse a lui, con aria speranzosa.

«Il signor Gale, vero? Ecco, ascoltatemi bene, signor Gale: se la signorina Grey è un po' riluttante e fa la schizzinosa, che cosa ne direste di essere voi a provare? Cinquecento parole. Vi pagheremo la stessa cifra che ho offerto alla signorina Grey... ed è un buon affare perché il resoconto fatto da una donna dell'assassinio di un'altra donna è considerato di maggior valore dal punto di vista giornalistico. Vi sto offrendo una splendida opportunità»

«Non la voglio. Non scriverò una sola parola per voi.»

«A parte il compenso, sarebbe un'ottima pubblicità. Un giovane professionista in ascesa... una carriera brillante di fronte a voi... lo leggeranno tutti i vostri pazienti.»

«È proprio la cosa di cui ho maggior paura» confessò Gale.

«Be', non si può aver successo in nessun campo, di questi tempi, senza pubblicità.»

«Può darsi, ma dipende dal tipo di pubblicità. Io mi sto augurando che almeno un paio dei miei pazienti non abbia letto il giornale e possa continuare a ignorare il fatto che mi sono trovato coinvolto in un delitto. E adesso avete ricevuto la risposta che desideravate da entrambi. Volete andarvene senza far storie o devo buttarvi fuori di qui a calci?»

«Non c'è motivo di arrabbiarsi a questo modo» protestò il giovanotto, imperturbabile malgrado quella minaccia. «Buonasera, e datemi un colpo di telefono in ufficio, casomai cambiaste idea. Qui c'è il mio biglietto.»

Uscì tutto allegro dalla sala da tè, mentre pensava: "Niente male. È stata proprio una discreta intervista".

Effettivamente, nel numero seguente di «Weekly Howl» comparve un importante articolo sull'opinione di due dei testimoni del "Delitto fra le nuvole". La signorina Jane Grey aveva dichiarato di sentirsi troppo sconvolta per volere discutere quell'argomento. Era stato un terribile shock per lei e non sopportava l'idea di pensarci. Il signor Norman Gale si era dilungato sugli effetti che poteva avere sulla carriera di un professionista il fatto di essersi trovato coinvolto in un caso criminoso, pur essendo del tutto innocente. Il signor Gale aveva manifestato, molto spiritosamente, la speranza che qualche suo paziente leggesse sul giornale soltanto gli articoli di moda e quindi non sospettasse il peggio al momento di prepararsi alla dura prova della "poltrona".

Quando il giovanotto si fu allontanato, Jane chiese: «Chissà per quale ragione non è andato a cercare le persone più importanti...».

«Probabilmente le ha dovute lasciare ai suoi colleghi più in gamba di lui» rispose Gale con aria tetra. «Con ogni probabilità ci ha già provato, con quelle persone, ma ha fatto cilecca.»

Rimase per un minuto o due con la fronte aggrottata, e poi disse: «Jane, ho deciso di chiamarti Jane, non ti dispiace, vero? Jane... chi può essere stato, secondo te, ad assassinare questa tizia che si chiamava Giselle?».

«Non ne ho la più pallida idea.»

«Non ci hai pensato? Non ci hai pensato sul serio?»

«Ecco, no, non mi pare. Ho pensato a quella che era la mia parte in questa faccenda, che mi preoccupa un poco. Non ho affatto meditato seriamente su... su quale degli altri può essere stato. Non credo di essermi resa conto, fino a oggi, che uno di loro deve aver commesso il delitto.»

«Sì, il Coroner lo ha spiegato molto chiaramente. Quanto a me, so di non averlo commesso e so che non lo hai commesso neppure tu perché... Be', perché non ho fatto che guardarti per tutto il tempo.»

«Sì» disse Jane. «E io so che non sei stato tu per la stessa ragione. E poi, naturalmente, so di non essere stata io! Di conseguenza deve essere stato uno degli altri; però non so chi. Non ne ho proprio la minima idea. E tu?»

«No.»

Norman Gale sembrava molto pensieroso. Pareva che stesse inseguendo, con perplessità, una certa idea. Jane proseguì: «E non vedo neanche come potremmo averne un'idea! Cioè, non abbiamo visto niente, almeno io. E tu?».

Gale scrollò la testa.

«Assolutamente nulla.»

«È proprio questo che sembra terribilmente strano. Direi che tu non avresti potuto vedere niente. Seduto come eri, guardavi dalla parte opposta. Ma io, invece, sì. Io guardavo proprio verso il centro... avrei potuto...»

Jane si interruppe e arrossì. Stava ricordando che i suoi occhi erano rimasti fissi per quasi tutto il tempo su un pullover azzurro pervinca e che il suo cervello, lungi dal prestare attenzione a ciò che la circondava, si era concentrato soprattutto sulla personalità dell'uomo che si trovava dentro il famoso pullover azzurro pervinca.

Norman Gale pensò: "Chissà per quale motivo arrossisce così... È stupenda... voglio sposarla... sì, lo voglio... ma non ha senso correre troppo con il pensiero. Devo cercare qualche pretesto valido per vederla spesso. Questa storia dell'assassinio potrà andare bene come qualsiasi altra... e poi, comincio realmente a pensare che sarebbe opportuno fare qualcosa... Quel cronista linguacciuto con la sua pubblicità...".

A voce alta disse: «Proviamo a pensarci un momento. Chi l'ha uccisa? Vediamo di passare in rivista tutte quelle persone. Gli steward?».

«No» disse Jane.

«Sono d'accordo. Le due donne che stavano dall'altra parte del corridoio rispetto a noi?»

«Non riesco a immaginare una persona come lady Horbury che va in giro a uccidere la gente. E quell'altra, la signorina Kerr, be'... è un personaggio troppo aristocratico. No, sono sicura che non si abbasserebbe a uccidere una vecchia donna francese.»

«Soltanto un membro del Parlamento un po' troppo impopolare? Immagino che tu non sia lontana dal vero, Jane. Poi c'è quello strano tipo coi baffi ma, a sentire la giuria, sembra la persona più probabile e quindi va eliminato immediatamente. Il medico? Anche quello non mi sembra molto plausibile.»

«Se avesse voluto ucciderla, avrebbe potuto servirsi di una di quelle sostanze che, in seguito, è impossibile individuare e nessuno ne avrebbe saputo niente.»

«Già...» disse Norman con aria dubbiosa. «Questi veleni senza odore, senza gusto, che non possono essere rintracciabili, sono molto comodi ma io ho molti dubbi che esistano realmente. E cosa ne pensi dell'ometto che ha ammesso di possedere una cerbottana?»

«Effettivamente insospettisce un po'. Però mi è sembrato molto simpatico e non aveva alcun bisogno di dire che ne possedeva una, di conseguenza sembra proprio che anche lui sia innocente.»

«Poi c'è Jameson... no... come si chiama, Ryder?»

«Sì, potrebbe essere lui.»

«E i due francesi?»

«Secondo me quelli sono i più probabili. Hanno viaggiato in posti molto strani. E, naturalmente, potrebbero aver avuto qualche movente di cui noi non sappiamo nulla. Mi è sembrato che il più giovane dei due avesse l'aria molto triste e preoccupata.»

«Anche tu molto probabilmente saresti preoccupata se avessi commesso un omicidio» fece Norman Gale con aria lugubre.

«Però aveva un aspetto simpatico» insistette Jane «e il vecchio padre mi è sembrato proprio un brav'uomo. Spero che non siano stati loro.»

«Mi sembra che non si progredisca molto in fretta» constatò Norman Gale.

«Non vedo come possiamo progredire in questa indagine senza sapere parecchie cose sulla vecchia che è stata uccisa. I suoi nemici, chi eredita i soldi, e tutto il resto.»

Norman Gale disse con aria dubbiosa: «Credi che queste siano soltanto osservazioni vane e inutili?».

Jane rispose con freddezza: «Non lo sono, forse?».

«Non completamente.» Gale esitò per un attimo, poi continuò lentamente: «Ho la sensazione che potrebbero essere utili...».

Jane lo guardò con aria interrogativa.

«Un delitto» disse Norman Gale «non riguarda soltanto la vittima e il colpevole, ma coinvolge anche gli innocenti. Tu e io siamo innocenti eppure l'ombra del delitto ci ha toccato. E adesso non sappiamo quale influsso potrà avere sulla nostra vita questa ombra.»

Jane era una persona piena di buonsenso, senza grilli per la testa ma, d'un tratto, fu colta da un brivido.

«Basta, ti prego» disse. «Mi fai paura.»

«Ho un po' di paura anch'io» ammise Gale.

6

Hercule Poirot raggiunse il suo amico, l'ispettore Japp. Quest'ultimo stava sogghignando.

«Salve, vecchio mio» disse. «Vi siete salvato per un pelo dall'essere rinchiuso in una camera di sicurezza.»

«Temo che un avvenimento del genere» disse Poirot con aria grave «avrebbe potuto danneggiarmi, professionalmente parlando.»

«Be',» disse Japp con una risata «qualche volta capita che un investigatore si trasformi in criminale... nei romanzi.»

Un uomo alto e magro, con un viso intelligente e malinconico, li raggiunse e Japp lo presentò.

«Questo è monsieur Fournier della *Sûreté.* È venuto a collaborare con noi per questa faccenda.»

«Credo di aver già avuto il piacere di conoscervi, monsieur Poirot, qualche anno fa» disse Fournier con un inchino e una stretta di mano. «Per di più ho anche sentito parlare di voi da monsieur Giraud.»

Un lieve sorriso si disegnò sulle sue labbra. E Poirot, che poteva immaginare benissimo i termini in cui Giraud – al quale personalmente aveva preso l'abitudine di riferirsi con il termine incisivo di "segugio umano" – aveva potuto parlargli di lui, accennò a sua volta un sorriso pieno di discrezione.

«Proporrei che lor signori» disse Poirot «venissero a cena nel mio alloggio. Ho già invitato maître Thibault. Sempre che né voi né il mio amico Japp abbiate qualche obiezione riguardo a una mia collaborazione in questo caso.»

«Per carità, vecchio mio» disse Japp allungandogli una pacca cordiale sulla schiena. «Vi accogliamo fra noi con tutti gli onori del caso.»

«Ne saremo proprio onoratissimi» mormorò il francese cerimonioso.

«Vedete,» disse Poirot «come stavo dicendo poco fa a un'affascinante signorina, desidero assolutamente cancellare l'onta di questa accusa dalla mia persona.»

«È un fatto che quella giuria non vi ha trovato assolutamente simpatico!» ammise Japp con un altro lieve sogghigno. «È stato proprio un bello scherzetto: era tanto tempo che non mi divertivo così.»

Per comune accordo, il caso in questione non venne assolutamente menzionato per tutta la durata del pasto, addirittura squisito, che il piccolo belga aveva preparato per i suoi amici.

«Dunque è davvero possibile mangiar bene in Inghilterra» mormorò Fournier in tono di apprezzamento, mentre si serviva con discrezione di uno degli stuzzicadenti che erano stati premurosamente messi a disposizione degli ospiti.

«Un pasto delizioso» aggiunse Thibault.

«Un po' francesizzato, ma maledettamente buono» fu il giudizio di Japp.

«Un pasto dovrebbe essere sempre leggero per l'*estomac*» affermò Poirot. «Non dovrebbe essere mai tanto pesante da paralizzare il lavoro mentale.»

«Non posso dire che il mio stomaco mi abbia mai dato fastidio» disse Japp. «Ma preferisco non discutere su questo punto. Bene, sarà meglio che ci mettiamo a parlare dei nostri affari. Ho saputo che monsieur Thibault ha un appuntamento, stasera, quindi proporrei che cominciassimo a consultarci con lui su qualsiasi questione possa sembrarci utile.»

«Sono al vostro servizio, signori. Naturalmente qui potrò parlare con maggior libertà di quanto non abbia potuto fare in un'aula di tribunale, davanti a un Coroner. Prima dell'inchiesta ho avuto un rapido scambio di idee con l'ispettore Japp ed è stato lui a consigliarmi una politica di reticenza: i fatti necessari, nudi e crudi.»

«Precisamente» disse Japp. «È inutile vuotare il sacco troppo presto. Ma adesso ascoltiamo tutti quello che ci potete raccontare di questa Giselle.»

«A dire la verità, ne so molto poco. La conosco per quel che la conosce il mondo, cioè conosco la sua personalità pubblica. Ma della sua vita privata so pochissimo. Probabilmente monsieur Fournier, qui presente, vi potrà dire qualcosa più di me. Però io voglio dirvi questo: madame Giselle era ciò che nel vostro paese voi definite "un personaggio". Era un tipo unico. Non si sa niente della sua vita precedente. Credo che da giovane fosse bella. E mi pare di aver saputo che abbia perduto tale bellezza dopo essersi ammalata di vaiolo. Se posso permettermi di dirvi le mie impressioni, era una donna alla quale piaceva il potere; e lo aveva. Era un'abilissima donna d'affari. Una di quelle francesi testarde e dure che non permettono mai ai sentimenti di influire sugli affari e sugli interessi; comunque aveva la fama di fare la propria professione con onestà e scrupolosità.»

Si rivolse a Fournier per avere il suo assenso. E quel signore fece segno di sì con la testa bruna e malinconica.

«Sì» disse. «Era onesta secondo il suo modo di vedere. Comunque la legge avrebbe potuto chiamarla a rendere conto del suo operato soltanto se fossero state presentate le prove necessarie, ma questo...» si strinse nelle spalle indispettito «è un po' troppo chiederlo, considerando la natura umana.»

«Cosa volete dire con questo?»

«*Chantage.*»

«Ricatto?» gli fece eco Japp.

«Sì, ricatto di un genere particolare e specializzato. L'abitudine di madame Giselle era quella di prestare denaro sulla base di ciò che, nel vostro paese, mi pare venga chiamato "cambiale". Decideva personalmente, a sua discrezione, quali dovevano essere le somme di denaro prestate e quali i metodi di restituzione; ma posso garantirvi che aveva suoi metodi personalissimi per farsi pagare.»

Poirot si sporse in avanti con aria interessata.

«Come diceva oggi maître Thibault, la clientela di madame Giselle era composta in gran parte di persone delle classi più agiate e di professionisti. Si tratta proprio di quelle classi e di quelle persone che sono particolarmente sensibili alla forza della pubblica opinione. Madame Giselle aveva il suo "Intelligence Service" privato... Era sua abitudine, prima di prestare del denaro – cioè, nel caso di una somma cospicua –, cercare di raccogliere quante più notizie era possibile sul cliente in questione; e il suo sistema di indagini, posso ben dirlo, era straordinariamente buono. Ripeterò ciò che il nostro amico ha già detto: nella sua professione madame Giselle era scrupolosamente onesta. Si comportava con fiducia con le persone che avevano fiducia in lei. Sono convinto che non abbia mai fatto uso di certe notizie o informazioni segrete, di cui era al corrente, per ottenere del denaro da qualcuno, a meno che quel denaro non le fosse dovuto.»

«Volete dire» chiese Poirot «che queste informazioni segrete erano una specie di garanzia per lei?»

«Esattamente; e, nel servirsene, era totalmente spietata e sorda a qualsiasi tipo di sentimento; e vi dirò questo, signori: il suo sistema funzionava! Capitava molto, molto di rado, che dovesse accusare la perdita di un credito mai più risarcito. Un uomo o una donna di elevata posizione sociale sarebbero disposti a gesti disperati pur di ottenere il denaro necessario a evitare uno scandalo. Come dicevo, eravamo al corrente delle sue attività; ma quanto ad arrivare a un'incriminazione...» si strinse nelle spalle «è una faccenda più difficile. La natura umana è quello che è.»

«E supponendo» disse Poirot «che madame Giselle dovesse, come dite che occasionalmente succedeva, rinunciare al pagamento di un prestito... in tal caso?»

«In tal caso» disse Fournier «l'informazione di cui lei era in possesso veniva data in pasto al pubblico oppure ne veniva messa al corrente la persona direttamente interessata.»

Ci fu un momento di silenzio. Infine Poirot disse: «Finanziariamente questo metodo non le portava alcun beneficio?».

«No...» disse Fournier «direttamente no, ecco.»

«Ma indirettamente?»

«Indirettamente» disse Japp «funzionava per persuadere gli altri a pagare, vero?»

«Proprio così» ammise Fournier. «Era di un valore incalcolabile per quelli che potreste definire gli "effetti morali".»

«Effetti immorali, li chiamerei io, piuttosto» disse Japp. «Bene...» si grattò il naso con aria pensierosa «questo ci apre una strada discretamente interessante per quel che riguarda i moventi del delitto... proprio una strada interessante. Poi c'è la questione di chi finirà per ereditare tutti i suoi quattrini.» Si rivolse a Thibault: «Per caso potete aiutarci, in questo?».

«C'era una figlia, Anne Morisot» disse l'avvocato. «Non viveva con la madre... anzi, credo che madame Giselle non l'abbia più vista da quando era molto piccola; però ha fatto testamento molti anni fa lasciandole tutto ciò che possedeva, all'infuori di un piccolo lascito alla cameriera. A quanto ne so, non ne ha mai fatto un altro.»

«E si tratta di un grosso patrimonio?» domandò Poirot.

Thibault si strinse nelle spalle.

«All'incirca otto o nove milioni di franchi.»

Poirot arricciò le labbra come per lasciarsi sfuggire un fischio. Japp disse: «Signore Iddio, a vederla non si sarebbe detto. Dunque, al nostro cambio... si tratterebbe... figuriamoci, dovrebbe essere parecchio di più di centomila sterline, perbacco!».

«Mademoiselle Anne Morisot sarà una giovane donna molto ricca» disse Poirot.

«È una vera fortuna per lei non essersi trovata su quell'aeroplano» disse Japp in tono asciutto. «Avrebbe potuto essere sospettata di aver fatto fuori la madre per prendersi il malloppo. Quanti anni può avere?»

«Non saprei dirlo con esattezza. Ma immagino che sia sui venticinque o ventisei.»

«Bene, non mi sembra che ci sia alcun elemento per collegarla al delitto; dovremmo puntare piuttosto su questa faccenda dei ricatti. Ogni persona che ha viaggiato su quell'apparecchio nega di aver mai conosciuto madame Giselle. Una di queste persone mente. Dobbiamo scoprire di chi si tratta. Chissà, forse un esame dei suoi documenti privati potrebbe esserci utile, vero, Fournier?»

«Caro amico,» disse il francese «non appena mi è giunta la notizia, subito dopo la mia conversazione telefonica con Scotland Yard, mi sono precipitato a casa della donna uccisa. Ho trovato una cassaforte che doveva contenere dei documenti. Ma erano stati dati tutti alle fiamme.»

«Bruciati? E da chi? Per quale motivo?»

«Madame Giselle aveva una cameriera di fiducia, Elise, che aveva istruzione, nel caso fosse successo qualcosa alla sua padrona, di aprire la cassaforte – di cui conosceva la combinazione – e dare alle fiamme tutto il contenuto.»

«Cosa? Ma è incredibile!» esclamò Japp.

«Vedete,» disse Fournier «madame Giselle aveva un suo particolare codice d'onore. Dava fiducia a chi aveva fiducia in lei. Aveva promesso ai suoi clienti che avrebbe sempre trattato onestamente con loro. Era spietata ma sapeva mantenere la parola.»

Japp scrollò il capo, sbalordito. I quattro uomini restarono in silenzio, meditando sullo strano carattere della donna morta...

Thibault si alzò in piedi.

«Devo lasciarvi, *Messieurs*. Bisogna che vada a un appuntamento. Nel caso ci fosse qualche informazione ulteriore che posso darvi, conoscete il mio indirizzo.»

Strinse cerimoniosamente la mano a tutti e lasciò l'appartamento di Poirot.

7

Quando Thibault se ne andò, i tre uomini avvicinarono un poco di più le sedie al tavolo.

«Dunque, adesso veniamo ai fatti» disse Japp. Svitò il cappuccio della penna stilografica. «C'erano undici passeggeri su quell'aereo, nella cabina posteriore, voglio dire; gli altri non c'entrano... Undici passeggeri e due steward... in totale abbiamo tredici persone. Una delle dodici rimanenti ha ammazzato la vecchia. Alcuni erano passeggeri inglesi, altri francesi. Per quel che riguarda questi ultimi, li passerò a monsieur Fournier. Degli inglesi mi occuperò io. Di conseguenza ci saranno delle indagini da fare a Parigi... Sarà affar vostro, Fournier.»

«E non soltanto a Parigi» disse Fournier. «D'estate Giselle lavorava moltissimo nelle località termali francesi: Deauville, Le Pinet, Wimereux. E andava anche al Sud, fino ad Antibes, a Nizza e altrove.»

«Questo è un elemento buono; un paio delle persone che viaggiavano sul *Prometheus*, se ben ricordo, hanno accennato a Le Pinet. Bene, questa è una linea da seguire. Infine dobbiamo venire all'assassinio vero e proprio... cercare di dimostrare chi poteva, eventualmente, trovarsi nella posizione adatta per usare quella cerbottana.»

Allargò un grande foglio arrotolato sul quale era stato eseguito uno schizzo che rappresentava la pianta della cabina dell'aeroplano e lo dispose al centro del tavolo. «Dunque, adesso siamo pronti per il lavoro preliminare. E, per cominciare, esaminiamo accuratamente tutte queste persone, a una a una, e stabiliamo quali potevano essere le loro probabilità... e, cosa ancora più importante... le loro possibilità.»

«Si può iniziare eliminando monsieur Poirot qui presente. In tal modo il numero viene ridotto a undici.»

Poirot scrollò tristemente il capo.

«Avete un carattere troppo fiducioso, amico mio. Non dovreste fidarvi di nessuno... assolutamente di nessuno.»

«Bene, conteremo anche voi, se così preferite» disse Japp bonariamente. «Poi ci sono gli steward. Dal punto di vista della probabilità mi sembra estremamente difficile che sia stato uno di loro. È abbastanza improbabile che abbiano preso a prestito del denaro in grandi quantità e hanno entrambi ottime referenze; sono, sia l'uno sia l'altro, persone sobrie e oneste. Resterei molto stupito se uno di loro avesse qualcosa a che fare con questa storia. D'altro canto, dal punto di vista della possibilità, dobbiamo includere anche loro. Non hanno fatto che andare su e giù per la cabina. Avrebbero effettivamente potuto prendere una posizione adatta per usare senza difficoltà quella cerbottana... dall'angolatura giusta, voglio dire... anche se non posso credere che uno steward possa lanciare un dardo avvelenato per mezzo di una cerbottana in una cabina piena di gente senza che qualcuno se ne accorga. So per esperienza che le persone sono in gran parte cieche come talpe, ma a tutto c'è un limite! Naturalmente, in un certo senso, questo vale per chiunque altro. È stata una follia, una follia completa, commettere un delitto a quel modo. C'era solo una possibilità su cento di riuscire senza essere scoperti. Il tizio che lo ha commesso deve avere una fortuna diabolica. Fra tutti i modi maledettamente idioti di commettere un assassinio...»

Poirot, che fino a quel momento era rimasto seduto con gli occhi abbassati, fumando tranquillamente, lo interruppe con una domanda.

«Dunque credete che sia stato un modo molto sciocco di commettere un delitto?»

«Certo che lo è stato. Pura follia.»

«Eppure... ha avuto successo. Noi tre ce ne stiamo qui seduti a parlarne, ma non abbiamo la minima idea di chi sia stato a commettere il delitto! Questo è un successo!»

«Questa è pura e semplice fortuna» ribatté Japp, che non era assolutamente d'accordo. «L'assassino avrebbe potuto essere adocchiato almeno cinque o sei volte.»

Poirot scrollò la testa, insoddisfatto.

Fournier lo osservò incuriosito.

«Si può sapere che cosa vi frulla nel cervello, monsieur Poirot?»

«*Mon ami,*» disse Poirot «il mio punto è questo: un'azione deve essere giudicata dai risultati. E questa ha avuto successo. Ecco la mia opinione.»

«Eppure» replicò il francese con aria pensierosa «sembra quasi un miracolo.»

«Miracolo o no, le cose stanno così» ammise Japp. «Abbiamo le prove dell'autopsia, abbiamo l'arma del delitto; e se qualcuno, una settimana fa, mi avesse detto che avrei dovuto occuparmi di un delitto in cui una donna era stata uccisa con una freccia intinta nel veleno di vipera... ebbene, gli avrei riso in faccia! È un insulto... ecco cos'è esattamente questo delitto... un insulto.»

Respirò a fondo. Poirot sorrise.

«Può darsi che sia un delitto commesso da una persona con un senso dell'umorismo distorto» disse Fournier pensieroso. «È importantissimo, in un delitto, farsi un'idea della psicologia dell'assassino.»

Japp sbuffò lievemente nel sentire la parola "psicologia", che detestava e in cui aveva la massima sfiducia.

«È il genere di frottole che piace al signor Poirot» disse.

«Sono estremamente interessato, è vero, a quello che dite.»

«No, dubiterete che sia stata uccisa in quel modo, suppongo?» gli domandò Japp insospettito. «Conosco bene le tortuosità del vostro cervello.»

«Non no, amico mio. Il mio cervello non ha problemi su questo punto. L'aculeo avvelenato che ho raccolto è stato la causa della morte... questo è assodato. Tuttavia, vi sono alcuni elementi in questo caso...»

Fece una pausa, scuotendo la testa con aria perplessa.

Japp proseguì: «Bene, per tornare al problema, non possiamo eliminare definitivamente gli steward, ma secondo me è molto improbabile che uno di loro abbia qualcosa a che vedere con quanto è successo. Siete d'accordo, monsieur Poirot?».

«Oh, ricordate quanto ho detto. Personalmente... non eliminerei nessuno, a questo stadio delle indagini!»

«Come volete. E ora, i passeggeri. Cominciamo dal fondo, vicino alla dispensa, alla piccola cucina e alle toilette. Posto n. 16.» Puntò una matita sulla pianta. «È la lavorante di un parrucchiere, Jane Grey. Ha vinto con un biglietto della Lotteria Irlandese... e si è mangiata la vincita a Le Pinet. Il che vuol dire che la ragazza gioca d'azzardo. Potrebbe essersi trovata in difficoltà finanziarie e aver preso denaro a prestito dalla vecchia signora... Comunque non sembra probabile che abbia chiesto una grossa somma o che Giselle potesse avere in mano qualcosa che costituisse una minaccia per lei. Mi sembra un pesce molto piccolo a confronto di quel che andiamo cercando. Per di più non credo che la lavorante di un parrucchiere abbia la possibilità di mettere le mani su un veleno di vipera. Non lo adoperano per le tinture dei capelli o per i massaggi facciali.»

«Sotto un certo aspetto, forse è stato un piccolo errore servirsi del veleno di vipera perché restringe notevolmente il campo. Soltanto due persone su cento e non di più hanno una conoscenza di tali sostanze e sono in grado di metterci le mani sopra.»

«Il che, per lo meno, rende perfettamente chiara una cosa» disse Poirot.

Gli giunse una rapida occhiata indagatrice da parte di Fournier.

Japp stava continuando a lavorare sulle proprie idee.

«Secondo me, le cose vanno viste così» disse. «L'assassino deve rientrare in una di queste due categorie: o si tratta di un uomo che viaggia in lungo e in largo per il mondo ed è andato nei posti più strani, un uomo che si intende abbastanza di vipere e delle loro varietà più velenose, oltre a conoscere le abitudini di quelle tribù indigene che si servono del veleno per liberarsi dei loro nemici... e questa è la categoria numero uno.»

«E l'altra?»

«Il lato scientifico, la ricerca. Questo particolare tipo di veleno è del genere di cui si servono per esperimenti nei laboratori più qualificati. Ho fatto quattro chiacchiere con Winterspoon. A quanto pare il veleno di vipera, di cobra per essere esatti, talvolta viene usato in medicina. Lo si adopera per la cura dell'epilessia con discreto successo. Fra l'altro si stanno facendo indagini scientifiche ampie e accurate per quel che riguarda il morso delle vipere.»

«Interessante e stimolante» disse Fournier.

«Sì, ma proseguiamo. La Grey non rientra in alcuna di queste categorie. Per quel che la riguarda, il movente sembra improbabile, le opportunità di procurarsi il veleno... scarse. Quanto alla vera e propria possibilità di avere eseguito il lancio del dardo avvelenato con la cerbottana è estremamente dubbia... quasi impossibile. Guardate qui.»

I tre uomini si chinarono sulla pianta.

«Ecco il posto n. 16» disse Japp. «E qui c'è il n. 2, dove era seduta Giselle: fra loro c'era un sacco di gente. Se la ragazza non si è mossa dal suo posto... e tutti confermano che è andata così... non avrebbe assolutamente potuto prendere la mira e lanciare l'aculeo in modo da colpire Giselle lateralmente, sul collo. Di conseguenza, penso che possiamo eliminarla con discreta sicurezza.»

«E adesso passiamo al n. 12, il posto di fronte. È quello del dentista, Norman Gale. La stessa cosa vale, più o meno, anche per lui. Un pesce piccolo. Suppongo che sarebbe potuto entrare più facilmente in possesso del veleno.»

«In genere questo tipo di iniezione non è fra quelli preferiti dai dentisti» mormorò Poirot con dolcezza. «Sarebbe una cura troppo radicale.»

«Un dentista se la spassa già abbastanza con i suoi pazienti anche senza arrivare a questo» disse Japp mettendosi a ridere. «Con ciò, suppongo che abbia qualche conoscenza negli ambienti dove si può avere accesso, per quel che riguarda i veleni, anche a sostanze piuttosto strane. Potrebbe avere un amico scienziato. Ma, quanto alla possibilità, è praticamente da eliminare. Si è alzato dal suo posto, questo è vero, ma solo per andare alla toilette... che è nella direzione opposta. Tornando a sedersi non avrebbe potuto procedere oltre nel corridoio e, per lanciare una freccia con la cerbottana in modo da colpire la vecchia signora al collo, avrebbe dovuto possederne un tipo assolutamente speciale, capace di certi scherzetti, come una deviazione ad angolo retto durante il volo. Di conseguenza, anche lui è praticamente da scartare.»

«Sono d'accordo» disse Fournier. «Procediamo.»

«Adesso passiamo dall'altra parte del corridoio. Il n. 17.»

«In origine, era il mio posto» disse Poirot. «L'ho ceduto a

una delle signore, dal momento che desiderava restare vicino alla sua amica.»

«Questa sarebbe Venetia Kerr. Bene: cosa sappiamo di lei? È un pezzo grosso. Potrebbe aver domandato del denaro in prestito a Giselle. Non si direbbe che nella sua vita ci sia qualche segreto colpevole... Potrebbe aver trattenuto un cavallo in un testa a testa per fargli perdere la corsa o qualcosa del genere. Dovremmo prestarle una certa attenzione. La sua posizione è compatibile. Se Giselle avesse voltato lievemente la testa per guardare fuori dal finestrino, Venetia Kerr avrebbe potuto tentare un lancio un po' azzardato in diagonale, attraverso la cabina. Credo però che non le sarebbe andato bene. Immagino che avrebbe dovuto alzarsi, per provarci. È una di quelle donne che, in autunno, escono a caccia con il fucile. Non saprei se il fatto di saper sparare con un fucile possa essere di qualche aiuto nel caso di una cerbottana indigena. Suppongo che si tratti, ugualmente, di una questione di occhio, di pratica; probabilmente non le mancano amici... che sono stati a fare la caccia grossa nelle regioni più remote e strane del globo. In questo modo sarebbe potuto entrare in possesso di qualche rara sostanza usata dagli indigeni. Però, a ben pensarci, mi sembrano tutte frottole. È una cosa che non ha senso.»

«Effettivamente sembra improbabile» disse Fournier. «Mademoiselle Kerr... L'ho vista oggi all'inchiesta...» scrollò il capo. «Non la si vedrebbe coinvolta in un delitto!»

«Posto n. 13» disse Japp. «Lady Horbury. Ecco, diciamo che lei sì potrebbe essere una candidata imprevedibile. Ho saputo qualcosa che la riguarda e che adesso vi rivelerò. Non mi meraviglierei affatto se avesse qualche torbido segreto.»

«Si dà il caso che io sappia» disse Fournier «che la signora in questione ha perduto, e notevolmente, al tavolo del baccarà, a Le Pinet.»

«Ecco una notizia interessante. Bravo. Sì, è proprio il tipo di donna sciocca che potrebbe avere avuto a che fare con Giselle.»

«Non posso che trovarmi completamente d'accordo.»

«Benissimo, dunque... finora, tutto bene. Ma come ha fatto? Se ben ricorderete, neppure lei si è alzata dal suo posto. Avrebbe dovuto inginocchiarsi sul sedile e sporgersi oltre lo schienale... con dieci persone che la guardavano. Oh, accidenti, proseguiamo.»

«Il n. 9 e il n. 10» disse Fournier, allungando il dito sulla pianta della cabina.

«Monsieur Hercule Poirot e il dottor Bryant» informò Japp. «Cosa avete da dire, monsieur Poirot, per quel che vi riguarda?»

Poirot scrollò il capo con tristezza.

«*Mon estomac*» disse in tono patetico. «È una vera tragedia che il cervello debba essere schiavo dello stomaco.»

«Capita anche a me» disse Fournier, compatendolo. «Quando sono in aereo, non mi sento mai troppo bene».

Chiuse gli occhi e scrollò la testa in modo significativo.

«Oh, dunque, adesso, il dottor Bryant. Che cosa sappiamo del dottor Bryant? È un pezzo grosso di Harley Street. Non esistono molte possibilità che si servisse di un'usuraia francese, ma non è mai detto. Se si viene a sapere qualcosa di non molto pulito che riguarda un medico, quel disgraziato è finito per il resto dei suoi giorni! Ed ecco dove interviene la mia teoria scientifica. Un uomo come Bryant, al culmine della fama, è in stretti rapporti con le persone che si occupano di ricerche nel campo della medicina. Non avrebbe difficoltà a sottrarre una fialetta di veleno di vipera, qualora gli capitasse di trovarsi in qualche laboratorio ben fornito, di alta classe. Sarebbe questione di un minuto!»

«Ma, amico mio, quella gente tiene sempre sotto controllo le sostanze di questo genere» obiettò Poirot. «Non sarebbe semplice come cogliere un ranuncolo in un prato!»

«Anche se le tengono sotto controllo, queste sostanze, una persona intelligente potrebbe sempre sostituirne una con qualcosa di innocuo. Si può fare soprattutto perché un uomo come Bryant sarebbe al di sopra di ogni sospetto.»

«Effettivamente, in ciò che dite c'è qualcosa che si deve prendere in considerazione» ammise Fournier.

«C'è un fatto, però: per quale motivo ha richiamato l'attenzione generale sul modo in cui è morta? Non avrebbe potuto dire che il decesso della donna era dovuto a cause naturali... a un collasso cardiaco?»

Poirot tossì. Gli altri due lo fissarono con aria interrogativa.

«Ho idea» disse «che quella fosse stata la prima... ecco, vogliamo chiamarla "impressione" del dottore. Dopo tutto, sembrava un decesso dovuto a cause più che naturali, probabilmente agli effetti della puntura di una vespa; perché c'era una vespa, ricordate...»

«Un po' difficile dimenticare quella vespa» interloquì Japp. «Non fate che tornarci sopra.»

«A ogni modo,» continuò Poirot «è capitato proprio a me di osservare l'aculeo fatale sul pavimento e di raccoglierlo. E, una volta trovato quello, tutto ha fatto pensare a un delitto.»

«Quell'aculeo avvelenato sarebbe comunque stato scoperto, prima o poi.»

Poirot scrollò la testa.

«Esisteva sempre la possibilità che l'assassino potesse raccoglierlo inosservato.»

«Bryant?»

«Bryant, o qualcun altro?»

«Uhm... piuttosto rischioso.»

Fournier non fu d'accordo.

«È quello che pensate adesso» disse «perché sapete che si tratta di un delitto. Ma quando una signora muore all'improvviso per un attacco cardiaco, se un uomo dovesse lasciar cadere un fazzoletto e si chinasse a raccoglierlo credete che osservereste quel suo gesto o che ci tornereste sopra con il pensiero?»

«È vero» ammise Japp. «Bene, ho l'impressione che Bryant sia sulla lista delle persone sospettate. Avrebbe potuto sporgersi con la testa dal suo posto e lanciare il dardo in questo modo... anche in tal caso, diagonalmente attraverso la cabina. Ma per quale motivo nessuno l'ha visto? Comunque, non tornerò di nuovo su questo punto. Chiunque sia stato, nessuno l'ha visto!»

«E, secondo me, deve pur esserci stata una ragione» disse Fournier. «Una ragione di questo fatto che, a quanto ho sentito, attirerà certo monsieur Poirot.» Sorrise. «Parlo di una questione psicologica.»

«Continuate, amico mio» lo incoraggiò Poirot. «È interessante quello che dite a tale proposito.»

«Supponiamo che» disse Fournier «mentre viaggiate in treno vi capiti di passare davanti a una casa in fiamme. Gli occhi di tutti i presenti si rivolgeranno subito al finestrino. L'attenzione di tutti verrà attirata da un determinato elemento. In un momento del genere, chiunque potrebbe estrarre un pugnale e uccidere un uomo, e nessuno lo noterebbe mentre compie quel gesto.»

«È vero» disse Poirot. «Ricordo un caso nel quale mi sono trovato coinvolto... un caso di avvelenamento, in cui è stato proprio sollevato questo punto. C'era, allora, quello che voi chiamate "momento psicologico". Se dovessimo scoprire che c'è stato un momento del genere durante il viaggio del *Prometheus*...»

«Potremmo scoprirlo interrogando gli steward e i passeggeri» disse Japp.

«Certo. Ma se c'è stato un tale momento psicologico, la logica conseguenza è questa: la causa di quel momento deve essere stata provocata dall'assassino.»

«Proprio così, proprio così» annuì il francese.

«Bene, prenderemo nota di questo e faremo in modo che ci serva per qualche domanda in proposito» disse Japp. «E adesso veniamo al posto n. 8: Daniel Michael Clancy.»

Japp pronunciò questo nome con visibile gusto.

«A mio parere, è la persona che suscita maggiori sospetti. Cosa c'è di più facile, per uno scrittore di romanzi polizieschi, che fingere interesse per il veleno di vipera e ottenere da qualche scienziato o chimico, privo di sospetti, un po' di quella sostanza? Non dimenticate che è passato di fianco al posto dove sedeva Giselle... è stato l'unico dei passeggeri a farlo.»

«Vi assicuro, amico mio,» disse Poirot «che non ho affatto dimenticato questo punto.»

Lo disse con molta enfasi.

Japp proseguì: «Avrebbe potuto usare la cerbottana da una distanza discretamente ravvicinata senza alcun bisogno di un "momento psicologico", come lo chiamate voi. E aveva notevoli opportunità di cavarsela senza suscitare sospetti. Ricordate che sa tutto quello che occorre sapere sulle cerbottane... lo ha detto lui stesso».

«E questo potrebbe farci esitare, forse.»

«Un'astuzia pura e semplice» fece Japp.

«Quanto poi alla cerbottana che ha tirato fuori oggi, chi ci può dire che è proprio quella da lui acquistata due anni fa? Tutta questa storia puzza, e parecchio, secondo me. Non mi pare che sia normale per una persona aver sempre il pensiero fisso su omicidi e storie poliziesche, come anche leggere il resoconto di delitti di ogni sorta. Si finisce per mettersi in testa certe idee...!»

«È assolutamente necessario che uno scrittore abbia qualche idea in testa» ammise Poirot.

Japp tornò alla sua pianta dell'aeroplano.

«Al posto n. 4 c'era Ryder... proprio il sedile davanti a quello della donna uccisa. Non credo che sia stato lui. Ma non possiamo escluderlo. È andato alla toilette. Avrebbe potuto lanciarle quel dardo sulla via del ritorno e da distanza discretamente ravvicinata; l'unica cosa è che si sarebbe proprio trovato davanti agli archeologi, nel farlo. E quei due se ne sarebbero accorti... Non ci sono discussioni.»

Poirot scrollò la testa con aria pensosa.

«Forse non conoscete molti archeologi, vero? Se questi due si fossero trovati nel bel mezzo di un'interessantissima discussione su qualche punto contrastante... *eh, bien,* amico mio, la loro concentrazione sarebbe stata tale da poterli considerare ciechi e sordi a tutto quanto li circondava. Si sarebbero trovati a vivere, vedete, nel cinquemila avanti Cristo o giù di lì. Il millenovecentotrentacinque dopo Cristo non sarebbe praticamente esistito per loro.»

Japp parve un poco scettico.

«Bene, adesso passiamo a questi due. Che cosa ci dite dei Dupont, Fournier?»

«Monsieur Armand Dupont è uno dei più famosi archeologi francesi.»

«Questo non ci aiuta particolarmente. La loro posizione nella cabina dell'aereo era discretamente buona, dal mio punto di vista... sull'altro lato del corridoio, ma appena poco più avanti di Giselle. E suppongo che abbiano girato parecchio per il mondo e abbiano fatto i loro scavi archeologici in un mucchio di posti; potrebbero essere entrati in possesso con facilità di qualche strano veleno di vipera usato dagli indigeni.»

«Questo è possibile, sì» disse Fournier.

«Però voi non lo credete probabile?»

Fournier scrollò la testa, dubbioso.

«Monsieur Dupont vive per la sua professione. È un entusiasta. In passato, è stato anche commerciante di antichità. Ha rinunciato a una fiorente attività per dedicarsi agli scavi. Sia lui sia il figlio sono dediti, anima e corpo, alla loro professione. Mi sembra estremamente improbabile... non dirò impossibile, perché, viste le ramificazioni della faccenda Stavisky, sono pronto a credere a qualsiasi cosa... Ripeto, quindi, "improbabile" che siano coinvolti in questa faccenda.»

«Va bene» disse Japp.

Prese in mano il foglio di carta sul quale aveva scritto qualche appunto e si schiarì la voce.

«Ecco la situazione. JANE GREY: probabilità scarsa, opportunità praticamente nulla. GALE: probabilità scarsa, opportunità sempre praticamente nulla. SIGNORINA KERR: molto improbabile, opportunità dubbia. LADY HORBURY: probabilità buona, opportunità praticamente nulla. MONSIEUR POIROT: quasi certamente il criminale è lui, si tratta dell'unica persona a bordo capace di creare un momento psicologico.»

Japp scoppiò in una risata gustosa dopo aver pronunciato questa battuta e Poirot sorrise con indulgenza mentre Fournier lo imitava con una certa diffidenza. Poi l'investigatore riprese: «BRYANT: opportunità e probabilità buone. CLANCY: movente dubbio, probabilità e opportunità estremamente buone. RYDER: probabilità incerta, opportunità più che discreta. I due DUPONT: probabilità scarsa riguardo al movente, buona per la possibilità di procurarsi il veleno, opportunità buona».

«Mi sembra un sommario discreto per quel che ci è stato possibile sapere finora. Naturalmente dovremo fare un buon numero delle indagini d'uso. Io mi occuperò, prima di tutto, di Clancy e Bryant... Cercherò di sapere che cosa hanno combinato... se in passato c'è stato qualche momento in cui si sono trovati in difficoltà finanziarie... se di recente sono apparsi preoccupati o turbati... Indagherò sui loro movimenti in quest'ultimo anno... e via dicendo. La stessa cosa farò per Ryder. Ma non sarà opportuno trascurare completamente gli altri. Farò in modo che Wilson provveda a cacciare il naso nei loro affari. Non dubito che monsieur Fournier, qui presente, vorrà incaricarsi dei Dupont.»

L'investigatore della *Sûreté* fece segno di sì con la testa.

«State certo che ci si occuperà di loro. Tornerò a Parigi stasera. Potrebbe esserci qualcosa di interessante da sapere dalla cameriera di Giselle, Elise, adesso che abbiamo qualche informazione di più sul nostro caso. Non solo, ma procurerò di controllare con estrema attenzione i movimenti di Giselle. Sarà opportuno cercare di sapere dove è stata durante l'estate. So che è andata un paio di volte a Le Pinet. Può darsi che riusciremo a ottenere qualche informazione sui suoi contatti con alcuni dei cittadini inglesi interessati. Ahi, sì, c'è molto da fare.»

Si voltarono entrambi a guardare Poirot che sembrava assorto nei suoi pensieri.

«Avete intenzione di prendere parte anche voi alle indagini oppure no, monsieur Poirot?» domandò Japp.

Poirot trasalì.

«Sì, credo che dovrei accompagnare monsieur Fournier a Parigi.»

«*Enchanté*» disse il francese.

«Che cosa avete in mente di fare? Mi piacerebbe saperlo!» chiese Japp. Guardò Poirot con curiosità. «Siete stato molto silenzioso finora. Avete qualche piccola idea tutta personale, eh?»

«Una o due, una o due; ma è molto difficile.»

«Sentiamole.»

«C'è una cosa che mi piace poco» disse Poirot lentamente. «Ed è il posto in cui è stata trovata la cerbottana.»

«Naturalmente! Per colpa di quella cerbottana, avete rischiato di finire al fresco.»

Poirot scrollò la testa.

«Non intendevo in questo senso. Non è il fatto che la cerbottana sia stata trovata fra i cuscini del mio sedile a preoccuparmi... ma semplicemente il fatto che sia stata nascosta così, dietro uno qualsiasi di quei sedili!»

«Io non ci vedo niente, in questo» disse Japp. «Chiunque sia stato a commettere il delitto, doveva pur nasconderla in qualche posto. Non poteva rischiare che gli venisse trovata addosso!»

«*Evidemment*. Però forse avrete notato, amico mio, quando avete esaminato l'apparecchio, che per quanto i finestrini non possano essere aperti, ciascuno di essi è fornito di una serie di piccoli buchi rotondi che possono essere aperti o chiusi girando le pale di un ventilatore. Questi fori hanno una circonferenza sufficiente per lasciar passare la nostra cerbottana. Non sarebbe stato più semplice liberarsene in questo modo? La cerbottana sarebbe precipitata, e sarebbe stato estremamente improbabile che venisse ritrovata.»

«Posso sollevare un'obiezione a questo punto... L'assassino temeva di essere visto. Qualcuno avrebbe potuto notarlo se avesse spinto la cerbottana attraverso uno dei fori del ventilatore.»

«Già» riprese Poirot. «Non ha avuto paura di essere visto mentre si portava la cerbottana alle labbra e lanciava il dardo fatale, ma ha avuto paura di essere visto mentre infilava la cerbottana attraverso i buchi del finestrino!»

«Sembra assurdo, lo ammetto,» disse Japp «tuttavia è andato a nascondere la cerbottana dietro il cuscino di un sedile. È proprio successo così: non si scappa!»

Poirot non rispose e Fournier gli domandò incuriosito: «Vi ha dato un'idea, questo?».

Poirot chinò la testa in segno di assenso.

«Diciamo che suscita alcune meditazioni.»

Con un gesto distratto, riaggiustò il calamaio che la mano spazientita di Japp aveva allontanato dal suo posto abituale. Poi, alzando bruscamente la testa, domandò: «*A propos*, avete l'elenco particolareggiato degli oggetti di proprietà dei passeggeri che vi avevo chiesto di procurarmi?».

8

«Sono un uomo di parola, io» disse Japp.

Rise e si mise una mano in tasca, tirando fuori un fascio di fogli scritti a macchina.

«Ecco qui. C'è tutto... fino al minimo particolare! E ammetto che, qui dentro, c'è una cosa piuttosto curiosa. Ma ve ne parlerò quando avrete finito di leggere.»

Poirot allargò i fogli sul tavolo e cominciò a esaminarli. Fournier gli andò vicino e si mise a leggere al di sopra della sua spalla.

"JAMES RYDER.

"Tasche: fazzoletto di lino con la cifra J. Portafogli in pelle di cinghiale, sette biglietti da una sterlina, tre biglietti da visita di varie ditte. Lettera del socio George Ebermann il quale dice di sperare 'che il prestito sia stato ottenuto con successo... altrimenti ci troviamo alle strette'. Lettera firmata 'Maudie' per confermare l'appuntamento al Trocadero per la sera successiva (carta da lettere scadente, scrittura di persona poco istruita). Portasigarette d'argento. Scatoletta per fiammiferi. Penna stilografica. Mazzo di chiavi. Chiave Yale per porta. Moneta spicciola francese e inglese.

"Valigetta per documenti: un certo numero di carte riguardanti trattative d'affari nel campo del cemento. Una copia di 'Bootless Cap' (rivista vietata nel nostro paese). Una scatoletta di un 'preparato per la cura immediata del raffreddore'.

"DOTTOR BRYANT.

"Tasche: due fazzoletti di lino. Portafogli contenente venti sterline e cinquecento franchi. Moneta spicciola francese e inglese.

Agenda per gli appuntamenti. Scatola di sigarette. Accendino. Penna stilografica. Chiave Yale per porta. Mazzo di chiavi.

"Flauto nella sua custodia.

"Aveva anche con sé le *Memorie di Benvenuto Cellini* e *Les Maux de l'Oreille*.

"NORMAN GALE.

"Tasche: fazzoletto di seta. Portamonete contenente una banconota da una sterlina e seicento franchi. Spiccioli. Biglietti da visita di due ditte francesi fabbricanti strumenti da dentista. Scatoletta per fiammiferi Bryant & Mays vuota. Accendino d'argento. Pipa di radica. Borsa per tabacco in gomma. Chiave Yale per porta.

"Valigetta: giacca di lino bianca. Due specchietti da dentista. Rotolini di cotone idrofilo da dentista. 'La Vie Parisienne', 'The Strand Magazine', 'The Autocar'.

"ARMAND DUPONT.

"Tasche: portafogli contenente mille franchi e dieci sterline. Occhiali nella custodia. Moneta spicciola francese. Fazzoletto di cotone. Pacchetto di sigarette, bustina di fiammiferi. Biglietti in una custodia. Stuzzicadenti.

"Valigetta per documenti: manoscritto della conferenza da tenere alla Royal Asiatic Society. Due pubblicazioni archeologiche tedesche. Due fogli con schizzi appena abbozzati di oggetti in ceramica. Cilindri coperti di decorazioni orientali (sono stati definiti 'cannelli da pipa curdi'). Piccolo vassoio in vimini lavorato a mano. Nove fotografie non montate, tutte di oggetti di ceramica.

"JEAN DUPONT.

"Tasche: portafoglio contenente cinque sterline e trecento franchi. Portasigarette. Bocchino per sigaretta (in avorio). Accendino. Penna stilografica. Due matite. Taccuino pieno di appunti buttati giù in fretta. Lettera in inglese da parte di L. Marriner con un invito a pranzo in un ristorante nelle vicinanze di Tottenham Court Road. Moneta spicciola francese.

"DANIEL CLANCY.

"Tasche: fazzoletto (macchiato di inchiostro). Penna stilografica (che perde). Portafogli contenente quattro sterline e cento franchi. Tre ritagli di giornale relativi a crimini recenti (un avvelenamento mediante arsenico e due casi di appropriazione indebita). Due lettere di agenti immobiliari con i particolari relativi a proprietà di campagna. Agenda per gli appuntamenti. Quattro matite. Temperino. Tre fatture pagate e quattro da pagare. Lettera da parte di un certo 'Gordon' con l'intestazione del bastimento *Minotaur*. Cruciverba non finito ritagliato dal 'Times'. Taccuino contenente spunti per intrecci di romanzi. Moneta spicciola italiana, francese, svizzera e inglese. Conto di un albergo di Napoli. Grosso mazzo di chiavi.

"Nella tasca dell'impermeabile: note manoscritte dal titolo *Assassinio sul Vesuvio*. Guida Bradshaw dell'Europa. Palla da golf. Paio di calzini. Spazzolino da denti. Conto di un albergo di Parigi.

"SIGNORINA KERR.

"Borsa da viaggio: rossetto. Due bocchini per sigaretta (uno di avorio e uno di giada). Portacipria. Portasigarette. Scatoletta di fiammiferi. Fazzoletto. Due sterline. Moneta spicciola. Una metà di una lettera di credito. Chiavi.

"Valigetta da toilette foderata di zigrino: bottiglie, spazzole, pettini ecc. Completo da manicure. Sacchetto per la toilette da bagno contenente spazzolino da denti, spugna, polvere dentifricia, sapone. Due paia di forbici. Cinque lettere ricevute dalla famiglia e dagli amici d'Inghilterra. Due romanzi in edizione Tauchnitz. La fotografia di due spaniel.

"Aveva con sé anche le riviste 'Vogue' e 'Good Housekeeping'.

"SIGNORINA GREY.

"Borsetta: rossetto, confezione di fard, portacipria. Chiave Yale e altra chiave di baule. Matita. Portasigarette. Bocchino. Scatoletta di fiammiferi. Due fazzoletti. Conto d'albergo di Le Pinet. Libretto intitolato *Frasi francesi*. Borsellino contenente cento franchi e dieci scellini. Moneta spicciola francese e inglese. Una *fiche* del Casinò del valore di cinque franchi.

"Nella tasca del soprabito da viaggio: sei cartoline con vedute di Parigi, due fazzoletti e una sciarpa di seta. Lettera firmata 'Gladys'. Tubetto di aspirina.

"LADY HORBURY.

"Borsa da viaggio: due rossetti, confezione di fard, portacipria. Fazzoletto. Tre biglietti da mille franchi. Sei sterline. Moneta spicciola francese. Due bocchini per sigaretta. Accendino con custodia.

"Valigetta da toilette: servizio da toilette completo. Elaborato servizio da manicure (in oro). Bottiglietta sull'etichetta della quale è scritto (in inchiostro) 'Acido borico'."

Mentre Poirot arrivava in fondo all'elenco, Japp puntò un dito sull'ultimo oggetto nominato.

«Abbastanza furbo, il nostro uomo. Mi è sembrato che non andasse completamente d'accordo con il resto. Acido borico un corno! La polverina bianca contenuta in quella bottiglietta era cocaina.»

Poirot spalancò leggermente gli occhi. Poi fece segno di sì con la testa, piano piano.

«Forse non ha molto a che fare con il nostro caso» disse Japp. «Ma non occorre che mi diciate come una donna dedita alla cocaina non debba avere particolari remore morali. Ho la vaga idea che Sua Signoria non indietreggerebbe di fronte a molte cose pur di ottenere quello che vuole, malgrado tutto quel che si dice della fragilità e della debolezza del sesso femminile. A ogni modo ho i miei dubbi che avrebbe la sfacciataggine di portare sino in fondo un'azione di questo genere; non solo, ma in tutta franchezza non riesco assolutamente a vedere come le sarebbe stato possibile farlo. Tutta questa faccenda mi sembra un bel rompicapo.»

Poirot radunò i fogli dattiloscritti sparsi sul tavolo e li lesse attentamente una seconda volta. Infine li depose con un sospiro.

«A giudicare dalle apparenze,» disse «sembra che tutto porti a indicare con molta chiarezza una persona quale autrice del delitto. Eppure non riesco a capire il movente o addirittura "come" sia stato commesso.»

Japp lo guardò sbalordito.

«Vorreste dire che vi è venuta l'idea di chi potrebbe essere stato leggendo tutta questa roba?»

«Credo di sì.»

Japp gli tolse rapidamente dalle mani il fascio di fogli e li lesse con attenzione da cima a fondo, porgendo ogni singolo foglio a Fournier, man mano che lo finiva. Infine li sbatté con violenza sul tavolo e guardò Poirot, sbarrando gli occhi.

«Mi volete prendere in giro, monsieur Poirot?»

«No, no. *Quelle idée!*»

Il francese, intanto, stava appoggiando i fogli sul tavolo.

«Cosa ne dite voi, Fournier?»

Questi scrollò il capo. «Sarò un povero sciocco, ma non riesco proprio a vedere come questo elenco ci faccia progredire di molto.»

«No, di certo, se lo prendiamo in sé per sé» disse Poirot. «Ma considerato in relazione a determinati elementi di questo caso, eh? Può darsi che io mi sbagli... che mi sbagli di grosso.»

«Bene, tirate fuori la vostra teoria» fece Japp. «In ogni modo, sono sempre interessato ad ascoltarla.»

Poirot fece segno di no.

«No, come voi dite, si tratta di una teoria... una teoria soltanto. Speravo di trovare un determinato oggetto su quella lista. *Eh bien*, l'ho trovato. C'è, ma ho l'impressione che punti nella direzione sbagliata. L'indizio giusto sulla persona sbagliata. Il che significa che c'è molto da fare e, in tutta onestà, molto resta ancora oscuro. Non riesco ad avere le idee chiare; soltanto certi fatti sembrano rilevanti e mi pare che possano assumere una posizione significativa nel quadro d'insieme. Non lo trovate anche voi? No, mi accorgo che non è così. E allora lasciamo che ognuno di noi elabori le proprie idee. Vi assicuro che io non ho alcuna certezza ma solo un vago sospetto...»

«Comincio a credere che le vostre siano vanterie senza fondamento» sbottò Japp. Si alzò in piedi. «Bene. Possiamo dire di aver concluso, oggi. Io mi occuperò delle indagini londinesi, voi tornate a Parigi, Fournier... e cosa farà il nostro monsieur Poirot?»

«Voglio accompagnare monsieur Fournier a Parigi... anzi, adesso lo voglio più che mai.»

«Più che mai...? Mi piacerebbe proprio sapere qual è il tarlo che vi rode il cervello.»

«Tarlo? *Ce n'est pas joli, ça!*»

Fournier scambiò cerimoniose strette di mano con gli altri.

«Vi auguro una buona sera e molte grazie per la vostra squisita ospitalità. Allora ci troviamo a Croydon domattina?»

«Precisamente. *A demain.*»

«E speriamo» disse Fournier «che nessuno ci assassini *en route.*»

I due investigatori se ne andarono.

Per qualche tempo Poirot rimase assorto nei suoi pensieri. Poi si alzò, tolse ogni traccia di disordine, vuotò i portacenere e mise al loro posto le seggiole. Infine si avvicinò a un tavolino e afferrò una copia della rivista «Sketch». La sfogliò fino a quando non trovò la pagina che cercava.

"Due adoratori del sole". Così diceva il titolo. "La contessa di Horbury e il signor Raymond Barraclough a Le Pinet." Guardò a lungo le due figure ridenti, in costume da bagno, sottobraccio.

«Chissà» disse Hercule Poirot. «Si potrebbe fare qualcosa, prendendo questo spunto... Sì, si potrebbe fare qualcosa davvero.»

9

Il giorno successivo il tempo fu talmente bello che perfino Hercule Poirot fu costretto ad ammettere che il suo *estomac* si sentiva perfettamente in pace.

Presero l'aereo delle 8.45 per Parigi.

Oltre a Poirot e a Fournier, a bordo c'erano altri sette o otto passeggeri e il francese sfruttò il viaggio per compiere qualche esperimento. Tirò fuori di tasca un piccolo pezzo di canna di bambù e per ben tre volte durante il viaggio se la portò alle labbra, puntando in una determinata direzione. Una volta lo fece sporgendosi dietro l'angolo del suo sedile; un'altra volta con la testa spostata di lato e una terza, infine, mentre stava ritornando dalla toilette; e in ognuna di queste occasioni si accorse che gli occhi dell'uno o dell'altro passeggero lo guardavano con un'espressione vagamente stupita. Anzi, nell'ultimo caso, poi, sembrò che tutti gli occhi, nella cabina, fossero fissi su di lui.

Fournier si lasciò cadere al suo posto scoraggiato, e il fatto di notare lo schietto divertimento di Poirot non servì certo a rallegrarlo.

«Vi divertite, amico mio? Però siete d'accordo che bisognava fare questi esperimenti?»

«*Evidemment!* Ammiro sinceramente la vostra meticolosità. Non c'è niente che valga una dimostrazione oculare. Avete recitato la parte dell'assassino con la cerbottana. Il risultato è chiarissimo. Tutti vi hanno visto.»

«Non proprio tutti!»

«In un certo senso, tutti no. In ogni occasione c'è stato qualcuno che non vi ha visto; ma perché un delitto abbia successo questo non basta. Bisogna essere moderatamente sicuri che nessuno vi vedrà.»

«E, in condizioni ordinarie, questo è impossibile» aggiunse Fournier. «Di conseguenza resto fedele alla mia teoria che le condizioni in cui si è svolto il delitto devono essere state straordinarie... Il momento psicologico! Deve esserci stato un momento psicologico nel quale l'attenzione di tutti doveva essere concentrata su qualcosa d'altro.»

«Il nostro amico, l'ispettore Japp, ha intenzione di eseguire indagini minuziose a questo riguardo.»

«Non siete d'accordo con me, monsieur Poirot?»

Poirot esitò per un attimo e infine disse piano: «Sono d'accordo che c'è stato... che deve esserci stato un motivo psicologico per il quale nessuno ha visto l'assassino... ma le mie idee seguono una linea leggermente diversa dalla vostra. Mi rendo conto che, in questo caso, i puri e semplici fatti visibili possono essere ingannevoli. Provate a chiudere gli occhi, amico mio, invece che spalancarli. Usate gli occhi del cervello, non quelli del corpo. Lasciate funzionare le piccole cellule grigie della mente... lasciate che siano loro a mostrarvi ciò che è realmente accaduto».

Fournier lo fissò con curiosità.

«Non vi seguo, monsieur Poirot.»

«Perché volete ricavare le vostre deduzioni dalle cose che avete visto. E non c'è niente che possa trarre tanto in inganno come la capacità di osservare.»

Fournier scrollò la testa di nuovo e allargò le braccia.

«Ci rinuncio. Non riesco ad afferrare il significato di ciò che dite.»

«Il nostro amico Giraud ci raccomanderebbe di non prestare attenzione a queste mie parole strampalate. "Alzarsi e camminare" direbbe. "Rimanere seduti in una poltrona a pensare, ecco il metodo di una persona che non è più nel fiore degli anni, di un vecchio." Io, invece, dico che un giovane segugio talvolta è talmente ansioso di seguire la pista che ha annusato, da perderla perché se l'è lasciata indietro... per lui quella pista è fatta per confondere le idee, è un diversivo... Ecco, vi ho dato un ottimo indizio...»

E, appoggiandosi allo schienale del sedile, Poirot chiuse gli occhi, forse per pensare, ma, senza ombra di dubbio, cinque minuti dopo si era addormentato profondamente.

All'arrivo a Parigi andarono direttamente al n. 3 di rue Joliette.

Rue Joliette si trova sul lato sud della Senna. Non c'è qualcosa di particolare che distingua il n. 3 dalle altre case. Un anziano portinaio li fece entrare e salutò Fournier in tono acido.

«Così abbiamo di nuovo la polizia qui da noi! Fastidi, soltanto fastidi. Darà alla casa una brutta fama, questa storia.»

E si ritirò brontolando nel suo appartamento.

«Andremo subito nell'ufficio di Giselle» disse Fournier. «Si trova al primo piano.»

Mentre parlava, tirò fuori di tasca una chiave e spiegò che la polizia francese aveva preso la precauzione di chiudere a chiave la porta e di metterle i sigilli mentre si aspettavano i risultati dell'inchiesta inglese.

«Per quanto, temo» disse Fournier «che qui non ci sia niente che ci può essere di aiuto.»

Staccò i sigilli, aprì la porta ed entrarono. L'ufficio di madame Giselle era un appartamentino che odorava di chiuso. Vi si trovava in un angolo una cassaforte di un genere piuttosto antiquato, una scrivania da studio di uomo d'affari e parecchie poltroncine con l'imbottitura consunta. L'unica finestra aveva i vetri sporchi e, con moltissima probabilità, non era mai stata aperta.

Fournier si strinse nelle spalle mentre si guardava in giro.

«Vedete?» disse. «Niente. Assolutamente niente.»

Poirot girò dietro la scrivania. Sedette sulla poltroncina e da quella posizione guardò Fournier. Passò delicatamente la mano sulla superficie di legno, poi la fece scorrere sotto di essa.

«Qui c'è un campanello» disse.

«Sì, suona giù, dal portiere.»

«Ah, una precauzione saggia. Qualche volta i clienti di *madame* potevano diventare turbolenti.»

Aprì uno o due cassetti. Contenevano della cancelleria, un calendario, penne e matite, ma nessun documento e niente di carattere personale.

Poirot si limitò a esaminare tutto in modo superficiale.

«Non vi offenderò, amico mio, facendo una perquisizione più accurata. Se c'era qualcosa da trovare, sono certo che l'avreste già trovato voi.» Guardò la cassaforte. «Non mi sembra che sia un modello particolarmente efficace, vero?»

«Effettivamente è un po' fuori moda» ammise Fournier.

«Era vuota?»

«Sì, quella maledetta cameriera ha distrutto ogni cosa.»

«Ah, sì, la cameriera. La domestica di fiducia. Dobbiamo vederla. Questa stanza, come voi stesso dite, non ha nulla da rivelarci. È un elemento significativo, questo, non credete?»

«Che cosa intendete per significativo, monsieur Poirot?»

«Intendo dire che, in questo locale, non c'è nessun tocco personale... e questo lo trovo interessante.»

«Non era il tipo di donna che avesse dei sentimentalismi» disse Fournier, asciutto.

Poirot si alzò.

«Venite,» disse «andiamo a parlare con questa cameriera che godeva di una fiducia completa da parte della padrona.»

Elise Grandier era una donna bassa di statura, di corporatura forte, sulla mezza età, con il viso florido e due occhietti penetranti che scrutarono rapidi prima Fournier e poi il suo compagno.

«Sedete, mademoiselle Grandier» disse Fournier.

«Grazie, *monsieur*.»

Si mise a sedere compostamente.

«Monsieur Poirot e io siamo tornati quest'oggi da Londra. L'inchiesta... cioè l'azione giudiziaria relativa alla morte di *madame*... ha avuto luogo ieri. Non esiste più il minimo dubbio, *madame* è stata avvelenata.»

La donna scrollò il capo con aria grave.

«È terribile ciò che dite, *monsieur*. *Madame* avvelenata? A chi potrebbe essere saltato in testa di commettere una simile azione?»

«Forse è proprio in questo che voi potreste aiutarci, *mademoiselle*.»

«Certamente, *monsieur*; come è naturale, farò tutto ciò che posso per aiutare la polizia. Ma io non so niente... niente del tutto.»

«Sapete se *madame* avesse dei nemici?» domandò Fournier in tono brusco.»

«Questo non è vero. Perché *madame* avrebbe dovuto avere dei nemici?»

«Via, via, mademoiselle Grandier» disse Fournier, asciutto. «La professione di usuraia... comporta, come è logico, anche certi lati spiacevoli.»

«È vero, qualche volta i clienti di *madame* non erano molto ragionevoli» ammise Elise.

«Facevano scenate, eh? La minacciavano?»

La cameriera scosse la testa.

«No, no, in questo vi sbagliate. Non erano loro a minacciare. Piagnucolavano... si lamentavano... protestavano dicendo di non poter pagare... questo sì.» La sua voce fremeva di profondo disprezzo.

«Qualche volta, *mademoiselle,*» disse Poirot «forse non erano realmente in grado di pagare!»

Elise Grandier si strinse nelle spalle.

«È possibile. Ma erano affari loro! E alla fine, in genere, pagavano.»

Il suo tono era venato di un'evidente soddisfazione.

«Madame Giselle era una donna dura» affermò Fournier.

«*Madame* era giustificata.»

«Non avete pietà per le vittime?»

«Vittime... vittime...» Elise parlò in tono spazientito. «Non capite. È proprio necessario cacciarsi nei debiti, vivere al di sopra delle proprie possibilità, e poi doversi ridurre a chiedere denaro a prestito e, in conclusione, illudersi di poter tenere quel denaro come se fosse stato un regalo? Non è ragionevole, questo! *Madame* era sempre giusta e corretta. Prestava... e si aspettava di avere la restituzione del proprio denaro. Questo è più che giusto. Lei non aveva debiti. Faceva sempre onore ai propri impegni e restituiva ciò che doveva. Non c'era mai e poi mai qualche conto in sospeso. E se dite che *madame* era una donna dura, non è la verità! *Madame* era gentile. Dava sempre qualcosa alle Piccole Sorelle dei Poveri, quando venivano. Offriva denaro alle opere di beneficenza. E quando la moglie di Georges, il portiere, si è ammalata, *madame* ha pagato perché potesse andare in un ospedale, in campagna.»

Tacque, con la faccia in fiamme e l'espressione stizzita.

Ripeté: «Voi non capite. No, non capite assolutamente, *madame*».

Fournier aspettò che la sua indignazione si placasse e poi disse: «Avete osservato che i clienti di *madame* generalmente riuscivano a pagare, alla fine. Dunque eravate al corrente dei mezzi che *madame* usava per costringerli a farlo?».

Lei si strinse nelle spalle.

«Io non so niente... *monsieur*... niente del tutto.»

«Sapevate a sufficienza, però, per dare alle fiamme i documenti di *madame.*»

«Non facevo che eseguire le sue istruzioni. Aveva detto che, qualora le fosse capitata una disgrazia oppure si fosse ammalata e fosse morta in qualche altro posto, lontano da casa, avrei dovuto distruggere tutte le carte relative ai suoi affari.»

«I documenti che si trovavano nella cassaforte?» domandò Poirot.

«Precisamente. I documenti relativi ai suoi affari.»

«E si trovavano nella cassaforte che è giù, nell'ufficio?»

La sua insistenza fece salire un po' di rossore alle guance di Elise.

«Ho eseguito le istruzioni di *madame*» ripeté.

«Questo lo so» disse Poirot con un sorriso. «Tuttavia quei documenti non si trovavano nella cassaforte. È così, vero? Quella cassaforte è troppo antiquata... anche un dilettante avrebbe potuto aprirla. I documenti erano conservati in qualche altro posto. Nella camera da letto di *madame,* forse?»

Elise tacque per un momento e poi rispose: «Sì, precisamente. *Madame* lasciava sempre credere ai suoi clienti che i documenti fossero conservati nella cassaforte, ma in realtà questa serviva soltanto a gettare fumo negli occhi. Tutto veniva conservato nella camera da letto di *madame*».

«Volete mostrarci dove?»

Elise si alzò e i due uomini la seguirono. La camera da letto era un locale di discrete proporzioni, ma rigurgitante di mobili massicci in uno stile elaborato, tanto che ci si muoveva a fatica.

In un angolo si trovava un vecchio baule. Elise ne sollevò il coperchio e tirò fuori un vestito di alpaca, fuori moda, con la fodera di seta. Nell'interno del vestito c'era una tasca profonda.

«I documenti si trovavano qui, *monsieur*» disse. «Venivano conservati in una grossa busta sigillata.»

«Non mi avete raccontato niente di tutto ciò» disse Fournier in tono brusco «quando vi ho interrogato tre giorni fa.

«Chiedo scusa, *monsieur*. Mi avevate chiesto dove si trovavano i documenti che avrebbero dovuto essere nella cassaforte. E io vi ho risposto che li avevo bruciati. Era la verità. Non mi è sembrato che fosse importante il posto dove i documenti si trovavano effettivamente.»

«Giusto» ammise Fournier. «Ma comprenderete, mademoiselle Grandier, che quelle carte non avrebbero dovuto essere bruciate.»

«Io ho eseguito gli ordini di *madame*» ribadì Elise in tono scostante.

«So bene che avete agito per il meglio» disse Fournier con aria suadente, per placarla. «Ma adesso desidero che mi ascoltiate molto attentamente, *mademoiselle*: *madame* è stata assassinata. È possibile che sia stata assassinata da una o più persone sulle quali *madame* aveva determinate informazioni che avrebbero potuto danneggiarle. Queste informazioni si trovavano nei documenti che avete dato alle fiamme. Adesso vi farò una domanda, *mademoiselle*, e vi prego di non rispondere troppo in fretta, senza la dovuta riflessione. È possibile, anzi a parer mio è probabile e più che comprensibile, che voi abbiate dato una rapida occhiata a quei documenti prima di gettarli tra le fiamme. Se fosse stato così, non sarete criticata per ciò che avete fatto. Al contrario, qualsiasi informazione abbiate potuto trovare lì dentro potrebbe essere di estrema utilità alla polizia e addirittura servire, materialmente, per consegnare l'assassino alla giustizia. Di conseguenza, *mademoiselle*, non abbiate timore a rispondermi con sincerità. Avete per caso esaminato quei documenti prima di bruciarli?»

Elise aveva il respiro affannoso. Si sporse in avanti e parlò in tono enfatico.

«No, *monsieur*» disse. «Non ho guardato niente. Non ho letto niente. Ho bruciato quella busta senza rompere il sigillo.»

10

Fournier la fissò per un attimo con uno sguardo penetrante e poi, convinto che avesse detto la verità, le girò le spalle con un gesto di sconforto.

«È un peccato» disse. «Vi siete comportata in modo onorevole *mademoiselle*, ma è un peccato.»

«Non so che cosa farci, *monsieur*» rispose Elise. «Mi dispiace.»

Fournier si mise a sedere e tirò fuori di tasca un libriccino.

«Quando vi ho interrogato, l'altra volta, mi avete detto, *mademoiselle*, che non conoscevate i nomi dei clienti di *madame*. Eppure, poco fa, ne avete parlato dicendo che venivano qui a piagnucolare e a chiedere pietà. Di conseguenza sapevate qualcosa di questi clienti di madame Giselle!»

«Permettete che vi spieghi, *monsieur*. *Madame* non faceva mai nomi. Non discuteva mai dei suoi affari. Ma, con tutto ciò, siamo tutti esseri umani, vero? C'erano esclamazioni, imprecazioni... commenti. Talvolta *madame* mi parlava come avrebbe fatto con se stessa.»

Poirot si sporse in avanti.

«Se voleste darci un esempio, *mademoiselle*...» disse.

«Vediamo... Ah, sì... per esempio, arriva una lettera. *Madame* la apre. Poi scoppia a ridere, è una risatina breve, secca. Dice: "Tu piagnucoli e ti lamenti, mia bella signora. Ma dovrai pagare ugualmente". Oppure, per esempio, mi diceva: "Che sciocchi! Che sciocchi! Come possono pensare che io dia a prestito grosse somme senza le dovute garanzie! Sapere significa avere una garanzia, Elise. Sapere è potere". Qualche volta diceva cose di questo genere.»

«Vi è mai capitato di vedere qualcuno dei clienti di *madame* che venivano qui da lei?»

«No, *monsieur*... per lo meno quasi mai. Salivano solo sino al primo piano, capite, e molto spesso arrivavano quando era già buio.»

«Madame Giselle era stata a Parigi prima del suo viaggio in Inghilterra?»

«Era ritornata a Parigi soltanto il pomeriggio precedente.»

«Dove era stata?»

«Era stata via per quindici giorni a Deauville, Le Pinet, Paris-Plage, Wimereux... il solito giro che faceva sempre in settembre.»

«E ora pensateci un po', *mademoiselle*, ha detto qualcosa, qualsiasi cosa che potrebbe essere utile?»

Elise ci pensò per un momento. Poi scosse la testa facendo cenno di no.

«No, *monsieur*» disse. «Non riesco a ricordare niente. *Madame* era di ottimo umore. Gli affari andavano bene, aveva detto. Il suo giro era stato proficuo. Poi mi aveva ordinato di telefonare alle Universal Airlines per fissarle un posto per il giorno seguente sul volo che andava in Inghilterra. Ma il volo del mattino presto era già pieno; a ogni modo è riuscita a trovare un posto sul volo di mezzogiorno.»

«Non ha detto per quale motivo andava in Inghilterra? Si trattava di una questione urgente?»

«Oh no, *monsieur*. *Madame* andava in Inghilterra abbastanza di frequente. Di solito, me lo diceva il giorno prima.»

«Quella sera è venuto qualche cliente a vedere *madame*?»

«Credo che ce ne sia stato uno, *monsieur*, ma non ne sono sicura. Può darsi che Georges lo sappia. A me *madame* non aveva detto niente.»

Fournier tirò fuori da una tasca varie fotografie, in gran parte si trattava di istantanee scattate dai cronisti che ritraevano i testimoni mentre lasciavano il palazzo del tribunale dopo l'inchiesta del Coroner.

«Riconoscete qualcuno di loro, *mademoiselle*?»

Elise prese le fotografie in mano e le osservò a una a una. Infine scrollò il capo.

«No, *monsieur*.»

«Allora dobbiamo provare con Georges.»

«Sì, *monsieur*; disgraziatamente, Georges non ha una vista molto buona. È un peccato.»

Fournier si alzò.

«Bene, *mademoiselle*, adesso ce ne andremo, sempre che siate ben sicura che non c'è niente... ma niente del tutto... che avete omesso di menzionare.»

«Io? Che cosa... che cosa potrebbe esserci?»

Elise sembrava afflitta.

«D'accordo, venite, monsieur Poirot. Vi chiedo scusa. State cercando qualcosa?»

Effettivamente Poirot si era messo a girellare per la stanza con l'aria di chi sta cercando qualcosa.

«È vero,» disse Poirot «sto cercando qualcosa che non vedo.»

«Di che cosa si tratta?»

«Fotografie. Fotografie dei parenti di madame Giselle... della sua famiglia.»

Elise scrollò il capo.

«Non aveva famiglia, *madame*. Era sola al mondo.»

«Aveva una figlia» disse Poirot con asprezza.

«Sì, è vero. Sì, aveva una figlia.»

Elise sospirò.

«E non c'è alcun ritratto di quella figlia?» insistette Poirot.

«Oh, *monsieur* non capisce. È vero che *madame* aveva una figlia, ma è stato molto tempo fa, intendete? Sono convinta che *madame* non abbia mai più visto quella figlia da quando era molto piccola.»

«Come è possibile, questo?» domandò Fournier bruscamente.

Elise allargò le mani in un gesto espressivo.

«Non lo so. È successo quando *madame* era giovane. Ho sentito dire che era carina allora... carina e povera. Può darsi che abbia preso marito; oppure no. Personalmente credo di no. Senza dubbio sarà stato stabilito qualcosa per la bambina. Quanto a *madame*, prese il vaiolo... fu molto malata... e ci mancò poco che morisse. Quando guarì, la sua bellezza era scomparsa. E non ci furono più follie, né romantiche storie d'amore. *Madame* diventò una donna d'affari.»

«Però ha lasciato tutti i suoi soldi a questa figlia?»

«Era più che giusto» disse Elise. «A chi dovrebbe lasciare i suoi soldi una persona se non a chi è carne della sua carne e sangue del suo sangue? Il sangue non è acqua e *madame* non aveva amici. Era sempre sola. La sua passione erano i soldi... accumularne sempre di più. Spendeva pochissimo. Il lusso non le interessava.»

«Vi ha lasciato una certa somma. Lo sapete questo?»

«Ma certo, ne sono stata informata. *Madame* era sempre generosa. Mi dava una bella sommetta ogni anno, oltre allo stipendio. Sono molto grata a *madame*.»

«Bene,» disse Fournier «allora ce ne andremo. Uscendo proverò a parlare ancora un momento con il vecchio Georges.»

«Permettetemi di seguirvi fra un minuto, amico mio» disse Poirot.

«Come volete.»

Fournier se ne andò.

Poirot fece ancora un giro nella stanza, poi si mise a sedere e fissò Elise.

Sentendosi scrutata, la donna non nascose una vaga inquietudine.

«C'è qualcos'altro che *monsieur* vuole sapere?»

«Mademoiselle Grandier,» disse Poirot «sapete chi ha assassinato la vostra padrona?»

«No, *monsieur*, lo giuro davanti al buon Dio.»

Aveva parlato in tono molto sincero. Poirot la osservò ancora con occhi penetranti e infine chinò la testa.

«*Bien*» disse. «Lo accetto. Ma sapere è una cosa, sospettare è un'altra. Non avete idea... anche soltanto una vaga idea... di chi potrebbe aver commesso un atto del genere?»

«Non ne ho la minima idea. L'ho già detto all'agente di polizia.»

«Potreste dire una cosa a lui e un'altra a me.»

«Perché parlate così, *monsieur*? Per quale motivo dovrei fare una cosa del genere?»

«Perché una cosa è dare informazioni alla polizia e un'altra è fornirle a un investigatore privato.»

«Sì» ammise Elise. «È vero.»

Sulla sua faccia si disegnò un'espressione incerta. Sembrava che stesse meditando.

Osservandola molto attentamente Poirot si sporse un poco in avanti e disse: «Posso dirvi una cosa, mademoiselle Grandier? Fa parte del mio lavoro non credere a niente di quanto mi viene raccontato... a niente, cioè, che non sia stato provato. Io non sono abituato a sospettare prima questa, poi quella persona. Sospetto chiunque. Qualsiasi persona, che si trovi coinvolta in un delitto, viene considerata da me un criminale finché non si è dimostrata innocente».

Elise Grandier lo squadrò con aria accigliata.

«State forse dicendo che sospettate me... *me*... di aver assassinato *madame*? Questa è proprio bella! Un pensiero di questo genere è di una cattiveria davvero inimmaginabile!»

Il suo seno si alzava e si abbassava tumultuosamente.

«No, Elise» la rassicurò Poirot. «Non vi sospetto di avere ucciso *madame*. Chiunque sia stato a ucciderla, si trovava su quell'aeroplano. Di conseguenza non è stata la vostra mano a commettere quell'omicidio. Tuttavia avreste potuto essere una complice, precedentemente al fatto. Avreste potuto riferire a qualcuno qualche particolare relativo al viaggio di *madame*.»

«Non l'ho fatto. Giuro di non averlo fatto.»

Poirot la squadrò ancora per qualche minuto, in silenzio. Poi fece segno di sì con la testa.

«Vi credo» disse. «Ma, ciò nonostante, c'è qualcosa che nascondete. Oh, certo che c'è! Ascoltate, vi dirò una cosa. In ognuno di questi casi di carattere criminoso, interrogando i testimoni si incontra sempre uno stesso tipo di fenomeno. Ciascuno tiene nascosto qualcosa. Talvolta... in realtà, molto spesso, si tratta di una cosa del tutto innocua, magari un particolare che non ha la minima relazione con il delitto; ma, lo ripeto, c'è sempre qualcosa e questo vale anche per voi. Oh, non negate! Sono Hercule Poirot e lo *so*. Quando il mio amico, monsieur Fournier, vi ha domandato se eravate ben sicura che non ci fosse niente che avevate omesso di menzionare, vi siete turbata. Avete risposto inconsciamente con una frase evasiva. E la stessa cosa è successa adesso, quando ho insinuato che, forse, avreste raccontato a me qualcosa che non avevate piacere di raccontare alla polizia: era chiaro che stavate rimuginando su questa proposta. Di conseguenza, c'è qualcosa. E voglio sapere di che si tratta.»

«È una cosa senza importanza.»

«Probabilmente non ce l'ha. Ma volete ugualmente raccontarmi di che si tratta? Ricordate,» proseguì mentre lei esitava «io non faccio parte della polizia.»

«Questo è vero» ammise Elise Grandier. Ebbe un attimo di incertezza, e poi continuò: «*Monsieur*, mi trovo in una certa difficoltà. Non so che cosa *madame* avrebbe desiderato che io facessi».

«Dice un proverbio che due cervelli lavorano meglio di uno. Perché non vi consultate con me? Proviamo a esaminare insieme questo problema.»

La donna continuò a guardarlo con aria dubbiosa. Poirot disse con un sorriso: «Siete un buon cane da guardia, Elise. Mi accorgo che si tratta di una questione che riguarda la vostra lealtà nei confronti della padrona defunta, vero?».

«Precisamente, *monsieur. Madame* si fidava di me. E fin dal primo giorno in cui sono entrata al suo servizio ho sempre seguito fedelmente, proprio alla lettera, le sue istruzioni.»

«Le eravate grata, vero, per qualche grosso favore che vi aveva reso?»

«*Monsieur* è molto abile, sì, è vero. Non mi rifiuto di ammetterlo. Sono stata ingannata, *monsieur*, i miei risparmi rubati... e... è nata una bambina. *Madame* è stata molto buona con me. Ha organizzato le cose in modo che la bambina potesse essere allevata da brava gente in una fattoria... una buona fattoria, *monsieur*, da gente onesta. È stato allora, a quell'epoca, che mi ha accennato di essere madre anche lei.»

«Non vi ha detto quale fosse l'età della bambina, dove si trovasse, non vi ha fornito alcun particolare?»

«No, *monsieur*, parlava di una parte della sua vita che ormai era finita, chiusa! Meglio così, diceva. Aveva provveduto largamente alla bambina che avrebbe studiato e imparato un lavoro o una professione. Non solo, avrebbe ereditato i suoi soldi quando lei fosse morta.»

«Non vi ha mai detto altro di questa bambina o di suo padre?»

«No, *monsieur*, però ho idea...»

«Parlate, mademoiselle Elise.»

«Si tratta soltanto di un'idea, badate!»

«Certamente, certamente.»

«Ho idea che il padre della bambina fosse un inglese.»

«Mi sapreste dire, esattamente, che cosa vi ha dato questa impressione?»

«Niente di preciso. Solo il fatto che c'era sempre un po' di amarezza nella voce di *madame* quando parlava degli inglesi. E poi penso che, nelle sue trattative d'affari, ci godesse molto ad avere in suo potere chiunque fosse di nazionalità inglese. È solamente un'impressione...»

«Sì, ma può essere molto preziosa. Apre il campo a certe possibilità... E la vostra creatura, mademoiselle Elise? Era una femminuccia o un maschio?»

«Una bambina, *monsieur*, ma è morta, è morta da cinque anni ormai.»

«Ah, tutte le mie condoglianze.»

Poi ci fu una pausa.

«E adesso,» riprese Poirot «quale sarebbe questa certa cosa che finora avete evitato di menzionare?»

Elise si alzò e lasciò la stanza. Tornò dopo qualche minuto con un taccuino, nero, piccolo e piuttosto sciupato fra le mani.

«Questo libriccino era di *madame*. Lo portava sempre con sé. Quando stava per partire per l'Inghilterra non è riuscita a trovarlo. Sembrava che fosse andato perduto. Dopo la sua partenza, io l'ho trovato. Era scivolato dietro la testata del letto. L'ho portato nella mia camera e l'ho conservato aspettando che *madame* tornasse. Non appena ho saputo della morte di *madame*, ho bruciato le carte, ma non il libriccino. Per questo non avevo istruzioni.»

«Quando avete saputo della morte di *madame*?»

Elise esitò un attimo.

«Lo avete saputo dalla polizia, vero?» chiese Poirot. «Sono venuti qui a esaminare le stanze di *madame*. Hanno trovato la cassaforte vuota e voi avete detto di avere dato alle fiamme i documenti ma, in realtà, li avete bruciati solo successivamente.»

«È vero, *monsieur*» ammise Elise. «Mentre stavano guardando nella cassaforte, ho tirato fuori quelle carte dal baule. Ho detto che erano bruciate, sì. In fondo, era quasi la verità. Le ho bruciate alla prima occasione. Dovevo ubbidire agli ordini di *madame*. Comprendete la difficoltà in cui mi sono trovata, *monsieur*? Non informerete la polizia? Potrei correre un grosso rischio.»

«Sono convinto, mademoiselle Elise, che abbiate agito con le migliori intenzioni. Con tutto ciò, capite bene, è un peccato... un vero peccato. Ma non serve rimpiangere quello che è stato e io non vedo la necessità di comunicare l'ora esatta della distruzione di quelle carte all'ottimo monsieur Fournier. Adesso vediamo se, in questo libriccino, ci può essere qualcosa che possa esserci utile.»

«Non credo, *monsieur*» disse Elise scuotendo la testa. «Si tratta di appunti privati di *madame*, sì, ma sono soltanto numeri. Senza i documenti e i fascicoli di archivio questi appunti non hanno alcun significato.»

Di malavoglia cedette il taccuino a Poirot. Questi lo prese e ne sfogliò le pagine. Vi si trovavano scritti, a matita, alcuni appunti, in una grafia straniera, inclinata. Sembravano più o meno tutti dello stesso genere. Un numero seguito da qualche particolare descrittivo, come per esempio:

"CX 256. Moglie di colonnello. Di stanza in Siria. Fondi del reggimento.

"GF 342. Deputato francese. In connessione con il caso Stavisky."

Gli appunti sembravano tutti dello stesso genere. Complessivamente saranno stati una ventina. In fondo al taccuino erano segnate, sempre a matita, altre note che si riferivano a date o luoghi, come per esempio:

"Le Pinet, lunedì Casinò, 10.30. Hotel Savoy, ore 17. Fleet Street, ore 11."

Nessuno di questi appunti era completo e sembrava che fossero stati segnati non tanto per indicare un vero e proprio appuntamento quanto piuttosto per venire in aiuto alla memoria di Giselle.

Elise stava osservando Poirot ansiosamente.

«Non hanno alcun significato, *monsieur*, o almeno così a me pare. Erano tutte cose comprensibili per *madame*, ma non per qualsiasi altra persona che li leggesse.»

Poirot richiuse il taccuino e se lo infilò in tasca.

«Questo oggetto può essere di estrema importanza, *mademoiselle*. Avete agito con saggezza, consegnandomelo. La vostra coscienza può stare in pace. *Madame* non vi aveva mai domandato di bruciare questo taccuino.»

«È vero» disse Elise, mentre la sua espressione si rasserenava lievemente.

«Quindi, non avendo istruzioni, è vostro dovere consegnarlo alla polizia. Provvederò io, parlando con monsieur Fournier, a fare in modo che non siate rimproverata per non averlo fatto prima.»

«*Monsieur*, siete molto gentile.»

Poirot si alzò.

«Adesso andrò a raggiungere il mio collega. Un'ultima domanda. Quando avete prenotato un posto sull'aereo per madame Giselle, avete telefonato all'aeroporto di Le Bourget oppure agli uffici della compagnia aerea di Parigi?»

«Ho chiamato gli uffici della Universal Airlines qui in città.»

«Che, se non erro, si trovano in boulevard des Capucines, vero?»

«Precisamente, *monsieur*, al numero 254 di boulevard des Capucines.»

Poirot prese nota del numero civico sulla propria agenda, poi lasciò la stanza con un cordiale cenno di saluto alla cameriera.

11

Fournier era occupatissimo a parlare con il vecchio Georges. Aveva l'aria accaldata e stizzita.

«È proprio da poliziotti, questo» stava bofonchiando il vecchio con voce rauca. «Chiedere a una persona sempre la stessa cosa, non una volta soltanto... ma si può sapere che cosa sperano? Che presto o tardi uno smetterà di dire la verità e comincerà a contar panzane? Tutte belle cose, naturalmente, bugie che vadano d'accordo con quello che si sono messi in testa *ces messieurs*.»

«Non sono bugie quelle che voglio, ma la verità.»

«Benissimo, ed è la verità quella che io vi sto raccontando. Sì, la sera prima che *madame* partisse per l'Inghilterra, è venuta una donna. Voi mi fate vedere quelle fotografie, mi domandate se, lì in mezzo, riconosco anche quella donna che è venuta. E io vi dico quello che ho sempre continuato a dirvi... La mia vista è piuttosto cattiva... stava diventando buio... non l'ho osservata con molta attenzione. Non ho riconosciuto quella signora. Anche se la vedessi faccia a faccia probabilmente non la riconoscerei. Ecco! Questa è la pura e semplice verità e ve la ripeto per la quarta o la quinta volta.»

«E non riuscite neppure a ricordare se era alta o bassa, bruna o bionda, giovane o vecchia? Si fa un po' fatica a crederlo, questo!»

Fournier aveva parlato con irritazione e sarcasmo.

«E allora non credeteci. Gran brutta storia... avere a che fare con la polizia! Mi vergogno. Se *madame* non fosse stata uccisa lassù, in cielo, voi adesso probabilmente pretendereste che sia stato io, Georges, ad avvelenarla. La polizia è fatta così.» Poirot impedì una rispostaccia da parte di Fournier infilando con molto tatto il braccio sotto a quello dell'amico.

«Venite, *mon vieux,*» disse «lo stomaco ha le sue pretese. Un pasto semplice ma gustoso, ecco quello che prescrivo. Diciamo *omelette aux champignons, sole à la Normande*... un formaggio di Port Salut e il tutto annaffiato di vino rosso. Ma quale genere di vino, per la precisione?»

Fournier diede un'occhiata all'orologio.

«È vero» disse. «È l'una. Parlando con questo bestione...» lanciò un'occhiataccia a Georges.

Poirot sorrise con fare incoraggiante, rivolgendosi al vecchio.

«Ormai abbiamo capito» disse. «La signora sconosciuta non era né alta né bassa, né bionda né bruna, né magra né grassa, però sapreste dirci almeno questo: era chic?»

«Chic?» ripeté Georges, preso alla sprovvista.

«Ho avuto la mia risposta» disse Poirot. «Era chic e ho la vaga idea, caro amico, che stia molto bene in costume da bagno.»

Georges lo guardò con gli occhi sbarrati.

«Costume da bagno? Cos'è questa storia del costume da bagno?»

«Una mia idea. Una donna affascinante lo è ancora di più, quando è in costume da bagno. Non siete d'accordo? Guardate un po' qui.»

E mise davanti agli occhi del vecchio una pagina strappata da «Sketch». Ci fu un attimo di pausa. Il vecchio era trasalito leggermente.

«Siete d'accordo, no?» domandò Poirot.

«Certo, sono mica male da guardare questi due» fece il vecchio restituendogli il foglio. «Se non avessero addosso niente, sarebbe quasi lo stesso.»

«Ah!» esclamò Poirot. «Questo succede perché oggigiorno abbiamo scoperto l'azione benefica del sole sulla pelle. È molto conveniente, certo!»

Georges accondiscese scoppiando in una risatina rauca e se ne andò, mentre Poirot e Fournier uscivano sulla strada inondata di sole.

Durante il pasto il cui menu era già stato stabilito da Poirot, il piccolo belga tirò fuori il famoso taccuino nero. Fournier non nascose la propria emozione anche se si dimostrò chiaramente offeso e irritato nei confronti di Elise. Ma Poirot non fu dello stesso parere.

«È naturale... naturalissimo. La polizia? È una parola che getta sempre nel terrore quella classe sociale. Li coinvolge in chissà che cosa! Succede sempre così dappertutto. In ogni paese del mondo.»

«Ecco dove intervenite voi, e con successo» disse Fournier. «L'investigatore privato riesce a sapere dai testimoni più di quanto non si possa scoprire seguendo le vie ufficiali. Tuttavia ogni medaglia ha il suo rovescio: noi possediamo gli archivi ufficiali... abbiamo a nostra disposizione l'intero sistema di una grande organizzazione.»

«Quindi, lavoriamo insieme, in amicizia» concluse Poirot con un sorriso. «Quest'*omelette* è squisita.»

Nell'intervallo fra l'*omelette* e la sogliola, Fournier girò le pagine del libriccino nero. Poi scrisse qualcosa a matita nel proprio taccuino.

Alzò gli occhi verso Poirot.

«Lo avete letto completamente? Sì?»

«No, gli ho dato appena un'occhiata. Permettete?»

E prese il taccuino dalle mani di Fournier.

Quando il formaggio fu servito Poirot appoggiò il libriccino sul tavolo e gli occhi dei due uomini si incontrarono.

«Ci sono alcuni appunti» cominciò Fournier.

«Cinque» precisò Poirot.

«Sono d'accordo... cinque.»

E il francese lesse dal proprio taccuino:

CL 52. Moglie di Pari inglese. Marito.
RT 362. Medico. Harley Street.
MR 24. Oggetti antichi falsificati.
XVB 724. Inglese. Appropriazione indebita.
GF 45. Tentato omicidio. Inglese.

«Ottimamente, amico mio» disse Poirot. «I nostri cervelli marciano di pari passo che è una meraviglia! Di tutti gli appunti che si trovano in questo libriccino, questi cinque mi sembrano gli unici che potrebbero, in qualche modo, avere una relazione con le persone che viaggiavano su quell'aereo. Proviamo a prenderli in esame uno per uno.

«Moglie di Pari inglese. Marito» iniziò Fournier. «Questo punto potrebbe applicarsi a lady Horbury. A quanto ne so, è un'accanita giocatrice d'azzardo. Niente di più probabile che si sia trovata costretta a prendere del denaro a prestito da Giselle. In genere i clienti di Giselle sono proprio di questo tipo. La parola "marito" può avere due significati. O Giselle si aspettava che il marito pagasse i debiti della consorte, oppure sapeva di avere in mano lady Horbury, essendo al corrente di un suo segreto che poteva minacciare di rivelare al marito.»

«Precisamente» annuì Poirot. «O l'una o l'altra di queste possibilità può senz'altro andare bene. Personalmente sono a favore della seconda soprattutto perché sarei pronto a scommettere che la donna che venne a trovare Giselle la sera prima del viaggio in aeroplano fosse proprio lady Horbury.»

«Ah, è questo ciò che pensate?»

«Sì, e credo che anche voi siate della stessa opinione. Mi pare di aver notato un briciolo di cavalleria nel modo di comportarsi del nostro *concierge*. La sua insistenza nel non ricordare nulla, assolutamente, della persona venuta da madame Giselle, mi sembra alquanto significativa. Lady Horbury è una donna estremamente graziosa. Non solo, ma ho notato che è trasalito... oh, è stata una cosa impercettibile, quando gli ho messo in mano una sua fotografia in costume da bagno, pubblicata su "Sketch". Sì, è stata proprio lady Horbury ad andare da Giselle quella sera.»

«L'ha seguita a Parigi da Le Pinet» disse piano Fournier. «Si direbbe che fosse alla disperazione.»

«Sì, sì, credo proprio che possa essere vero.»

Fournier lo guardò incuriosito.

«Però questo non si concilia con le vostre idee personali, eh?»

«Amico mio, come vi dicevo, sono in possesso di quello che, me ne convinco sempre di più, è l'indizio giusto anche se porta a sospettare la persona sbagliata... Brancolo nel buio. Il mio indizio non può essere errato; eppure...»

«Non vorreste dirmi di che si tratta?» gli propose Fournier.

«No, perché potrei aver preso un abbaglio... un abbaglio completo e totale, in tal caso potrei spingere anche voi su una pista sbagliata. No, sarà meglio che ciascuno di noi continui a lavorare seguendo le proprie idee. Ma andiamo avanti con gli appunti che abbiamo scelto dal libriccino.»

«RT 362. Medico. Harley Street» lesse Fournier ad alta voce.

«Potrebbe essere un indizio relativo al dottor Bryant. Non abbiamo molto a cui appigliarci, ma non possiamo neppure trascurare questa linea di indagine.»

«Naturalmente sarà compito dell'ispettore Japp.»

«E mio» disse Poirot. «Ho anch'io le mani in pasta.»

«MR 24. Oggetti antichi falsificati» lesse Fournier. «Forse è un po' stiracchiato ma non è da escludere che possa applicarsi ai Dupont. Ci credo poco. Monsieur Dupont è un archeologo di fama mondiale. Una persona che si direbbe al di sopra di ogni sospetto.»

«Questo potrebbe facilitargli molto le cose» disse Poirot. «Non dimenticate, mio caro Fournier, quanto è insospettabile il comportamento, quanto elevati i sentimenti, e quanto degna di ammirazione la vita di molti fra i più celebri furfanti... prima che vengano scoperti!»

«È vero, è anche troppo vero» ammise il francese con un sospiro.

«Una reputazione ineccepibile» aggiunse Poirot «è un elemento di prima necessità per un mascalzone, se vuole fare bene la sua professione. Un'osservazione interessante, questa. Ma torniamo alla nostra lista.»

«XVB 724 è molto ambiguo. "Inglese. Appropriazione indebita."»

«Non è di grande aiuto» constatò Poirot. «Chi commette questo tipo di truffe? Un avvocato? Un impiegato di banca? Chiunque si trovi in una posizione di fiducia in una ditta commerciale. Quasi mai uno scrittore, un dentista o un medico. Il signor James Ryder è l'unico rappresentante della classe commerciale. Può aver truffato dei soldi o aver chiesto un prestito a Giselle perché il suo furto rimanesse un segreto. Quanto all'ultimo punto... "GF 45. Tentato omicidio. Inglese"... ci offre un campo molto vasto. Scrittore, dentista medico, uomo d'affari, steward, lavorante di un parrucchiere, gentildonna di alto lignaggio... chiunque di loro potrebbe essere GF 45, i soli Dupont possono essere eliminati a motivo della loro nazionalità.»

Chiamò con un gesto il cameriere e chiese il conto.

«E adesso dove andiamo, amico mio?» si informò.

«Alla *Sûreté*; può darsi che abbiano qualche notizia per noi.»

«Bene. Vi accompagnerò. Poi ho una piccola indagine personale da fare nella quale forse vorrete essermi di aiuto.»

Alla *Sûreté* Poirot incontrò il capo della polizia che aveva conosciuto qualche anno prima durante le indagini di un caso del quale si era occupato. Monsieur Gilles fu molto affabile e cortese.

«Sono felice di sapere che vi interessate a questo caso, monsieur Poirot.»

«Come potrebbe essere altrimenti, mio caro monsieur Gilles? È accaduto proprio sotto il mio naso. Non è un insulto, secondo voi? Hercule Poirot che dorme mentre viene commesso un delitto!»

Monsieur Gilles scrollò il capo, con molto tatto.

«Questi aerei! In una giornata di cattivo tempo non sono affatto stabili, tutt'altro! Io stesso mi sono sentito davvero male, un paio di volte.»

«Dicono che per fare marciare un'armata occorre che abbia lo stomaco pieno» disse Poirot. «Ma quanto sono influenzate dall'apparato digestivo le delicate circonvoluzioni della corteccia cerebrale! Quando mi coglie il *mal de mer*, io, Hercule Poirot, sono una creatura senza cellule grigie, senza ordine, senza metodo... un puro e semplice membro della razza umana piuttosto al di sotto del quoziente medio di intelligenza! È deplorevole, ma è così. E, parlando proprio di questo, come sta il mio ottimo amico Giraud?»

Ignorando molto prudentemente il significato delle parole "parlando proprio di questo", monsieur Gilles rispose che Giraud continuava ad avanzare nella sua carriera.

«È zelantissimo. Possiede un'energia inesauribile.»

«È sempre stato così» fece Poirot. «Non faceva che correre a quattro zampe dappertutto. Era qui, era là. Non si fermava neppure un momento a riflettere.»

«Ah, ah, monsieur Poirot, questo è il vostro debole. Un uomo come Fournier dovrebbe essere più adeguato alle vostre idee. Appartiene alla nuova scuola... che è tutta per la psicologia. Ciò dovrebbe farvi piacere.»

«Infatti.»

«Ha un'ottima conoscenza della lingua inglese. Ecco perché lo abbiamo mandato a Croydon per assistervi in questo caso. Un caso molto interessante, monsieur Poirot. Madame Giselle era uno dei personaggi più conosciuti di Parigi. E il modo in cui è morta! Straordinario! Un aculeo avvelenato lanciato da una cerbottana in un aeroplano!»

«Proprio così» esclamò Poirot. «Proprio così. Avete colpito nel segno. Avete messo il dito senza sbagliare... Ah, ecco il nostro bravo Fournier. Avete qualche notizia, a quanto vedo!»

La faccia malinconica di Fournier aveva un'espressione vivace ed eccitata.

«Sì, proprio. Un commerciante di oggetti antichi greco, Zeropoulos, ci ha informato della vendita di una cerbottana completa delle relative frecce, tre giorni prima del delitto. Ora io mi propongo, *monsieur*...» e fece un inchino rispettoso al suo capo «di fargli alcune domande.»

«Certamente» assentì Gilles. «Monsieur Poirot vi accompagna?»

«Se vi fa piacere» disse Poirot. «È interessante, questo... molto interessante.»

Il negozio di monsieur Zeropoulos si trovava in rue St Honoré. Era tutt'altro che un negozio d'antichità di alta classe. C'erano parecchie ceramiche Rhages e varie altre persiane. Due o tre bronzi provenienti dal Luristan, una discreta quantità di gioielli indiani di scarso pregio, scaffali di sete e ricami provenienti da molti paesi, e una grande quantità di collane e pietre assolutamente prive di valore e di oggetti egiziani di modesto interesse. Era quel genere di negozio in cui si può spendere un milione di franchi in un oggetto che ne vale la metà oppure dieci franchi per comprare qualcosa che vale soltanto cinquanta centesimi. I suoi clienti erano in gran parte turisti americani oppure esperti collezionisti.

Monsieur Zeropoulos era un ometto piccolo e baffuto con due occhi neri rotondi e lucenti come i grani di una collana. Era un chiacchierone volubile e instancabile.

I signori erano della polizia? Onoratissimo di conoscerli. Forse avrebbero gradito passare nel suo ufficio privato. Sì, aveva venduto una cerbottana con frecce... un oggetto raro, da collezione, che proveniva dal Sud America... «Comprenderete, signori, io vendo un po' di tutto! Ho le mie specialità. La Persia è la mia specialità. Monsieur Dupont, lo stimatissimo monsieur Dupont vorrà rispondere per me. Viene sempre a vedere le mie collezioni... a vedere quali nuovi acquisti ho fatto... a dare il suo giudizio su alcuni pezzi dubbi per confermarne l'autenticità. Che uomo! Così colto! E che occhio! Che sensibilità!

«Ma mi accorgo che sto divagando. Io ho la mia collezione... la mia preziosa collezione che tutti i conoscitori d'arte apprezzano... e ho anche... Ecco, in tutta franchezza, *Messieurs*, chiamiamola pure molta... paccottiglia! Paccottiglia che viene dall'estero, si capisce, un po' di tutto... dai mari del Sud, dall'India, dal Giappone, dal Borneo. Non importa! In genere io non ho un prezzo fisso per questi oggetti. Se qualcuno dimostra interesse, faccio la mia stima e chiedo un prezzo; naturalmente mi sento domandare un ribasso e, alla fine, ne ricavo soltanto la metà. Ma, perfino in questo caso, lo ammetterò, il profitto è buono! In genere, compro questi articoli dai marinai, a un prezzo molto basso.»

Monsieur Zeropoulos tirò il fiato e proseguì trionfante, soddisfatto di se stesso, della propria importanza e della facilità con cui gli venivano le parole alle labbra.

«Questa cerbottana con le sue frecce era un oggetto che ho avuto in negozio a lungo... Due anni, forse. Si trovava su quel vassoio laggiù, con una collana di conchiglie e un'acconciatura per il capo dei pellirosse, un paio di rozzi idoletti in legno e qualche perla da collana di giada scadente. Nessuno la nota, nessuno la osserva finché, un bel giorno, arriva questo americano e mi domanda che cos'è.»

«Un americano?» chiese Fournier in tono brusco.

«Sì, sì, un americano, indiscutibilmente un americano. E neanche uno dei migliori... Era uno di quelli che non capiscono niente di niente e vogliono soltanto un oggetto un po' raro e curioso da portare a casa. È uno di quei tipi che farebbero la fortuna dei venditori di collanine in Egitto, di quelli che comperano soltanto certi scarabei assurdi e ridicoli, fabbricati in Cecoslovacchia. Bene, lo giudico molto rapidamente, gli parlo delle usanze di certe tribù, dei terribili veleni che usano. Spiego come sia molto raro che un oggetto di questo genere compaia sul mercato. Lui domanda il prezzo e io glielo dico. È il mio prezzo americano, purtroppo non alto come facevo in passato, ahimè, hanno la crisi! Mi aspetto che lui voglia contrattare e invece me lo paga senza battere ciglio. Sono stupefatto. È un peccato; avrei potuto chiedere di più. Gli consegno la cerbottana e le frecce avvolte in un sacchetto e lui se le porta via. È finito così. Ma, dopo, quando leggo sui giornali la storia di questo incredibile delitto, mi pongo qualche interrogativo... sì, me ne pongo parecchi e li comunico alla polizia.»

«Vi siamo molto obbligati, monsieur Zeropoulos» disse Fournier in tono cortese. «Questa cerbottana con le frecce... credete che sareste in grado di identificarla? Attualmente è a Londra, mi capite, ma potrebbe esservi offerta l'opportunità di identificarla.»

«La cerbottana era lunga pressappoco così» e monsieur Zeropoulos indicò una misura sul piano della sua scrivania «e grossa così... ecco, vedete, come questa penna. Era di colore chiaro. Le frecce erano quattro. Si trattava di aculei lunghi, appuntiti, leggermente scoloriti sulla punta, e terminanti in un ciuffetto di seta rossa.»

«Seta rossa?» domandò Poirot.

«Sì, *monsieur*. Un rosso *cerise*... un po' sbiadito.»

«Questo è curioso» disse Fournier. «Siete sicuro che nessuno di quegli aculei terminasse con un ciuffetto di seta gialla e nera?»

«Gialla e nera? No, *monsieur*.»

E il commerciante scrollò il capo.

Fournier lanciò un'occhiata a Hercule Poirot. Sulla faccia dell'ometto era comparso uno strano sorriso pieno di soddisfazione.

Fournier si domandò perché. Perché Zeropoulos stava mentendo o per qualche altra ragione?

Dichiarò, in tono dubbioso: «È molto probabile che questa cerbottana con la sua freccia non abbia a che vedere con il caso in questione. Si tratta, forse, di una possibilità su cinquanta. Con tutto ciò vorrei una descrizione il più possibile completa di quest'americano».

Zeropoulos allargò le mani, con un gesto molto orientale.

«Era semplicemente un americano. Parlava con voce nasale. Non sapeva il francese. Masticava il chewing gum. Aveva gli occhiali con la montatura di tartaruga. Era alto e, avrei detto, non molto anziano.»

«Biondo o bruno?»

«Non saprei dirlo. Portava il cappello.»

«Lo riconoscereste, se doveste rivederlo?»

Zeropoulos sembrò dubbioso.

«Non saprei. Ci sono tanti americani che vanno e vengono. Non aveva niente di particolare che lo facesse notare più degli altri.»

Fournier gli mostrò la sua raccolta di istantanee, ma senza frutto. Secondo il parere di Zeropoulos nessuna di quelle persone assomigliava all'uomo in questione.

«Probabilmente siamo su una falsa pista» disse Fournier mentre uscivano dal negozio.

«Sì, è possibile» ammise Poirot. «Ma non credo. Le etichette col prezzo erano della stessa forma e ci sono uno o due punti interessanti in questa storia, e nelle osservazioni di monsieur Zeropoulos. E adesso, amico mio, dopo esserci buttati su una falsa pista, concedetemi di seguirne anche un'altra.»

«E dove?»

«In boulevard des Capucines.»

«Vediamo un po', si tratterebbe...?»

«Degli uffici della Universal Airlines.»

«Naturalmente. Abbiamo già fatto una rapida indagine laggiù. Non ci hanno saputo dire niente di interessante.»

Poirot gli batté leggermente sulla spalla.

«Ah, ma, vedete, la risposta dipende dalle domande. Voi non sapevate quali domande andavano fatte.»

«E voi, invece, lo sapete?»

«Be', ho una certa idea...»

Non volle aggiungere altro e, dopo un po', arrivarono in boulevard des Capucines.

Gli uffici della Universal Airlines erano situati in un locale molto piccolo. Un uomo bruno dall'aspetto elegante stava dietro un banco di legno lucidissimo, e un ragazzo sui quindici anni era seduto alla macchina per scrivere.

Fournier esibì le proprie credenziali e l'uomo, che rispondeva al nome di Jules Perrot, dichiarò di essere prontissimo a mettersi a sua completa disposizione.

Dietro suggerimento di Poirot, il ragazzo che fungeva da dattilografo fu spedito nell'angolo più lontano.

«Ciò che abbiamo da dire è molto confidenziale» spiegò l'investigatore. Jules Perrot non nascose di essere piacevolmente emozionato.

«Sì, *Messieurs*?»

«Si tratta dell'assassinio di madame Giselle.»

«Ah, sì, ricordo. Mi pare di aver già risposto a qualche domanda su questo argomento.»

«Infatti, infatti. Ma è necessario sapere con estrema esattezza come si sono svolte le cose. Dunque madame Giselle ottenne il suo posto... quando?»

«Mi pare che questo fosse già stato chiarito. Fissò il posto per telefono, il giorno 17.»

«Lo fissò per il volo delle 12 del giorno successivo?»

«Sì, *monsieur*.»

«Però mi pare di capire, a quanto ha detto la sua cameriera, che *madame* aveva prenotato un posto sul volo delle 8.45.»

«No, no... per lo meno, ecco come sono andate le cose. La cameriera di *madame* domandò un posto per il volo delle 8.45 ma quel volo era già completo, quindi le abbiamo dato un posto sul volo di mezzogiorno.»

«Ah, vedo, vedo.»

«Sì, *monsieur*.»

«Vedo... vedo... ma, è ugualmente curioso... Sì, non ci sono dubbi, è curioso.»

L'impiegato lo guardò con aria interrogativa.

«Il fatto è che un mio amico, avendo deciso di partire per l'Inghilterra da un minuto all'altro, ha potuto viaggiare con il volo delle 8.45 quella mattina e l'aereo era mezzo vuoto.»

Monsieur Perrot spostò alcune carte. Si soffiò il naso.

«Può essere che il vostro amico abbia fatto qualche confusione con le date. Il giorno prima o il giorno dopo...»

«Niente affatto. Si trattava del giorno del delitto perché il mio amico mi disse che, se avesse perduto quel volo – e ci mancò poco che non succedesse così –, sarebbe stato anche lui uno dei passeggeri del *Prometheus*.»

«Ah, davvero! Molto curioso. Naturalmente, qualche volta arriva qualcuno all'ultimo minuto e allora, come è logico, c'è qualche posto libero... e poi, talvolta capita qualche errore. Devo mettermi in contatto con Le Bourget; non sempre sono precisi...»

Ma sembrava che lo sguardo sottilmente interrogativo di Hercule Poirot turbasse profondamente Jules Perrot. Non concluse la frase. I suoi occhi sfuggirono lo sguardo di Poirot. La sua fronte si velò di sudore.

«Ci sono due spiegazioni possibili» disse Poirot «però, chissà perché, ho l'impressione che non siano quelle vere. Non credete che sarebbe meglio vuotare il sacco per quel che riguarda questa faccenda?»

«Vuotare il sacco? In che senso? Non vi capisco.»

«Via, via. Mi capite benissimo. Qui si tratta di un delitto. "Delitto", monsieur Perrot. Mettetevelo bene in testa, per favore. Se doveste nasconderci qualche informazione, la situazione potrebbe diventare molto seria per voi... molto seria davvero! La polizia dovrebbe considerare l'accaduto in termini molto severi. Voi ostacolate lo svolgimento della giustizia.»

Jules Perrot lo fissò con gli occhi sbarrati, la bocca aperta per la meraviglia, le mani tremanti.

«Dunque» riprese Poirot. La sua voce era autoritaria. «Vogliamo informazioni precise. Quanto siete stato pagato, e chi vi ha pagato?»

«Non pensavo di fare del male... non avevo la minima idea... non avevo mai sospettato...»

«Quanto, e da chi?»

«C-cinquemila franchi. Non lo avevo mai visto prima quel tizio... io... questo mi rovinerà...»

«Vi rovinerà la vostra reticenza, se non vi decidete a parlare. Via, ormai sappiamo il peggio. Raccontateci con esattezza quel che è successo.»

Con il sudore che gli colava dalla fronte, Jules Perrot si mise a parlare rapidamente, con voce spezzata.

«Non credevo di fare niente di male... lo giuro sul mio onore, non credevo di fare niente di male. È entrato un tizio. Ha detto che doveva raggiungere l'Inghilterra il giorno successivo. Sperava di ottenere un prestito da... da madame Giselle, ma voleva che il loro incontro sembrasse casuale. Diceva che, in questo modo, avrebbe avuto maggiori possibilità di ottenerlo. Diceva di sapere che sarebbe partita per l'Inghilterra il giorno successivo. Tutto quello che io dovevo fare era semplicemente dirle che il primo volo del mattino era già completo e darle il posto n. 2 sul *Prometheus*. Vi giuro, *monsieur*, che non ho visto niente di particolarmente grave in tutto questo. Che differenza poteva fare?... Ecco ciò che ho pensato. Gli americani sono fatti così. A loro piace combinare gli affari nel modo meno usuale...»

«Gli americani?» lo interruppe Fournier con asprezza.

«Sì, questo *monsieur* era americano.»

«Descrivetelo.»

«Era alto, con le spalle un po' curve, i capelli grigi, gli occhiali con la montatura di corno e una barbetta a punta.»

«Ha prenotato un posto anche lui?»

«Sì, *monsieur*, il posto n. 1... vicino a quello che dovevo tenere per madame Giselle.»

«A nome di chi?»

«Silas Harper.»

«Nessuno che portasse quel nome ha viaggiato sul *Prometheus*, e nessuno ha occupato il posto n. 1.»

Poirot scrollò lentamente il capo.

«Ho visto sul giornale che non c'era nessuno con quel nome. Ecco perché ho pensato che non occorresse accennare a questo fatto. Dal momento che quel tizio non è partito con quell'aereo...»

Fournier gli lanciò un'occhiata glaciale.

«Avete taciuto alla polizia informazioni preziose» disse. «È una faccenda molto grave, questa.»

Insieme a Poirot, lasciò gli uffici della Universal Airlines e Jules Perrot li seguì con lo sguardo smarrito e un'espressione terrorizzata sulla faccia.

Quando si trovarono fuori, sul marciapiede, Fournier si tolse il cappello e s'inchinò.

«Tutti i miei rispetti, monsieur Poirot. Come vi è venuta questa idea?»

«Grazie a due frasi che ho udito in momenti distinti. Una oggi, sul nostro aereo, quando un tale ha detto di essere venuto in Inghilterra la mattina del delitto su un apparecchio quasi vuoto. La seconda frase è stata pronunciata da Elise: ha detto di aver telefonato all'ufficio della Universal Airlines e di aver appreso che non c'era posto sul primo volo del mattino. Ora, queste due affermazioni erano contrastanti. Mi è venuto in mente che lo steward, sul *Prometheus*, aveva detto di avere già visto madame Giselle sul primo volo del mattino in altre occasioni. Era evidente che doveva essere abituata a prendere il volo delle 8.45.

«Però qualcuno voleva che viaggiasse sul volo delle 12. Qualcuno che viaggiava sul *Prometheus*. Per quale motivo l'impiegato aveva detto che il volo del mattino era già completo? Uno sbaglio? Una menzogna deliberata? Mi è venuto il sospetto che si trattasse della seconda, ho avuto ragione.»

«Questo caso diventa sempre più complicato a ogni minuto che passa» esclamò Fournier. «In un primo momento ci sembra di dover seguire la pista di una donna. Adesso si tratta di un uomo. Quest'americano...»

S'interruppe e guardò Poirot.

Quest'ultimo annuì lentamente.

«Sì, caro amico» disse. «È così facile essere un americano qui a Parigi. Una voce nasale... il chewing gum... la barbetta a punta... gli occhiali con la montatura di corno... tutti gli accessori per creare il classico personaggio dell'americano da commedia...»

Tirò fuori di tasca la pagina che aveva stracciato dalla rivista «Sketch».

«Che cosa state guardando?»

«La contessa in costume da bagno.»

«Pensate...? Ma no, è una creatura così *petite*, incantevole, fragile... non potrebbe certo farsi passare per un americano alto con le spalle curve. È stata un'attrice, d'accordo, ma è fuori questione che abbia potuto recitare una parte del genere. No, amico mio, è un'idea che non funziona.»

«Non ho mai detto che funzionasse» disse Poirot.

E continuò a fissare con vivo interesse la pagina della rivista.

12

Lord Horbury si fermò davanti alla credenza e si servì distrattamente del rognone.

Stephen Horbury aveva ventisette anni, la testa lunga e stretta e il mento a punta. Aveva proprio l'aspetto di ciò che era in realtà. Un uomo sportivo, abituato alla vita all'aria aperta, senza niente di particolare in fatto di cervello. Era buono di cuore, piuttosto pedante, di una lealtà a tutta prova, e invincibilmente ostinato. Portò a tavola il piatto colmo e cominciò a mangiare. Poco dopo spalancò un giornale ma lo buttò da parte immediatamente, accigliandosi. Spinse di lato il piatto ancora mezzo pieno, bevve qualche sorso di caffè e si alzò in piedi. Restò incerto per un attimo, poi, con un lieve cenno del capo, lasciò la sala da pranzo, attraversò l'ampio atrio d'ingresso e salì le scale. Di sopra, bussò lievemente a una porta e attese per un minuto. Dall'interno della stanza una voce limpida e acuta gridò: «Avanti!».

Lord Horbury entrò. Si trattava di un'ampia e bellissima camera da letto con le finestre che guardavano verso sud. Cicely Horbury era ancora a letto, un immenso letto in quercia scolpita, elisabettiano. Aveva un aspetto veramente incantevole, con la giacchetta di chiffon rosa e i riccioli d'oro. Su un tavolino al suo fianco c'era il vassoio della prima colazione con i resti di un succo d'arancia e del caffè. Stava aprendo delle lettere. La sua cameriera personale girava per la stanza.

Qualsiasi uomo sarebbe stato da scusare se il suo respiro si fosse fatto un po' affannoso di fronte a una visione tanto incantevole. Invece il delizioso quadretto che la moglie presentava non turbò minimamente lord Horbury.

C'erano stati tempi, tre anni prima, in cui la straordinaria bellezza della sua Cicely era riuscita a far perdere al giovanotto qualsiasi capacità di ragionare. Era stato follemente, disperatamente, appassionatamente innamorato. Tutto ciò era finito. Era stato pazzo. Adesso era rinsavito.

Lady Horbury disse con una certa sorpresa: «Come mai, Stephen?».

Lui rispose, brusco: «Vorrei parlarti a quattr'occhi».

«Madeleine.» Lady Horbury si rivolse alla cameriera. «Lascia stare. Vattene.»

La ragazza francese mormorò: «*Très bien, milady*» lanciò di sottecchi un'occhiata piena di interesse in direzione di lord Horbury e lasciò la stanza.

Lord Horbury aspettò che la ragazza avesse chiuso l'uscio e poi disse: «Mi piacerebbe sapere, Cicely, quale è stato, esattamente, il motivo della tua idea di venire qui».

Lady Horbury si strinse nelle spalle bellissime ed esili.

«In fondo, perché no?»

«Perché no? A me sembra che le ragioni siano molte e valide.»

Sua moglie mormorò: «Oh, le ragioni...».

«Sì, le ragioni. Ricorderai che ci eravamo trovati d'accordo che sarebbe stato molto meglio rinunciare a questa farsa di vivere insieme, visto com'era la situazione fra noi. Tu dovevi conservare la casa di città e ricevere un assegno generoso... estremamente generoso... Entro certi limiti, eri libera di andartene per i fatti tuoi. Come mai questo tuo ritorno improvviso?»

Cicely si strinse nelle spalle.

«Ho pensato che fosse meglio.»

«Suppongo che tu voglia dire che è solo una questione di soldi.»

Lady Horbury disse: «Mio Dio, come ti odio. Sei l'uomo più gretto che esista sulla faccia della terra».

«Gretto? Tu dici gretto, ma è per colpa tua e delle tue stravaganze che c'è un'ipoteca su Horbury.»

«Horbury... Horbury... è tutto quello che ti interessa! Cavalli, cacce, fucili, quel che cresce nei campi e quei vecchi contadini così noiosi. Dio, che vita per una donna.»

«Ci sono donne a cui piace.»

«Donne come Venetia Kerr che è un mezzo cavallo pure lei! Avresti dovuto sposare una donna di quel genere.»

Lord Horbury andò alla finestra.

«Un po' tardi, per dirlo. Ho sposato te.»

«E non sai come venirne fuori» fece Cicely. La sua risata fu maliziosa, trionfante. «Ti piacerebbe liberarti di me, ma non puoi.»

«C'è proprio bisogno di rivangare queste storie?»

«Tu sei molto "Dio e la Vecchia Scuola", vero? Gran parte dei miei amici ridono a crepapelle quando riferisco qualcuna delle cose che dici.»

«Prego, facciano pure! Vogliamo tornare all'argomento originario della nostra discussione... il motivo per cui hai voluto trasferirti qui?»

Ma sua moglie non si mostrò disposta a dargli retta. Disse: «Hai stampato degli annunci sui giornali dichiarando di non essere più responsabile per i miei debiti. Trovi che sia un modo di comportarsi da gentiluomo?».

«Mi rammarico di aver dovuto fare un passo simile. Ti avevo avvertito, come ricorderai. Due volte ho pagato. Ma ci sono dei limiti. La tua passione insensata per il gioco... Bene, a che vale discuterne? Ma io voglio sapere cosa ti ha spinto a venir qui, a Horbury. Hai sempre detestato questo posto, ti sei sempre annoiata da morire qui.»

Cicely, assumendo un'espressione imbronciata, mormorò: «Ho pensato che fosse meglio... in questo momento».

«Meglio... in questo momento?» Stephen ripeté queste parole con aria pensierosa. Poi fece una domanda con asprezza: «Cicely, ti sei fatta prestare dei soldi da quella vecchia usuraia francese?».

«Quale? Non capisco cosa vuoi dire.»

«Capisci perfettamente quello che voglio dire. Parlo di quella donna che è stata assassinata sull'aeroplano che veniva da Parigi... lo stesso aereo che hai preso tu per tornare in Inghilterra. Ti sei fatta prestare dei soldi da lei?»

«No, naturalmente no, che idea!»

«Senti, non comportarti come una sciocca in questa faccenda, Cicely. Se quella donna ti ha prestato dei soldi, sarà meglio che tu me lo dica. Ricordati che non è una faccenda da considerare conclusa. Il verdetto all'inchiesta è stato quello di assassinio premeditato da parte di una o più persone rimaste sconosciute. La polizia di due paesi sta indagando. È solo questione di tempo e poi la verità verrà a galla. Si può essere certi che quella donna avrà lasciato le debite registrazioni scritte dei suoi affari. Se si dovesse scoprire qualcosa che può farti mettere in relazione con lei, bisogna che ci prepariamo. Dovremo sentire il consiglio di Foulkes su questa faccenda.»

Wilbraham e Foulkes erano i legali di famiglia e da generazioni si occupavano del patrimonio degli Horbury.

«Non ho forse fatto la mia deposizione a quella maledetta inchiesta e non ho detto di non aver mai sentito parlare di quella donna?»

«Non mi pare che questa sia granché come prova» rispose il marito in tono secco. «Se hai avuto a che fare con questa Giselle, puoi stare sicura che la polizia lo scoprirà.»

Cicely si mise a sedere di scatto sul letto, rabbiosa.

«Forse pensi che l'abbia uccisa io... che mi sia alzata in piedi in quell'aereo, e mi sia messa a lanciare frecce con la cerbottana. Fra tutte le cose ridicole e assurde che puoi andare a pensare...»

«È tutta questa storia che sembra incredibile» ammise Stephen, pensieroso. «Con tutto ciò voglio che tu valuti la tua posizione.»

«Quale posizione? Non esiste alcuna posizione! Tu non credi a una sola parola di quello che dico. È esasperante. E per quale motivo, tutto d'un tratto, sei in ansia per me? Te ne importa proprio tanto di quello che mi succede? Mi detesti. Mi odi. Saresti ben felice se morissi domani. Cosa sono tutte queste finzioni?»

«Non stai esagerando un poco? In ogni caso, anche se tu mi consideri un uomo all'antica, ci tengo al buon nome della mia famiglia... un sentimento fuori moda che tu, probabilmente, disprezzi. Ma è così.»

Girando bruscamente sui tacchi, lasciò la stanza.

Una vena gli pulsava sulla tempia. I pensieri si inseguivano tumultuosi nel suo cervello.

"Detestare? Odiare? Sì, è abbastanza vero. Sarei felice se morisse domani? Mio Dio, sì! Mi sentirei come un uomo che esce di prigione. Che faccenda maledettamente strana è la vita! La prima volta che l'ho vista in *Lo devi fare adesso*, che bambina sembrava... che bambina adorabile! Così bionda e così incantevole... Sono stato un maledetto idiota! Ero pazzo di lei... sragionavo. Pareva tutto quello che c'era al mondo di adorabile e di dolce e, invece, è sempre stata quello che è adesso: volgare, viziosa, sprezzante, scervellata... Non riesco neppure più a ritrovare in lei tutta quella bellezza!"

Fece un fischio a uno spaniel che gli venne incontro di corsa e alzò su di lui due occhi pieni di adorazione.

«Buona, vecchia Betsy...» e le accarezzò le orecchie coperte di pelo lungo e morbido.

Poi pensò: "Che strano termine di paragone, quando si dice che una donna è una 'cagna'. Una cagna come te, Betsy, vale quasi tutte le donne che ho conosciuto in vita mia messe insieme".

Calcandosi in testa un vecchio cappello da pescatore, uscì di casa accompagnato dalla bestiola. La sua passeggiata, priva di una meta precisa, lo portò in giro per la tenuta e cominciò a poco a poco a calmargli i nervi. Accarezzò il collo del cavallo preferito per la caccia, scambiò qualche parola con l'addetto alla scuderia, poi raggiunse la fattoria più grande della proprietà e fece quattro chiacchiere con la moglie del contadino. Stava percorrendo uno stretto viottolo con Betsy alle calcagna quando incontrò Venetia Kerr sulla sua puledra baia.

In sella a un cavallo Venetia appariva sempre nella sua forma migliore. Lord Horbury alzò gli occhi a osservarla con ammirazione, tenerezza e la strana sensazione di sentirsi in compagnia di qualcuno che lo capiva e lo metteva a suo agio.

«Ciao, Venetia.»

«Ciao, Stephen.»

«Dove sei stata? Sul prato?»

«Sì, viene su discretamente, vero, la mia puledra?»

«È di prim'ordine. Hai visto il mio cavallo di due anni che ho comprato alla vendita di Chattisley?»

Parlarono di cavalli per qualche minuto, poi lui disse: «A proposito, c'è qui Cicely».

«Qui, a Horbury?»

Non era abitudine di Venetia dimostrare sorpresa, ma non riuscì a cancellare dalla voce una sfumatura di meraviglia.

«Sì. È arrivata ieri sera.»

Silenzio. Poi Stephen disse: «Tu eri a quell'inchiesta, Venetia. Come... come... ehm... è andata?».

Lei ci pensò un momento.

«Be', nessuno ha detto molto, se mi capisci.»

«Ma la polizia non ha manifestato alcun sospetto?»

«No.»

«Deve essere stata una faccenda spiacevole per te.»

«Ecco, non posso dire di essermi divertita. Ma in fondo non è stata troppo sconvolgente. Il Coroner si è comportato in modo molto corretto.»

Stephen si mise distrattamente ad allungare colpi di frusta alla siepe.

«Senti, Venetia... non si ha nessuna idea... cioè, voglio dire: tu non hai nessuna idea... riguardo a chi potrebbe essere stato?»

Venetia Kerr scrollò la testa lentamente.

«No.» Tacque per un attimo cercando di esprimere a parole, nel modo migliore e con il maggior tatto possibile, ciò che voleva dire. Alla fine ci riuscì con una risatina: «Comunque, non siamo state né Cicely né io. Questo lo so con sicurezza. Lei mi avrebbe subito scoperto come io avrei scoperto lei!». Anche Stephen scoppiò a ridere.

«Allora, tutto bene» disse allegramente.

Aveva cercato di mettere la cosa sul ridere, ma Venetia poté cogliere il sollievo che provava dal tono della sua voce. Dunque, aveva pensato...

«Venetia,» riprese Stephen «è molto tempo che ti conosco, vero?»

«Hum, sì. Ti ricordi quelle orribili lezioni di ballo alle quali ci mandavano quando eravamo bambini?»

«Come no? Mi accorgo di poter parlare con te di certe cose...»

«Certo che puoi farlo.» Esitò un attimo e poi proseguì in tono pacato, pratico: «Si tratta di Cicely, suppongo».

«Sì. Senti, Venetia, è possibile che Cicely si sia immischiata, per qualche ragione, con questa Giselle?»

Venetia rispose lentamente: «Non so. Io sono stata nel sud della Francia, non dimenticarlo. Non ho ancora sentito tutti i pettegolezzi di Le Pinet».

«Ma tu cosa pensi?»

«Be', in tutta franchezza non mi sorprenderebbe.»

Stephen annuì con aria pensierosa. Venetia disse con dolcezza: «Ma è proprio il caso che te ne preoccupi? Cioè, voglio dire che vivete due vite abbastanza separate, no? Questa storia è affar suo, tu non c'entri».

«Fintanto che è mia moglie, questa storia è anche, obbligatoriamente, affar mio.»

«Non potreste... ehm... accordarvi per il divorzio?»

«Trovando un pretesto adatto, vuoi dire? Ho i miei dubbi che accetterebbe.»

«Ma se ti venisse offerta l'occasione, saresti disposto a divorziare da lei?»

«Se ne avessi il motivo, lo farei di sicuro.»

Aveva parlato con aria tetra.

«Immagino che lei questo lo sappia» disse Venetia.

«Sì.»

Restarono in silenzio. Venetia pensò: "Ha la moralità di una gatta! Lo so fin troppo bene. Ma è cauta. I tipi come lei sono talmente furbi!". A voce alta disse: «Non c'è niente da fare?».

Lui scrollò la testa. Poi disse: «Se fossi libero, Venetia, mi sposeresti?».

Guardando dritto davanti a sé, fra le orecchie del cavallo, la donna rispose con una voce alla quale aveva cercato di togliere qualsiasi emozione: «Credo di sì».

Stephen! Aveva sempre amato Stephen, sempre, fin dai tempi lontani delle lezioni di ballo, dell'epoca in cui andavano a cercare i nidi degli uccelli e i cuccioli degli animali selvatici. E lui le aveva voluto bene, ma non abbastanza per non innamorarsi disperatamente, follemente, appassionatamente di una ballerina del varietà, astuta, calcolatrice, una gatta...

«Potremmo avere una vita meravigliosa insieme...» fece Stephen.

Davanti ai suoi occhi si disegnarono delle immagini: la caccia... il tè con i panini caldi imburrati... il profumo delle foglie e della terra umida... i figli... tutte cose che a Cicely non erano mai piaciute, che Cicely non gli avrebbe mai dato. Si accorse che aveva gli occhi velati.

Poi notò che Venetia parlava, sempre con quella voce opaca, priva di emozione: «Stephen, se ce ne andassimo insieme, Cicely sarebbe costretta a chiedere il divorzio da te».

Stephen la interruppe con enfasi: «Pensi che ti permetterei di fare una cosa del genere?».

«Non me ne importerebbe.»

«A me sì.»

Aveva parlato con decisione.

Venetia pensò: "Questo è quanto! Un peccato, in fondo. È tragicamente pieno di pregiudizi, però è un caro figliolo, in fondo. Non mi piacerebbe che fosse diverso".

A voce alta disse: «Bene, Stephen, io vado».

Sfiorò delicatamente i fianchi del cavallo con i tacchi. Mentre si voltava per fare un gesto di saluto, i loro occhi si incontrarono e in quello sguardo c'erano tutti i sentimenti che le loro caute parole avevano evitato di esprimere.

Al di là della curva del viottolo, Venetia lasciò cadere il frustino. Un uomo che veniva avanti a piedi lo raccolse e glielo restituì con un inchino esagerato.

"Uno straniero" pensò lei mentre lo ringraziava. "Mi pare di ricordare la sua faccia." Una metà del suo cervello tornò indietro a frugare in quelle giornate estive a Juan les Pins, mentre l'altra metà pensava a Stephen.

Solo quando fu arrivata a casa la memoria, con un sussulto, la costrinse a staccarsi da quelle vaghe fantasticherie.

"L'ometto che mi ha offerto il suo posto sull'aereo. All'inchiesta hanno detto che era un investigatore." E subito dopo un altro pensiero: "Che cosa sta facendo qui?".

13

Jane si presentò da Antoine, la mattina dopo l'inchiesta, con una certa trepidazione.

La persona che, in genere, veniva chiamata "monsieur Antoine" – il cui nome reale era Andrew Leech e le cui pretese di avere una nazionalità straniera si riducevano al fatto di avere una madre ebrea – la salutò con un cipiglio poco promettente.

Ormai, appena varcata la soglia del negozio di Bruton Street, parlare in un inglese smozzicato era diventata, per lui, del tutto naturale. Aggredì Jane definendola una completa *imbécile*. E si poteva sapere, poi, per quale motivo aveva voluto viaggiare in aereo? Che idea! La sua scappatella poteva procurare un sacco di guai al negozio di cui era proprietario. Quando finalmente le ebbe manifestato senza perifrasi il suo malcontento, Jane riuscì a sfuggirgli ricevendo una strizzatina d'occhi da parte della sua amica Gladys.

Gladys era una biondina eterea con un modo di fare pieno di sussiego e una voce lieve, distaccata, molto professionale. In privato, la sua voce era rauca e scherzosa.

«Non te la prendere, cara» disse a Jane. «Quel vecchiaccio insopportabile si è messo a sedere vicino alla siepe e sta ad aspettare per vedere da che parte finirà per saltare il gatto. Secondo me, non salterà affatto dalla parte che lui si aspetta. Ciao, cara, ecco quella diavolessa che sta arrivando. Accidenti a lei. Ho il sospetto che farà una scenata, come al solito. Spero soltanto che non si sia portata dietro quel suo insopportabile cagnolino.»

Un attimo più tardi si poté sentire la voce di Gladys che esclamava, nel suo tono fievole, distaccato: «Buongiorno, signora, non ha portato quel tesorino del suo pechinese? Vogliamo cominciare con lo shampo? Così saremo subito pronte per monsieur Henri».

Jane era appena entrata nella cabina adiacente dove l'aspettava, seduta, una signora con i capelli rossicci. Nel frattempo la donna si stava esaminando il viso e diceva a un'amica: «Carissima, la mia faccia stamattina è addirittura spaventosa, è proprio...».

L'amica, che stava sfogliando con aria annoiata una vecchia copia di «Sketch», rispose in un tono privo di interesse: «Trovi, tesoro? A me sembra più o meno la solita».

All'ingresso di Jane, l'amica annoiata smise di sfogliare «Sketch» e sottopose Jane a un attento esame.

Poi disse: «È proprio così, carissima. Ne sono certa».

«Buongiorno, signora» fece Jane con quel tono di voce spensierato e vivace che ci si aspettava da lei e che, ormai, riusciva a ottenere meccanicamente senza il minimo sforzo. «È molto tempo che non vi vedevamo qui da noi! Immagino che siate stata all'estero.»

«Antibes» disse la signora con i capelli rossicci la quale, a sua volta, stava fissando Jane con estremo interesse.

«Che bellezza» esclamò Jane con falso entusiasmo. «Vediamo un po', volete fare solo lo shampo e la messa in piega oppure anche la tinta?»

Momentaneamente distratta dal suo esame così attento, la signora con i capelli colorati all'*henné* si sporse in avanti e si esaminò con attenzione la chioma.

«Credo che potrò tirare avanti ancora per una settimana. Dio Santo, sono proprio uno spavento!»

L'amica disse: «Be', tesoro, che cosa pretendi a quest'ora del mattino?».

E Jane: «Ah! Aspettate che monsieur Georges abbia finito di dedicarsi a voi... e poi vedrete!».

«Ditemi,» e la donna ricominciò a osservarla «siete voi la ragazza che ha rilasciato la deposizione all'inchiesta, ieri? La ragazza che si trovava su quell'aeroplano?»

«Sì, signora.»

«Che cosa emozionante! Raccontatemi tutto!»

Jane fece del suo meglio per compiacerla.

«Ecco, signora, a dire la verità è stato abbastanza terribile...» E si lanciò nella descrizione di quanto era avvenuto, rispondendo alle domande man mano che le venivano fatte. Che tipo era, quella vecchia? Era vero che c'erano due investigatori francesi a bordo e che tutta quella faccenda aveva una relazione con certi scandali scoppiati in seno al governo francese? Lady Horbury era su quell'aeroplano? Era proprio bella come si diceva? E, secondo lei, Jane, chi aveva commesso il delitto? Dicevano che tutta quella storia fosse stata messa a tacere per determinati motivi che interessavano il governo, eccetera...»

Questa prima e dura prova non fu che l'inizio, molte altre la seguirono, più o meno simili. Tutte le clienti volevano essere servite da "quella ragazza che era su quell'aeroplano". Tutte le clienti, così, poterono dire alle loro amiche: "Mia cara, è assolutamente incredibile. Quella ragazza è proprio la lavorante che c'è dal mio parrucchiere, sì, se fossi in te, ci andrei subito... ti fanno la piega in un modo magnifico... si chiama Jane... Sì, un cosino con due occhi grandissimi. Se glielo chiedi con un po' di garbo, è disposta a raccontarti ogni cosa...".

Alla fine della settimana, Jane si accorse che i suoi nervi cominciavano a risentire della tensione.

Talvolta le sembrava che, se avesse dovuto descrivere ancora una volta quello che era successo, si sarebbe messa a urlare o avrebbe aggredito con l'asciugacapelli la donna che la bombardava di domande.

Tuttavia, alla fine, trovò un modo migliore di manifestare i propri sentimenti. Chiese un colloquio a "monsieur Antoine" e gli domandò, audacemente, un aumento di stipendio.

«Che cosa mi stai chiedendo? Ma lo sai che hai una bella sfacciataggine, quando io ti ho conservato il posto per pura bontà d'animo, dopo che ti sei trovata immischiata in un caso di assassinio? Molte persone, meno buone di me, ti avrebbero licenziato sui due piedi!»

«Queste sono assurdità» disse Jane con aria glaciale. «Sono diventata un'attrazione per il vostro negozio. E lo sapete benissimo. Se volete che me ne vada, me ne andrò. Non farò fatica a ottenere quello che chiedo da Henri, oppure dalla Maison Richet.»

«E chi vuoi che sappia che sei andata lì? Del resto che importanza credi di avere, eh?»

«Ho fatto la conoscenza di un paio di giornalisti all'inchiesta» disse Jane. «Uno di loro darebbe tutta la pubblicità necessaria al mio trasferimento da un negozio all'altro.»

E "monsieur Antoine", poiché temeva proprio quello, accettò brontolando le richieste di Jane. Gladys applaudì con entusiasmo l'iniziativa dell'amica.

«Ben fatto, cara» disse. «Stavolta Ikey Andrew ha dovuto piegare il groppone. Se una ragazza non sapesse lottare per difendersi, non so proprio dove andremmo a finire! Grinta, cara, ecco ciò che hai, e ti ammiro per questo.»

«Certo che so lottare per i miei interessi» fece Jane alzando il mento grazioso con aria battagliera. «L'ho fatto per tutta la vita.»

«Brutto affare, cara» disse Gladys. «Però non lasciarti mettere i piedi in testa da Ikey Andrew. Anzi, ti ammirerà ancora di più per questo. A essere miti non ci si guadagna affatto nella vita... per quanto credo che nessuna di noi correrà mai questo pericolo!»

Il racconto di Jane, ripetuto ogni giorno con piccole varianti, finì col diventare l'equivalente di una parte recitata sul palcoscenico. La promessa di un invito a cena e poi a teatro da parte di Norman Gale era stata debitamente mantenuta. Fu una di quelle serate meravigliose in cui ogni parola, ogni confidenza che si scambiarono sembrò rivelare la simpatia nascente fra loro.

Adoravano i cani e non sopportavano i gatti. Sia l'uno sia l'altra detestavano le ostriche e avevano un debole per il salmone affumicato. Greta Garbo piaceva a entrambi, mentre Katharine Hepburn era odiosa a tutti e due. Né a lui né a lei piacevano le donne grasse, ma avevano un'autentica ammirazione per i capelli neri come l'ala di un corvo. Trovavano orribili le unghie troppo rosse. Non sopportavano le voci troppo forti, i ristoranti rumorosi e i negri. Preferivano l'autobus alla metropolitana. Sembrava quasi miracoloso che due persone dovessero avere tanti punti di accordo.

Un giorno, da Antoine, Jane aprendo la borsetta lasciò cadere una lettera di Norman. Mentre la raccoglieva arrossendo leggermente, Gladys la aggredì.

«Chi è il tuo innamorato, cara?»

«Non so quello che vuoi dire» ribatté Jane diventando ancora più rossa.

«Non fingere con me! Lo capisco alla prima occhiata che quella lettera non è stata spedita dal prozio di tua madre. Non sono nata ieri. Chi è, Jane?»

«Uno... un uomo che ho conosciuto a Le Pinet. Fa il dentista.»

«Un dentista» ripeté Gladys con evidente disgusto. «Suppongo che abbia una dentatura bianchissima e un bel sorriso.» Jane fu costretta ad ammettere che era proprio così.

«Ha la faccia molto abbronzata e gli occhi azzurri.»

«Chiunque può avere la faccia molto abbronzata» disse Gladys. «Può essere stato un soggiorno al mare oppure è semplicemente qualcosa che si trova in bottiglia, a due scellini e undici pence dal farmacista. Gli uomini belli sono leggermente abbronzati. Gli occhi mi sembra che vadano bene. Ma un dentista! Figuriamoci, magari quando sta per baciarti, ti potrebbe capitare di sentirgli dire: "Apra la bocca un pochino di più, per favore".»

«Non dire scemenze, Gladys.»

«Non essere permalosa, cara! Mi accorgo che ti sei presa una bella cotta. Sì, signor Henri, sto arrivando... Al diavolo Henri! A sentire come ci comanda a bacchetta, si direbbe che si creda il Padreterno!»

La letterina era un invito a cena per sabato sera. Quel sabato, all'ora di pranzo, quando Jane ricevette la busta paga con l'aumento richiesto, diventò di ottimo umore.

"E pensare" si disse "che quel giorno, sull'aereo, ero così preoccupata! Invece è andato tutto per il meglio... Sì, la vita è una cosa meravigliosa." Si sentiva così piena di entusiasmo che decise di concedersi una piccola follia e di pranzare al Corner House per godersi anche l'accompagnamento della musica. Prese posto a un tavolo per quattro, dove erano già seduti una signora anziana e un giovanotto. La signora stava finendo di mangiare in quel momento. Poco dopo chiese il conto, raccolse un cospicuo numero di pacchetti e se ne andò.

Jane, come era sua abitudine, si mise a leggere un libro mentre mangiava. Alzando gli occhi mentre voltava una pagina, si accorse che il giovanotto, seduto di fronte a lei, la fissava con estrema attenzione e nello stesso momento le parve che la sua faccia le fosse vagamente familiare.

In quel momento il giovanotto incontrò il suo sguardo e abbozzò un inchino.

«Scusatemi, *mademoiselle*, non mi riconoscete?»

Jane lo guardò con maggiore attenzione. Aveva una faccia simpatica, un'espressione da adolescente, piuttosto interessante, forse più per l'estrema mobilità che per una bellezza vera e propria.

«È vero che non siamo stati presentati,» continuò il giovanotto «a meno che non vogliate accettare un delitto come presentazione, oltre al fatto che siamo andati entrambi a deporre davanti al Coroner.»

«Ma certo» esclamò Jane. «Che sciocca! Mi pareva di aver già visto la vostra faccia. Voi sareste...?»

«Jean Dupont» disse il giovanotto e le rivolse di nuovo quel piccolo buffo inchino abbastanza piacevole.

D'un tratto a Jane balenò una delle solite frasi lapidarie di Gladys, anche se forse non era formulata con la delicatezza dovuta.

"Se c'è un uomo che ti fa la corte, puoi stare tranquilla che ne arriva subito un altro. Sembra che sia una legge di natura. A volte diventano tre o quattro."

Ora bisogna sapere che Jane aveva sempre fatto una vita austera di duro lavoro, sembrava corrispondere alla descrizione di certe ragazze scomparse di casa: "Era una ragazza allegra, vivace, senza amicizie maschili, eccetera". Jane era stata "una ragazza vivace, allegra, senza amicizie maschili". Adesso sembrava che le amicizie maschili arrivassero a frotte. Era impossibile dubitarne: la faccia di Jean Dupont, mentre si sporgeva verso di lei attraverso il tavolo, rivelava molto di più di un semplice e cortese interesse. Era felice di essere seduto di fronte a Jane.

Più che felice... era estasiato.

Jane pensò tra sé con un vago presentimento: "Però è francese. E con i francesi bisogna stare attenti, tutti lo dicono sempre".

«Dunque siete ancora in Inghilterra» disse Jane e dentro di sé si maledì per l'estrema banalità di quella osservazione.

«Sì. Mio padre è andato a Edimburgo a tenere una conferenza e siamo stati anche ospiti di amici. Ma adesso... domani... torniamo in Francia.»

«Capisco.»

«La polizia non ha ancora arrestato nessuno?» chiese il ragazzo.

«No, e in questi ultimi tempi non ne hanno più parlato sui giornali. Forse hanno rinunciato.»

Jean Dupont scrollò il capo. «No, no, non avranno rinunciato. Lavorano in silenzio...» e fece un gesto espressivo «nell'oscurità.»

«Vi prego» fece Jane inquieta. «Mi fate venire la pelle d'oca.»

«Sì, non è un'esperienza molto simpatica essersi trovati così vicino mentre veniva commesso un delitto...» Poi aggiunse: «E io ci ero più vicino di voi. Vicinissimo, davvero. Talvolta non mi piace affatto pensarci...».

«Secondo voi, chi è stato?» domandò Jane. «Non ho fatto che chiedermelo.»

Jean Dupont si strinse nelle spalle.

«Io, no di sicuro. Era troppo brutta!»

«Be',» disse Jane «immagino che preferireste uccidere una donna brutta piuttosto che una donna bella, vero?»

«Niente affatto. Se una donna è bella, le volete bene... lei vi tratta male... vi fa ingelosire, vi fa diventare pazzo di gelosia. "Bene," voi dite "la ucciderò. Sarà una soddisfazione."»

«E lo è, poi, una soddisfazione?»

«Questo non lo so, *mademoiselle*, perché non mi ci sono mai trovato.» Scoppiò a ridere, poi scosse la testa. «Ma una brutta vecchia come Giselle... chi volete che si prendesse la briga di ucciderla?»

«Certo, è un'opinione anche questa» disse Jane. Poi aggrottò le sopracciglia. «A ogni modo, è brutto pensare che forse, una volta, è stata giovane e carina.»

«Lo so, lo so.» Dupont si fece improvvisamente grave. «È la grande tragedia della vita, che le donne diventino vecchie.»

«Mi sembra che non facciate che pensare alle donne e alla loro bellezza» constatò Jane.

«Naturalmente. È l'argomento più interessante del mondo. A voi sembrerà strano perché siete inglese. Un inglese pensa per prima cosa al suo lavoro, il *job*, come lo chiama... poi al suo sport preferito e infine... ma proprio in fondo a tutto... a sua moglie.

«Sì, sì, è così, veramente! Ecco, immaginate un po'. In un alberghetto della Siria c'era un inglese, e sua moglie si è ammalata. Lui doveva essere in una determinata località dell'Iraq per una data prestabilita. *Eh bien*, ci credereste? Ha piantato lì la moglie ed è partito in modo da poter "prendere servizio" come doveva, senza ritardi. Non solo, ma sia lui sia la moglie hanno considerato tutto ciò assolutamente naturale; lo giudicavano un uomo generoso, pieno di nobili sentimenti. Invece il medico, che non era inglese, lo ha giudicato un barbaro. Una moglie, un essere umano... ecco la cosa che dovrebbe venire prima di tutto il resto.»

Jane si mise a ridere.

«Oh, ecco,» disse «credo che preferirei essere considerata come un puro e semplice lusso, o una debolezza invece di sentirmi giudicare con severità e con impegno... Il Primo Dovere. Preferirei che un uomo provasse gioia e piacere guardandomi, piuttosto che considerarmi un dovere da aver sempre presente.»

«Nessuno, *mademoiselle*, potrebbe mai pensare una cosa del genere di voi!»

Jane arrossì lievemente di fronte alla sincerità e al calore che vibravano nelle parole del giovanotto. Questi proseguì in fretta: «Sono venuto in Inghilterra soltanto una volta, prima di questa. È stato molto interessante per me, l'altro giorno alla... inchiesta, la chiamate così vero?... Poter studiare tre donne giovani e affascinanti, eppure così differenti l'una dall'altra».

«Cosa avete pensato di noi?» domandò Jane in tono divertito.

«Lady Horbury... bah, è un tipo che conosco bene, il suo... Molto originale, stravagante... molto, molto costoso. La si può immaginare seduta al tavolo del baccarà, il volto delicato, l'espressione dura... e capite... capite così bene come diventerà fra quindici anni, diciamo. Vive unicamente per le sensazioni forti, quella donna. Per puntare in alto, magari anche per la droga... *Au fond*, non è interessante!»

«E la signorina Kerr?»

«Ah, lei è molto inglese. È il tipo di persona alla quale qualsiasi negoziante della Riviera concederebbe un credito. I suoi vestiti sono di ottimo taglio, ma hanno qualcosa di mascolino. Cammina come se fosse la padrona del mondo. E non lo fa per superbia, ma solo perché è inglese. Conosce alla perfezione la regione della Gran Bretagna da cui provengono le diverse persone. È vero. Ho sentito altre come lei, in Egitto. "Cosa? Ci sono qui i Tal dei Tali? I Tal dei Tali dello Yorkshire? Oh, no, i Tal dei Tali dello Shropshire."»

Aveva un'ottima mimica. Jane scoppiò a ridere ascoltando l'imitazione che faceva del tono lento, strascicato delle persone di alto lignaggio.

«E poi... io» concluse.

«E poi, voi. E mi sono detto: "Sarebbe proprio bello, anzi bellissimo, se dovessi rivederla di nuovo, un giorno". Ed eccovi qui seduta di fronte a me. Talvolta gli dei combinano molto bene le cose!»

Jane disse: «Siete un archeologo, vero? Fate gli scavi?».

E si mise ad ascoltare con molta attenzione mentre Jean Dupont le parlava del suo lavoro.

Alla fine Jane ebbe un lieve sospiro.

«In quanti paesi siete stato! E quante cose avete visto! Sembra tutto così affascinante! Io, invece, non andrò mai in nessun posto, non vedrò mai niente.»

«Non vi piacerebbe... andare all'estero... vedere le regioni più selvagge della terra? Ricordate che in quei posti non trovereste nessuno capace di fare una messa in piega.»

«Me la faccio da sola» disse Jane ridendo.

Poi guardò l'orologio appeso alla parete e si affrettò a chiamare la cameriera per chiederle il conto.

Jean Dupont, con voce un po' imbarazzata, disse: «*Mademoiselle*, mi stavo domandando se mi permettereste... Come vi ho detto, domani torno in Francia... Se vorreste cenare con me stasera».

«Mi spiace, non posso. Esco già a cena con qualcuno.»

«Ah! peccato, ne sono molto spiacente. Tornerete presto a Parigi?»

«Non credo.»

«E io... non so quando sarò di nuovo a Londra. Non è triste?»

Si alzò e trattenne per un attimo la mano di Jane nella propria.

«Mi auguro con tutto il cuore di rivedervi» disse e dal tono diede l'impressione di essere proprio sincero.

14

Pressappoco alla stessa ora in cui Jane stava uscendo dal negozio di Antoine, Norman Gale stava dicendo in tono professionale, incoraggiante: «È un po' delicato, qui, temo: fatemi segno se vi dovessi far male...».

La sua mano esperta guidò il trapano elettrico. «Ecco, abbiamo finito. Signorina Ross?»

La signorina Ross comparve immediatamente al suo fianco, impastando una minuscola quantità di un intruglio bianco su una tavoletta di vetro.

Norman Gale terminò l'otturazione e disse: «Vediamo un po'... è martedì prossimo che dovreste venire per gli altri?».

La sua paziente, che stava risciacquandosi vigorosamente la bocca, proruppe in un profluvio di spiegazioni. Doveva partire... tanto spiacente... era costretta a disdire l'appuntamento successivo. Sì, lo avrebbe avvertito non appena fosse tornata.

E si allontanò precipitosamente dalla stanza.

«Bene» fece Gale. «È tutto per oggi.»

La signorina Ross disse: «Lady Higginson ha telefonato per dire che deve rinunciare al suo appuntamento per la settimana prossima. Non ha voluto fissarne un altro. A proposito, il colonnello Blunt non può venire giovedì».

Norman Gale fece segno di sì con la testa. La sua faccia si indurì. Ogni giorno era lo stesso. Persone che telefonavano, appuntamenti disdetti. Ogni tipo di pretesto... chi partiva, chi andava all'estero, chi aveva il raffreddore, chi non era sicuro di esserci...

Indipendentemente dalla scusa che adducevano, la ragione

autentica era quella che Norman aveva letto, in modo assolutamente inequivocabile, negli occhi della sua ultima paziente mentre allungava la mano verso il trapano elettrico... uno sguardo di panico improvviso...

Avrebbe potuto scrivere su un pezzo di carta i pensieri di quella donna.

"Oh, povera me, certo che era sull'aeroplano quando è stata assassinata quella donna... Mi domando... si sente parlare spesso di gente alla quale dà di volta il cervello e che commette i delitti più insensati. No, non è affatto sicuro. Quest'uomo potrebbe essere un maniaco, un omicida. Non hanno niente di diverso da qualsiasi altra persona, così ho sempre sentito dire... Mi pare di avere notato che c'è un'espressione strana, nei suoi occhi..."

«Bene,» disse Gale «si direbbe che avremo molta tranquillità, la settimana prossima, signorina Ross.»

«Sì, un sacco di gente ha rinunciato a venire. Oh, bene, vuol dire che potrete riposare. Avete lavorato tanto all'inizio dell'estate!»

«Però ho l'impressione che non mi capiterà di fare altrettanto in autunno, vero?»

La signorina Ross non rispose. La salvò lo squillo del telefono. Per andare a rispondere dovette uscire dalla stanza.

Norman lasciò cadere qualche strumento nello sterilizzatore, immerso in profondi pensieri.

«Vediamo come è la situazione. Inutile menare il can per l'aia. Questa storia mi ha rovinato dal punto di vista professionale. Strano che, invece, sia stata utile per Jane. La gente va in quel negozio con lo scopo di fissarla a bocca aperta. A ben pensarci è proprio la stessa cosa che succede qui, ma con l'effetto contrario... "sono costretti" a fissarmi a bocca aperta ed è una cosa che non gradiscono! Quando si è seduti su una poltrona di un dentista, ci si sente maledettamente a disagio. Si è impotenti. Se il dentista venisse colto da un accesso di pazzia...

«Che strana faccenda è il delitto! Lo si dovrebbe considerare un fatto che provoca conseguenze chiare e precise... invece no. Ha certi effetti strani, collaterali, ai quali nessuno avrebbe mai pensato... Ma torniamo alla realtà. Come dentista, direi che posso considerarmi finito... Cosa succederebbe, mi piacerebbe saperlo, se arrestassero la Horbury? I miei clienti ritornerebbero in massa? Difficile dirlo. Una volta che si comincia a trovare del marcio in qualche cosa... Oh, bene, che importanza ha? Non me ne importa. Sì, me ne importa... per Jane... Jane è adorabile. La desidero. Non posso averla ancora... una maledetta scocciatura.»

Sorrise. "Ho l'impressione che tutto andrà per il meglio... Mi vuole bene... mi aspetterà... Accidenti, partirò per il Canada... sì, proprio così... e farò un mucchio di soldi laggiù."

Rise tra sé. La signorina Ross tornò nella stanza.

«Era la signora Lorrie. È spiacente...»

«... Ma deve partire per Timbuctù» concluse Norman. «*Vive les rats!* Sarà meglio che vi cerchiate un altro posto, signorina Ross, questa sembra una nave che sta per affondare.»

«Oh, signor Gale... non penserei mai e poi mai di abbandonarvi...»

«Brava figliola. Voi non siete un topo, a ogni modo. Ma parlavo seriamente. Se non succede presto qualcosa a chiarire questo pasticcio sono finito.»

«Bisognerebbe fare qualcosa!» disse la signorina Ross con energia. «Io trovo che la polizia sia vergognosa. Non ci si provano neppure!»

Norman si mise a ridere. «Io invece suppongo che ci provino eccome!»

«Qualcuno dovrebbe fare qualcosa.»

«Precisamente. Stavo quasi pensando di fare qualcosa io stesso... anche se non so da dove cominciare.»

«Oh, signor Gale, io lo saprei. Siete così intelligente!»

"Per questa ragazza sono proprio un eroe" pensò Gale. "Le piacerebbe aiutarmi a fare l'investigatore, io però ho un'altra partner in vista."

Fu quella stessa sera che uscì a cena con Jane.

Senza fatica riuscì a essere di ottimo umore; ma Jane era troppo furba per lasciarsi ingannare. Non le sfuggirono gli attimi in cui appariva improvvisamente distratto, la fronte leggermente aggrottata, la bocca che diventava d'un tratto amara, dura.

Alla fine disse: «Norman, le cose vanno male?».

L'uomo lanciò una rapida occhiata alla ragazza, poi sfuggì il suo sguardo.

«Be', non vanno meravigliosamente. È un brutto periodo dell'anno.»

«Non dire idiozie!» fece Jane con asprezza.

«Jane!»

«Dico sul serio. Credi che non mi sia accorta che sei preoccupatissimo?»

«Non sono preoccupatissimo, soltanto infastidito.»

«Vuoi dire che la gente ha cominciato ad avere paura di farsi curare i denti da una persona che potrebbe essere l'assassino?»

«Sì.»

«Ma è crudele, ingiusto!»

«Sì, abbastanza. Perché, Jane, in tutta franchezza io sono un dentista molto bravo. E non sono un assassino.»

«È una cattiveria. Bisognerebbe che qualcuno facesse qualcosa.»

«È proprio quello che ha detto la signorina Ross, la mia segretaria, questa mattina.»

«Che tipo è?»

«La signorina Ross?»

«Sì.»

«Oh, non saprei. Alta... ossuta... viso simile al muso di un cavallo a dondolo... straordinariamente abile e capace.»

«Si direbbe una gran brava persona» disse Jane in tono garbato.»

Norman lo accettò come un tributo alla sua diplomazia. L'ossatura della signorina Ross non era formidabile come l'aveva descritta, e possedeva una testolina di capelli rossi straordinariamente attraente, ma Norman pensava – e non si sbagliava – che sarebbe stato meglio sorvolare su quest'ultimo punto parlando con Jane.

«Mi piacerebbe fare qualche cosa» disse. «Se fossi uno di quei giovanotti di cui si parla nei romanzi troverei un indizio o mi metterei a pedinare qualcuno.»

Jane, d'un tratto, gli diede una tiratina alla manica.

«Guarda, c'è il signor Clancy... lo conosci, lo scrittore... seduto laggiù vicino al muro, tutto solo. Potremmo pedinare lui.»

«Ma non dovevamo andare al cinema?»

«Lascia perdere il cinema. Ho l'impressione che potrebbe essere proprio quello che intendevamo. Hai detto che ti sarebbe piaciuto pedinare qualcuno. Ed ecco qualcuno da pedinare. Non si può mai sapere! Potremmo scoprire qualcosa.»

L'entusiasmo di Jane fu contagioso. Norman accettò quel progetto senza troppe difficoltà.

«Come dicevi, non si può mai sapere!» disse. «A che punto è del pasto? Non riesco a vederlo bene senza girare la testa e preferisco non fissarlo.»

«Più o meno come noi» rispose Jane. «Sarà meglio che ci sbrighiamo con il resto, in modo da poter pagare il conto ed essere pronti ad andarcene quando esce anche lui.»

Adottarono questo piano. E quando, finalmente, il piccolo signor Clancy si alzò e uscì in Dean Street, Norman e Jane gli furono quasi subito alle calcagna.

«Caso mai prendesse un taxi» spiegò Jane.

Ma il signor Clancy non prese un taxi. Con il soprabito buttato sul braccio – che di tanto in tanto si tirava dietro senza accorgersene, trascinandolo lungo il marciapiede – si era messo a camminare a lunghi passi, ma senza fretta, per le strade di Londra. Procedeva con un'andatura piuttosto irregolare. Talvolta avanzava velocemente, poi rallentava fin quasi a fermarsi. Una volta, mentre era sul punto di attraversare, si fermò di botto, restando con un piede sospeso oltre l'orlo del marciapiede, somigliante in tutto e per tutto a un'inquadratura di un film girato al rallentatore.

Anche la sua direzione non sembrava precisa. Svoltò più volte di seguito, ripercorrendo le stesse strade.

Jane cominciò a rincuorarsi.

«Lo vedi?» disse tutta eccitata. «Ha paura di essere seguito. Sta cercando di liberarsi di noi e di buttarci su un'altra pista.»

«Credi proprio?»

«Ma naturalmente. Altrimenti nessuno continuerebbe a camminare in cerchio come fa lui.»

«Oh!»

Girarono un angolo troppo velocemente e per poco non si scontrarono con la loro preda.

Clancy si era fermato con gli occhi levati verso la bottega di un macellaio. Questa era naturalmente chiusa, però sembrava che qualcosa al primo piano avesse attirato l'attenzione dello scrittore.

A voce alta disse: «Perfetto. Proprio quel che ci voleva. Che magnifico colpo di fortuna!».

Tirò fuori un taccuino e ci scrisse qualcosa con attenzione. Poi ripartì a passo energico, canticchiando fra i denti.

Adesso si stava dirigendo, senza possibilità di equivoci, verso

Bloomsbury. Di tanto in tanto, quando girava la testa, i due giovani potevano vedere le sue labbra muoversi.

«Deve esserci qualche cosa che non va» disse Jane. «Sembra molto agitato. Sta parlando fra sé e non se ne accorge.»

Mentre aspettava di attraversare la strada a un semaforo, Norman e Jane si portarono alla sua altezza.

Era verissimo: il signor Clancy stava parlando da solo. Aveva la faccia pallida e sconvolta. Norman e Jane riuscirono a cogliere poche parole borbottate a fior di labbra: «Perché lei non parla? Perché? Deve esserci un motivo...».

Il semaforo diventò verde. Mentre raggiungevano il marciapiede opposto, il signor Clancy continuò: «Adesso capisco. Naturalmente. Ecco perché bisognava metterla a tacere!».

Jane allungò un violento pizzicotto a Norman.

Adesso il signor Clancy si era messo a camminare di buon passo. Il soprabito continuava a essere trascinato nella polvere, senza speranza. Il piccolo romanziere marciava a passo deciso e, a quanto pareva, non si era accorto delle due persone che lo seguivano.

Finalmente, in modo tanto improvviso da essere addirittura sconcertante, si fermò davanti a una casa, aprì la porta con la propria chiave ed entrò.

Norman e Jane si fissarono.

«È casa sua» disse Norman. «Il 47 di Cardington Square è l'indirizzo che ha dato all'inchiesta.»

«Oh, be',» fece Jane «forse uscirà ancora fra un po'. E, comunque, qualcosa abbiamo sentito. Qualcuno... una donna, per la precisione... deve essere messa a tacere e un'altra donna non vuole parlare. Oh, povera me, assomiglia tremendamente a un romanzo poliziesco!»

Dall'oscurità si levò una voce. «Buona sera» disse.

Il proprietario della voce si fece avanti. Un paio di folti e magnifici baffi apparve dalla luce di un lampione.

«*Eh bien*» disse Hercule Poirot. «Una bella serata per la caccia, vero?»

15

Di quelle due giovani creature sbalordite, Norman Gale fu il primo a riprendersi.

«Naturalmente» mormorò «è monsieur... monsieur Poirot. State ancora cercando di provare la vostra innocenza, monsieur Poirot?»

«Ah, ricordate il nostro piccolo colloquio? E, dunque, sarebbe il povero signor Clancy quello che sospettate?»

«Anch'io lo sospetto,» esclamò Jane in tono acuto «altrimenti non sarei qui.»

Poirot la guardò per un momento, pensieroso.

«Avete mai pensato al delitto, *mademoiselle*? Pensato, intendo, in modo astratto... con freddezza?»

«Non credo di averci mai pensato fino a questi ultimi tempi» rispose Jane.

Hercule Poirot annuì.

«Sì, adesso ci pensate perché un delitto vi ha toccato personalmente. Io, invece, mi occupo di delitti da molti anni ormai. E ho il mio metodo di considerare le cose. Secondo voi, quale dovrebbe essere la cosa più importante da tenere a mente quando state pensando di risolvere un caso di assassinio?»

«Trovare l'assassino» disse Jane.

Norman Gale aggiunse: «La giustizia».

Poirot scrollò il capo. «Ci sono cose più importanti che non trovare l'assassino. Quanto alla giustizia, è una bella parola. Ma talvolta è difficile sapere con esattezza che cosa intende dire una persona, pronunciandola. A parer mio, la cosa importante è allontanare i sospetti dagli innocenti.»

«Oh, naturale» disse Jane. «Questo è evidente. Se qualcuno è accusato falsamente...»

«No, neppure quello. Potrebbe non sussistere alcuna accusa. Ma fino a quando un individuo non è dimostrato colpevole al di là di ogni dubbio possibile, tutti gli altri che si trovano coinvolti in quel delitto possono soffrirne in vario grado.»

Norman Gale disse con enfasi: «Quanto è vero!».

«Come se noi non lo sapessimo!» fece Jane.

Poirot passò lo sguardo dall'uno all'altra.

«Vedo. Lo avete già constatato per conto vostro.»

D'un tratto le sue maniere si fecero brusche.

«Su, andiamo, ho qualche affaruccio di cui occuparmi. Poiché i nostri scopi sono gli stessi, vediamo di metterci insieme, noi tre, e di farli coincidere. Stavo per andare a fare visita al nostro geniale amico, il signor Clancy. Vorrei proporre a *mademoiselle* di accompagnarmi... Vestendo i panni della mia segretaria. Ecco qui, *mademoiselle*, un taccuino e una matita per stenografare.»

«Ma io non lo so fare!» mormorò Jane, sbalordita.

«Naturale che non lo sapete. Ma avete la prontezza... l'intelligenza... sarete pur capace di fare con la matita su questo libriccino qualche segno che possa passare per stenografia, vero? Bene. Quanto al signor Gale, gli proporrei di ritrovarsi con noi fra... un'ora, diciamo. Vogliamo incontrarci al piano superiore, da "Monseigneur"? Benissimo, così potremo confrontare le informazioni che avremo ottenuto.»

E così dicendo avanzò verso il campanello e lo premette.

Un po' attonita, Jane lo seguì, stringendo convulsamente tra le mani il taccuino.

Gale aprì la bocca come se volesse protestare, poi, evidentemente, ci pensò meglio.

«Bene» disse. «Fra un'ora da "Monseigneur".»

L'uscio fu spalancato da una donna anziana, severamente vestita di nero, con un'espressione quasi scostante.

Poirot chiese: «Il signor Clancy?».

Lei si tirò indietro e Poirot entrò con Jane.

«Che nome devo dire, signore?»

«Monsieur Hercule Poirot.»

La donna dall'aria severa li precedette su per le scale e li fece entrare in una stanza del primo piano.

«Il signor Air Kule Prott» annunciò.

Poirot capì immediatamente quanta verità ci fosse nelle parole del signor Clancy quando, a Croydon, aveva dichiarato di non essere un amante dell'ordine. La stanza, di forma allungata, con tre finestre che si aprivano sul lato più lungo, scaffali e librerie sulle altre pareti, era in uno stato di caos completo. C'erano giornali spalancati dappertutto, cartellette di appunti, banane, bottiglie di birra, libri aperti, cuscini da divano, un trombone, un'accozzaglia di oggetti di porcellana, incisioni e stampe, e un assortimento stupefacente di penne stilografiche.

Nel bel mezzo di questa confusione, il signor Clancy stava lottando con una macchina fotografica e un rullino.

«Povero me» disse alzando gli occhi mentre sentiva annunciare quella visita. Posò subito la macchina fotografica e il rullino cadde sul pavimento e si srotolò. L'uomo venne avanti con la mano tesa. «Sono felicissimo di vedervi.»

«Vi ricordate di me, spero?» fece Poirot. «Questa è la mia segretaria, la signorina Grey.»

«Molto piacere, signorina Grey.» Le strinse la mano, poi tornò a voltarsi verso Poirot. «Sì, certo che mi ricordo di voi... per lo meno... Dunque, vediamo un po', dove ci siamo visti con precisione? È stato forse al Club dei Teschi e delle Tibie Incrociate?»

«Siamo stati compagni di viaggio su un aereo che veniva da Parigi in una precisa e tragica occasione.»

«Ma naturalmente» disse il signor Clancy. «E anche la signorina Grey! Solo che non avevo capito che fosse la vostra segretaria. Anzi mi ero fatto la vaga idea che lavorasse in un istituto di bellezza... o qualcosa del genere.»

Jane lanciò un'occhiata ansiosa a Poirot.

Ma quest'ultimo fu all'altezza della situazione.

«È esatto» disse. «Come ogni segretaria efficiente, in certe occasioni la signorina Grey deve dedicarsi ad altri particolari lavori di natura temporanea... mi capite?»

«Ma certo» fece il signor Clancy. «Dimenticavo. Siete un investigatore... un detective autentico. Non lavorate a Scotland Yard. Fate l'investigatore privato. Prego, sedete, signorina Grey. No, lì no; ho paura che ci sia del succo d'arancia su quella seggiola, ma se sposto questo materiale di archivio... Oh, povero me, adesso si è rovesciato tutto per terra. Pazienza. Voi sedete qui, monsieur Poirot, dico giusto, vero?... Poirot? No, lo schienale non è proprio rotto. Scricchiola un pochino soltanto se vi appoggiate. Be', forse è meglio non appoggiarsi troppo. Sì, un investigatore privato come il mio Wilbraham Rice. Il pubblico ha preso in grande simpatia Wilbraham Rice. Si rosicchia le unghie e mangia banane in quantità. Non so proprio perché ho cominciato a dargli quel vizio di rosicchiarsi le unghie... a dire la verità, è piuttosto disgustoso... ma ormai non ci si può fare più niente. Ha cominciato a rosicchiarsi le unghie e adesso deve farlo, deve assolutamente farlo in ogni singolo romanzo. Che monotonia! Le banane non vanno poi male... possono anche servire a cavarne qualcosa di spiritoso... per esempio i delinquenti che scivolano sulle loro bucce. Io mangio le banane... ed è stato questo a mettermelo in testa. Però non mi rosicchio le unghie. Volete un po' di birra?»

«Grazie, no.»

Il signor Clancy sospirò, si mise a sedere e fissò intensamente Poirot.

«Immagino già per quale motivo siete venuto... L'assassinio di Giselle. Ho pensato e ripensato a questo caso. Dite pure ciò che volete, è stupefacente... aculei avvelenati e cerbottana... in un aeroplano! Un'idea che ho usato io stesso, come vi dicevo, sia in forma di libro sia in forma di racconto. Naturalmente è stato un avvenimento strabiliante e terrorizzante, ma devo confessarvi, monsieur Poirot, che ne sono rimasto eccitatissimo.»

«Lo posso ben capire,» disse Poirot «il delitto deve avervi straordinariamente interessato dal punto di vista professionale, signor Clancy.»

L'uomo si fece raggiante.

«Esattamente. C'era da pensare che chiunque... persino i funzionari di polizia... lo dovessero capire! Invece, nient'affatto. Sospetti... ecco tutto quello che ho ottenuto, sia da parte dell'ispettore sia all'inchiesta. Mi sono dato un gran daffare per agevolare il corso della giustizia e tutto ciò che ho ottenuto per le mie fatiche sono stati dei sospetti, addirittura palpabili, da gente maledettamente incaponita!»

«Con tutto ciò» disse Poirot sorridendo «non mi pare di vedervi particolarmente turbato.»

«Ah» fece il signor Clancy. «Ma, capite, io ho i miei metodi, Watson. Perdonerete se vi chiamo Watson. Non ho alcuna intenzione di offendervi. Interessante, a proposito, come abbia resistito la tecnica dell'amico un po' sciocco. Personalmente, sono dell'opinione che i racconti di Sherlock Holmes hanno avuto un successo immeritato. Le inaccuratezze... le inaccuratezze davvero stupefacenti che si trovano in quei racconti... ma cosa stavo dicendo?»

«Dicevate di avere i vostri metodi.»

«Ah, sì.» Lo scrittore si sporse verso di lui. «Nel mio prossimo romanzo ho intenzione di mettere quell'ispettore... qual è il suo nome... Japp?... Sì, voglio proprio mettercelo. Dovreste vedere il modo in cui Wilbraham Rice si comporta con lui.»

«Fra una banana e l'altra, si potrebbe dire.»

«Fra una banana e l'altra... Buona, molto buona, questa espressione!» Il signor Clancy fece una risatina.

«Avete un gran vantaggio come scrittore, *monsieur*,» disse Poirot «potete liberarvi dei vostri sentimenti sfruttando l'espediente della parola stampata. Avete il potere della penna, che vi avvantaggia rispetto ai vostri nemici.»

Il signor Clancy cominciò a dondolarsi lentamente sulla seggiola.

«Vedete,» disse «comincio a pensare che questo delitto sia stato un vero e proprio colpo di fortuna per me. Sto scrivendo l'intera storia esattamente come è successa, naturalmente in forma di romanzo, e lo chiamerò *Il mistero del Postale*. Saranno ritrattini in punta di penna, perfetti, di tutti i passeggeri. Credo che finiremo per venderlo come pagnotte... purché io riesca a farlo uscire in libreria in tempo.»

«Non correte il rischio di qualche azione legale per diffamazione o calunnia?» domandò Jane

Il signor Clancy le rivolse uno sguardo radioso.

«No, no, mia cara signorina. Naturalmente, se dovessi fare di uno dei passeggeri l'assassino... Be', allora in questo caso potrei correre qualche rischio. Ma la parte più forte della mia narrazione è un'altra... che, all'ultimo capitolo, si rivelerà una soluzione assolutamente inaspettata.»

Poirot si sporse verso di lui con aria piena di interesse.

«E la soluzione sarebbe?»

Di nuovo il signor Clancy scoppiò in una risatina.

«Ingegnosa» disse. «Ingegnosa e sensazionale. Camuffata da pilota, una ragazza sale sull'aereo a Le Bourget e si nasconde, senza che nessuno se ne accorga, sotto il sedile di madame Giselle. Ha portato con sé una fialetta di un gas nuovissimo. La apre... tutti svengono per tre minuti... lei sguscia fuori... scaglia il dardo avvelenato, e poi fugge dallo sportello posteriore della cabina, col paracadute.»

Jane e Poirot sbatterono le palpebre.

Jane chiese: «E come fa, lei, a non perdere i sensi per il gas?».

«Ha un respiratore» disse il signor Clancy.

«E scende sulla Manica?»

«Non ci sarà bisogno della Manica... ambienterò il mio romanzo sulla costa francese.»

«Comunque, nessuno potrebbe nascondersi sotto un sedile, perché non c'è posto.»

«Nel mio aeroplano ci sarà» disse il signor Clancy con fermezza.

«*Epatant*» affermò Poirot. «E quale sarebbe stato il movente della ragazza?»

«Non mi sono ancora deciso» mormorò il signor Clancy con aria meditabonda. «Probabilmente Giselle ha rovinato l'amante della ragazza, che si è suicidato.»

«E lei, come ha fatto a procurarsi quel veleno?»

«Ecco la parte veramente geniale» disse il signor Clancy. «La ragazza è un'incantatrice di serpenti. Ed estrae quella sostanza dal suo pitone preferito.»

«*Mon Dieu!*» esclamò Hercule Poirot.

Poi aggiunse: «Non pensate che, forse, sia un po' troppo sensazionale?».

«Niente di ciò che si scrive è abbastanza sensazionale» disse il signor Clancy con decisione. «Specialmente quando ci sono di mezzo le frecce avvelenate degli indigeni del Sud America. In effetti, io so che era solo veleno di vipera, ma il principio è lo stesso. In fondo, non vorrete che un romanzo poliziesco sia identico alla vita reale? Guardate quello che c'è scritto sui giornali... che roba noiosa, sembra una minestrina senza sale.»

«Via, andiamo, *monsieur*, vorreste forse dire che la nostra piccola avventura è scipita come una minestrina senza sale?»

«No» ammise il signor Clancy. «Qualche volta, sapete, non riesco proprio a credere che sia avvenuta.»

Poirot avvicinò la seggiola a quella del padrone di casa, e la sua voce si abbassò in tono confidenziale.

«Signor Clancy, siete un uomo che non manca di cervello e immaginazione. La polizia, secondo voi, vi ha considerato con sospetto. Non hanno richiesto il vostro parere. Io, invece, Hercule Poirot, desidero consultarvi.»

Il signor Clancy arrossì di piacere.

«Certo che è molto carino da parte vostra.»

Sembrava imbarazzato e compiaciuto.

«Avete fatto studi di criminologia. Le vostre idee sono preziose. Sarebbe di estremo interesse per me sapere chi, secondo la vostra opinione, ha commesso il delitto.»

«Ecco...» Il signor Clancy esitò, allungò automaticamente la mano verso una banana e cominciò a mangiarla. Poi l'espressione animata si spense sulla sua faccia e scrollò il capo. «Vedete, monsieur Poirot, è una cosa del tutto differente. Quando scrivete, potete dipingere i vostri personaggi; mentre, come è naturale, nella vita reale l'assassino è una persona vera e autentica. E voi non potete controllare gli eventi. Di conseguenza, temo, sapete... che non sarei assolutamente bravo, come investigatore, nella vita reale.»

Scrollò tristemente il capo e buttò la buccia della banana nella grata del camino.

«A ogni modo, non credete che potrebbe essere ugualmente divertente considerare insieme questo caso?» suggerì Poirot.

«Oh, questo sì.»

«Tanto per cominciare, supponendo che doveste tirare a indovinare, così un po' alla buona, chi scegliereste?»

«Oh, ecco, credo che sceglierei uno dei due francesi.»

«Oh, guarda, e perché?»

«Ecco, lei era francese. Bene o male, sembrerebbe la cosa più probabile. E poi, i due francesi erano seduti dalla parte opposta del corridoio, non molto distante da lei. Però, in tutta onestà, non lo so.»

«Dipende» disse Poirot con aria pensierosa «soprattutto dal movente.»

«Naturale... naturale. Immagino che prenderete nota di tutti i moventi in modo molto scientifico.»

«Sono antiquato nei miei metodi. Mi adeguo al vecchio detto: "Cercare sempre chi può ricavare un vantaggio dal delitto".»

«Sarà vero,» disse il signor Clancy «però per me è un tantino difficile in un caso come questo. C'è una figlia che eredita un mucchio di soldi, così ho sentito. Ma potrebbero avvantaggiarsi di questa morte anche molte altre persone che erano a bordo, per quel che ne so... cioè, se le dovevano dei soldi e adesso non sono più costrette a restituirglieli.»

«È vero» ammise Poirot. «E secondo me ci sono anche altre soluzioni. Immagino che madame Giselle fosse al corrente di qualcosa – un tentato omicidio, vogliamo dire? – da parte di una di queste persone.»

«Tentato omicidio?» fece il signor Clancy. «Come sarebbe... e perché tentato omicidio? È un'insinuazione molto curiosa.»

«In casi come questi» disse Poirot «bisogna pensare a tutto.

«Ah! Ma pensarci soltanto non serve. Bisogna averne la certezza.»

«Avete ragione... avete ragione. Un'osservazione molto arguta.»

Poi aggiunse: «Vi domando perdono, ma la cerbottana che avevate comperato...».

«Accidenti a quella cerbottana» disse il signor Clancy. «Vorrei non averne mai parlato.»

«Dite di averla acquistata in un negozio in Charing Cross Road? Non ricordate, per caso, come si chiamasse quel negozio?»

«Ecco,» disse lo scrittore «avrebbe potuto essere Absalom oppure Mitchell & Smith. Non lo so. Ho già raccontato tutto questo a quell'ispettore terribile. E ormai, a quest'ora, avrà già fatto i controlli opportuni.»

«Ah,» fece Poirot «ma io lo stavo domandando per tutt'altra ragione. Vorrei acquistare un oggetto del genere e fare un piccolo esperimento.»

«Oh, capisco. A ogni modo, non saprei dove potreste trovarne una. Non le vendono in serie, capite?»

«Con tutto ciò, ci proverò ugualmente. Forse la signorina Grey sarebbe tanto cortese da prender nota di questi due nomi?»

Jane aprì il taccuino ed eseguì rapidamente una serie di scarabocchi dall'aspetto molto professionale (almeno così sperava)... Poi, sul rovescio del foglio, sempre di nascosto, scrisse con chiarezza e senza abbreviazioni i due nomi, nel caso che le istruzioni di Poirot risultassero genuine.

«E adesso» concluse Poirot «vi ho rubato anche troppo tempo prezioso. Prenderò congedo con mille ringraziamenti per la vostra amabilità.»

«Figuriamoci, per carità» disse il signor Clancy. «Avrei gradito potervi offrire una banana.»

«Siete cortesissimo.»

«Niente affatto. Ma, a dire la verità, mi sento piuttosto soddisfatto questa sera. Mi ero incagliato a un certo punto di un racconto che stavo scrivendo, la trama non era convincente e non riuscivo a trovare un bel nome per il criminale. Volevo qualcosa che avesse un certo sapore. Bene, con un briciolo di fortuna, ho adocchiato proprio il nome che desideravo sull'insegna di una macelleria. Pargiter. Proprio il nome che stavo cercando. Ha un suono talmente genuino... e cinque minuti dopo, risolvevo anche l'altro problema. C'è sempre lo stesso punto nel quale ci si incaglia in un racconto... Per quale motivo la ragazza non vuole parlare? Il giovanotto ha cercato di convincerla a farlo e lei ha detto che le sue labbra erano sigillate. A dire la verità, non esiste mai una ragione autentica e valida per la quale la ragazza non debba vuotare il sacco immediatamente, ma bisogna cercare di pensare a qualcosa che non sia del tutto idiota. E, per disgrazia, deve trattarsi di una cosa differente ogni volta!»

Sorrise con dolcezza a Jane.

«Ah, le fatiche di uno scrittore!» Poi le passò davanti come una freccia, diretto verso una libreria.

«Però c'è una cosa che dovete permettermi di offrirvi.»

Tornò indietro con un libro in mano.

«*L'indizio del petalo scarlatto*. Mi pare di avere accennato, a Croydon, al fatto che uno dei miei libri parlava di frecce avvelenate e di dardi degli indigeni.»

«Grazie mille. Siete veramente cortese.»

«Di niente. Mi accorgo» riprese il signor Clancy tutto d'un tratto rivolgendosi a Jane «che non vi servite del sistema Pitman per stenografare.»

Jane diventò rossa come un papavero. Poirot venne in suo soccorso.

«La signorina Grey è molto attenta alle ultime innovazioni; così adopera il sistema che è stato inventato in questi ultimissimi tempi da un cecoslovacco.»

«Cosa mi dite? Che posto straordinario deve essere la Cecoslovacchia. Sembra che, adesso, tutto arrivi di lì: scarpe, oggetti di vetro, guanti e perfino un sistema di stenografia. Proprio straordinario.»

Strinse la mano a tutti e due.

«Vorrei essere stato maggiormente di aiuto.»

E lo lasciarono nella stanza, immersa nel disordine più completo, a sorridere un po' tristemente, mentre li seguiva con lo sguardo.

16

Dalla casa del signor Clancy presero un taxi per raggiungere Monseigneur, dove trovarono Norman Gale che li aspettava.

Poirot ordinò un *consommé* e un *chaud-froid* di pollo.

«Ebbene?» chiese Norman. «Come è andata?»

«La signorina Grey» disse Poirot «si è dimostrata una super segretaria.»

«Non pensavo di potermela cavare così bene» ammise Jane. «Però lui, passandomi dietro le spalle, ha subito allungato gli occhi e si è accorto di quelli che erano i miei scarabocchi. Sapete cosa vi dico? Deve essere un osservatore.»

«Ah, ve ne siete accorta? Questo bravo signor Clancy non è poi così assorto o distratto come si potrebbe immaginare.»

«Desideravate sul serio quegli indirizzi?» domandò Jane.

«Pensavo che potessero essere utili, sì.»

«Ma la polizia...»

«Ah, la polizia! Non dovrei fare le stesse domande che ha già fatto la polizia. Per quanto, a dire la verità, ho i miei dubbi che la polizia abbia già interrogato qualcuno. Vedete, la polizia è al corrente che la cerbottana rinvenuta su quell'aeroplano è stata acquistata a Parigi da un americano.»

«A Parigi? Da un americano? Ma se non c'era nessun americano sul nostro aereo!»

Poirot le sorrise con gentilezza.

«Precisamente. Eccoci con un americano che rende le cose più difficili. *Voilà tout*.»

«Ma è stata acquistata da un uomo?» chiese Norman.

Poirot lo osservò con un'espressione piuttosto curiosa.

«Sì,» rispose «è stata acquistata proprio da un uomo.»

Norman sembrò perplesso.

«A ogni modo» disse Jane «non è stato il signor Clancy. Perché lui ne aveva già una, di cerbottana; quindi non poteva avere alcun desiderio di andare a comperarne un'altra.»

Poirot annuì.

«Ecco come si deve procedere. Sospettare ogni persona a turno e poi cancellarla dalla propria lista.»

«Finora quante ne avete cancellate?» domandò Jane.

«Non tante come potreste credere, *mademoiselle*» disse Poirot con un lampo negli occhi. «Perché dipende dal movente, capite?»

«Ci sarebbe stato...?» A questo punto Norman Gale si interruppe e poi aggiunse, in tono di scusa: «Non voglio cacciare il naso nei segreti ufficiali, ma esiste qualche elemento, o del materiale d'archivio, di quelle che erano le trattative d'affari di questa donna?»

Poirot scrollò il capo in segno di diniego.

«Tutto il materiale relativo ai suoi affari è andato bruciato.»

«Che sfortuna.»

«*Evidemment!* Però sembra che madame Giselle abbinasse un po' di ricatti alla sua professione di usuraia e questo, naturalmente, allarga il campo delle indagini. Supponiamo, per esempio, che madame Giselle fosse al corrente di un certo atto criminoso... diciamo, per esempio, un tentato omicidio da parte di qualcuno.»

«Ci sono i motivi per supporre una cosa del genere?»

«Veramente, sì» disse Poirot parlando lentamente. «C'è... una delle poche prove che abbiamo in questo caso.»

Passò lo sguardo dall'una all'altra delle facce piene di interesse dei suoi interlocutori e si lasciò sfuggire un lieve sorriso.

«Ah, bene,» disse «questo è tutto. E adesso parliamo d'altro... per esempio, del modo in cui questa tragedia ha influito sulla vita di due persone giovani come voi.»

«Sembra orribile dover dire una cosa simile, però nel mio caso è risultata vantaggiosa» disse Jane.

E riferì la storia dell'aumento di stipendio.

«Come stavate dicendo, *mademoiselle*, vi è andata bene, ma probabilmente sarà una faccenda temporanea. Perfino l'ottava meraviglia del mondo non riuscirebbe a durare più di otto giorni. Non dimenticatelo.»

Jane scoppiò a ridere. «Questo è verissimo.»

«Ho paura che, nel mio caso, durerà molto di più di otto giorni» fece Norman.

E spiegò la propria situazione. Poirot gli diede ascolto con aria comprensiva.

«Come dicevate,» osservò pensieroso «ci vorranno più di otto giorni... o di otto settimane... o di otto mesi. Le notizie che suscitano scalpore ci mettono un po' di tempo a essere dimenticate... La paura ha lunga vita.»

«Dunque, secondo voi, io dovrei resistere e tirare avanti come se niente fosse?»

«Avete altri progetti?»

«Sì... piantare baracca e burattini. Partire per il Canada o qualche altro posto e cominciare daccapo.»

«Penso che sarebbe un grosso peccato» disse Jane con decisione.

Norman la guardò.

Poirot, con molto tatto, finse di dedicarsi completamente al pezzo di pollo che aveva davanti.

«Non ho una gran voglia di andarci» ammise Norman.

«Se io scoprissi chi ha ucciso madame Giselle, non dovreste andarci» disse Poirot in tono gioviale.

«Credete sul serio che ci riuscirete?» domandò Jane.

Poirot le lanciò un'occhiata colma di rimprovero.

«Se un problema viene affrontato con ordine e metodo, non dovrebbero esserci difficoltà a risolverlo... nessuna difficoltà assolutamente» disse con aria severa.

«Oh, capisco» fece Jane, che non capiva.

«Però potrei risolvere questo problema più rapidamente se avessi un po' di aiuto» aggiunse Poirot.

«Aiuto? Di che genere?»

Poirot tacque per un minuto o due. Infine disse: «Aiuto dal signor Gale. E forse, poi, aiuto anche da voi».

«Che cosa posso fare?» domandò Norman.

Poirot gli lanciò un'occhiata di sottecchi.

«Non vi piacerà» disse in tono di avvertimento.

«Di cosa si tratterebbe?» ripeté Norman spazientito.

Molto delicatamente, per non offendere la suscettibilità britannica, Poirot si servì di uno stuzzicadenti. Poi disse: «In tutta franchezza mi occorre un ricattatore».

«Un ricattatore?» esclamò Norman. Rimase a fissare Poirot come chi non crede alle proprie orecchie.

Poirot annuì.

«Precisamente. Un ricattatore.»

«Ma... per che cosa?»

«*Parbleu!* Per ricattare.»

«Sì, ma... voglio dire... chi? E perché?»

«Il perché» disse Poirot «è affar mio. Quanto al chi...» Tacque per un momento e poi proseguì in tono pacato, da uomo d'affari: «Ho un progetto che adesso vi descriverò a grandi linee. Dovreste scrivere un biglietto, per meglio dire, io scriverò un biglietto e voi lo copierete... indirizzato alla contessa di Horbury. Sulla busta aggiungerete la parola "Personale". Nel biglietto chiederete un colloquio. Le direte che dovrà certo ricordarsi di voi in quanto avete fatto il viaggio in Inghilterra, in aereo, in una determinata occasione e lo avete fatto insieme. Non solo, ma accennerete ad alcune questioni di affari che dalle mani di madame Giselle sono passate nelle vostre».

«E poi?»

«E poi vi verrà accordato un colloquio. Voi ci andrete e direte determinate cose, per le quali vi darò io le istruzioni. Le chiederete... dunque... vediamo... diecimila sterline.»

«Siete pazzo?»

«Per nulla» disse Poirot. «Forse sarò un tipo un po' bizzarro, ma pazzo, no.»

«E se per caso lady Horbury mandasse a chiamare la polizia? Finirei in prigione.»

«Non manderà a chiamare la polizia.»

«Questo non potete saperlo.»

«*Mon cher*, si può dire che io sappia praticamente tutto.»

«A ogni modo, mi piace poco.»

«Non riuscirete mai a farvi consegnare quelle diecimila sterline... se ciò può alleggerirvi la coscienza» lo rassicurò Poirot con una strizzatina d'occhi.

«Sì, ma ascoltate, monsieur Poirot... questo è proprio uno di quei progetti assurdi e pazzeschi che potrebbero rovinarmi per sempre.»

«Su... su... su... quella signora non andrà alla polizia. Ve lo assicuro.»

«Potrebbe raccontarlo al marito.»

«Non lo racconterà al marito.»

«Non mi piace.»

«Vi piace, piuttosto, perdere i pazienti e rovinarvi la carriera?»

«No, ma...»

Poirot gli sorrise con dolcezza.

«Provate una ripugnanza spontanea, vero? Questo è naturalissimo: anche voi avete un animo cavalleresco. Però posso assicurarvi che lady Horbury non merita assolutamente questi sentimenti elevati... Per usare il vostro gergo... è veramente una carognetta.»

«Con tutto ciò non può essere un'assassina.»

«Per quale motivo?»

«Per quale motivo? Perché l'avremmo vista, Jane e io eravamo seduti proprio davanti a lei.»

«Avete troppe idee preconcette. Quanto a me, il mio desiderio è quello di chiarire le cose, e per farlo devo capire.»

«Non mi piace l'idea di ricattare una donna.»

«Ah, *mon Dieu*, non date tutta questa importanza a una parola! Non ci sarà nessun ricatto. Quello che occorre è che la vostra visita ottenga un determinato effetto. Dopo di che, quando mi avrete preparato il terreno, entrerò io in campo.»

«Se mi fate finire in prigione...»

«No, no, no; sono molto bene conosciuto a Scotland Yard. Se dovesse capitare qualcosa, mi assumerò io tutta la responsabilità. Ma non capiterà nient'altro, all'infuori di quanto ho previsto.»

Norman si arrese con un sospiro.

«Va bene. Lo farò. Ma mi piace poco.»

«Bene. Ecco quello che scriverete. Prendete una matita.»

E si mise a dettare lentamente.

«*Voilà*» disse alla fine. «Più avanti vi darò le istruzioni relative a ciò che dovrete dire. Ascoltate, *mademoiselle*, non andate mai a teatro?»

«Sì, abbastanza spesso» rispose Jane.

«Vi è capitato di vedere, per caso, una commedia che si chiama *Agli antipodi*?»

«Sì, l'ho vista un mese fa. Era discreta.»

«Una commedia americana, vero?»

«Sì.»

«Ricordate la parte di Harry, interpretata dal signor Raymond Barraclough?»

«Sì. Era molto bravo.»

«Lo avete trovato attraente? Sì?»

«Straordinariamente attraente.»

«Ah, *il est sex appeal*?»

«Senza dubbio» ammise Jane con una risata.

«Solo quello... oppure è anche un buon attore?»

«Oh, direi che recita anche bene.»

«Devo andarlo a vedere» concluse Poirot.

Jane lo fissò, perplessa. Che strano ometto era... con quella sua abitudine di saltare da un argomento all'altro come fa un uccellino, di ramo in ramo.

Forse Poirot le lesse nel pensiero.

«Non mi approvate, *mademoiselle*? Oppure non approvate i miei metodi?»

«Be', effettivamente saltate molto di palo in frasca.»

«Non è del tutto vero. Seguo il filo del mio pensiero in modo logico, con ordine e metodo. Non bisogna arrivare alle conclusioni di punto in bianco. Bisogna "eliminare".»

«Eliminare?» ripeté Jane. «È questo che state facendo?» Ci pensò un attimo. «Capisco. Avete eliminato il signor Clancy.»

«Forse» disse Poirot.

«E avete eliminato noi; e adesso, forse, avete intenzione di eliminare lady Horbury. Oh!»

Si interruppe di colpo come se le fosse balenato qualcosa.

«Che c'è, *mademoiselle*?»

«Quando avete parlato di tentato omicidio era una prova?»

«Siete molto pronta, *mademoiselle*; sì, faceva parte del mio metodo di lavoro. Ho menzionato un tentato omicidio e adesso osservo il signor Clancy, osservo voi, osservo il signor Gale... ma in nessuno di voi tre c'è un segno... niente, neppure un battito delle palpebre. E lasciatemi dire che non mi farei mai e poi mai ingannare, su questo punto. Un assassino può essere pronto ad affrontare qualsiasi attacco. Ma quell'appunto in un libriccino... no, nessuno di voi avrebbe potuto conoscerne l'esistenza, così... mi capite, sono soddisfatto.»

«Siete una persona terribile, piena di sotterfugi, monsieur Poirot» disse Jane alzandosi. «Non riuscirò mai a capire per quale motivo dite certe cose.»

«È semplicissimo. Perché voglio scoprire altre cose.»

«Immagino che abbiate dei metodi molto brillanti per scoprirle, vero?»

«A dire la verità ce n'è uno solo, molto semplice.»

«E quale sarebbe?»

«Lasciare che le persone ve le raccontino.»

Jane scoppiò a ridere.

«E supponendo che non volessero farlo?»

«A tutti piace parlare di se stessi.»

«Sì, immagino che sia vero» ammise Jane.

«Ecco il modo in cui tanti ciarlatani fanno fortuna, incoraggiando i pazienti ad andare da loro, a mettersi a sedere e a raccontare le cose. Come, per esempio, siano caduti dalla carrozzina quando avevano due anni, o come la loro mamma, in un certo giorno, mangiando una pera, abbia lasciato cadere qualche goccia del succo sul suo abito giallo; oppure come, all'età di un anno e mezzo, abbiano tirato la barba al papà; e alla fine, lui spiega che ora non soffriranno più di insonnia, e si fa dare due ghinee; e la gente se ne va, dopo essersi divertita, oh, e quanto!... e magari riesce perfino a dormire.»

«Ma è ridicolo» disse Jane.

«No, non è ridicolo come credete. È fondato su una necessità basilare della natura umana... la necessità di chiacchierare... di rivelare se stessi. Persino voi, *mademoiselle*, non avete piacere di indugiare col pensiero sui ricordi dell'infanzia... di ricordare vostro padre e vostra madre?»

«È un esempio che non va bene per me. Sono cresciuta in un orfanotrofio.»

«Ah, allora è diverso. Poco allegro, eh?»

«Non voglio dire, con questo, che fossi come quelle orfanelle che vivono in un ospizio e che quando escono devono mettere il cappotto e la cuffietta viola. A dire la verità, è stato molto divertente.»

«In Inghilterra?»

«No, in Irlanda... vicino a Dublino.»

«Allora siete irlandese. Ecco perché avete i capelli neri e quegli occhi grigio-azzurri, e quell'espressione...»

«Come se te li avessero infilati nelle orbite con le dita sporche di fuliggine...» concluse Norman Gale in tono divertito.

«*Comment?* Cosa state dicendo?»

«È un proverbio sugli occhi irlandesi... che sono stati messi al loro posto con le dita sporche di fuliggine.»

«Davvero? Non molto elegante, a dire la verità. Eppure è un'ottima descrizione.»

Si inchinò a Jane. «L'effetto è straordinario, *mademoiselle*.»

Jane scoppiò a ridere mentre si alzava. «Finirò per darmi delle arie, a sentire quello che dite, monsieur Poirot. Buonanotte e grazie per la cena. Dovreste offrirmene un'altra, se Norman andrà in prigione con l'accusa di essere un ricattatore.»

Al ricordo di quello che stava per fare, sulla faccia di Norman si disegnò un'espressione accigliata.

Poirot augurò la buonanotte ai due giovani.

Quando fu a casa, aprì un cassetto che teneva sempre accuratamente chiuso a chiave e ne estrasse un elenco di undici nomi.

Tracciò una crocetta accanto a quattro di essi. Poi annuì pensieroso.

«Credo di capire» mormorò tra sé. «Però devo averne la certezza. *Il faut continuer*.»

17

Il signor Henry Mitchell si stava sedendo in quel momento a cena, davanti a un piatto di salsiccia e purè di patate, quando ricevette una visita.

Con un certo stupore, lo steward si accorse che il suo visitatore era l'uomo con i folti baffi che aveva fatto parte del gruppo dei passeggeri sul volo fatale.

Monsieur Poirot si dimostrò molto affabile e cortese. Insistette perché il signor Mitchell continuasse la sua cena e rivolse un garbato complimento alla signora Mitchell che lo stava fissando a bocca aperta. Poi accettò l'invito a sedersi, osservò che faceva molto caldo per quel periodo dell'anno e infine, con molto garbo, arrivò allo scopo della sua visita.

«Temo che Scotland Yard non faccia molti progressi verso la soluzione di questo caso» disse.

Mitchell scrollò il capo.

«È una faccenda incredibile, signore... incredibile! Non riesco a capire se abbiano qualche elemento su cui lavorare. Mi pare di no. Figuriamoci! Se nessuna delle persone che erano su quell'aeroplano ha visto qualcosa, è un po' difficile che qualcun altro possa cavarne qualcosa di utile.»

«È proprio come dite voi.»

«Henry era terribilmente preoccupato per quel che è successo» interloquì la moglie. «Non riusciva a dormire la notte.»

Lo steward spiegò: «Non facevo che pensarci, signore, era un tormento! La società è stata molto corretta nei nostri confronti. E devo dire che, dapprima, avevo quasi paura di essere licenziato...».

«Henry, non potevano farlo! Sarebbe stato tremendamente ingiusto.»

La moglie di Mitchell sembrava indignatissima. Era una donna con il petto robusto, la carnagione molto colorita e un paio di occhi scuri, scintillanti.

«Non sempre le cose vanno come dovrebbero andare, Ruth. Nel mio caso, tutto è andato a finire meglio di quel che pensavo. Mi hanno assolto da qualsiasi cosa. A ogni modo, è stato sempre un brutto colpo, se mi capite. Perché, vedete, chi dirigeva il servizio a bordo dell'aereo era il sottoscritto.»

«Comprendo perfettamente i vostri sentimenti» disse Poirot in tono pieno di simpatia. «Però vi assicuro che siete fin troppo coscienzioso. Non vi si può attribuire la responsabilità di quanto è successo.»

«Questo è quel che dico anch'io, signore» intervenne la signora Mitchell.

Ma il marito scrollò la testa.

«Avrei dovuto accorgermi già prima che la signora era morta. Se avessi tentato di svegliarla quando ho fatto il primo giro, per consegnare i conti del pranzo...»

«Avrebbe fatto pochissima differenza. L'opinione generale è che la morte sia stata pressoché istantanea.»

«Se sapeste come si tormenta» disse la signora Mitchell. «Io continuo a dirgli di non arrovellarsi in questo modo. Come si fa a sapere perché i forestieri si uccidono l'uno con l'altro?... E, se volete che vi dica il mio parere, trovo che è stato proprio un brutto scherzo da fare su un aeroplano inglese.»

E concluse sbuffando il suo discorsetto pieno di indignazione e patriottismo.

Mitchell scosse la testa, perplesso.

«È come avere un peso sul cuore, per così dire. Ogni volta che prendo servizio, mi metto in agitazione... E poi, quel signore di Scotland Yard che continuava a domandarmi se, durante il viaggio, non era successo niente di insolito o di improvviso. Continuava a farmi venire paura di aver dimenticato qualcosa... per quanto so bene che non è così. È stato il viaggio più tranquillo e privo di incidenti fino a... fino a quando è successa quella faccenda.»

«Cerbottane e frecce avvelenate, roba da selvaggi, da pagani» osservò la signora Mitchell.

«Avete ragione» disse Poirot rivolgendosi alla donna con aria di lusinga, come se fosse rimasto colpito dalla sua affermazione. «Non è così che si commette un assassinio inglese.»

«Avete ragione, signore.»

«Sapete, signora Mitchell, quasi riesco a indovinare da quale parte dell'Inghilterra venite.»

«Dal Dorset. Non lontano da Bridport. È lì che sono nata, signore.»

«Precisamente» disse Poirot. «Una parte incantevole del mondo.»

«Verissimo! Neanche da mettere a confronto con Londra. Sono più di duecento anni che la mia famiglia si è stabilita nel Dorset... e, come dite voi, io il Dorset ce l'ho nel sangue.»

«Sì, davvero.» Tornò a rivolgersi allo steward: «C'è una cosa che vorrei chiedervi, Mitchell».

L'uomo aggrottò la fronte.

«Vi ho detto tutto ciò che sapevo... credetemi, signore.»

«Sì, sì... ma si tratta di una sciocchezza. Mi stavo soltanto chiedendo se c'era qualcosa sul tavolino – parlo di quello di madame Giselle – che avete trovato in disordine.»

«Volete dire... quando ho scoperto che era morta?»

«Sì. I cucchiai e le forchette... la saliera... qualcosa del genere.»

L'uomo scrollò il capo.

«Non c'era niente di simile sui tavolini. Avevamo già portato via tutto all'infuori delle tazze del caffè. Personalmente, non ho notato niente. Forse mi è stato impossibile, perché ero troppo agitato, a quel punto. Però la polizia dovrebbe saperlo, signore: hanno perquisito quell'aeroplano con la massima cura.»

«Ah, bene» fece Poirot. «Non ha importanza. Una volta o l'altra bisognerà che faccia due chiacchiere con il vostro collega Davis.»

«Adesso lavora sul volo del mattino presto, quello delle 8.45.»

«È rimasto sconvolto da quanto è successo?»

«Oh, ecco, signore, vedete, è un giovanotto, lui! Se volete sapere il mio parere, deve essersi divertito come un matto. Tutta quell'agitazione, il movimento e adesso c'è un sacco di gente che gli offre da bere e si fa raccontare tutto.»

«Forse ha una ragazza?» domandò Poirot. «Il suo legame con

il delitto dovrebbe essere, senza dubbio, molto emozionante anche per lei.»

«Fa la corte alla figlia del vecchio Johnson della locanda Corona e Piume» disse la signora Mitchell. «È una ragazza piena di buon senso... ha la testa ben piantata sul collo. A lei piace poco questa storia, che sia coinvolto in un assassinio.»

«Un modo molto sano di vedere le cose» concluse Poirot alzandosi. «Bene, grazie, signor Mitchell... e grazie anche a voi, signora Mitchell... e vi prego, caro amico, di non tormentarvi troppo per quello che è stato.»

Quando se ne fu andato, Mitchell disse: «Quel branco di idioti della giuria, all'inchiesta, credevano che fosse stato lui. Però, per me, lavora per il servizio segreto».

«Secondo me» aggiunse la signora Mitchell «dietro tutta questa storia ci sono i bolscevichi.»

Poirot aveva detto che un giorno o l'altro gli sarebbe piaciuto fare quattro chiacchiere con l'altro steward, Davis.

A dir la verità non erano passate molte ore quando eccolo, nella sala del bar, alla locanda Corona e Piume.

Fece a Davis la stessa domanda che aveva fatto a Mitchell.

«Niente in disordine... no, signore. Volete dire rovesciato? Una cosa del genere, insomma?»

«Voglio dire... Be', diciamo... se, per caso, non mancava qualcosa dalla tavola... oppure se c'era qualcosa che, abitualmente, non dovrebbe esserci...»

Davis disse, parlando lentamente: «C'era qualcosa... me ne sono accorto mentre stavo facendo pulizia, quando i poliziotti avevano già perquisito tutto l'aereo... ma non credo che sia il genere di cosa che volevate dire. Il fatto è che la signora morta aveva due cucchiaini da caffè nel piattino. Qualche volta può succedere, quando facciamo il servizio in fretta. Me ne sono accorto perché c'è una superstizione, per questo fatto... dicono che due cucchiaini nel piattino vogliono dire matrimonio».

«Non mancava un cucchiaino dal piattino di qualcun altro?»

«No, signore, non me ne sono accorto. Mitchell o io dobbiamo aver preso la tazza e il piattino strada facendo... come dicevo, qualche volta capita, quando si ha fretta. Soltanto una settimana fa, mi è capitato di apparecchiare mettendo due forchette e due coltelli da pesce. In genere è meglio così piuttosto che avere un tavolino dove manca qualcosa perché, in questo caso, uno è costretto a interrompere quello che sta facendo per andare a prendere il coltello extra o qualsiasi altra cosa che è stata dimenticata.»

Poirot fece ancora una domanda quasi scherzosa: «Che cosa ne pensate delle ragazze francesi, Davis?».

«Quelle inglesi per me vanno benissimo, signore.» E sorrise a una ragazzona florida, con i capelli biondi, dietro il banco del bar.

18

Il signor James Ryder restò piuttosto sorpreso quando gli fu portato un biglietto sul quale era scritto il nome di Hercule Poirot.

Capiva che non era un nome del tutto sconosciuto, ma per il momento non riuscì a ricordare di chi si trattasse.

Poi esclamò tra sé: "Oh, quell'individuo!" e disse al suo impiegato di fare entrare il visitatore.

Monsieur Hercule Poirot aveva l'aria ringalluzzita e baldanzosa. Stringeva in una mano un bastone da passeggio e aveva un fiore all'occhiello della giacca.

«Vorrete perdonarmi per il disturbo, me lo auguro almeno» esordì Poirot. «Si tratta della morte di madame Giselle.»

«Sì?» disse il signor Ryder. «Bene, cosa c'è di nuovo? Volete accomodarvi? Gradite un sigaro?»

«No, grazie. Sono abituato a fumare le mie sigarette. Ne accettate una?»

Ryder guardò dubbioso le esili sigarette di Poirot.

«Penso che ne fumerò una delle mie, se per voi è lo stesso. Non vorrei ingoiarne una di quelle che mi fate vedere senza accorgermene!» e scoppiò in una risata scrosciante. «Qualche giorno fa è venuto l'ispettore» continuò, quando fu riuscito a far funzionare l'accendino. «Che ficcanasi, quei tipi! Perché non badano ai loro affari?»

«Immagino che debbano farlo per procurarsi le informazioni in qualche modo» disse Poirot in tono blando.

«Comunque non era il caso che fossero così maledettamente offensivi» osservò il signor Ryder con amarezza. «Ogni uomo ha la sua suscettibilità... e poi, bisogna considerare che deve pensare anche alla sua reputazione nel mondo degli affari.»

«Forse voi siete esageratamente sensibile.»

«Mi trovo in una situazione delicata» disse il signor Ryder. «Seduto dov'ero, proprio davanti a lei... ecco, può far nascere qualche sospetto, suppongo. Ma io non ne ho colpa, se ero seduto proprio in quel posto. Se avessi saputo che quella donna stava per essere assassinata, non avrei neanche viaggiato con quell'aereo. Non lo so, però, forse non avrebbe fatto differenza!»

Restò pensieroso per un po'.

«Da un male è venuto fuori un bene?» domandò Poirot con un sorriso.

«È curioso sentirvelo dire. In parte sì, e in parte no, se così posso esprimermi. Cioè, ho avuto un sacco di fastidi. Sono stato bersagliato, preso di mira; si sono fatte delle insinuazioni. E poi, perché io? Ecco quello che dico. Perché non vanno a tormentare quel dottor Hubbard... Bryant voglio dire. I medici sono le persone che hanno maggiore possibilità di mettere le mani su veleni ad alto potenziale, e che non si possono più rintracciare! Come volete che io possa procurarmi il veleno di una vipera? Ditemelo un po'!»

«Stavate dicendo» domandò Poirot «che, per quanto abbiate avuto un sacco di fastidi...?»

«Ah, sì, c'è anche l'altra faccia della medaglia, quella piacevole. Non vi nascondo che ho ricavato una bella sommetta e sono stati i giornali a farmela guadagnare. Le solite storie... il testimone oculare... anche se nell'articolo c'era più fantasia da parte del giornalista che testimonianza da parte mia.»

«È interessante il modo in cui un delitto può influenzare la vita delle persone che ne sono completamente estranee» constatò Poirot. «Per esempio, prendete voi stesso... Tutto d'un colpo, guadagnate una bella e imprevista somma di denaro... una somma di denaro... forse, particolarmente ben accetta.»

«I soldi fanno sempre piacere» dichiarò il signor Ryder.

Lanciò a Poirot un'occhiata penetrante.

«Talvolta diventano una necessità» disse. «È per questo motivo che gli uomini si abbassano alla truffa... e commettono qualche frode nei libri contabili...» Agitò le mani. «Nasce ogni sorta di complicazioni. Be', non lasciamoci abbattere da tutto questo.»

«Giusto, perché insistere sulla faccia più oscura della medaglia?» osservò Poirot. «Quei soldi vi hanno fatto piacere, dal momento che a Parigi non eravate riuscito a ottenere un prestito...»

«Come diavolo fate a saperlo?» domandò il signor Ryder in tono furioso.

Hercule Poirot sorrise.

«A ogni modo, è vero.»

«È abbastanza vero, ma non ho particolare desiderio che la notizia si diffonda.»

«Sarò la discrezione in persona, ve lo assicuro.»

«Strano» osservò il signor Ryder, quasi meditando fra sé «come a volte una sommetta da niente possa spingere un uomo su una brutta strada. Bastano quattro soldi in contanti per consentirgli di superare una crisi... e invece, basta che non riesca a mettere le mani su una somma così modesta, una vera bazzecola, perché il suo credito vada all'inferno. Sì, è maledettamente strano. È strano il denaro. È strano il credito. A ben pensarci, anche la vita, come è strana!»

«Verissimo.»

«A proposito, per quale motivo desideravate vedermi?»

«È una questione un po' delicata. Mi è venuta all'orecchio la notizia – sempre a motivo della mia professione, badate bene – che, a dispetto dei vostri dinieghi, abbiate effettivamente avuto a che fare con questa madame Giselle.»

«Chi lo dice? È una menzogna! Non ho mai visto quella donna!»

«Povero me, è proprio curioso!»

«Curioso, dite! Questa è una calunnia bella e buona.»

Poirot lo guardò con aria pensierosa.

«Ah,» fece «devo andare a fondo di questa faccenda.»

«Cosa volete dire? A cosa mirate?»

Poirot scosse la testa.

«Non arrabbiatevi: deve esserci un errore.»

«Direi anch'io! Trovarmi impegolato con questi usurai abituati ai ricconi... Le donne dell'alta società con debiti di gioco... ecco la loro clientela.»

Poirot si alzò in piedi.

«Devo chiedervi scusa perché mi hanno fornito informazioni errate.» Si fermò sulla porta. «A proposito, è solo una mia piccola curiosità: per quale motivo poco fa, quando vi riferivate al dottor Bryant, lo avete chiamato dottor "Hubbard"?»

«Che mi venga un colpo se lo so. Dunque vediamo... Oh, sì, adesso mi viene in mente: deve essere stato il flauto. Sapete, quella canzoncina dei bambini... il cane della vecchia Mamma Hubbard: "... ma quando tornò indietro, lui stava suonando il flauto". Buffo, come capita a volte di fare confusione con i nomi.»

«Ah, sì, il flauto... queste cose mi interessano da un punto di vista psicologico, mi capite?»

Il signor Ryder sbuffò davanti alla parola "psicologico". Gli ricordava alla lontana quella specie di imbroglio per poveri idioti che si chiamava psicoanalisi. Fissò Poirot con aria sospettosa.

19

La contessa di Horbury era seduta al suo tavolino da toilette nella camera da letto al numero 315 di Grosvenor Square. Spazzole con la montatura d'oro e scatole con il coperchio d'oro, barattoli di crema per il viso, scatolette di cipria... era circondata dall'eleganza più raffinata. Eppure Cicely Horbury, in mezzo a tutto quel lusso, sedeva con le labbra aride e una faccia sulla quale il fard formava sulle guance due chiazze rosse che la imbruttivano. Lesse la lettera per la quarta volta.

Alla contessa di Horbury.
Oggetto: la defunta madame Giselle.

Gentile Signora,
sono in possesso di alcuni documenti che, precedentemente, erano in mano della defunta signora. Se voi o il signor Raymond Barraclough siete interessati a quanto vi scrivo, sarei lieto di poter venire a trovarvi per poter discutere la questione.
O forse preferite che risolva la faccenda con vostro marito?

Vostro devotissimo
John Robinson

Che stupidaggine leggere e rileggere la stessa cosa, più di una volta...

Come se avesse potuto cambiare il significato di quelle parole.

Prese in mano la busta, anzi, erano due: la prima recava la scritta "Personale", sulla seconda era scritto "Privata e Riservatissima".

"Privata e Riservatissima" ... Che animale... che animale... e quella spudorata bugiarda vecchia francese, che aveva giurato e spergiurato che tutto era stato predisposto in modo da proteggere i suoi clienti nel caso di una sua improvvisa scomparsa...

Accidenti a lei... la vita era un inferno... un inferno.

"Oh, Dio, i miei nervi" pensò Cicely. "Non è giusto. Non è giusto..." La sua mano tremante si allungò verso un boccettino con il tappo d'oro...

"Mi rinfrancherà, mi farà riprendere coraggio..."

Si mise nelle narici un po' del contenuto della boccetta e aspirò.

Ecco... adesso sì che riusciva a pensare! Che fare? Vedere quell'individuo, naturalmente. Per quanto, dove poteva raggranellare un po' di denaro... chissà, magari un colpo di fortuna in quel posto di Carlos Street...

Ma a quello bisognava pensare successivamente. Vedere quell'uomo... scoprire che cosa sapeva.

Andò allo scrittoio e cominciò a scrivere con la sua grafia larga, irregolare...

> La contessa di Horbury presenta i suoi ossequi al signor John Robinson informandolo che lo riceverà domani mattina alle undici...

«Andrà bene così?» domandò Norman.

Arrossì sotto lo sguardo incredulo e sbalordito di Poirot.

«In nome di Dio» disse Hercule Poirot. «Ma si può sapere che genere di commedia credete di andare a recitare?»

Norman Gale arrossì ancora di più.

Mormorò: «Avete detto che sarebbe stato opportuno travestirmi, per cambiare leggermente il mio aspetto».

Poirot sospirò, poi prese il giovanotto per un braccio e lo portò davanti allo specchio.

«Guardatevi» disse. «È tutto quello che vi chiedo... guardatevi! Che cosa credete di essere... un Babbo Natale camuffato per divertire i bambini? D'accordo, la vostra barba non è bianca: no, è nera... il colore dei delinquenti e dei malvagi. E poi che barba... una barba che grida vendetta! Una barba di pessima qualità, amico mio, e per di più attaccata alla faccia in modo tutt'altro che perfetto, da dilettante! Poi, le sopracciglia. Ma cosa avete? Una vera e propria mania per i peli finti? Anche a distanza di parecchi metri si sente l'odore della colla liquida che avete usato e se vi illudete che a qualcuno possa sfuggire che vi siete attaccato a un dente un pezzo di cerotto, vi sbagliate. Amico mio, bisogna proprio dire... che non è il vostro *métier*, quello di fare l'attore.»

«C'è stato un periodo in cui ho recitato parecchio con le compagnie di dilettanti» disse Gale in tono brusco.

«Faccio fatica a credervi! A ogni modo suppongo che non vi abbiano consentito di esprimere le vostre idee in fatto di trucco! Anche alle luci della ribalta, su un palcoscenico, il vostro aspetto sarebbe poco convincente. In Grosvenor Square, poi, in piena luce del giorno...»

Poirot si strinse nelle spalle, con un gesto molto eloquente, come per concludere ciò che stava dicendo.

«No, *mon ami*» disse. «Siete un ricattatore, non un commediante. Voglio che quella nobildonna abbia timore di voi... non che si metta a ridere appena vi vede. Mi accorgo che vi ho offeso con le mie parole. Me ne dispiace, ma ci sono momenti in cui soltanto la verità può servire. Prendete questo, e anche questo...» gli mise fra le mani barattoli e boccette. «Andate in bagno e facciamola finita con ciò che, in questo paese, sarebbe chiamato un mucchio di scempiaggini.»

Norman Gale, avvilito, ubbidì. Quando ricomparve, un quarto d'ora dopo, la sua faccia aveva preso un bel colore rosso mattone e Poirot gli rivolse un cenno di approvazione.

«*Très bien*, la farsa è finita; adesso cominciamo con le cose serie. Vi consentirò solo un paio di baffetti. Ma, se permettete, ve li attaccherò io. Ecco... adesso faremo la scriminatura ai capelli in modo differente... così. Ecco, è più che sufficiente. E vediamo un po' se, almeno, avete imparato la parte che dovete recitare.»

Ascoltò con attenzione, poi annuì.

«Così va bene. *En avant*... e buona fortuna.»

«Lo spero proprio, ne ho bisogno. Con ogni probabilità troverò un marito furioso e un paio di agenti di polizia.»

Poirot lo rassicurò.

«Non siate in ansia. Tutto andrà a meraviglia.»

«Già, questo lo dite voi» bofonchiò Norman.

In preda alla più profonda depressione, si allontanò per compiere quell'ingrata missione.

A Grosvenor Square fu introdotto in un piccolo locale del primo piano. Qui, dopo un paio di minuti, lo raggiunse lady Horbury.

Norman si fece forza per affrontare ciò che lo aspettava.

Non doveva... non doveva assolutamente... far capire di essere un novellino in quel genere di cose.

«Il signor Robinson?» chiese Cicely.

«Al vostro servizio» fece Norman, e si inchinò.

"Accidenti... mi sembra di essere il direttore del reparto di un grande magazzino" pensò avvilito. "Che orrore."

«Ho ricevuto la vostra lettera» proseguì Cicely.

Norman stava riacquistando coraggio. "Quel vecchio scemo ha detto che non sapevo recitare" disse tra sé, sogghignando.

A voce alta disse, in tono piuttosto insolente: «Molto bene... e allora, che cosa volete fare, lady Horbury?».

«Non capisco cosa volete dire.»

«Via, via. È proprio necessario scendere nei particolari? Chiunque sa bene come può essere piacevole un... ecco, chiamiamolo un fine settimana al mare; però capita di rado che i mariti siano d'accordo. Penso che sappiate in che cosa consistono esattamente le prove, lady Horbury. Una donna straordinaria, la vecchia Giselle. Aveva sempre tutto il necessario. Le prove dell'albergo, eccetera... sono di prim'ordine. Adesso la domanda è un'altra: chi può essere maggiormente interessato ad averle... voi o lord Horbury? Ecco il punto.»

Lei, immobile, era scossa da un tremito.

«Io vendo qualcosa» continuò Norman, e la sua voce si faceva sempre più rozza e volgare man mano che si lanciava con entusiasmo a interpretare il personaggio del signor Robinson. «Siete un'acquirente, voi? Ecco la domanda.»

«Come avete fatto a entrare in possesso di queste... prove?»

«Via, via, andiamo... lady Horbury, non ha grande importanza! La cosa più interessante è che sono in mano mia.»

«Non ci credo. Fatemele vedere.»

«Oh, no.» Norman scrollò il capo con un risolino astuto e beffardo. «Non ho portato niente con me. Non sono un ingenuo fino a questo punto! Se vogliamo combinare un affare... allora è un'altra faccenda! Vi mostrerò tutto il necessario prima di ricevere da voi il denaro. Tutto molto corretto, e alla luce del sole.»

«Qua-quanto?»

«Diecimila di quel che c'è di meglio... sterline, non dollari.»

«Impossibile, non riuscirei mai a mettere insieme una cifra simile.»

«È straordinario quel che si può fare, quando si vuole. I gioielli non sono più valutati come una volta, però le perle sono sempre perle. Sentite, per essere galante scenderò a ottomila. Ma è la mia ultima parola. Vi concederò due giorni per pensarci.»

«Non posso procurarmi quel denaro, vi dico.»

Norman sospirò e scrollò il capo.

«Be', forse è più che giusto che lord Horbury sappia quel che sta succedendo. Credo di non sbagliare se affermo che una donna divorziata non riceve più gli alimenti... e il signor Barraclough è un giovane attore molto promettente, ma non guadagna cifre favolose. E adesso, ancora una parola. Vi lascio, in modo che possiate pensarci. Badate bene a ciò che vi ho detto... Faccio sul serio.»

Fece una pausa, poi aggiunse: «Faccio sul serio, esattamente come Giselle faceva sul serio, anche lei...».

Poi uscì rapidamente dalla stanza, prima che la disgraziata potesse rispondergli.

«Uffa!» fece Norman, scendendo in strada. Si asciugò la fronte. «Grazie a Dio, questa è fatta.»

Appena un'ora dopo, a lady Horbury fu portato un biglietto da visita.

«Monsieur Hercule Poirot.»

Lei lo buttò da parte. «Chi sarebbe? Non posso riceverlo!»

«Ha detto, *milady*, di essere qui su richiesta del signor Raymond Barraclough.»

«Oh!» Tacque per un attimo. «Benissimo, fatelo venire.»

Il maggiordomo se ne andò. Di lì a poco ricomparve.

«Monsieur Hercule Poirot.»

Vestito con raffinatezza, in un autentico stile dandy, monsieur Poirot entrò e s'inchinò.

Il maggiordomo richiuse la porta. Cicely fece un passo avanti.

«Vi manda il signor Barraclough...?»

«Sedete, *madame*.» Il suo tono era cortese, ma autoritario.

Lei si mise a sedere meccanicamente. Poirot scelse una sedia vicino alla sua. I suoi modi erano paterni e rassicuranti. «*Madame*, vi supplico, consideratemi un amico. Sono venuto a darvi un consiglio. Sono al corrente dei grossi guai nei quali vi trovate.»

Lei mormorò debolmente: «Io non...».

«*Ecoutez, madame.* Non vi domando di rivelarmi i vostri segreti. Non è necessario. Li conosco già. Ecco il punto essenziale per essere un buon investigatore: conoscere, sapere.»

«Un investigatore?» Cicely sbarrò gli occhi. «Ricordo... eravate sull'aeroplano. Siete stato voi...»

«Precisamente, sono stato io. E adesso, *madame,* veniamo agli affari nostri. Come vi dicevo poco fa, non voglio insistere perché vi confidiate con me. Non comincerete a raccontarmi certe cose. Sono io che le racconterò a voi. Stamattina, neppure un'ora fa, avete ricevuto una visita. Quella persona si chiama Brown, forse?»

«Robinson» disse debolmente Cicely.

«È la stessa cosa... Brown, Smith, Robinson... li adopera a turno. È venuto qui a ricattarvi, *madame.* Si trova in possesso di determinate prove dalle quali risulta che... diciamo... non vi siete comportata con molta correttezza, vero? Prove che, una volta, custodiva madame Giselle. Ora è quest'uomo ad averle. Ve le ha offerte per settemila sterline, magari.»

«Ottomila.»

«Ottomila, allora. E voi, *madame,* non potrete trovare con facilità quella somma molto in fretta, vero?»

«Non posso... non posso assolutamente... sono già indebitata. Non so che cosa fare...»

«Calmatevi, *madame,* sono venuto per esservi di aiuto.»

Cicely lo fissò con gli occhi sbarrati.

«Come fate a sapere tutto ciò?»

«Semplicemente perché, *madame,* io sono Hercule Poirot. *Eh bien,* non abbiate timori... affidatevi pure a me... mi occuperò io di questo signor Robinson.»

«Sì?» disse Cicely con asprezza. «E voi che cosa volete, invece?»

Hercule Poirot le rivolse un inchino.

«Chiederò soltanto una fotografia firmata di una bellissima signora...»

Cicely esclamò: «Oh, povera me, non so che cosa fare... i miei nervi... mi sembra di diventare pazza».

«No, no, andrà tutto bene. Fidatevi di Hercule Poirot. Solo, *madame,* devo sapere la verità... tutta la verità... non tacetemi niente, altrimenti avrò le mani legate.»

«E mi tirerete fuori da questo pasticcio?»

«Vi giuro solennemente che non sentirete mai più parlare del signor Robinson.»

Lei disse: «Va bene, vi racconterò tutto».

«Bene. Allora, prendevate denaro a prestito da questa Giselle.»

Lady Horbury annuì.

«Quando è stato? Quando è cominciato, voglio dire?»

«Un anno e mezzo fa. Mi trovavo in una situazione disperata.»

«Gioco d'azzardo?»

«Sì. Ho avuto un periodo di sfortuna spaventosa.»

«E lei vi ha prestato le somme che volevate?»

«In principio, no. Soltanto una somma modesta, per cominciare.»

«Chi vi aveva mandato da lei?»

«Raymond... il signor Barraclough aveva sentito che prestava denaro alle donne dell'alta società.»

«Ma in seguito ve ne ha prestato altro?»

«Sì... tutto quello che volevo. E, al momento, mi sembrava un miracolo.»

«Sì, madame Giselle era un miracolo tutto speciale» disse Poirot in tono secco. «Devo concludere che prima di allora voi e il signor Barraclough eravate diventati... ehm... amici?»

«Sì.»

«Però voi eravate molto ansiosa che vostro marito non sapesse niente di tutto questo, vero?»

Cicely strillò, infuriata: «Stephen è un conformista pedante. È stanco di me. Vuole sposare un'altra. Avrebbe fatto i salti di gioia al pensiero di divorziare...»

«E voi non desiderate... il divorzio?»

«No. Io... io...»

«Voi amate la vostra posizione... e per di più, potete godervi un reddito cospicuo. Precisamente. *Les femmes*, naturalmente, devono badare a se stesse. Ma procediamo... A un certo momento è venuta fuori la questione della restituzione di quel denaro, vero?»

«Sì, e io... io non potevo restituirlo. Allora quella vecchia strega è diventata antipatica. Era al corrente di me e Raymond. Aveva scoperto luoghi, date, ogni cosa... non riesco a capire come.»

«Aveva i suoi metodi» disse Poirot in tono asciutto. Poi aggiunse: «E vi ha minacciato, suppongo, di far avere tutte quelle prove a Horbury?»

«Sì, se non l'avessi pagata.»

«E voi non potevate pagare?»

«No.»

«Quindi la sua morte è stata veramente provvidenziale?»

Cicely Horbury disse con molta serietà: «È sembrata fin troppo meravigliosa».

«Ah, precisamente... fin troppo. Però, forse, vi ha un po' innervosito?»

«Innervosito?»

«Be', in fondo, *madame*, voi sola, tra tutte le persone che c'erano in quell'aereo, avevate un motivo per desiderare la sua morte.»

Lei trasalì.

«Capisco. È stato terribile. Mi ha lasciato completamente sconvolta.»

«Soprattutto perché eravate stata a trovarla a Parigi la sera prima e c'era stata una... diciamo... scenata?»

«Che demonio, quella vecchia! Non ha voluto cedere neanche di un centesimo. Credo che, anzi, si divertisse. Oh, è stata una vera carogna! Quando sono venuta via, ero uno straccio.»

«Eppure, all'inchiesta, avete detto di non avere mai visto quella donna, eh?»

«Be', naturalmente, cos'altro potevo dire?»

Poirot la guardò con aria pensierosa.

«Voi, *madame*, non potevate dire nient'altro.»

«È stato veramente orribile... solo bugie... bugie... bugie. Quell'insopportabile ispettore è stato qui più di una volta, e mi ha subissato di domande. Però io mi sentivo abbastanza tranquilla. Capivo che i suoi erano soltanto tentativi. Non sapeva niente.»

«Quando si fanno certe supposizioni, bisognerebbe avere un minimo di sicurezza.»

«E poi» continuò, Cicely, seguendo il filo del proprio pensiero «non ho potuto fare a meno di pensare che se doveva venire fuori qualcosa, sarebbe venuto fuori subito. E mi sono sentita al sicuro... fino a quell'orribile lettera di ieri.»

«Non avete avuto paura per tutto questo tempo?»

«Certo che ho avuto paura!»

«Ma... di che cosa? Di qualche rivelazione che facesse scandalo oppure di essere arrestata per il delitto?»

Ogni traccia di colore era scomparsa dalle sue guance.

«Il delitto... ma io non... non vorrete credere una cosa del genere? Non l'ho uccisa. Non sono stata io!»

«La volevate morta...»

«Sì, ma non l'ho uccisa... oh, dovete assolutamente credermi. Non mi sono mai mossa dal mio posto. Io...»

Non concluse la frase. I suoi bellissimi occhi azzurri lo fissavano con aria implorante.

Hercule Poirot annuì, tentando di calmarla.

«Vi credo, *madame*, per due ragioni: prima di tutto, perché siete una donna e secondariamente per via di... una vespa.»

Cicely sbarrò gli occhi, fissandolo.

«Una vespa?»

«Precisamente. Mi accorgo che quanto dico non ha molto senso per voi. Ma adesso, pensiamo alla questione che ci interessa. Mi occuperò di questo signor Robinson. Vi giuro sulla mia parola d'onore che non lo vedrete, non lo sentirete mai più. Ma, in cambio dei miei servizi, vi farò due domandine. Il signor Raymond si trovava forse a Parigi il giorno precedente a quello del delitto?»

«Sì, abbiamo cenato insieme, però secondo lui era meglio che andassi a trovare quella donna da sola.»

«Ah, era questa la sua opinione, eh? E adesso, *madame*, ancora una domanda: il vostro nome d'arte, prima di sposarvi, era Cicely Bland. Ma quale sarebbe, invece, quello vero, quello dell'anagrafe?»

«Il mio vero nome è Martha Jebb. Però l'altro...»

«Dal punto di vista della vostra professione, era migliore. E dove siete nata...»

«A Doncaster. Ma per quale motivo...»

«Pura e semplice curiosità. E adesso, lady Horbury, mi permettete di darvi un consiglio? Per quale motivo non vi accordate con vostro marito per divorziare con tutta la discrezione possibile?»

«E lasciargli sposare quella donna?»

«E lasciargli sposare quella donna. Avete un cuore generoso, *madame*; e poi, potrete sentirvi al sicuro... oh, eccome... e vostro marito vi pagherà gli alimenti.»

«Non saranno una gran cosa!»

«*Eh bien,* una volta che sarete libera, potrete sposare un milionario.»

«Non ce ne sono più, oggigiorno.»

«Ah, non credetelo, *madame*. L'uomo che aveva tre milioni forse adesso ne ha due... *eh bien*, è sempre abbastanza.»

Cicely scoppiò a ridere.

«Siete molto persuasivo, monsieur Poirot. E avete realmente la certezza che quell'orribile individuo non mi verrà più a infastidire?»

«Parola di Hercule Poirot» disse il brav'uomo in tono solenne.»

20

L'ispettore Japp si incamminò a passo rapido per Harley Street e si fermò di fronte a una porta.

Domandò del dottor Bryant.

«Avete un appuntamento, signore?»

«No, ma gli scriverò due parole.»

Su uno dei biglietti da visita che usava quando esercitava le sue funzioni ufficiali, scrisse: "Vi sarei molto obbligato se poteste concedermi qualche minuto. Non mi tratterrò a lungo".

Infilò il biglietto in una busta e lo consegnò al maggiordomo.

Venne introdotto in una sala d'aspetto. C'erano già due donne e un uomo. Japp si accomodò in una poltrona con una vecchia copia del «Punch» in mano.

Il maggiordomo ricomparve e, attraversata la stanza, disse con voce sommessa: «Se vorrete attendere un poco, signore, il dottore vi vedrà; ma stamattina è molto impegnato».

Japp annuì. Non gliene importava affatto di aspettare... anzi, gli faceva piacere. Le due donne avevano cominciato a conversare. A quanto pareva, avevano un'opinione molto alta delle capacità del dottor Bryant. Entrarono altri pazienti. Evidentemente il dottor Bryant era molto ben avviato nella sua professione.

"Deve fare soldi a palate" pensò Japp. "Non mi dà l'impressione che gli occorrano dei prestiti; per quanto, naturalmente, può avere avuto bisogno di denaro molto tempo fa. A ogni modo, ha una bella clientela; e anche soltanto l'ombra di uno scandalo potrebbe farla scomparire. Ecco il guaio della professione di medico."

Un quarto d'ora più tardi il maggiordomo si presentò e disse: «Il dottore vi riceverà adesso, signore».

Japp venne introdotto nello studio del dottor Bryant, un locale che dava sulla facciata posteriore della casa, con un'ampia finestra. Il medico era seduto alla sua scrivania. Si alzò e strinse la mano all'investigatore.

Il suo viso dai lineamenti delicati rivelava la fatica; a ogni modo non pareva affatto turbato dalla visita dell'ispettore.

«Che cosa posso fare per voi, ispettore?» disse, tornando al proprio posto e indicando a Japp la poltroncina che aveva di fronte.

«Prima di tutto devo chiedervi scusa per essere venuto durante le ore in cui ricevete i pazienti, ma cercherò di essere breve.»

«Per carità, suppongo che si tratti di quel decesso sull'aeroplano, vero?»

«Precisamente signore. Ci stiamo ancora lavorando.»

«Con qualche risultato?»

«Non abbiamo ancora progredito quanto vorremmo. A dir la verità, sono venuto a farvi qualche domanda sul metodo impiegato. E questa faccenda del veleno di vipera su cui non riesco ad avere le idee chiare.»

«Non sono un tossicologo, sapete» disse il dottor Bryant con un sorriso. «Non è il mio genere, questo. L'uomo al quale dovete rivolgervi è Winterspoon.»

«Ah, però vedete, le cose stanno così, dottore, Winterspoon è un esperto... e lo sapete anche voi come sono gli esperti; parlano in modo tale che gli altri non riescono a capirli. Ma, a quanto mi è sembrato, quello che è successo può essere esaminato anche da un punto di vista medico. È vero che, talvolta, il veleno di vipera viene iniettato come cura contro l'epilessia?»

«Non sono neppure uno specialista di epilessia» precisò il dottor Bryant. «Però credo che le iniezioni di veleno di cobra siano state usate con risultati eccellenti nella cura dell'epilessia. Ma, ripeto, non si tratta del mio campo specifico.»

«Lo so... lo so. Ma, tutto sommato, la mia curiosità si riduce a questo: pensavo che la cosa sarebbe stata anche di vostro interesse, poiché vi trovavate su quell'aereo. Credevo che non fosse da escludere che aveste qualche idea su questo argomento, qualche idea che poteva essermi utile. Non mi servirebbe granché andare da un esperto, senza sapere che cosa chiedergli.»

Il dottor Bryant sorrise.

«Effettivamente c'è del vero in ciò che dite, ispettore. È probabile che nessun essere vivente possa rimanere del tutto indifferente quando si è trovato in stretto contatto con un delitto... Sì, la cosa mi interessa, lo ammetto. E, tranquillamente... per conto mio, ho meditato parecchio su questo caso.»

«E qual è la vostra opinione, signore?»

Bryant scrollò lentamente la testa.

«Mi lascia stupefatto... tutto ciò che è accaduto sembra quasi... irreale... se vogliamo definirlo così. Un modo stupefacente di commettere un delitto. Si direbbe che l'assassino avesse una sola probabilità su cento di non essere visto. Deve trattarsi di una persona che ha il più completo disinteresse e la massima freddezza nei confronti dei rischi che può correre.»

«Verissimo, signore.»

«Anche la scelta del veleno non è meno stupefacente. Come ha fatto un potenziale assassino a mettere le mani su una sostanza simile?»

«Lo so. Sembra incredibile. Davvero, non riesco assolutamente a credere che un uomo su mille possa aver mai udito parlare di una sostanza come il veleno di quel serpente... Quanto poi ad averlo addirittura fra le mani, e a servirsene...! Voi stesso, signore, siete medico, ma sono sicuro che non vi è mai capitato di maneggiare una sostanza del genere.»

«Effettivamente, non sono molte le opportunità che si hanno di farlo! Io ho un amico che si occupa di ricerche sulle malattie tropicali. Nel suo laboratorio ci sono svariati esemplari di veleno disseccato di serpenti... come quello del cobra, per esempio... però non riesco assolutamente a ricordare alcun esemplare di quello del tipo di vipera in questione...»

«Forse potreste aiutarmi...» Japp tirò fuori un foglietto di carta e lo consegnò al dottore. «Winterspoon aveva scritto questi tre nomi... Forse avrei potuto ottenere qualche informazione da loro. Ne conoscete qualcuno?»

«Conosco, ma solo superficialmente, il professor Kennedy. Conosco bene Heidler; fategli pure il mio nome e sono certo che, se potrà, vi aiuterà. Carmichael è un professore di Edimburgo... non lo conosco personalmente... ma credo che lavorino molto bene, lassù.»

«Vi ringrazio, dottore, vi sono molto obbligato. Ecco, non voglio farvi perdere altro tempo prezioso.»

Quando Japp uscì in Harley Street, sorrideva tra sé, soddisfatto.

"Non c'è niente come il tatto" si disse. "È tatto quello che ci vuole. Sono pronto a scommettere che non ha assolutamente capito quello a cui miravo. Bene, questo è quanto."

21

Quando Japp tornò a Scotland Yard, si sentì dire che monsieur Hercule Poirot lo aspettava per parlargli.

Japp salutò cordialmente l'amico.

«Ebbene, monsieur Poirot, qual buon vento vi porta? Ci sono notizie?»

«Sono io a chiedervele, mio bravo Japp.»

«Questo non è degno di voi. A ogni modo, non c'è molto: ecco la verità. Quell'antiquario di Parigi ha identificato correttamente la cerbottana. Fournier mi ha messo letteralmente in croce con la sua storia del "momento psicologico". Ho provato a interrogare quei due steward fino a non avere più fiato in corpo. Ma loro insistono nel ripetere che il "momento psicologico" non c'è stato. Durante il viaggio non è accaduto niente di insolito o di straordinario.»

«Potrebbe essere accaduto quando si trovavano entrambi nella cabina anteriore.»

«Ho interrogato anche i passeggeri. Non è possibile che raccontino frottole dal primo all'ultimo!»

«C'è stato un caso di cui mi sono occupato nel quale è successo proprio questo!»

«Voi e i vostri casi! A dirvi la verità, monsieur Poirot, non sono molto soddisfatto. Più vado a fondo in questa faccenda, meno ne capisco. Il capo sta cominciando a guardarmi con una certa freddezza. Ma cosa ci posso fare? Per fortuna è uno di quei casi in cui sono coinvolti degli stranieri. Possiamo scaricare il problema sui francesi... e a Parigi possono dire che è stato un inglese, e dobbiamo occuparcene noi.»

«Siete realmente convinto che i colpevoli siano i francesi?»

«Be', in tutta franchezza, no. A parer mio, un archeologo è un pesce piccolo. Sono bravi soltanto a fare buchi nel terreno come le talpe e poi si danno tutta quella importanza discutendo su cose successe migliaia di anni fa... e come fanno a saperlo? Ecco che cosa mi piacerebbe capire. Chi può contraddirli? Sono capaci di dire che una brutta collanina di perline risale a cinquemilatrecentoventidue anni fa... e chi può dire che non è così? Be', son quel che sono... bugiardi, probabilmente... per quanto sembra che loro ci credano... ma innocui. L'altro giorno mi è capitato di avere qui un vecchietto al quale avevano trafugato uno scarabeo... era in uno stato terribile... una gran brava persona, ma incapace di fare qualsiasi cosa... sembrava un bambino in fasce. No, detto fra noi, non ci ho mai pensato, neppure per un momento, che siano stati quei due archeologi francesi!»

«E allora chi è stato?»

«Ecco... c'è Clancy, naturalmente. Si comporta in modo strano. Va in giro borbottando fra sé. Deve avere in mente qualcosa.»

«La trama di un nuovo romanzo, forse.»

«Può darsi... ma può anche darsi che si tratti di qualcosa d'altro; a ogni modo, per quanto mi dia un bel daffare, non riesco a scovare un movente vero e proprio. Sono sempre del parere che CL 52, nel famoso taccuino nero, sia lady Horbury; ma non sono riuscito a scoprire niente di lei. È una donna esperta e spietata, ve lo garantisco.»

Poirot sorrise tra sé. Japp proseguì: «Quanto agli steward... non riesco a trovare nessun elemento per collegarli con Giselle».

«Il dottor Bryant?»

«Be', in questo caso, penso di aver trovato qualche cosa. Voci, pettegolezzi... che riguardano lui e una paziente. Una donna graziosa... un marito insopportabile... c'è di mezzo la droga o qualcosa del genere. Se non sta attento, finirà per essere radiato dall'Ordine. Tutto ciò concorderebbe abbastanza bene con RT 362 e posso dirvi che ho anche un'idea abbastanza precisa del posto dove può essersi procurato quel veleno. Sono andato a trovarlo e si è quasi dato la zappa sui piedi. Con tutto ciò, finora, si tratta sempre di supposizioni... niente fatti. Certo che, in questo caso, non è molto facile arrivare ai fatti. Ryder sembra una persona molto precisa e al di sopra di ogni sospetto... dice di essere andato a Parigi a cercare un prestito e di non averlo ottenuto... ha fornito nomi e indirizzi... tutto controllato. Ho scoperto che la sua società, all'incirca un paio di settimane fa, si trovava sull'orlo del disastro, ma poi sembra che siano riusciti a cavarsela per il rotto della cuffia. E così ci ritroviamo con... un'altra indagine insoddisfacente. Tutta questa faccenda è un gran pasticcio.»

«Possono esistere confusioni, pasticci... faccende oscure, sì... ma soltanto in un cervello disordinato.»

«Usate pure le parole che preferite. Il risultato è identico. Anche Fournier non ha fatto un solo passo avanti. Immagino che, per quel che vi riguarda, abbiate già un giudizio preciso su ogni cosa ma preferiate tenerlo per voi.»

«Non prendetemi in giro! Non mi sono fatto alcun giudizio preciso su questo caso. Procedo un passo alla volta con ordine e metodo, ma la strada da fare è ancora lunga.»

«Non posso fare a meno di rallegrarmi, a sentirvi parlare così. Raccontatemi qualcosa di questi passi da fare poco alla volta, con ordine e precisione!»

Poirot sorrise. «Mi sono fatto una piccola tavola sinottica... eccola.» Tirò fuori di tasca un foglietto. «La mia idea è questa: un assassinio è un'azione eseguita per ottenere un determinato risultato.»

«Ripetetelo lentamente.»

«Non è difficile.»

«Forse no... Però, a sentirvelo dire così, lo sembra!»

«No, no, è semplicissimo. Diciamo che avete bisogno di soldi... li ottenete quando muore una vostra zia. *Bien*... eseguite una certa azione... cioè, uccidete questa zia... e ottenete il risultato... ereditate il denaro.»

«Ah, come vorrei avere qualche zia del genere» sospirò Japp. «Ma proseguite, comincio a capire la vostra idea. Volete dire che deve assolutamente esserci un movente.»

«Preferisco la mia definizione. Un'azione viene eseguita... in questo caso l'azione è un delitto... e, dunque, quali sono i risultati di quell'azione? Esaminando i differenti risultati, dovremmo ottenere la soluzione dell'indovinello. I risultati di una singola azione possono essere vari, quella particolare azione può influire su moltissime persone diverse. *Eh bien*, quest'oggi...

tre settimane dopo il delitto... io esamino il risultato in undici casi diversi.»

E allargò il foglietto.

Japp si allungò, interessatissimo, a leggere al di sopra della spalla di Poirot:

"SIGNORINA GREY. Risultato: miglioramento temporaneo. Aumento di stipendio.

"SIGNOR GALE. Risultato: cattivo. Perdita di clientela.

"LADY HORBURY. Risultato: buono. Se è lei CL 52.

"SIGNORINA KERR. Risultato: cattivo, dal momento che la morte di Giselle rende più improbabile che lord Horbury possa ottenere le prove per divorziare dalla moglie."

«Uhm!» Japp interruppe la lettura. «Dunque, secondo voi, prova un certo interesse per Sua Signoria? Ma sapete che siete un bel ficcanaso per quel che riguarda gli affari di cuore?»

Poirot sorrise. Japp si curvò ancora una volta sulla tavola sinottica.

"SIGNOR CLANCY. Risultato: buono. Spera di far quattrini con un libro che ha come argomento questo delitto.

"DOTTOR BRYANT. Risultato: buono, se è RT 362.

"SIGNOR RYDER. Risultato: buono, in quanto le modeste cifre in denaro liquido ottenute con una serie di articoli sul delitto gli sono servite a sistemare la contabilità della sua azienda in un momento delicato. Sempre buono, anche se Ryder è XVB 724.

"MONSIEUR DUPONT. Risultato: indifferente.

"MONSIEUR JEAN DUPONT. Risultato: come sopra.

"MITCHELL. Risultato: indifferente.

"DAVIS. Risultato: indifferente."

«E voi pensate che tutto questo possa esservi di aiuto?» domandò Japp con aria scettica. «Comincio a pensare che se aveste scritto: "Non lo so. Non lo so. Non posso dirlo" le cose non sarebbero cambiate.»

«Fornisce una classificazione molto chiara» spiegò Poirot. «In quattro casi, il signor Clancy, la signorina Grey, il signor Ryder, e credo si potrebbe includere anche lady Horbury, il risultato va messo a loro credito. Nei casi del signor Gale e della signorina Kerr il risultato si sposta nella colonna dei debiti... in quattro casi non c'è stato alcun risultato, almeno per quel che ne sappiamo...

e in un caso, quello del dottor Bryant, non abbiamo alcun risultato evidente.»

«E con questo?» domandò Japp.

«E con questo» disse Poirot «dobbiamo continuare a cercare.»

«Con quasi niente in mano per continuare, però» concluse Japp con aria tetra. «La verità è che siamo bloccati finché non ci dicono qualcosa da Parigi. È dalla parte di Giselle che bisogna approfondire le indagini. Sono pronto a scommettere che riuscirei a cavar di bocca a quella cameriera più di quanto non sia riuscito a farle dire Fournier.»

«Ho i miei dubbi, caro amico. La cosa più interessante in questo caso è la personalità della donna morta. Una donna senza amici, senza parenti, senza, così almeno si dovrebbe dire, una vita privata. Una donna che è stata giovane, che ha amato e sofferto in passato e poi, come quando una mano abbassa una saracinesca, tutto ciò è finito; non c'è una fotografia, né un souvenir né tantomeno un gingillo. Marie Morisot è diventata madame Giselle... usuraia.»

«Pensate che il suo passato possa offrirci qualche indizio?»

«Forse.»

«Bene, come ci farebbe comodo! Perché questo è un caso assolutamente privo di indizi.»

«Oh, sì, caro amico, gli indizi ci sono!»

«Be', la cerbottana, naturalmente...»

«No, no, non la cerbottana.»

«Bene, sentiamo allora quali sono le vostre idee relative agli indizi che questo caso ci offre.»

Poirot sorrise.

«Potrei farne dei titoli... come quelli dei romanzi del signor Clancy: *L'indizio della vespa*, *L'indizio nel bagaglio dei passeggeri*, *L'indizio del cucchiaino da caffè*.»

«Dovete essere matto» disse Japp garbatamente, e aggiunse: «Cosa sarebbe questa storia del cucchiaino da caffè?»

«Madame Giselle aveva due cucchiaini nel suo piattino. Dicono che sia il pronostico di un matrimonio. In questo caso, invece,» osservò Poirot «significava un funerale.»

22

Quando Norman Gale, Jane e Poirot si incontrarono per cena la sera stessa del "ricatto", Norman provò un gran sollievo nel sentire che i suoi servizi in qualità di "signor Robinson" non erano più richiesti.

«È morto, il bravo signor Robinson» disse Poirot, e levò il calice. «Beviamo alla sua memoria.»

«*Requiescat in pace*» aggiunse Norman con una risata.

«Che cosa è successo?» domandò Jane a Poirot.

Lui le sorrise.

«Ho scoperto quello che volevo sapere.»

«Aveva avuto qualcosa a che fare con Giselle?»

«Sì.»

«Be', questo si era già capito abbastanza dal colloquio che avevo avuto con lei» fece Norman.

«Precisamente» disse Poirot. «Però io volevo la storia completa e dettagliata.»

«L'avete avuta?»

«L'ho avuta.»

Lo guardarono con aria interrogativa, ma Poirot, che sapeva portare all'esasperazione il suo prossimo, cominciò a discutere sui legami che c'erano fra la carriera e la vita.

«Non crediate che sia poi tanta la gente che deve accontentarsi di un'occupazione sgradita! In gran parte, le persone, malgrado ciò che dicono, scelgono le occupazioni che desiderano segretamente. Vi capiterà di sentire un tale che lavora in un ufficio dire: "Come mi piacerebbe fare l'esploratore... vivere un vita dura in paesi lontani". Scoprirete che gli piace leggere i romanzi che parlano di questo argomento ma che, tutto sommato, preferisce la sicurezza e la relativa comodità della seggiola dietro la sua scrivania.»

«A sentirvi,» disse Jane «il mio desiderio di viaggiare in paesi stranieri non è genuino... la mia vera vocazione è quella di trafficare intorno alle pettinature femminili... Be', non è vero.»

Poirot le sorrise.

«Siete ancora giovane. Naturalmente prima si prova questo, quello e quell'altro ma, alla fine, si finisce per condurre la vita che piace di più.»

«Ma supponiamo che io preferisca essere ricca.»

«Ah, questo è più difficile!»

«Non sono d'accordo con voi» disse Gale. «Io faccio il dentista per caso... non per una mia precisa scelta. Mio zio era dentista... voleva che entrassi nel suo studio a lavorare con lui, io invece spasimavo per le avventure e per vedere il mondo. Così sono andato a lavorare in una fattoria del Sud Africa. A ogni modo non mi è andata molto bene... mi mancava l'esperienza necessaria. Così sono stato costretto ad accettare l'offerta del vecchio e a venire a lavorare con lui.»

«E adesso state pensando di piantare la professione di dentista di nuovo e di partire per il Canada. Insomma, avete una fissazione per le colonie!»

«Questa volta ci sarò costretto.»

«Ah, è incredibile quanto spesso gli avvenimenti costringano una persona a fare proprio quello che gli piacerebbe!»

«Non c'è niente che mi costringa a viaggiare» disse Jane, meditabonda. «Vorrei poterlo fare.»

«*Eh bien*, posso farvi un'offerta seduta stante. La settimana prossima vado a Parigi. Se volete accettare il posto di mia segretaria... vi darò un buono stipendio.»

Jane scrollò il capo.

«Non posso rinunciare ad Antoine. È un buon impiego.»

«Anche il mio, lo è.»

«Sì, ma è solo temporaneo.»

«Vi potrei trovare un altro impiego dello stesso genere.»

«Grazie, ma non credo che mi azzarderò a correre questo rischio.»

Poirot la guardò con un sorrisetto enigmatico.

Tre giorni dopo ricevette una telefonata.

«Monsieur Poirot,» era Jane «la vostra offerta è sempre valida?»

«Ma certo. Parto lunedì per Parigi.»

«Dicevate sul serio? Posso venire con voi?»

«Sì, ma che cosa vi ha fatto cambiare parere?»

«Ho avuto una discussione con Antoine. A dirvi la verità, ho perduto le staffe con una cliente. È una... è assolutamente... non posso descrivervi al telefono ciò che ho passato. Mi sentivo nervosa e, invece di blandirla con le solite paroline melate, non mi sono più controllata e le ho detto chiaro e tondo quello che pensavo di lei.»

«Ah, è stato il pensiero dei grandi, immensi spazi aperti!»

«Cosa state dicendo?»

«Dico che avevate il pensiero fisso su un determinato argomento.»

«Il mio pensiero in questo caso non c'entra. Tutta colpa della mia lingua, che non ha saputo tacere. Vi giuro che me la sono goduta un mondo. Aveva gli occhi fuori dalle orbite, proprio come quelli di quel suo insopportabile pechinese... Ma eccomi qui adesso... mi hanno buttato fuori sui due piedi. Un giorno o l'altro, suppongo che dovrò cercarmi un altro lavoro... però, prima, mi piacerebbe venire a Parigi.»

«Bene, allora è deciso. Durante il viaggio vi darò le istruzioni.»

Poirot e la sua segretaria non viaggiarono in aereo, e Jane, di questo, gli fu segretamente grata. L'esperienza sgradevole del viaggio che aveva fatto di recente faceva ancora sentire il suo effetto. Cercava di dimenticare con tutte le sue forze quella figura accasciata, ciondolante, vestita di nero...»

Durante il percorso da Calais a Parigi, si trovarono ad avere lo scompartimento a loro completa disposizione e Poirot diede a Jane qualche idea dei suoi progetti.

«A Parigi ci sono molte persone che devo vedere. C'è l'avvocato, maître Thibault. C'è anche monsieur Fournier della *Sûreté*... un uomo malinconico ma intelligente. E poi ci sono monsieur Dupont *père* e monsieur Dupont *fils*. E adesso, mademoiselle Jane, mentre io mi occuperò del padre lascerò il figlio a voi. Siete molto affascinante, molto attraente... ho l'impressione che monsieur Dupont ricorderà di avervi visto all'inchiesta.»

«Mi è già capitato di rivederlo, dopo quell'occasione» disse Jane, arrossendo lievemente.

«Davvero? E come mai?»

Jane, arrossendo ancora di più, descrisse il loro incontro al Corner House.

«Eccellente... di bene in meglio. Ah, quella di condurvi a Parigi con me è stata un'idea fantastica. E adesso ascoltate con attenzione, mademoiselle Jane. Per quel che sarà possibile, non accennate alla faccenda di Giselle, ma non evitate l'argomento se Jean Dupont lo introdurrà nella conversazione. Non sarebbe male se, senza dirlo chiaro e tondo, lo lasciaste con l'impressione che lady Horbury è sospettata del delitto. Potrete anche dire che il motivo della mia venuta a Parigi è quello di conferire con monsieur Fournier e di indagare in modo particolare in quelli che possono essere stati i rapporti di lady Horbury con la defunta.»

«Povera lady Horbury... vi servite di lei come di un pretesto.»

«Non è un tipo che susciti la mia ammirazione... *eh bien*, facciamo in modo che, almeno una volta, si renda utile.»

Jane esitò per un attimo e poi chiese: «Non sospetterete il giovane monsieur Dupont dell'assassinio, vero?».

«No, no, no... desidero solamente alcune informazioni!» Le lanciò un'occhiata penetrante. «Vi attira... eh... questo giovanotto? *Il est sex appeal?*»

Jane scoppiò a ridere a questa frase.

«No, non è così che lo descriverei. È molto semplice, ma mi pare una gran cara persona.»

«Dunque è così che lo descrivereste? Molto semplice?»

«Ma è semplice. Credo che ci sia un motivo: vive una vita piacevole, molto lontana da tutte le meschinità terrene.»

«È vero» disse Poirot. «Per esempio, non si è mai occupato di denti. Non ha avuto la delusione di vedere un uomo considerato un eroe dall'opinione pubblica tremare di terrore quando è seduto sulla poltrona di un dentista.»

Jane scoppiò a ridere.

«Non credo che Norman sia già riuscito ad avere come paziente qualche celebre personaggio.»

«Sarebbe un peccato, visto che vuole andare in Canada.»

«Adesso parla della Nuova Zelanda. Dice che ha un clima migliore: la preferisce.»

«In ogni caso è patriottico, non si scosta dalle colonie inglesi.»

«Mi auguro» disse Jane «che non sia necessario.» Fissò Poirot con uno sguardo interrogativo.

«Volete dire che avete una gran fiducia in Papà Poirot? Ah, bene... farò del mio meglio... ve lo prometto... ma sono profondamente convinto, *mademoiselle,* che esista una figura che non è ancora venuta avanti, sul proscenio... una parte che non è ancora stata recitata...»

Scosse la testa, aggrottando le sopracciglia.

«Esiste un fattore sconosciuto, in questo caso, *mademoiselle*. Perché tutto lo sta a indicare...»

Due giorni dopo il loro arrivo a Parigi, monsieur Poirot e la sua segretaria cenarono in un piccolo ristorante e i due Dupont, ospiti di Poirot, li accompagnarono, .

Jane si accorse che il vecchio Dupont era simpatico e interessante come il figlio, ma non ebbe una grande opportunità di parlare con lui, perché Poirot lo monopolizzò completamente fin dal principio. La ragazza constatò che la compagnia di Jean non era meno piacevole di quando lo aveva incontrato a Londra. La sua personalità simpatica e attraente, un po' infantile, le piacque adesso come le era piaciuta allora. Era una creatura talmente semplice, gentile e amichevole!

Tuttavia, pur ridendo e conversando con lui, cercava di tendere l'orecchio per cogliere qualche brano della conversazione dei due uomini più anziani. Cominciò a chiedersi quale fosse, con esattezza, il genere di informazioni che Poirot andava cercando. A quanto riusciva a sentire, la conversazione non aveva mai sfiorato, neppure per un momento, l'argomento dell'omicidio. Poirot, con molta abilità, era stato capace di portare il suo interlocutore su questioni riguardanti il passato. Il suo interesse per le ricerche archeologiche in Persia sembrava sincero e profondo. Monsieur Dupont si godeva enormemente quella serata. Gli capitava di rado di avere un ascoltatore tanto intelligente e comprensivo.

In seguito, non si sarebbe mai saputo con esattezza da chi fosse partita la proposta che i due giovani andassero a un cinema, ma quando si furono allontanati, Poirot avvicinò un poco di più la sua seggiola al tavolo e sembrò preparato a dimostrare un interesse un poco più pratico nelle ricerche archeologiche.

«Capisco» disse l'investigatore. «Naturalmente, di questi tempi così difficili per quel che riguarda le questioni finanziarie, deve essere una preoccupazione quella di raccogliere i fondi sufficienti. Accettate le donazioni da parte di privati?»

Monsieur Dupont scoppiò a ridere.

«Caro amico, le andiamo a cercare, mettendoci praticamente in ginocchio! Ma il nostro particolare tipo di scavi non attira la gran parte della gente. Ci richiedono risultati spettacolari! E soprattutto, alla gente piace l'oro... Oro in grandi quantità. È stupefacente quanto poco la persona media provi interesse per la ceramica. La ceramica... l'intera storia poetica e fantastica dell'umanità può essere espressa in termini di ceramica. Il disegno... l'impasto...»

Monsieur Dupont, ormai, era lanciato. Supplicò Poirot di non lasciarsi fuorviare dalle pubblicazioni prive di serietà di B..., dalle datazioni, addirittura criminose nella loro inesattezza di L..., e dalle stratificazioni sciaguratamente prive di fondamento scientifico di G... Poirot promise solennemente di non lasciarsi confondere le idee da nessuna delle pubblicazioni di quei dotti personaggi.

Infine domandò: «Cosa ne pensereste, per esempio, di una donazione di cinquecento sterline...?».

Ci mancò poco che monsieur Dupont non crollasse con la testa sul tavolo per l'emozione.

«Voi... voi mi offrite tutto ciò? A me? Per aiutare le nostre ricerche? Ma è magnifico! Stupendo! È la più grossa donazione che abbiamo mai ricevuto da un privato.»

Poirot tossicchiò.

«Ammetterò... c'è un favore...»

«Ah, sì... un souvenir... un esemplare di ceramica...»

«No, no, mi fraintendete» disse rapidamente Poirot prima che monsieur Dupont si lasciasse trascinare di nuovo dall'entusiasmo ad approfondire il suo argomento preferito. «Si tratta della mia segretaria... la ragazza incantevole che avete visto questa sera... E se vi accompagnasse nella vostra spedizione?»

Monsieur Dupont sembrò stupito e rimase perplesso per un attimo.

«Ecco,» disse dandosi una tiratina ai baffi «forse si potrebbe combinare. Dovrei consultarmi con mio figlio. Ci accompagnano mio nipote e sua moglie. Doveva essere una spedizione fatta un po' in famiglia. A ogni modo parlerò con Jean...»

«Mademoiselle Grey prova un interesse appassionato per la ceramica e il passato ha un fascino immenso per lei. Quello di uno scavo archeologico è il sogno della sua vita. Non solo, ma è capace di rammendare calzini e attaccare bottoni in modo veramente ammirevole.»

«Una qualità molto utile.»

«Vero? E adesso, mi stavate dicendo... a proposito delle ceramiche di Susa...»

Monsieur Dupont riprese, con aria estasiata, il suo monologo sulle proprie specifiche teorie riguardanti Susa I e Susa II.

Quando Poirot arrivò nel suo albergo, trovò Jane che stava augurando la buonanotte a Jean Dupont nell'atrio.

Mentre si avviavano all'ascensore Poirot disse: «Ho ottenuto per voi un lavoro di estremo interesse. Accompagnerete i Dupont in Persia, in primavera».

Jane lo fissò con tanto d'occhi.

«Siete completamente impazzito?»

«Quando vi verrà fatta questa offerta» continuò l'investigatore «la accetterete con tutte le manifestazioni di gioia necessarie.»

«Non ho alcuna intenzione di andare in Persia. Forse sarò a Muswell Hill oppure in Nuova Zelanda con Norman.»

Poirot le rivolse una garbata strizzatina d'occhi.

«Mia cara figliola,» disse «ci vorrà ancora qualche mese prima di arrivare al prossimo marzo. Esprimere la propria gioia non significa acquistare anche il biglietto del viaggio. Anch'io ho parlato di una donazione... però non ho neppure abbozzato il gesto di firmare un assegno. A proposito, domattina vi procurerò un manuale sulle ceramiche preistoriche del Medio Oriente. Ho detto che si tratta di un soggetto che vi appassiona enormemente.»

Jane sospirò.

«Fare la vostra segretaria non è una sinecura, vero? C'è qualcosa d'altro che devo sapere?»

«Sì. Ho detto che sapete attaccare i bottoni e rammendare i calzini alla perfezione.»

«Devo darvi una dimostrazione anche di questo, domani?» chiese Jane.

«Forse mi accontenterò che mi credano sulla parola!» concluse Poirot.

23

Alle dieci e mezzo della mattina seguente il malinconico monsieur Fournier entrò nel salotto di Poirot e strinse calorosamente la mano del piccolo belga.

Il suo modo di fare era un poco più animato del solito.

«*Monsieur*,» disse «c'è qualcosa che voglio dirvi. Credo, finalmente, di aver capito il senso di quanto avevate affermato a Londra sul ritrovamento della cerbottana.»

«Ah!» Poirot si illuminò in viso.

«Sì» proseguì Fournier, mettendosi a sedere. «Ho meditato a lungo su ciò che avevate detto. E mi sono ripetuto più di una volta: impossibile che il delitto sia stato commesso come crediamo. E alla fine... alla fine... ho trovato una connessione fra quello che mi andavo ripetendo e quello che mi avete detto a proposito del ritrovamento della cerbottana.

Poirot lo ascoltò con attenzione, ma non disse niente.

«Quel giorno, a Londra, avete detto: "Perché la cerbottana è stata ritrovata, quando sarebbe stato così facile buttarla fuori attraverso il ventilatore?". Adesso credo di avere la risposta. La cerbottana è stata ritrovata perché era proprio questo che l'assassino voleva!»

«Bravo!» disse Poirot.

«Dunque era ciò che intendevate dire? Bene, lo pensavo. Poi sono andato avanti. Mi sono chiesto: "Perché l'assassino voleva che la cerbottana fosse ritrovata?". E ho trovato la risposta: "Perché la cerbottana non è stata usata".»

«Bravo! Bravo! Esattamente come ho ragionato io.»

«Mi sono detto: la freccia avvelenata, sì, ma non la cerbottana.

Di conseguenza fu usato "qualcos'altro" per scagliare quell'aculeo nell'aria... qualcosa che un uomo o una donna poteva portarsi alle labbra nel modo più normale e che non avrebbe suscitato curiosità. Ho ricordato la vostra insistenza per avere un elenco completo di tutto ciò che si era trovato nei bagagli dei passeggeri e sulle loro persone. Ci sono state due cose che hanno attirato la mia attenzione in modo particolare: lady Horbury aveva due bocchini e sul tavolino di fronte ai Dupont c'era un certo numero di pipe curde.»

Monsieur Fournier fece una pausa. Guardò Poirot.

«Tutte queste cose avrebbero potuto essere avvicinate alle labbra senza che nessuno lo notasse... Sbaglio, o no?»

Poirot ebbe una breve esitazione, e poi disse: «Siete sulla strada giusta, sì; ma andate un poco più oltre, e non dimenticate la vespa».

«La vespa?» Fournier lo guardò spalancando gli occhi. «No, è proprio qui che non vi seguo. Non riesco a capire come c'entra la vespa.»

«Non riuscite? Ma è proprio lì che io...»

Si interruppe perché il telefono aveva cominciato a suonare.

Alzò il ricevitore.

«Pronto, pronto. Ah, buongiorno. Sì, sono io, Hercule Poirot.» E poi sottovoce, a Fournier: «È Thibault...»

«Sì... sì, certo. Benissimo. E voi? Monsieur Fournier? Ottimamente. Sì, è arrivato. Al momento è qui.»

Abbassando il microfono disse a Fournier: «Ha cercato di raggiungervi alla *Sûreté*. Gli hanno detto che eravate venuto qui. Forse sarà meglio che parliate con lui. Mi sembra agitato».

Fournier prese il telefono.

«Pronto... pronto. Sì, qui parla Fournier... Cosa?... Cosa... possibile, è proprio così...? Sì, certo... Sì... sì, sono sicuro che accetterà. Veniamo subito.»

Abbassò il ricevitore e fissò Poirot.

«Si tratta della figlia. La figlia di madame Giselle.»

«Cosa?»

«Sì, è arrivata a ritirare la sua eredità.»

«E da dove verrebbe?»

«Dall'America, mi pare. Thibault le ha chiesto di tornare alle undici e mezzo. Ci propone di andare da lui.»

«Certamente. Andremo subito... Lascerò un messaggio per mademoiselle Grey.»

E scrisse:

> Si sono verificati alcuni sviluppi della situazione che mi costringono a uscire. Se monsieur Jean Dupont dovesse telefonare o venire a trovarmi, siate cortese con lui. Parlate pure di bottoni e calzini, ma evitate per il momento le ceramiche preistoriche. Vi ammira, ma è intelligente!
>
> Au revoir
>
> *Hercule Poirot*

«E adesso andiamo, caro amico» disse alzandosi in piedi. «Questo è ciò che aspettavo... l'entrata in scena della figura che era rimasta nell'ombra e di cui ho sentito fin dal principio la presenza. Adesso... presto... dovrei comprendere ogni cosa.»

Maître Thibault ricevette Poirot e Fournier con grande affabilità. Dopo uno scambio di saluti, cortesi domande e altrettante cortesi risposte, l'uomo di legge si accinse ad affrontare l'argomento dell'erede di madame Giselle.

«Ieri ho ricevuto una lettera» disse «e stamattina è venuta qui, a trovarmi, la signorina in persona.»

«Quale sarebbe l'età di mademoiselle Morisot?»

«Mademoiselle Morisot... o madame Richards, come sarebbe più giusto chiamarla... perché è coniugata, ha ventiquattro anni precisi.»

«Ha portato con sé i documenti che provano la sua identità?» domandò Fournier.

«Certo. Certo.»

E aprì una cartelletta che aveva vicino.

«Tanto per cominciare, ecco questo.»

Si trattava della copia di un certificato di matrimonio fra George Leman, scapolo, e Maria Morisot, ambedue di Quebec. Portava la data del 1910. C'era anche il certificato di nascita di Anne Morisot Leman e altre carte e documenti.

«Tutto ciò getta una certa luce sulla prima parte della vita di madame Giselle» disse Fournier.

Thibault annuì.

«A quanto mi è dato di capire,» disse «Marie Morisot faceva

la governante o la guardarobiera quando ha conosciuto questo Leman.»

«Non solo, ma mi è parso di intuire che lui doveva essere un poco di buono, che l'ha piantata in asso poco dopo il matrimonio; allora lei ha preso di nuovo il suo nome da ragazza.»

«La bambina è stata accolta nell'Institut de Marie a Quebec e vi è stata allevata. Poco tempo dopo, Marie Morisot, o Leman, ha lasciato Quebec – suppongo con un uomo – ed è venuta in Francia. Di tanto in tanto, mandava somme di denaro e, alla fine, ha inviato una grossa quantità di denaro in contanti, perché fosse consegnato alla bambina quando avesse raggiunto l'età di ventun anni. A quell'epoca Marie Morisot o Leman aveva, non c'è dubbio, una vita irregolare e considerava più opportuno dare un taglio netto a qualsiasi relazione personale.»

«Come ha fatto la ragazza a sapere di essere l'erede di un patrimonio cospicuo?»

«Avevamo fatto pubblicare qualche annuncio, con molta discrezione, su vari giornali. Sembra che uno di questi sia caduto sotto gli occhi della direttrice dell'Institut de Marie e che la donna abbia scritto o telegrafato alla signora Richards, che a quell'epoca si trovava in Europa ma era sul punto di tornare negli Stati Uniti.»

«Chi sarebbe Richards?»

«Mi pare che sia un americano o un canadese di Detroit... di professione è fabbricante di strumenti chirurgici.»

«Non ha accompagnato la moglie?»

«No, è ancora in America.»

«E la signora Richards ha potuto fornire qualche chiarimento su una possibile ragione dell'assassinio di sua madre?»

L'avvocato scrollò il capo.

«Non sa nulla di lei. Anzi, pur avendolo sentito menzionare una volta dalla direttrice della scuola, non ricordava neppure quale fosse il nome da ragazza di sua madre.»

«Ho l'impressione» disse Fournier «che la sua comparsa sulla scena non servirà granché ad aiutarci a risolvere il mistero di questo delitto. Per quanto devo ammettere di non essermi fatto nessuna illusione a questo proposito. Del resto, sto seguendo una strada molto diversa, molto diversa, al presente. E le mie indagini mi hanno portato a restringere i miei sospetti su tre persone.»

«Quattro» disse Poirot.

«Quattro, secondo voi?»

«Non sono io a dirlo, ma, se volete andare a fondo della teoria di cui mi avete accennato, non potete limitarvi a tre persone.» Fece un rapido movimento con le mani. «I due bocchini per sigarette... le pipe curde e un flauto. Non dimenticate il flauto, amico mio.»

Fournier proruppe in un'esclamazione ma, in quel momento, l'uscio si aprì e un anziano impiegato mormorò: «La signora è ritornata».

«Ah» fece Thibault. «Adesso potrete vedere l'ereditiera con i vostri occhi. Entrate, *madame*. Permettetemi di presentarvi monsieur Fournier della *Sûreté,* incaricato delle indagini che vengono fatte in questo paese sulla morte di vostra madre. Questo è monsieur Hercule Poirot, il cui nome può esservi familiare e che ci ha cortesemente offerto il suo aiuto. Madame Richards.»

La figlia di Giselle era una giovane donna bruna dall'aspetto chic. Vestiva in modo elegante, per quanto semplice.

Strinse a turno la mano dei tre uomini, mormorando qualche parola cortese.

«Tuttavia, *Messieurs*, temo di non provare affatto i sentimenti di una figlia, in questo caso! Ho vissuto, sotto tutti gli aspetti, la vita di un'orfana.»

In risposta alle domande di Fournier, parlò con calore e gratitudine di Mère Angélique, la direttrice dell'Institut de Marie.

«Nei miei confronti è sempre stata la gentilezza in persona.»

«Quando avete lasciato l'Institut, *madame*?»

«Quando ho compiuto i diciotto anni, *monsieur*. Ho cominciato a guadagnarmi da vivere. Per un certo tempo ho fatto la manicure. Poi ho lavorato anche presso una sartoria. Ho conosciuto mio marito a Nizza. Stava per tornare negli Stati Uniti. Un mese fa è ritornato in Olanda per affari e ci siamo sposati a Rotterdam. Disgraziatamente è stato costretto a rientrare in Canada. Io, invece, sono stata trattenuta qui... ma adesso lo raggiungerò.»

Il francese di Anne Richards era scorrevole, lo parlava con disinvoltura. Era evidente che si sentiva più francese che inglese.

«Come avete saputo della tragedia?»

«Naturalmente ho letto quello che scrivevano i giornali, ma non sapevo... cioè, non mi sono resa conto... che la vittima era mia madre. Poi ho ricevuto, qui a Parigi, un telegramma di Mère Angélique che mi forniva l'indirizzo di maître Thibault e mi ricordava quale fosse stato il nome da ragazza di mia madre.»

Fournier annuì con aria meditabonda.

Parlarono ancora un po', ma fu subito chiaro che la signora Richards non avrebbe potuto essere di grande aiuto nella ricerca dell'assassino. Non sapeva niente della vita di sua madre, né delle sue relazioni di affari.

Dopo essersi fatti lasciare il nome dell'albergo nel quale alloggiava, Poirot e Fournier la salutarono.

«Siete deluso, *mon vieux*» disse Fournier. «Vi eravate fatto qualche idea particolare su questa ragazza? Sospettavate che la sua fosse tutta un'impostura? O magari avete tuttora questo sospetto?»

Poirot scrollò il capo con fare scoraggiato.

«No... non credo a un'impostura. Le prove della sua identità sono abbastanza credibili... però è strano, mi pare di averla già vista... oppure mi ricorda qualcuno...»

«Una somiglianza con la donna uccisa?» insinuò Fournier in tono dubbioso. «Non mi sembra affatto.»

«No... non si tratta di questo... vorrei poter ricordare che cos'è. Sono certo che la sua faccia mi ricorda quella di qualcuno.»

Fournier lo guardò incuriosito.

«Mi pare di avervi sempre sentito dire che questa figlia scomparsa vi incuriosiva.»

«Naturalmente» disse Poirot, alzando le sopracciglia. «Fra tutte le persone che possono, o no, ricavare un vantaggio dalla morte di Giselle, questa giovane donna ne ricava uno, e non ci sono dubbi, piuttosto sostanzioso, in denaro.»

«È vero... ma questo fatto può esserci utile a qualcosa?»

Poirot non rispose per un minuto o due. Stava seguendo il filo dei propri pensieri.

Alla fine disse: «Amico mio... un cospicuo patrimonio passa nelle mani di questa ragazza. Voi vi meravigliate che, fin dal principio, io mi sia chiesto se poteva essere implicata nell'accaduto. Su quell'aeroplano c'erano tre donne. Una di loro, la signorina Venetia Kerr, era di ottima famiglia, e sulla sua identità non ci possono essere dubbi. Ma le altre due? Fin da quando Elise Grandier ha avanzato la teoria che il padre della bambina di madame Giselle fosse un inglese, ho continuato ad avere ben presente, nel mio cervello, che una delle altre due donne avrebbe potuto essere, senza troppa difficoltà, questa famosa figlia. Ne avevano entrambe l'età, approssimativamente. Lady Horbury ha recitato nel teatro di rivista, ma i suoi antecedenti sono sempre stati piuttosto oscuri e, sul palcoscenico, portava un nome d'arte. La signorina Jane Grey, me lo ha raccontato lei stessa, è stata allevata in un orfanotrofio».

«Ah, oh!» disse il francese. «Dunque è su queste linee che la vostra fantasia sta galoppando? Il nostro amico Japp direbbe che vi state dimostrando anche troppo geniale!»

«È vero che mi accusa di avere un debole per rendere le cose difficili.»

«Vedete?»

«Ma, in realtà, non è esatto... io procedo sempre nel modo più semplice che si possa immaginare! E non mi rifiuto mai di accettare i fatti come sono.»

«Siete deluso? Vi aspettavate qualche cosa di più da questa Anne Morisot?»

Stavano entrando in quel momento nell'albergo di Poirot. Un oggetto che si trovava sul banco del portiere richiamò alla mente di Fournier qualcosa che Poirot aveva detto quella stessa mattina, poco prima.

«Non vi ho ringraziato» disse «per aver attirato la mia attenzione sull'errore che avevo commesso. Ho notato i due bocchini da sigaretta di lady Horbury e le pipe curde dei Dupont. È stato imperdonabile da parte mia aver dimenticato il flauto del dottor Bryant, anche se non ho seri sospetti su di lui.»

«Non li avete?»

«No. Non mi ha colpito come il tipo di uomo che...»

Si interruppe. L'uomo in piedi davanti al banco, immerso in una conversazione con il portiere, si voltò con una mano posata su una custodia di flauto. Il suo sguardo si posò su Poirot e, dall'espressione della sua faccia, si capì che lo aveva riconosciuto.

Poirot si fece avanti... Fournier rimase un po' indietro, pieno di discrezione com'era. E forse anche perché Bryant non si accorgesse della sua presenza.

«Dottor Bryant» fece Poirot, inchinandosi.

«Monsieur Poirot.»

Si strinsero la mano. La donna che era rimasta ferma vicino a Bryant si allontanò verso l'ascensore. Poirot le lanciò un rapido sguardo.

Disse: «Ebbene, *monsieur le docteur*, i vostri pazienti riusciranno a cavarsela senza di voi, per qualche tempo?».

Il dottor Bryant sorrise, aveva sempre quel sorriso malinconico, attraente, che l'investigatore ricordava così bene. Appariva stanco, ma stranamente in pace con se stesso.

«Non ho più pazienti, adesso» disse.

Poi, spostandosi verso un tavolino, aggiunse: «Un bicchiere di sherry, monsieur Poirot, o qualche *apéritif*?».

«Grazie.»

Si misero a sedere, e il dottore fece l'ordinazione. Poi ripeté lentamente: «No, non ho più pazienti, adesso. Mi sono ritirato dalla professione».

«Una decisione improvvisa?»

«No, non molto.»

Rimase in silenzio, mentre le bevande venivano servite. Poi, alzando il bicchiere, proseguì: «È una decisione necessaria. Ho deciso di rassegnare le dimissioni di mia spontanea volontà prima di essere cancellato dall'Ordine dei medici». Continuò a parlare con una voce dolce e distaccata. «Arriva per chiunque, nella vita, una svolta importante, monsieur Poirot. Ci si trova a un incrocio di strade e bisogna decidere quale prendere. La mia professione mi interessa moltissimo... è un dolore... un dolore enorme abbandonarla. Ma ci sono altre esigenze... C'è, monsieur Poirot, la felicità di un essere umano.»

Poirot non parlò. Aspettava.

«C'è una signora... una mia paziente... io l'amo profondamente. Ha un marito che sta rovinandole l'esistenza. Si droga. Se foste un medico, capireste quel che significa. Lei è senza un soldo, e quindi non può lasciarlo...

«Per qualche tempo sono rimasto indeciso... ma adesso ho preso una risoluzione. Siamo in partenza per il Kenia dove cominceremo una nuova vita. Spero che, finalmente, lei possa conoscere un po' di felicità. Ha sofferto tanto a lungo!»

Di nuovo tacque. Poi, in tono più vivace, aggiunse: «Ve lo racconto, monsieur Poirot, perché presto la notizia sarà di dominio pubblico e, prima lo saprete, tanto meglio sarà».

«Capisco» disse Poirot. Dopo un minuto aggiunse: «Vedo che portate con voi il flauto».

Il dottor Bryant sorrise.

«Il flauto, monsieur Poirot, è il mio più vecchio amico... Quando viene a mancare tutto il resto, la musica rimane.»

Fece scorrere amorosamente la mano sulla custodia del flauto, poi si alzò con un inchino.

Anche Poirot si alzò.

«I miei auguri migliori per il vostro futuro, *monsieur le docteur*... e per quello di *madame*» disse Poirot.

Quando Fournier lo raggiunse, Poirot era al banco del portiere e stava chiedendo una telefonata intercontinentale per parlare con Quebec.

24

«Cosa c'è di nuovo, adesso?» esclamò Fournier. «Vi preoccupa ancora la ragazza che eredita quel patrimonio? Insomma, è proprio una *idée fixe*, la vostra!»

«Nient'affatto, nient'affatto» disse Poirot. «Ma ogni cosa deve essere fatta con ordine e metodo. Bisogna concluderne una prima di passare a quella successiva.»

E si guardò intorno.

«Ecco mademoiselle Jane. Perché non cominciate il vostro *déjeuner*? Vi raggiungo appena posso.»

Fournier accettò e, con Jane, passarono in sala da pranzo.

«Ebbene?» disse Jane incuriosita. «Che tipo è?»

«È alta un poco più della media, bruna, con la carnagione liscia e chiara, il mento appuntito...»

«A sentirvi, sembra una di quelle descrizioni che ci sono sul passaporto» disse Jane. «Quella che c'è sul mio è letteralmente offensiva, secondo me. È tutta composta di cose medie e ordinarie. Naso, medio; bocca, ordinaria (come si può descrivere una bocca?); fronte, ordinaria; mento altrettanto.»

«Però gli occhi non sono ordinari» osservò Fournier.

«Sono grigi, non è un colore particolarmente interessante.»

«Chi vi ha detto questo, *mademoiselle*?» disse il francese sporgendosi attraverso il tavolo.

Jane scoppiò a ridere.

«Le vostre capacità di esprimervi in inglese» esclamò «sono veramente notevoli! Ma ditemi qualcosa d'altro di Anne Morisot... È carina?»

«*Assez bien*» disse Fournier in tono cauto. «E poi, non è più Anne Morisot. Adesso è Anne Richards. Si è sposata.»

«C'era anche il marito?»

«No.»

«E perché? Che strano!»

«Perché è in Canada o in America.»

Le spiegò qualcosa delle vicende della vita di Anne. E, mentre stava concludendo la sua narrazione, Poirot li raggiunse. Aveva l'aria un po' depressa.

«E allora, *mon cher*?» si informò Fournier.

«Ho parlato alla direttrice... a Mère Angélique in persona. È molto romantico, sapete, telefonare da un continente all'altro! Parlare così facilmente con qualcuno che si trova quasi all'altro capo del globo.»

«Anche la telefoto... quella poi è assolutamente romantica! La scienza è la cosa più ricca di poesia e di fantasia che esista. Ma, stavate dicendo?»

«Ho parlato con Mère Angélique. Ha confermato ogni cosa che la signora Richards ci aveva raccontato, del modo in cui è entrata ed è stata allevata all'Institut de Marie. Ha parlato con molta franchezza della madre che era partita da Quebec con un francese, un commerciante di vini. A quell'epoca era stata molto sollevata al pensiero che la ragazzina non sarebbe finita sotto l'influenza della madre. Secondo lei, Giselle si era messa su una brutta strada. Il denaro è sempre stato mandato regolarmente... però Giselle non ha mai proposto né una visita né un incontro.»

«Insomma, il vostro colloquio non è stato che la ripetizione di quanto avevamo sentito stamattina.»

«Praticamente sì, con l'eccezione che l'ho trovato più ricco di dettagli. Anne Morisot ha lasciato l'Institut de Marie per diventare manicure, sei anni fa; successivamente ha trovato un impiego come cameriera personale di una signora... ed è stato in questa veste che è partita da Quebec per l'Europa. Le sue lettere non erano frequenti, però. Mère Angélique, in genere, aveva sue notizie un paio di volte l'anno. Quando ha letto sul giornale il resoconto dell'inchiesta, ha capito che, con ogni probabilità, questa Marie Morisot era la stessa Marie Morisot che aveva abitato a Quebec.»

«Che cosa vi ha detto del marito?» domandò Fournier. «Adesso che sappiamo con certezza che Giselle era sposata, il marito non potrebbe diventare un elemento interessante?»

«Ho pensato anche a questo. Ed è stato uno dei motivi della mia telefonata. George Leman, quel brutto tipo, è rimasto ucciso nei primi giorni della guerra.»

Fece una pausa e poi osservò bruscamente: «Proprio come ho appena detto... no, non questa mia ultima osservazione... quella prima, forse... ho la vaga idea... senza saperlo... di aver detto qualcosa di importante».

Fournier ripeté il succo delle parole pronunciate da Poirot, ma quest'ultimo scrollò il capo con aria malcontenta.

«No... no, non si trattava di quello... Bene, pazienza...»

Poi si voltò verso Jane e cominciò a conversare con lei.

Alla fine del pasto propose di andare a prendere il caffè nel salone. Jane accettò e allungò la mano per prendere borsetta e guanti che erano sul tavolo. Mentre li afferrava trasalì leggermente.

«Cosa c'è, *mademoiselle*?»

«Oh, niente» rise Jane. «Soltanto un'unghia rotta. Devo limarla.»

Poirot si lasciò cadere di nuovo sulla sedia, di schianto.

«*Nom d'un nom d'un nom*» disse sottovoce.

Gli altri due lo fissarono stupiti.

«Monsieur Poirot!» esclamò Jane. «Cosa c'è?»

«C'è» disse Poirot «che adesso mi ricordo perché mi pareva di aver già visto il viso di Anne Morisot. L'ho già vista prima di oggi... L'ho vista sull'aereo il giorno del delitto. Lady Horbury l'ha mandata a prendere una lima per le unghie. Anne Morisot era la cameriera personale di lady Horbury.»

25

Quell'improvvisa rivelazione fece ammutolire le tre persone sedute intorno al tavolo da pranzo. E aprì una prospettiva completamente nuova sul caso di cui si stavano occupando.

Invece di essere una persona molto lontana dalla tragedia, Anne Morisot adesso diventava una delle persone presenti sulla scena del delitto. Ci vollero un paio di minuti per rimettere a posto le idee.

Poirot fece un gesto convulso con le mani... chiuse gli occhi... mentre la sua faccia prendeva un'espressione stravolta, tormentata.

«Un minuto... solo un piccolo minuto» li implorò. «Devo pensare, mi capite? Devo rendermi conto del modo in cui questa notizia può dare un aspetto completamente diverso alle mie idee su questo delitto. Devo tornare indietro con la mente. Devo ricordare... E sia maledetto e poi ancora maledetto il mio disgraziatissimo stomaco. Ero solo preoccupato delle mie sensazioni interne!»

«Dunque, si trovava di persona su quell'aeroplano» disse Fournier. «Capisco. Comincio a capire.»

«Adesso mi ricordo» fece Jane. «Una ragazza alta, bruna.» Socchiuse gli occhi nello sforzo di ricordare. «Madeleine, così l'aveva chiamata lady Horbury.»

«Precisamente, Madeleine» ripeté Poirot.

«Lady Horbury l'ha mandata in fondo alla cabina a prendere una valigetta... una valigetta da toilette rosso cupo.»

«Vorreste dirmi» osservò Fournier «che questa ragazza è passata proprio di fianco al posto dove era seduta sua madre?»

«Precisamente.»

«Il movente» disse Fournier. Sospirò profondamente. «E l'opportunità... sì, c'è tutto.»

Poi, con una veemenza insospettabile dato il suo abituale comportamento malinconico, batté la mano sul tavolo a palmo aperto.

«Ma, *parbleu*» esclamò. «Perché nessuno me ne ha parlato prima? Per quale motivo non è stata inclusa nella lista delle persone sospettate?»

«Ve l'ho già detto, amico mio. Ve l'ho già detto» si scusò Poirot con aria affranta. «Il mio disgraziatissimo stomaco.»

«Sì, sì; è comprensibile. Ma c'erano altre persone che non soffrivano di stomaco... gli steward... gli altri passeggeri.»

«Io penso» disse Jane «che forse è stato perché tutto ciò si è verificato subito, al principio. L'aereo aveva appena lasciato Le Bourget e Giselle è rimasta ancora viva per più di un'ora, dopo. Per lo meno, sembra che sia stata uccisa molto più tardi.»

«È curioso, questo» disse Fournier con aria pensosa. «C'è da prendere in considerazione l'eventualità che il veleno avesse un'azione ritardata? Sono cose che succedono...»

Poirot si lasciò sfuggire un gesto e si prese la testa fra le mani.

«Devo pensare. Devo pensare... Ma è possibile che, fin da principio, le mie idee siano state completamente sbagliate?»

«*Mon vieux,*» lo rassicurò Fournier «sono cose che succedono. A me succedono. È possibile che siano successe anche a voi. Di tanto in tanto bisogna ripiegare il proprio orgoglio, metterlo via e adattare le proprie idee alla nuova situazione.»

«Questo è vero» ammise Poirot. «È possibile che, fin dal principio, io abbia dato troppa importanza a una cosa specifica. Mi aspettavo di scoprire un determinato indizio. L'ho scoperto e ho costruito su quello tutta la mia interpretazione di questo caso. Ma se ho sbagliato fin dall'inizio... se quel determinato oggetto si trovava lì solo incidentalmente... ebbene, allora... sì... ammetterò di avere sbagliato... di avere sbagliato tutto.»

«Non si possono chiudere gli occhi di fronte all'importanza di questa svolta negli avvenimenti» disse Fournier. «Il movente e l'opportunità... cos'altro desiderate?»

«Niente. Deve essere come dite voi. L'azione ritardata del veleno sembra una cosa molto singolare. Praticamente... si dovrebbe pensare che è impossibile. Ma, quando ci sono di mezzo i veleni, anche l'impossibile può accadere. Bisogna tener conto di determinate reazioni...»

La sua voce si interruppe senza concludere la frase.

«Bisogna discutere il piano delle operazioni» propose Fournier. «Per il momento, secondo me, non sarebbe molto saggio suscitare i sospetti di Anne Morisot. Non si è affatto accorta che l'avete riconosciuta. La sua *bona fides* è stata accettata. Sappiamo in quale albergo alloggia e possiamo restare in contatto con lei per mezzo di Thibault. Le formalità legali possono sempre subire qualche ritardo. Abbiamo stabilito due elementi... l'opportunità e il movente. Ci resta ancora da provare che Anne Morisot fosse in possesso del veleno di vipera. Non solo, ma resta anche la questione dell'americano che ha acquistato la cerbottana e corrotto Jules Perrot. Potrebbe essere stato suo marito... Richards; in fondo abbiamo soltanto la parola di Anne Morisot per credere che sia in Canada.»

«Come dite... il marito... sì, il marito. Ah, aspettate... aspettate!» Poirot si portò le mani alle tempie. «È tutto sbagliato» mormorò. «Non sto adoperando le cellule del mio cervello in modo ordinato e metodico. No, salto alle conclusioni. Credo, forse, che sia proprio questo a cui dovevo pensare. Ma no, adesso sto sbagliando di nuovo. Se la mia idea originaria fosse stata giusta, non potrei assolutamente pensare...»

Si interruppe.

«Vi chiedo scusa» disse Jane.

Poirot non rispose per un attimo o due; poi staccò le mani dalle tempie, si mise a sedere più dritto, e allineò due forchette e una saliera che offendevano il suo senso della simmetria.

«Ragioniamo» disse. «Anne Morisot può essere colpevole o innocente di questo delitto. Se è innocente, perché ha mentito? Per quale motivo ha nascosto il fatto di essere la cameriera personale di lady Horbury?»

«Già, perché?» ripeté Fournier.

«Di conseguenza diciamo che Anne Morisot è colpevole perché ha mentito. Ma aspettate. Supponiamo che la mia prima congettura fosse esatta. Può adattarsi alla colpa di Anne Morisot, o alla menzogna di Anne Morisot? Sì... sì... potrebbe... però, con una premessa. Ma in tal caso... e se la premessa è corretta... Anne Morisot non avrebbe dovuto assolutamente trovarsi su quell'aeroplano.»

Gli altri lo osservarono educatamente e, forse, con un interesse un po' superficiale.

Fournier stava pensando: "Adesso capisco quello che voleva dire l'inglese, Japp. Crea difficoltà, il nostro vecchietto. Cerca di complicare una questione che, ormai, è semplice. Non è capace di accettare una soluzione diretta senza pretendere che si uniformi alle sue idee preconcette".

Jane stava pensando: "Non riesco assolutamente a capire che cosa vuol dire... Per quale motivo non doveva essere sull'aeroplano, la ragazza? Doveva andare in tutti i posti dove lady Horbury voleva che lei andasse... Comincio a pensare che, effettivamente, quest'uomo sia un gran ciarlatano...".

Improvvisamente Poirot tirò un lungo respiro.

«Naturalmente» disse. «È una possibilità; e dovrebbe essere molto semplice scoprirlo.»

Si alzò.

«Cosa c'è adesso, amico mio?» domandò Fournier.

«Di nuovo il telefono» disse Poirot.

«La telefonata intercontinentale a Quebec?»

«Stavolta semplicemente una telefonata a Londra.»

«A Scotland Yard?»

«No, a casa di lord Horbury, in Grosvenor Square. Spero solo di essere tanto fortunato da trovare in casa lady Horbury.»

«Badate a ciò che fate, amico mio. Se Anne Morisot dovesse avere il sospetto che stiamo facendo qualche indagine su di lei, sarebbe un grosso danno per il nostro lavoro. Più di qualsiasi altra cosa, non dobbiamo farla insospettire.»

«Non abbiate timore; sarò molto discreto. Farò soltanto una domandina... una domandina assolutamente innocua.» Sorrise. «Venite con me, se preferite.»

«No, no.»

«Ma, sì. Insisto.»

I due uomini si allontanarono, lasciando Jane nel salone dell'albergo.

Ci volle un certo tempo per ottenere la telefonata; ma Poirot ebbe fortuna. Lady Horbury pranzava in casa.

«Bene, per favore, dite a lady Horbury che si tratta di monsieur Poirot, da Parigi.» Ci fu una pausa. «Siete voi, lady Horbury? No, no, tutto bene. Vi assicuro che va tutto bene. Non si tratta affatto di quello. Vorrei che rispondeste a una domanda. Sì... quando venite in Inghilterra da Parigi con l'aereo, la vostra cameriera, generalmente, vi accompagna, oppure viaggia con il treno? Con il treno... Quindi, in quella particolare occasione... capisco... siete sicura? Ah, vi ha lasciato. Già. Vi ha lasciato all'improvviso, licenziandosi sui due piedi. *Mais oui*, un'ingratitudine vergognosa. È fin troppo vero. Ah, è una classe ben ingrata! Sì, sì, esattamente. No, no, non dovete preoccuparvi. *Au revoir*. Grazie.»

Riattaccò e si voltò verso Fournier: i suoi occhi verdi scintillavano.

«Ascoltate, amico mio, generalmente la cameriera di lady Horbury viaggia con il treno e il traghetto. Nell'occasione dell'assassinio di Giselle, lady Horbury ha deciso all'ultimo momento che sarebbe stato meglio se Madeleine avesse viaggiato in aereo anche lei.»

Afferrò il francese per un braccio.

«Presto, amico mio» disse. «Dobbiamo correre al suo albergo. Se la mia idea è corretta... e penso che lo sia... non c'è tempo da perdere.»

Fournier restò a fissarlo con gli occhi sbarrati. Ma prima ancora che fosse riuscito a formulare una domanda, Poirot gli aveva girato le spalle e si stava avviando verso la porta girevole che dava sulla strada.

Fournier si precipitò sulle sue orme.

«Ma non capisco. Cos'è tutta questa storia?»

Il portiere in livrea teneva già aperta la portiera di un taxi. Poirot saltò dentro e diede l'indirizzo dell'albergo di Anne Morisot.

«E correte... correte, mi raccomando!»

Fournier balzò nell'auto dietro di lui.

«Vi ha morso una tarantola? Si può sapere che cos'è questa fretta pazzesca... questa corsa folle?»

«Vedete, amico mio, se, come dicevo, la mia idea è corretta... Anne Morisot si trova in imminente pericolo.»

«Credete?»

Fournier non poté impedire di dare alla propria voce un tono scettico.

«Temo di sì» disse Poirot. «Temo proprio. *Bon Dieu*, ma questo taxi va come una lumaca!»

Il taxi, in quel momento, viaggiava a ottanta chilometri all'ora e sgusciava fra il traffico senza provocare incidenti soprattutto in virtù dell'abilità straordinaria dell'autista.

«Sembra tanto una lumaca che, fra un minuto, avremo un incidente» disse Fournier secco. «E mademoiselle Grey... L'abbiamo lasciata là ad aspettare il nostro ritorno dal telefono e, invece, ce ne andiamo dall'albergo senza dire una parola. Non è molto cortese, questo!»

«Cortese o scortese... che importanza ha in una questione di vita o di morte!»

«Di vita o di morte?» Fournier si strinse nelle spalle.

Intanto tra sé pensava: "Sarà, ma questo pazzo pieno di ostinazione rischia di mandare tutto a catafascio. Non appena la ragazza avrà capito che siamo sulle sue tracce...".

In tono supplichevole implorò: «Vi prego, monsieur Poirot, siate ragionevole! Bisogna agire con cautela».

«Non capite,» disse Poirot «ho paura... ho paura...»

Il taxi si arrestò bruscamente di fronte all'albergo tranquillo e rispettabile in cui alloggiava Anne Morisot.

Poirot uscì precipitosamente e poco ci mancò che andasse a sbattere contro un giovane che stava uscendo in quel momento.

Poirot si fermò di botto per un attimo e lo seguì con lo sguardo.

«Un'altra faccia che conosco... ma dove...? Ah, adesso ricordo... è l'attore Raymond Barraclough.»

Mentre riprendeva la corsa, Fournier gli posò la mano su un braccio nell'intento di trattenerlo.

«Monsieur Poirot, io ho il più profondo rispetto, la più profonda ammirazione per i vostri metodi, però sento che non bisogna commettere azioni precipitose. Qui in Francia sono io il responsabile del modo in cui vengono condotte le indagini su questo caso...»

Poirot lo interruppe.

«Capisco la vostra ansia; ma non abbiate timore di alcuna "azione precipitosa" da parte mia. Proviamo a chiedere al banco del portiere. Se madame Richards è qui e tutto va per il meglio, non avremo fatto nulla di male... e potremo discutere insieme sul nostro modo di agire in futuro. Non farete obiezione a questo?»

«No, no, naturalmente no.»

«Bene.»

Poirot oltrepassò la porta girevole e si presentò al banco del portiere. Fournier lo seguì.

«Credo che alloggi qui, presso di voi, una certa signora Richards» disse Poirot.

«No, *monsieur*, stava qui ma è partita oggi.»

«È partita?» domandò Fournier.

«Sì, *monsieur*.»

«E quando?»

Il portiere diede un'occhiata all'orologio a muro.

«Poco più di mezz'ora fa.»

«Si è trattato di una partenza improvvisa? Dove è andata?»

L'impiegato si stizzì per quelle domande e fece capire di non voler rispondere; ma quando Fournier gli mostrò le proprie credenziali l'uomo cambiò tono e si dimostrò ansioso di offrire tutto l'aiuto che poteva.

No, la signora non aveva lasciato indirizzo. Secondo lui, la partenza era dovuta a un improvviso cambiamento dei suoi piani. In precedenza aveva detto che si sarebbe fermata una settimana.

Altre domande. Vennero convocati il *concierge*, il facchino, i ragazzi addetti agli ascensori.

Secondo il *concierge*, era venuto un signore a trovarla. Era arrivato mentre lei si trovava fuori. Aveva aspettato il suo ritorno e avevano pranzato insieme. Che tipo di signore? Un signore molto americano... molto americano. Lei era rimasta sorpresa di vederlo. Dopo il pranzo, la signora aveva dato ordine che il suo bagaglio venisse portato giù dalla camera e caricato su un taxi.

E dove si era fatta condurre? Alla Gare du Nord... per lo meno questo era stato l'ordine che aveva dato all'autista. Il signore americano era partito con lei? No, era andata via sola.

«La Gare du Nord» disse Fournier. «Questo significa una partenza per l'Inghilterra, non ci sono dubbi. Il treno delle due del pomeriggio. Ma potrebbe anche essere uno stratagemma. Telefoniamo a Boulogne e, intanto, cerchiamo di rintracciare quel taxi.»

Era come se Poirot avesse trasmesso le proprie paure a Fournier.

La faccia del francese era ansiosa.

Con rapidità ed efficienza, mise in moto il meccanismo della Legge.

Erano le cinque quando Jane, seduta nel grande salone dell'albergo con un libro, alzò gli occhi e vide Poirot venirle incontro.

Aprì la bocca per rimproverarlo, ma le parole che voleva pronunciare le morirono sulle labbra. Ciò che gli lesse sulla faccia l'aveva fermata.

«Cosa c'è?» domandò. «È successo qualcosa?»

Poirot le afferrò le mani.

«La vita è proprio terribile, *mademoiselle*» disse.

Qualcosa nel suo tono fece provare a Jane un vago terrore.

«Di che si tratta?» chiese ancora.

Poirot disse lentamente: «Quando il treno ha raggiunto Boulogne è stata trovata una donna in una carrozza di prima classe... morta».

Jane diventò pallidissima.

«Anne Morisot?»

«Anne Morisot. In mano stringeva una boccettina di vetro blu che aveva contenuto acido cianidrico.»

«Oh!» esclamò Jane. «Suicidio?»

Poirot non rispose subito. Dopo un po' disse, con l'aria di chi sceglie accuratamente le parole: «Sì, la polizia pensa che si tratti di suicidio».

«E voi?»

Poirot allargò lentamente le mani in un gesto espressivo.

«Cos'altro... si può pensare?»

«Si è uccisa... perché? Per il rimorso... oppure perché aveva paura di essere scoperta?»

Poirot crollò il capo.

«La vita può essere veramente terribile» disse. «Occorre molto coraggio!»

«Per uccidersi? Sì, suppongo di sì.»

«Anche per vivere» disse Poirot «ci vuole coraggio.»

26

Il giorno seguente Poirot lasciò Parigi. Jane rimase indietro con una serie di incarichi da eseguire. In gran parte le sembravano singolarmente privi di significato, ma cercò di eseguirli come meglio poteva. Vide Jean Dupont un paio di volte. Il giovanotto accennò alla spedizione alla quale lei pure si sarebbe unita e Jane non osò disingannarlo senza ordini in merito da Poirot; di conseguenza se la cavò come meglio poté e cercò di spostare la conversazione su altri argomenti.

Cinque giorni più tardi venne richiamata in Inghilterra con un telegramma.

Norman era ad attenderla alla stazione di Victoria; insieme discussero gli avvenimenti più recenti.

Al suicidio era stata data pochissima pubblicità. Sui giornali era comparso un trafiletto in cui si diceva che una signora canadese, una certa Richards, si era suicidata sull'espresso Parigi-Boulogne, ma era tutto. Non si era fatta menzione di alcun legame con l'assassinio sull'aeroplano.

Norman e Jane erano ottimisti. Speravano che i loro guai fossero al termine. Norman tuttavia non era accanito come Jane.

«Forse la sospetteranno di aver ucciso la madre ma, adesso che si è data la morte in questo modo, probabilmente pianteranno a metà le indagini relative a questo caso; di conseguenza, a meno che non venga dimostrato pubblicamente il contrario, non vedo il vantaggio che ne potremo avere noi! Nell'opinione del pubblico rimarremo sospettabili né più né meno di prima.»

E disse pressappoco la stessa cosa a Poirot, quando lo incontrò a Piccadilly pochi giorni dopo.

Poirot sorrise.

«Siete come tutti gli altri. Mi giudicate un vecchietto che non sa fare niente! Sentite, dovete venire a cena con me, stasera. Ci sarà Japp e anche il nostro amico Clancy. Ho certe cosette da dirvi che potrebbero essere interessanti.»

La cena passò piacevolmente. Japp aveva l'aria un po' troppo condiscendente ma appariva di buon umore; Norman era interessato e il piccolo signor Clancy non meno elettrizzato di quando aveva riconosciuto l'aculeo mortale.

Fu subito abbastanza evidente che a Poirot non dispiaceva tentare di fare una certa impressione sul piccolo scrittore.

Terminato il pasto, e bevuto il caffè, Poirot si schiarì la voce un po' imbarazzato, ma con una certa aria d'importanza.

«Amici miei,» disse «il signor Clancy, qui presente, ha manifestato interesse per quelli che chiamerebbe "i miei metodi, Watson". *C'est ça, n'est ce pas?* Mi propongo, purché non ci sia il pericolo di annoiarvi...» e fece una pausa significativa, durante la quale Norman e Japp si affrettarono a dire: "No, no" e: "Molto interessante..." «di fornirvi un piccolo riassunto dei miei metodi nelle indagini su questo caso.»

Si fermò e consultò alcuni appunti. Japp bisbigliò a Norman: «Chissà cosa crede di fare, vero? È una presunzione bella e buona, la sua!».

Poirot lo guardò con aria di rimprovero e fece: «Ehm... ehm!».

Tre facce che esprimevano un educato interesse si voltarono verso di lui e Poirot cominciò.

«Cominceremo dall'inizio, amici miei. Tornerò indietro al famoso aeroplano *Prometheus* e al suo tragico viaggio da Parigi a Croydon. Desidero spiegarvi con precisione le idee e le impressioni avute allora... e poi passerò a descrivere come sono giunto a vederle o come le ho modificate alla luce degli avvenimenti successivi.

«Quando, poco prima di raggiungere Croydon, il dottor Bryant fu avvicinato da uno steward e lo seguì a esaminare il cadavere, lo accompagnai. Avevo l'impressione che potesse trattarsi... chi lo sa?... di qualcosa del mio genere. Forse ho un punto di vista troppo professionale quando c'è di mezzo la morte. La morte, nel mio cervello, è divisa in due classi: ci sono quelle che mi riguardano e quelle che non mi riguardano... e anche se quest'ultima classe è infinitamente più numerosa, nonostante ciò, ogni volta che vengo a contatto con la morte, sono come un cane che alza il muso e annusa l'aria.

«Il dottor Bryant confermò il timore del cameriere che la donna fosse morta. Quanto alla causa del decesso, naturalmente non poteva pronunciarsi senza un esame dettagliato. Fu in quel momento che monsieur Jean Dupont manifestò la supposizione che il decesso fosse stato provocato dallo shock seguito alla puntura di una vespa. E, per dare conferma a questa ipotesi, attirò l'attenzione su una vespa che aveva ammazzato poco prima.

«Ora, si trattava di una teoria plausibilissima... una teoria che poteva essere accettata senza difficoltà. C'era un segno sul collo della donna morta... assomigliava moltissimo alla puntura di un insetto... ed esisteva il fatto indiscutibile che, nell'aeroplano, c'era stata una vespa.

«In quel momento ebbi la fortuna di abbassare gli occhi e di scorgere qualcosa che, in un primo momento, avrebbe potuto essere preso per il corpo di un'altra vespa. In realtà si trattava di una di quelle piccole frecce usate dagli indigeni, ornata di un ciuffetto di seta giallo e nero.

«A questo punto il signor Clancy si è fatto avanti e ha dichiarato che si trattava di una spina scagliata da una cerbottana, secondo l'uso di alcune tribù indigene. Successivamente, come voi tutti sapete, è stata scoperta anche la cerbottana.

«Quando raggiungemmo Croydon avevo già svariate idee che mi mulinavano nel cervello e, una volta che mi trovai definitivamente con i piedi sulla terraferma, il mio cervello riprese il suo lavoro con la solita vivacità e il solito acume.»

«Dite pure, monsieur Poirot,» ridacchiò Japp «niente false modestie, per carità!»

Poirot gli lanciò un'occhiata e proseguì: «Un'idea mi si era presentata molto chiaramente – come è capitato anche a tutti gli altri –, e cioè l'audacia di un delitto commesso in questo modo... e il fatto stupefacente che nessuno si fosse accorto dell'accaduto.

«Due erano i punti che mi hanno subito interessato. Uno, la presenza, tanto conveniente, della vespa. L'altro, la scoperta della cerbottana. Come ho osservato dopo l'inchiesta, parlando con il mio amico Japp, perché diavolo l'assassino non se ne era liberato facendola passare attraverso uno dei fori del ventilatore inserito nel finestrino? In tal modo sarebbe stato ben difficile rintracciare o identificare quella lunga spina; invece le cose erano ben diverse, con una cerbottana sulla quale era rimasto ancora incollato un pezzettino dell'etichetta col prezzo.

«Quale era la soluzione? Evidentemente quella che l'assassino "voleva" far trovare la cerbottana.

«Ma per quale motivo? C'è una sola risposta che sembra logica. Se si fossero ritrovate una spina avvelenata e una cerbottana, la conclusione più evidente sarebbe stata quella che l'assassinio era stato commesso mediante un aculeo scagliato con una cerbottana. Invece, nella realtà delle cose, il delitto non era stato commesso a quel modo.

«D'altra parte, come avrebbe dimostrato l'autopsia, la spina avvelenata era stata, senza possibilità di dubbio, la causa del decesso. Ho provato a chiudere gli occhi e mi sono domandato: quale è il mezzo più sicuro, quello che offre meno possibilità di errori, di colpire con un dardo avvelenato la vena giugulare? E la risposta è arrivata subito: a mano.

«Ecco perché si spiegava, immediatamente, la necessità di far scoprire la cerbottana. La cerbottana avrebbe inevitabilmente suggerito l'idea della distanza. Se la mia teoria era giusta, la persona che aveva ucciso madame Giselle doveva essere andata direttamente al suo tavolino ed essersi chinata su di lei.

«Esisteva una persona che avrebbe potuto farlo? Sì, ce n'erano due. I due steward. Entrambi avrebbero potuto andare vicino a madame Giselle, chinarsi su di lei, e nessuno avrebbe trovato che era un'azione insolita.»

«Qualcun altro avrebbe potuto agire in questo modo?

«Ecco, c'era il signor Clancy. È stato l'unico a passare proprio di fianco al posto di madame Giselle... e mi è venuto in mente come fosse stato proprio lui a richiamare per primo l'attenzione sulla teoria della cerbottana e dell'aculeo.»

Il signor Clancy si alzò di scatto.

«Protesto» esclamò. «È un oltraggio.»

«Sedete,» disse Poirot «non ho ancora finito. Devo mostrarvi tutti i gradi per i quali sono giunto alla mia conclusione.

«Adesso c'erano tre persone che potevano essere sospettate:

Mitchell, Davis e il signor Clancy. A prima vista nessuno di loro dava l'idea di essere un assassino, ma c'erano ancora molte indagini da fare.

«Subito dopo, mi sono messo a esaminare le possibilità della vespa. Affascinante, la questione della vespa. Tanto per cominciare, nessuno l'aveva notata fino al momento in cui era stato servito il caffè. Già in se stesso questo fatto era abbastanza curioso. Così ho provato a costruire una certa teoria del delitto. L'assassino presentava al mondo due soluzioni separate della tragedia. La prima, e la più semplice, quella che madame Giselle fosse stata punta da una vespa e fosse morta per collasso cardiaco. Il successo di questa soluzione dipendeva dalla possibilità o no che l'assassino recuperasse la spina avvelenata. Japp e io ci trovammo subito d'accordo nel dire che non sarebbe stato difficile... fintanto che non fosse nato il sospetto di una morte non dovuta a cause naturali. C'era, poi, il colore particolare di quel ciuffetto di fili di seta che, su questo non avevo dubbi, era stato sostituito deliberatamente al color rosso *cerise* originale, in modo da simulare l'aspetto di una vespa.

«Dunque il nostro assassino si avvicina al tavolino della vittima, inserisce l'aculeo e libera la vespa! Il veleno è di una tale potenza che la morte deve essere stata praticamente istantanea. Se Giselle avesse gridato... con ogni probabilità nessuno l'avrebbe udita a causa del frastuono dell'aeroplano. Ma, se qualcuno l'avesse notato, bene, c'era in giro una vespa che avrebbe potuto spiegare quel grido. La povera donna era stata punta.

«Questo, come dicevo, era il piano n. 1. Ma supponendo che, come è realmente accaduto, la spina avvelenata fosse scoperta prima che l'assassino potesse recuperarla, la frittata era fatta. La teoria del decesso per cause naturali appariva impossibile. Così, invece di eliminare la cerbottana attraverso il ventilatore, questa viene messa in un punto dove è impossibile non scoprirla quando l'aeroplano viene perquisito; e si giunge subito alla conclusione che la cerbottana sia stata lo strumento del delitto. In tal caso viene creata l'atmosfera adatta a far credere al lancio da una certa distanza; quando la cerbottana verrà ritrovata, servirà a indirizzare i sospetti su una direzione certa e prestabilita.

«A questo punto, ormai, avevo una mia teoria sul delitto e anche tre persone sospette, magari perfino una quarta... Monsieur Jean Dupont, il quale aveva accennato alla "teoria della morte in seguito alla puntura di una vespa" e si trovava seduto in un posto così vicino a Giselle che avrebbe potuto addirittura alzarsi e muoversi senza che nessuno lo notasse. D'altra parte non ero del tutto convinto che avrebbe osato correre un rischio simile.

«Così mi sono concentrato sul problema della vespa. Se l'assassino aveva portato la vespa sull'aereo e l'aveva lasciata libera nel momento psicologico più adatto... doveva certo avere un oggettino, del tipo di una scatoletta, in cui conservarla.

«Ecco là dove è nato il mio interesse per il contenuto delle tasche e del bagaglio a mano dei passeggeri.

«E qui mi sono trovato di fronte a uno sviluppo totalmente inatteso degli avvenimenti. Ho trovato quello che stavo cercando... però mi sembrava che fosse di proprietà della persona sbagliata. Nella tasca del signor Norman Gale c'era una scatoletta di fiammiferi vuota, di piccole dimensioni, della marca Bryant & May. Tuttavia, secondo la deposizione di tutti i passeggeri, il signor Gale non era mai andato in fondo alla cabina dell'aereo percorrendone il corridoio. Era andato soltanto fino alla toilette e poi era ritornato al suo posto.

«Con tutto ciò, benché sembrasse impossibile c'era effettivamente un metodo per mezzo del quale il signor Gale avrebbe potuto commettere il delitto... come dimostrava il contenuto della valigetta.»

«La mia valigetta?» fece Norman Gale. Prese un'aria divertita e un po' perplessa. «Figuriamoci, non ricordo neppure cosa conteneva.»

Poirot gli rivolse un sorriso pieno di amabilità.

«Aspettate un momento. Arriverò anche a questo. Prima, però, voglio spiegarvi le mie idee.

«Dunque, procedendo... avevo quattro persone che potevano aver commesso il delitto... sempre partendo dal punto di vista della possibilità: i due steward, Clancy e Gale.

«Ma, a questo punto, ho cominciato a esaminare il caso dell'angolo opposto... quello del movente... Se avessi trovato un movente che poteva coincidere con l'opportunità... Be', avrei avuto in mano il mio assassino! Ma, ahimè, non sono riuscito a scoprire niente di simile. Il mio amico Japp mi ha accusato di divertirmi a rendere le cose difficili. Al contrario, ho affrontato la questione del movente con la più grande semplicità del mondo. Chi si sarebbe trovato ad avere un vantaggio se madame Giselle fosse stata eliminata? Evidentemente quella sua figlia sconosciuta... perché quella sua figlia sconosciuta avrebbe ereditato una fortuna. Ma c'erano altre persone che madame Giselle aveva in suo potere oppure... diremo... che madame Giselle avrebbe potuto avere in suo potere, per quel che ne sapevamo! Quindi si trattava di procedere a un'eliminazione. Fra tutti i passeggeri di quell'aeroplano, avevo la certezza che uno soltanto avesse avuto a che fare con Giselle. Si trattava di lady Horbury.

«Nel caso di lady Horbury il movente era chiarissimo. La sera prima era andata a trovare Giselle nella sua casa parigina. Era in preda alla disperazione e aveva un amico, un giovane attore, che avrebbe potuto recitare facilmente la parte del compratore americano della cerbottana... Non solo, ma avrebbe anche potuto corrompere l'impiegato delle Universal Airlines per assicurarsi che Giselle viaggiasse con il volo di mezzogiorno.

«Stando così le cose, il problema veniva diviso in due parti distinte. Non riuscivo a capire come fosse stato possibile per lady Horbury commettere il delitto. E non riuscivo a vedere quale movente avesse spinto gli steward, il signor Clancy o il signor Gale a volerlo commettere.

«Come sempre, in fondo al cervello, continuavo a considerare il problema della figlia sconosciuta, nonché erede di Giselle. C'era forse una delle quattro persone da me sospettate che era sposata... e in tal caso, la moglie avrebbe potuto essere Anne Morisot? Se il padre era un inglese, forse la ragazza era stata allevata in Inghilterra. Ho eliminato la moglie di Mitchell... perché proveniva da una di quelle belle, solide famiglie del Dorset.

«Davis corteggiava una ragazza che aveva padre e madre viventi. Il signor Clancy non era sposato. Il signor Gale non nascondeva di essere follemente innamorato della signorina Jane Grey.

«Dirò subito che ho indagato con estrema attenzione sugli antecedenti della signorina Grey, dopo aver saputo del tutto casualmente, parlandole, che era stata allevata in un orfanotrofio nei pressi di Dublino. E ben presto mi sono convinto che la signorina Grey non era figlia di madame Giselle.

«Mi sono messo a fare una specie di tavola sinottica dei risultati... Gli steward non ci avevano né guadagnato né perduto in seguito alla morte di madame Giselle... all'infuori del fatto che Mitchell era ancora visibilmente sotto shock. Il signor Clancy su quell'argomento stava preparando un libro con il quale sperava di fare quattrini. Il signor Gale non faceva che perdere clienti. Nessun aiuto in tutto questo.

«Eppure, in quel momento mi sono convinto che il signor Gale era l'assassino... C'era la scatoletta dei fiammiferi vuota... c'era il contenuto della sua valigetta. In apparenza ci aveva perduto, non guadagnato, in seguito alla morte di Giselle! Ma quelle apparenze potevano essere false.

«Così ho deciso di approfondire la sua conoscenza. L'esperienza mi ha insegnato che nessuno, nel corso della conversazione, riesce a non tradirsi prima o poi... tutti hanno sempre il bisogno di parlare di se stessi.

«Ho cercato di guadagnarmi la fiducia del signor Gale. Ho fatto finta di confidarmi con lui, ho perfino richiesto il suo aiuto. L'ho persuaso ad aiutarmi in un finto tentativo di ricatto ai danni di lady Horbury. Ed è stato a questo punto che lui ha commesso il suo primo errore.

«Gli avevo suggerito qualche leggero ritocco al suo aspetto che servisse a cambiarlo un po'. Si è presentato pronto a recitare la sua parte, camuffato in modo ridicolo e inconcepibile! Una vera farsa! Nessuno, ne avevo la certezza, poteva recitare quella parte nel pessimo modo in cui si proponeva di recitarla lui. Qual era il motivo di tutto questo? Ben sapendo di essere il colpevole, non aveva voluto dimostrarmi di essere un bravo attore. Però non appena gli feci ritoccare, per cambiarlo in meglio, quel suo ridicolo travestimento, le sue capacità artistiche sono venute fuori. Ha recitato la sua parte alla perfezione e lady Horbury non l'ha riconosciuto. Allora mi sono convinto che avrebbe potuto camuffarsi con facilità da americano a Parigi, e che avrebbe saputo recitare la parte necessaria sul *Prometheus*.

«A questo punto cominciavo a essere seriamente preoccupato per mademoiselle Jane. Perché poteva essere una complice in questa faccenda, ma poteva essere anche del tutto innocente... e, in quest'ultimo caso, era una vittima. Un giorno avrebbe potuto svegliarsi e scoprire di avere sposato un assassino.

«Con lo scopo di impedire un matrimonio precipitoso, ho portato mademoiselle Jane a Parigi con me, come segretaria.

«Ed è stato mentre ci trovavamo lì che l'ereditiera scomparsa si è presentata a farsi consegnare il patrimonio che le spettava. Ho cominciato a essere torturato da una somiglianza che non riuscivo a identificare. Finalmente ci sono riuscito... ma troppo tardi.

«In un primo momento la scoperta che si trovava anche lei su quell'aereo e aveva mentito a questo riguardo mi ha fatto temere che crollassero tutte le mie teorie. Ecco la colpevole, con prove schiaccianti.

«Tuttavia, se era colpevole, aveva anche un complice, l'uomo che aveva comperato la cerbottana e corrotto Jules Perrot.

«Chi era quest'uomo? Possibile che si trattasse di suo marito?

«E poi, d'un tratto, ho visto la soluzione autentica. Sempre che, naturalmente, un determinato elemento potesse essere verificato.

«Perché la mia soluzione potesse essere corretta, Anne Morisot non avrebbe dovuto trovarsi su quell'aeroplano.

«Una telefonata a lady Horbury, ed ecco la risposta. La cameriera, Madeleine, aveva viaggiato sull'aereo solo per un capriccio dell'ultimo momento della sua padrona.»

Si interruppe.

Il signor Clancy disse: «Ehm... ma... temo che non sia del tutto chiaro».

«Quando avete smesso di puntare su di me come assassino?» domandò Norman.

Poirot si girò di scatto verso di lui.

«Non ho mai smesso. L'assassino siete voi... Aspettate... vi spiegherò tutto. Durante tutta questa settimana, Japp e io siamo stati molto occupati... È vero che siete diventato dentista per fare piacere a vostro zio... John Gale. Avete assunto il suo nome quando siete diventato suo socio nello studio dentistico... ma eravate il figlio di sua sorella... non di suo fratello. Il vostro nome autentico è Richards. Ed è stato come Richards che avete fatto la conoscenza di questa Anne Morisot l'inverno scorso, a Nizza, dove lei si trovava con la sua padrona. La storia che ci ha raccontato era esatta per quel che riguarda gli avvenimenti della sua infanzia, ma l'ultima parte era stata abilmente manipolata da voi. Non è vero che non conoscesse il nome da ragazza di sua madre. Giselle si trovava a Montecarlo... la gente la indicava, il suo vero nome veniva menzionato. Allora vi siete reso conto che esisteva la possibilità di mettere le mani su un grosso patrimonio. E questo è piaciuto al vostro carattere di giocatore d'azzardo. È stato da Anne Morisot che avete saputo dei rapporti che intercorrevano fra lady Horbury e Giselle. Così, nel vostro cervello, ha cominciato a formarsi il piano del delitto. Giselle doveva essere assassinata in modo da far ricadere i sospetti su lady Horbury. I vostri piani sono giunti a maturazione e, finalmente, hanno dato i frutti. Siete stato voi a pagare l'impiegato delle Universal Airlines affinché Giselle viaggiasse sullo stesso aereo di lady Horbury. Anne Morisot vi aveva raccontato che sarebbe tornata in Inghilterra con il treno. E certo voi non vi aspettavate di vederla su quell'aeroplano, perché questo metteva in serio pericolo i vostri piani. Se si fosse saputo che la figlia ed erede di Giselle aveva viaggiato su quell'aereo, come è logico i sospetti sarebbero ricaduti su di lei. La vostra idea primitiva era quella che Anne si presentasse a impossessarsi dell'eredità con un alibi perfetto, perché al momento dell'assassinio si sarebbe trovata su un treno, o su un traghetto; in seguito l'avreste sposata.

«La ragazza, a questo punto, era infatuata di voi. Però voi miravate a ottenere quel denaro... di lei non vi importava.

«Ed ecco un'altra complicazione per i vostri piani. A Le Pinet avevate visto mademoiselle Jane Grey e vi eravate innamorato follemente di lei. Ed è stata la vostra passione per lei a spingervi a un gioco ancora più pericoloso.

«Adesso la vostra intenzione era quella di mettere le mani sul denaro e di avere la ragazza che amavate. Stavate per commettere un delitto per amore del denaro e non volevate rinunciare al frutto di quel delitto. Avete spaventato Anne Morisot dicendole che, se si fosse fatta avanti a proclamare la propria identità, l'avrebbero sicuramente sospettata dell'assassinio. Invece l'avete persuasa a chiedere qualche giorno di permesso, siete andati insieme a Rotterdam e l'avete sposata.

«A tempo debito, le avete insegnato come ottenere l'eredità. Non doveva assolutamente parlare del proprio impiego come cameriera privata di una nobildonna, e doveva essere altrettanto chiaro che lei e il marito, all'epoca del delitto, si trovavano all'estero.

«Disgraziatamente, la data stabilita per fare andare Anne Morisot a Parigi, a richiedere l'eredità che le spettava, ha finito per coincidere con il mio arrivo a Parigi, dove la signorina Grey mi aveva accompagnato. Tutto ciò non andava affatto bene per voi. Mademoiselle Jane, oppure io stesso, avremmo potuto riconoscere in Anne Morisot la Madeleine che era stata la cameriera personale di lady Horbury.

«Avete tentato di mettervi in contatto con lei, ma non ci siete riuscito. Alla fine, siete venuto a Parigi voi stesso e avete scoperto che era andata dall'avvocato. Quando è tornata, vi ha descritto il suo incontro con me. Le cose assumevano una piega pericolosa e vi siete deciso ad agire con prontezza.

«La vostra intenzione era sempre stata quella che la giovane moglie, sposata da poco, non dovesse sopravvivere a lungo al giorno in cui era entrata in possesso della ricchezza che le spettava. Subito dopo le nozze avevate fatto testamento entrambi, lasciandovi a vicenda ciò che possedevate. Un gesto molto commovente.

«Ho l'impressione che in un primo tempo la vostra idea fosse quella di prendere le cose comodamente. Sareste partito per il Canada... in apparenza, a motivo della difficile situazione in cui vi trovavate professionalmente. Laggiù avreste preso di nuovo il nome di Richards e vostra moglie vi avrebbe raggiunto. A ogni modo non credo di sbagliare dicendo che non sarebbe passato molto tempo prima che la signora Richards morisse, lasciando in eredità un patrimonio a un vedovo apparentemente inconsolabile. Sareste tornato in Inghilterra, assumendo di nuovo il nome di Norman Gale e dicendo di avere avuto un colpo di fortuna con qualche speculazione fortunata in Canada! Ma a quel punto decideste che non bisognava perdere tempo.»

Poirot fece una pausa e Norman Gale buttò indietro la testa scoppiando in una risata scrosciante.

«Siete molto bravo a sapere quello che la gente ha intenzione di fare! Dovreste adottare la professione del signor Clancy!» Poi il suo tono cambiò diventando fremente di collera. «Non ho mai sentito tante assurdità. Quello che voi avete immaginato, monsieur Poirot, non si può far passare facilmente come prova!»

Ma Poirot aggiunse impassibile: «Forse no. Ma, vedete, io ho effettivamente in mano qualche prova».

«Davvero?» disse Norman in tono beffardo. «Forse avete le prove del modo in cui ho ucciso la vecchia Giselle, quando tutti su quell'aeroplano sanno benissimo che non mi sono mai avvicinato a lei?»

«Adesso vi dirò in che modo, esattamente, avete commesso il delitto» disse Poirot. «Cosa mi dite del contenuto della vostra valigetta? Eravate partito per una vacanza. E allora, perché portare con voi una giacca di stoffa bianca da dentista? Ecco quello che mi sono domandato. E la risposta è la seguente: "Perché assomigliava nel modo migliore alla giacca di uno steward...".

«Ecco ciò che avete fatto. Quando hanno servito il caffè e gli steward sono passati nell'altra cabina, siete andato alla toilette, avete infilato la giacca bianca che avevate con voi, vi siete imbottito le guance con qualche rotolino di cotone, siete uscito fuori, avete afferrato un cucchiaino da caffè dalla scatola che c'era nella piccola cucina, proprio di fronte alle toilette, poi vi siete precipitato lungo il corridoio con il passo rapido di uno steward e il cucchiaino in mano, dirigendovi verso il tavolino di Giselle. Le avete infilato l'aculeo nel collo, avete aperto la scatoletta di fiammiferi e avete lasciato libera la vespa, vi siete precipitato nuovamente nella toilette, avete cambiato la giacca e ne siete tranquillamente uscito per tornare al vostro posto. Tutto ciò ha richiesto soltanto un paio di minuti.

«Nessuno presta particolare attenzione a uno steward. L'unica persona che avrebbe potuto riconoscervi era mademoiselle Jane. Ma voi conoscete le donne! Non appena una donna resta sola – soprattutto se viaggia con un giovanotto affascinante – coglie quell'opportunità per darsi un'occhiata attenta nello specchio da borsetta, incipriarsi il naso, ritoccare il trucco.»

«Veramente» fece Gale, sempre in tono beffardo «una teoria molto interessante, però non è successo così. C'è dell'altro?»

«Un mucchio di cose» continuò Poirot. «Come ho appena finito di dire, prima o poi un uomo si tradisce nel corso di una conversazione... Siete stato tanto imprudente da accennare al fatto che, per un certo periodo di tempo, avevate lavorato in una fattoria del Sud Africa. Ciò che non avete detto, ma che io, dopo di allora, ho scoperto, è che si trattava di una fattoria in cui si allevavano serpenti...»

Per la prima volta Norman Gale mostrò di aver paura. Cercò di parlare, ma le parole non gli venivano.

Poirot continuò: «Laggiù vi facevate chiamare con il vostro nome esatto, Richards; ed è stata riconosciuta una vostra immagine arrivata per telefoto. La stessa fotografia è servita, a Rotterdam, per identificare quel Richards che ha sposato Anne Morisot».

Di nuovo Norman Gale cercò di pronunciare qualche parola, ma non ci riuscì. Sembrava che tutta la sua personalità fosse cambiata. Il bel giovanotto vigoroso si stava trasformando in una creatura impaurita, con lo sguardo furtivo, che cerca una via di scampo senza trovarla...

«È stata la fretta a rovinare il vostro piano» disse Poirot. «La madre superiora dell'Institut de Marie ha precipitato le cose con il suo telegramma ad Anne Morisot. Ignorare quel messaggio avrebbe suscitato dei sospetti. Eravate riuscito a convincere vostra moglie che, se non avesse soppresso determinati fatti dalla sua storia, sia lei sia voi avreste potuto essere sospettati dell'assassinio, dal momento che disgraziatamente vi trovavate tutti e due sull'aeroplano quando Giselle è stata uccisa. Quando l'avete rivista, in seguito, e avete saputo che io ero stato presente al colloquio con l'avvocato, siete stato costretto ad affrettare le cose. Avevate paura che venissi a conoscenza della verità, facendo parlare Anne... Forse lei stessa cominciava a sospettare di voi. L'avete fatta partire dall'albergo in tutta fretta. L'avete messa sul treno per Londra. Le avete somministrato a viva forza del cianuro e l'avete lasciata con la boccettina vuota in mano.»

«Un mucchio di maledettissime bugie...»

«Oh, no. C'era un livido sul collo di Anne.»

«Bugie diaboliche, vi dico.»

«Avete persino lasciato le vostre impronte digitali sulla boccettina.»

«Mentite. Portavo...»

«Ah, portavate i guanti...? Io credo, *monsieur*, che questa piccola affermazione vi abbia sistemato definitivamente.»

«Maledetto ciarlatano ficcanaso!» Livido di furore, con la faccia irriconoscibile, Gale si alzò di scatto, tentando di scagliarsi contro Poirot. Tuttavia Japp fu più rapido di lui.

Tenendolo prigioniero nella morsa delle sue braccia capaci, l'ispettore disse, in tono privo di qualsiasi emozione: «James Richards, alias Norman Gale, vi dichiaro in arresto per omicidio premeditato. Vi avverto che, d'ora in avanti, tutto ciò che direte servirà come prova contro di voi».

Gale era scosso da un brivido terribile. Sembrava sull'orlo del collasso.

Fuori, un paio di agenti in borghese attendevano. Norman Gale fu portato via.

Rimasto solo con Poirot, il piccolo signor Clancy si abbandonò a un sospiro estasiato.

«Monsieur Poirot,» disse «questa è stata, in modo assoluto, l'esperienza più elettrizzante della mia vita, siete stato magnifico!»

Poirot sorrise, pieno di modestia.

«No, no, Japp si merita lo stesso credito! Ha fatto meraviglie per identificare Gale e assicurarsi che fosse realmente Richards. C'è la polizia canadese che sta ricercando Richards. Si ha ragione di credere che una ragazza con la quale aveva avuto una relazione laggiù si sia suicidata, ma sono venuti fuori alcuni elementi che farebbero pensare a un assassinio.»

«Terribile» cinguettò il signor Clancy.

«Un assassino» disse Poirot. «E come molti assassini, ha un grande fascino con le donne.»

Il signor Clancy tossicchiò.

«Quella povera ragazza, quella Jane Grey.»

Poirot scrollò tristemente il capo.

«Sì, come le dicevo, la vita può essere davvero terribile. Ma quella ragazza ha coraggio. Ne verrà fuori, da questa faccenda.»

Intanto, con un gesto distratto, stava riaggiustando un mucchietto di giornali illustrati che Norman Gale aveva messo in disordine con quel suo scatto selvaggio.

Qualcosa arrestò la sua attenzione... un'istantanea di Venetia Kerr... a un raduno ippico... "mentre parla con lord Horbury e un'amica". Passò il giornale al signor Clancy.

«Vedete? Nel giro di un anno avremo questo annuncio: "È stato fissato, e avrà luogo tra breve, il matrimonio tra lord Horbury e la marchesa Venetia Kerr". E lo sapete chi ha combinato questo matrimonio? Hercule Poirot! Ma ne ho combinato anche un altro.»

«Lady Horbury e il signor Barraclough?»

«Ah, no, quella è una faccenda che non mi interessa.» Si sporse in avanti. «No... mi riferisco al matrimonio tra monsieur Jean Dupont e mademoiselle Jane Grey. Starete a vedere.»

Un mese dopo Jane andò da Poirot.

«Dovrei odiarvi, monsieur Poirot.»

Appariva pallida e stanca, con due occhiaie profonde.

Poirot disse con dolcezza: «Odiatemi pure un poco, se volete. Però io credo che siate una di quelle persone che preferiscono sentirsi buttare in faccia la verità piuttosto che vivere nel paradiso degli sciocchi; e forse, non ci sareste neppure vissuta molto a lungo. Liberarsi delle donne è un vizio che diventa sempre più forte».

«Era così incredibilmente affascinante!» disse Jane. Poi aggiunse: «Sento che non riuscirò mai più a innamorarmi».

«Naturalmente» si affrettò a confermare Poirot. «È un lato della vita che si può considerare finito per voi.»

Jane annuì.

«Però adesso devo assolutamente lavorare... ci vorrebbe qualcosa di interessante in cui riuscire ad assorbirmi.»

Poirot si appoggiò indietro sulla seggiola, facendola restare in equilibrio solo su due gambe, e guardò il soffitto.

«Il mio consiglio sarebbe quello di andare in Persia con i Dupont. Quello è un lavoro interessante, se volete.»

«Ma... ma... pensavo che fosse soltanto un pretesto ideato da voi.»

Poirot fece segno di no con la testa.

«Al contrario... sono diventato talmente pieno di interesse per l'archeologia e le ceramiche preistoriche che ho mandato l'assegno per la famosa donazione promessa. Stamattina ho sentito che si aspettano di vedervi partecipare alla spedizione. Sapete disegnare, per caso?»

«Sì, disegnavo discretamente, a scuola.»

«Eccellente! Spero che ve la godrete.»

«Vogliono davvero che vada con loro?»

«Ci contano!»

«Sarebbe meraviglioso.» disse Jane «Partire, andare via subito, immediatamente...»

Il suo viso si colorò lievemente.

«Monsieur Poirot...» lo guardò sospettosa. «Non... Lo fate per essere gentile?»

«Gentile?» fece Poirot, non nascondendo di provare un autentico orrore per quell'idea. «Vi posso garantire, *mademoiselle*... che quando ci sono di mezzo i quattrini, divento un puro e semplice affarista...»

Sembrava talmente offeso che Jane si affrettò a chiedergli perdono.

«Credo» disse «che sarà meglio che vada in un museo a dare un'occhiata a qualche ceramica preistorica.»

«Un'ottima idea.»

Sulla porta Jane si fermò, poi tornò indietro.

«Forse non sarete stato "gentile" in un certo modo... però, con me... siete stato davvero buono!»

Gli sfiorò la testa con un bacio e andò via.

«*Ça c'est très gentil!*» disse Hercule Poirot.

POIROT SUL NILO

Traduzione di Grazia Maria Griffini

1

Linnet Ridgeway!

«Eccola! È lei!» disse il signor Burnaby, proprietario del Three Crowns.

Intanto allungava una gomitata al suo amico.

I due uomini rimasero a guardare con tanto d'occhi e bocche semiaperte.

Una imponente Rolls Royce rossa si era fermata in quel momento di fronte all'ufficio postale. Ne scese una ragazza: era senza cappello e indossava un abito che sembrava (ma sembrava soltanto) molto semplice. Una ragazza con i capelli biondi e le fattezze regolari, energiche; una ragazza come se ne vedevano poche a Malton-under-Wode.

A passo svelto e deciso, entrò nell'ufficio postale.

«È lei!» ripeté il signor Burnaby. E continuò a voce bassa, venata di rispetto: «Con tutti i milioni che ha... ne spenderà a migliaia nella tenuta! Ci saranno piscine e giardini all'italiana, e un salone da ballo e mezza casa buttata giù e costruita di nuovo...».

«Vuol dire che porterà un bel po' di soldi in paese» osservò l'amico. Era un tipo asciutto e magrolino, male in arnese. Parlava con un tono di voce pieno di invidia e di rancore.

Il signor Burnaby si disse d'accordo con lui.

«Sì, è una gran bella cosa per Malton-under-Wode. Una gran bella cosa.»

Era contento di questo fatto, il signor Burnaby, e non lo nascondeva.

«Così ci rimetterà tutti in sesto, proprio come si deve» aggiunse.

«Una bella differenza da sir George, eh?» fece l'altro.

«Bah, quello lì, sono stati i cavalli a rovinarlo!» spiegò il signor Burnaby con indulgenza. «Non ha mai avuto un briciolo di fortuna.»

«Che cosa gli hanno dato per la tenuta?»

«Sessantamila sterline pulite pulite, a quello che ho sentito.»

L'uomo scarno e magrolino si lasciò sfuggire un fischio.

Il signor Burnaby continuò con aria trionfante: «E dicono che ne spenderà come minimo altre sessantamila prima di finire tutto!».

«Caspita!» sbottò l'ometto macilento. «Si può sapere dove li ha presi tutti quei soldi?»

«America, a quanto ho sentito dire. Sua madre era l'unica figlia di uno di quei milionari che ci sono laggiù... proprio come al cinema, vero?»

La ragazza uscì dall'ufficio postale e risalì in macchina.

Mentre si allontanava, l'uomo mingherlino la seguì con lo sguardo. «A me sembra tutto sbagliato...» bofonchiò. «Ricca e bella... è troppo! Troppo. Quando una ragazza è ricca come lei non avrebbe il diritto di essere così bella. Perché bella, lo è... senza discussioni! Ha tutto, quella figliola. Non sembra giusto...»

Dalla rubrica di Cronaca mondana del «Daily Blague»:

> Fra le persone che cenavano da "Chez Ma Tante" abbiamo notato la bellissima Linnet Ridgeway. Era in compagnia di Lady Joanna Southwood, di Lord Windlesham e del signor Toby Bryce. La signorina Ridgeway, come è noto, è figlia di Melhuish Ridgeway che ha sposato Anna Hartz. Linnet Ridgeway ha ereditato un immenso patrimonio dal nonno, Leopold Hartz. L'incantevole Linnet è il personaggio che, attualmente, suscita sensazione nell'alta società e si dice che presto verrà anche annunciato il suo fidanzamento. Certo che Lord Windlesham sembra molto *épris*!

Lady Joanna Southwood disse: «Tesoro, credo che sarà tutto assolutamente meraviglioso!»

Era seduta nella camera da letto di Linnet Ridgeway a Wode Hall.

Dalla finestra si spaziava con lo sguardo oltre il giardino, sull'aperta campagna e, in lontananza, su una striscia di bosco dalle ombre azzurrine.

«Direi che è quasi la perfezione, non trovi?» esclamò Linnet.

Era appoggiata, a braccia incrociate, al davanzale della finestra. Il suo viso era dinamico, luminoso, pieno di vitalità. Accanto a lei Joanna Southwood, una donna alta ed esile di ventisette anni, dal viso lungo e intelligente con sopracciglia bizzarramente depilate, sembrava quasi scialba.

«E quante cose hai già sistemato in poco tempo! Hai fatto venire un mucchio di architetti e via dicendo?»

«Tre.»

«Che tipi sono gli architetti? Non credo di averne mai conosciuto uno.»

«Niente da dire su di loro. Però, in qualche caso, li ho trovati poco pratici.»

«Tesoro, immagino che sarai riuscita a riaggiustare tutto subito! Perché tu sei la creatura più pratica del mondo.»

Intanto Joanna aveva preso un filo di perle dal tavolino da toilette.

«Immagino che siano vere, eh, Linnet?»

«Naturale!»

«Capisco benissimo, cara, che è "naturale" per te, ma per la maggior parte della gente non lo sarebbe affatto. Semplici perle coltivate o, magari, addirittura comprate da Woolworth! Tesoro, sono assolutamente straordinarie... e con quale cura sono state scelte sia per la gradazione che per la sfumatura di colore... Devono valere una somma favolosa!»

«Non le trovi un po' volgari, eh?»

«No, affatto... sono semplicemente di una bellezza squisita. Ma quanto possono valere?»

«Circa cinquantamila sterline.»

«Una bella cifra, davvero! E non hai paura che qualcuno le rubi?»

«No, le porto sempre e... in ogni caso, sono assicurate!»

«Non me le lasceresti portare fino a stasera a cena, tesoro? Sento che sarebbe una tale emozione...»

Linnet scoppiò in una risata.

«Certo! Se ti fa piacere!»

«Sai, Linnet, che ti invidio proprio! Hai semplicemente tutto. Eccoti qui a vent'anni, padrona di te stessa, con tutti i soldi che vuoi a tua disposizione, oltre alla bellezza e a una salute invidiabile. Sei perfino intelligente! Quando compirai i ventun anni?»

«In giugno. Daremo una gran festa a Londra per celebrare la mia entrata nella maggiore età.»

«E poi sposerai Charles Windlesham! Tutti quegli insopportabili pettegoli dei cronisti mondani non parlano d'altro, e sono eccitatissimi. Lui, del resto, sembra proprio pazzamente innamorato.»

Linnet si strinse nelle spalle.

«Non so. A essere sincera, non avrei voglia di sposare nessuno per il momento.»

«Tesoro, come hai ragione! Dopo, non è mai più la stessa cosa, vero?»

Il telefono trillò e Linnet andò a rispondere.

«Pronto? Pronto?»

Rispose la voce del maggiordomo: «C'è in linea la signorina de Bellefort. Posso passarvi la comunicazione?».

«Bellefort? Oh, sì, certo, passatemela pure.»

Uno scatto sommesso e, subito, una voce ansiosa, dolce, un po' affannata: «Pronto, parlo con la signorina Ridgeway? Linnet!».

«Jackie, carissima! Sono addirittura secoli che non ho tue notizie!»

«Lo so. È tremendo, Linnet, ho un bisogno assoluto di vederti.»

«Perché non vieni a Wode Hall, allora, cara? È il mio nuovo giocattolo. Come mi piacerebbe fartelo vedere!»

«È proprio quello che vorrei...»

«Allora salta su un treno o su una macchina.»

«Giusto, è quello che farò. Ho una due posti spaventosamente sgangherata. L'ho comperata per quindici sterline e ci sono dei giorni in cui va a meraviglia. Ma è di umore molto mutevole. Pertanto se non sarò arrivata per l'ora del tè, vorrà dire che ha fatto i capricci. A presto, cara.»

Linnet appoggiò il ricevitore sulla forcella e tornò vicino a Joanna.

«È la mia più vecchia amica, Jacqueline de Bellefort. Abbiamo studiato insieme in un collegio di suore, a Parigi. Poveretta, è stata talmente sfortunata! Suo padre è un conte francese; sua madre, un'americana... del Sud. Il padre se n'è andato con un'altra donna e la madre ha perduto tutte le sue sostanze nel crollo di Wall Street. Jackie è rimasta completamente al verde. Non so davvero come abbia fatto a cavarsela, e a tirare avanti, in questi ultimi due anni.»

Joanna stava lucidandosi le unghie rosso sangue con il piccolo strumento da manicure di cuoio morbido, imbottito, dell'amica. Piegò leggermente la testa su una spalla, tirandola un po' indietro per giudicarne l'effetto.

«Tesoro» disse con voce strascicata «non ti pare che sia un po' fastidioso? Se ai miei amici capita qualche disgrazia, io li lascio perdere immediatamente! Potrà sembrare crudele da parte mia ma se tu sapessi quante noie mi risparmia in seguito! Altrimenti ti cercano sempre per chiederti denaro in prestito, oppure qualcuno di loro apre una sartoria e ti vedi costretta a comperare certi vestiti talmente orribili... o magari, si mettono a dipingere paralumi o imparano a fare le sciarpe di batik.»

«Dunque, se io perdessi tutti i miei denari, tu mi "molleresti" fin da domani stesso?»

«Sì, cara, è proprio quello che farei. Non dirmi che non sono franca a parlare a questo modo! A me piace soltanto la gente che ha successo. Ma ti accorgerai che, più o meno, è così per tutti, o quasi... solo che, in genere, nessuno ha voglia di ammetterlo. Dicono semplicemente che non se la sentono più di sopportare Mary o Emily o Pamela! "Con tutte le disgrazie che ha avuto, è diventata così amara e così indisponente, povera cara!".»

«Sei tremenda, Joanna!»

«Io bado al sodo, insomma, come tutti gli altri.»

«Ma io non sono fatta così!»

«Grazie tante! Tu non hai nessun bisogno di fare calcoli sordidi e meschini come questi dal momento che i tuoi amministratori americani, tutte brave e simpatiche persone di mezza età, ti versano cospicue rendite ogni tre mesi!»

«Comunque, ti sbagli quanto a Jacqueline» riprese Linnet. «Non è per niente scroccona. Le ho chiesto se potevo aiutarla ma non ne ha voluto sentir parlare. È orgogliosa come il demonio!»

«Si può sapere, allora, perché aveva tanta fretta di vederti? Scommetto che vuole qualcosa. Aspetta, e vedrai.»

«Già, hai ragione; sembrava eccitata. Chissà perché!» ammise Linnet. «A volte capitano certe cose... e lei non ci mette niente ad agitarsi. Figurati che, per farti un esempio, una volta ha ferito uno con un temperino!»

«Tesoro, che emozione!»

«Già, c'era un ragazzetto che stava tormentando un cane. Jackie ha tentato di farlo smettere. Lui non le ha dato ascolto. Lei, allora, lo ha acchiappato e si è messa a scuoterlo per le braccia ma quello era molto più robusto di lei e, alla fine, Jackie ha tirato fuori un temperino e glielo ha cacciato in corpo! C'è stata una di quelle scenate! Proprio tremenda.»

«Non ne dubito. Come deve essere stato imbarazzante!»

Entrò la cameriera di Linnet. Mormorando qualche parola di scusa, prese un abito dal guardaroba e uscì di nuovo, portandolo con sé.

«Mi vuoi dire cosa è successo a Marie?» domandò Joanna. «Sembra abbia pianto.»

«Poveretta! Non so se ti ricordi quello che ti avevo raccontato. Voleva sposare un tale che lavora in Egitto. Ma sapeva pochino su di lui e, quindi, ho pensato che fosse meglio prendere informazioni. Così è saltato fuori che aveva già una moglie... e tre bambini.»

«Quanti nemici devi farti, Linnet.»

«Nemici?» Linnet non le nascose di essere sorpresa.

«Sì, nemici, tesoro mio. Sei efficiente in un modo addirittura spaventoso e sempre così incredibilmente capace di prendere la decisione più giusta!»

Linnet si mise a ridere.

«Figuriamoci! Ma se non ho un nemico al mondo!»

Lord Windlesham sedeva sotto un grande albero di cedro e il suo sguardo contemplava le armoniose proporzioni di Wode Hall. Niente guastava la sua antica bellezza perché le nuove costruzioni e le ali aggiunte restavano nascoste, dietro l'angolo dell'edificio. Era un panorama stupendo e pieno di pace, quello che aveva davanti, immerso nella luce di un sole autunnale. Eppure, mentre continuava a fissarlo, Charles Windlesham non vedeva più, di fronte a sé, Wode Hall ma, piuttosto, una imponente costruzione elisabettiana, un parco che si estendeva a perdita d'occhio, un paesaggio molto più tetro... la culla della sua famiglia, Charltonbury e, in primo piano, una figura: la figura di una giovane donna con luminosi capelli biondi e un viso fiducioso e pieno di vitalità... Linnet, signora e padrona di Charltonbury!

Si sentiva pieno di grandi speranze. Il rifiuto di lei, tutto sommato, non poteva essere considerato definitivo. Piuttosto gli era quasi sembrata una preghiera per avere ancora un po' di tempo. Be', lui poteva permettersi di aspettare.

Ma, se tutto fosse andato secondo i suoi desideri... D'accordo, era consigliabile sposare una ragazza ben fornita di dote ma la situazione, in fondo, non era tanto grave da costringerlo a sacrificare i propri sentimenti. E poi lui amava Linnet. L'avrebbe sposata anche se, in pratica, non avesse avuto un centesimo, invece di essere una delle ragazze più ricche d'Inghilterra! Invece, per fortuna era proprio una delle ragazze più ricche d'Inghilterra...

Nel frattempo, sbrigliava la sua fantasia e faceva tanti progetti, uno più roseo e allettante dell'altro, per il futuro. Magari sarebbe stato capace di mettere le mani sulla proprietà di Roxdale, e perché non pensare ai restauri dell'ala occidentale del castello... e non ci sarebbe più stato bisogno nemmeno di rinunciare alle battute di caccia in Scozia.

Charles Windlesham sognava sotto il sole.

Erano le quattro del pomeriggio quando la piccola, scassatissima due posti si arrestò sul viale facendo stridere la ghiaia. Ne scese una ragazza, piccola di statura, snella, con folti capelli bruni e ricci. Salì di corsa i gradini e si attaccò al campanello, suonandolo con forza.

Pochi minuti più tardi veniva introdotta nell'ampio e sontuoso salotto mentre un maggiordomo con i modi da prelato l'annunciava con l'appropriata lugubre intonazione: «La signorina de Bellefort».

«Linnet!»

«Jackie!»

Windlesham rimase un po' in disparte, osservando con evidente simpatia la piccola creatura focosa che si precipitava verso Linnet a braccia aperte.

«Lord Windlesham... la signorina de Bellefort, la mia migliore amica.»

"Una graziosa bambina" pensò lui; no, forse non proprio bella ma, indubbiamente, piena di fascino con tutti quei riccioli neri e gli occhi grandissimi. Mormorò con garbo qualche parola di circostanza e s'allontanò discretamente per lasciare sole le due amiche.

Jacqueline partì subito in quarta. Linnet ricordava che questa era sempre stata una sua caratteristica.

«Windlesham? Windlesham? Ma è lui quello che, a dar retta ai giornali, stai per sposare! È proprio vero, Linnet? Lo sposerai?»

Linnet mormorò: «Forse.»

«Tesoro... come sono contenta! Ha un'aria simpatica.»

«Oh, non essere così sbrigativa... in fondo, non ho ancora preso una decisione in proposito.»

«No, certo! Le regine procedono sempre con la necessaria ponderazione quando si tratta di scegliersi un consorte!»

«Non essere ridicola, Jackie.»

«Ma tu sei una regina, Linnet! Lo sei sempre stata. *Sa Majesté, la reine Linette. Linette la blonde!* E io... io sono la confidente della regina. La fidata damigella d'onore.»

«Quante sciocchezze racconti, Jackie carissima! Piuttosto, dimmi un po': dove sei stata in tutto questo tempo? Sei letteralmente scomparsa. A parte il fatto che non scrivi mai.»

«Detesto scrivere lettere! Dove sono stata? Oh, più o meno sommersa, cara. Dal lavoro, sai? Sì, una serie di lavori uno più noioso dell'altro con donne una più noiosa dell'altra!»

«Cara, vorrei che tu...»

«Avessi accettato la munificenza della regina? Be', ti dirò in tutta franchezza, cara, che sono proprio qui per questo. No, non per avere dei quattrini in prestito. Non sono ancora arrivata fino a questo punto! Però sono venuta a chiederti un grande, grandissimo favore!»

«Su, racconta.»

«Se hai intenzione di sposare questo Windlesham, forse capirai.»

Linnet sembrò sconcertata per un attimo; poi la sua faccia si illuminò.

«Jackie, vuoi forse dire che...?»

«Sì, carissima, sono fidanzata!»

«Ah, dunque non mi sbagliavo! Infatti mi eri sembrata subito particolarmente vivace ed emozionata... più del solito. Sei sempre impetuosa, ben inteso, ma oggi mi pare di notarlo più di altre volte.»

«Infatti sono proprio le sensazioni che provo.»

«Parlami di lui.»

«Si chiama Simon Doyle. È alto, con le spalle squadrate, ma incredibilmente semplice e infantile, a volte... un ragazzone... adorabile. Povero, per di più non ha un centesimo. D'accordo, rientra in quella che tu chiameresti la "nobiltà di campagna" ma, purtroppo, una nobiltà estremamente impoverita, tra l'altro è anche il figlio cadetto... con quel che segue. I suoi sono originari del Devonshire. Lui adora la campagna e tutto quello che con la campagna ha a che vedere. Invece in questi ultimi cinque anni ha dovuto lavorare nella City, in un ufficio soffocante. Adesso hanno ridotto il personale e lui è senza impiego. Linnet, morirò, se non posso sposarlo! Sì, morirò! Morirò! Morirò...!»

«Non essere assurda, Jackie.»

«Morirò, ti dico! Sono pazza di lui. E lui è pazzo di me. Non possiamo vivere l'uno senza l'altra.»

«Ma, cara, hai preso proprio una bella sbandata!»

«Lo so. Non è terribile? D'altra parte quando l'amore arriva, tu non puoi farci niente.»

Tacque per un attimo. I suoi grandi occhi neri si allargarono assumendo di colpo un'espressione tragica. Rabbrividì lievemente.

«E... a volte, è perfino spaventoso! Simon e io siamo fatti l'uno per l'altra. Non vorrò mai più bene a nessuno. E tu devi aiutarci, Linnet. Ho sentito che hai comperato questa casa e mi è venuta un'idea. Ascoltami, avrai bisogno di un amministratore... magari anche due. Vorrei che tu offrissi questo posto a Simon.»

«Oh!» Linnet non le nascose di essere sconcertata. Jacqueline continuò con impeto: «Sono faccende di cui è molto pratico. Sa tutto riguardo le tenute di campagna... infatti ci è nato e cresciuto! E non manca nemmeno di una certa esperienza di affari. Oh, Linnet, lo assumerai per questo lavoro, vero? Lo farai per amor mio? Se non dovesse risultare all'altezza di quello che vuoi, potrai mandarlo via. Ma ti accorgerai che andrà benissimo... così potremo vivere in una casetta, e io ti vedrò molto spesso... e avremo anche tutto l'occorrente nell'orto e nel giardino... oh, che cosa divina sarà!»

Si alzò.

«Dimmi di sì, Linnet. Dimmi che lo assumerai. Stupenda, bellissima Linnet! Alta, adorata Linnet! La mia Linnet, alla quale voglio un gran bene! Sì, di' che lo farai!»

«Jackie...»
«Allora?»
Linnet si mise a ridere.
«Come sei buffa, Jackie! Portami qui il tuo ragazzo, gli daremo un'occhiata e ne parleremo.»
Jackie si precipitò ad abbracciarla e la baciò con entusiasmo.
«Linnet, tesoro... sei una vera amica! Lo sapevo. Tu non mi abbandoneresti mai nei guai... mai! Sei la creatura più cara e adorabile del mondo. Addio!»
«Ma, Jackie, ti fermi, vero?»
«Chi, io? No. Torno a Londra e domani mi ripresento accompagnata da Simon e combiniamo tutto. Gli piacerai alla follia. Quanto a lui, è proprio un ragazzo adorabile.»
«Perché non ti fermi almeno a prendere il tè con noi?»
«No, non posso aspettare, Linnet. Sono troppo emozionata. Devo tornare in città a dirlo a Simon. Capisco di essere una bella matta, cara, ma non so che cosa farci. Mi auguro che il matrimonio mi faccia mettere la testa a posto. Dicono che ha un effetto così calmante sulla gente...»
Si avviò alla porta ma, sulla soglia, si fermò ancora un attimo e tornò indietro al volo per un ultimo frettoloso abbraccio.
«Cara Linnet... non ce n'è un'altra come te!»

Monsieur Gaston Blondin, proprietario di quel piccolo ristorante alla moda che si chiamava "Chez Ma Tante" non era tipo da profondersi in particolari cerimonie per rendere onore a gran parte della sua clientèle. Ricchezza, bellezza, nobiltà e celebrità gli erano del tutto indifferenti. Solo in casi rarissimi Monsieur Blondin si degnava, con garbata condiscendenza, di accogliere personalmente un ospite, dargli il benvenuto, accompagnarlo al tavolo e scambiare con lui qualche parola di circostanza.

Quella sera, Monsieur Blondin aveva esercitato queste sue prerogative regali per ben tre volte: una duchessa, un famoso corridore automobilistico e un ometto dall'aspetto piuttosto comico con un paio di baffi neri smisurati che a nessuno, a prima vista, sarebbe sembrato di certo un personaggio tanto celebre da dare lustro a "Chez Ma Tante" con la sua presenza.

Monsieur Blondin, invece, si fece in quattro per lui. Per

quanto parecchi clienti fossero già stati rimandati indietro in quell'ultima mezz'ora perché non c'era un solo tavolo libero, per lo sconosciuto se ne materializzò d'incanto uno, situato – per di più – in un'ottima posizione. E Monsieur Blondin vi accompagnò il cliente dimostrando nei suoi confronti il massimo *empressement*.

«Per voi, Monsieur Poirot, un tavolo ci sarà sempre! Anzi, vorrei che ci onoraste un poco più sovente con la vostra presenza!»

Hercule Poirot sorrise, ricordando certi avvenimenti del passato in cui avevano avuto parte un cadavere, un cameriere, Monsieur Blondin in persona e un'affascinante signora.

«Troppo gentile, Monsieur Blondin» disse.

«Siete solo, Monsieur Poirot?»

«Sì, solo, solissimo.»

«Oh, bene. Il nostro Jules vi preparerà una cenetta che sarà un poema... un autentico poema! Le donne, per quanto incantevoli possano essere, hanno sempre un inconveniente, quello di distrarre l'attenzione da quanto si mangia. Vi assicuro, Monsieur Poirot, che sarete soddisfatto della vostra cena... e quanto al vino...»

A questo punto seguì un dialogo di carattere strettamente tecnico con la collaborazione di Jules, il *maître d'hôtel*.

Prima di allontanarsi, Monsieur Blondin indugiò ancora un attimo abbassando la voce in tono confidenziale.

«Avete qualche caso importante per le mani?»

Poirot scrollò il capo.

«Ahimè, vivo nell'ozio più completo... Ho fatto qualche economia a suo tempo e adesso posso permettermi di stare con le mani in mano!»

«Vi invidio.»

«No, per carità! Avreste torto. Vi assicuro che non è divertente come sembra.» Sospirò. «È proprio vero quello che si dice, cioè che l'uomo è stato costretto a inventare il lavoro per evitarsi la fatica di essere costretto a pensare!»

Monsieur Blondin alzò le braccia al cielo.

«Ma se c'è tanto da fare al mondo... ci sono i viaggi!»

«Sì, i viaggi. In realtà, qualcosa di discreto in questo campo l'ho già fatto. Durante l'inverno credo che andrò in Egitto. Dicono che abbia un clima favoloso! Così potrò evitare le nebbie, il grigiore, la monotonia della pioggia che cade di continuo.»

«Ah, l'Egitto!» sospirò Monsieur Blondin.

«Da quel che mi è stato detto oggi ci si può andare servendosi quasi esclusivamente del treno, evitando ogni viaggio per mare, all'infuori della traversata della Manica.»

«Ah, il mare non fa per voi?»

Hercule Poirot scrollò il capo rabbrividendo lievemente.

«La stessa cosa vale anche per me» rispose Monsieur Blondin in tono pieno di comprensione. «Curioso l'effetto che ha sullo stomaco!»

«Ma solo su certi stomaci! C'è tanta gente alla quale il movimento del mare non fa la minima impressione. Anzi si diverte addirittura!»

«Questa è una vera ingiustizia del buon Dio» esclamò Blondin.

Scrollò tristemente la testa e, meditando ancora su questa riflessione sacrilega, si allontanò.

Camerieri silenziosi e dalle mani abili cominciarono a servire. Apparve un piatto di pane tostato alla melba, il burro, un secchiello pieno di ghiaccio: tutti i complementi a un pasto di alta qualità.

L'orchestrina negra si abbandonò a un'estasi di suoni strani e discordanti. Londra danzava.

Hercule Poirot cominciò a guardarsi intorno, registrando le impressioni nella sua mente ordinata e precisa.

Quante facce stanche e annoiate! Eppure pareva che qualcuno di quei grassoni si divertisse sul serio... mentre sui visi delle donne che ballavano con loro l'espressione più comune era quella di una paziente rassegnazione. Anche quella cicciona vestita di viola aveva l'aria raggiante... era innegabile che il grasso offre dei compensi... un gusto, un entusiasmo... negati a coloro che hanno figure dalla linea più snella ed elegante.

C'erano anche parecchi giovani... qualcuno con l'aria assorta... qualcuno annoiato... qualcuno chiaramente infelice. Che assurdità dire che la giovinezza è il tempo della felicità; piuttosto sarebbe giusto definirla il tempo della più grande vulnerabilità!

Il suo sguardo si addolcì soffermandosi su una coppia, in particolare. Una coppia molto bene assortita: lui alto, spalle larghe, lei magra, fine, delicata. Due corpi che si muovevano al ritmo della felicità perfetta. La felicità di quell'ora, di quel luogo, di essere l'uno con l'altra.

Il ballo si interruppe bruscamente. Qualcuno applaudì, poi la musica ricominciò. Dopo un altro giro di danza la coppia tornò al proprio tavolo, vicino a quello di Poirot. La ragazza aveva le guance in fiamme, rideva. Sedendosi alzò sorridendo il viso verso il compagno e Poirot poté osservarla meglio.

Nei suoi begli occhi c'era qualcosa che andava oltre quell'espressione gioiosa e ridente. Hercule Poirot scrollò il capo, dubbioso.

"È troppo innamorata, la piccina" si disse. "Non è al sicuro. No, non è al sicuro."

Poi una parola colpì il suo orecchio: "Egitto".

Le loro voci gli giungevano limpide e chiare; quella della ragazza era fresca, giovanile, arrogante, con un lieve accento straniero che risaltava particolarmente nella pronuncia della erre; quella dell'uomo garbata, bassa, da persona distinta ed educata.

«No, Simon, non vendo la pelle dell'orso prima di averlo ammazzato! Ti assicuro che Linnet non ci deluderà!»

«Potrei essere io a deludere lei.»

«Figuriamoci... è proprio quello che ci vuole per te.»

«In realtà lo credo anch'io... Non ho dubbi sulle mie capacità. E poi ho tutte le intenzioni di farmi valere... per amor tuo!» La ragazza scoppiò in una risata sommessa, dolce, di pura felicità.

«Aspetteremo tre mesi... per essere ben sicuri che non sarai licenziato... e poi...»

«E poi ti offrirò tutti i miei beni terreni... sono queste le parole, più o meno, vero?»

«E, come ti dicevo, andremo in Egitto per la luna di miele. Cosa importa se sarà una grossa spesa! Ho desiderato vedere l'Egitto da sempre... il Nilo, le Piramidi e la sabbia...»

Lui, con voce un po' roca, disse: «E tutto questo lo vedremo insieme, Jackie... insieme. Non sarà meraviglioso?».

«Chissà! Sarà meraviglioso per te come lo sarà per me? Mi vuoi bene sul serio... quanto te ne voglio io?»

La sua voce si era fatta di colpo quasi aspra... e aveva sgranato gli occhi... quasi con terrore.

La risposta dell'uomo giunse rapida, anche tagliente: «Non essere assurda, Jackie».

Ma la ragazza ripeté: «Chissà...».

Poi si strinse nelle spalle. «Balliamo.»

Hercule Poirot mormorò tra sé: «*Une qui aime et un qui se laisse aimer*. Sì, dico anch'io: "Chissà..."».

Joanna Southwood disse: «Se fosse un pasticcione terribile?».

Linnet scrollò il capo. «Oh, impossibile. Mi fido troppo dei gusti di Jacqueline.»

Joanna mormorò: «Già, ma quando ci si innamora, è più difficile giudicare».

Linnet scrollò di nuovo il capo con aria spazientita. Poi cambiò argomento.

«Adesso vado a cercare il signor Pierce per quei progetti.»

«Progetti?»

«Sì, quelli relativi a certe orribili vecchie casette malsane. Ho deciso di farle demolire e di trovare un altro alloggio a chi ci abita.»

«Come sei igienica e piena di spirito altruista, cara!»

«A ogni modo dovevano andarsene ugualmente. Quelle casette guardavano proprio sulla mia nuova piscina.»

«Ma quelli che ci vivono adesso sono contenti di andarsene?»

«In gran parte sono al settimo cielo per la gioia. Uno o due, invece, si sono comportati un po' da sciocchi... anzi ci hanno fatto quasi perdere la pazienza. Pare che non capiscano assolutamente quanto miglioreranno le loro condizioni di vita!»

«Tu, però, a quel che mi sembra, hai intenzione di adottare le maniere forti, vero?»

«Mia cara Joanna, credimi... è soprattutto per il loro bene che lo faccio.»

«Sì, cara. Non ne dubito minimamente. Un vantaggio obbligatorio.»

Linnet si accigliò. Joanna scoppiò in una risata.

«Su, ammettilo anche tu, sei una gran tiranna! Diciamo pure una tiranna benefica, se preferisci!»

«Non è vero, non sono affatto una tiranna.»

«Però vuoi fare quello che ti pare e piace!»

«Non mi sembra che io lo faccia in modo particolare!»

«Linnet Ridgeway, avresti il coraggio di guardarmi negli occhi e di citarmi una sola occasione in cui non sei riuscita a fare quello che volevi?»

«Certo, è capitato un mucchio di volte.»

«Oh, sì, un "mucchio di volte"... d'accordo... però non me ne hai dato nessun esempio concreto. La verità è che non riesci a trovarne neanche uno, cara, per quanto ti ci metta d'impegno! No, la tua è l'avanzata trionfale di Linnet Ridgeway, sul suo cocchio dorato.»

Linnet esclamò in tono brusco: «Mi trovi egoista?».

«No... soltanto irresistibile. L'effetto combinato della ricchezza e della bellezza. Tutto crolla davanti a te. Quello che non riesci a comperare in contanti, sai ottenerlo con un sorriso. Risultato: Linnet Ridgeway, la Ragazza-Che-Ha-Tutto.»

«Non essere ridicola, Joanna!»

«Be', non è forse vero?»

«Immagino di sì... Tuttavia chissà perché, da come mi descrivi, mi lasci quasi disgustata!»

«Naturale, cara! A poco a poco, con il passare del tempo, troverai tutto terribilmente noioso e diventerai sempre più *blasé*. Ma, al momento, goditi la tua avanzata trionfale sul cocchio dorato. Però mi domando una cosa... sì, mi domando quello che succederebbe se tu volessi passare a ogni costo da una strada sulla quale un cartello portasse la scritta: VIETATO IL PASSAGGIO.»

«Come sei sciocca, Joanna.» Poiché Lord Windlesham le aveva raggiunte in quel momento, Linnet disse, rivolgendosi a lui: «Joanna non ha fatto che dirmi una quantità di cattiverie».

«Tutta invidia, tesoro, tutta invidia» esclamò Joanna in tono distratto mentre si alzava.

Se ne andò senza una parola di scusa. Aveva colto un'espressione significativa negli occhi di Windlesham.

Lui rimase in silenzio per un minuto o due. Poi andò dritto allo scopo.

«Hai preso una decisione, Linnet?»

Linnet rispose lentamente: «Mi sto comportando in un modo proprio tanto crudele? Se non mi sento sicura dei miei sentimenti, dovrei dire di no...».

Lui la interruppe: «Non dirlo. Hai ancora tempo per pensarci... tutto il tempo che vuoi. Però, sai cosa ti dico? credo che, insieme, saremmo felici».

«Perché vedi» il tono di Linnet era quasi di scusa, con una sfumatura bambinesca «se tu sapessi come mi diverto... specialmente con tutto questo.» Fece un ampio gesto con la mano. «Volevo trasformare Wode Hall nella casa di campagna ideale, quella dei miei sogni, e credo di essere sulla buona strada, non ti pare?»

«Sì. È bellissima. Progettata in un modo stupendo. Ogni cosa è perfetta. Sei molto intelligente, Linnet.»

Dopo una pausa continuò: «Ma anche Charltonbury ti piace, vero? Naturalmente andrà un po' modernizzato, ci vorrà qualche restauro... ma tu sei così brava in queste cose! Ti diverti a farle».

«Oh, certo, Charltonbury è stupendo.»

Aveva parlato con entusiasmo, impulsivamente, ma si accorse di provare di colpo uno strano brivido di freddo. Nella completa soddisfazione che le dava in quel momento la sua vita si era insinuato un elemento estraneo, stonato e fastidioso. Lì per lì non lo analizzò a fondo ma, più tardi, quando Windlesham se ne fu andato, cercò di spiegarselo meglio.

Charltonbury... ecco, si trattava proprio di quello... le aveva dato fastidio la menzione di Charltonbury. Ma perché? Charltonbury era una dimora famosa e gli antenati di Windlesham la possedevano fin dall'epoca di Elisabetta. Essere la signora di Charltonbury significava trovarsi sul gradino più alto della scala sociale. Windlesham era uno dei partiti più desiderabili dell'intera Inghilterra.

E, certamente, lui non avrebbe dato mai una grande importanza a Wode... in fondo non era niente di straordinario se la si confrontava con Charltonbury.

Già, ma Wode era sua! L'aveva vista, comperata, ricostruita e trasformata, ci aveva speso un mucchio di soldi. Era il suo possesso... il suo regno.

D'accordo, ma se lei avesse sposato Windlesham, in un certo senso non avrebbe più contato molto. Cosa se ne facevano di due case di campagna? E, com'era naturale, fra le due Wode Hall sarebbe stata quella da sacrificare.

Quanto a lei, Linnet Ridgeway, non sarebbe più esistita. Avrebbe assunto il nome di contessa di Windlesham, portando una sostanziosa dote a Charltonbury e al suo padrone. Sarebbe stata non più una regina in senso assoluto ma semplicemente una regina-consorte.

"Mi sto comportando come una sciocca" si disse Linnet.

Eppure era strano come la addolorasse l'idea di abbandonare Wode...

E poi, non c'era anche qualcos'altro che la tormentava e le dava fastidio?

La voce di Jackie con quella strana sfumatura roca e commossa, che diceva: "Morirò se non posso sposarlo! Sì, morirò...".

Così decisa, così sicura di sé. Ma lei, Linnet, provava gli stessi sentimenti nei confronti di Windlesham? No, senz'altro, questo lo sapeva con certezza. Forse non sarebbe mai riuscita a provarli per nessuno. Eppure doveva essere... sì, certo, doveva essere meraviglioso... provare qualcosa di simile...

Dalla finestra aperta le arrivò il rumore di un'automobile.

Con uno sforzo si riscosse. Doveva essere Jackie con il suo giovanotto. Bisognava uscire per riceverli.

Linnet stava sulla porta d'ingresso quando Jacqueline e Simon Doyle scesero dalla vettura.

«Linnet!» Jackie le corse incontro. «Questo è Simon. Simon, ecco Linnet. La donna più meravigliosa del mondo.»

Linnet vide un giovanotto alto, con le spalle larghe, gli occhi azzurro intenso, i capelli castani ricciuti, il mento squadrato e deciso e un sorriso semplice, accattivante, fanciullesco...

Gli porse la mano. E si accorse che veniva afferrata calorosamente da una mano salda... si accorse che le piaceva il modo in cui il giovanotto la guardava, la sua ammirazione ingenua e sincera.

Jackie gli aveva detto che lei era meravigliosa e, evidentemente, lui lo trovava vero.

Si sentì scorrere nelle vene uno strano calore dolcissimo, che la inebriò.

«Non è simpatico tutto questo?» disse. «Su entra, Simon, così potrò dare un benvenuto adeguato al mio nuovo amministratore.»

Poi, voltandosi per precederli in casa, pensò: "Sono terribilmente... terribilmente felice. Mi piace il ragazzo di Jackie... mi piace alla follia...".

E subito dopo, provando un'improvvisa fitta di dolore: "Fortunata Jackie...".

Tim Allerton si abbandonò contro la spalliera della poltrona di vimini e sbadigliò guardando il mare. Poi allungò un rapido sguardo di sottecchi a sua madre.

La signora Allerton era una bella donna di cinquant'anni, con i capelli completamente bianchi. Assumendo un'espressione severa e arricciando le labbra con aria arcigna ogni volta che guardava suo figlio, tentava disperatamente di nascondere l'immenso affetto che aveva per lui. Tuttavia capitava di rado che qualcuno, e a volte nemmeno un estraneo, si lasciasse ingannare da questo stratagemma; quanto a Tim in persona, poi... figuriamoci!

«Ti piace proprio Maiorca, mamma?» disse.

«Be'...» rispose la signora Allerton dopo averci pensato su un momento «... non è cara.»

«Ma è fredda» disse Tim, rabbrividendo lievemente.

Era un giovanotto alto, molto magro con i capelli scuri e il torace piuttosto stretto. La sua bocca aveva un'espressione di grande dolcezza, i suoi occhi erano tristi, il mento debole. Aveva mani lunghe e delicate.

Minacciato dalla tubercolosi qualche anno prima, in realtà non era mai stato molto robusto. Fra la gente di sua conoscenza si diceva che scrivesse ma i suoi amici, per tacito accordo, non indagavano mai a fondo sulla sua produzione letteraria.

«Cosa stai pensando, Tim?»

La signora Allerton era già all'erta. I suoi luminosi occhi nocciola scuro avevano assunto un'espressione di sospetto.

Tim Allerton le rivolse un ampio sorriso: «Stavo pensando all'Egitto».

«L'Egitto?» ripeté la signora Allerton in tono dubbioso.

«Sì, cara... quello è un posto dove fa caldo sul serio... stupende spiagge dorate. Il Nilo. A me piacerebbe navigare sul Nilo, e a te?»

«Oh, certo! Piacerebbe anche a me.» Il suo tono era asciutto. «Ma l'Egitto è caro, figliolo mio. Non è adatto a chi deve badare al centesimo.»

Tim scoppiò in una risata. Si alzò in piedi, si stiracchiò. Tutto d'un tratto pareva diventato entusiasta e pieno di vitalità. Nella sua voce si sentiva una sfumatura di eccitazione.

«Quanto alle spese, saranno affar mio. Sì, cara mamma. Un colpetto andato a segno in Borsa. Con risultati incredibilmente soddisfacenti. Ho ricevuto stamattina la notizia.»

«Stamattina?» ribatté la signora Allerton in tono brusco. «Ma se hai ricevuto una sola lettera ed era di...»

Si interruppe, mordendosi le labbra

Tim per un attimo sembrò indeciso se mostrarsi divertito o adirato. Poi optò per la seconda soluzione.

«Ed era di Joanna» disse, con voce glaciale, concludendo la frase lasciata in sospeso da sua madre. «Hai perfettamente ragione, mamma. Saresti la regina degli investigatori! Il celeberrimo Hercule Poirot si sentirebbe traballare la corona sulla testa se gli capitasse di scontrarsi con te.»

La signora Allerton sembrò impermalita.

«A dir la verità mi è semplicemente capitato di vedere la grafia...»

«E hai capito che non era quella di un agente di Borsa? Giustissimo. Infatti è stato ieri che ho avuto notizie da loro. In realtà la grafia della povera Joanna è abbastanza vistosa... copre tutta la busta con quelle lettere scarabocchiate disordinatamente, così grosse e sconnesse... sembrano gli sgambetti di un ragno ubriaco!»

«Cosa dice Joanna? Qualche novità interessante?»

La signora Allerton tentò di dare alla voce un'intonazione indifferente e distaccata ma l'amicizia fra suo figlio e la seconda cugina Joanna Southwood l'aveva sempre infastidita. Non che ci fosse qualcosa tra i due ragazzi, come si ripeteva. No, era sicurissima che non ci fosse niente. Tim non aveva mai manifestato un interesse sentimentale verso Joanna, né lei nei confronti del cugino. Pareva che la loro reciproca simpatia fosse soprattutto fondata sul pettegolezzo e sul gran numero di amici e conoscenti che avevano in comune. A tutti e due piaceva la gente, piaceva parlare della gente. Quanto a Joanna era spiritosa e divertente, ma terribilmente caustica.

Quindi non era per il timore che Tim potesse innamorarsi di Joanna che la signora Allerton si sentiva diventare sempre un poco più rigida e severa del solito quando lei era presente oppure quando arrivava qualche sua lettera. Si trattava di un sentimento difficile da definire; forse un'istintiva gelosia di fronte al sincero piacere che Tim manifestava sempre quando poteva stare insieme a Joanna. Il ragazzo e sua madre avevano raggiunto un accordo talmente armonioso e perfetto e stavano così bene l'uno in compagnia dell'altra che alla signora Allerton bastava vederlo attirato e interessato da un'altra donna per restarne sempre un po' allarmata. Tra l'altro si era messa in testa che la sua presenza creasse una specie di barriera fra due creature che appartenvano a una generazione diversa dalla sua. Più di una volta le era capitato di trovarli intenti a parlare fitto fitto ma, quando la vedevano, la loro conversazione si faceva più impacciata e sembrava sempre che rivelasse l'impegno e lo sforzo di farvi partecipare anche lei, come una specie di dovere. No, tutto considerato, la signora Allerton non trovava affatto simpatica Joanna Southwood. La giudicava poco sincera, affettata e superficiale. E scopriva che era molto difficile controllarsi ed evitare di esprimere molto chiaramente, senza misurare le parole, questa opinione.

In risposta alla sua domanda, Tim tirò fuori di tasca la lettera e la scorse rapidamente. Si trattava di una lettera molto lunga, come sua madre non mancò di notare.

«In fatto di novità, non c'è molto» disse. «I Devenish stanno divorziando. Il vecchio Monty è stato arrestato perché guidava la macchina mentre era ubriaco. Windlesham è partito per il Canada. Pare che se la sia presa moltissimo quando Linnet Ridgeway ha rifiutato di sposarlo. E a quel che sembra, lei è proprio decisa a convolare a giuste nozze con quel suo amministratore!»

«Che cosa straordinaria! Ma lui... è proprio un brutto tipo?»

«No, no, tutt'altro! È uno dei Doyle del Devonshire. Neanche un centesimo, naturalmente... anzi pare che fosse fidanzato con una delle migliori amiche di Linnet. E questa mi sembra una faccenda piuttosto brutta!»

«Sono perfettamente d'accordo!» interloquì la signora Allerton, arrossendo.

Tim le indirizzò uno sguardo pieno di affetto.

«Lo so, cara. Tu non approvi che si porti via il marito a un'altra e parecchie altre cose dello stesso genere.»

«Ai miei tempi, esistevano certi limiti oltre i quali era inconcepibile andare» disse la signora Allerton. «Secondo me era un'ottima cosa! Oggi sembra che i giovani siano convinti di poter fare tutto quello che vogliono.»

Tim sorrise. «Non sembra soltanto... lo fanno addirittura senza troppi complimenti. Vedi Linnet Ridgeway!»

«Be', io trovo che è una cosa ignobile!»

Tim le strizzò l'occhio.

«Su con la vita, cara vecchia sentimentale dai severi principi! Allegra! Forse anch'io sarei d'accordo con te. Comunque, per quel che mi riguarda, finora non ho portato via la moglie o la fidanzata a nessuno!»

«Sono sicura che non faresti mai una cosa del genere» ribatté la signora Allerton. Poi aggiunse, con calore: «Ti ho educato come si conviene».

«Quindi il merito è tutto tuo, io non c'entro!»

Le rivolse un sorriso canzonatorio mentre ripiegava la lettera e la rimetteva via. La signora Allerton non poté fare a meno di pensare: "Mi fa vedere quasi tutte le lettere che riceve. Ma quando ne arriva una di Joanna, si accontenta di leggermene soltanto qualche brano".

Tuttavia scacciò questo pensiero indegno e si impose di comportarsi, come sempre, da gentildonna.

«E Joanna? Si diverte?» domandò.

«Così così. A quanto pare sta meditando di aprire un negozio di specialità alimentari a Mayfair.»

«Continua a ripetere di essere in gravi difficoltà finanziarie» osservò la signora Allerton con una punta di veleno «eppure va sempre dappertutto e porta certi abiti che devono costare un occhio della testa. È sempre vestita con un'eleganza straordinaria.»

«Già, probabilmente» disse Tim «non è lei che li paga. No, mamma, non alludo a quello che ti fa sospettare la tua mentalità edoardiana! Ma semplicemente che lascia in giro un mucchio di conti in sospeso.»

La signora Allerton sospirò.

«Non sono mai riuscita a capire come certe persone riescano a fare cose del genere.»

«È una specie di dono naturale» rispose Tim. «Basta che tu abbia gusti un po' stravaganti e ti manchi completamente il senso del valore del denaro... puoi stare sicura che chiunque è disposto a farti credito.»

«D'accordo, ma poi si ci trova in tribunale per bancarotta fraudolenta e si va a finire come il povero sir George Wode.»

«Tu hai sempre avuto un debole per quel vecchio mercante di cavalli... probabilmente perché ti ha detto, a un ballo, nel 1879, che assomigliavi a un bocciolo di rosa!»

«Nel 1879 io non ero ancora nata!» ribatté la signora Allerton con energia. «Sir George era una persona squisita e non ti permetto di chiamarlo mercante di cavalli!»

«Ho sentito raccontare un sacco di strane storie su di lui da gente che lo conosce.»

«Tu e Joanna non state mai attenti a quello che dite, quando parlate del vostro prossimo; qualsiasi cosa va bene basta che sia maleducata e di cattivo gusto.»

Tim alzò le sopracciglia.

«Cara mamma, come ti stai scaldando! Non sapevo che tu avessi tutta questa simpatia per il vecchio Wode.»

«Come fai a non capire quanto deve aver sofferto quando si è visto costretto a vendere Wode Hall? Era affezionatissimo a quella tenuta.»

Tim si trattenne dal rispondere perché gli era salita alle labbra la battuta più logica. In fondo, a ben pensarci, chi era lui, Tim Allerton, per giudicare gli altri? Preferì, quindi, dire con aria meditabonda: «Sai che devo quasi darti ragione? Linnet lo ha invitato ad andare giù, a Wode, a vedere i lavori che ha fatto eseguire nella proprietà ma lui ha rifiutato con la massima cortesia».

«Naturale! Mi stupisco che lei non abbia pensato che era un'indelicatezza.»

«Fra l'altro credo che sir George la veda come il fumo negli occhi... se gli capita di incontrarla, non fa che bofonchiare tra sé le cose più atroci nei suoi confronti! Non può perdonarle di aver pagato un prezzo addirittura strepitoso per quella specie di rudere rosicchiato dai tarli!»

«E questo, non lo capisci?» rispose la signora Allerton con asprezza.

«Francamente, non ci riesco» ribatté Tim con la massima calma. «Perché vivere nel passato? Perché aggrapparsi alle cose che oggi non hanno più ragione di essere?»

«Già, ma cosa ti proponi di mettere al loro posto?»

Lui alzò le spalle. «Eccitazione, forse. Novità. La gioia di non sapere mai quello che può capitarci da un giorno all'altro. Invece di ereditare un pezzo di terra inutile, il piacere di guadagnare un mucchio di soldi con i propri meriti... la propria abilità, l'intelligenza!»

«Già, magari con un colpo fortunato in Borsa, vero?»

Lui rise. «Perché no?»

«E cosa penseresti, per esempio, di una grossa perdita, di pari entità, in Borsa?»

«Questa mi sembra un'osservazione assolutamente priva di tatto, cara mamma. E molto poco appropriata, soprattutto oggi... allora cosa ne pensi del mio progetto di un viaggio in Egitto?»

«Ecco...»

Lui la interruppe, sorridendole: «Allora, è deciso. Del resto abbiamo sempre avuto tutti e due un gran desiderio di visitare l'Egitto».

«Quando penseresti di andare?»

«Oh, il mese prossimo. Mi pare che gennaio sia il periodo migliore. Così potremo goderci la deliziosa compagnia degli altri clienti di questo albergo ancora per qualche settimana.»

«Tim!» esclamò la signora Allerton in tono di rimprovero. Poi aggiunse con aria colpevole: «Purtroppo... ho paura di aver promesso alla signora Leech che l'avresti accompagnata al commissariato di polizia. Non capisce una sola parola di spagnolo».

Tim fece una smorfia.

«Per il suo anello? Ancora per il rubino color sangue di piccione? Ma perché insiste a credere che le sia stato rubato? Se proprio vuoi ci vado; ma è una perdita di tempo! Otterrà soltanto di cacciare nei guai qualche disgraziata cameriera. Gliel'ho visto al dito con questi occhi quel giorno, quando è entrata in mare! Le sarà scivolato in acqua senza che lei se ne accorgesse.»

«Dice che è sicurissima di averlo tolto e lasciato sul tavolino da toilette.»

«Be', si sbaglia. Ti garantisco che l'ho visto! Quella donna è matta! Del resto chiunque abbia un po' di sale in zucca non andrebbe a tuffarsi in mare in dicembre, cercando di far credere al prossimo che l'acqua è caldissima soltanto perché, in quel momento, splende il sole. A parte il fatto che alle donne grasse come lei bisognerebbe vietare di bagnarsi, sempre e comunque: sono veramente disgustose in costume da bagno!»

La signora Allerton mormorò: «Sì, comincio a credere che farò meglio a rinunciare ai bagni anch'io».

Tim scoppiò in una risata.

«Tu? Proprio tu che potresti dare dei punti alle ragazzine!»

La signora Allerton sospirò: «Come vorrei che ci fosse un po' di gente giovane per te, qui!».

Ma Tim Allerton scrollò il capo con energia.

«Oh, no. Mi pare che stiamo benissimo insieme, noi due, anche così!»

«Però ti farebbe piacere che Joanna fosse qui.»

«No, affatto.» Il tono di Tim era inaspettatamente risoluto. «Ti sbagli. Joanna mi diverte ma, in fondo in fondo, non mi è molto simpatica e mi dà sui nervi averla intorno per troppo tempo. Sono felicissimo che non sia qui. E credo che mi rassegnerei senza troppa difficoltà se non dovessi più vederla per il resto dei miei giorni.»

Poi aggiunse, quasi sottovoce: «C'è una sola donna al mondo per la quale io nutro un sincero rispetto e la più profonda ammirazione e credo, signora Allerton, che tu sappia benissimo di chi si tratta».

Sua madre arrossì, confusa.

Tim disse in tono grave: «Non ci sono molte donne realmente simpatiche e perbene al mondo. E tu sei una di queste».

A New York, in un appartamento che guardava su Central Park, la signora Robson esclamò: «Ma è una cosa stupenda! Sei proprio una ragazza molto fortunata, Cornelia».

Per tutta risposta Cornelia Robson arrossì violentemente. Era una ragazzona goffa e maldestra con gli occhi castani simili a quelli di un cane.

«Oh, sarà proprio meraviglioso!» mormorò con il fiato mozzo.

La vecchia signorina Van Schuyler inclinò il capo con aria soddisfatta di fronte a questo modo di comportarsi così corretto da parte delle sue parenti povere.

«Ho sempre sognato di fare un viaggio in Europa» sospirò Cornelia «ma non mi sono mai fatta illusioni sulla eventualità di poterci andare davvero!»

«Naturalmente verrà con me anche la signorina Bowers, come al solito» riprese la signorina Van Schuyler «ma come dama di compagnia la trovo un po' limitata... molto limitata. Ci sono molte piccole cose che Cornelia potrà fare per me.»

«Certo, e ne sarò felicissima, cugina Marie» interloquì Cornelia con vivacità.

«Bene, bene, dunque è tutto sistemato» riprese la signorina Van Schuyler. «E adesso cara, vai a cercare la signorina Bowers. È l'ora dello zabaglione.»

Cornelia si allontanò mentre sua madre diceva: «Mia cara Marie, non puoi immaginare quanto ti sono grata! Sai benissimo, credo, che Cornelia è molto avvilita di non poter aver successo in società. La fa sentire un po' mortificata, ho l'impressione. Se potessi permettermi di portarla un po' in giro, a visitare altri luoghi... ma sai benissimo come sono andate le cose da che Ned è morto».

«Sono felicissima di condurla con me» disse la signorina Van Schuyler. «Cornelia è sempre stata una ragazza molto gentile e premurosa, servizievole, non egoista come certi ragazzi del giorno d'oggi!»

La signora Robson si alzò per baciare la guancia rugosa e giallastra della ricca parente.

«Ti sarà grata in eterno» dichiarò.

Sulle scale incontrò una donna alta, dall'aspetto efficiente e attivo, la quale stava portando un bicchiere che conteneva un liquido giallo e schiumoso.

«Dunque, signorina Bowers, si parte per l'Europa, eh?»

«Sì, signora Robson.»

«Che viaggio meraviglioso!»

«Ecco, sì, credo proprio che sarà molto piacevole.»

«Ma voi siete già stata all'estero, vero?»

«Oh, sì, signora Robson. Sono andata a Parigi con la signorina Van Schuyler nell'autunno scorso. Però in Egitto mai.»

La signora Robson esitò.

«Spero... che non ci saranno... fastidi.»

Aveva abbassato la voce. Tuttavia la signorina Bowers rispose nel suo solito tono: «Oh, no, signora Robson; a questo, penserò io. Del resto sono abituata a tener sempre gli occhi bene aperti».

Tuttavia sul volto della signora Robson rimase un'ombra leggera, mentre continuava a scendere le scale.

Nel suo centralissimo ufficio, il signor Andrew Pennington stava aprendo la posta personale. D'un tratto strinse un pugno e lo lasciò cadere con forza sul piano della scrivania mentre diventava paonazzo e due grosse vene gli si disegnavano sulla fronte. Premette il pulsante del campanello e una stenodattilografa, dall'aspetto curato ed elegante, accorse con lodevole prontezza.

«Potete dire al signor Rockford di venire un minuto qui da me?»

«Certo, signor Pennington.»

Pochi minuti più tardi Sterndale Rockford, il socio di Pennington, entrava. I due uomini si assomigliavano parecchio: entrambi alti, segaligni, con i capelli brizzolati e la faccia intelligente, accuratamente rasata.

«Cosa c'è, Pennington?»

Pennington alzò gli occhi dalla lettera che stava rileggendo.

«Linnet si è sposata...» disse.

«Cosa?»

«Hai sentito benissimo! Linnet Ridgeway si è sposata!»

«Come? Quando? E perché non ne abbiamo saputo niente?»

Pennington lanciò un'occhiata al calendario che teneva sulla scrivania.

«Non era sposata quando ha scritto questa lettera. Ma adesso lo è. La cerimonia è stata celebrata la mattina del quattro. Cioè oggi.»

Rockford si lasciò cadere in una poltrona.

«Perbacco! Senza preavviso... niente? E lui, chi sarebbe?»

Pennington riportò gli occhi sulla lettera.

«Doyle. Simon Doyle.»

«E chi sarebbe? Ne hai mai sentito parlare?»

«No. E neanche lei dice molto...» scorse ancora rapidamente quelle righe scritte con grafia chiara e slanciata. «Ho la vaga idea che ci sia sotto qualcosa di misterioso... ma questo non ha importanza. Resta il fatto che si è sposata.»

Gli occhi dei due uomini si incontrarono. Rockford annuì.

«Qui occorre riflettere» disse in tono pacato.

«Cosa facciamo?»

«Lo chiedo a te.»

I due soci rimasero in silenzio. Poi Rockford domandò: «Hai qualche idea?».

Pennington disse lentamente: «Il *Normandie* salpa oggi. Uno di noi due dovrà prenderlo».

«Sei impazzito? Che cosa ti è saltato in testa?»

Pennington cominciò: «Quegli avvocati inglesi...» e si interruppe.

«Be', cosa c'entrano gli avvocati inglesi? Non avrai intenzione di andare ad affrontarli, vero? Deve averti dato di volta il cervello!»

«Non ti sto dicendo che tu... o io... dobbiamo andare in Inghilterra.»

«Quale sarebbe questa idea grandiosa, allora?»

Pennington passò una mano, come per lisciarla, sulla lettera che aveva davanti.

«Linnet va in Egitto per la luna di miele. Dice che avrebbe intenzione di fermarsi un mese o anche più...»

«In Egitto... eh?»

Rockford ci pensò su un momento. Poi alzò gli occhi e incontrò lo sguardo del socio.

«L'Egitto...» disse. «Ecco qual è la tua idea!»

«Sì, un incontro del tutto casuale, durante un viaggio. Linnet e suo marito... un'atmosfera da luna di miele. Potrebbe andare.»

Rockford disse in tono dubbioso: «È furba, Linnet... ma...».

Pennington continuò a voce bassa: «Penso che l'incontro si possa combinare».

Di nuovo i loro occhi si incontrarono. Rockford annuì.

«Va bene, figliolo.»

Pennington guardò l'orologio.

«Dovremo affrettarci... chiunque di noi sia a partire.»

«Vai tu» disse subito Rockford. «Tu sei sempre riuscito a entrare nelle grazie di Linnet, "zio Andrew". Ecco la via giusta!»

La faccia di Pennington si indurì. «Spero di farcela» disse.

«Devi farcela» ribatté il suo socio. «La situazione è critica...»

William Carmichael disse al giovanottello magro e sparuto che aveva aperto la porta e lo guardava con aria interrogativa: «Mandatemi il signor Jim, per favore».

Jim Fanthorp entrò e guardò con aria interrogativa lo zio. L'anziano signore alzò la testa, gli rivolse un cenno di saluto e un grugnito.

«Uhm, sei qui?»

«Mi volevi?»

«Sì, da' un'occhiata a questo...»

Il giovanotto si mise a sedere e attirò verso di sé un fascio di carte. L'anziano signore lo scrutava.

«Be'?»

La risposta arrivò con prontezza.

«Secondo me, c'è puzza d'imbroglio.»

Il socio anziano dello studio Carmichael, Grant & Carmichael si lasciò sfuggire di nuovo il grugnito che gli era caratteristico.

Jim Fanthorp rilesse la lettera appena arrivata per via aerea dall'Egitto.

> ... mi sembra quasi una vergogna scrivere una lettera d'affari in una giornata come questa. Abbiamo trascorso una settimana a Mena House e fatto una spedizione al Fajum. Dopodomani abbiamo intenzione di risalire il Nilo fino a Luxor e Assuan con il piroscafo, magari arriveremo fino a Kartum. Stamattina quando siamo andati all'agenzia Cook per ritirare i biglietti, chi è stata la prima persona che ho visto...? Il mio amministratore americano, Andrew Pennington. Se non sbaglio dovete averlo conosciuto un paio d'anni fa quando è venuto in Europa. Non immaginavo nemmeno lontanamente che fosse in Egitto, come lui non aveva la minima idea che ci fossi io! E non sapeva neanche che mi fossi sposata! Evidentemente la lettera con la quale gli annunciavo il mio matrimonio deve essere arrivata quando lui era appena partito. Ha intenzione di risalire il Nilo facendo il nostro stesso viaggio. Non è una strana coincidenza? Non so come ringraziarvi di tutto quello che avete fatto per me in questo periodo così impegnativo. Io...

Il giovanotto stava per voltare la pagina quando il signor Carmichael gli tolse la lettera dalle mani.

«Questo è tutto» disse. «Il resto non ha importanza. Be', cosa ne dici?» Il nipote rifletté un momento, poi disse: «Ebbene... secondo me non si tratta affatto di una strana coincidenza...».

L'altro annuì, con aria di approvazione.

«Cosa ne diresti di fare un viaggetto in Egitto?» grugnì poi.

«Lo ritieni consigliabile?»

«A mio avviso non c'è tempo da perdere.»

«D'accordo, ma perché proprio io?»

«Adopera il cervello, figliolo, adopera il cervello. Linnet Ridgeway non ti ha mai visto né conosciuto; e nemmeno Pennington. Se parti con l'aereo, arrivi giusto in tempo!»

«Non... non sono entusiasta di andarci. E poi... cosa devo fare?»

«Adopera gli occhi... le orecchie... e il cervello... se ne hai. Poi, in caso di necessità... agisci.»

«Non... non mi piace neanche un po'!»

«Può darsi... ma devi andare lo stesso.»

«È proprio... necessario?»

«Secondo me» disse il signor Carmichael «è assolutamente indispensabile.»

La signora Otterbourne, accomodandosi meglio il turbante indigeno, esclamò con visibile agitazione: «Insomma, non riesco a capire per quale motivo non dovremmo andare in Egitto. Non ne posso più di Gerusalemme!».

Poiché sua figlia continuava a tacere, riprese: «Se non altro potresti rispondere quando ti si parla».

Rosalie Otterbourne stava osservando con attenzione la fotografia riprodotta su un giornale. Più sotto, la didascalia diceva:

> La signora Doyle, nota nella società londinese, prima del matrimonio, come l'affascinante signorina Linnet Ridgeway. La signora Doyle con il marito Simon stanno trascorrendo una vacanza in Egitto.

Rosalie domandò: «Ti piacerebbe andare in Egitto, mamma?».

«Sì, certamente!» rispose la signora Otterbourne in tono irritato. «Per quel che mi riguarda, qui ci hanno trattate senza il minimo riguardo. Il solo fatto che mi trovo qui costituisce una bella pubblicità per l'albergo... e avrebbero dovuto farmi uno sconto particolare sul prezzo. Ma è bastato che accennassi a questa possibilità e si sono mostrati impertinenti... molto impertinenti. Così, mi sono affrettata a dire chiaro e tondo quello che pensavo di loro.»

La ragazza sospirò e aggiunse: «Un posto vale l'altro. Per quel che mi riguarda, sarei contenta se potessimo andarcene anche subito».

«Questa mattina, fra l'altro,» riprese la signora Otterbourne «il direttore ha avuto la scortesia di informarmi che tutte le camere sono state prenotate da tempo e che gli occorreranno anche le nostre fra due giorni.»

«Sicché dobbiamo assolutamente andarcene in qualche altro posto.»

«Niente affatto. Io sono dispostissima a combattere per difendere quello che è un mio diritto!»

Rosalie mormorò: «Secondo me, potremmo pure andare in Egitto. Tanto, non fa nessuna differenza!».

«Certo che non è una questione di vita o di morte» ammise la signora Otterbourne.

Ma in questo si ingannava, e molto, perché si trattava precisamente di una questione di vita o di morte.

2

«Quello è Hercule Poirot, il celebre investigatore» disse la signora Allerton.

Lei e il figlio sedevano in due ampie poltrone di vimini, dipinte in un bel rosso vivo, davanti al Cataract Hotel di Assuan. Stavano seguendo con lo sguardo due figure che si allontanavano: un ometto che indossava un completo di seta bianca e una ragazza alta e snella.

Tim Allerton si raddrizzò con una vivacità che gli era insolita.

«Quel buffo ometto?» domandò incredulo.

«Sì, proprio quel buffo ometto!»

«Si può sapere cosa diavolo è venuto a fare qui?» domandò Tim.

Sua madre scoppiò in una risata. «Caro, sembri così emozionato! Chissà perché agli uomini piace tanto tutto ciò che ha a che vedere col delitto? Io detesto i romanzi polizieschi e non li leggo mai. Però non credo che Monsieur Poirot sia qui per motivi professionali. Ha guadagnato un sacco di quattrini e adesso se li gode andando in giro per il mondo.»

«Sembra che abbia subito messo gli occhi sulla ragazza più bella che c'è in questo posto.»

La signora Allerton piegò la testa da un lato considerando il signor Poirot e la sua compagna che si allontanavano.

La ragazza superava Poirot di almeno dieci centimetri e camminava con un bel passo slanciato e scattante, né impettito né dinoccolato.

«Effettivamente è proprio carina» disse la signora Allerton, lanciando un'occhiata di sottecchi a Tim. E si accorse, con segreto divertimento, che lui aveva subito abboccato.

«Direi che è qualcosa di più che carina! Peccato che abbia un pessimo carattere e sia sempre così imbronciata.»

«Forse è semplicemente la sua espressione, caro.»

«Secondo me è un demonietto antipatico... ma è proprio graziosa.»

L'oggetto di queste osservazioni camminava a passo lento al fianco di Poirot. Rosalie Otterbourne stava giocherellando con un parasole chiuso e la sua espressione era proprio quella che Tim aveva appena descritto. Appariva imbronciata e scontrosa. Le sopracciglia erano aggrottate e la bocca rosso vivo aveva gli angoli piegati all'ingiù.

Uscendo dal cancello dell'albergo svoltarono a sinistra e si inoltrarono nella fresca ombra dei giardini pubblici.

Hercule Poirot chiacchierava amabilmente con espressione felice e beata. Indossava un abito di seta bianca, accuratamente stirato, un panama, e stringeva in mano un raffinatissimo scacciamosche con il manico di ambra.

«È qualcosa che mi lascia incantato» stava dicendo. «Le rocce nere dell'Elefantina, il sole e quelle piccole barche sul fiume. Sì, è bello essere vivi.»

Tacque per qualche attimo, poi soggiunse: «Non siete del mio parere, *mademoiselle*?».

Rosalie Otterbourne rispose in tono un po' asciutto. «Sarà come dite, e ci credo. Ma per me Assuan è un posto triste e noioso. L'albergo è mezzo vuoto e fra tutti i clienti non ce n'è uno che sia al di sotto dei cento...»

S'interruppe, mordendosi un labbro.

Gli occhi di Hercule Poirot ebbero uno scintillio malizioso.

«È vero, verissimo! Io ho già un piede nella fossa.»

«Non... non stavo alludendo a voi» ribatté la ragazza. «Mi spiace. Ciò che ho detto non è stato molto cortese.»

«Per carità! È naturale che possiate desiderare una compagnia della vostra età. Però, un giovanotto almeno, c'è.»

«Quello che sta sempre attaccato alle gonne della madre? Trovo lei molto simpatica... ma quanto a lui, è insopportabile... così presuntuoso!»

Poirot sorrise.

«Io... anch'io sono presuntuoso?»

«Oh, non mi pare.»

Era fin troppo chiaro che l'argomento non la interessava affatto, ma questo non parve infastidire Poirot, il quale si limitò a osservare placidamente, con aria soddisfatta: «I miei migliori amici dicono sempre che io sono molto presuntuoso».

«Ecco...» rispose Rosalie in tono incerto «forse voi avete dei buoni motivi per essere presuntuoso! Disgraziatamente non trovo il minimo interesse per i delitti.»

Con molta solennità Poirot disse: «Sono felice di sapere che non avete segreti colpevoli da nascondere».

Per un attimo la maschera imbronciata della ragazza si trasformò mentre lanciava all'investigatore una rapida occhiata interrogativa. Questi sembrò non accorgersene e proseguì: «La vostra signora mamma non si è vista oggi, a pranzo. Mi auguro non sia indisposta».

«Questo posto non fa per lei» rispose Rosalie asciutta. «Sarò ben contenta quando ce ne andremo.»

«Sbaglio o partiremo tutti insieme per la stessa escursione? Non venite anche voi a fare la gita fino a Uadi Halfa e alla Seconda Cateratta?»

«Sì.»

Uscirono dall'ombra dei giardini pubblici e si incamminarono per un tratto polveroso di strada che costeggiava il fiume. Cinque venditori di collane, due venditori di cartoline e tre di scarabei di gesso, un paio di ragazzini che si tiravano dietro un asinello e alcuni altri, più piccoli ma non meno speranzosi, che tentavano di smerciare ninnoli da pochi soldi, li presero d'assalto.

«Volete collane, signore? Sono molto belle, signore. Costano poco...»

«Signora, tu volere scarabeo? Guarda... scarabeo della grande regina... porta fortuna, molta fortuna...»

«Ehi, signore, vero lapislazzulo autentico... molto bello, costa poco...»

«Vuoi fare gita a dorso d'asino, signore? Questo asino molto buono. Questo asino chiamarsi Whisky e Soda, signore...»

«Non volete andare a cava di granito, signore? Questo asino bravo bravo. Altri asini molto cattivi, signore, tutti asini che cadono...»

«Cartoline... cartoline... poco prezzo... bellissime...»

«Ehi, signora... soltanto dieci piastre... costano pochissimo... lapislazzulo... questo essere avorio...»

«Questo scacciamosche è molto buono... tutto in ambra...»

«Gita, volete fare gita in barca, signore? Io avere barca bellissima, signore...»

«Tornate in albergo, signora... questo asino di prima classe...»

Hercule Poirot tentava con qualche blando gesto di liberarsi da quella specie di nugolo di mosche dalle sembianze umane; Rosalie invece camminava in mezzo a loro come una sonnambula.

«È meglio fingere di essere sordi e ciechi» osservò.

Intanto i bambinetti che offrivano ninnoli da pochi soldi continuavano a correrle al fianco mormorando con voce piagnucolosa: «*Bascisc... bascisc*... Hip hip hurrah... molto buono, molto bello...».

Trascinavano in modo molto pittoresco, nella polvere, i loro stracci multicolori e avevano le palpebre letteralmente coperte di mosche. Erano i più insistenti. Gli altri a poco a poco rimasero indietro e pronti a lanciarsi all'attacco di nuovi arrivati.

Adesso a Rosalie e Poirot non restava che liberarsi di chi li invitava nei negozi, ma in questo caso il tono dell'invito era suadente e mielato...

«Volete entrare nel mio negozio, signore?» «Non piacere questo coccodrillo di avorio, signore?» «Non siete ancora venuto in mio negozio, signore? Posso mostrarvi cose molto belle.»

Entrarono nella quinta bottega e Rosalie consegnò alcuni rotoli di pellicola da sviluppare: lo scopo della loro passeggiata.

Quando ne uscirono, si incamminarono verso la riva del fiume.

Uno dei piroscafi del Nilo stava attraccando proprio in quel momento. Poirot e Rosalie si soffermarono a osservare con interesse i passeggeri.

«Quanti sono, vero?» fu il commento di Rosalie. Girò la testa perché in quel preciso momento Tim Allerton era arrivato a raggiungerli. Aveva il fiato corto come se avesse fatto la strada di corsa.

Rimasero lì in silenzio per un minuto o due, infine fu Tim a parlare.

«La solita brutta gente, mi pare» osservò in tono asciutto indicando i passeggeri che sbarcavano.

«Sì, di solito sono proprio terribili» convenne Rosalie.

Avevano tutti e tre quell'aria di superiorità che assumono coloro che già si trovano da qualche tempo in un posto quando osservano i nuovi arrivati.

«Ohi! Ohi!» esclamò Tim con una improvvisa vivacità nella voce. «Che mi venga un accidente se quella non è Linnet Ridgeway.»

L'informazione, che lasciò Poirot indifferente, suscitò l'interesse di Rosalie la quale, protendendosi in avanti e abbandonando la solita espressione imbronciata, gli domandò: «Dov'è? È quella in bianco?».

«Sì, vicino a quel giovanotto alto. Adesso stanno scendendo a terra. Oh, immagino che lui sia il marito. Però non riesco a ricordarmi come si chiama.»

«Doyle» disse Rosalie. «Simon Doyle. C'era tutto sui giornali. Lei sguazza letteralmente nell'oro, o sbaglio?»

«Sì, è forse la ragazza più ricca d'Inghilterra» replicò Tim allegramente.

I tre compagni continuarono a osservare in silenzio i passeggeri che scendevano dal piroscafo. Poirot scrutò con interesse l'oggetto dei commenti dei suoi compagni e mormorò: «È bellissima».

«Certe persone hanno proprio tutto» esclamò Rosalie con amarezza. E sul suo volto apparve una strana espressione cupa e aggrottata mentre osservava la giovane donna che scendeva la passerella.

Linnet Doyle aveva lo stesso aspetto, curatissimo e perfetto in ogni particolare, che avrebbe avuto se si fosse presentata alla ribalta di un palcoscenico in una rivista. Aveva qualcosa della sicurezza di sé che possiede una grande attrice. Era abituata a essere al centro dell'interesse generale; era abituata a essere scrutata e ammirata ovunque andasse.

Non le sfuggirono le occhiate indagatrici che le venivano rivolte, ma al tempo stesso si comportò come se non le avesse nemmeno notate; tributi simili facevano parte della sua vita.

Scese a terra recitando una parte, anche se forse la recitava inconsciamente. La sposa ricca, bellissima, famosa, in luna di miele.

Si volse con un lieve sorriso e una battuta all'uomo alto che le stava di fianco. Lui rispose e il suono della sua voce parve suscitare l'interesse di Hercule Poirot. I suoi occhi ebbero un lampo mentre aggrottava le sopracciglia.

La coppia gli passò vicino, ed egli udì Simon Doyle che diceva: «Cercheremo di recuperare il tempo perduto, tesoro. Se questo posto ti piace possiamo anche fermarci un paio di settimane».

Intanto, voltando la faccia, la guardava, pieno di ansia, adorante, un po' umile.

Gli occhi di Poirot lo scrutarono da capo a piedi con attenzione; notò le spalle quadrate, la faccia abbronzata, gli occhi azzurro cupo, il sorriso così semplice e quasi infantile.

«Un uomo fortunato, quello» disse Tim quando furono passati. «Ha azzeccato un colpo magnifico: riuscire a scovare un'ereditiera senza adenoidi e senza piedi piatti!»

«Sembrano incredibilmente felici» disse Rosalie con una sfumatura di invidia nella voce. E subito aggiunse, ma a voce talmente bassa che Tim non riuscì ad afferrare ciò che diceva: «Non è giusto».

Ma Poirot l'aveva sentita. Era immerso nei suoi pensieri da un po' di tempo, ma in quel momento le lanciò un rapido sguardo.

«Adesso devo andare perché ho una commissione da fare per mia madre» disse Tim.

Salutò togliendosi il cappello e si allontanò. Poirot e Rosalie ritornarono sui loro passi lentamente, in direzione dell'albergo, respingendo con un cenno della mano nuove insistenti offerte di asinelli.

«Cosa non è giusto, *mademoiselle*?» domandò Poirot garbatamente.

La ragazza arrossì di stizza.

«Non capisco che cosa volete dire.»

«Stavo semplicemente ripetendo ciò che avete detto poco fa sottovoce. Oh, sì, l'avete proprio detto!»

Rosalie Otterbourne alzò le spalle. «Sì, ecco... mi sembra un po' troppo per una sola persona: soldi, bellezza, una magnifica figura e...»

Si interruppe, e Poirot concluse per lei: «E amore? È così? E amore? Ma questo, voi non lo sapete... lui può averla sposata per i suoi soldi!».

«Ma non avete visto come la guardava?»

«Oh, sì, *mademoiselle*. Ho visto tutto quello che c'era da vedere... anzi ho visto anche qualcosa che a voi è sfuggito.»

«E cosa sarebbe?»

Lentamente Poirot disse: «Ho visto, *mademoiselle*, due ombre scure sotto gli occhi di una donna. Ho visto una mano che stringeva un parasole con tanta forza che le nocche erano diventate bianche...».

Rosalie lo guardò con tanto d'occhi.

«Si può sapere cosa vorreste dire?»

«Voglio dire che non è tutto oro quello che riluce. Mi spiego... anche se questa signora è ricca, bellissima e amata c'è, comunque, qualcosa che non va. Non solo questo... so anche dell'altro.»

«E sarebbe?»

«So di aver già sentito quella voce prima d'ora» riprese Poirot aggrottando le sopracciglia. «In qualche posto, in qualche momento ho sentito la voce di Monsieur Doyle... e vorrei ricordarmi dove.»

Ma Rosalie non lo ascoltava più. Si era fermata e con la punta del parasole s'era messa a tracciare confusi disegni sulla sabbia soffice. Improvvisamente proruppe con fierezza: «Sono odiosa. Capisco di essere terribilmente odiosa. Sì, sono una creatura indegna e vorrei vergognarmi. Ma come mi piacerebbe strapparle di dosso quei bei vestiti e allungare uno schiaffo su quella faccia stupenda, arrogante, così sicura di sé. Capisco di essere soltanto gelosa. Magari invidiosa... purtroppo è quello che provo. Non so cosa farci. È talmente fortunata, talmente sicura di sé!»

Hercule Poirot sembrò un po' stupito da quello sfogo e prendendo la ragazza per un braccio la scrollò garbatamente.

«*Tenez*... adesso che vi siete sfogata, sono sicuro che vi sentirete senz'altro meglio!»

«La verità è che la odio! Non ho mai odiato nessuno così a prima vista.»

«Fantastico!»

Rosalie lo guardò dubbiosa. Poi le sue labbra ebbero un fremito e scoppiò in una risata.

«*Bien*» disse Poirot e si mise a ridere a sua volta.

Proseguirono la loro camminata verso l'albergo come due buoni amici.

«Devo andare dalla mamma» disse Rosalie mentre entravano nel fresco atrio ombroso.

Poirot uscì sulla terrazza che dava sul Nilo. Qui erano già stati preparati i tavolini per il tè ma era ancora troppo presto. Rimase per qualche attimo a contemplare il fiume poi scese lentamente a passeggiare nel giardino.

C'erano alcune persone che giocavano a tennis sotto il sole cocente. Si fermò a osservarle per un po', poi proseguì per un ripido sentiero. E qui, seduta su una panchina dalla quale si godeva il panorama del Nilo, scorse la ragazza di "Chez Ma Tante". La riconobbe immediatamente. La sua faccia gli si era scolpita nella memoria come l'aveva vista quella sera. Ma adesso l'espressione era ben diversa. La ragazza gli parve più pallida e più magra e, sul suo volto, vide le tracce di una profonda stanchezza e di una immensa infelicità.

Tornò indietro di qualche passo. Lei non lo aveva visto, e Poirot rimase a osservarla senza che lei se ne accorgesse. Batteva nervosamente il piede per terra e nei suoi occhi, illuminati da una luce ardente e cupa, si poteva scorgere anche una strana espressione, quasi di sofferenza trionfante. Fissava il Nilo dove le barche dalle vele bianche scivolavano su e giù lungo la corrente.

Un viso... e una voce. Adesso li ricordava tutti e due. Il viso di questa ragazza e la voce che aveva appena udito, la voce di uno sposo fresco fresco...

Ed ecco che, mentre seguitava a osservare la ragazza, che non si era accorta della sua presenza, una nuova scena del dramma si svolse.

Poco più in alto si sentì un suono di voci. La giovane balzò in piedi di scatto. Lungo il sentiero apparvero Linnet Doyle e il marito. La voce di Linnet era lieta e piena di fiducia, l'espressione tesa, la mano contratta... niente di tutto ciò si notava più, Linnet era felice.

La ragazza fece qualche passo avanti. Gli altri due si fermarono di botto.

«Salve, Linnet» disse Jacqueline de Bellefort. «Dunque eccoti qui! Pare impossibile ma continuiamo a incontrarci. Ciao Simon, come stai?»

Linnet Doyle si era tirata indietro di scatto, appoggiandosi alla roccia con un piccolo grido. Il bel viso di Simon Doyle si contorse dall'ira. Si fece avanti con aria stranamente minacciosa verso la snella figura della ragazza.

Ma questa con uno scatto improvviso, un lieve movimento della testa, quasi da uccellino, gli fece capire che si era accorta della presenza di un estraneo. Anche Simon girò la testa e vide Poirot. Un po' imbarazzato disse: «Salve, Jacqueline; non ci aspettavamo di trovarti qui».

Ma le sue parole non avevano affatto un tono convincente. La ragazza gli rivolse un sorriso smagliante.

«Proprio una bella sorpresa, vero?» domandò. Poi, con un lieve cenno del capo li salutò e si mise in cammino risalendo il sentiero.

Poirot, per delicatezza, si avviò nella direzione opposta. Mentre si allontanava, sentì Linnet Doyle che diceva: «Simon... per amor di Dio! Simon... che cosa si può fare?».

3

La cena era finita. Luci soffuse illuminavano la terrazza del Cataract Hotel. Buona parte degli ospiti erano ancora seduti ai tavolini. Simon e Linnet Doyle uscirono in compagnia di un uomo alto, dai capelli grigi e l'aspetto distinto, che aveva lo sguardo incisivo e la faccia rasata da americano. Mentre il gruppetto esitava un attimo sulla soglia, Tim Allerton si alzò dalla seggiola e si fece avanti.

«Di sicuro non vi ricordate di me» disse con garbo a Linnet «ma sono il cugino di Joanna Southwood.»

«Ma certo... che sciocca! Siete Tim Allerton. Questo è mio marito...» un lieve tremore nella voce; orgoglio, timidezza? «... e questo il mio amministratore americano, il signor Pennington.»

Tim disse: «Vorrei proprio presentarvi a mia madre».

Pochi minuti dopo erano tutti seduti insieme intorno a un tavolino, Linnet d'angolo fra Tim e Pennington che chiacchieravano animatamente con lei, cercando di conquistarsi la sua attenzione. La signora Allerton parlava con Simon Doyle.

La porta girevole dell'albergo si mosse e la bella figura di Linnet ebbe un fremito e s'irrigidì di colpo. Ma si rilassò subito quando uscì un ometto che attraversò la terrazza.

La signora Allerton disse: «Non siete l'unica celebrità che abbiamo qui, mia cara. Quel buffo ometto è Hercule Poirot».

Aveva parlato senza dare troppa importanza a ciò che stava dicendo, più che altro perché il suo tatto le aveva fatto istintivamente capire che occorreva riempire una pausa un po' imbarazzante, ma Linnet sembrò colpita da quell'osservazione.

«Hercule Poirot? Certo... ho sentito parlare di lui...»

E sembrò sprofondare per un attimo nelle proprie riflessioni. Tanto che i due uomini seduti di fianco a lei parvero momentaneamente sconcertati.

Poirot si era incamminato senza fretta verso il limite della terrazza ma, in quel momento, qualcuno richiamò la sua attenzione.

«Accomodatevi qui, Monsieur Poirot. Che serata stupenda!»

Lui ubbidì.

«*Mais oui, madame*, è davvero bellissima.»

Sorrise educatamente alla signora Otterbourne. Mamma mia, che effetto strano facevano tutti quei veli fluttuanti di cui si era ammantata, e quel ridicolo turbante! La signora Otterbourne riprese con voce sonora e lamentosa: «Mi sembra davvero che qui le persone famose non manchino... cosa ne dite? Immagino che presto ne parleranno anche i giornali. Donne dalla bellezza celebre, famose in società, scrittori di fama...».

Si interruppe con una lieve risatina di falsa modestia.

Poirot intuì, più che vederla, l'espressione accigliata e scontrosa della ragazza seduta di fronte a lui, la quale trasalì e strinse le labbra in una smorfia ancora più scontrosa.

«Lavora a qualche nuovo romanzo, *madame*?» provò a chiedere.

La signora Otterbourne proruppe di nuovo in quella risatina vagamente imbarazzata.

«A dir la verità mi accorgo di essere terribilmente pigra. Eppure devo riprendere il lavoro. Il mio pubblico comincia a farsi impaziente... e il mio editore, poveretto! Mi arrivano lettere supplichevoli ogni momento! Perfino telegrammi!»

Poirot sentì di nuovo la ragazza che si agitava nell'oscurità.

«Credo di potervi confidare, Monsieur Poirot, che, almeno in parte, mi trovo qui perché sono alla caccia di un po' di colore locale. *Neve sul volto del deserto*... ecco il titolo del mio nuovo libro. Possente... suggestivo. Neve... sul deserto... che si scioglie al primo alito ardente della passione.»

Rosalie si alzò mormorando qualcosa e si allontanò di qualche passo scendendo nel giardino buio.

«Bisogna essere forti» riprese la signora Otterbourne, scrollando con aria enfatica il turbante. «Ci vogliono gusti forti... ecco di che cosa sono fatti i miei libri... perché è questo che ha importanza. Anche se le biblioteche mi mettono al bando... pazienza! Io dico la verità. Il sesso... ah! Monsieur Poirot... per quale motivo tutti hanno questa paura del sesso? In fondo è il perno dell'universo! Avete letto i miei romanzi?»

«Ahimè, *madame*! Non leggo molti romanzi. La mia professione, capite...»

La signora Otterbourne disse con fermezza: «Voglio darvi una copia di *Sotto il fico*. Sono sicura che lo troverete significativo. È molto schietto, senza riserve... ma assolutamente reale!»

«Molto gentile da parte vostra, *madame*. Lo leggerò con piacere.»

La signora Otterbourne rimase in silenzio per qualche minuto. Intanto giocherellava con una lunga collana che le girava un paio di volte attorno al collo. Rapidamente si guardò intorno, da parte a parte.

«Forse... potrei fare un salto di sopra a prenderne una copia.»

«Oh, *madame*, per carità, non è il caso che vi disturbiate... magari più tardi...»

«No, no. Nessun disturbo.» Si alzò. «Avrei piacere di mostrarvi...»

«Cosa c'è, mamma?»

Rosalie era comparsa d'improvviso al suo fianco.

«Niente, cara. Salivo un momento in camera a prendere un libro per Monsieur Poirot.

«Il *Fico*? Vado io.»

«Non sai dov'è, cara. Lascia che ci vada...»

«No, so benissimo dov'è.»

La ragazza attraversò rapida la terrazza ed entrò nell'albergo.

«Permettetemi che mi congratuli con voi, *madame*, perché avete una figliola adorabile» disse Poirot con un inchino.

«Rosalie? Sì, sì... è una bella ragazza. Ma molto dura, Monsieur Poirot. Nessuna comprensione per chi sta male. È convinta di saperne sempre più degli altri. Figuratevi che è persuasa di saperne più di me sulla mia salute...»

Poirot fece cenno a un cameriere.

«Un liquore, *madame*? Una *chartreuse*? Oppure una *crème de menthe*?»

La signora Otterbourne scrollò vigorosamente il capo.

«No, no, io sono astemia. Avrete notato che non bevo mai nient'altro all'infuori di acqua... o, magari, limonata. Non sopporto il sapore delle bevande alcoliche.»

«Allora, permettete che vi ordini una spremuta di limone, *madame*?»

E fece l'ordinazione al cameriere: «Una spremuta di limone e un *bénédictine*».

La porta girevole dell'albergo si mosse di nuovo. Ne uscì Rosalie che si diresse verso di loro con un libro in mano.

«Eccolo qua» disse. La sua voce era assolutamente inespressiva... al tal punto che non si poteva non accorgersene!

«Monsieur Poirot mi ha appena ordinato una spremuta di limone» disse sua madre.

«E voi, *mademoiselle*, cosa prendete?»

«Niente.» Poi aggiunse, accorgendosi subito di essere stata troppo brusca: «Niente, grazie».

Poirot accettò il volume che la signora Otterbourne gli porgeva. Conservava ancora la sovraccoperta originale, a colori vivaci e stridenti; rappresentava una gentile signora con i capelli molto ben acconciati e le unghie rosso vivo, nel tradizionale costume di Eva, seduta su una pelle di tigre. Sopra di lei si allargavano le fronde di un albero che aveva le foglie di una quercia ma i rami carichi di grosse mele dai colori più insoliti e sgargianti.

Era intitolato *Sotto il fico*, di Salomé Otterbourne. Nel risvolto di copertina, si parlava con entusiasmo dello stupefacente coraggio e del realismo del romanzo, che rappresentava un vero e proprio studio della vita amorosa di una donna moderna. "Spietato, anticonformista, realistico" erano gli aggettivi che venivano usati.

Poirot abbozzò un inchino mormorando: «Molto onorato, *madame*».

Rialzando la testa i suoi occhi incrociarono lo sguardo della figlia dell'autrice. E gli sfuggì un impercettibile sussulto nel leggervi una sofferenza tanto eloquente.

Fu in quel momento che arrivarono le bibite, provocando una gradita distrazione.

Poirot alzò il bicchiere in un gesto pieno di galanteria. «*A votre santé, madame... mademoiselle.*»

La signora Otterbourne, sorseggiando la spremuta di limone, mormorò: «Com'è rinfrescante... proprio squisita!».

Poi il silenzio calò su di loro. Si misero a contemplare le lucenti rocce nere del Nilo. Al chiarore della luna assumevano aspetti fantastici. Assomigliavano a enormi mostri preistorici emersi solo in parte dall'acqua. Si alzò improvvisamente una brezza leggera e, altrettanto improvvisamente, svanì. Nell'aria c'era una sensazione come di tacita aspettativa.

Hercule Poirot riportò di nuovo lo sguardo sulla terrazza e sulle persone che si sedevano. Sbagliava, oppure anche gli altri pareva che provassero lo stesso curioso senso di attesa? Un po' come quando, sul palcoscenico, si aspetta l'entrata della primadonna.

In quel preciso momento la porta girevole dell'albergo tornò a muoversi e, stavolta, sembrò che lo facesse con un'importanza tutta speciale. Tutti smisero di parlare e si voltarono a guardare in quella direzione.

Dalla porta uscì una ragazza bruna, snella, che portava un abito da sera color rosso vino. Si fermò per un attimo, poi attraversò con deliberata lentezza la terrazza e andò a sedersi a un tavolino vuoto. Non c'era niente di sfacciato, niente che non fosse irreprensibile nel suo modo di muoversi o nel suo contegno, eppure la sua entrata sembrò studiata, un po' teatrale.

«Guarda un po'!» disse la signora Otterbourne. E scrollò il capo avvolto nel turbante. «Chissà chi crede di essere quella ragazza!»

Poirot non rispose. Osservava. La ragazza era andata a scegliere, per sedersi, un posto dal quale poteva deliberatamente fissare in faccia Linnet Doyle. E Poirot si accorse che quasi subito Linnet Doyle, chinandosi in avanti, mormorava qualcosa a qualcuno e, un attimo più tardi, si alzava in piedi per cambiare posto. Adesso era seduta in modo da volgere le spalle alla nuova arrivata.

Poirot annuì pensosamente.

Erano passati appena cinque minuti quando l'altra ragazza si alzò per andarsi a sedere sul lato opposto della terrazza. Fumava, con un vago sorriso sulle labbra, e pareva l'immagine della soddisfazione e della tranquillità. Tuttavia il suo sguardo vagamente assorto era sempre fisso, quasi inconsciamente, sulla moglie di Simon Doyle.

Dopo un quarto d'ora Linnet Doyle si alzò di scatto e rientrò in albergo. Suo marito la seguì quasi subito.

Jacqueline de Bellefort sorrise e girò la sedia. Si accese una sigaretta e si mise a contemplare la vista del Nilo. Intanto continuava a sorridere tra sé.

4

«Monsieur Poirot.»

Poirot si alzò frettolosamente in piedi. Era rimasto fuori, sulla terrazza, quando gli altri se n'erano già andati da parecchio tempo, assorto nelle proprie meditazioni, fissando quelle rocce lisce, lucenti e nere, ma il fatto di sentir risuonare il suo nome lo aveva costretto a tornare bruscamente alla realtà.

Era una voce educata, piena di sicurezza, una voce incantevole anche se, forse, un tantino arrogante.

Hercule Poirot, alzandosi in fretta, si trovò a incontrare lo sguardo imperioso di Linnet Doyle, la quale indossava un sontuoso mantello di velluto rosso cupo sull'abito da sera di satin bianco, e appariva più seducente e più regale di quanto Poirot avesse mai creduto possibile.

«Siete il signor Hercule Poirot?» domandò Linnet.

Ma non sembrava neppure una domanda.

«Ai vostri ordini, *madame*.»

«Forse sapete chi sono?»

«Sì, *madame*. Ho sentito il vostro nome. So benissimo chi siete.»

Linnet assentì. Era esattamente quello che si aspettava. Proseguì con il suo tono incantevole, ma autoritario: «Vi spiacerebbe seguirmi nella sala da gioco, Monsieur Poirot? Sono molto ansiosa di parlarvi».

«Certo, *madame*.»

Linnet lo precedette dentro l'albergo. Poirot la seguì. Lei lo condusse nella sala da gioco deserta e gli indicò di chiudere la porta. Poi si lasciò cadere sulla seggiola davanti a uno dei tavolini e Poirot occupò quella di fronte.

Linnet abbordò subito l'argomento che le stava a cuore. Senza esitazioni di sorta. Non faceva fatica a trovare le parole adatte.

«Ho sentito parlare molto di voi, Monsieur Poirot, e so che siete un uomo molto intelligente. Ora, mi trovo nella necessità di avere qualcuno che mi aiuti... e sono convinta che potreste essere voi la persona in grado di farlo.»

Poirot chinò il capo.

«Siete molto cortese, *madame*, però devo avvertirvi che sono in vacanza e, quando sono in vacanza, non mi assumo mai impegni professionali.»

«Se è per questo, potremo trovare il modo di accordarci.»

Non venne detto in tono offensivo... ma solo con la pacata sicurezza di una giovane donna che era sempre stata capace di sistemare le cose a modo suo.

Infatti Linnet Doyle proseguì: «Mi trovo a essere oggetto, Monsieur Poirot, di una persecuzione intollerabile. E questa persecuzione deve finire! La mia idea era di rivolgermi alla polizia ma mio... mio marito sembra, piuttosto, dell'opinione che la polizia, in questo caso, abbia le mani legate...».

«Forse... se voleste spiegarmi un po' meglio di che cosa si tratta» mormorò Poirot in tono cortese.

«Oh, sì, certamente. Si tratta di una cosa semplicissima.»

Nessuna esitazione... nessun tremito nella voce. Linnet Doyle aveva una mentalità lucida, chiara, da donna d'affari. Fece solo una breve pausa per raccogliere le idee e presentare a Poirot i fatti nel modo più conciso possibile.

«Prima che io conoscessi mio marito, lui era fidanzato con una certa signorina de Bellefort. Era anche una mia amica. Mio marito ha rotto il fidanzamento con lei... non erano assolutamente adatti l'uno all'altra. Lei, mi dispiace dirlo, ha preso la faccenda piuttosto male... per quello che mi riguarda ne sono molto addolorata... ma in questi casi non ci si può far niente! Lei ha fatto certe... be', chiamiamole minacce... alle quali ho prestato pochissima attenzione e che, del resto posso ben dirlo, non ha assolutamente tentato di realizzare nella pratica. Invece ha adottato un modo di comportarsi assolutamente incredibile... cioè quello di... seguirci dovunque noi andiamo.»

Poirot alzò le sopracciglia.

«Ah... un modo di vendicarsi... ehm... piuttosto insolito.»

«Sì, del tutto insolito, e molto ridicolo! Ma anche fastidioso.» Si morse un labbro.

Poirot assentì.

«Certo, lo immagino benissimo. Sbaglio o siete in viaggio di nozze?»

«Sì. La prima volta... è accaduto a Venezia. C'era anche lei... al Danieli. Ho pensato che fosse pura e semplice coincidenza. Un po' imbarazzante, ma niente di grave. Poi l'abbiamo trovata sul piroscafo a Brindisi. Ci era parso di capire che facesse un viaggio in Palestina. E così l'abbiamo lasciata, o almeno era quello che credevamo, sul piroscafo. Ma... ma quando siamo arrivati a Mena House... era là ad aspettarci.»

Poirot assentì di nuovo.

«E adesso?»

«Abbiamo risalito il Nilo col piroscafo. Quasi quasi... mi aspettavo di trovarla a bordo. Quando non l'ho vista ho concluso che doveva avere smesso di comportarsi in quel modo così... così infantile. Invece quando siamo arrivati... era... era già qui... ad attenderci.»

Poirot la fissò per un attimo con aria scrutatrice. Era ancora perfettamente padrona di sé, controllatissima, però stringeva l'orlo del tavolino con tanta forza che le nocche delle dita erano bianche.

Lui disse: «E avete paura che questo stato di cose possa continuare?».

«Sì.» Fece una pausa. «Naturalmente tutta questa faccenda è una completa idiozia! Jacqueline, facendo così, si sta rendendo ridicola. Mi meraviglio che non abbia un poco più di orgoglio... di dignità.»

Poirot fece un gesto vago.

«Ci sono momenti, *madame*, nei quali l'orgoglio e la dignità... vanno a farsi benedire, come suol dirsi! Sono soffocati da... sentimenti ed emozioni più forti.»

«Sì, capisco» rispose Linnet in tono spazientito. «Ma si può sapere che cosa spera di guadagnare da tutto questo?»

«Non si tratta sempre di una questione di guadagno, *madame*!»

Qualcosa nel tono della sua voce colpì Linnet spiacevolmente. Infatti arrossì e si affrettò a ribattere: «Avete ragione. Del resto, discutere di moventi non ci interessa affatto. La cosa più importante, in tutta questa storia, è che bisogna assolutamente farla smettere».

«E come vi proponete di ottenerlo, *madame*?» le domandò Poirot.

«Ecco... naturalmente... mio marito e io non possiamo continuare a sopportare un simile fastidio. Esisterà pure qualche metodo legale per difendersi in casi del genere.» Di nuovo aveva parlato in tono spazientito.

Poirot la guardò con aria pensierosa e poi le chiese: «Vi ha minacciato in pubblico? Ha usato parole offensive? Ha tentato di nuocervi materialmente?».

«No.»

«E allora, in tutta franchezza, *madame*, non vedo che cosa possiate fare. Se una gentil signorina ha piacere di viaggiare e di visitare determinati luoghi, e questi luoghi sono proprio quelli dove anche voi e vostro marito vi trovate... *eh, bien*... cosa c'è di male in tutto questo? L'aria è di tutti! Mi pare di aver capito che la persona in questione non abbia assolutamente tentato di invadere la vostra intimità, vero? Questi incontri sono sempre avvenuti in pubblico?»

«Vorreste dire che non posso farci niente?»

Linnet sembrava incredula.

Poirot ribatté con la massima tranquillità: «No, niente del tutto, stando a quanto mi dite. Mademoiselle de Bellefort ha pieno diritto di comportarsi come si comporta».

«Ma... ma è esasperante! Considero intollerabile dover accettare una cosa simile!»

Poirot rispose in tono secco: «Avete tutta la mia comprensione, *madame*... soprattutto perché mi par di capire che non avete avuto occasione molto spesso di dovervi rassegnare a qualcosa».

Linnet aveva corrugato le sopracciglia.

«Eppure deve esserci un modo per far cessare tutto questo» mormorò.

Poirot si strinse nelle spalle.

«Potete sempre andarvene... trasferirvi in qualche altro posto...» le suggerì.

«In tal caso ci seguirebbe!»

«Probabilmente... sì.»

«Ma è assurdo!»

«Infatti.»

«E poi, per quale motivo io... noi... dovremmo scappare? Come se... come se...»

Si interruppe.

«Precisamente, *madame*. Come se...! Perché è tutto qui, o sbaglio?» Linnet alzò di scatto la testa e lo fissò.

«Cosa volete dire?»

Poirot cambiò di colpo tono e, protendendosi in avanti, parlò con voce garbata, come se volesse dirle qualcosa in confidenza: «Per quale motivo questa faccenda vi indispettisce tanto, *madame*?».

«Perché? Perché è esasperante! Fastidiosa al massimo grado! Ve l'ho già detto il perché!»

Poirot scrollò il capo.

«Non completamente.»

«Come sarebbe?» ripeté Linnet.

Poirot si appoggiò allo schienale della seggiola, incrociò le braccia e cominciò a parlare in tono distaccato, assolutamente impersonale.

«*Écoutez, madame*. Voglio raccontarvi una piccola storia. Un giorno, un paio di mesi fa, stavo cenando in un ristorante di Londra. Al tavolo vicino al mio erano seduti un giovanotto e una ragazza. Felicissimi, almeno così mi è sembrato, e innamoratissimi. Parlavano fiduciosi del futuro. Guardate che non è mia abitudine tendere l'orecchio per ascoltare i discorsi che non mi riguardano; ma erano talmente indifferenti a tutto ciò che li circondava che non badavano nemmeno a che qualcuno potesse ascoltarli. Il giovanotto mi voltava le spalle però potevo osservare molto bene il viso della ragazza. Era un viso estremamente espressivo. Doveva essere innamoratissima... e non sembrava una di quelle persone che si innamorano di frequente e prendono l'amore alla leggera. Per lei si trattava chiaramente di un amore che era tutto, per la vita e per la morte. Erano fidanzati e dovevano sposarsi, almeno a quanto ho capito; e parlavano dei luoghi dove avrebbero voluto trascorrere la luna di miele. Il loro progetto era di venire in Egitto.»

Fece una pausa. Linnet domandò brusca: «Be'?».

Poirot proseguì: «Ormai sono passati un paio di mesi però vi assicurò che il viso di quella ragazza... non l'ho dimenticato. E sapevo che, se lo avessi rivisto, avrei subito ricordato di chi si trattava. Come ricordo benissimo anche la voce del giovanotto. Di conseguenza, credo che ormai abbiate indovinato, *madame*, quand'è stato che ho rivisto l'una e sentito di nuovo parlare l'altro. Proprio qui, in Egitto. Il giovanotto è in viaggio di nozze, certo... però con un'altra donna».

Linnet gli domandò ancora in tono asciutto: «E con questo? Vi avevo già menzionato come stavano i fatti».

«I fatti... sì.»

«E allora?»

Poirot riprese lentamente: «La ragazza del ristorante aveva accennato a un'amica... un'amica che, di questo era sicurissima, non l'avrebbe mai abbandonata né delusa. Credo che quell'amica foste voi, *madame*».

«Vi ho già detto che eravamo amiche.» Linnet arrossì.

«Lei si fidava di voi?»

«Sì.»

Esitò per un attimo, mordicchiandosi un labbro spazientita; poi, visto che Poirot non sembrava disposto a parlare, soggiunse: «Certo che tutta questa faccenda è stata molto spiacevole! Ma sono cose che capitano, Monsieur Poirot».

«Ah! Sì, capitano, *madame*.» Fece una pausa. «Sbaglio o voi appartenete alla Chiesa anglicana?»

«Sì.» Linnet sembrò vagamente stupita.

«Di conseguenza avrete sentito più di una volta leggere ad alta voce in chiesa qualche brano della Bibbia. E avrete sentito parlare del re Davide e dell'uomo ricco che aveva molte greggi e molti armenti e dell'uomo povero che possedeva soltanto una pecora... e come andò che l'uomo ricco tolse all'uomo povero anche quella sua unica pecora. Anche questa è una delle cose che capitano, *madame*!»

Linnet si raddrizzò sulla persona e i suoi occhi ebbero un lampo di collera.

«Capisco perfettamente a che cosa state mirando, Monsieur Poirot! Per dirla nel modo più brutale, voi siete convinto che io abbia portato via il fidanzato alla mia amica. State prendendo in considerazione questa faccenda da un punto di vista puramente sentimentale... immagino che sia quello dal quale vedono le cose le persone della vostra generazione... e può anche darsi che sia vero. Ma la vera e triste realtà è tutt'altra. Non voglio negare che Jackie fosse innamorata follemente di Simon ma non mi sembra che abbiate fatto attenzione a un altro particolare... per esempio al fatto che, forse, lui non le voleva altrettanto bene. Certo, le era affezionato, ma credo che, fin da prima di conoscermi, avesse già cominciato a temere di aver commesso uno sbaglio. Provate un po' a osservare le cose con lucidità, Monsieur Poirot. Simon scopre di amare me, non Jackie. Cosa può fare? Sposare una donna che non ama, per tener fede nobilmente ed eroicamente all'impegno morale che ha preso... e di conseguenza rovinare con molta probabilità la vita di tre persone... perché c'è da domandarsi se, date queste circostanze, sarebbe mai riuscito a rendere Jackie felice? Se lui fosse già stato sposato con Jackie quando mi ha conosciuta condivido la vostra opinione che forse il suo dovere sarebbe stato quello di non lasciarla... anche se non ne sono del tutto sicura. Perché quando una persona è infelice, ne soffrono anche le altre. Un fidanzamento non è un legame così definitivo, in fondo! Se si è fatto un errore, molto meglio affrontare la realtà dei fatti prima che diventi troppo tardi. Ammetto che deve essere stato un gran brutto colpo per Jackie e ne sono profondamente dispiaciuta... ma le cose ormai stanno così. Era inevitabile.»

«Chissà!»

Linnet lo guardò sgranando gli occhi.

«Cosa volete dire?»

«Il vostro atteggiamento, *madame*. Vedete, l'inseguimento del quale siete vittima potrebbe suscitare in voi due reazioni differenti: per esempio, infastidirvi e irritarvi... certo; oppure provocare la vostra compassione... accorgendovi che la vostra amica è rimasta talmente sconvolta e addolorata da perdere completamente il rispetto per le convenienze. Invece voi reagite in tutt'altro modo. No, per voi questa persecuzione è intollerabile... e perché? La risposta non può essere che una... perché provate un senso di colpa.»

Linnet si alzò di scatto.

«Come osate? Insomma, Monsieur Poirot, questo è troppo!»

«E invece oso, *madame*! Anzi continuerò a parlarvi con estrema franchezza. E arriverò al punto di dirvi che, anche se avete tentato di confondere le carte perfino con voi stessa, avete portato via di proposito vostro marito a quell'amica. Aggiungerò che dovete aver sentito subito una forte attrazione per lui. E dirò anche che deve esserci stato un momento in cui avete esitato, accorgendovi che esisteva la possibilità di fare una scelta... che avreste potuto tagliar corto subito oppure procedere sulla strada imboccata. E che l'iniziativa è stata tutta vostra... non di Monsieur Doyle. Siete molto bella, *madame*; siete ricca, intelligente... e avete un grande fascino. Avreste potuto esercitare quel fascino oppure farne a meno. Avevate tutto quello che la vita può offrire, *madame*. La vostra amica non possedeva che una sola cosa. Lo sapevate ma, benché abbiate esitato, non vi siete tirata indietro. Avete allungato la mano e, come l'uomo ricco della Bibbia, avete portato via l'unica pecora all'uomo povero.»

Ci fu un silenzio. Linnet, dominandosi con uno sforzo, esclamò in tono glaciale: «Tutto questo non c'entra affatto!».

«Non è vero, c'entra... eccome! Non ho fatto che spiegarvi il motivo per il quale le improvvise apparizioni qua e là di Mademoiselle de Bellefort vi hanno turbato tanto a fondo. Perché, anche se il suo modo di agire è poco femminile e privo di dignità, a voi resta sempre l'intimo convincimento che abbia la ragione dalla sua parte.»

«Questo non è vero.»

Poirot alzò le spalle.

«Vi rifiutate di essere onesta con voi stessa.»

«No, non è vero.»

Poirot riprese in tono garbato: «Sono quasi sicuro di poter dire, *madame*, che fino a questo momento avete avuto una vita felice, che siete stata generosa e buona nei confronti degli altri».

«Sì, è quello che ho cercato di fare» rispose Linnet. Ogni traccia di nervosismo e di stizza era scomparsa dal suo volto. Pronunciò queste parole con semplicità... quasi in tono desolato.

«Ecco perché la sensazione di aver deliberatamente fatto del male a una persona vi turba tanto, e perché siete così riluttante ad ammetterlo! Perdonatemi se sono stato impertinente ma, in ogni evento, la psicologia è il fattore più importante.»

Linnet disse piano: «Anche supponendo che sia vero quello che dite... ma badate bene che non lo ammetto... cosa si può fare, a questo punto? Il passato non si cambia; bisogna affrontare le cose come sono».

Poirot assentì.

«Avete un'intelligenza lucida e razionale. Sono d'accordo con voi, il passato non si cambia. Bisogna accettare le cose come stanno. A volte, *madame*, non resta altro da fare... accettare le conseguenze delle proprie azioni.»

«Con questo vorreste dire...» gli domandò Linnet incredula «che non posso far niente... proprio niente?»

«Dovete mostrarvi coraggiosa, *madame*; ecco la mia opinione.»

«Non potreste...» disse Linnet lentamente «parlare con Jackie... con la signorina de Bellefort? Farla ragionare?»

«Sì, posso farlo. Ed è quello che farò se lo desiderate. Ma non mi aspetto grandi risultati. Ho l'impressione che Mademoiselle de Bellefort sia ormai in preda alla sua idea fissa e che nessuno potrà dissuaderla.»

«Ma... insomma... potremo pur far qualcosa per liberarcene?»

«Sì, potreste tornare in Inghilterra e stabilirvi in casa vostra.»

«Ma, anche in questo caso, comincio ad avere il sospetto che Jacqueline sarebbe capacissima di venire a vivere al villaggio, in modo che io sia costretta a vederla ogni volta che esco dal giardino!»

«Verissimo.»

«Tra l'altro» disse Linnet lentamente «non credo che Simon sarebbe d'accordo se gli proponessi di scappare.»

«Qual è la sua reazione a tutto questo?»

«È furioso... semplicemente furioso.»

Poirot assentì con aria meditabonda.

Linnet gli domandò in tono supplichevole: «Dunque le... le parlerete?».

«Certo, è quello che farò. Ma, credetemi, sono sicuro che non otterrò niente.»

«Jackie è proprio straordinaria!» esclamò Linnet con violenza. «Non si sa mai quello che ha in mente!»

«Poco fa mi avete accennato a certe minacce... Non volete dirmi di che cosa si trattava?»

Linnet alzò le spalle.

«Ha minacciato... ecco... di ucciderci tutti e due. In certi casi Jackie è esagerata, impetuosa... carattere latino!»

«Capisco.» Il tono di Poirot era grave.

Linnet gli domandò ancora in tono supplichevole: «Allora... non volete assumervi questo incarico per conto mio?».

«No, *madame*.» Il suo tono era fermo. «Non accetterò l'incarico che mi offrite. Farò quello che posso per senso di umanità. Questo, sì. La situazione di fronte alla quale ci troviamo è difficile e piena di pericoli. Farò quello che posso per chiarirla... ma non mi sento affatto ottimista per quel che riguarda le mie possibilità di successo.»

Linnet Doyle mormorò lentamente: «Però non volete accettare questo incarico da parte mia?».

«No, *madame*» disse Hercule Poirot.

5

Hercule Poirot trovò Jacqueline de Bellefort seduta su una roccia dalla quale si poteva contemplare il panorama del Nilo. Era quasi sicuro che non fosse ancora salita in camera sua e che non avrebbe avuto difficoltà a trovarla nel giardino dell'albergo.

Sedeva con il mento appoggiato al palmo delle mani e non voltò la testa né si guardò intorno quando sentì che qualcuno si avvicinava.

«Mademoiselle de Bellefort?» domandò Poirot. «Mi permettete di parlarvi un momento?»

Jacqueline girò appena il capo. Un lieve sorriso le aleggiava sulle labbra.

«Certo» disse. «Siete Monsieur Hercule Poirot, vero? Credo anche di sapere perché siete qui, o sbaglio? Avete accettato di agire per conto della signora Doyle, la quale vi ha promesso un grosso compenso qualora riusciate nella vostra missione.»

Poirot si mise a sedere sulla panchina accanto a lei.

«Avete indovinato, ma solo in parte» rispose con un sorriso. «Ho finito di parlare proprio adesso con Madame Doyle ma, per essere precisi, non intendo accettare nessun compenso da parte sua né tanto meno ho accettato di assumermi l'incarico che voleva affidarmi.»

«Oh!»

Jacqueline lo scrutò con attenzione.

«In tal caso, per quale motivo siete qui?» gli domandò brusca.

Ma Poirot le rispose con un'altra domanda:

«Non mi avete mai visto prima d'ora, *mademoiselle*?»

Lei fece di no con la testa.

«Non mi pare.»

«Eppure io ho visto voi. Ero seduto al tavolino accanto al vostro, una sera, da "Chez Ma Tante". E voi eravate con Monsieur Simon Doyle.»

Il volto della ragazza assunse d'improvviso una strana espressione, come se vi fosse calata una maschera. «Mi ricordo di quella serata...» disse.

«Da allora sono accadute molte cose» rispose Poirot.

«Potete ben dirlo!» La sua voce era carica di amarezza e di sconforto.

«*Mademoiselle*, voglio parlarvi da amico. Seppellite ciò che è morto!»

Lei parve sconcertata.

«Cosa intendete dire?»

«Dimenticate il passato. Guardate al futuro! Quello che è stato, è stato. Amarezza e rancore non possono più cambiare le cose.»

«Sono sicura che tutto questo farebbe enormemente comodo alla cara Linnet!»

Poirot fece un gesto.

«Non è a lei che stavo pensando in questo momento! Ma a voi! Avete sofferto... non ne dubito... ma tutto quello che state facendo adesso non ottiene altro scopo che di prolungare le vostre sofferenze.»

Jacqueline scrollò il capo.

«Ecco dove sbagliate. A volte... quasi quasi ho l'impressione di divertirmi.»

«Ed è proprio questa la cosa peggiore di tutte, *mademoiselle*.»

Lei alzò gli occhi di scatto a guardarlo.

«Non siete stupido» disse. E soggiunse piano: «E credo siate animato dalle migliori intenzioni».

«Tornatevene a casa, *mademoiselle*. Siete giovane, avete cervello e tutto il mondo a vostra disposizione.»

Jacqueline scrollò di nuovo il capo.»

«No. Non capite... o non volete capire. Tutto il mio mondo è Simon.»

«L'amore non è tutto, *mademoiselle*» riprese Poirot con dolcezza. «È quello che pensiamo soltanto quando siamo giovani.»

Ma la ragazza fece ancora segno di no.

«No, non capite.» Gli scoccò un rapido sguardo. «Perché sapete tutto, naturalmente... avete parlato con Linnet? E poi eravate al ristorante quella sera... Simon e io ci amavamo.»

«Io so che voi lo amavate.»

A Jacqueline non sfuggì il tono con il quale aveva pronunciato queste parole e ripeté con enfasi: «Noi ci amavamo. E io volevo un gran bene a Linnet... mi fidavo di lei. Era la mia migliore amica. Da quando è nata, Linnet è sempre stata abituata a comperare ogni cosa che le piaceva. Non si è mai rifiutata nulla. Quando ha visto Simon, ha scoperto che lo voleva... e se lo è preso; tutto qui».

«Lui... si è lasciato... comperare?»

Jacqueline scrollò di nuovo la testolina bruna.

«No, non è andata proprio così. Se così fosse, non mi troverei qui ora... State tentando di insinuare che Simon non è degno del mio amore... se avesse sposato Linnet per il suo denaro, sarebbe verissimo. Ma non l'ha sposata per il suo denaro. È una questione molto più complicata. Esiste a questo mondo qualcosa che si chiama fascino... capacità di incantare, Monsieur Poirot. E la ricchezza contribuisce a rendere tutto questo ancora più attraente. Linnet era circondata da un'atmosfera speciale, capite? Era una regina... una principessa... trasudava ricchezza e lusso dalla cima della testa alla punta dei piedi... un po' come una primadonna sul palcoscenico. Aveva il mondo intero ai suoi piedi, uno dei Pari più ricchi e più ricercati d'Inghilterra aspirava a sposarla. E lei invece si è chinata verso l'umile, sconosciuto Simon Doyle... e vi meravigliate che tutto questo gli abbia dato alla testa?» Fece un gesto improvviso con la mano. «Ma provate a guardare la luna, lassù in cielo. La vedete con molta chiarezza, vero? È vera, reale... ma se spuntasse il sole, non riuscireste più a vederla. È stato un po' così... io ero la luna... e quando è sorto il sole, Simon non è più riuscito a vedermi... è rimasto abbagliato. Non era capace di vedere altro che il sole... Linnet.»

Tacque per qualche minuto, poi continuò: «Quindi, adesso capite quello che è stato... fascino, incantesimo... gli ha dato alla testa. E poi c'era anche la sua abitudine al comando... la sua piena sicurezza. È talmente sicura di sé da infondere sicurezza anche negli altri. Simon sarà stato un debole, forse, ma bisogna capire che è anche un ragazzo molto semplice. Avrebbe amato me, soltanto me, se Linnet non fosse arrivata per rapirlo deliberatamente con il suo cocchio d'oro. E io so... so benissimo che non si sarebbe mai innamorato di Linnet, se Linnet non si fosse messa d'impegno a farlo innamorare di sé».

«Dunque è questo che pensate, capisco.»

«Non lo penso, lo so. Amava me... mi amerà sempre.»

«Anche ora?»

Alle labbra della ragazza parve salire una risposta pronta, che soffocò subito. Si girò a guardare Poirot. Era arrossita fino alla radice dei capelli. Distolse rapida lo sguardo; abbassò la testa. E infine disse con voce sommessa, controllata: «Sì, lo capisco. Adesso Simon mi odia. Sì, mi odia... Farà meglio a stare in guardia!».

Frugò rapidamente nella borsetta di seta che aveva deposto sulla panchina accanto a sé. Poi tese la mano verso Poirot. Sul palmo aveva una piccola rivoltella dall'impugnatura di madreperla... sembrava un grazioso giocattolo!

«Carina, vero?» disse. «Quasi un po' troppo, per essere vera. E invece è vera, è vera! Uno di questi proiettili potrebbe uccidere un uomo o una donna. E io sono un'ottima tiratrice.» Sorrise lentamente, come se fosse assorta in lontani ricordi. «Da piccola sono andata con mia madre nella sua casa della Carolina del Sud e il nonno mi ha insegnato a sparare. Era uno di quei gentiluomini all'antica che credono nell'utilità di saper sparare... soprattutto quando c'è di mezzo il proprio onore da difendere. Del resto anche mio padre, da giovanotto, aveva fatto parecchi duelli. Era un ottimo spadaccino. Una volta ha ammazzato un uomo. E c'era di mezzo una donna. Quindi vedete, Monsieur Poirot,» e lo affrontò con lo sguardo «nelle mie vene scorre sangue caldo! Ho comperato questa rivoltella subito dopo che era accaduto. Volevo uccidere l'uno o l'altra... purtroppo non sono stata capace di scegliere. Ucciderli tutti e due non mi avrebbe dato una soddisfazione completa. Se avessi almeno avuto la sicurezza che Linnet sarebbe rimasta atterrita, in quel momento... invece ha un grandissimo coraggio! Sapevo che non sarebbe scappata, magari mi avrebbe affrontata. E poi ho pensato che era meglio... aspettare! Un'idea che mi piacque sempre di più. Del resto, potevo sempre ucciderli, in un momento qualsiasi... sarebbe stato più divertente aspettare e continuare a pensarci! Poi mi è balenata un'idea diversa... seguirli! Nel momento preciso in cui fossero andati in qualche luogo lontano, solitario, convinti di poter state insieme, felici, avrebbero visto... me! E l'idea si è rivelata ottima. Linnet l'ha presa malissimo... è stata la punizione peggiore che potessi inventare! Tutta questa storia le dà un fastidio tremendo... È stato a questo punto che ho cominciato a divertirmi... se penso che non ci può far niente, lei! Io sono sempre educatissima, cordiale, gentile! Non pronuncio una sola parola alla quale possano appigliarsi! E a questo modo, avveleno loro tutto... tutto...» La sua risata si levò alta, argentina e squillante.

Poirot la afferrò per un braccio.

«Zitta. Calmatevi, vi dico!»

Jacqueline lo guardò.

«Be'?» gli fece con un sorriso che ormai era di aperta sfida.

«*Mademoiselle*, vi scongiuro di non fare ciò che state facendo.»

«Insomma, secondo voi dovrei lasciare quella cara Linnet in pace, e tranquilla!»

«No, si tratta di qualcosa di molto più profondo. Non aprite il vostro cuore al male.»

Jacqueline rimase a bocca aperta e guardò Poirot, gli occhi colmi di stupore.

Intanto questi continuava con aria grave: «Perché... se lo fate... il male verrà... sì, ne sono sicuro... il male verrà... entrerà in voi, si comporterà da padrone, e, alla fine, scoprirete di non essere più capace di scacciarlo».

Jacqueline lo fissava. Per un attimo nei suoi occhi apparve una strana inquietudine, un lampo di incertezza.

«Io... non so...» disse. Poi esclamò in tono tagliente: «Non potete fermarmi».

«No» rispose Hercule Poirot. «Non posso fermarvi.» La sua voce era triste.

«Anche se volessi... ucciderla, voi non potreste fermarmi.»

«No... non vi fermerei purché siate disposta a pagare lo scotto della vostra azione.»

Jacqueline de Bellefort si mise a ridere.

«Oh, non ho certo paura della morte! In fondo, per quale motivo dovrei continuare a vivere? Suppongo che, per voi, sia molto malvagio uccidere una persona che vi ha offeso... anche se vi ha portato via tutto quello che avevate al mondo?»

Poirot rispose in tono fermo: «Sì, *mademoiselle*. Credo che uccidere sia una colpa per la quale non c'è perdono».

Jacqueline rise di nuovo.

«Quindi dovreste approvare il piano di vendetta che sto mettendo in atto perché, potete ben capire, fintanto che funziona non mi servirò di questa rivoltella... Però ho paura... sì, a volte ho paura... mi vedo calare una nube rossa davanti agli occhi... mi viene un desiderio spasmodico di farle del male... di accoltellarla, di appoggiarle questa cara mia piccola rivoltella alla tempia e poi... così, di premere il grilletto... Oh!»

Poirot trasalì a questa esclamazione.

«Cosa c'è, *mademoiselle*?»

Lei aveva girato la testa e fissava le ombre intorno a loro.

«Qualcuno... c'era qualcuno lassù. Ma adesso se n'è andato.»

Hercule Poirot si guardò intorno.

Il luogo sembrava completamente deserto.

«Mi pare che qui non ci sia nessun altro all'infuori di noi, *mademoiselle*.» Si alzò. «Comunque ho detto tutto ciò che ero venuto a dire. Vi auguro la buonanotte.»

Anche Jacqueline si alzò e gli domandò in tono quasi di supplica: «Voi capite... vero... che non posso fare quello che mi chiedete?».

Poirot scrollò la testa.

«No... perché potreste farlo! Esiste sempre un momento! Anche per la vostra amica Linnet... c'è stato un momento in cui avrebbe potuto tirarsi indietro... se lo è lasciato sfuggire. E se ci si comporta così, si finisce per trovarsi impegnati a compiere una determinata impresa e... un'altra occasione simile non torna più.»

«Già, occasioni simili non tornano più...» disse Jacqueline de Bellefort.

Rimase assorta per un attimo, poi alzò la testa con aria di sfida.

«Buonanotte, Monsieur Poirot.»

Lui scrollò il capo tristemente e la seguì lungo il sentiero verso l'albergo.

6

La mattina dopo Simon Doyle raggiunse Hercule Poirot mentre questi usciva dall'albergo per scendere in città.

«Buongiorno, Monsieur Poirot.»

«Buongiorno, Monsieur Doyle.»

«Andate in città? Vi dispiace se vi accompagno?»

«Anzi, sarà un piacere.»

I due uomini s'incamminarono fianco a fianco, oltrepassarono il cancello e s'inoltrarono nell'ombra fresca dei giardini. Poi Simon si tolse la pipa di bocca e disse: «Mi pare di aver capito, Monsieur Poirot, che avete avuto un colloquio con mia moglie ieri sera».

«Esatto.»

Simon Doyle aveva aggrottato le sopracciglia. Era uno di quegli uomini fatti più che altro per l'azione, che hanno sempre una certa difficoltà a formulare con le parole i propri pensieri e non sempre riescono a esprimersi chiaramente.

«Sono lieto di una cosa» disse. «Che le abbiate fatto capire che in questa faccenda non possiamo far nulla.»

«Effettivamente da un punto di vista legale non esistono soluzioni per porvi rimedio» convenne Poirot.

«Proprio così. Tuttavia mi sembra che Linnet non sia riuscita ad afferrare il concetto.» Abbozzò un sorriso. «Vedete, Linnet è sempre stata abituata a credere che, non appena c'è qualcosa che ci dà fastidio, basta rivolgersi automaticamente alla polizia!»

«Sarebbe molto comodo se si potesse fare come dite» ribatté Poirot.

Ci fu silenzio. Poi Simon esclamò d'improvviso diventando

rosso come un papavero mentre parlava: «È... è un'infamia trattarla in questo modo! Linnet non ha nessuna colpa! Se a qualcuno può far piacere dire che mi sono comportato come un mascalzone, liberissimo di farlo! Può anche darsi che abbia ragione. Ma non voglio che sia Linnet a soffrirne... lei non c'entra per niente».

Poirot chinò il capo con aria grave ma continuò a tacere.

«Avete... ehm... siete riuscito... a parlare con Jackie... con la signorina de Bellefort?»

«Sì, le ho parlato.»

«E siete riuscito a farla ragionare?»

«Purtroppo, no.»

«Come fa a non rendersi conto che si sta comportando in modo ridicolo?» proruppe Simon in tono irritato. «Non capisce che nessuna donna con un minimo di dignità si comporterebbe come sta facendo lei? Non ha un po' di orgoglio o di rispetto per se stessa?»

Poirot alzò le spalle.

«Possiamo dire... che le è rimasta soltanto la sensazione di... essere stata gravemente offesa, non è così?»

«Certo, ma, accidenti, caro signore, le ragazze che si rispettano non si comportano come lei! Ammetto che il colpevole sono soltanto io. L'ho trattata molto male... con quel che segue. Capirei che non volesse più saperne di me e non desiderasse di rivedermi mai più. Ma questa faccenda di seguirmi in giro per il mondo... è... insomma è indecente! Dà spettacolo in un modo assurdo! Cosa diavolo spera di ricavare da tutto questo?»

«Forse... è la sua vendetta!»

«Che idiozia! Capirei di più se avesse tentato qualche gesto melodrammatico... per esempio prendermi come bersaglio e spararmi addosso!»

«Perché secondo voi sarebbe più logico, vero? Più in carattere?»

«Francamente, sì. Ha sangue caldo, quella creatura... un temperamento indomabile. Non mi sorprenderebbe se fosse capace di commettere qualsiasi pazzia quando è in collera. Ma questa storia... questo continuo spiarci...» scrollò la testa.

«È molto più sottile... capisco! È intelligente!»

Doyle lo guardò con tanto d'occhi.

«No, non capite. I nervi di Linnet stanno andando a pezzi.»

«E i vostri?»

Simon per un attimo lo guardò stupito.

«I miei? Se sapeste... mi piacerebbe torcere il collo a quella ragazzina indemoniata!»

«Dunque non rimane più nulla, in voi, dell'antico sentimento?»

«Caro Monsieur Poirot... come posso spiegarmi? È un po' come la luna quando sorge il sole. Non vi accorgete nemmeno più che esista. Mi è bastato conoscere Linnet, vederla la prima volta... e Jackie non è più esistita.»

«*Tiens, c'est drôle, ça!*» mormorò Poirot.

«Come dite?»

«Niente... il vostro paragone mi ha interessato.»

Arrossendo nuovamente, Simon disse: «Suppongo che Jackie vi abbia detto che ho sposato Linnet soltanto per il suo denaro. Bene, è una maledetta bugia! Io non avrei mai e poi mai sposato una donna per interesse! Quello che Jackie continua a non capire è che diventa molto difficile per un uomo come me... quando una donna è innamorata di lui come lei era innamorata di me».

«Ah?» Poirot aveva alzato di scatto la testa e lo guardava. Simon proseguì, più impacciato: «Può... può sembrare una mascalzonata da parte mia... è una cosa poco bella da dire ma... Jackie mi voleva troppo bene!».

«*Une qui aime et un qui se laisse aimer*» mormorò Poirot.

«Eh? Come avete detto? Perché, capite, a nessun uomo fa piacere accorgersi che una donna gli vuole più bene di quanto lui gliene possa volere...» La sua voce, mentre continuava a parlare, si faceva più intensa: «Un uomo non vuole sentirsi posseduto, anima e corpo. È un modo di comportarsi troppo maledettamente... possessivo! "Quest'uomo è mio... mi appartiene!" Ecco... queste sono cose che io non sopporto... ma sarebbero intollerabili per qualsiasi altro uomo! Viene una gran voglia di scappare... di sentirsi libero. Un uomo vuole possedere la propria donna; non gli fa piacere pensare che sia lei a possederlo!» Si interruppe accendendosi una sigaretta con le mani che gli tremavano lievemente.

«E sarebbe questo ciò che provavate nei confronti di Mademoiselle Jacqueline?» domandò Poirot.

«Come dite?» Simon lo fissò per un attimo, infine ammise. «Ecco... sì... sì, in realtà è proprio così. Lei non se ne rende conto, naturalmente. E non sono cose che io avrei mai il coraggio di raccontarle. Ma cominciavo a sentirmi irrequieto... Quando poi ho conosciuto Linnet, mi ha letteralmente affascinato! Non avevo mai visto una creatura più stupenda! È andato tutto in un modo talmente incredibile! Tutti pieni di deferenza nei suoi confronti, un sacco di adoratori... e lei che viene a scegliere proprio un povero diavolo come il sottoscritto!»

La sua voce aveva un tono stupefatto, di ammirazione quasi infantile.

«Già...» disse Poirot. Annuì con aria meditabonda. «Sì, capisco.»

«Insomma si può sapere perché Jackie non affronta la situazione da uomo?» domandò Simon con aria risentita. Un lieve sorriso fece fremere il labbro superiore di Poirot.

«Ecco, Monsieur Doyle, tanto per cominciare, dovete ben capire che lei non è un uomo.»

«No, no, d'accordo... volevo dire perché non accetta la realtà un po' sportivamente! In fondo, quando ci mettono davanti una medicina amara da bere, non resta che buttarla giù! Sono il primo ad ammettere che la colpa è tutta mia. D'altra parte, cosa potevo fare? Quando non si prova più niente per una donna, sarebbe un'autentica follia insistere a volerla sposare! Fra l'altro, adesso che mi sto accorgendo che tipo di persona sia realmente Jackie e a quali punti sia capace di spingersi, mi rendo conto di essere stato fortunato e di averla scampata bella.»

«Fino a quali punti sia capace di spingersi» ripeté Poirot con aria pensierosa. «E avete un'idea precisa, Monsieur Doyle, di quali siano realmente questi punti?»

Simon lo guardò, un po' sconcertato.

«No... perlomeno... insomma cosa volete dire?»

«Eravate al corrente del fatto che porta sempre una rivoltella con sé?»

Simon aggrottò le sopracciglia, poi scrollò il capo.

«Non credo che la userà... ormai. Forse avrebbe potuto usarla prima ma, ormai, credo che quel momento sia passato. Adesso si comporta così per puro e semplice dispetto... cercando di rivalersi su di noi e di tormentarci.»

Poirot alzò le spalle.

«Può darsi che sia come dite» rispose con aria dubbiosa.

«Perché, capite, è Linnet che mi preoccupa» dichiarò Simon, forse senza una vera e propria necessità.

«Capisco benissimo» disse Poirot.

«Tutto sommato, non ho paura che Jackie arrivi addirittura a mettersi a sparare all'impazzata o a compiere qualche gesto melodrammatico, ma questa storia... spiarci, perseguitarci come sta facendo... ha ridotto Linnet in uno stato pietoso, con i nervi a pezzi. Se permettete, vi racconterò qual è il mio progetto... chissà che non possiate consigliarmi qualche piccolo ritocco per migliorarlo. Dunque, tanto per cominciare, ho già annunciato apertamente, parlandone con tutti, che la nostra intenzione è quella di fermarci qui per dieci giorni. Invece domani il battello da crociera *Karnak* parte da Shellâl per raggiungere Wâdi Halfa. Quello che mi propongo è di fissare i nostri posti sotto un falso nome; poi domani partiremo per un'escursione a Philae e la cameriera di Linnet potrà pensare ai bagagli. Noi raggiungeremo il *Karnak* a Shellâl. Quando Jackie si accorgerà che non siamo tornati, sarà troppo tardi... ormai il nostro viaggio sarà già iniziato. Penserà che ce la siamo squagliata, piantandola in asso per tornare al Cairo. Anzi, adesso che ci penso, non è escluso che convinca il portiere a raccontarle proprio questo, dietro buona mancia! Anche qualche indagine negli uffici turistici non le servirà perché i nostri veri nomi non apparirebbero fra quelli dei passeggeri... Cosa ne pensate?»

«Mi sembra un progetto molto ben congegnato, certo. Ma... se lei si decidesse ad aspettare qui il vostro ritorno?»

«Può anche darsi che non torniamo affatto. Potremo proseguire fino a Kartum e di lì, magari in aereo, raggiungere il Kenia. Non potrà seguirci intorno al mondo!»

«No, fra l'altro arriverà anche il momento in cui saranno i motivi finanziari a impedirglielo. Da quello che ho capito, non è affatto ricca.»

Simon lo guardò ammirato.

«Molto intuitivo da parte vostra! Sapete che io non ci avevo pensato? Jackie, infatti... più povera di così!»

«Eppure è riuscita a seguirvi fin qui!»

Simon rispose con aria dubbiosa: «A quanto ne so, ha una piccola rendita. Però non deve superare le duecento sterline l'anno. Immagino... sì, immagino che abbia cominciato a intaccare il suo capitale per fare quello che sta facendo».

«Quando arriverà il momento in cui, esaurite le sue risorse, si troverà senza un soldo...»

«Sì...»

Simon non sembrava del tutto a proprio agio. Questo pensiero evidentemente, lo lasciava turbato. Poirot, intanto, lo scrutava con attenzione.

«No» concluse. «No, certo che non è un pensiero molto allegro...»

«Be', io non so cosa farci!» ribatté Simon quasi con rabbia. Poi aggiunse: «Piuttosto, cosa ne pensate del mio progetto?».

«Penso che potrebbe funzionare, certo. Naturalmente è sempre una ritirata.»

Simon arrossì.

«Con questo... cosa volete dire... che scappiamo? D'accordo sarà anche vero... ma Linnet...»

Poirot lo guardò, poi annuì bruscamente.

«Come dicevate, forse è la soluzione migliore. In ogni caso non dimenticatevi mai che Mademoiselle de Bellefort ha un cervellino che funziona molto bene.»

«Ho la sensazione che un giorno o l'altro le chiederemo una spiegazione» disse Simon con aria cupa. «Il suo modo di comportarsi è assurdo.»

«*Mon Dieu!* Come potete pensare che si comporti in modo ragionevole!» esclamò Poirot.

«Non vedo il motivo per il quale le donne non dovrebbero comportarsi da esseri ragionevoli» asserì Simon, cocciuto.

«A dir la verità, lo fanno molto di frequente» ribatté Poirot in tono asciutto. «Ed è proprio questa la cosa che ci lascia ancora più di stucco!» Poi aggiunse: «Fra l'altro, viaggerò anch'io sul *Karnak*. Fa parte del mio programma».

«Oh» Simon esitò e poi, scegliendo le parole con evidente imbarazzo, aggiunse: «Non... non sarà... ehm... non sarà per causa nostra, vero? Cioè, voglio dire che non mi piacerebbe molto pensare che...».

Ma Poirot lo disilluse subito.

«Per carità, figuratevi! Il mio viaggio è già stato combinato in tutti i minimi particolari prima che partissi da Londra. Mi piace sempre fare i miei piani con anticipo.»

«Dunque non vi spostate da una località all'altra a seconda di quello che vi detta la fantasia? Non sarebbe molto più divertente?»

«Può darsi. Ma per avere successo nella vita si dovrebbe sempre studiare i propri piani con molto anticipo.»

Simon rise. «Immagino che questo sia il modo di comportarsi dei criminali più abili e furbi!»

«Certo... anche se devo ammettere che il delitto più brillante che ricordi, e più difficile da risolvere, venne commesso seguendo l'ispirazione del momento.»

«Quando saremo a bordo del *Karnak*, spero che ci parlerete di qualcuno dei casi che avete risolto» esclamò Simon con un tono un po' infantile.

«No, no; sarebbe... come dire... parlare di lavoro!»

«Sì, ma il vostro lavoro mi sembra molto interessante. È quello che pensa anche la signora Allerton. Anzi muore dalla voglia di trovare l'occasione adatta per sottoporvi a un vero e proprio interrogatorio.»

«La signora Allerton? Sarebbe quella simpaticissima signora con i capelli grigi, che ha un figlio tanto affezionato?»

«Sì. Viaggerà anche lei sul *Karnak*.»

«Ed è al corrente anche lei del fatto che voi...?»

«No, certo» esclamò Simon con enfasi. «Non lo sa nessuno. Sono partito dal principio che meno ci si fida del prossimo, meglio è.»

«Un'intuizione ammirevole... quella che adotto sempre anch'io. A proposito, la persona che viaggia con voi, quel signore alto con i capelli grigi...»

«Pennington?»

«Sì. Continuerà l'escursione in vostra compagnia?»

«Non sembra molto normale in un viaggio di nozze... è questo che state pensando?» rispose Simon in tono poco allegro. «D'altra parte Pennington è l'amministratore americano di Linnet. Lo abbiamo incontrato per caso al Cairo.»

«Ah, *vraiment*! Mi permettete una domanda? Vostra moglie è maggiorenne?»

Simon parve divertito.

«No, non ha ancora ventun anni... comunque non doveva chiedere il consenso di nessuno prima di sposarmi. Anzi è stata una enorme sorpresa per Pennington. È partito da New York sul *Carmanic* due giorni prima che gli arrivasse la lettera di Linnet nella quale lo informava del nostro matrimonio, quindi non ne sapeva niente.»

«Il *Carmanic*...» mormorò Poirot.

«Sì, è stata un'enorme sorpresa anche per lui quando lo abbiamo incontrato da Shepherd al Cairo!»

«Proprio una bella combinazione!»

«Infatti. Poi abbiamo scoperto che aveva intenzione di fare anche lui il nostro stesso viaggio sul Nilo... quindi, com'era naturale, gli abbiamo proposto di unirsi a noi... non sarebbe stato decoroso fare diversamente. A parte il fatto che... ecco, in un certo senso, è stato quasi un sollievo.» Assunse di nuovo l'aria imbarazzata. «Dovete capirmi... Linnet ha i nervi tesi... si aspetta sempre di veder spuntare Jacqueline da un momento all'altro. Fintanto che eravamo soli, si continuava a parlarne. Andrew Pennington, con la sua presenza, in un certo senso è un vantaggio, perché siamo costretti a parlare anche di altri argomenti.»

«Dunque vostra moglie non si è confidata con il signor Pennington?»

«No.» Simon strinse i denti e assunse un'espressione aggressiva. «È una faccenda che riguarda soltanto noi, e nessun altro. A parte il fatto che, quando siamo partiti per questo viaggio sul Nilo, credevamo che la faccenda ormai fosse finita.»

Poirot scrollò il capo.

«No, non ne avete ancora vista la fine. E vi assicuro che è ancora lontana... credetemi.»

«Caro Monsieur Poirot, confesso che non mi sembrate molto incoraggiante!»

Poirot lo guardò con un lieve senso di irritazione, pensando: "Questi anglosassoni... non prendono sul serio nient'altro che i giochi! Non cresceranno mai!".

Linnet Doyle... Jacqueline de Bellefort... loro sì, invece, che prendevano le cose molto sul serio. Nell'atteggiamento di Simon, invece, non riusciva a trovare altro che l'impazienza del maschio infastidito. Gli disse: «Mi permettete una domanda impertinente? È stata vostra l'idea di venire in Egitto in viaggio di nozze?».

Simon arrossì.

«No, assolutamente. Anzi, a dire il vero, io avrei preferito andare in qualche altro posto. Invece Linnet si era proprio intestardita sulla sua scelta. E così... e così...»

S'interruppe senza saper come finire la frase.

«Naturalmente» disse Poirot con aria grave.

Intanto prendeva mentalmente nota del fatto che se Linnet Doyle si incaponiva a voler ottenere qualcosa, doveva assolutamente ottenerla.

E si disse: "Di tutta questa storia ormai ho sentito tre versioni completamente diverse... quelle di Linnet Doyle, di Jacqueline de Bellefort, di Simon Doyle. Quale, fra tutte e tre, sarà la più vicina alla verità?"».

7

Simon e Linnet Doyle partirono per la loro spedizione a Philae verso le undici della mattina seguente. Jacqueline de Bellefort, seduta sulla terrazza dell'albergo, li seguì con lo sguardo mentre si imbarcavano su una pittoresca barca a vela. Ciò che lei non vide, invece, fu l'uscita di un'automobile, carica di bagagli (nella quale sedeva una cameriera dall'aria seria e contegnosa) dal portone principale dell'albergo, che svoltò poi a destra, in direzione di Shellâl.

Hercule Poirot decise di trascorrere le due ore che ancora restavano prima di pranzo sull'isola di Elefantina, proprio di fronte all'albergo.

Scese sul pontile. Due uomini stavano già imbarcandosi su uno dei piccoli battelli dell'albergo, e Poirot si unì a loro. Evidentemente, quei due non si conoscevano. Il più giovane era arrivato col treno il giorno precedente. Era un ragazzo alto, con i capelli scuri, la faccia scarna e il mento volitivo. Portava un paio di calzoni di flanella grigia incredibilmente sporchi e un maglione a collo alto, certo non adatto a quel clima. L'altro era un ometto di mezza età paffuto e corpulento il quale si affrettò subito ad attaccare discorso con Poirot in un inglese abbastanza corretto, ma un po' esitante. Il giovanotto, lungi dal prender parte alla conversazione, si limitò a scrutare i suoi due compagni di escursione con aria torva e poi, voltate deliberatamente le spalle, si mise a osservare l'agilità con la quale il battelliere nubiano governava l'imbarcazione con i piedi mentre manovrava la vela con le mani.

Sull'acqua regnavano un gran silenzio e una gran pace; si lasciarono alle spalle le enormi rocce nere, lisce e scivolose, e, a poco a poco, cominciarono a sentire una lieve brezza alitare sulla faccia. Elefantina fu ben presto raggiunta; scendendo a terra, Poirot e il suo loquace compagno si avviarono subito verso il museo. Ormai, a questo punto, lo sconosciuto aveva tirato fuori un biglietto da visita, consegnandolo a Poirot con un piccolo inchino. Sul biglietto c'era scritto: GUIDO RICHETTI, archeologo.

Poirot, per non essere da meno, ricambiò l'inchino e tirò fuori il proprio biglietto. Completate queste formalità, i due uomini entrarono insieme nel museo. L'italiano si abbandonò a una sequela di informazioni erudite. Adesso si erano messi a chiacchierare in francese.

Il giovanotto in calzoni di flanella entrò anche lui nel museo ma lo girellò senza soffermarsi in nessuna sala in particolare, sbadigliando di tanto in tanto, e ben presto uscì, all'aria aperta.

Finita la visita, anche Poirot e il signor Richetti lo seguirono. L'italiano, pieno di energia, voleva visitare le rovine ma Poirot, riconosciuto un parasole a righe verdi sulle rocce vicino al fiume, se la squagliò in quella direzione.

La signora Allerton, seduta su un grande masso, aveva accanto a sé un album da disegno e un libro in grembo.

Poirot la salutò togliendosi il cappello e la signora Allerton cominciò subito a chiacchierare.

«Buongiorno» disse. «Secondo voi sarà possibile liberarsi da questo branco di mocciosi?»

Era circondata da un gruppetto di ragazzini neri di pelle, i quali sorridevano, agitavano le braccia, tendevano la mano con aria implorante, bisbigliando, di tanto in tanto «*Bascisc*» con aria speranzosa.

«Mi illudevo che, a un certo punto, si sarebbero stancati» disse la signora Allerton con tristezza. «Ormai sono un paio d'ore che sono qui a guardarmi... e non se ne vanno... anzi, a poco a poco si sono fatti sempre più vicino... a un certo momento mi sono messa a gridare "*Imshi*" e ho agitato il mio parasole contro di loro per farli scappare. Si sono allontanati per un minuto o due ma poi hanno ricominciato a farsi avanti e mi fissano... mi fissano... con quegli occhi che mi fanno addirittura ribrezzo... come anche i nasi, del resto. No, tutto sommato non credo proprio che i bambini mi siano simpatici... a meno che non abbiano la faccia lavata alla bell'e meglio, e un minimo di buona educazione.» Scoppiò in una risatina triste.

Poirot si mise galantemente d'impegno a cercar di scacciare il branco di ragazzini, ma senza successo. Si allontanavano, scappando in direzioni diverse ma poi ricomparivano, e si facevano sempre più vicini.

«Sono convinta che l'Egitto mi piacerebbe molto di più se si potesse stare un po' tranquilli» disse la signora Allerton. «Invece non si riesce mai a rimanere soli nemmeno un minuto, in nessun posto. C'è sempre qualcuno che ti affligge, chiedendoti qualche soldo, oppure altri che vengono a offrirti asinelli, collanine, o spedizioni ai villaggi indigeni... o addirittura una caccia all'anitra!»

«Certo che è un grosso inconveniente» ammise Poirot.

Poi allargato con somma cura il fazzoletto sul masso, si mise a sedere anche lui, con una certa cautela.

«Vostro figlio non vi fa compagnia stamane?» riprese.

«No. Tim aveva un po' di lettere da spedire prima della nostra partenza. Facciamo anche l'escursione alla Seconda Cateratta, sapete?»

«Anch'io.»

«Come sono contenta! A proposito, è tanto tempo che voglio dirvi che mi sento letteralmente emozionata per il fatto di avervi conosciuto. A Maiorca eravamo in compagnia di una certa signora Leech, la quale non ha fatto che raccontarci le cose più stupefacenti sul vostro conto. Fra l'altro, facendo il bagno ha perduto un anello con un grosso rubino... e come si lamentava che voi non foste lì, a ritrovarglielo!»

«Ah, *parbleu*, ma io non sono una foca tuffatrice!»

Scoppiarono a ridere insieme.

La signora Allerton continuò: «Stamattina vi ho visto dalla mia finestra mentre vi incamminavate sul viale con Simon Doyle. Che ne pensate di lui? Sapeste come ci incuriosisce».

«Ah! Davvero?»

«Sì. Lo saprete anche voi che il suo matrimonio con Linnet Ridgeway è stato una specie di fulmine a ciel sereno per tutti! A quanto sembrava, avrebbe dovuto sposare Lord Windlesham ma, all'improvviso, invece è andata a fidanzarsi con quest'uomo di cui nessuno aveva mai sentito parlare!»

«La conoscete bene, *madame*?»

«No, però una mia cugina, Joanna Southwood, è una delle sue migliori amiche.»

«Ah, sì, mi pare di aver letto il suo nome sui giornali.» Rimase in silenzio per un attimo e infine continuò: «Sì, Mademoiselle Joanna Southwood è una gentil signorina della quale si parla molto nella cronaca mondana».

«Oh, è bravissima a farsi pubblicità!» ribatté in tono secco la signora Allerton.

«Non vi è simpatica, *madame*?»

«Scusate, la mia non è stata un'osservazione molto cortese.» La signora Allerton prese un'aria contrita. «Ma vedete, io sono una persona piuttosto all'antica. No, non mi è molto simpatica. Anche se lei e Tim sono grandi amici.»

«Capisco» disse Poirot.

La sua compagna gli lanciò una rapida occhiata e si affrettò a cambiare argomento: «Come sono pochi i giovani, da queste parti! Quella ragazza così carina con i capelli castani, in compagnia di quella madre orribile, sempre in turbante, è praticamente l'unica creatura giovane che ci sia sul posto... mi sono accorta che avete chiacchierato a lungo con lei. Mi interessa, quella bambina».

«E per quale motivo, *madame*?»

«Mi fa compassione. Quando si è giovani e sensibili, si può soffrire tanto! E, secondo me, quella ragazza soffre!»

«Sì, non è certo felice, poveretta.»

«Tim e io la chiamiamo la "ragazza col broncio". Ho cercato di attaccar discorso con lei un paio di volte ma non ho avuto fortuna. Mi ha apertamente snobbato! Comunque, se non sbaglio, deve essere anche lei in partenza per l'escursione sul Nilo e quindi mi aspetto che finiremo, bene o male, per fare tutti un po' amicizia, non vi sembra?»

«Sì, è un'eventualità da prendere in considerazione, *madame*.»

«In fondo, io sono una persona molto socievole... i miei simili mi interessano enormemente. Quanti tipi così diversi l'uno dall'altro!» Tacque per qualche istante, infine riprese: «Tim mi ha detto che quella ragazza bruna... si chiama de Bellefort... è stata fidanzata con Simon Doyle. Un po' imbarazzante per loro... ritrovarsi a questo modo, vero?»

«Imbarazzante... sì» convenne Poirot.

La signora Allerton gli lanciò una rapida occhiata.

«Sentite, sembrerà una sciocchezza, però a volte quasi mi spaventa. Ha un'espressione così... fremente, intensa!»

Poirot annuì.

«Non avete torto, *madame*. Una grande emozione, un sentimento dal quale siamo dominati... sono sempre cose che spaventano.»

«Anche a voi interessano i vostri simili, Monsieur Poirot? Oppure riservate tutta la vostra curiosità per i possibili criminali?»

«*Madame*... questa è una categoria dalla quale ben poche persone possono rimanere escluse.»

La signora Allerton parve un pochino sconcertata.

«Dite sul serio?»

«Certo... purché esista un particolare movente...» si affrettò ad aggiungere Poirot.

«Che potrebbe essere diverso da una persona all'altra?»

«Naturale.»

La signora Allerton esitò... un sorrisetto le aleggiava sulle labbra.

«Rientro anch'io nel gruppo, forse?»

«Le madri, *madame*, sono particolarmente dure e spietate quando i loro figli si trovano in pericolo.»

«Credo sia vero... sì, avete perfettamente ragione» ammise lei con aria grave.

Rimase in silenzio per un minuto o due, poi soggiunse sorridendo: «Sto cercando di immaginare il possibile movente di un delitto che sia adatto a ogni cliente dell'albergo. Vi assicuro che è proprio un divertimento. Per esempio, se prendessimo Simon Doyle?».

Poirot sorrise: «Un delitto molto semplice... una vera e propria scorciatoia verso l'obiettivo che gli interessa. Nessuna sottigliezza».

«Quindi, si potrebbe scoprire molto facilmente?»

«Sì, perché manca di ingegnosità.»

«Linnet?»

«Nel suo caso sarebbe un po' come quando la Regina, nel vostro famoso libro *Alice nel Paese delle meraviglie*, ordina: "Tagliatele la testa!".»

«Certo! Il diritto divino di ogni monarca! E quella ragazza che incute tanta paura... Jacqueline de Bellefort... sarebbe capace lei di commettere un delitto?»

«Sì, credo che ne sarebbe capace.» Poirot aveva esitato a lungo prima di rispondere in tono dubbioso.

«Come fate a esserne così sicuro?»

«Non ne sono sicuro. Comunque, quella bambina mi lascia sconcertato.»

«Quanto al signor Pennington, non credo sarebbe capace di far niente del genere, vero? Con quell'aria così rinsecchita, così dispeptico com'è... senza una goccia di sangue rosso nelle vene.»

«Però non bisogna dimenticare che potrebbe avere un senso fortissimo di autoconservazione.»

«Già, è vero. Credo di sì. E la povera signora Otterbourne con il suo turbante?»

«C'è sempre la vanità.»

«Come movente per un delitto?» domandò con aria dubbiosa la signora Allerton.

«I moventi dei delitti, *madame*, spesso sono molto banali.»

«Quali sono i più frequenti, Monsieur Poirot?»

«Il più frequente... il denaro. Mi spiego meglio: l'avidità di guadagno in tutte le sue varie ramificazioni. Poi la vendetta... l'amore, la paura, l'odio, puro e semplice, la beneficenza...»

«Monsieur Poirot!»

«Proprio così, *madame*. Ho avuto esperienza di casi in cui... A è stato soppresso da B unicamente perché C se ne avvantaggiasse. Molto spesso rientrano in questa categoria tutti i delitti di carattere politico: una persona viene considerata dannosa alla società e quindi viene eliminata proprio per questo. Ma chi commette delitti simili dimentica che la vita e la morte riguardano esclusivamente il buon Dio.»

Aveva parlato in tono grave.

La signora Allerton riprese con voce sommessa: «Mi fa piacere sentirvi parlare così. Comunque, non bisogna dimenticare che Dio, a volte, sceglie proprio una determinata persona come suo strumento...».

«*Madame*, è pericoloso fare riflessioni come la vostra!»

Lei, allora, cambiò subito tono.

«Dopo il nostro colloquio, Monsieur Poirot, finirò per meravigliarmi che resti ancora qualche persona viva... a questo mondo!»

Si alzò in piedi.

«Meglio tornare. Partiremo subito dopo il pranzo.»

Quando raggiunsero il pontile, trovarono il giovanotto in maglione che stava salendo sul battello. L'italiano era già lì, ad aspettare. Non appena il battelliere nubiano mollò la vela e partirono, Poirot si rivolse al giovane e lo apostrofò in tono cortese: «Non trovate anche voi che ci sono cose meravigliose da vedere in Egitto?».

Il giovanotto s'era messo a fumare piuttosto rumorosamente una pipa. Se la tolse di bocca e rispose in tono asciutto, ma con voce e accento da persona beneducata: «Mi fanno venire la nausea».

La signora Allerton inforcò il *pince-nez* e lo scrutò piacevolmente interessata.

«Davvero? E perché mai?» gli stava domandando Poirot.

«Prendete le Piramidi. Quei blocchi enormi... costruzioni assolutamente inutili alle quali si è posta mano più che altro per dare soddisfazione all'egoismo di un sovrano dispotico. Ma pensate un po' alla massa degli operai che hanno sudato e faticato per costruirle e a volte hanno anche perduto la vita. Ecco perché dico che mi viene la nausea quando penso alle sofferenze e alla tortura che rappresentano.»

La signora Allerton esclamò allegramente: «Dunque rinuncereste volentieri alle Piramidi, al Partenone, a tante bellissime tombe, ai templi... soltanto per avere la grande soddisfazione di sapere che tanta povera gente mangia tre pasti al giorno e muore nel suo letto?».

Il giovanotto la guardò accigliato.

«Secondo me, gli esseri umani sono più importanti delle pietre.»

«Disgraziatamente non si conservano altrettanto bene» ribatté Hercule Poirot.

«Preferisco vedere un lavoratore ben nutrito piuttosto che una qualsiasi, cosiddetta, opera d'arte. Ciò che importa è il futuro... non il passato.»

Questo era troppo per il signor Richetti il quale proruppe in uno sproloquio talmente enfatico e appassionato da non riuscire facilmente comprensibile.

Il giovanotto ribatté, dicendo chiaro e tondo quale fosse la sua opinione sul sistema capitalistico. E si espresse nel modo più velenoso possibile.

Quando la tirata si concluse, erano arrivati all'imbarcadero dell'albergo.

«Bene, bene!» mormorò in tono giocondo la signora Allerton e scese a terra. Il giovanotto la seguì con uno sguardo corrucciato e focoso.

Nell'atrio dell'albergo, Poirot incontrò Jacqueline de Bellefort vestita da cavallerizza. La ragazza gli rivolse un piccolo inchino e un sorrisetto ironico.

«Vado a fare una gita a dorso di asinello. Mi consigliate una visita ai villaggi indigeni, Monsieur Poirot?»

«Questa è la vostra escursione odierna, *mademoiselle*? *Eh, bien* sono pittoreschi ma non spendete troppi soldi in oggettini artistici locali e souvenir.»

«Che vengono spediti qui dall'Europa? No, non sono tanto facile da ingannare.»

Poi, con un altro breve cenno di saluto uscì nel sole.

Poirot finì di preparare i bagagli... un'occupazione molto semplice dal momento che teneva sempre tutte le sue cose in un ordine meticoloso. Poi scese a pranzare un po' prima del solito.

Dopo il pranzo, l'autobus dell'albergo portò gli escursionisti in partenza per la Seconda Cateratta alla stazione, per prendere l'espresso giornaliero per Shellâl, un viaggio di una decina di minuti.

Il gruppo dei viaggiatori era composto dagli Allerton, Poirot, il giovanotto con i calzoni di flanella e l'italiano. La signora Otterbourne con la figlia avevano fatto la gita alla diga e a Philae e quindi avrebbero raggiunto il piroscafo a Shellâl.

Il treno, che proveniva dal Cairo e da Luxor, aveva venti minuti di ritardo. Al suo arrivo, come al solito, si svolse una scena di attività frenetica e disordinata: facchini indigeni si urtavano l'un l'altro nelle operazioni di carico e scarico dei bagagli.

Alla fine, un po' ansante, Poirot si trovò, con un assortimento di valigie in parte proprie, in parte degli Allerton e in parte sconosciute, in uno scompartimento, mentre Tim e sua madre si trovavano in un altro con il resto del bagaglio.

Lo scompartimento nel quale Poirot venne a trovarsi era occupato da una signora anziana, con un volto rugosissimo, un collettino bianco inamidato, una quantità di brillanti e un'espressione di livore e disprezzo per la maggior parte dell'umanità.

Lanciò un'occhiata altera e aristocratica al nuovo venuto e si ritirò subito dietro le pagine di una rivista americana. Una giovane donna, grande e grossa, piuttosto impacciata, che non doveva aver raggiunto la trentina, le sedeva di fronte. Aveva vivaci e ansiosi occhi castani, simili a quelli di un cane, i capelli in disordine, l'aria premurosa e una terribile ansia di essere gradita. Di tanto in tanto la vecchia signora alzava lo sguardo dalla rivista per impartirle seccamente un ordine.

«Cornelia, raccogli le nostre coperte da viaggio. Quando arriveremo, stai attenta al mio *nécessaire*. Non lasciare che qualcuno lo tocchi. Non dimenticare il mio tagliacarte.»

La corsa in treno fu breve. Nel giro di dieci minuti si ritrovarono sul molo dove il *Karnak* li stava aspettando. Le signore Otterbourne erano già a bordo.

Il *Karnak* era un battello più piccolo del *Papyrus* e del *Lotus*, quelli che facevano servizio per la Prima Cateratta ma erano troppo grandi per passare attraverso le chiuse della diga di Assuan. I passeggeri salirono a bordo e si videro assegnate le cabine. Poiché la nave non era piena, gran parte dei passeggeri ebbe una cabina sul ponte di passeggiata. La parte anteriore di questo ponte era occupata interamente da un salone con ampie vetrate dal quale i passeggeri potevano godersi il panorama, comodamente seduti. Il ponte sottostante era occupato da una sala per fumatori e un piccolo salotto; e infine, sul ponte ancora più basso, si trovava la sala da pranzo.

Dopo aver sistemato la propria roba in cabina, Poirot uscì di nuovo sul ponte a osservare i preparativi per la partenza e raggiunse Rosalie Otterbourne, che era affacciata al parapetto.

«Così, eccoci in partenza per la Nubia. Siete contenta, *mademoiselle*?»

La ragazza emise un profondo sospiro.

«Sì. Ho finalmente la sensazione che a questo mondo ci si lascia indietro molte cose...»

Fece un gesto con la mano. Lo scenario che avevano di fronte possedeva una bellezza selvaggia assolutamente straordinaria: la distesa del fiume, i massi di roccia nudi, brulli, che scendevano fino a pelo d'acqua... qua e là le rovine di una casa, abbandonata da quando, più a monte, era stata costruita la diga. Effettivamente tutta quella scena aveva un fascino malinconico, quasi sinistro.

«Lontano dalla gente» disse Rosalie Otterbourne.

«All'infuori dei presenti, vero, *mademoiselle*?»

Lei alzò le spalle e riprese: «C'è qualcosa in questo paese che mi fa sentire... cattiva. Fa affiorare in superficie tutto ciò che ribolle dentro di noi. Tutto è così ingiusto... ci sono troppe disparità!»

«Non saprei. Non bisognerebbe mai dare giudizi prendendo in considerazione soltanto l'aspetto esteriore delle cose.» Intanto Rosalie aveva ricominciato a mormorare: «Ma guardate un po' per esempio... certe madri... e la mia. Non esiste altro Dio all'infuori del Sesso, e Salomé Otterbourne è il suo Profeta.» Tacque bruscamente. «No, forse non avrei dovuto dirlo.»

Poirot allargò le mani.

«Perché non dirle queste cose... a me? Io sono uno di quelli che possono ascoltare di tutto. Se, come dite, vi sentite ribollire interiormente... un po' come capita con le marmellate... *eh bien*, lasciate affiorare in superficie la schiuma... e potrete toglierla con un cucchiaio, così.» E fece il gesto di buttare qualcosa nel Nilo.

«Ecco... non c'è più!»

«Siete davvero un uomo straordinario!» disse Rosalie mentre la sua bocca imbronciata si curvava in un sorriso. Poi si irrigidì di colpo: «Ecco la signora Doyle e suo marito. Guarda un po'! Non immaginavo che partissero anche loro per questa escursione».

Linnet era appena uscita da una cabina verso la metà del ponte. Alle sue spalle c'era Simon. Poirot rimase quasi sconcertato dal suo aspetto: com'era raggiante, com'era sicura di sé! La sua felicità aveva quasi una sfumatura di arroganza. Perfino Simon Doyle pareva trasformato. Aveva un sorriso che gli andava da un orecchio all'altro e l'aspetto di uno scolaretto in vacanza.

«È proprio magnifico» disse, andando ad appoggiarsi al parapetto. «Spero di potermi godere fino in fondo questo viaggio; e tu, Linnet? Mi sembra un po' meno turistico... come se si potesse realmente penetrare nel cuore dell'Egitto.»

Lei fu pronta a rispondere: «Sì, ti capisco. Chissà perché... sembra tutto molto più selvaggio.» Gli fece scivolare una mano sotto il braccio. Lui la strinse contro il proprio fianco.

«Si parte, Lin» mormorò.

La nave si stava staccando dal molo. Eccoli partiti per il viaggio della durata di sette giorni fino alla Seconda Cateratta, andata e ritorno.

Alle loro spalle risuonò una risata lieve, argentina. Linnet si voltò di scatto.

Era Jacqueline de Bellefort, in piedi, a poca distanza da loro. Pareva divertita.

«Salve, Linnet! Non mi aspettavo proprio di trovarvi qui! Credevo di avervi sentito dire che avevate intenzione di rimanere ad Assuan per un'altra decina di giorni. È una sorpresa!»

«Tu... tu non...» pareva che Linnet avesse la lingua paralizzata. Poi si impose con uno sforzo un sorriso convenzionale: «Io... neanch'io... mi aspettavo di ritrovarti qui».

«No?»

Jacqueline si allontanò spostandosi verso l'altro lato del piroscafo. Linnet strinse più forte il braccio del marito.

«Simon... Simon...»

Ogni espressione di bonaria soddisfazione e di gioia era scomparsa dalla faccia di Doyle. Pareva furioso. Strinse le mani a pugno, malgrado l'evidente sforzo che stava facendo per controllarsi. Poi la coppia si spostò un poco più in là. Poirot, anche senza voltare la testa, poté cogliere qualche frase dei loro discorsi: «... tornare indietro... impossibile... potremmo...» e poi, la voce di Doyle, un poco più alta, cupa e angosciata: «Non possiamo fuggire per sempre, Lin. Dobbiamo affrontare la situazione adesso e andare a fondo...».

Qualche ora più tardi, mentre la luce del giorno cominciava a farsi più tenue, Poirot se ne stava in piedi nel salone dalle ampie vetrate a fissare il panorama davanti a sé. Il *Karnak* percorreva ora una stretta gola. Le rocce scendevano fino all'acqua a picco, cupe, implacabili e il fiume scorreva fra loro profondo, rapido e impetuoso. Ormai erano entrati nella Nubia. Udì un lieve movimento e si trovò Linnet Doyle al fianco. Si torceva le mani quasi senza accorgersene e aveva un aspetto che non le aveva mai visto, l'aria di una bambina smarrita e stupefatta.

«Monsieur Poirot,» gli disse «ho paura... ho paura di tutto. Non ho mai provato una sensazione simile. Tutte queste rocce selvagge, questo panorama così nudo, squallido, tetro. Dove stiamo andando? Cosa sta per accadere? Vi giuro che ho paura. Tutti mi odiano. È una sensazione che non ho mai provato prima d'ora. Sono sempre stata buona e gentile con la gente e ho anche cercato di aiutare tante persone... invece mi odiano... sono in tanti a odiarmi. All'infuori di Simon, sono circondata da nemici... è terribile sentire che esistono persone dalle quali si è odiati...»

«Ma si può sapere cosa vi è successo, *madame*?»

Lei scrollò il capo.

«Immagino che sia soltanto... una questione di nervi. Il fatto è che provo una curiosa sensazione... Come se fossi circondata da gravi pericoli.»

E voltò la testa a lanciare un'occhiata carica di nervosismo alle proprie spalle. Poi disse bruscamente: «Come andrà a finire tutto questo? Siamo costretti a rimanere qui... siamo in trappola! Non esiste nessun mezzo per fuggire. Dobbiamo andare avanti e io... non capisco più dove mi trovo».

Intanto si era lasciata cadere in una poltrona. Poirot abbassò gli occhi a osservarla e il suo sguardo era venato da una certa compassione.

«Come avrà fatto a sapere che avremmo preso questo piroscafo?» gli domandò. «Come può averlo saputo?»

Poirot scrollò la testa. «Ha un cervellino molto fine, sapete.»

«Ho la sensazione che non riuscirò mai a sfuggirle.»

«Eppure esisteva un metodo che avreste potuto adottare» disse Poirot. «Anzi, sono meravigliato che non vi sia venuto in mente. In fondo, *madame,* il denaro non ha mai costituito un problema per voi. Per quale motivo non avete noleggiato una *dahabiyeh,* la piccola barca a vela del Nilo, tutta per voi?»

Linnet scrollò la testa con aria impotente e indifesa.

«Se avessimo immaginato quello che poteva succedere... ma capite, non ci pensavamo nemmeno... e poi è stato difficile...» Con tono che si era fatto improvvisamente spazientito, proruppe: «Oh! Non potete neanche immaginare quali siano state le mie difficoltà. Con Simon devo sempre stare molto attenta perché lui è... è suscettibile in un modo addirittura ridicolo quando si parla di... soldi. Perché io ne ho talmente tanti! Voleva condurmi in chissà quale piccolo posto sperduto, in Spagna... voleva... voleva pagare lui tutte le spese del nostro viaggio di nozze. Come se fossero cose che hanno importanza! Come sono stupidi gli uomini! Dovrà abituarsi a vivere con tutti gli agi possibili. La pura e semplice idea di noleggiare una *dahabiyeh* privata lo scandalizzerebbe... perché sarebbe una spesa inutile. Bisogna educarlo... per gradi.» Alzò gli occhi verso Poirot, mordicchiandosi un labbro con aria stizzita come se si fosse accorta di essersi abbandonata a inutili ed eccessive confidenze.

Si alzò.

«Devo andare a cambiarmi. Vi prego di scusarmi, Monsieur Poirot. Temo di aver detto soltanto un mucchio di sciocchezze.»

8

La signora Allerton, che aveva un aspetto molto raffinato e distinto nel suo semplice abito da sera di pizzo nero, scese due ponti più sotto nella sala da pranzo. Sulla porta venne raggiunta dal figlio.

«Scusami caro. Credevo di essere in ritardo.»

«Chissà dove ci avranno messo.» Il salone era disseminato di tavolini. La signora Allerton rimase ferma sulla soglia fino a quando il capocameriere, affaccendato a sistemare un gruppo di persone, non poté dedicarsi anche a loro.

«A proposito,» riprese «ho invitato quell'ometto, Hercule Poirot, a sedere al nostro tavolo.»

«Oh, no, mamma!» Tim sembrava deluso e infastidito.

Sua madre lo guardò meravigliata. Di solito era un ragazzo così buono, al quale andava sempre tutto bene.

«Ti dispiace, caro?»

«Sì, moltissimo. Trovo insopportabile quello sbruffone... così invadente!»

«Oh, no, Tim! Non sono affatto d'accordo con te.»

«Comunque, che bisogno c'era della compagnia di un forestiero? Stiamo già anche troppo stretti su questa nave così piccola, e faccende del genere finiscono sempre per diventare una scocciatura. Lo avremo alle costole mattina, mezzogiorno e sera.»

«Sono proprio dolente, caro.» La signora Allerton pareva sconcertata. «Pensavo che ti avrebbe divertito! In fondo, chissà quante esperienze ha avuto in vita sua! Tra l'altro, ti sono sempre piaciuti i romanzi polizieschi.»

Tim bofonchiò.

«Certe volte sarebbe una gran bella cosa, mamma, se tu non avessi tutte queste idee brillanti. Immagino che adesso non possiamo evitarlo, vero?»

«Proprio, Tim, non saprei come fare!»

«E va bene, capisco che è inevitabile. Così ce lo dovremo sopportare!»

In quella si avvicinò il capocameriere che li guidò a un tavolo. La faccia della signora Allerton, mentre lo seguiva, aveva un'espressione piuttosto perplessa. Tim... proprio Tim che di solito era tanto di buon carattere e non se la prendeva mai per niente! Uno scatto del genere non era da lui. Non lo si poteva spiegare come la classica antipatia di ogni inglese... venata di sfiducia... per i forestieri. No, Tim era molto socievole, un vero cosmopolita. Be', pazienza... sospirò. Però, vai a capire gli uomini! Perfino i più cari, quelli che crediamo di conoscere meglio, hanno sentimenti inaspettati.

Mentre prendevano posto al loro tavolo, Hercule Poirot entrò rapido e silenzioso in sala da pranzo. Si soffermò per un attimo con la mano sulla spalliera della terza seggiola.

«Permettete davvero, *madame*, che approfitti del vostro gentile invito?»

«Ma, certo! Accomodatevi, Monsieur Poirot.»

«Siete molto cortese.»

Intanto la signora Allerton aveva notato con un certo imbarazzo che, sedendosi al loro tavolo, Poirot aveva lanciato una rapida occhiata a Tim, e che Tim non era riuscito a mascherare con successo un'espressione un po' imbronciata e scontrosa.

Pertanto si impose di creare a ogni costo un'atmosfera cortese e simpatica intorno a lei. Mentre sorbivano la minestra, prese in mano la lista dei passeggeri che si trovava accanto al piatto.

«Proviamo un po' a vedere se siamo capaci di identificare tutti» suggerì in tono gioviale. «Trovo che è sempre una cosa abbastanza divertente.»

E cominciò a leggere: «Signora Allerton. Signor T. Allerton. Fin qui, nessuna difficoltà. Signorina de Bellefort. Vedo che l'hanno messa allo stesso tavolo delle Otterbourne. Chissà come se la caveranno, lei e Rosalie. E poi, chi c'è d'altro? Il dottor Bessner. Il dottor Bessner? Chi è capace di identificare il dottor Bessner?».

Allungò uno sguardo verso un tavolo al quale erano seduti quattro uomini.

«Secondo me non può che essere quel grassone con i capelli tagliati quasi a zero e i baffi. Un tedesco, immagino. Sembra che gli piaccia enormemente quel piatto di minestra.» Infatti arrivava fino a loro il rumore di qualcuno che sorbiva il brodo con avidità ed evidente piacere.

La signora Allerton continuò: «Signorina Bowers? Proviamo a indovinare chi è la signorina Bowers? Ci sono tre o quattro donne... no, per il momento lasciamole da parte. Il signore e la signora Doyle. Be', effettivamente questi sono i pezzi da novanta della compagnia. Lei è proprio stupenda, bellissima... e che magnifico abito da sera indossa!».

Tim si voltò a guardare. A Linnet, il marito e Andrew Pennington era stato dato un tavolo d'angolo. Linnet portava un abito bianco e una collana di perle.

«A me sembra spaventosamente semplice quel vestito» disse Tim. «Si direbbe una striscia di stoffa legata in vita da un pezzo di corda.»

«Sì, caro» disse la madre. «Una perfetta descrizione maschile di un modello che deve costare almeno ottanta ghinee.»

«Non riesco a capire per quale motivo le donne spendano tanto per i loro abiti» osservò Tim. «A me sembra assurdo.»

Intanto la signora Allerton procedeva nello studio dei compagni di viaggio.

«Il signor Fanthorp deve essere anche lui uno dei quattro uomini seduti a quel tavolo. Il giovanotto silenzioso, attento, che non parla mai. Ha una faccia abbastanza simpatica, l'espressione cauta, ma intelligente.»

Poirot si disse d'accordo.

«Sì, è intelligente... e non parla ma ascolta con la massima attenzione, ed è anche un osservatore. Sì, sa fare un ottimo uso dei suoi occhi. A parte il fatto che non è per niente il tipo che ci si aspetterebbe di trovare in un viaggio di piacere in questa parte del mondo. Chissà cosa ci è venuto a fare...»

«Signor Ferguson» continuò a leggere la signora Allerton. «Ho l'impressione che Ferguson sia il nostro amico contrario al capitalismo. Signora Otterbourne, signorina Otterbourne. Queste le conosciamo benissimo. Signor Pennington alias zio Andrew. Direi che è un bell'uomo...»

«Ma via, mamma!» esclamò Tim.

«Sì, trovo che è un bell'uomo anche se ha quell'aria asciutta e segaligna» riprese la signora Allerton. «E poi... quella mascella quadra, spietata. Dà l'idea di essere una di quelle persone che lavorano a Wall Street, vero? Sono sicura che deve essere ricchissimo. Poi segue... Monsieur Hercule Poirot, il cui talento, qui, è del tutto sprecato. Non potresti inventare un buon delitto per Monsieur Poirot, Tim?»

Le sue chiacchiere, le sue battute scherzose, pronunciate con le migliori intenzioni del mondo, ottennero invece lo scopo di infastidire ancora di più suo figlio il quale le lanciò un'occhiataccia. La signora Allerton si affrettò a proseguire: «Signor Richetti. Il nostro amico italiano, l'archeologo. Poi signorina Robson e infine signorina Van Schuyler. Quest'ultima non è difficile da indovinare. Si tratta di quella bruttissima, vecchia signorina americana, la quale evidentemente crede di essere la padrona della nave, ed è sua intenzione, perché lo ha fatto capire, di non parlare con nessuno a meno che non faccia parte di un giro di persone molto esclusivo, ineccepibile sotto ogni profilo! Deve essere esigentissima, quanto a questo. La trovo un tipo straordinario, non vi sembra? Una specie di pezzo da museo. Le due donne che l'accompagnano devono essere la signorina Bowers e la signorina Robson; probabilmente la più magra, con gli occhiali a *pince-nez*, sarà una segretaria, e quella giovane donna quasi patetica che riesce ugualmente a divertirsi al di là del fatto che viene trattata come una schiava negra, una parente povera... secondo me, la segretaria è la signorina Robson e la Bowers la parente povera...».

«Sbagliato, mamma!» disse Tim, ridacchiando. D'un tratto aveva riacquistato tutto il suo buonumore.

«Come fai a saperlo?»

«Perché ero nel salone prima di cena e quella vecchia incartapecorita ha detto alla donna che aveva con sé: "Dov'è la signorina Bowers? Vai immediatamente a chiamarla, Cornelia". E Cornelia è trotterellata via come un cagnolino ubbidiente.»

«Devo assolutamente trovare il modo di chiacchierare con la

signorina Van Schuyler» mormorò con aria assorta la signora Allerton.

Tim sogghignò di nuovo.

«Ti snobberà, mamma.»

«Niente affatto. Comincerò con i debiti preparativi: mi siederò vicino a lei e mi metterò a parlare, a voce bassa ma acuta, anche se educatissima, di tutti i parenti titolati e degli amici nobili che abbiamo fra le nostre conoscenze. Basterà un'allusione casuale al tuo cugino di secondo grado, il duca di Glasgow, perché il giochetto riesca alla perfezione.»

«Come sei priva di scrupoli, mamma!»

Gli avvenimenti che seguirono la cena non furono del tutto privi di curiosità e di interesse per uno studioso della natura umana. Il giovanotto dalle aperte opinioni sociali (il quale risultò essere davvero il signor Ferguson, come la signora Allerton aveva sospettato) si ritirò nella sala per fumatori, dimostrando chiaramente di voler evitare il resto dei passeggeri, raccolti nel salone panoramico del ponte di passeggiata.

La signorina Van Schuyler si assicurò, com'era prevedibile, il posto migliore e più riparato dalle correnti facendosi avanti con fermezza verso un tavolino al quale la signora Otterbourne si era già seduta e dicendo: «Vi prego di scusarmi ma credo di aver lasciato qui il mio lavoro a maglia!».

Sotto quello sguardo fisso, il turbante, ipnotizzato, si alzò e batté in ritirata. La signorina Van Schuyler si accomodò con il suo seguito. La signora Otterbourne, da parte sua, si mise a sedere a un tavolo vicino e arrischiò alcune osservazioni le quali vennero accolte da una cortesia talmente glaciale che, ben presto, si vide costretta ad abbandonare qualsiasi altro tentativo in proposito, lasciando la signorina Van Schuyler in uno splendido isolamento. I Doyle erano seduti a un altro tavolo con gli Allerton. Il dottor Bessner si era messo un po' in disparte e si teneva compagnia con il silenzioso signor Fanthorp. Jacqueline de Bellefort stava da sola, con un libro. Rosalie Otterbourne pareva irrequieta. La signora Allerton le rivolse la parola un paio di volte cercando di convincerla a unirsi al loro gruppo ma la ragazza le rispose con poca cortesia.

Monsieur Hercule Poirot trascorse la serata ascoltando le confidenze della signora Otterbourne sulla sua missione di scrittrice.

Rientrando nella sua cabina, più tardi, incontrò Jacqueline de Bellefort. Era appoggiata al parapetto ma, quando girò la testa, rimase colpito dall'espressione disperata del suo volto. Adesso non vi si leggeva né l'indifferenza, né la sfida maliziosa né tanto meno il senso di amaro, ma intenso, trionfo.

«Buonanotte, *mademoiselle*.»

«Buonanotte, Monsieur Poirot.» Esitò un attimo poi disse: «Vi meravigliate di trovarmi qui?».

«Non sono tanto meravigliato quanto dispiaciuto... molto dispiaciuto...» rispose lui in tono grave.

«Volete dire dispiaciuto... per me?»

«Sì, era proprio questo che volevo dire. Avete scelto una via pericolosa, *mademoiselle*... Come noi ci siamo imbarcati su questa nave per una gita, voi vi ci siete imbarcata per un vostro viaggio segreto e privato... un viaggio su un fiume dalle acque rapide, fra rocce pericolose, verso chissà quali correnti di sciagura...»

«Perché dite tutto questo?»

«Perché è la verità... avete tagliato gli ormeggi che vi tenevano ancorata alla salvezza. Adesso non credo nemmeno che potreste tornare indietro, anche se fosse vostro desiderio farlo.»

Lei disse molto lentamente: «È vero».

Poi buttò la testa indietro.

«Ah, del resto... bisogna sempre seguire la propria stella, ovunque ci conduca.»

«Badate, *mademoiselle*, che non sia una falsa stella...»

Lei rise e provò a scimmiottare il richiamo dei ragazzi con gli asinelli: «Essere stella molto brutta, signore! Quella stella cadere...».

Poirot stava per addormentarsi quando un suono di voci lo svegliò. Quella che gli parve di sentire era di Simon Doyle e ripeteva le stesse parole che aveva adoperato nel momento in cui la nave stava lasciando Shellâl.

«Ormai dobbiamo andare fino in fondo...»

"Sì" pensò Hercule Poirot "ormai dobbiamo proprio andare fino in fondo..." Ma non era contento.

9

Il piroscafo arrivò la mattina presto a Ez-Sebûa.

Cornelia Robson, con la faccia raggiante e un enorme cappello di paglia dalla tesa morbida, fu una delle prime a scendere a terra. Cornelia non era assolutamente capace di snobbare il suo prossimo; amabile e di buon carattere com'era, sembrava sempre disposta a trovare tutti simpatici.

La vista di Hercule Poirot in completo bianco, camicia rosa, cravattino nero a farfalla, svolazzante, e casco bianco, non la fece trasalire di indignazione come avrebbe senz'altro fatto l'aristocratica signorina Van Schuyler. Mentre si incamminavano fianco a fianco lungo un viale, fra due file di sfingi, rispose con prontezza alla frase convenzionale che era servita a Poirot per attaccare discorso: «Le vostre compagne di viaggio non scendono a terra per visitare il tempio?».

«Ecco, vedete, la cugina Marie... cioè la signorina Van Schuyler... non si alza mai troppo presto. Ha una salute molto cagionevole e deve riguardarsi. Naturalmente, vuole che la signorina Bowers, la sua infermiera le stia accanto. Fra l'altro, a suo avviso, questo non è uno dei templi più interessanti... Comunque è stata molto gentile e mi ha permesso di venire ugualmente a visitarlo.»

«Sì, molto gentile...» disse Poirot asciutto.

L'ingenua Cornelia, senza cogliere l'ironia, fu subito d'accordo.

«Oh, è gentilissima. È stato semplicemente meraviglioso da parte sua offrirmi di fare questo viaggio. Mi considero una ragazza fortunata. Quando l'ha proposto alla mamma, quasi quasi non ci credevo!»

«E vi siete divertita?»

«Oh, è stato tutto fantastico! Ho visitato l'Italia... Venezia e Padova e Pisa... e il Cairo... solo che la cugina Marie non è stata molto bene al Cairo e quindi non ho potuto vedere quasi niente, e adesso questa stupenda escursione fino a Wâdi Halfa e ritorno!»

Poirot disse sorridendo: «Avete un ottimo carattere, *mademoiselle*».

Poi spostò lo sguardo da lei alla figura della silenziosa e accigliata Rosalie che camminava da sola, precedendoli di poco.

«Com'è carina, vero?» disse Cornelia, seguendo lo sguardo di Poirot. «È un vero peccato che abbia sempre quell'espressione scontrosa. Molto inglese, naturalmente. Non è bella come la signora Doyle. Credo che la signora Doyle sia la donna più affascinante e più elegante che mi sia mai capitato di vedere! Il marito, poi! La adora... quasi quasi bacerebbe la terra dove lei posa i piedi, vero? Poi trovo che quella signora con i capelli grigi ha un'aria molto distinta anche lei, vi pare? Dev'essere la cugina di un duca. Ieri sera, seduta vicino a noi, stava proprio parlando di lui. Lei però non è titolata, eh?»

E continuò a chiacchierare fino a quando l'interprete incaricato di accompagnarli si fermò e cominciò il suo discorsetto: «Questo tempio era dedicato al dio Amun e al dio del sole Re-Harakhte, il simbolo del quale era una testa di avvoltoio...» e continuò meccanicamente la sua cantilena. Il dottor Bessner, Baedeker in mano, bofonchiava tra sé in tedesco. Preferiva le parole scritte, evidentemente!

Tim Allerton non si era unito al gruppo. Sua madre stava cercando di rompere il ghiaccio con il riservatissimo signor Fanthorp. Andrew Pennington, che teneva Linnet Doyle sottobraccio, stava ascoltando con apparente interesse dati e cifre che la guida snocciolava.

«Ventidue metri di altezza, davvero? A me sembra un po' meno. Deve essere stato proprio un grand'uomo, questo Ramsete. Un egiziano energico e pieno di vita!»

«Un grande uomo d'affari, zio Andrew.»

Andrew Pennington la guardava con aria ammirata.

«Stamattina ti trovo molto in forma, Linnet. In questi ultimi tempi mi avevi dato qualche piccola preoccupazione... avevi l'aria così tesa, affaticata.»

Chiacchierando, il gruppo dei turisti tornò verso il piroscafo. E il *Karnak* riprese a risalire lentamente il fiume. Adesso il paesaggio era meno aspro e desolato. Vi appariva qualche palma, qualche campo coltivato.

E fu come se quel cambiamento nel panorama sollevasse i passeggeri da qualche segreta oppressione che li tormentava. Tim Allerton aveva superato il momento di cattivo umore. Rosalie sembrava meno scontrosa. Linnet quasi gaia e serena.

Pennington le disse: «È una vera e propria mancanza di tatto parlare di affari con una sposina in luna di miele ma ci sono due o tre cose delle quali...».

«Figurati, zio Andrew! Capisco perfettamente.» Linnet aveva assunto subito l'aria da donna pratica. «Il fatto che io mi sia sposata comporterà, com'è logico, qualche cambiamento.»

«Proprio così. Un momento o l'altro, quando vorrai, mi occorrerebbe la tua firma su alcuni documenti.»

«Perché non farlo subito?»

Andrew Pennington si guardò intorno. L'angolo del salone panoramico era praticamente deserto. Gran parte dei passeggeri si trovavano fuori sul ponte, fra il salone e le cabine. Gli unici a essere nel salone erano il signor Ferguson e Hercule Poirot. Il primo stava bevendo una birra a un tavolino, più o meno al centro, portava sempre i soliti pantaloni di flanella sudici, teneva le gambe comodamente allungate davanti a sé e fischiettava sommessamente, fra una sorsata e l'altra; il secondo era seduto più lontano, proprio davanti alla vetrata a contemplare il panorama che sfilava davanti ai suoi occhi. C'era anche la signorina Van Schuyler seduta in un angolo a leggere un libro sull'Egitto.

«Va benissimo» disse Andrew Pennington e uscì dal salone.

Linnet e Simon si sorrisero – un sorriso lento per il quale occorsero parecchi minuti prima che sbocciasse completamente.

«Tutto bene, tesoro?» le domandò Simon.

«Sì, va ancora tutto bene... Strano, eppure non mi sento più sconcertata come prima.»

«Sei meravigliosa» fece suo marito con un tono di profondo convincimento.

Pennington ritornò portando con sé un fascio di documenti scritti fitti fitti.

«Povera me!» gridò Linnet. «Devo proprio firmarli tutti?» Pennington si affrettò a risponderle in tono di scusa: «Lo so che è un fastidio... d'altra parte vorrei sistemare per bene i tuoi affari. Prima di tutto c'è il contratto d'affitto di quel palazzo sulla Quinta Avenue... poi le azioni della Western Land...». Continuò a parlare, sfogliando i documenti, facendo frusciare le pagine. Simon sbadigliava.

La porta che dava sul ponte si spalancò di colpo per far entrare il signor Fanthorp. Questi si guardò in giro con aria distratta poi si fece avanti di qualche passo e andò a soffermarsi vicino a Poirot per contemplare anch'egli l'acqua di un pallido colore azzurro e le sabbie gialle sulla riva...

«Basterà che tu firmi qui» concluse Andrew Pennington, stendendo un documento davanti a Linnet e indicandole uno spazio bianco.

Linnet prese in mano il documento e lo scorse rapidamente. Tornò di nuovo a osservare qualcosa sulla prima pagina e infine, prendendo la penna stilografica che Pennington aveva preparato accanto a lei, firmò: *Linnet Doyle...*

Pennington portò via il documento e gliene mise davanti un altro.

Fanthorp riprese a girellare spostandosi nella loro direzione e si mise a scrutare dalla vetrata laterale come se ci fosse qualche cosa che lo interessava sulla riva davanti alla quale stavano passando in quel momento.

«Questa non è altro che una procura» disse Pennington. «Non occorre che tu la legga.»

Tuttavia Linnet la scorse brevemente. Pennington le presentò un terzo documento. E di nuovo Linnet lo lesse con attenzione.

«Sono tutte cose molto chiare» disse Andrew. «Niente di interessante. Puri e semplici termini legali.»

Simon sbadigliò.

«Mia cara ragazza, non avrai intenzione di leggere da cima a fondo tutta questa roba, vero? Ci metterai almeno fino all'ora di pranzo e anche di più.»

«Io leggo sempre tutto attentamente» rispose Linnet. «È una cosa che mi ha insegnato papà. Ripeteva sempre che, a volte, ci può essere qualche errore di trascrizione.»

Pennington scoppiò in una risatina un po' aspra.

«Sei una gran donna d'affari, Linnet!»

«Certo è molto più coscienziosa di quanto non sarei io!» osservò Simon ridendo. «Io non ho mai letto un documento legale in vita mia. Firmo quello che c'è da firmare sulla riga punteggiata... e basta!»

«La tua mi sembra una trascuratezza eccessiva» ribatté Linnet in tono di disapprovazione.

«Non ho testa per gli affari, io» dichiarò Simon con la stessa aria gioconda di poco prima. «Non l'ho mai avuta. Un amico mi dice di firmare... io firmo. Mi sembra il sistema più semplice.»

Andrew Pennington lo stava osservando con aria assorta. Poi disse in tono un po' secco, accarezzandosi un labbro: «Non è un po' rischioso, a volte, Doyle?».

«Figuriamoci!» ribatté Simon. «Io non sono una di quelle persone convinte che il mondo intero si sia messo d'impegno per mandarla in rovina. Sono pieno di fiducia nei miei simili... e, alla lunga, è il modo di comportarsi più vantaggioso. Non sono mai stato deluso né imbrogliato da nessuno.»

D'un tratto, fra lo stupore generale, il silenzioso signor Fanthorp si voltò di scatto e, rivolgendosi a Linnet, disse: «Perdonatemi se posso sembrare un ficcanaso ma non posso fare a meno di esprimervi tutta la mia ammirazione per le vostre capacità affaristiche. Nella mia professione... ehm... sono avvocato... ho sempre avuto la sfortuna di dover discutere di affari con signore che non se ne intendevano assolutamente. Il fatto di non firmare un documento senza averlo prima letto con attenzione è un sistema ammirevole... veramente ammirevole».

E le abbozzò un piccolo inchino. Poi, un po' rosso in faccia, tornò a contemplare le rive del Nilo.

Linnet rispose un po' perplessa: «Ehm... grazie...» E si morse un labbro per soffocare una risatina. Quel giovanotto aveva preso un'aria talmente solenne!

Andrew Pennington, invece, sembrava alquanto seccato.

Simon Doyle aveva l'aria incerta e non sapeva se mostrarsi infastidito o se prendere la cosa sul ridere.

Intanto le orecchie del signor Fanthorp, che voltava loro le spalle, erano diventate di un bel rosso acceso.

«Andiamo avanti, per favore» disse Linnet, alzando gli occhi verso Pennington con un sorriso.

Ma adesso Pennington sembrava vivamente contrariato.

«Forse è meglio rimandare tutto a un altro momento» disse asciutto. «Come... ehm... dice Doyle, se tu dovessi leggere da cima a fondo tutti questi documenti, rimarremmo qui fino all'ora di pranzo. Non dobbiamo assolutamente perdere questo bel panorama, invece! A ogni modo i primi due documenti erano i più urgenti... del resto possiamo riparlare in seguito.»

«Qui dentro fa un caldo terribile» disse Linnet. «Usciamo sul ponte.»

Uscirono tutti e tre dalla porta girevole. Hercule Poirot volse il capo. Il suo sguardo si fermò meditabondo sulla schiena del signor Fanthorp, poi si spostò verso la figura, allungata sulla seggiola, del signor Ferguson, che aveva buttato la testa indietro e fischiettava sommessamente.

Infine Poirot gettò un'occhiata in direzione della signorina Van Schuyler che, dal suo angolo, scrutava indignata il signor Ferguson.

La porta girevole che dava sul ponte si aprì e Cornelia Robson entrò in fretta e furia.

«Quanto ci hai messo!» esclamò la vecchia signorina in tono tagliente. «Dove sei stata, si può sapere?»

«Mi spiace tanto, cugina Marie. Ma la lana non era dove mi avevi detto. Figurati che l'ho trovata addirittura in un'altra valigia...»

«Mia cara bambina, non c'è nessuno come te che non sappia mai trovare niente! Sarai volonterosa, non discuto, cara, però dovresti tentare di essere un po' più sveglia, un po' più rapida... basta un po' di concentrazione in fondo!»

«Scusami, cugina Marie! Ho proprio paura di essere una gran sciocca.»

«Nessuno è proprio sciocco senza speranza, se si mette un po' d'impegno, mia cara! Ti ho portato con me in questo viaggio e mi aspetto qualche piccola attenzione in cambio.»

Cornelia arrossì.

«Sono proprio spiacente, cugina Marie.»

«E dov'è la signorina Bowers? L'ora delle mie gocce è già passata da dieci minuti. Ti prego, va' a cercarla! Il dottore ha detto che è molto importante...»

Ma, proprio a questo punto, la signorina Bowers entrò portando un piccolo bicchiere con la medicina.

«Le vostre gocce, signorina Van Schuyler.»

«Avrei dovuto prenderle alle undici» la rimproverò con asprezza la vecchia. «Se c'è una cosa che detesto è la mancanza di puntualità.»

«Giustissimo» rispose la signorina Bowers e guardò il proprio orologio da polso. «Manca esattamente mezzo minuto alle undici.»

«Al mio orologio invece sono le undici e dieci.»

«Se volete controllare, vi accorgerete che il mio orologio va a meraviglia. È un cronometro perfetto. Non va avanti e non ritarda mai.» La signorina Bowers era rimasta del tutto imperturbabile.

La signorina Van Schuyler inghiottì il contenuto del bicchierino.

«Mi sento decisamente peggio» ringhiò.

«Mi spiace molto di sentirvelo dire, signorina Van Schuyler.»

Ma il tono di voce della signorina Bowers non rivelava il minimo dispiacere. Anzi, a sentirla, si sarebbe detto che la notizia la lasciasse del tutto indifferente. Evidentemente le aveva dato la risposta necessaria più che altro per abitudine, meccanicamente.

«Qui dentro fa troppo caldo» riprese in tono stizzoso la signorina Van Schuyler. «Andate a cercarmi una poltrona sul ponte, signorina Bowers. E tu Cornelia, portami il lavoro a maglia. Mi raccomando, non lasciarlo cadere strada facendo. Poi ti chiederò di dipanarmi un po' di lana.»

La processione delle tre donne sfilò fuori dalla porta.

Il signor Ferguson sospirò, agitò lievemente le gambe ed esclamò senza rivolgersi a nessuno in modo particolare: «Perdio, avrei una gran voglia di tirare il collo a quella vecchiaccia».

«Non gode le vostre simpatie quel tipo di persona, vero?» gli domandò Poirot con aria interessata.

«Se gode le mie simpatie? No, assolutamente. Mi vorreste dire che cosa ha mai fatto di buono al mondo una donna come lei? Non ha mai alzato, non ha mai alzato, ripeto, un dito in vita sua! Ha semplicemente sfruttato il prossimo. È una parassita... una maledetta insopportabile parassita. Del resto, su questa nave c'è un sacco di gente di cui il mondo potrebbe fare benissimo a meno.»

«Davvero?»

«Sì. Per esempio quella ragazza che c'era qui poco fa, che firmava le procure e si dava tutta quell'importanza! Basta pensare alle centinaia di migliaia di disgraziati lavoratori che sfacchinano come schiavi per un modesto compenso... sono loro a permetterle di comperarsi le calze di seta e tutti quegli altri oggetti di lusso completamente inutili! A quanto mi hanno detto è una delle donne più ricche d'Inghilterra... e non deve aver mai lavorato un solo giorno in tutta la sua vita!»

«Chi vi ha detto che è una delle donne più ricche d'Inghilterra?»

Ferguson gli lanciò un'occhiata bellicosa.

«Me lo ha detto un uomo con il quale sono sicuro che non vorreste mai farvi vedere a chiacchierare! Un uomo che lavora, lavora con le sue mani, e non se ne vergogna! Non uno di quei vostri elegantoni tutti azzimati, buoni a nulla!»

Intanto i suoi occhi si erano soffermati, con un'espressione di evidente disapprovazione, sulla cravatta a farfalla e sulla camicia rosa.

«Per quel che mi riguarda, io lavoro con il mio cervello, e non me ne vergogno» disse Poirot, in risposta a quell'occhiata.

Ferguson si limitò a sbuffare.

«Dovrebbero essere mandati al muro... tutti, dal primo all'ultimo!» asserì.

«Mio caro giovanotto» osservò Poirot «ma la vostra è una vera e propria passione per la violenza!»

«Mi sapreste forse dire come se ne può fare a meno? Bisogna distruggere prima di ricostruire.»

«Certo che è molto più facile, molto più rumoroso e anche molto più spettacolare!»

«E voi, mi volete dire che cosa fate voi per vivere? Niente, sono pronto a scommetterlo! Probabilmente non vi dispiace definirvi un "uomo della strada"!»

«Uomo della strada, io? Niente affatto, io sono un grand'uomo!» dichiarò Hercule Poirot con una certa arroganza.

«Insomma, mi volete dire che cosa fate?»

«Faccio l'investigatore» disse Hercule Poirot con la stessa aria modesta di chi potrebbe dire: "Faccio il re".

«Perdio!» Il giovanotto sembrava sinceramente stupito. «Dunque, quella ragazza si porta dietro addirittura una guardia del corpo? Ma ci tiene proprio tanto alla sua pelle?»

«Io non ho niente a che fare con Monsieur e Madame Doyle» rispose Poirot indignato. «Sono in vacanza.»

«Ah, vi state godendo una vacanza, eh?»

«E voi? Non siete in vacanza anche voi?»

«Io... vacanze!» sbuffò il signor Ferguson. Poi aggiunse in tono oscuro: «Io sto studiando le condizioni...».

«Molto interessante» mormorò Poirot e si trasferì lentamente fuori, sul ponte.

La signorina Van Schuyler era seduta nell'angolo migliore. Cornelia, inginocchiata davanti a lei, teneva ben tesa fra le due mani una matassa di lana grigia. La signorina Bowers, seduta molto impettita, leggeva il «Saturday Evening Post».

Poirot si avviò senza fretta verso il ponte di tribordo. Mentre svoltava l'angolo di prua finì quasi addosso a una donna che volse verso di lui un viso sconcertato: un volto bruno, latino, dall'espressione vivace. Era vestita di nero e stava parlando con un uomo alto, corpulento, in uniforme; uno dei macchinisti, a giudicare dall'aspetto. Sulle loro facce c'era una strana espressione, allarmata e vagamente colpevole. Poirot si domandò di che cosa stessero parlando.

Dopo aver proseguito oltre la prua, continuò la sua passeggiata sull'altro lato. La porta di una cabina si spalancò e ne emerse la signora Otterbourne, che venne quasi a cadergli fra le braccia. Portava una vestaglia di satin scarlatto.

«Scusate» si affrettò a dirgli. «Caro signor Poirot... scusatemi tanto. Ma è il movimento... soltanto il movimento della nave. Non sono mai stata bene in mare. Se almeno questa nave rimanesse ferma...» Si aggrappò al suo braccio. «È tutto questo rollio che non sopporto... in fondo, in mare io non mi sono mai sentita veramente a mio agio... E poi... sempre sola, ore e ore! Quella mia figliola... non ha nessun affetto, nessuna comprensione per la sua povera, vecchia mamma che ha fatto tutto per lei...» La signora Otterbourne cominciò a piangere. «Ho lavorato come una schiava per lei... mi sono consumata le dita fino alle ossa... fino alle ossa. Una *grande amoureuse*... ecco quello che avrei potuto essere... una *grande amoureuse*... invece ho sacrificato tutto... tutto... e nessuno se ne interessa! Ma lo dirò in giro... lo dirò a tutti anche adesso... che mi trascura... che è severa e cattiva... che ha voluto trascinarmi a fare questo viaggio... dove mi annoio da morire... Sì, adesso vado a raccontarlo a tutti...» e fece il gesto di incamminarsi. Poirot tentò di trattenerla con garbo.

«Adesso vado a chiamarla e ve la mando, *madame*. Rientrate nella vostra cabina. È meglio...»

«No. Voglio gridarlo in faccia a tutti... a tutti quelli che sono sulla nave...»

«Troppo pericoloso, *madame*. Il fiume è agitato. Potreste cadere in acqua...»

La signora Otterbourne lo scrutò con aria dubbiosa.

«È questo che credete? Ma lo credete sul serio?»

«Sì, sul serio.» Ebbe successo. La signora Otterbourne rimase per un attimo incerta, balbettò ancora qualche parola, poi rientrò in cabina.

Le narici di Poirot ebbero un leggero fremito. Facendo segno di sì col capo, assorto, si mise in cammino per andare a cercare Rosalie Otterbourne, seduta fra la signora Allerton e Tim.

«Vostra madre vi desidera, *mademoiselle*.»

In quel momento la ragazza stava ridendo felice. A sentire quelle parole, si rabbuiò subito. Gli lanciò un'occhiata colma di sospetto e scappò via, in fretta, lungo il ponte.

«Non riesco proprio a capire quella figliola» disse la signora Allerton. «Ha un umore tanto mutevole! Un giorno è cordiale e ha voglia di fare amicizia; un altro, è addirittura sgarbata.»

«Deve essere stramaledettamente viziata e ha un pessimo carattere» osservò Tim.

La signora Allerton scrollò la testa.

«No, non credo. Secondo me, è infelice.»

Tim alzò le spalle.

«Oh, be', del resto abbiamo tutti i nostri problemi.» La sua voce aveva preso un tono aspro e tagliente.

In quel momento si sentì un colpo di gong.

«Il pranzo!» esclamò la signora Allerton, tutta contenta. «Ho una fame da morire.»

Quella sera Poirot si accorse che la signora Allerton era andata a sedersi vicino alla signorina Van Schuyler e stava chiacchierando con lei. Mentre le passava davanti, la signora Allerton chiuse rapida un occhio e lo riaprì subito. Stava dicendo: «Naturalmente... al castello di Calfries... il caro duca...».

Cornelia, non obbligata a farle compagnia, era fuori, sul ponte.

E stava ascoltando il dottor Bessner il quale le faceva una lezione di egittologia, ricavando una serie di notizie interessanti dalle pagine del Baedeker. Cornelia lo ascoltava con aria rapita.

Appoggiato al parapetto Tim Allerton stava dicendo: «A ogni modo, è un mondo schifoso...» e Rosalie Otterbourne, di rimando: «Come è ingiusto! Certe persone hanno tutto...».

Poirot sospirò. In fondo, era contento di non essere più giovane.

10

Il lunedì mattina sul ponte del *Karnak* si levarono molte esclamazioni di stupore, ammirazione e meraviglia. La nave era ancorata presso la riva e, a poche centinaia di metri più in là, il sole del mattino, che si era appena levato, illuminava un grande tempio scavato direttamente sulla facciata rocciosa della montagna. Quattro colossali figure, scolpite nella pietra, fissavano con il loro sguardo eterno il Nilo e il sole che sorgeva.

Cornelia Robson esclamò, tanto emozionata da non riuscire a mettere insieme due idee di fila: «Oh, Monsieur Poirot, non è una meraviglia? Voglio dire... come sono immensi e pieni di pace... basta guardarli e ci si sente subito così piccoli, ma proprio piccoli... siamo quasi come insetti... e sembra che non ci sia proprio niente che ha una grande importanza, vero?»

Il signor Fanthorp, che era lì nei pressi, mormorò: «Molto... eh... molto imponenti. Sì, fanno proprio colpo».

«Che grandiosità, vero?» esclamò Simon Doyle, avvicinandosi. Poi continuò, parlando in tono più confidenziale con Poirot: «Perché, vedete, in realtà io non sono uno di quei tipi che ammirano molto i templi e i panorami e tutto il resto... Però quando ci si trova davanti a cose simili... si rimane senza parole... Sono sicuro che capite quello che voglio dire. Quegli antichi faraoni dovevano essere proprio dei tipi straordinari».

Gli altri, intanto, si erano allontanati di qualche passo. Simon abbassò la voce.

«Sono proprio felice che abbiamo preso la decisione di fare questo viaggio. Mi sembra che... ecco, a poco a poco le cose vadano a posto. Sembra incredibile... non riesco a capire come possa essere avvenuto... eppure, è la verità. Linnet ha ripreso il suo solito equilibrio. Non ha più i nervi tesi. Anzi dice che, forse, è proprio perché finalmente si è decisa ad affrontare la situazione.»

«Credo anch'io che sia molto probabile» disse Poirot.

«Dice che, quando si è accorta che Jackie era anche lei a bordo della nave, ha provato un momento di paura terribile, poi all'improvviso, è stato come se non avesse più importanza. Ci siamo trovati d'accordo nel decidere che è meglio non cercare più di evitarla. Anzi la affronteremo con le sue stesse armi e le faremo capire che questo suo assurdo modo di comportarsi ci lascia del tutto indifferenti. È una questione di pessimo gusto... e basta. Probabilmente lei ha pensato che ci avrebbe dato un enorme fastidio e che saremmo rimasti continuamente sbalestrati dalla sua presenza, ma adesso... be'... anche se è qui con noi, non riesce più a sbalestrarci. Così imparerà!»

«Già, già» rispose Poirot meditabondo.

«Quindi, si è risolto tutto in modo fantastico, vi pare?»

«Oh, certo, certo.»

Linnet li raggiunse. Indossava un abito di lino dalla morbida tonalità albicocca. E sorrideva. Salutò Poirot senza particolare entusiasmo, anzi si limitò a rivolgergli un cenno del capo piuttosto freddo e condusse via il marito.

Poirot si rese conto, con un improvviso lampo di divertimento, che non doveva essersi reso troppo simpatico con le sue critiche. Linnet, qualsiasi cosa facesse o dicesse, era abituata all'ammirazione più smaccata. Hercule Poirot aveva commesso, evidentemente, un grosso peccato contro queste leggi supreme. La signora Allerton, raggiungendolo, mormorò: «Com'è cambiata quella ragazza! Ad Assuan, sembrava preoccupata e non aveva per niente l'aria felice. Adesso invece è talmente raggiante di felicità... che fa quasi paura. È una strana eccitazione, quasi da... *fey*.» Prima che Poirot potesse rispondere come aveva intenzione di fare, il gruppo dei turisti venne convocato. Il solito interprete ufficiale si mise alla loro testa per condurli a terra, a visitare Abu Simbel.

Poirot si trovò di fianco a Andrew Pennington.

«È la prima volta che venite in Egitto?» domandò.

«No, ci sono venuto nel 1923. Ecco, a dir la verità, sono stato al Cairo. Però non avevo mai fatto questa escursione, risalendo il Nilo.»

«Mi pare di aver capito che siete arrivato con il *Carmanic*... perlomeno è quanto mi ha detto la signora Doyle.»

Pennington gli lanciò di sottecchi uno sguardo penetrante.

«Già, è così» ammise.

«Chissà se vi è capitato di conoscere certi miei amici che erano a bordo... i Rushington-Smith.»

«Non mi sembra di ricordare nessuno che avesse questo nome. Il piroscafo era strapieno e abbiamo avuto un tempo pessimo. A dir la verità, moltissimi passeggeri non si sono quasi fatti vedere e, in ogni caso, il viaggio è talmente corto che non è facile sapere chi c'è a bordo e chi non c'è.»

«Sì, è vero. Sarà stata una piacevole sorpresa imbattersi in Madame Doyle e il marito? Non sapevate che fossero sposati, eh?»

«No. La signora Doyle mi aveva scritto ma la lettera, rispeditami da New York, mi è arrivata soltanto qualche giorno dopo il nostro casuale incontro al Cairo.»

«A quanto ho inteso, la conoscete da molti anni.»

«Eccome, Monsieur Poirot! Da moltissimi anni, davvero! Figuratevi che conoscevo Linnet Ridgeway quando era ancora una graziosissima bambinetta alta così...» e glielo indicò con un gesto. «Suo padre e io siamo stati amici fin da ragazzi. Un uomo straordinario, Melhuish Ridgeway, una persona che ha avuto un successo straordinario.»

«Se non sbaglio sua figlia è entrata in possesso di un patrimonio enorme... Ah, *pardon*, forse sono stato indelicato con questa mia domanda.»

Andrew Pennington sembrò piuttosto divertito.

«Oh, del resto è una notizia di dominio pubblico. Sì, Linnet è una donna molto facoltosa.»

«Immagino però che la crisi di questi ultimi tempi abbia avuto una forte ripercussione su titoli e azioni, per quanto solidi potessero essere, vero?»

Pennington ci mise qualche istante a rispondere. Alla fine, disse: «Questo è vero, sia pure entro certi limiti. Attraversiamo momenti molto difficili».

Poirot mormorò: «Secondo me, in ogni caso, Madame Doyle è molto attenta e ha un ottimo fiuto per gli affari».

«Precisamente. Linnet è una ragazza intelligente e con un grande senso pratico.»

Si fermarono, la guida si mise a snocciolare il suo solito discorsino sul tempio costruito dal grande Ramsete. I quattro colossi, che rappresentavano Ramsete stesso, e si trovavano disposti a due a due ai lati degli ingressi, scolpiti nella viva roccia, scrutavano dall'alto della loro imponente statura il gruppetto disordinato dei turisti.

Il signor Richetti, senza badare alle notizie riferite dall'interprete, pareva assorto a esaminare i bassorilievi dei prigionieri negri e siriani sulla base dei colossi che fiancheggiavano l'ingresso.

Quando entrarono, tutti rimasero profondamente colpiti dalla grande sensazione di pace che si trovava nel tempio avvolto dalla penombra. L'interprete si affrettò a far subito notare i bassorilievi sulle pareti interne, ancora vivacemente colorati, ma la frotta dei visitatori finì per dividersi in piccoli gruppi.

Il dottor Bessner cominciò a leggere con voce tonante, in tedesco, il suo Baedeker, soffermandosi di tanto in tanto a fare la traduzione per Cornelia, che gli camminava docilmente al fianco. Ma la cosa non durò a lungo. La signorina Van Schuyler, entrando al braccio della flemmatica signorina Bowers, comandò secca: «Cornelia, vieni qui» e le delucidazioni del dottor Bessner giunsero forzatamente al termine. Lui, comunque, mentre lei si allontanava la seguì attraverso le spesse lenti degli occhiali con uno sguardo pieno di simpatia.

«Una fanciulla squisita» annunciò a Poirot. «Non ha l'aspetto da morta di fame di tante altre giovani signorine. No, lei ha tutte quelle belle curve... e poi sa ascoltare con tanta intelligenza... è un vero piacere istruirla!»

Poirot pensò fuggevolmente che il destino di Cornelia pareva essere sempre e soltanto quello: o venir maltrattata o venir istruita. In ogni caso, le toccava sempre la parte di chi ascolta, mai di chi parla.

La signorina Bowers, rimasta libera dopo che Cornelia era stata perentoriamente chiamata al fianco della signorina Van Schuyler, era ferma in mezzo al tempio e si guardava in giro con un'espressione fredda e priva di curiosità. La sua reazione alle meraviglie del passato si rivelò piuttosto limitata: «La guida ha detto che il nome di uno di quegli dèi, o dee, era Mut. Avete mai sentito niente di più incredibile?».

Nel tempio c'era anche una specie di santuario interno, occupato da quattro figure sedute che dominavano l'ambiente con la loro secolare imponenza, ammantate di incredibile dignità e sussiego nel loro distacco eterno da tutto. Davanti alle quattro statue erano fermi Linnet e il marito. Lei lo teneva sottobraccio, la faccia sollevata, una faccia tipica della nuova civiltà, intelligente, curiosa, indifferente di fronte al passato.

Simon disse all'improvviso: «Vieni, usciamo di qui. Non mi piacciono questi quattro individui... soprattutto quello con quella specie di alta berretta».

«Credo sia Amon. E questo è Ramsete. Perché non ti piacciono? Io li trovo così imponenti e maestosi!»

«È vero, anche troppo. Hanno qualcosa di impressionante... che incute terrore. Vieni, usciamo al sole.»

Linnet scoppiò in una risata, ma cedette.

Uscirono dal tempio nella vivida luce del sole. I loro passi affondarono nella sabbia gialla e tiepida. E Linnet cominciò subito a ridere. Ai loro piedi, tutte in fila, c'erano le teste di una mezza dozzina di ragazzi nubiani che, per un attimo, davano l'orribile impressione di essere state tagliate dai corpi. Con gli occhi stralunati, muovendo ritmicamente la testa da una parte all'altra, i negretti si misero a declamare una strana cantilena: «Hip, hip, hurrah! Hip hip hurrah! Molto buoni, molto belli. Grazie tante».

«Com'è ridicolo tutto questo! Per quale motivo lo fanno? Chissà che buca fonda avranno scavato, vero?»

Simon tirò fuori di tasca un po' di spiccioli.

«Molto buoni, molto belli, molto cari» esclamò, rifacendo il verso ai ragazzi. I due bambinetti che presentavano lo spettacolo vennero subito a ritirare quei pochi soldi.

Linnet e Simon proseguirono il cammino. Non avevano voglia di tornare sulla nave; nello stesso tempo non avevano più voglia di continuare la visita ai monumenti. Andarono a sedersi con le spalle appoggiate a una delle rocce del pendio e si lasciarono riscaldare piacevolmente dal sole.

"Che cosa stupenda il sole" pensava intanto Linnet. "Così caldo... e sicuro... Che cosa stupenda, sentirsi felici... Come sono contenta di essere io... io... io... Linnet..."

Teneva gli occhi chiusi; a poco a poco si stava quasi appisolando nel bel mezzo di quei pensieri che le passavano e ripassavano per il cervello, lievi come sabbia smossa dal vento.

Gli occhi di Simon erano aperti. E anch'essi erano pieni di contentezza. Che sciocco era stato a rimanere così sbalestrato quella prima sera, e sconvolto... non ne aveva nessun motivo... tutto si era sistemato per il meglio... In fondo, ci si poteva mettere il cuore in pace pensando che Jackie era una persona di cui potersi fidare...

Si levò un grido... qualcuno accorreva, agitando le braccia, verso di lui... urlando.

Per un attimo Simon rimase a guardare istupidito. Poi scattò in piedi e trascinò via Linnet con sé.

Appena in tempo. Un enorme masso rotolando giù per il pendio li oltrepassò nella sua corsa. Se Linnet fosse rimasta dove si trovava prima, sarebbe stata ridotta in poltiglia.

Pallidissimi, si abbracciarono. Hercule Poirot e Tim Allerton, intanto, li avevano raggiunti correndo.

«*Ma foi, madame*, l'avete scampata bella!»

Tutti e quattro istintivamente alzarono gli occhi verso la vetta del contrafforte roccioso. Ma non si vedeva niente. Esisteva un sentiero che arrivava fino in cima. Poirot ricordò di aver visto un gruppetto di indigeni che lo imboccavano quando loro erano scesi a terra.

Guardò marito e moglie. Linnet appariva ancora inebetita... stupefatta. Simon, invece, non riusciva quasi a parlare, tanta era la rabbia che provava.

«Che Dio la maledica!» sbottò.

Ma riacquistò subito il controllo di sé e lanciò una rapida occhiata a Tim Allerton. Quest'ultimo esclamò: «Perbacco, c'è proprio mancato un pelo! Che cosa dovremmo pensare? Che qualche cretino ha fatto rotolare giù quell'enorme pietra oppure che si è staccata da sola?».

Linnet era pallidissima. Con voce rotta dall'emozione, disse: «Secondo me... deve essere stato qualche imbecille».

«Avrebbe potuto schiacciarvi come un guscio d'uovo. Siete proprio sicura, Linnet, di non avere nemici?»

Linnet deglutì un paio di volte e scoprì che non era facile rispondere a quella bonaria punzecchiatura da parte di Tim.

«Ritornate a bordo, *madame*» intervenne subito Poirot. «Dovete assolutamente bere qualcosa di forte.»

Si allontanarono in fretta. Simon ancora stravolto dal furore, Tim che cercava di chiacchierare per distrarre Linnet ed evitarle di riflettere sul pericolo corso, Poirot grave in volto. Avevano quasi raggiunto la passerella, quando Simon si fermò sui due piedi mentre sul suo viso si disegnava un'espressione stupita.

Jacqueline de Bellefort stava scendendo a terra. Quella mattina, vestita di percalle azzurro, aveva un aspetto incredibilmente infantile.

«Dio Santo!» mormorò Simon a fior di labbra. «Dunque è capitato proprio per caso, è stata una disgrazia...» Ogni traccia di collera era scomparsa dal suo viso, sostituita da un'espressione di tale sollievo che Jacqueline non poté fare a meno di accorgersene.

«Buongiorno» disse. «Mi accorgo di essere un po' in ritardo!»

Li salutò con un cenno del capo, scese a terra e si avviò in direzione del tempio.

Simon si aggrappò al braccio di Poirot. Gli altri due li precedevano. «Mio Dio, che sollievo! Ho pensato... credevo...»

Poirot assentì. «Già, già, so perfettamente che cosa credevate!»

Lui, però, continuava ad avere sempre l'aria grave e preoccupata. Girò un poco il capo e prese nota con cura, mentalmente, di quello che stava facendo il resto del loro gruppo.

La signorina Van Schuyler stava rientrando al braccio della signorina Bowers. Un poco più indietro la signora Allerton era ferma davanti alla fila di teste dei piccoli nubiani, e rideva. Con lei c'era la signorina Otterbourne. Gli altri... chissà dov'erano andati a ficcarsi! Poirot scrollò la testa e seguì Simon a bordo.

11

«Mi vorreste spiegare, *madame*, il significato della parola *fey*?»

La signora Allerton sembrò un po' stupita. Insieme a Poirot stava salendo con lentezza verso la cima dell'altura rocciosa dalla quale si dominava il panorama della Seconda Cateratta. Molti degli altri vi erano andati a dorso di cammello ma Poirot aveva pensato che il movimento dell'animale ricordava troppo da vicino il rollio di una nave. Quanto alla signora Allerton, aveva rifiutato quel mezzo di trasporto perché lo considerava poco adatto alla sua dignità.

Erano arrivati a Wâdi Halfa la sera prima. La mattina due lance avevano trasportato tutto il gruppo dei turisti alla Seconda Cateratta. Unica eccezione, il signor Richetti il quale si era intestardito a fare un'escursione per conto proprio in una località sperduta, di nome Semna che, a suo dire, era di supremo interesse storico in quanto aveva costituito una vera e propria porta d'ingresso per la Nubia ai tempi di Amenemhet III e dove c'era anche una stele a memoria del fatto che, entrando in Egitto, i negri dovevano pagare la dogana.

Si era tentato di tutto per scoraggiarlo da questa impresa di carattere spiccatamente individualistico, ma senza successo. Il signor Richetti pareva ben deciso a partire per conto proprio e aveva accantonato con indifferenza ciascuna delle seguenti obiezioni: 1) che non era una spedizione meritevole di tanta fatica; 2) che la spedizione non si poteva fare in quanto era impossibile arrivare nella località stabilita con l'automobile; 3) che non si poteva trovare un'automobile adatta all'escursione; 4) che un'automobile avrebbe avuto un prezzo proibitivo. Dopo aver sbuffato all'obiezione numero 1), manifestato incredulità alla numero 2), aver proposto di procurarsi una macchina da solo 3) e dopo aver mercanteggiato a lungo, in un arabo piuttosto disinvolto per la numero 4), il signor Richetti finalmente era partito; ma la sua partenza era stata organizzata nel modo più misterioso e segreto possibile, casomai qualcuno degli altri turisti venisse improvvisamente colto dal ghiribizzo di non voler più seguire nemmeno lui il programma, già stabilito, delle visite ai monumenti storici.

«*Fey*?» La signora Allerton piegò la testa su una spalla mentre meditava prima di rispondere. «Ecco, si tratta di una parola scozzese, adesso che ci penso. E significa quella specie di felicità un po' strana... insomma, mi capite... una felicità tale da far paura.»

E continuò ad approfondire l'argomento. Poirot la ascoltava con attenzione.

«Vi ringrazio, *madame*. Adesso capisco. È strano che lo abbiate detto proprio ieri... quando Madame Doyle stava per sfuggire alla morte per un pelo.»

La signora Allerton rabbrividì lievemente.

«Certo, bisogna dire che l'ha proprio scampata bella! Cosa ne pensate? Possibile che uno di quegli insopportabili mocciosi abbia pensato di spingere il masso giù dal pendio, così per gioco? Sono scherzetti che hanno sempre combinato tutti i ragazzi del mondo... probabilmente senza nessuna intenzione di fare del male al prossimo.»

Poirot si strinse nelle spalle.

«Può anche essere così, *madame*.»

Poi cambiò argomento e cominciò a parlare di Maiorca domandandole parecchie informazioni pratiche, nell'eventualità avesse voluto andarci.

La signora Allerton, a poco a poco, aveva cominciato a trovare l'ometto sempre più simpatico – forse, in parte, anche per spirito di contraddizione. Intuiva che Tim, infatti, stava facendo di tutto per impedirle di entrare in rapporti troppo amichevoli con Hercule Poirot, che fin dal primo momento aveva fermamente definito un "insopportabile sbruffone". Lei non lo avrebbe certo definito allo stesso modo; forse suo figlio Tim aveva badato un po' troppo alle apparenze perché effettivamente Poirot aveva un modo di vestirsi un po' strano, proprio da forestiero, ed era anche piuttosto comico... quanto a lei, invece, lo trovava un compagno intelligente, dalla conversazione stimolante. Era anche pieno di comprensione. D'improvviso si scoprì a confidargli, quasi senza accorgersene, tutta la propria antipatia per Joanna Southwood. Il solo fatto di potersi sfogare era già una bella soddisfazione. E in fondo, perché no? Poirot non conosceva Joanna... probabilmente non l'avrebbe mai conosciuta neanche in futuro. E allora perché non sfogarsi un po' con lui e alleggerirsi il cuore di tutta quella gelosia che la rodeva?

In quel preciso momento Tim e Rosalie Otterbourne stavano parlando di lei. Tim aveva appena finito di lamentarsi in tono scherzoso della propria sorte: la sua salute era malandata, d'accordo, però non pareva mai tanto grave da renderlo un po' interessante; purtroppo non era nemmeno abbastanza buona per consentirgli di fare la vita che gli sarebbe piaciuta. Pochissimi quattrini, nessuna occupazione che gli andasse a genio...

«Insomma, la mia è un'esistenza banale, un po' come l'acqua tiepida» concluse in tono sconsolato.

«Eppure avete qualcosa che molta altra gente vi invidierebbe» ribatté Rosalie, bruscamente.

«Di che si tratta?»

«Di vostra madre.»

Tim rimase sorpreso e rallegrato.

«La mamma? Sì, certo, è una donna unica! Molto carino da parte vostra esservene accorta.»

«Io la trovo meravigliosa. Ha un aspetto così incantevole... È sempre così composta e calma, come se niente potesse toccarla eppure... eppure è sempre pronta a vedere il lato buffo delle cose, anche...»

Per la smania di manifestare tutta la sua ammirazione, Rosalie faticava addirittura a trovare le parole adatte.

Tim provò un'ondata di simpatia nei suoi confronti. Avrebbe voluto ricambiare il complimento ma, disgraziatamente, la signora Otterbourne, almeno ai suoi occhi, era proprio il prototipo delle cose più sgradevoli di questo mondo. E rimase imbarazzato quando si accorse di non saper rispondere a tono.

La signorina Van Schuyler era rimasta a bordo della lancia. Non poteva rischiare quella salita né a dorso di cammello né con le proprie gambe. E aveva detto con il solito tono brusco: «Mi dispiace, signorina Bowers, ma dovrò pregarvi di stare con me. La mia intenzione era quella di mandare voi e di far rimanere con me Cornelia, ma le ragazze sono talmente egoiste! È scappata via senza neanche dirmi una parola. A parte il fatto che l'ho vista addirittura chiacchierare con quel Ferguson, un giovanotto insopportabile e maleducato! Sì, confesso che Cornelia mi ha amaramente delusa. Non ha il minimo senso della dignità che impongono le distinzioni sociali».

La signorina Bowers rispose con il suo solito tono pratico: «Per carità, non è il caso di preoccuparsi, signorina Van Schuyler. Chissà che caldo ad arrampicarsi fin là in cima a piedi... e poi mi piace poco l'aspetto delle selle di quei cammelli. Devono essere piene di pulci».

Si sistemò meglio gli occhiali sul naso, aggrottò le sopracciglia e aguzzò gli occhi per osservare il gruppetto di turisti che ridiscendeva dalla collina. «La signorina Robson non è più in compagnia di quel giovanotto. Adesso è con il dottor Bessner» osservò.

La signorina Van Schuyler si lasciò sfuggire un borbottio incomprensibile.

Da quando aveva scoperto che il dottor Bessner dirigeva una importante clinica in Cecoslovacchia e aveva grande fama in tutta Europa pareva più disposta a essere gentile e benevola nei suoi confronti. Oltre al fatto che non si poteva mai escludere di dover ricorrere ai suoi servizi professionali prima che il viaggio si concludesse.

Quando il gruppetto tornò a bordo del *Karnak*, Linnet si lasciò sfuggire un'esclamazione di stupore: «Un telegramma per me!».

Lo ritirò rapidamente dal pannello sul quale faceva bella mostra la posta e lo aprì.

«Guarda un po'... Non riesco a capire niente... patate, barbabietole... Ma cosa vorrà dire tutto questo?»

Simon stava raggiungendola per leggere il telegramma al di sopra della sua spalla quando una voce che fremeva di rabbia esclamò: «Vi prego di scusarmi ma quel telegramma è per me» e il signor Richetti lo strappò bruscamente dalla mano di Linnet, fissandola con sguardo iroso.

Linnet rimase a guardarlo sbalordita per un attimo, poi girò la busta e la scrutò.

«Oh, Simon, sono proprio una sciocca! Infatti c'è scritto Richetti, non Ridgeway... Devo andare a fargli le mie scuse.»

Seguì il piccolo archeologo verso poppa: «Sono spiacentissima, signor Richetti. Però dovete capire... il mio nome era Ridgeway prima che mi sposassi e sono sposata da così poco tempo che...».

Si interruppe, la faccia raggiante, quasi invitandolo a sorridere per quel *faux pas* di una giovane sposa.

Ma Richetti le lasciò subito capire di non essere affatto divertito. La regina Vittoria nei momenti della sua disapprovazione più truce non avrebbe certo avuto espressione più minacciosa. «Bisogna sempre leggere i nomi con attenzione. Sono sbadataggini imperdonabili!»

Linnet si morse un labbro, arrossendo fino alla radice dei capelli. Non era abituata a vedere accogliere le proprie parole di scusa a quel modo. Gli voltò le spalle e, raggiunto Simon, esclamò irritata: «Questi italiani sono proprio insopportabili!».

«Non pensarci più, tesoro; piuttosto ora andiamo a dare un'occhiata a quel grosso coccodrillo d'avorio che ti era così piaciuto!»

Scesero a terra insieme.

Poirot, osservandoli mentre si allontanavano lungo il pontile, sentì qualcuno che tratteneva improvvisamente il fiato di fianco a sé. Si voltò e vide che si trattava di Jacqueline de Bellefort. Era aggrappata convulsamente al parapetto. Ma ciò che lo stupì fu l'espressione del suo volto, quando si girò a guardarlo. Non aveva più l'aria gaia e maliziosa di prima. Adesso pareva divorata da una violenta passione.

«Non gliene importa più di quello che faccio.» Le parole si affollavano alle sue labbra affrettate, sommesse. «Ormai mi sono sfuggiti. Non posso più raggiungerli... Se ne infischiano della mia presenza... non badano più se sono qui o no... Non posso... non posso più ferirli, né fare del male a nessuno dei due...» Le sue mani, strette al parapetto della nave, erano scosse da un tremito.

«*Mademoiselle*.»

Lei lo interruppe: «Oh, è troppo tardi adesso... troppo tardi per gli ammonimenti... Avevate ragione. Non avrei dovuto venire. Perlomeno non avrei dovuto fare questo viaggio. Come lo avevate chiamato? Un viaggio dell'anima? Non posso tornare indietro. Devo continuare. E continuerò. Non saranno felici insieme, no, non lo saranno. Piuttosto lo uccido...».

Girò sui tacchi e scappò via. Poirot, che era rimasto a fissarla con gli occhi sbarrati, si sentì appoggiare una mano sulla spalla.

«La vostra piccola amica sembra un po' agitata, Monsieur Poirot.» Poirot si voltò. Trasalì sorpreso vedendosi di fronte una vecchia conoscenza.

«Colonnello Race.»

L'uomo, alto e abbronzato, gli sorrise.

«Una bella sorpresa, eh?»

Hercule Poirot aveva incontrato il colonnello Race un anno prima a Londra. Avevano partecipato, entrambi come invitati, a una stranissima cena la quale, poi, si era conclusa con la morte di quello strano personaggio che era il padrone di casa. Poirot sapeva che Race era sempre in movimento; spesso partiva o ritornava all'improvviso e, generalmente, era facile trovarlo in uno degli avamposti dell'Impero dove qualcosa bolliva in pentola.

«Dunque, siete qui a Wâdi Halfa» osservò con aria meditabonda.»

«Sono qui... su questa nave.»

«E con questo cosa vorreste dire?»

«Che farò il viaggio di ritorno con voi fino a Shellâl.»

Hercule Poirot alzò le sopracciglia.

«Molto interessante. Vogliamo bere qualcosa insieme?»

Entrarono nel salone panoramico, in quel momento completamente vuoto. Poirot ordinò un whisky per il colonnello e un'aranciata doppia con molto zucchero per sé.

«Dunque farete il viaggio di ritorno con noi» riprese Poirot mentre sorseggiava la sua bibita. «Ma non viaggereste molto più in fretta prendendo uno dei battelli del Governo che viaggiano notte e giorno senza scali?»

La faccia del colonnello Race si illuminò di un sorriso di ammirazione.

«Come al solito, Monsieur Poirot, avete messo il dito nella piaga» rispose in tono amabile.

«Dunque si tratterebbe di uno dei passeggeri?»

«Sì, uno dei passeggeri.»

«Mi chiedo quale potrebbe essere» fece Hercule Poirot, gli occhi rivolti alle decorazioni del soffitto.

«Disgraziatamente non lo so nemmeno io» rispose Race con mestizia.

Poirot non nascose il proprio interesse.

«Non ho bisogno di fare troppi misteri con voi.» Race riprese: «Abbiamo avuto un sacco di guai da queste parti... per i più svariati motivi. Gli uomini ai quali stiamo dando la caccia non sono i capipopolo, quelli che apparentemente comandano e guidano i ribelli, ma piuttosto chi dà, per così dire, fuoco alle polveri, e con estrema intelligenza. Erano in tre. Uno è morto. Uno è in prigione. Voglio il terzo uomo... il quale ha sulla coscienza almeno cinque o sei delitti commessi a sangue freddo. È uno degli agenti provocatori più brillanti e intelligenti che esistano... ed è su questa nave. L'ho scoperto perché ci è passata per le mani una lettera in codice. Un brano della lettera, dopo che l'abbiamo decifrata, diceva: "X sarà sul *Karnak* durante il viaggio dal 7 al 13...". Non diceva però quale nome questo X avrebbe assunto».

«Non avete nessuna descrizione di lui?»

«No. Sappiamo solo che è di origine americana e franco-irlandese. Una specie di incrocio, insomma. Ma questo non ci aiuta granché. Avete qualche altra idea?»

«Idee... non è difficile averne» rispose Poirot con aria assorta.

Ormai si capivano al volo, con Race, tanto che quest'ultimo non insistette per saperne di più. Hercule Poirot, come aveva già scoperto da tempo, non avrebbe mai parlato fino a quando non fosse stato sicuro del fatto suo.

Poirot si grattò il naso e disse con aria afflitta: «Su questa nave stanno capitando cose che mi piacciono molto poco».

Race lo guardò con aria interrogativa.

«Provate un po' a immaginare» riprese Poirot «una persona A che ha fatto un gravissimo torto a una persona B. La persona B vuole vendicarsi. La persona B comincia a fare minacce.»

«A e B sarebbero entrambi su questa nave?»

Poirot assentì. «Appunto.»

«E dunque... B sarebbe una donna?»

«Precisamente.»

Race accese una sigaretta.

«Io non mi preoccuperei. La gente che va in giro facendo apertamente le proprie minacce, di solito non le mette mai in atto.»

«Soprattutto questo capita con *les femmes*, direte voi! Sì, è vero.»
Però aveva sempre l'aria preoccupata.

«C'è qualcos'altro?» domandò Race.

«Sì, c'è qualcos'altro. Proprio ieri la persona A è sfuggita alla morte per un pelo, ed era quel tipo di morte che si potrebbe definire molto comodamente come "accidentale"...»

«Sarebbe stata architettata da B?»

«No, è proprio qui il punto! B non c'entra nulla con quello che è accaduto.»

«In tal caso deve proprio essere stata una disgrazia!»

«Immagino di sì... però sono disgrazie che non mi piacciono.»

«Siete assolutamente sicuro che B non ci abbia messo lo zampino?»

«Sì, assolutamente.»

«Be', a volte sono coincidenze che capitano. Ma, a proposito, chi sarebbe A? Una persona particolarmente antipatica?»

«Al contrario! È una signora giovane, bella, ricca e piena di fascino.»

Race scoppiò a ridere.

«Sembra proprio un romanzetto rosa.»

«*Peut être* ma, come vi dicevo, sono preoccupato, caro amico. Se dovessi aver ragione e, in fondo, ho praticamente l'abitudine di aver sempre ragione...» Race sorrise sotto i baffi a questa battuta tipica di Poirot «... ci sono validi motivi di essere molto inquieti. E adesso, voi mi aggiungete anche un'altra complicazione! Mi venite a dire che qui, sul *Karnak*, c'è un uomo che uccide.»

«Di solito non uccide le signore giovani e affascinanti.»

Poirot scrollò la testa con aria infelice.

«Ho paura, amico mio» disse. «Ho paura... oggi ho consigliato a questa signora, Madame Doyle, di partire per Kartum con il marito e di non fare il viaggio di ritorno su questa nave. Loro, però, non mi hanno voluto dare ascolto e prego il cielo che si possa arrivare a Shellâl senza catastrofi!»

«Non vi pare di vedere il futuro un po' troppo nero?»

Poirot scrollò il capo.

«Ho paura» disse con semplicità. «Sì, io, Hercule Poirot, ho paura...»

12

Cornelia Robson si trovava nel tempio di Abu Simbel. Era la sera del giorno successivo... una sera ancora molto calda. Il *Karnak* era di nuovo all'ancora ad Abu Simbel per consentire una seconda visita del tempio, e stavolta con la luce artificiale. La differenza era molto notevole e Cornelia commentò stupita e affascinata questo fatto rivolgendosi al signor Ferguson, che si trovava di fianco a lei.

«È proprio vero! Adesso si vede tutto in un modo molto più accurato, anche nei particolari! Tutti quei nemici ai quali il re taglia la testa... risaltano in un modo incredibile. C'è perfino quella specie di strano castello che prima non avevo notato. Come vorrei che fosse qui il dottor Bessner per spiegarmi di che si tratta.»

«Non riesco proprio a capire come sopportate quel vecchio idiota» osservò Ferguson con aria tetra.

«Per carità! È uno degli uomini più gentili che ho mai conosciuto.»

«È un vecchio scocciatore presuntuoso.»

«Non dovreste parlare a questo modo!»

Il giovanotto l'afferrò improvvisamente per il braccio. Stavano uscendo dal tempio nel chiarore lunare. «Per quale motivo sopportate di essere annoiata da vecchi grassoni... e maltrattata, oltre che snobbata, da una vecchia megera maligna?»

«Insomma, signor Ferguson!»

«Ma non avete un po' di spirito? Come fate a non capire che voi valete quanto lei?»

«Perché non è vero!» Cornelia gli rispose con onestà, pienamente convinta di ciò che diceva.

«Voi non siete ricca; è questo a cui alludete?»

«No, niente affatto. La cugina Marie è una donna molto colta e...»

«Colta!» Il giovanotto le lasciò il braccio all'improvviso come glielo aveva afferrato. «È una parola che mi dà la nausea.»

Cornelia lo guardò allarmata.

«A vostra cugina non garba vedervi parlare con me, vero?» le domandò ancora.

Cornelia arrossì e sembrò imbarazzata.

«Perché? Perché non mi considera una persona alla sua altezza, dal punto di vista sociale, vero? Bah! Non basterebbe questo a farvi perdere il lume della ragione?»

Cornelia balbettò: «Preferirei che parlaste di questi argomenti in un tono un po' meno acceso».

«Come fate a non rendervi conto... voi che, fra l'altro, siete un'americana... che tutti siamo nati liberi e uguali?»

«Non è vero» rispose Cornelia con pacata sicurezza.

«Mia cara figliola, ma quello che dico è scritto anche nella vostra Costituzione!»

«La cugina Marie dice che i politici non sono gentiluomini» riprese Cornelia. «Naturalmente nessuno di tutti noi è uguale all'altro. È un'affermazione che non ha senso. Io so benissimo di essere una ragazza scialba, magari bruttina; una volta quando ci pensavo mi sentivo mortificata ma adesso ci passo sopra. Certo, mi piacerebbe essere nata elegante e bella come la signora Doyle, ma purtroppo non è andata così... quindi mi pare che devo prendere le cose come sono!»

«La signora Doyle!» esclamò Ferguson in tono di profondo disprezzo. «Ecco! Quella è proprio il tipo di donna che dovrebbe essere messa al muro e fucilata, per dare un esempio.»

Cornelia lo guardò ansiosa.

«Credo sia tutta una faccenda di digestione» disse gentilmente. «Devo avere un tipo speciale di compresse di pepsina che la cugina Marie aveva provato una volta. Non vorreste provarle anche voi?»

«Siete proprio impossibile!» esclamò il signor Ferguson.

Girò sui tacchi e se ne andò. Cornelia riprese a camminare verso la nave. Era quasi arrivata alla passerella quando lui la raggiunse di nuovo.

«Siete la persona più cara e simpatica che ci sia su questa nave» disse. «Ricordatevene bene!»

Arrossendo di piacere, Cornelia si rifugiò nel grande salone-belvedere. La signorina Van Schuyler stava conversando con il dottor Bessner; la sua era una piacevole chiacchierata che riguardava certi regali pazienti del medico.

Cornelia disse con aria colpevole: «Spero di non essere rimasta assente troppo a lungo, cugina Marie».

Un'occhiata all'orologio da polso, la vecchia signora ribatté tagliente: «Ecco, non si può proprio dire che tu abbia fatto in fretta, mia cara! Mi sapresti spiegare dove è finita la mia stola di velluto?».

Cornelia si guardò intorno.

«Devo fare un salto giù in cabina a vedere se c'è, cugina Marie?»

«No che non è giù in cabina! L'avevo qui, con me, subito dopo cena e non mi sono mai mossa. Era su quella seggiola.»

Cornelia si affrettò a cercarla, ma senza risultati.

«Non riesco a vederla da nessuna parte, cugina Marie.»

«Figuriamoci!» disse la signorina Van Schuyler. «Cerca un po' meglio!» Il suo era un ordine pronunciato con lo stesso tono con il quale si sarebbe rivolta a un cane e Cornelia, con il suo solito modo di fare da mite cagnolino, ubbidì. Il silenzioso e tranquillo signor Fanthorp, che era seduto a un tavolino poco lontano, si alzò per aiutarla. Ma la stola continuò a rimanere introvabile.

La giornata era stata particolarmente calda e soffocante e parecchie persone si erano ritirate presto nella loro cabina, subito dopo la visita serale al tempio. I Doyle stavano giocando a bridge con Pennington e Race a un tavolino d'angolo. Solo un'altra persona si trovava nel salone: Hercule Poirot, che sbadigliava di continuo, seduto a un piccolo tavolo vicino alla porta.

La signorina Van Schuyler, mentre procedeva con aria regale verso la sua cabina per andarsene a letto, seguita da Cornelia e dalla signorina Bowers, si soffermò per un attimo accanto alla sua seggiola. Lui balzò cortesemente in piedi, soffocando uno sbadiglio di proporzioni gigantesche.

La signorina Van Schuyler disse: «Solo adesso mi sono resa conto di chi siate, Monsieur Poirot. Posso dirvi che ho sentito parlare di voi da un vecchio amico, Rufus Van Aldin. Una volta o l'altra dovrete raccontarmi qualcosa delle vostre esperienze».

Poirot, gli occhietti illuminati da un lampo malizioso anche se visibilmente assonnati, si sprofondò in un inchino esagerato e la signorina Van Schuyler, con un cortese cenno di saluto pieno di condiscendenza, proseguì il suo cammino.

Poirot riprese a sbadigliare. Si sentiva la testa pesante, addirittura istupidito dal sonno. Non riusciva quasi a tenere gli occhi aperti. Allungò uno sguardo verso i giocatori di bridge, assorti nella partita, poi ne rivolse un altro al giovane Fanthorp, immerso nella lettura di un libro. All'infuori di loro, il salone era vuoto.

Passò sul ponte dalla porta girevole e, per poco, non si scontrò con Jacqueline de Bellefort che arrivava in senso opposto, a passo precipitoso.

«*Pardon, mademoiselle.*»

«Mi sembrate assonnato, Monsieur Poirot.»

Lui lo ammise con franchezza: «*Mais oui*... sono letteralmente morto di sonno. Non riesco a tenere gli occhi aperti. È stata una giornata opprimente, con questo tempo così afoso».

«Sì.» Lei sembrò meditare su questa riposta. «Proprio una di quelle giornate in cui le cose... Tac! Qualcosa si spezza. Perché a un certo momento non si riesce più a resistere...» La sua voce era bassa e fremente di emozione. Non stava guardando lui ma aveva gli occhi rivolti verso la spiaggia sabbiosa. Teneva le mani rigide, contratte...

D'improvviso tutta quella tensione l'abbandonò. «Buonanotte, Monsieur Poirot» disse.

«Buonanotte, *mademoiselle.*»

Gli occhi della ragazza incontrarono per un attimo quelli dell'investigatore. Ripensandoci il giorno seguente, Poirot giunse alla conclusione che, in quello sguardo, c'era stata quasi una supplica, una richiesta di aiuto. E avrebbe dovuto ricordarsene anche in seguito.

Poi lui continuò a camminare verso la sua cabina e la ragazza lo lasciò per entrare nel salone.

Cornelia, dopo essersi dedicata a soddisfare tutte le innumerevoli necessità, nonché i capricci, della signorina Van Schuyler, tornò nel salone portando con sé un lavoro di ricamo. Non sentiva nemmeno un po' di sonno; al contrario, era sveglissima e vagamente eccitata.

I quattro giocatori di bridge erano ancora assorti nella partita.

Il tranquillo e silenzioso Fanthorp, in poltrona, leggeva il suo libro. Cornelia si mise a sedere e prese in mano il lavoro.

Di colpo la porta si spalancò ed entrò Jacqueline de Bellefort. Rimase per un attimo sulla soglia, la testa leggermente buttata indietro. Poi suonò un campanello e andò ad accomodarsi vicino a Cornelia.

«Siete scese a terra?» le domandò.

«Sì. Il tempio era affascinante al chiaro di luna.»

Jacqueline annuì.

«Sì, è una serata magnifica... proprio da luna di miele.»

I suoi occhi si rivolsero verso il tavolo da bridge e si soffermarono per un attimo su Linnet Doyle.

Un cameriere venne a rispondere alla scampanellata e Jacqueline gli ordinò un doppio gin. Mentre faceva l'ordinazione, Simon Doyle le scoccò una rapida occhiata e una lieve ruga di preoccupazione gli si formò fra le sopracciglia.

Sua moglie disse: «Simon, stiamo aspettando la tua dichiarazione».

Jacqueline cominciò a canticchiare tra sé. Quando le venne servito il gin, afferrò il bicchiere, esclamando: «Bene, un brindisi al delitto» e se lo scolò in un colpo. Ne ordinò un altro.

Di nuovo Simon alzò gli occhi dal gioco e la guardò. Ben presto le sue dichiarazioni diventarono un po' trascurate e distratte e Pennington, il suo compagno, fu costretto a richiamarlo.

Jacqueline ricominciò a canticchiare, in principio sottovoce, poi sempre più forte.

«*Lui era il suo uomo ma poi la tradì...*»

«Scusate» disse Simon a Pennington. «Sono stato un vero sciocco a non rilanciare la vostra dichiarazione. In questo modo hanno vinto loro la mano.»

Linnet si alzò in piedi.

«Ho sonno. Credo che andrò a letto.»

«Già, è ora anche per me» disse il colonnello Race.

«Vi seguo anch'io» fece Pennington.

«Vieni, Simon?»

«Non ancora. Vorrei bere qualcosa.» Linnet assentì con un cenno del capo e se ne andò. Race la seguì. Pennington finì con un sorso il proprio bicchiere e la imitò.

Cornelia cominciò a ripiegare il ricamo.
«Non andate a letto anche voi, signorina Robson» disse Jacqueline. «Vi prego, non andate! Ho una gran voglia di restare ancora alzata, in una notte come questa. Non abbandonatemi!»
Cornelia tornò a sedersi.
«Noi ragazze dobbiamo darci man forte» disse Jacqueline.
Poi buttò indietro la testa e scoppiò in una risata che era stridula e non aveva niente di gioioso.
Arrivò anche il secondo bicchiere di gin.
«Prendete qualcosa» disse Jacqueline.
«No, mille grazie» rispose Cornelia.
Jacqueline mise la seggiola in bilico sulle gambe posteriori e cominciò a canticchiare a voce sempre più alta: «*Lui era il suo uomo ma poi la tradì...*».
Il signor Fanthorp voltò una pagina del libro, dal titolo *L'Europa vista da dentro*.
Simon Doyle prese una rivista.
«Credo proprio che me ne andrò a letto» disse Cornelia. «Si sta facendo molto tardi.»
«No, non potete andare a letto ancora» dichiarò Jacqueline. «Ve lo proibisco. Parlatemi un po' di voi, piuttosto.»
«Be'... non saprei... non ho molto da raccontare di me» balbettò Cornelia. «Sono sempre stata a casa e non ho mai viaggiato molto. Questa è la prima volta. Ma ho trovato stupendo ogni minuto!»
Jacqueline si mise a ridere.
«Dunque voi siete una persona felice, è così? Mio Dio, come mi piacerebbe assomigliarvi!»
«Oh, davvero? Ma... ecco... sono sicura che...» Cornelia si sentiva impacciata. Evidentemente la signorina de Bellefort si era messa a bere un po' troppo. Anche se questa, per Cornelia, non era affatto una novità. Quanti erano gli ubriachi che aveva visto durante gli anni del Proibizionismo. Ma c'era qualche cosa d'altro... Jacqueline de Bellefort stava chiacchierando con lei... la stava guardando... eppure Cornelia aveva la sensazione che, chissà perché, con i suoi discorsi si rivolgesse a qualche altra persona...
Ma, nel salone, ne erano rimaste soltanto due: il signor Fanthorp e il signor Doyle. Il primo sembrava totalmente immerso

nella lettura del suo libro, il secondo aveva un'espressione piuttosto strana, l'aria guardinga e attenta...

Jacqueline ripeté: «Raccontatemi la storia della vostra vita».

Sempre obbediente, Cornelia cercò di accontentarla. E cominciò a parlare, senza fretta, soppesando le parole, descrivendo una serie di inutili dettagli della sua vita quotidiana. Era talmente poco abituata a essere lei la persona che parlava! Di solito il suo ruolo era sempre stato quello dell'ascoltatrice. Eppure la signorina de Bellefort dava proprio l'impressione di essere curiosa di sapere la sua storia. Quando Cornelia, balbettando, si fermò, l'altra fu pronta a incitarla.

«Su, da brava... raccontatemi ancora qualcosa.»

E quindi Cornelia riprese: «La mamma ha una salute molto delicata... ci sono giorni in cui non può mangiare altro che cereali...» ma era perfettamente consapevole di raccontare cose che non avevano il minimo interesse anche se si sentiva lusingata dall'apparente curiosità della sua compagna. Ma la stava realmente a sentire oppure... non tendeva forse l'orecchio a qualcos'altro... magari nell'attesa di qualcos'altro? E poi... fissava Cornelia, d'accordo, ma non c'era anche qualcun altro seduto lì, in quel salone con loro?

«... abbiamo dei corsi di arte che sono veramente ottimi e l'inverno scorso ne ho seguito uno di...»

(Chissà che ora si era fatta? Di certo, molto tardi. Era già da un bel po' che parlava e parlava... se almeno fosse capitato qualcosa...)

E subito, quasi per esaudire questo suo desiderio, qualcosa capitò davvero. Anche se, al momento, sembrò il fatto più naturale del mondo.

Jacqueline girò la testa e rivolse la parola a Simon Doyle: «Suona il campanello, Simon. Voglio qualcos'altro da bere».

Simon Doyle alzò gli occhi dalla rivista che stava leggendo e disse in tono pacato: «I camerieri sono già andati a letto. È mezzanotte passata».

«Ti dico che voglio qualcos'altro da bere.»

«Hai già bevuto abbastanza, Jackie» disse Simon.

Lei si voltò di scatto a guardarlo.

«Si può sapere tu che cosa c'entri? Sono affari tuoi?»

Lui alzò le spalle. «No, assolutamente.»

Lei rimase a osservarlo per un paio di minuti, poi disse: «Si può sapere cosa c'è, Simon? Hai paura?».

Simon non rispose e riprese ostentatamente in mano la rivista che stava leggendo.

Cornelia mormorò: «Oh, poveretta me... Davvero, è così tardi... io... devo....».

E cominciò, impacciata, a radunare la propria roba, lasciando cadere un ditale.

Jacqueline disse: «Non andate ancora a letto. Voglio che ci sia qui un'altra donna... per darmi coraggio.» Si mise a ridere di nuovo. «Lo sapete di che cosa ha paura il nostro Simon? Che sia io a raccontarvi la storia della mia vita.»

«Davvero?»

Cornelia adesso era in preda a sentimenti contrastanti. Da un lato si sentiva profondamente imbarazzata ma, al tempo stesso, anche piacevolmente eccitata. Come... come sembrava di cattivo umore, adesso, Simon Doyle!

«Sì, è una storia molto triste» disse Jacqueline; la sua voce dolce si era fatta bassa e beffarda. «Mi ha trattata piuttosto male, non è vero, Simon?»

Simon Doyle esclamò in tono brutale: «Vattene a letto, Jackie. Sei ubriaca».

«Se ti senti imbarazzato, caro Simon, faresti meglio ad andartene tu!»

Simon Doyle la guardò. La mano che reggeva la rivista tremava leggermente; tuttavia, quando parlò, lo fece in tono schietto e pacato.

«No, io resto» disse.

Cornelia mormorò per la terza volta: «Io devo proprio... è così tardi...»

«No, non dovete andarvene» riprese Jacqueline e, allungando una mano, costrinse Cornelia a rimanere seduta dov'era. «Resterete qui e ascolterete tutto quello che ho da dire.»

«Jackie,» esclamò Simon con asprezza «ti stai comportando come una stupida! Non dare spettacolo a questo modo. Per amor di Dio, vattene a letto.»

Jacqueline si raddrizzò di scatto sulla seggiola. Dalle sue labbra cominciò a uscire un profluvio di parole sommesse, sibilanti.

«Di' la verità, hai paura di una scenata? Questo succede perché sei così inglese... così reticente! E vorresti che mi comportassi "in modo decoroso", vero? A me invece non interessa se mi comporto decorosamente o no! E ti avverto che farai molto meglio ad andartene di qui, e il più in fretta possibile, anche... perché ho intenzione di parlare... di parlare molto.»

Jim Fanthorp chiuse adagio il proprio libro, sbadigliò, diede un'occhiata all'orologio, si alzò in piedi e uscì lentamente. Aveva recitato anche lui la sua piccola scena in un modo molto inglese, ma anche assolutamente poco convincente.

Jacqueline si voltò di scatto sulla seggiola e lanciò un'occhiataccia a Simon.

«Maledetto stupido che non sei altro,» disse con la voce impastata «come puoi pensare di potertela cavare senza andare incontro a qualche guaio dopo avermi trattata come mi hai trattata?»

Simon Doyle aprì la bocca, poi la richiuse. E rimase seduto dov'era perfettamente immobile, quasi nell'illusione che, dopo quello sfogo improvviso, Jacqueline si sarebbe calmata se lui non avesse fatto niente per provocare di nuovo il suo furore.

La voce di Jacqueline si levò di nuovo, impastata e confusa. Cornelia, che non era mai stata abituata a veder mettere a nudo in un modo simile sentimenti ed emozioni, la fissava affascinata.

«Ti avevo detto» riprese Jacqueline «che avrei preferito ucciderti piuttosto che doverti cedere a un'altra donna... credi che scherzassi? Ti sbagli. Ho aspettato... soltanto! Tu sei il mio uomo. Mi hai sentito? Tu appartieni a me...»

Simon continuava a tacere. La mano di Jacqueline frugò qualche istante nella borsetta poi si sporse in avanti: «Ti avevo detto che ti avrei ucciso e parlavo sul serio...» La sua mano si alzò di scatto: stringeva fra le dita qualcosa di luccicante. «Ti ucciderò come un cane... come quel cane schifoso che sei...»

Questa volta lui agì. Balzò in piedi, nel preciso momento in cui Jacqueline premeva il grilletto...

Con un mezzo giro su se stesso Simon cadde sulla poltrona... Cornelia, lanciato un urlo, si precipitò alla porta. Jim Fanthorp era sul ponte, appoggiato al parapetto. Lo chiamò.

«Signor Fanthorp... signor Fanthorp...»

Lui le venne incontro e Cornelia gli si aggrappò mormorando con voce incoerente: «Gli ha sparato... oh, Dio, gli ha sparato...».

Simon Doyle era ancora accasciato sulla poltrona dove era caduto... Jacqueline era immobile, pareva paralizzata. Tremava da capo a piedi, mentre i suoi occhi, sbarrati per lo spavento, fissavano una macchia rossa che si andava allargando sulla gamba del pantalone di Simon appena sotto il ginocchio, dove lui comprimeva un fazzoletto contro la ferita...

Balbettò: «Io non volevo... oh, mio Dio, no, non volevo proprio...».

La pistola le scivolò dalle dita contratte, cadendo con un tonfo sul pavimento. Lei le allungò un calcio. E la pistola scivolò sotto uno dei divani.

Simon con voce fievole mormorò: «Fanthorp, per amor di Dio... sta arrivando qualcuno... dite che non è successo niente... che è stata una disgrazia... o qualcosa di simile. Bisogna assolutamente evitare lo scandalo».

Fanthorp annuì, aveva afferrato al volo la situazione. Si voltò di scatto, correndo alla porta, dove cominciava già ad affacciarsi la faccia sbalordita di un cameriere nubiano e gli disse: «Tutto bene... tutto bene! Lo abbiamo fatto solo per giocare!».

La faccia nera sembrò dubbiosa, sconcertata, poi rassicurata. La bocca si allargò in un ampio sorriso. E il giovanotto, dopo un cenno di assenso, scomparve.

Fanthorp si voltò verso gli altri: «Finora è andata bene. Non credo che nessun altro ci abbia sentiti. In fondo sembrava un po' come quando si stura una bottiglia e si fa saltare il tappo. E adesso vediamo un po'...».

Ma trasalì. Jacqueline improvvisamente era scoppiata in un pianto isterico.

«Oddio, come vorrei essere morta... mi ucciderò. Meglio morta che... Oh, cosa ho fatto... ma cosa ho fatto!»

Cornelia le corse vicino.

«Zitta, cara, zitta!»

Simon, con la fronte madida di sudore e la faccia deformata da un'espressione di sofferenza, si mise a parlare in tono concitato: «Conducetela via. Per amor di Dio, portatela fuori di qui! Accompagnatela nella sua cabina, Fanthorp. Ascoltatemi, signorina Robson, dovreste andare a chiamare la vostra infermiera.» Rivolse uno sguardo supplichevole prima all'uno, poi all'altra. «Non lasciatela. Assicuratevi che non corra nessun pericolo e che l'infermiera rimanga ad assisterla. Poi andate a cercare il vecchio Bessner e conducetelo qui. E, soprattutto, vi raccomando che mia moglie non venga a sapere niente di tutto questo!».

Jim Fanthorp assentì. Aveva capito. Del resto il giovanotto tranquillo e silenzioso era molto competente e dimostrava di non perdere la testa nei momenti di emergenza.

Lui e Cornelia riuscirono a condurre fuori dal salone la ragazza che piangeva e si divincolava; si incamminarono lungo il ponte, verso la sua cabina. Ma qui i guai ricominciarono. Jacqueline si liberò dalla loro stretta e i suoi singhiozzi raddoppiarono di intensità.

«Preferisco annegarmi... Sì, mi butterò in acqua... Non ho più voglia di vivere... Oh, Simon... Simon...!»

Fanthorp disse a Cornelia: «Forse sarà meglio andare a chiamare la signorina Bowers. Resto qui io intanto che andate a cercarla».

Cornelia assentì e uscì di corsa.

Appena la ragazza se ne fu andata, Jacqueline si aggrappò al braccio di Fanthorp.

«La gamba di Simon... sanguinava... sarà fratturata... Potrebbe morire dissanguato. Devo andare da lui... Oh, Simon... Simon... Come ho potuto!»

Intanto la sua voce si faceva sempre più acuta e stridula. Fanthorp disse in tono concitato: «Calma... dovete calmarvi... non gli succederà niente».

Ma Jacqueline ricominciò a lottare contro di lui.

«Lasciatemi andare! Voglio buttarmi nel fiume... voglio uccidermi!»

Fanthorp, afferrandola per le spalle, la costrinse di nuovo a sedersi sul letto.

«Niente affatto. Dovete stare qui. E non fate tutto questo chiasso. Cercate di calmarvi. Andrà tutto bene, datemi retta!»

Con suo grande sollievo, la ragazza riuscì alla fine a riacquistare un minimo di controllo, ma lui provò un impeto di vera gratitudine verso l'efficiente signorina Bowers quando, scostata con impeto la tenda, comparve, avvolta in un orribile kimono, in compagnia di Cornelia.

«Dunque, vediamo un po'... che cosa c'è?» esclamò la signorina Bowers in tono brusco e prese in mano la situazione senza dar segno di stupore o mostrarsi allarmata.

Fanthorp, ben felice di poterle affidare la ragazza sovreccitata, scappò in fretta e furia per andare a chiamare il dottor Bessner nella sua cabina. Bussò, e senza aspettare risposta, si affrettò a entrare.

«Dottor Bessner?»

Il terrificante russare del dottore si spense in modo brusco; e una voce spaventata domandò: «Che cosa c'è?».

Intanto il signor Fanthorp aveva acceso la luce. Il dottore sbatté le palpebre, alzando gli occhi a guardarlo.

Assomigliava vagamente a un grosso gufo.

«Si tratta di Doyle. Gli hanno sparato. È stata la signorina Bellefort a spararagli. Adesso è nel salone. Potete venire?»

Il corpulento dottore reagì con prontezza. Domandò qualche informazione più chiara in tono asciutto, infilò una vestaglia, si mise le pantofole, afferrò la valigetta del pronto soccorso e accompagnò Fanthorp nel salone-belvedere.

Simon era riuscito a spalancare la finestra più vicina e vi teneva la testa appoggiata, respirando a fondo. Era terreo in volto.

Il dottor Bessner gli si avvicinò subito.

«*Ach so?* Dunque cosa abbiamo qui?»

Sul tappeto, sul quale si allargava una grossa macchia bruna, si vedeva un fazzoletto intriso di sangue.

Il dottore eseguì l'esame della ferita accompagnandolo con esclamazioni e brontolii teutonici.

«Già, brutta faccenda... l'osso è fratturato. Grave perdita di sangue... Herr Fanthorp, dovete aiutarmi a condurlo nella mia cabina. Sì, così... non può camminare. Dobbiamo sorreggerlo noi.» Mentre prendevano Doyle fra le braccia, apparve Cornelia. Non appena la vide, il dottore si lasciò sfuggire un grugnito soddisfatto.

«*Ach*, siete voi? Bene, molto bene. Venite con noi. Ho bisogno di assistenza. Meglio voi che il mio amico qui presente. Mi sembra già un po' pallidino.»

Fanthorp si sforzò di abbozzare un sorriso.

«Vado a chiamare la signorina Bowers?» domandò.

Il dottor Bessner scrutò Cornelia con una lunga occhiata riflessiva.

«Potrete andar molto bene voi, signorina» annunciò. «Non vi verrà uno svenimento, e non farete sciocchezze, *hein*?»

«Sono pronta a fare quello che mi direte» rispose Cornelia con entusiasmo.

Bessner annuì, soddisfatto.

La piccola processione si avviò lungo il ponte.

I dieci minuti seguenti furono puramente chirurgici e Jim Fanthorp non si divertì affatto. Anzi, si accorse di essere profondamente umiliato dall'atteggiamento di Cornelia Robson, che dimostrava una forza d'animo eccezionale.

«Ecco... più di così non saprei fare» annunciò alla fine il dottor Bessner. «Siete stato un eroe, amico mio.» Allungò un colpetto incoraggiante, di approvazione, sulla spalla di Doyle. Poi gli rimboccò la manica e andò a prendere un ago ipodermico.

«Adesso vi darò qualcosa per farvi dormire. E vostra moglie?»

Simon mormorò con voce debole: «Meglio che non sappia niente fino a domattina...». Poi riprese: «Io... non dovete prendervela con Jackie... è stata tutta colpa mia. L'ho trattata in un modo vergognoso... Povera bambina, non sapeva quello che faceva...».

Il dottor Bessner annuì con aria comprensiva.

«Sì, sì... capisco.»

«Colpa mia...» insistette Simon. Poi rivolse lo sguardo a Cornelia. «Qualcuno... dovrebbe stare con lei... Potrebbe... farsi del male...»

Il dottor Bessner inserì l'ago. Cornelia disse con voce pacata e competente: «Non preoccupatevi, signor Doyle. Con lei resterà la signorina Bowers per tutta la notte...».

Sul volto di Simon apparve per un attimo un'espressione di gratitudine. Poi il suo corpo si rilassò. Chiuse gli occhi. Ma li riaprì subito di scatto. «Fanthorp?»

«Sì, Doyle.»

«La pistola... non dovete lasciarla... là, in giro. Altrimenti i camerieri la troveranno, domattina...»

Fanthorp annuì. «Giusto, avete ragione. Vado subito a prenderla.»

Uscì dalla cabina e si incamminò lungo il ponte. Dalla porta della cabina di Jacqueline fece capolino la signorina Bowers.

«Adesso si è calmata» annunciò. «Le ho fatto un'iniezione di morfina.»

«Ma resterete ugualmente con lei?»

«Oh, certo. A volte, la morfina eccita la gente. Mi fermerò con lei tutta la notte.»

Fanthorp entrò nel salone.

Qualche minuto più tardi si sentirono dei brevi colpi alla porta della cabina di Bessner.

«Dottor Bessner?»
«Sì?» Il corpulento dottore comparve sulla soglia.
Fanthorp lo chiamò con un cenno fuori, sul ponte.
«Sentite un po'... non riesco a trovare quella pistola...»
«Come?»
«Sì, la pistola che è caduta di mano alla ragazza. Poi lei, con un calcio, l'aveva mandata sotto un divano. Ma adesso, sotto quel divano, non c'è.»
Si fissarono con gli occhi sbarrati.
«Chi può averla presa?»
Fanthorp alzò le spalle.
«È una cosa molto strana» disse Bessner. «Ma non vedo che cosa possiamo farci noi!»
Perplessi e vagamente allarmati, i due uomini si separarono.

13

Hercule Poirot, che aveva appena finito di radersi, si stava ripulendo la faccia dalle ultime tracce di sapone quando, dopo un energico colpetto alla porta della sua cabina, il colonnello Race entrò senza troppe cerimonie e si richiuse la porta alle spalle. «Il vostro istinto non ha sbagliato nemmeno stavolta» disse. «È successo.»

Poirot si raddrizzò su se stesso e domandò con vivacità: «Cosa è successo?».

«Linnet Doyle è morta... Stanotte qualcuno l'ha uccisa con un colpo di rivoltella alla testa.»

Poirot rimase in silenzio per un attimo mentre due ricordi gli si presentavano, netti e precisi, alla memoria; una ragazza che in un giardino di Assuan diceva con voce spietata: "Come mi piacerebbe appoggiarle alla tempia questa piccola rivoltella e premere il grilletto...". Poi, più recentemente, ancora la stessa persona che diceva: "A volte si ha la sensazione di non poter tirare più avanti... ci sono giornate nelle quali è come se qualcosa si spezzasse all'improvviso..." e quel lampo nei suoi occhi come se per un attimo si fosse rivolta a lui per chiedergli aiuto. Come aveva fatto a non reagire? A non rispondere a quella supplica? Era stato cieco, sordo, istupidito da tutto quel sonno... Intanto Race continuava: «Per fortuna la mia posizione è abbastanza ufficiale e, quindi, mi hanno mandato a chiamare e hanno affidato le cose a me. La nave dovrebbe salpare fra mezz'ora ma rimarrà qui attraccata fino a quando io non darò il consenso alla partenza. Naturalmente non si può escludere la possibilità che l'assassino sia salito da terra.»

Poirot scrollò il capo.

Race lo imitò.

«Sono d'accordo con voi. È un'eventualità che possiamo praticamente eliminare fin d'ora. Bene, in tal caso, caro amico, siete voi che dovete decidere. Vi lascio il campo libero.»

Intanto Poirot si andava vestendo rapidamente, con minuziosa accuratezza. Gli rispose: «Sono a vostra disposizione».

Insieme al colonnello uscì sul ponte. Race disse: «Dovrebbe già esserci Bessner. Ho mandato un cameriere a chiamarlo».

Sul *Karnak*, le cabine di lusso con stanza da bagno erano quattro. Le due che davano a babordo, cioè alla sinistra del ponte, erano occupate rispettivamente dal dottor Bessner e da Andrew Pennington. Dal lato di tribordo, cioè sulla destra, la prima era occupata dalla signorina Van Schuyler e quella immediatamente vicina da Linnet Doyle. La cabina-spogliatoio di suo marito era attigua.

Fuori dalla cabina di Linnet Doyle stava di guardia un cameriere pallidissimo il quale si affrettò ad aprire la porta e a farli entrare. Il dottor Bessner era chino sopra il letto. Alzò la testa e bofonchiò qualcosa quando i due uomini entrarono.

«Che cosa potete dirci, dottore?» gli domandò Race.

Bessner si grattò con aria meditabonda la guancia ispida, non ancora rasata.

«*Ach*, le hanno sparato a bruciapelo. Vedete... qui, appena sopra l'orecchio... Un proiettile molto piccolo... direi un calibro 22. La rivoltella le è stata appoggiata alla testa, vedete qui dove c'è questo alone annerito e la pelle è ustionata.»

Di nuovo, alla memoria di Poirot angosciato, si ripresentò il ricordo delle famose parole pronunciate ad Assuan.

Bessner intanto continuava: «Dormiva. Non c'è stata lotta. L'assassino è entrato di soppiatto, al buio, e l'ha colpita, mentre era a letto e dormiva...».

«Ah! *Non*!» esclamò Poirot. Il suo senso della psicologia si ribellava. Jacqueline de Bellefort che entrava furtiva in una cabina buia, impugnando una rivoltella... no, questo stonava assolutamente rispetto a tutto il resto.

Bessner lo guardò attraverso le spesse lenti.

«Eppure è successo proprio così, ve lo garantisco.»

«Certo, certo. Non alludevo a quello che dicevate. Non era voi che contraddicevo...» Bessner proruppe in un grugnito soddisfatto.

Poirot si avvicinò. Linnet Doyle giaceva su un fianco in atteggiamento naturale e sereno, pieno di pace. Poco sopra l'orecchio si intravedeva un forellino circondato da un po' di sangue raggrumato.

Poirot scrollò tristemente il capo. Poi i suoi occhi si arrestarono sulla parete bianca che aveva proprio di fronte e trattenne di colpo il fiato. Il suo immacolato candore era deturpato da un'enorme tremula lettera, una J scarabocchiata con una sostanza color ruggine.

Poirot rimase a fissarla attentamente, poi si chinò sulla morta e con estrema delicatezza le sollevò la mano destra. Un dito era macchiato di una sostanza bruno rossiccia.

«*Nom d'un nom d'un nom!*» esclamò Hercule Poirot.

«Eh? Cosa c'è?»

Il dottor Bessner alzò gli occhi.

«*Ach!* Quello!»

«Be'... accidentaccio!» esclamò Race. «Come ve lo spiegate, Poirot?»

Poirot cominciò a dondolarsi lievemente sulla punta dei piedi.

«Come me lo spiego? *Eh, bien*, molto semplice, non vi pare? Madame Doyle è morente ma vuole rivelare l'identità del suo assassino e allora scrive l'iniziale sul muro intingendo il dito nel proprio sangue. Oh, certo... è incredibilmente semplice!»

«*Ach*, ma...»

Il dottor Bessner stava per dire qualcosa ma un gesto perentorio di Race lo ridusse al silenzio.

«Dunque è questa la spiegazione che ne date?» domandò lentamente.

Poirot si voltò a guardarlo, facendo segno di sì con la testa.

«Sì, proprio come vi dicevo... di una semplicità stupefacente! E poi, è una cosa talmente banale, non vi sembra? Quante volte è stato fatto nelle pagine dei romanzi polizieschi! Insomma, lasciamo perdere... è proprio un piccolo *vieux jeu*! E induce a sospettare che il nostro assassino sia... un tipo un po' antiquato, diciamo!»

Race respirò a fondo.

«Già, vedo» disse. «Al primo momento avevo creduto...» si interruppe.

Poirot disse con un lieve sorriso: «Che io accettassi tutti i vecchi cliché più melodrammatici? Ma, *pardon*, dottor Bessner, stavate per dire...».

Bessner riprese con la sua voce gutturale. «Cosa dico io? Bah! Che è assurdo... Tutte sciocchezze e stupidaggini! La povera signora è morta all'istante. Intingere il dito nel sangue (a parte il fatto che non ce n'è quasi, come potete ben vedere) e tracciare quella lettera J sul muro... Bah! È un'assurdità... proprio una sciocchezza da melodramma!»

«*C'est de l'enfantillage*» convenne Poirot.

«Ma è stato fatto con uno scopo» insinuò Race.

«Naturalmente!» si affrettò subito a confessare Poirot, con aria molto grave.

«Che cosa significherebbe quella J?» domandò Race.

Poirot rispose con prontezza: «J dovrebbe indicare Jacqueline de Bellefort, una giovane signorina la quale, meno di una settimana fa, mi ha dichiarato chiaro e tondo che niente le sarebbe piaciuto più di...» fece una pausa e poi citò puntigliosamente le parole della ragazza «... "puntare la mia cara piccola rivoltella alla sua tempia e premere il grilletto..."».

«*Gott im Himmel!*» esclamò il dottor Bessner.

Ci fu un attimo di silenzio. Poi Race, emesso un lungo sospiro disse: «Ma non è proprio quello che è accaduto?».

«Proprio così!» Bessner annuì. «È stata una rivoltella di calibro molto piccolo...probabilmente un 22. Come è logico, sarà necessario estrarre il proiettile prima di poterlo affermare con sicurezza.»

Race, che lo aveva intuito, si affrettò ad assentire, poi domandò: «A che ora potrebbe risalire la morte?».

Bessner si grattò di nuovo la guancia e sotto le sue dita si sentì un suono raschiante.

«Non mi sento di affermarlo con esattezza. Adesso sono le otto. Secondo me, tenendo anche conto della temperatura della notte scorsa, la morte dovrebbe risalire a non meno di sei ore, e a non più di otto.»

«Il che significa tra mezzanotte e le due.»

«Precisamente.»

Cadde il silenzio. Race si guardò intorno.

«E il marito? Se non sbaglio dorme nella cabina attigua.»

«Al momento» rispose il dottor Bessner «sta dormendo nella mia cabina.» I suoi interlocutori lo guardarono meravigliati.

Bessner fece segno di sì con la testa, ripetutamente.

«*Ach*, proprio così. Mi accorgo che non sapete niente... Al signor Doyle, ieri sera, nel salone, hanno sparato un colpo di rivoltella.»

«Un colpo di rivoltella? E chi è stato?»

«La signorina Jacqueline de Bellefort.»

«È ferito in modo grave?» domandò subito Race.

«Sì, l'osso è rimasto scheggiato. Io ho fatto tutto il possibile, ma come potete ben capire, sarà necessario che la frattura venga sottoposta al più presto a una radiografia e in seguito alle cure più adatte, che non si possono assolutamente avere su questa nave.»

«Jacqueline de Bellefort!» mormorò Poirot.

Il suo sguardo corse di nuovo a quella J tracciata sulla parete.

«Se qui non abbiamo più niente da fare» disse Poirot «scendiamo nella sala per fumatori che il capitano ha messo a nostra disposizione. Dobbiamo assolutamente raccogliere notizie particolareggiate sugli avvenimenti di ieri sera...»

Uscirono dalla cabina. Race diede un giro di chiave e si mise la chiave in tasca.

«Torneremo in seguito» disse. «Per prima cosa, adesso, occorre avere chiari tutti i fatti accaduti.» Scesero sul ponte inferiore dove trovarono il capitano del *Karnak* che li aspettava con visibile inquietudine sulla soglia della sala per fumatori. Il pover'uomo era letteralmente sconvolto e molto preoccupato per tutta quella faccenda tanto che lasciò capire subito di essere ben contento di affidare l'inchiesta al colonnello Race.

«Dal momento che siete qui in veste ufficiale, non mi pare che ci sia soluzione migliore. Affido tutto a voi. Ho ricevuto ordine di mettermi a vostra completa disposizione per... ehm... anche l'altra faccenda. Se vorrete occuparvene, provvederò che i vostri ordini siano immediatamente eseguiti.»

«Bravissimo! Tanto per cominciare desidero che questo locale venga tenuto a disposizione mia e di Monsieur Poirot per l'intera durata dell'inchiesta.»

«Certamente, signore.»

«Per ora, è tutto. Continuate pure a svolgere il vostro lavoro normale. Del resto, so dove trovarvi.»

Visibilmente più sollevato, il capitano si allontanò.

Race disse: «Accomodatevi, Bessner, e raccontatemi con esattezza tutto quello che è accaduto ieri sera».

Ascoltarono in silenzio ciò che il dottore aveva da dire con la sua voce sonora e gorgogliante.

«Mi pare abbastanza chiaro» disse Race quando ebbe finito. «La ragazza ha cominciato a eccitarsi, si è data la carica con due o tre bicchieri di liquore e, alla fine, si è messa a sparare al bersaglio con quel disgraziato, servendosi di una rivoltella calibro 22. Poi è entrata nella cabina di Linnet Doyle e ha sparato anche a lei.»

Ma il dottor Bessner stava scrollando il capo.

«No, no, non credo... non credo che fosse possibile. Tanto per cominciare, non avrebbe mai scritto l'iniziale del proprio nome sulla parete... Sarebbe assurdo, *nicht wahr*?»

«Eppure potrebbe essere stata letteralmente accecata dal furore e dalla gelosia... a giudicare da quello che ha detto» dichiarò Race. «E forse ha voluto... ecco... ha voluto... come dire...? mettere la firma al proprio delitto.»

Poirot scosse la testa. «No, no, non credo che abbia potuto comportarsi in un modo... be'... tanto rozzo.»

«Esiste una sola spiegazione per quella J! L'ha tracciata di proposito qualcuno per far convergere i sospetti su di lei.»

Bessner assentì. «Certo, ma il criminale è stato sfortunato perché, vedete... non solo è improbabile che la giovane *Fräulein* abbia commesso il delitto, ma credo che sia addirittura impossibile.»

«Come mai?»

Allora Bessner descrisse la crisi isterica di Jacqueline e il succedersi delle varie circostanze a seguito delle quali la signorina Bowers era stata convocata a occuparsi di lei.

«Fra l'altro... anzi ne sono sicuro... la signorina Bowers è rimasta con lei tutta la notte.»

«Se le cose stanno così» intervenne Race «mi sembra che tutto sia molto semplificato.»

«Chi ha scoperto il delitto?» chiese Poirot.

«La cameriera della signora Doyle, Louise Bourget. È andata a svegliare come al solito la padrona, l'ha trovata cadavere, è corsa fuori ed è svenuta fra le braccia di un cameriere. Lui si è precipitato dal capitano, che è venuto a chiamare me. Io sono andato a cercare Bessner e, poi, ad avvertire voi.»

Poirot assentì.

«Bisogna informare Doyle» disse Race. «Dicevate che sta ancora dormendo?»

Bessner annuì. «Sì, sta ancora dormendo nella mia cabina. Ieri sera gli ho fatto un'iniezione calmante piuttosto robusta.»

Race si rivolse a Poirot.

«Be',» disse «mi pare che sia inutile trattenere più a lungo il dottore, vero? Vi ringrazio molto, dottore.»

Bessner si alzò. «Adesso me ne vado a fare colazione. Poi tornerò in cabina a vedere se il signor Doyle si sta svegliando.»

«Grazie.»

Bessner se ne andò e i due uomini si guardarono in faccia.

«Allora, cosa ne pensate, Poirot?» gli domandò Race. «Siete voi, adesso, che dovete prendere in mano la situazione. Anch'io aspetto soltanto i vostri ordini. Tocca a voi dire cosa dobbiamo fare!»

Poirot abbozzò un lieve inchino.

«*Eh bien*! Dobbiamo svolgere l'inchiesta. Per prima cosa, mi sembra che sarebbe meglio verificare l'esattezza dei fatti accaduti ieri sera. Cioè, mi spiego meglio, dobbiamo interrogare Fanthorp e la signorina Robson, i quali sono stati i testimoni oculari. La sparizione della rivoltella è molto significativa.»

Race suonò il campanello e incaricò il cameriere di andare ad avvertirli.

Poirot sospirò, scrollando il capo. «Brutta faccenda, questa» mormorò. «Sì, proprio brutta.»

«Avete già qualche idea?» domandò Race con curiosità.

«Le mie idee sono in conflitto. Non hanno un ordine ben preciso; sono confuse. Perché, vedete, bisogna aver sempre presente il fatto importante che quella ragazza odiava Linnet Doyle e voleva ucciderla.»

«Secondo voi sarebbe stata capace di commettere un simile gesto?»

«Credo di sì... sì...» Poirot sembrava dubbioso.

«Ma non a questo modo, vero? Perché è proprio questo che vi tormenta, eh? Non è il tipo che si introduce furtivamente in una cabina, al buio più completo, per uccidere quella donna mentre è addormentata. È proprio l'atroce freddezza con la quale il delitto è stato premeditato che non vi persuade, vero?»

«In un certo senso, sì.»

«Perché, secondo voi, questa Jacqueline de Bellefort non sarebbe capace di commettere a sangue freddo un delitto premeditato?»

Poirot rispose lentamente: «Ecco, capite, non ne sono sicuro. Quanto a intelligenza e a cervello li avrebbe... senz'altro! Invece ho i miei dubbi che, da un punto di vista fisico, abbia potuto giungere al punto di agire a quel modo...».

Race assentì. «Certo, capisco... Be', se dobbiamo stare alle dichiarazioni di Bessner, non è fisicamente possibile che lo abbia fatto.»

«Se questo è vero, chiarisce molte cose. Non resta che augurarci che sia così.» Poirot fece una pausa, poi soggiunse: «Io ne sarò felice perché confesso di nutrire una grande simpatia per quella piccina».

La porta si aprì ed entrarono Fanthorp e Cornelia. Bessner li seguiva.

Cornelia mormorò con voce strozzata dall'emozione: «Non è una cosa terribile? Povera, povera signora Doyle! Era anche così bella! Soltanto una persona odiosa, un vero demonio, può avere avuto il coraggio di farle del male. E quel povero signor Doyle; impazzirà dal dolore quando lo verrà a sapere! Del resto, già ieri sera era agitatissimo perché non voleva che lei si preoccupasse per il suo incidente!».

«È proprio di questo che dovreste parlarci, signorina Robson» disse Race. «Vorremmo sapere esattamente che cosa è accaduto ieri sera.»

Cornelia cominciò a riferire la sua versione dei fatti un po' confusamente ma Poirot si affrettò ad aiutarla con un paio di domande ben precise.

«Ah, sì, capisco. Dopo il bridge, Madame Doyle si è ritirata nella sua cabina. Ma ci è andata davvero, ecco quello che mi chiedo?»

«Sì, ci è andata» disse Race. «L'ho vista io. Le ho dato la buonanotte sulla soglia.»

«A che ora?»

«Povera me, non ve lo so proprio dire!» rispose Cornelia.

«Erano le undici e venti» disse Race.

«*Bien*. Di conseguenza alle undici e venti Madame Doyle era viva e vegeta. In quel momento chi si trovava nel salone?»

Rispose Fanthorp: «Doyle. E la signorina de Bellefort. Poi c'eravamo la signorina Robson e io».

«Proprio così» confermò Cornelia. «Il signor Pennington ha finito di bere qualcosa e poi se n'è andato a letto anche lui.»

«Quanto tempo dopo?»

«Oh... tre o quattro minuti.»

«Dunque prima delle undici e mezzo?»

«Sì, senz'altro.»

«Quindi nel salone eravate rimasti voi: Mademoiselle Robson, Mademoiselle de Bellefort, Monsieur Doyle e Monsieur Fanthorp. E cosa stavate facendo?»

«Il signor Fanthorp leggeva un libro. Io ricamavo. La signorina de Bellefort era... ecco...»

Fanthorp le venne in soccorso: «Stava bevendo, e piuttosto abbondantemente».

«Infatti» ammise Cornelia. «Più che altro chiacchierava con me e mi chiedeva che le raccontassi qualcosa della mia vita, a casa. Continuava a dire tante cose... in massima parte parevano rivolte a me però credo che la sua intenzione fosse di farle sentire al signor Doyle. Lui stava diventando sempre più furibondo contro la signorina de Bellefort, ma si controllava e taceva. Forse era persuaso che avrebbe finito per calmarsi, se lui non le dava retta e non le rispondeva.»

«Invece non è stato così?»

Cornelia scrollò il capo.

«Io ho tentato di andarmene un paio di volte ma lei mi ha costretta a rimanere e vi assicuro che cominciavo a sentirmi molto, molto, a disagio. Poi il signor Fanthorp si è alzato ed è uscito...»

«In effetti era una situazione un po' imbarazzante» disse Fanthorp. «Mi sono illuso di potermene andare senza che nessuno se ne accorgesse. Del resto era chiaro che la signorina de Bellefort stava predisponendo tutto per fare una scenata...»

«Poi ha tirato fuori la rivoltella» continuò Cornelia «e il signor Doyle si è alzato di scatto per cercare di fuggire ma il colpo è partito e lo ha ferito a una gamba; lei, a questo punto, ha cominciato a piangere e singhiozzare... io ho preso uno spavento terribile e mi sono precipitata fuori a cercare il signor Fanthorp e lui è tornato dentro con me e il signor Doyle ci ha detto di non fare chiasso e, intanto, uno dei camerieri nubiani aveva sentito lo sparo ed era venuto a vedere ma il signor Fanthorp gli ha detto di stare tranquillo che andava tutto bene; poi siamo riusciti a riaccompagnare Jacqueline nella sua cabina e il signor Fanthorp è rimasto con lei mentre io andavo a cercare la signorina Bowers.» Cornelia si fermò, senza fiato.

«Che ora poteva essere?» domandò Race.

Cornelia ripeté: «Santo Cielo, non saprei proprio». Invece Fanthorp rispose con prontezza: «Ormai dovevano essere le dodici e venti. Comunque so di certo che erano le dodici e mezzo quando finalmente sono riuscito a tornare nella mia cabina».

«Adesso vorrei mettere in chiaro un paio di punti» disse Poirot. «Dopo che Madame Doyle ha lasciato il salone, è uscito anche qualcuno di voi quattro?»

«No.»

«Siete assolutamente sicuri che Mademoiselle de Bellefort non abbia mai lasciato il salone?»

Fu Fanthorp a rispondere in tono deciso: «Sì, sono sicurissimo. Né Doyle né la signorina de Bellefort né la signorina Robson e nemmeno io abbiamo lasciato il salone».

«Bene. Così abbiamo la conferma che Mademoiselle de Bellefort non potrebbe assolutamente aver sparato contro Madame Doyle prima... vediamo un po'... prima delle dodici e venti. E adesso, Mademoiselle Robson, voi dite di essere andata a chiamare Mademoiselle Bowers. Durante tutto questo tempo la signorina de Bellefort è rimasta sola nella sua cabina?»

«No. Il signor Fanthorp era con lei.»

«Bene. Quindi, almeno per ora, Mademoiselle de Bellefort ha un alibi perfetto. La prossima persona da interrogare è Mademoiselle Bowers ma, prima di andarla a chiamare, vorrei conoscere la vostra opinione su un paio di punti. Monsieur Doyle, secondo quanto dite, era molto ansioso che Mademoiselle de Bellefort non venisse lasciata sola. Secondo voi, aveva paura che lei avesse in mente di commettere qualche altro gesto disperato?»

«Sì, questa è la mia opinione» disse Fanthorp.

«Quindi aveva soprattutto paura che potesse aggredire Madame Doyle?»

«No.» Fanthorp scrollò la testa. «Non credo si trattasse di questo. Secondo me, aveva paura... che potesse compiere qualche gesto disperato contro se stessa.»

«Che volesse suicidarsi?»

«Sì. Perché, vedete, ci ha dato l'impressione di aver recuperato tutta la sua lucidità mentale; anzi si disperava per quello che aveva fatto. Non faceva che rimproverarsi. Continuava a dire che, per lei, la morte sarebbe stata la soluzione migliore.» Cornelia interloquì timidamente: «Credo fosse preoccupato per lei. Ne ha parlato... in un modo molto gentile. Ha detto che era tutta colpa sua... che l'aveva trattata indegnamente. Insomma è stato... è stato molto buono e comprensivo».

Hercule Poirot annuì con aria meditabonda. «E adesso parliamo di quella rivoltella» disse. «Dov'è andata a finire?»

«Lei l'aveva lasciata cadere» disse Cornelia.

«E poi?»

Fanthorp spiegò di essere tornato a cercarla, in seguito, ma di non averla più trovata.

«Aha!» disse Poirot. «Finalmente ci arriviamo. Vediamo un po'... vi pregherei di essere molto precisi. Descrivetemi con esattezza come si sono svolti i fatti.»

«La signorina de Bellefort l'ha lasciata cadere. Poi le ha allungato un calcio scaraventandola lontano da sé.»

«Un po' come se la odiasse» spiegò Cornelia. «Io... capisco benissimo che cosa deve aver provato in quel momento.»

«Dunque l'arma, a quanto mi dite, è andata a finire sotto un divano. Ora vi pregherei di fare bene attenzione: Mademoiselle de Bellefort non ha pensato a recuperarla e a portarsela via prima di uscire dal salone?»

Ma Fanthorp e Cornelia furono perentori su questo punto.

«*Précisément*. Io voglio soltanto la massima precisione, come ben potete capire. Dunque siamo arrivati a questo punto: quando Mademoiselle de Bellefort lascia il salone, la rivoltella si trova sotto un divano e, dal momento che Mademoiselle de Bellefort non è più rimasta sola, in quanto con lei sono sempre rimasti Monsieur Fanthorp, Mademoiselle Robson o Mademoiselle Bowers, non ha più avuto la minima opportunità di tornare a prendersela dopo che aveva lasciato il salone. Che ora poteva essere, Monsieur Fanthorp, quando siete tornato a cercarla?»

«Doveva mancare qualche minuto alle dodici e mezzo.»

«E quanto tempo può essere trascorso, all'incirca, dal momento in cui voi e il dottor Bessner avete trasportato Monsieur Doyle fuori dal salone e quello in cui siete tornato a cercare la rivoltella?»

«Cinque minuti, forse... magari qualcosa di più.»

«Quindi in quei cinque minuti, qualcuno porta via la rivoltella che... stava nascosta sotto un divano. Sappiamo che questa persona non poteva essere Mademoiselle de Bellefort. Chi era, allora? A me sembra molto probabile che la persona che si è impadronita di quella rivoltella sia la stessa che ha assassinato Madame Doyle. E non sbaglieremo a presumere, fra l'altro, che quella persona debba avere assolutamente sentito o visto la scena accaduta poco prima.»

«Non capisco come potete fare un'affermazione del genere» obiettò Fanthorp.

«Semplicemente perché» rispose Hercule Poirot «ci avete appena finito di spiegare che la rivoltella era sotto un divano; quindi è un po' difficile credere che qualcuno l'abbia scoperta per puro caso. No, è stata presa da qualcuno che sapeva benissimo dove trovarla. Di conseguenza, si tratta di qualcuno che doveva avere assistito alla scena.»

Fanthorp scrollò il capo: «Non ho visto nessuno quando sono uscito sul ponte, poco prima che quel colpo venisse sparato».

«Già, ma siete uscito dalla porta di tribordo, cioè di destra.»

«Sì, lo stesso lato sul quale si trova la mia cabina.»

«Pertanto, se ci fosse stato qualcuno alla porta di babordo, o di sinistra, a guardare dentro attraverso il vetro, voi non avreste potuto vederlo, è così?»

«No, non avrei potuto vederlo» ammise Fanthorp.

«C'è stato qualcun altro, oltre al cameriere nubiano, che ha sentito quello sparo?»

«Non che io sappia.»

Poi Fanthorp riprese: «Tra l'altro, le finestre del salone erano tutte chiuse. La signorina Van Schuyler, poco prima, si era lagnata di sentire una corrente d'aria. Anche le porte girevoli erano chiuse. Quindi non credo che il rumore della detonazione abbia potuto essere udito molto chiaramente. Direi che deve essere stato un suono piuttosto fioco, più o meno simile a quello di un turacciolo che salti».

Race osservò: «A quanto mi risulta, sembra che nessuno abbia sentito l'altro colpo... quello che ha ucciso la signora Doyle».

«Approfondiremo anche questo fra poco» disse Poirot. «Al momento continuiamo a occuparci di Mademoiselle de Bellefort. Dobbiamo parlare con Mademoiselle Bowers. Ma prima che ve ne andiate...» e arrestò Fanthorp e Cornelia con un gesto «... siate tanto cortesi da darmi qualche piccola informazione di carattere personale. In questo modo non sarà necessario chiamarvi nuovamente in seguito. Cominciamo con voi, *monsieur*... il vostro nome per esteso?»

«James Lechdale Fanthorp.»

«Indirizzo?»

«Glasmore House, Market Donnington, Northamptonshire.»

«Professione?»

«Avvocato.»

«Quali sono i motivi che vi hanno indotto a visitare l'Egitto?»

Un breve silenzio. Per la prima volta l'imperturbabile Jim Fanthorp sembrava sconcertato. Alla fine disse, bofonchiando: «Ehm... un viaggio di piacere».

«Aha!» disse Poirot. «Dunque vi siete preso una vacanza, è così?»

«Ehm... sì.»

«Benissimo, Monsieur Fanthorp. Vorreste darmi un breve resoconto dei vostri movimenti di ieri sera, dopo gli avvenimenti che ci avete appena finito di descrivere?»

«Me ne sono andato dritto dritto a letto.»

«E questo si è verificato...?»

«Alle dodici e mezzo appena passate.»

«La vostra è la cabina numero 22 sul lato di tribordo... cioè sulla destra... la più vicina al salone?»

«Sì.»

«Un'altra domanda. Non avete più sentito nulla... ma proprio nulla... dopo esservi ritirato nella vostra cabina?»

Fanthorp ci pensò un momento.

«A dir la verità mi sono addormentato quasi subito. Mi pare di aver sentito una specie di tuffo... come il tonfo di qualcosa che cadeva in acqua proprio mentre stavo per prendere sonno definitivamente. Nient'altro.»

«Una specie di tonfo? Nell'acqua? Vicino a voi?»

Fanthorp scrollò il capo.

«Confesso che non saprei. Ero mezzo addormentato.»

«Che ora poteva essere?»

«Direi, più o meno, intorno all'una. Ma non ne sono sicurissimo.»

«Grazie, Monsieur Fanthorp. È tutto.»

Poirot rivolse la propria attenzione a Cornelia.

«Adesso a voi, Mademoiselle Robson. Nome?»

«Cornelia Ruth. Il mio indirizzo è: The Red House, Bellfield, Connecticut.»

«Come mai siete venuta in Egitto?»

«La cugina Marie, cioè la signorina Van Schuyler, mi ha condotta con sé in questo viaggio.»

«Avevate conosciuto Madame Doyle in precedenza?»

«No, mai.»

«Cos'avete fatto ieri sera?»

«Sono subito andata a letto dopo aver assistito il dottor Bessner mentre medicava la gamba del signor Doyle.»

«La vostra cabina sarebbe...?»

«La numero 43, sulla sinistra... attigua a quella della signorina de Bellefort.»

«E avete sentito qualcosa?»

Cornelia scrollò il capo. «No, niente.»

«Nessun rumore simile a qualcosa che cadeva in acqua?»

«No, d'altra parte non sarebbe stato possibile perché la nave è attraccata al molo proprio dalla mia parte.»

Poirot assentì. «Grazie, Mademoiselle Robson. E adesso volete essere tanto cortese da pregare Mademoiselle Bowers di venire qui?»

Fanthorp e Cornelia uscirono.

«A me sembra che tutto sia abbastanza chiaro» disse Race. «A meno che tre testimoni, indipendentemente l'uno dall'altro, ci abbiano mentito, Jacqueline de Bellefort non avrebbe mai più potuto rientrare in possesso della rivoltella. Però c'è stato qualcun altro che l'ha presa. Qualcuno che deve aver assistito, non visto, alla scena. Ed è stato questo qualcuno, gran figlio di... a tracciare quella J sulla parete!»

Si sentì bussare alla porta e la signorina Bowers entrò. Andò a sedersi con la solita compostezza e rispose in modo calmo e preciso a Poirot quando la pregò di dargli il nome, l'indirizzo, e le altre informazioni che la riguardavano; poi aggiunse: «Ormai da più di due anni assisto la signorina Van Schuyler».

«In quali condizioni di salute si trova Mademoiselle Van Schuyler? Molto gravi?»

«Ecco, no, non direi» rispose la signorina Bowers. «Non è più giovanissima ed è molto nervosa. Si agita per la propria salute e le fa piacere aver sempre intorno un'infermiera che l'assista. Ma in realtà non soffre di nessun disturbo particolarmente grave. Le piace soltanto essere circondata di premure e di attenzioni ed è disposta a spendere per ottenerle.»

Poirot assentì con l'aria di chi capisce benissimo la situazione. Poi disse: «Se non vado errato, ieri sera Mademoiselle Robson è venuta a chiamarvi, vero?».

«Sì.»

«Volete dirci con esattezza quello che è successo?»

«Ecco, la signorina Robson mi ha raccontato in poche parole l'accaduto e io l'ho subito seguita. Ho trovato la signorina de Bellefort molto eccitata, addirittura in piena crisi isterica.»

«Ha proferito qualche minaccia nei confronti di Madame Doyle?»

«No, affatto. Diciamo piuttosto che se la prendeva con se stessa... in un modo addirittura esagerato. Non faceva che rimproverarsi... Doveva aver bevuto parecchio, a quello che mi è sembrato, e ne subiva le conseguenze. Ho giudicato opportuno non lasciarla sola. Così le ho fatto un'iniezione di morfina e sono rimasta con lei.»

«Adesso, Mademoiselle Bowers, vorrei sentire la vostra risposta a quanto vi chiederò: Mademoiselle de Bellefort non è mai uscita dalla sua cabina?»

«No, mai.»

«E voi?»

«Sono rimasta con lei sino al mattino.»

«Ne siete sicura?»

«Sì, ne sono sicura nel modo più assoluto.»

«Grazie, Mademoiselle Bowers.»

L'infermiera uscì. I due uomini si guardarono.

A questo punto Jacqueline de Bellefort poteva considerarsi innocente. Ma allora, chi aveva sparato a Linnet Doyle, uccidendola?

14

Race disse: «Qualcuno ha preso quella pistola. Non è stata Jacqueline de Bellefort. Qualcuno, però, era al corrente della situazione quel tanto che bastava per sapere che il delitto sarebbe stato attribuito a lei. Quel qualcuno, però, non sapeva che un'infermiera stava per farle un'iniezione sedativa e che sarebbe rimasta ad assisterla, seduta accanto al suo letto, per l'intera notte. Ma c'è di più. Qualcuno aveva già tentato di ammazzare Linnet Doyle facendole rotolare addosso un masso dall'alto del pendio; però questo qualcuno non era Jacqueline de Bellefort. Chi può essere stato, allora?».

«Sarebbe più semplice chiedersi chi non può essere stato» rispose Poirot. «Né Monsieur Doyle, né Madame Allerton, Monsieur Allerton, Mademoiselle Van Schuyler e Mademoiselle Bowers possono aver commesso un'azione simile perché li avevo tutti sotto gli occhi!»

«Uhm!» disse Race. «Mi pare che ci rimanga sempre un campo piuttosto vasto da esaminare. E il movente?»

«Ecco dove spero che Monsieur Doyle sia in grado di aiutarci. Erano già capitati parecchi incidenti...»

La porta si aprì e Jacqueline de Bellefort entrò. Era pallidissima e veniva avanti a passi incerti, vacillando lievemente.

«Non sono stata io» disse. La sua voce pareva quella di una bambina spaventata. «Non sono stata io. Oh, vi supplico di credermi. Tutti pensano che la colpa sia mia... ma non è vero... non sono stata io... non sono stata io! È terribile. Vorrei che non fosse accaduto. Ieri sera avrei potuto uccidere Simon; dovevo essere impazzita. Ma non ho commesso l'altro...»

Si lasciò cadere su una seggiola e scoppiò in pianto.

«Su, su... sappiamo che non siete stata voi a uccidere Madame Doyle. Ne esistono le prove... sì, le prove, *mon enfant*. Non siete stata voi.»

Jackie si raddrizzò di scatto con il fazzoletto bagnato di lacrime stretto convulsamente in mano.

«Ma allora chi è stato?»

«È la stessa domanda che ci stiamo rivolgendo anche noi» rispose Poirot. «Non potete proprio aiutarci in questo senso, ragazza mia?»

Jacqueline scrollò la testa.

«Non so... non riesco a immaginare... No, non ne ho la più pallida idea.» Poi aggrottò le sopracciglia. «No» disse infine. «Non riesco a immaginare chi mai potesse desiderare la sua morte...» la voce le tremò «all'infuori di me.»

Race disse: «Scusatemi un istante... mi è venuta una certa idea...» e uscì in fretta e furia.

Jacqueline de Bellefort, a testa bassa, si torceva le mani. All'improvviso esclamò: «La morte è orribile... è orribile! È un pensiero... che detesto!».

«È vero. Non è piacevole» disse Poirot «pensare che perfino ora, proprio in questo momento, c'è qualcuno che si sta congratulando con se stesso al pensiero che il proprio piano è perfettamente riuscito.»

«Vi prego... non dite altro!» gridò Jackie. «È orribile sentirvelo descrivere in questo modo!»

Poirot si strinse nelle spalle. «Eppure è la verità.»

Jackie riprese a voce bassa: «Io... io la volevo morta... e adesso è proprio morta... E quel che è peggio... è morta proprio come avevo detto!».

«Sì, *mademoiselle*. Qualcuno le ha sparato un colpo alla testa.»

«Allora avevo ragione» esclamò Jacqueline «quella sera al Cataract Hotel! Dunque c'era effettivamente qualcuno che ci stava ascoltando!»

«Ah!» Poirot assentì. «Mi stavo domandando se ve ne sareste ricordata. Sì, in effetti sembra una coincidenza un po' eccessiva che Madame Doyle sia stata uccisa proprio nel modo da voi descritto.» Jackie rabbrividì.

«Quell'uomo quella sera... chi poteva essere?»

Poirot rimase in silenzio per qualche minuto, poi le domandò con un tono di voce completamente diverso: «Siete proprio sicura che si trattasse di un uomo, *mademoiselle*?».

Jackie lo guardò stupita.

«Ma certo! A meno che...»

«Allora, *mademoiselle*?»

Lei aggrottò le sopracciglia, socchiuse gli occhi nello sforzo di ricordare e infine mormorò: «Ho creduto che fosse un uomo...».

«Ma non ne siete altrettanto sicura, adesso?».

«No, non ne sono più sicura. Avevo dato per scontato che si trattasse di un uomo... mentre in realtà era soltanto... una figura... un'ombra.»

Fece una pausa e, poiché Poirot continuava a tacere, soggiunse: «Voi pensate che potrebbe essere stata una donna? Ma quale delle donne che si trovano a bordo poteva desiderare la morte di Linnet?».

Poirot si limitò a scrollare il capo.

La porta si aprì e comparve Bessner.

«Vorreste venire dal signor Doyle, per favore, Monsieur Poirot? Vorrebbe parlarvi.»

Jackie balzò in piedi e afferrò Bessner per un braccio.

«Quali sono le sue condizioni? Come sta?»

«Ecco, non si può certo dire che stia molto bene» rispose il dottor Bessner in tono di rimprovero. «Dovete ben capire che l'osso è fratturato.»

«Ma non morirà, vero?» esclamò Jackie.

«*Ach!* Chi ha mai detto che dovrebbe morire? Non appena saremo tornati in luoghi più civili, gli faremo fare una radiografia e verrà curato come si deve.»

«Oh?» Jacqueline congiunse le mani in un gesto convulso, poi si lasciò cadere di nuovo sulla seggiola.

Poirot uscì con il dottore e Race li raggiunse quasi subito. Si avviarono lungo il ponte di passeggiata in direzione della cabina di Bessner.

Simon Doyle era seduto sul letto, ben sostenuto da un mucchio di guanciali. La gamba era protetta da una gabbia improvvisata. Era addirittura terreo in viso e non soltanto per lo shock della ferita ma anche per la disperazione e l'angoscia. Appariva distrutto. Tuttavia l'espressione dominante sul suo volto era di stupore... lo stupore indignato e dolente di un bambino.

«Entrate, prego» mormorò. «Il dottore mi ha detto... mi ha detto... di Linnet... non riesco a crederci. Non posso credere che sia vero!»

«Capisco. È un gran brutto colpo» disse Race.

Simon balbettò: «Perché, vi rendete conto... non può essere stata Jackie. Sono sicuro che non è stata Jackie. Capisco che tutte le apparenze sono contro di lei ma... ieri sera era un po' tesa, eccitata, forse aveva anche bevuto troppo ed è questo il motivo per il quale se l'è presa con me. Ma non sarebbe... non sarebbe assolutamente capace di un assassinio... di un assassinio a sangue freddo, premeditato...».

«Non angosciatevi a questo modo, Monsieur Doyle» gli disse Poirot con gentilezza. «Chiunque sia stato a sparare a vostra moglie, non si tratta certo di Mademoiselle de Bellefort.»

Simon lo guardò con aria dubbiosa.

«Ne siete già pienamente convinti?»

«Ma dal momento che non è stata Mademoiselle de Bellefort» riprese Poirot «non potreste dirci se avete qualche altra idea in proposito? Chi potrebbe essere il colpevole?»

Simon scrollò il capo, assumendo un'espressione sempre più stupefatta.

«È pazzesco... impossibile. All'infuori di Jackie non c'è nessuno che potesse desiderare di... farla fuori!»

«Riflettete bene, Monsieur Doyle. Non aveva nemici? Nessuno che le portasse rancore per qualche motivo?»

Di nuovo Simon scrollò la testa con lo stesso gesto smarrito di poco prima.

«Mi sembra una cosa del tutto incredibile. Be', c'è Windlesham, naturalmente. Diciamo che lo ha praticamente piantato in quattro e quattr'otto per sposare me... ma non riesco proprio a immaginare un damerino, imbottito di buona educazione come Windlesham, che commette un assassinio... e, in ogni caso, è lontano di qui mille miglia. La stessa cosa vale per il vecchio sir George Wode. Ce l'aveva a morte con Linnet per la casa... gli garbava poco il modo in cui l'aveva ristrutturata... ma anche lui è lontanissimo di qui, a Londra, e comunque pensare a un delitto per un motivo del genere sarebbe una pura fantasia!»

«Ascoltatemi, Monsieur Doyle.» Poirot si mise a parlare con aria molto grave. «Il primo giorno in cui ci siamo trovati a bordo del *Karnak* sono rimasto colpito da un breve colloquio che ho avuto con *madame* vostra moglie. Era letteralmente sconvolta... addirittura stralunata. In quell'occasione mi ha detto... badate bene alle mie parole... che tutti la odiavano. E che aveva paura, non si sentiva tranquilla... come se tutti coloro che aveva intorno le fossero ostili.»

«Era molto agitata da quando aveva scoperto che Jackie era a bordo. E anch'io» disse Simon.

«Verissimo, però non basta a spiegarmi quelle parole. Quando ha detto di essere circondata da nemici, indubbiamente esagerava ma comunque voleva alludere di certo a più di una persona!»

«Forse in questo non sbagliate» ammise Simon. «Ma credo di potervi dare io le spiegazioni necessarie. Si trattava di un nome che ha visto nell'elenco dei passeggeri. È stato quello a metterla in agitazione.»

«Un nome nella lista dei passeggeri? E quale?»

«Ecco, vedete, non me lo ha detto. Vi confesso, del resto, che io non la stavo ascoltando con molta attenzione. Continuavo a pensare alla faccenda di Jacqueline. Se ben ricordo, Linnet ha parlato di persone che erano state rovinate per questioni finanziarie o di affari e lei si sentiva sempre a disagio quando le capitava di incontrare qualcuno che portava rancore alla sua famiglia. Dovete capire, anche se vi confesso di non conoscere molto bene la storia della sua famiglia, che la madre di Linnet era figlia di un miliardario. Suo padre, invece, era semplicemente una persona facoltosa ma, dopo il matrimonio, si era trovato con le disponibilità necessarie a lanciarsi in una serie di speculazioni in Borsa. Naturalmente, come sempre avviene in questi casi, qualcuno andò in rovina per colpa sua. Sapete come vanno queste cose: un giorno si è ricchissimi, il giorno dopo ci si trova sul lastrico. Be', da quello che sono riuscito a capire, a bordo ci dovrebbe essere qualcuno il cui padre si è trovato in lizza con il padre di Linnet per questioni di affari, e ci ha lasciato le penne. Ricordo che Linnet diceva: "È una cosa spaventosa quando ci sono persone che ti odiano senza nemmeno conoscerti!".»

«Certo» disse Poirot meditabondo. «Questo potrebbe spiegare ciò che mi aveva detto. Per la prima volta le pareva di sentire il peso della sua eredità, e non più i vantaggi. Siete proprio certo, Monsieur Doyle, che non vi abbia fatto il nome di quest'uomo?»

Simon scrollò la testa tristemente.

«Vi confesso che non le prestavo molta attenzione. Così mi sono limitato a rispondere: "Figuriamoci! Nessuno si ricorda più, oggigiorno, quello che è successo ai padri. La vita va avanti troppo in fretta per cose simili..." o qualcosa del genere.»

Bessner interloquì in tono secco: «*Ach,* io però credo di indovinare. Perché a bordo abbiamo un giovanotto che non nasconde il suo malumore».

«Alludete a Ferguson?» domandò Poirot.

«Sì. Ha espresso un paio di volte la sua opinione contro la signora Doyle. L'ho sentito con le mie orecchie.»

«Cosa possiamo fare per saperne di più?» domandò Simon.

«Il colonnello Race e io dobbiamo interrogare tutti i passeggeri. E fino a quando non avremo ascoltato le loro deposizioni, mi sembra che sarebbe poco saggio azzardare un'ipotesi. Poi c'è anche la questione della cameriera. Forse sarebbe meglio interrogare lei prima degli altri. Anzi... già che ci siamo, potremo farlo addirittura qui. Chissà che la presenza di Monsieur Doyle non ci sia di aiuto.»

«Sì, è una buona idea» disse Simon.

«Era da molto tempo al servizio di vostra moglie?»

«No, appena da un paio di mesi.»

«Appena da un paio di mesi!» esclamò Poirot.

«Perché? Non penserete...»

«*Madame* aveva con sé gioielli di valore?»

«Aveva le perle» disse Simon. «Una volta mi ha detto che potevano valere da quaranta a cinquantamila sterline.» Rabbrividì. «Mio Dio, non penserete che quelle maledette perle...?»

«Il furto è sempre un movente che non si può escludere» disse Poirot. «Comunque non mi sembra che... Bene, vedremo. Facciamo venire qui la cameriera.»

Louise Bourget era quella brunetta dall'aria vivace e dall'aspetto latino che Poirot già aveva notato.

Adesso, però, tutta la sua vivacità pareva scomparsa. Doveva aver pianto e sembrava spaventata. Tuttavia l'espressione della sua faccia, astuta e furbesca, non predispose molto favorevolmente i due uomini nei suoi confronti.

«Siete Louise Bourget?»

«Sì, *monsieur*.»

«Quando è stata l'ultima volta che avete visto Madame Doyle, ancora viva?»

«Ieri sera, *monsieur*. Ero nella sua cabina per aiutarla a svestirsi.»

«Che ore erano?»

«Le undici passate da poco, *monsieur*. Ma non vi saprei dire esattamente. Aiuto la signora a svestirsi e ad andare a letto, e poi me ne vado.»

«E quanto tempo occorre per tutto questo?»

«Ci abbiamo messo dieci minuti, *monsieur*. *Madame* era stanca. E mi ha detto di spegnere le luci prima di uscire.»

«E quando ve ne siete andata, cosa avete fatto?»

«Sono scesa nella mia cabina, *monsieur*, che si trova sul ponte inferiore.»

«Non avete udito né sentito nulla che potrebbe aiutarci?»

«E come, *monsieur*?»

«Questo, *mademoiselle*, tocca a voi giudicarlo, non a noi» ritorse Hercule Poirot. Lei gli lanciò una rapida occhiata in tralice.

«Ma, signore... io non ero assolutamente vicino... come avrei potuto vedere o udire qualcosa? Mi trovavo sul ponte sottostante. Fra l'altro la mia cabina è addirittura dalla parte opposta della nave. È impossibile che abbia potuto udire qualcosa. Naturalmente, se non fossi riuscita a prender sonno, se fossi salita su per le scale, allora forse avrei potuto vedere questo assassino, questo mostro, entrare o uscire dalla cabina di *madame*, ma visto come stanno le cose...»

E allargò le braccia rivolgendosi a Simon con aria supplichevole.

«*Monsieur*, vi supplico... vedete come sono le cose? Cos'altro posso dire?»

«Cara la mia ragazza» ribatté Simon brusco «non dite sciocchezze. Nessuno crede che voi abbiate visto o udito qualcosa. Non correte nessun rischio. Penserò io a voi. Nessuno vi accusa di nulla.»

Louise mormorò: «*Monsieur* è molto buono» e abbassò le palpebre con aria piena di modestia.

«Dobbiamo quindi concludere che non avete visto o udito niente?» domandò Race spazientito.

«Proprio così, *monsieur*.»

«E non sapete nemmeno se qualcuno avesse motivi di rancore verso la vostra padrona?»

Con grande meraviglia di tutti, Louise assentì vigorosamente.

«Oh, certo. Questo lo so. È una domanda alla quale posso rispondere di sì, senza il minimo dubbio.»

«Alludete a Mademoiselle de Bellefort?» chiese Poirot.

«Quella, si sa... Però adesso non stavo parlando di lei. C'è un'altra persona a bordo di questa nave che odiava *madame*, che era molto arrabbiata con lei perché *madame* le aveva fatto un'offesa.»

«Dio Santo!» esclamò Simon. «Si può sapere cos'è tutta questa storia?»

Intanto Louise continuava ad assentire sempre più vigorosamente, con enfasi.

«Sì, sì, è proprio come dico! Si tratta della cameriera di *madame*, quella che era in servizio prima di me... c'è un uomo, uno dei macchinisti di questa nave, che voleva sposarla. E quella ragazza, Marie, si chiama così, lo avrebbe sposato volentieri. Invece Madame Doyle ha preso informazioni e ha scoperto che Fleetwood aveva già una moglie, fra l'altro una donna di colore, mi capite, una donna di qui. Lei era ritornata a casa dei suoi, però Fleetwood era sempre suo marito, mi capite? Allora *madame* ha raccontato tutta la storia a Marie e Marie si è molto addolorata e non ha più voluto vedere questo Fleetwood. E Fleetwood era furibondo e quando ha scoperto che Madame Doyle non era altro che Mademoiselle Linnet Ridgeway mi è venuto a dire che l'avrebbe ammazzata con grandissimo piacere. A furia di cacciare il naso nei suoi affari, gli aveva rovinato la vita, ecco quello che diceva!»

Louise fece una pausa, con aria trionfante.

«Interessante, questa notizia» disse Race.

Poirot si rivolse a Simon: «Ne sapevate qualcosa?».

«No, affatto» rispose Simon con evidente sincerità. «Non credo neppure che Linnet sapesse che quest'uomo si trovava a bordo. Con ogni probabilità aveva già dimenticato tutta quella storia.»

Si rivolse alla cameriera e le domandò in tono secco: «Quanto a voi... non ne avete mai parlato alla signora Doyle?».

«No, *monsieur*, no di certo!»

«Sapete qualcosa delle perle della vostra padrona?» domandò Poirot.

«Le perle?» Louise sgranò tanto d'occhi. «Le portava al collo ieri sera.»

«Le avete viste quando è rientrata in cabina per andare a letto?»

«Sì, *monsieur*.»

«E dove le ha messe?»

«Sul comodino, vicino a lei, come sempre.»

«È stata quella l'ultima volta che le avete viste?»

«Sì, *monsieur*.»

«E stamattina? C'erano ancora?»

Sulla faccia della ragazza si disegnò un'espressione di sbalordimento.

«*Mon Dieu*! Non ho nemmeno pensato a guardare. Mi sono avvicinata al letto e ho visto... ho visto *madame*... allora mi sono messa a urlare e sono uscita di corsa dalla cabina... e sono svenuta.»

Hercule Poirot fece segno di sì con la testa.

«Dunque, non avete guardato. Ma io, io che ho occhi abituati a osservare tutto, ho notato che stamattina, sul comodino vicino al letto non c'erano perle.»

15

Hercule Poirot non si era ingannato. Sul comodino vicino al letto di Linnet Doyle le perle non c'erano.

Louise Bourget fu incaricata di cercare accuratamente fra le cose della padrona. Secondo lei, non mancava nulla. Solo le perle erano scomparse.

Mentre uscivano dalla cabina, un cameriere si fece avanti ad avvertirli che stavano servendo la colazione nella sala per fumatori. Procedendo lungo il ponte, Race si soffermò un attimo a guardare oltre il parapetto.

«Aha! Mi accorgo che vi è venuta un'idea, amico mio!»

«Infatti. Ho ricordato d'improvviso, quando Fanthorp ha detto di aver sentito quella specie di tonfo in acqua, che anch'io, durante la notte ero stato svegliato da un rumore più o meno simile. Non si può escludere che, dopo il delitto, l'assassino abbia buttato in acqua la rivoltella.»

«Lo credete realmente possibile, amico mio?» chiese Poirot.

Race si strinse nelle spalle.

«È un'idea da non scartare. In fondo, non abbiamo trovato l'arma in cabina. È la prima cosa che ho cercato.»

«Eppure» disse Poirot «è incredibile che qualcuno possa aver pensato di buttarla in acqua.»

«Allora dove sarebbe andata a finire?» domandò Race.

Poirot rispose pensoso: «Se non si trova nella cabina di Madame Doyle, a rigor di logica, esiste soltanto un altro posto nel quale potrebbe essere».

«Dove?»

«Nella cabina di Mademoiselle de Bellefort.»

Race disse con aria meditabonda. «Sì, capisco...»

S'interruppe di colpo.

«Adesso lei in cabina non c'è. Perché non andiamo a dare un'occhiata?»

Poirot scrollò la testa. «No, amico mio, sarebbe troppo precipitoso. Può darsi che non sia stata messa ancora in quella cabina.»

«Cosa ne direste di una perquisizione immediata dell'intera nave?»

«In questo modo scopriremmo il nostro gioco. No, dobbiamo lavorare con estrema attenzione. In questo momento la nostra posizione è molto delicata. Parliamone un po' mentre facciamo colazione.»

Race acconsentì ed entrarono nella sala per fumatori.

«Dunque» disse Race mentre si versava una tazza di caffè «avremmo due piste molto chiare da seguire: la scomparsa delle perle e questo Fleetwood. Per quel che riguarda le perle, la spiegazione sembra una sola: il furto. Però non sono del tutto sicuro che sarete d'accordo con me...»

«Ma non è stato un momento piuttosto curioso da scegliere?» ribatté subito Poirot.

«Precisamente. Rubare le perle in un momento simile è come invitarci a una severissima perquisizione di tutti coloro che sono a bordo. A parte il fatto che non vedo come il ladro potrebbe illudersi di cavarsela con il bottino.»

«Potrebbe essere già sceso a terra per liberarsene.»

«La Compagnia di navigazione tiene sempre un uomo di guardia sul pontile.»

«Dunque non se ne parla nemmeno! E se il delitto fosse stato commesso per deviare la nostra attenzione dal furto? No, anche questo non ha senso; è una soluzione che non soddisfa affatto. Ma... allora... perché non supporre che Madame Doyle si sia svegliata e abbia sorpreso il ladro?»

«In tal caso sarebbe stato il ladro a spararle? No, è stata uccisa nel sonno.»

«Quindi anche questa è un'ipotesi che non regge... sapete, mi sono fatto una certa idea a proposito di quelle perle... Eppure no, non è possibile... perché se la mia idea fosse giusta, quelle perle non sarebbero scomparse. Piuttosto, ditemi un po': cosa ne pensate della cameriera?»

«Mi domando» rispose Race lentamente «se non sappia più di quanto ha detto.»

«Ah! Avete avuto pure voi quest'impressione?»

«Sì, quella ragazza non mi piace» rispose Race.

Hercule Poirot assentì.

«È vero, nemmeno io mi fiderei.»

«Secondo voi, ha qualcosa a che fare col delitto?»

«No, questo non lo direi.»

«Con il furto delle perle, allora?»

«Questo è più probabile. In fondo, si trovava a servizio di Madame Doyle da pochissimo tempo. Potrebbe far parte di una banda specializzata nel furto di gioielli. In simili casi c'è spesso una cameriera con ottime referenze. Disgraziatamente non siamo in grado di chiedere informazioni a questo riguardo. Comunque non è una spiegazione che mi convinca del tutto... Quelle perle... ah, *sacré*, eppure la mia piccola idea dovrebbe essere giusta. Ma non credo che nessuno sarebbe mai tanto imbecille...» s'interruppe.

«E cosa ne dite di questo Fleetwood?»

«Dovremo interrogarlo. Non è escluso che sia proprio lui a offrirci la soluzione. Se la storia di Louise Bourget è vera, quell'uomo aveva validi motivi per vendicarsi. Potrebbe aver assistito, senza che nessuno lo vedesse, alla scenata fra Jacqueline e Monsieur Doyle e una volta usciti tutti dal salone, essere entrato in fretta e furia a impadronirsi dell'arma. Sì, tutto questo è possibile. Quanto alla lettera J scarabocchiata con il sangue... anche questo si accorderebbe con un carattere rozzo, semplice, istintivo...»

«Insomma sarebbe lui la persona che cerchiamo?»

«Sì; solo che...» Poirot si grattò il naso e proseguì facendo una lieve smorfia: «Vedete, conosco molto bene le mie debolezze. Di me hanno detto spesso che mi piace complicare le cose. La soluzione che voi mi prospettate è troppo semplice... troppo facile. Non mi convince che sia andata realmente così. D'altra parte, potrebbe trattarsi solo di un puro e semplice pregiudizio da parte mia...».

«In ogni caso sarà meglio chiamare quell'individuo.»

Race suonò il campanello e diede l'ordine. Poi domandò: «Nessun'altra... possibilità?».

«Oh, ce ne sono in abbondanza, amico mio. Per esempio, il famoso amministratore americano...»

«Pennington?»

«Sì, Pennington. L'altro giorno ho assistito a una scenetta piuttosto curiosa.» E riferì a Race quello che era accaduto. «Come vedete mi pare significativa. *Madame* voleva leggere tutti i documenti prima di firmarli. Allora lui ha trovato un pretesto per rimandare ogni cosa a un altro giorno. Poi anche il marito ha fatto un'osservazione molto interessante.»

«Quale?»

«Ha detto: "Io non leggo mai niente. Firmo dove mi dicono di firmare". Immagino che non vi sfuggirà il significato di questo, vero? A Pennington non è sfuggito. Gliel'ho letto negli occhi. Ha guardato Doyle come se gli fosse balenata un'idea completamente nuova. Infatti, amico mio, provate a immaginare di essere voi l'amministratore della figlia di un uomo ricchissimo. Magari vi mettete a usare quel denaro per qualche speculazione. So benissimo che è quello che capita sempre in tutti i romanzi polizieschi... però sono cose che si leggono anche sui giornali. Succede, amico mio, succede proprio così!»

«Non lo metto in dubbio» disse Race.

«A ogni modo, forse c'è ancora tempo di recuperare le somme perdute per mezzo di speculazioni una più azzardata dell'altra. In fondo la ragazza di cui si amministra il patrimonio è ancora minorenne. Poi... si sposa! E da un momento all'altro il controllo del suo patrimonio passa dalle vostre mani a quelle della ragazza. Un autentico disastro! Ma resta ancora una soluzione. Lei è in viaggio, in luna di miele. Forse non andrà tanto per il sottile per quel che riguarda i suoi affari. Un foglio di carta, un documento infilato in mezzo agli altri e firmato senz'averlo letto in precedenza... Linnet Doyle, però, non è tipo da fare cose simili. Luna di miele o no, è una donna d'affari. E quando suo marito fa quell'osservazione, il suo amministratore, che sta disperatamente cercando il modo di evitare la rovina, ha una nuova idea. Se Linnet Doyle dovesse morire, il suo patrimonio verrebbe ereditato dal marito... un uomo col quale sarebbe molto più facile trattare... anzi si ridurrebbe addirittura come un bambino nelle mani di un finanziere astuto come Andrew Pennington. *Mon cher colonel*, vi assicuro che ho visto balenare quell'idea nella mente di Andrew Pennington. "Se avessi a che fare soltanto con Doyle...", ecco quello che stava pensando.»

«Secondo me è possibilissimo» ribatté Race asciutto «però non abbiamo uno straccio di prova.»

«Ahimè, no.»

«Poi c'è anche il giovane Ferguson» riprese Race. «Quando parla, è così acido! Anche se io non sono il tipo che ascolta tutte quelle chiacchiere. Potrebbe essere lui il figlio di quel tale che è stato rovinato dal vecchio Ridgeway. Un po' stiracchiata come soluzione, ma sempre possibile. Quante volte la gente non dimentica e continua a rimuginare sui torti che ha subito in passato!» Tacque per qualche istante e infine aggiunse: «E poi c'è il mio individuo».

«Già, il "vostro individuo", come lo chiamate voi.»

«È un uomo capace di uccidere» riprese Race. «Lo sappiamo. Però non riesco a capire che rapporti potesse avere con Linnet Doyle e perché dovesse nutrire del rancore nei suoi confronti. Mi pare che i loro ambienti fossero talmente diversi...»

Poirot disse lentamente: «A meno che lei non si sia trovata in possesso delle prove atte a identificarlo».

«Anche questo è possibile per quanto mi sembri estremamente improbabile.» Si sentì bussare alla porta.

«Ah, questo dovrebbe essere il nostro aspirante bigamo.»

Fleetwood era un uomo grande e grosso, con l'aria truculenta. Appena messo piede nella stanza, scrutò con aria sospettosa prima Poirot e poi Race. Poirot lo riconobbe subito: era lo stesso uomo che aveva visto parlare con Louise Bourget.

Fleetwood domandò con aria sospettosa: «Volevate parlarmi?».

«Precisamente» disse Race. «Saprete anche voi, vero, che stanotte a bordo è stato commesso un assassinio.»

Fleetwood assentì.

«E credo di non sbagliarmi nell'asserire che avevate motivi di rancore nei confronti della vittima.»

Negli occhi di Fleetwood apparve un'espressione allarmata.

«Chi ve lo ha detto?»

«Vi siete convinto che la signora Doyle si sia intromessa in una questione che riguardava voi e una ragazza.»

«Adesso capisco chi ve lo ha raccontato... quella stupida sgualdrina francese che racconta un sacco di bugie! È una bugiarda fatta e finita, la ragazza!»

«Però, a quanto sembra, in questo caso ha detto la verità.»

«No, è una bugia spudorata!»

«Come fate a dirlo se non sapete ancora di che cosa vogliamo parlarvi?»

Il colpo andò a segno. L'uomo arrossì e tacque, inghiottendo saliva.

«È vero o no che avevate intenzione di sposare una ragazza di nome Marie e che lei vi ha piantato in asso quando ha scoperto che eravate già ammogliato?»

«Ma lei... perché ha cacciato il naso in tutto questo? Erano affari suoi?»

«Volete dire se erano affari della signora Doyle? Be', pensateci bene, la bigamia è sempre bigamia!»

«Il mio caso è diverso. Mi sono sposato qui, con una donna indigena. Ma il matrimonio non ha funzionato. Lei è tornata dai suoi. Saranno almeno sei anni che non la vedo.»

«Comunque restate sempre sposato con lei!»

L'uomo rimase in silenzio e Race continuò: «La signora Doyle o diciamo piuttosto la signorina Ridgeway, perché allora si chiamava ancora così, era venuta a sapere tutto questo?».

«Sì, che Dio la maledica! Aveva voluto cacciare il naso in determinate cose che non dovevano affatto riguardarla... nessuno glielo aveva chiesto! Quanto a Marie, io l'avrei trattata con tutto il rispetto. Avrei fatto il possibile e l'impossibile per lei. E non avrebbe mai neanche immaginato l'esistenza di quell'altra se non si fosse messa di mezzo quella rompiscatole della sua padrona. Sì, l'ho detto e lo ripeto, ero furibondo contro quella donna e non mi andava giù di vederla qui, a bordo, tutta in ghingheri, carica di perle e diamanti a comandarci a bacchetta, come se la nave fosse una sua proprietà, senza nemmeno pensare che aveva rovinato la vita di un poveraccio! Certo che la detestavo... Ma se credete che io sia anche un lurido assassino... se pensate che sia andato io a spararle con quella rivoltella, accidenti... è una stramaledetta bugia! Io non l'ho mai neanche toccata con un dito. E questa è la sacrosanta verità!»

Tacque, la faccia madida di sudore.

«Dov'eravate stanotte fra le dodici e le due?»

«Nella mia cuccetta a dormire... e potrà confermarvelo anche il mio compagno di cabina.»

«Vedremo» disse Race. Poi lo congedò con un brusco cenno del capo. «Così può bastare.»

«*Eh, bien*?» domandò Poirot quando la porta si fu richiusa dietro a Fleetwood.

Race si strinse nelle spalle.

«A sentirlo, sembra che dica la verità. Un po' nervoso, ma è comprensibile. Dovremo controllare il suo alibi... anche se non credo che potremo avere una risposta definitiva. Molto probabilmente il suo compagno di cabina dormiva, quindi Fleetwood, se gli faceva comodo, avrebbe potuto entrare e uscire di soppiatto senza che l'altro se ne accorgesse. Tutto dipende dalla eventualità che qualcun altro lo abbia visto.»

«Certo; dovremmo fare un'indagine in tal senso.»

«Secondo me, adesso» disse Race «sarebbe opportuno cercare di scoprire se qualcuno ha sentito qualche cosa che ci possa fornire un'indicazione precisa sull'ora del delitto. Secondo Bessner dovrebbe essere stato commesso fra le dodici e le due. Mi sembra ragionevole sperare che qualcuno fra i passeggeri possa aver udito lo sparo... anche se non lo ha riconosciuto come tale, sul momento. Io confesso di non aver udito niente di simile. E voi?»

Poirot scrollò la testa.

«Io? Ho dormito come un ciocco. Non ho sentito niente, niente di niente. Era un sonno talmente pesante il mio... come se mi avessero dato un sonnifero.»

«Peccato» disse Race. «Be', speriamo di avere un po' di fortuna con i passeggeri che occupano le cabine sul lato destro del ponte. Di Fanthorp ci siamo già occupati. Adesso tocca agli Allerton. Manderò un cameriere a chiamarli.»

La signora Allerton entrò a passo rapido e vivace. Indossava un abito grigio, leggero, di seta a righe. Ma la sua espressione era sconvolta.

«Questa storia è troppo orribile» esclamò mentre accettava la poltrona che Poirot aveva tirato avanti per lei. «Non riesco a crederci. Quella creatura così incantevole, che aveva tutto dalla vita... morta! Insomma, stento a farmene una ragione!»

«Capisco benissimo ciò che dovete provare, *madame*» mormorò Poirot in tono pieno di simpatia.

«Come sono contenta che ci siate voi a bordo!» disse la signora Allerton. «Perché riuscirete a scoprire chi è stato. E sono anche contentissima che la colpevole non sia quella povera ragazza con quell'aria così tragica!»

«Volete alludere a Mademoiselle de Bellefort? E chi è stato a dirvi che non è lei la colpevole?»

«Cornelia Robson» rispose la signora Allerton con un lieve sorriso. «Come potete bene immaginare, è emozionatissima per tutto quanto è successo. Con ogni probabilità è la prima cosa interessante che le capita in vita sua... e con la stessa probabilità sarà anche l'ultima! D'altra parte, è talmente carina e gentile... anzi sembrava che quasi si vergognasse di essere tanto felice e soddisfatta. È convinta che sia ignobile da parte sua!»

La signora Allerton diede una rapida occhiata a Poirot è si affrettò ad aggiungere: «Ma è meglio che smetta di chiacchierare. Immagino che vorrete farmi qualche domanda».

«Sì, per favore. Ci sapreste dire a che ora siete andata a letto, *madame*?»

«Erano passate da poco le dieci e mezzo.»

«E vi siete addormentata subito?»

«Sì. Avevo un gran sonno!»

«E non avete sentito niente, ma proprio niente, durante la notte?»

La signora Allerton aggrottò le sopracciglia.

«Sì, mi è sembrato di sentire il tonfo di qualcosa che cadeva in acqua e un rumore di passi... come se qualcuno corresse... oppure è stato il contrario? Confesso di non avere le idee molto chiare. Mi è semplicemente sembrato che qualcuno fosse caduto in acqua... ma forse è stato un sogno, capite... Poi mi sono destata di colpo e ho teso l'orecchio, ma ho sentito soltanto un gran silenzio.»

«Mi sapreste dire che ora era?»

«No, purtroppo, no. Ma ho l'impressione che non fosse passato molto tempo da quando mi ero coricata. Cioè, voglio dire che poteva essere passata soltanto un'ora o poco più.»

«Purtroppo, *madame*, tutto questo è molto vago!»

«Me ne rendo conto. D'altra parte non mi sembra nemmeno

giusto tirare a indovinare dal momento che non ne ho assolutamente la minima idea, vi sembra?»

«È tutto quello che potete dirci, *madame*?»

«Temo di sì.»

«Vi era già capitato di conoscere in precedenza la signora Doyle?»

«No. Tim, invece, l'aveva conosciuta. Io ne avevo sentito parlare moltissimo da una nostra cugina, Joanna Southwood, però non l'avevo mai conosciuta di persona fino a quando ci siamo trovati ad Assuan.»

«Ho un'altra domanda da farvi, *madame*, e spero che mi perdonerete...»

«Come mi piacerebbe che la vostra fosse una domanda indiscreta...» mormorò la signora Allerton con un lieve sorriso.

«Difatti lo è! Vorrei sapere se voi o qualcuno della vostra famiglia ha mai subito una grave perdita in seguito alle attività finanziarie del padre di Madame Doyle, Melhuish Ridgeway.»

La signora Allerton non nascose di essere piuttosto meravigliata.

«Oh, no! Le nostre finanze familiari non hanno mai sofferto per niente di simile all'infuori del fatto che a poco a poco hanno continuato a ridursi... Vedete, oggi anche gli interessi che vengono pagati sono molto inferiori rispetto al passato. Nella nostra povertà non c'è mai stato niente di così melodrammatico. Mio marito mi ha lasciato pochissimi soldi però sono quelli che ancora possiedo anche se, come vi dicevo, non rendono più come una volta.»

«Vi ringrazio, *madame*. Vi spiacerebbe pregare vostro figlio di venire da noi?»

Quando la madre gli si avvicinò, Tim disse allegramente: «Allora la dura prova è terminata? Adesso tocca a me, vero? Si può sapere che genere di domande ti hanno fatto?».

«Mi hanno chiesto se avevo sentito qualche cosa stanotte» disse la signora Allerton. «Disgraziatamente non ho sentito proprio nulla. E non riesco a spiegarmi il perché... dopo tutto, fra la cabina di Linnet e la mia ce n'è soltanto una. Mi pare che... almeno lo sparo... avrei dovuto sentirlo! Su, spicciati, Tim, ti stanno aspettando.»

A Tim Allerton fecero le stesse domande. E Tim rispose: «Sono andato a dormire verso le dieci e mezzo o giù di lì. Per un poco ho letto, poi ho spento la luce. Dovevano essere passate da poco le undici».

«Da allora in poi non avete più sentito niente?»

«Sì, una voce maschile che augurava la buonanotte, mi pare, non molto lontano.»

«Quello ero io, che auguravo la buonanotte alla signora Doyle» disse Race.

«Già. Poi mi sono addormentato. Ed è stato più tardi che ho sentito un certo tramestio e qualcuno che chiamava Fanthorp, se non sbaglio.»

«Era Mademoiselle Robson, che è uscita di corsa dal salone.»

«Già, immagino fosse lei. Poi un brusio di tante voci diverse. Infine qualcuno che passava correndo sul ponte e un tonfo come di qualcosa caduto in acqua. Per ultimo il vecchio Bessner che tuonava dicendo qualcosa come: "Adesso attenzione" e "Andate più piano".»

«Dunque avete sentito un tonfo anche voi?»

«Sì, più o meno.»

«Siete proprio sicuro di non aver sentito uno sparo?»

«Già, può darsi... Ho sentito qualcosa che assomigliava a un tappo che saltava. Forse, invece, era lo sparo. Mi pare addirittura di aver collegato quella specie di tonfo in acqua con l'idea di un tappo che saltava e di un liquido versato in un bicchiere... anzi credo che, nel mio povero cervello annebbiato, si fosse insinuata l'idea che qualcuno stava facendo una festa mentre io avrei preferito che se ne andassero tutti a letto e facessero un po' di silenzio.»

«E dopo?»

Tim si strinse nelle spalle: «E dopo... l'oblio!».

«Non avete sentito altro?»

«No, nient'altro.»

«Vi ringrazio, Monsieur Allerton.» Tim si alzò e lasciò la cabina.

26

Race stava osservando con aria pensosa una pianta del ponte di passeggiata del *Karnak*.

«Fanthorp, il ragazzo Allerton, la signora Allerton... poi una cabina vuota... quella di Simon Doyle... e adesso vediamo un po'... chi c'era dall'altra parte, rispetto alla cabina della signora Doyle? La vecchia americana. Se qualcuno ha sentito qualcosa, non può essere che lei. E se è già alzata, sarà meglio farla venire subito.»

La signorina Van Schuyler entrò. Quella mattina aveva l'aria più vecchia e più gialla che mai. I suoi occhietti scuri luccicavano di velenoso dispetto.

Race si alzò in piedi e si inchinò.

«Siamo spiacentissimi di dovervi disturbare, signorina Van Schuyler. Siete stata molto gentile a venire. Prego, accomodatevi.»

La signorina Van Schuyler disse in tono brusco: «Mi dà un enorme fastidio essere immischiata in faccende di questo genere. Confesso che non mi garba affatto. Vorrei proprio non aver niente a che fare con... ehm... questa spiacevolissima storia».

«Certo... certo. Stavo proprio dicendo a Monsieur Poirot che prima sentiremo la vostra deposizione, meglio sarà per tutti perché, in questo modo, non avremo più bisogno di disturbarvi in seguito.»

La signorina Van Schuyler guardò Poirot con un'espressione quasi bonaria.

«Sono lieta di vedere che comprendete entrambi quali sono i miei sentimenti. Non sono abituata a queste cose.»

«Proprio così, *mademoiselle*» disse Poirot con voce suadente. «Ed è appunto per questo che vorremmo liberarvi al più presto da tante spiacevoli formalità... Dunque, ieri sera a che ora siete andata a letto?»

«Alle dieci, la mia solita ora. Anzi ieri sera ero un po' in ritardo perché Cornelia Robson, molto poco cortesemente, mi ha fatto aspettare.»

«*Très bien, mademoiselle.* E adesso, vediamo un po'... ci potreste dire se avete udito qualcosa, dopo esservi ritirata nella vostra cabina?»

«Ho il sonno molto leggero» rispose la signorina Van Schuyler.

«*À merveille*! Una vera fortuna per noi!»

«Sono stata ridestata da quella ragazza piuttosto vistosa, la cameriera della signora Doyle, la quale ha detto "*Bonne nuit, madame*" con quello che mi è sembrato un tono di voce inutilmente alto.»

«E poi?»

«Mi sono riaddormentata. Poi mi è capitato di svegliarmi di nuovo con l'impressione che ci fosse qualcuno nella mia cabina. Invece mi sono accorta che doveva trovarsi nella cabina attigua.»

«In quella di Madame Doyle?»

«Sì. Poi ho sentito qualcuno fuori, sul ponte, infine un tonfo come di qualcosa caduto in acqua.»

«Non avete idea di che ora fosse?»

«Certo, ve lo posso dire con esattezza: l'una e dieci.»

«Ne siete sicura?»

«Sicurissima. Ho guardato l'orologino che tengo sempre vicino al letto.»

«Non avete sentito uno sparo?»

«No, nulla del genere.»

«Ma non potrebbe essere stato proprio uno sparo quello che vi ha svegliata?»

La signorina Van Schuyler meditò su questa domanda, chinando su una spalla la testa un po' da rospo.

«Sì, può darsi» ammise quasi di malavoglia.

«E non immaginate che cosa possa aver prodotto quella specie di tonfo in acqua che avete sentito?»

«Al contrario... lo so benissimo!»

Il colonnello Race si raddrizzò di scatto sulla seggiola. «Lo sapete?»

«Certo che lo so! Vi confesso che tutti quei rumori che mi sembravano dovuti a persone che si aggirassero nei dintorni non mi garbavano affatto. Così mi sono alzata e sono andata alla porta. La signorina Otterbourne era curva sul parapetto. Aveva appena buttato in acqua qualcosa.»

«La signorina Otterbourne?» Adesso Race pareva meravigliatissimo.

«Sì.»

«Siete proprio sicura che si trattasse della signorina Otterbourne?»

«L'ho vista bene in faccia.»

«E lei non vi ha vista?»

«No, non credo.»

Poirot si protese in avanti.

«E mi sapreste dire qual era l'espressione del suo volto, *mademoiselle*?»

«Mi è sembrata di profonda emozione.»

Race e Poirot si scambiarono un rapido sguardo.

«E poi?» insistette Race.

«La signorina Otterbourne si è allontanata verso prua e io sono tornata a letto.»

Si sentì bussare alla porta. Entrò il capitano. In mano stringeva un fagottino gocciolante.

«L'abbiamo ripescato, colonnello.»

Race afferrò l'involto e allargò a una a una le pieghe di quella striscia di velluto fradicia. Ne vennero fuori un ruvido fazzoletto leggermente macchiato di rosa, nel quale era avvolta una piccola rivoltella dal calcio di madreperla.

Race rivolse a Poirot un'occhiata di malizioso trionfo.

«Come vedete» disse «la mia idea era giusta. La rivoltella è stata effettivamente buttata in acqua.»

Intanto soppesava l'arma sul palmo della mano.

«Cosa ne dite, Monsieur Poirot? È la stessa rivoltella che avete visto quella sera al Cataract Hotel?»

Poirot la esaminò con cura e infine disse con voce lenta e bassa: «Sì... proprio la stessa. Ricordo che era riccamente decorata... e poi ci sono anche le iniziali, J.B. È un *article de luxe*, un gingillo molto femminile, ma ciò non toglie che si tratti di un'arma mortale».

«Calibro 22» mormorò Race. Ne estrasse il caricatore. «Due proiettili esplosi. Sì, mi sembra che non si possano più avere dubbi...»

La signorina Van Schuyler tossicchiò in modo significativo: «E la mia stola...?» domandò.

«La vostra stola, *mademoiselle*?»

«Sì, quella che avete lì è la mia stola.»

Race afferrò quel pezzo di tessuto grondante d'acqua.

«Questo oggetto sarebbe vostro, signorina Van Schuyler?»

«Certo che è mio!» ribatté l'anziana signorina in tono tagliente «Ieri sera non riuscivo più a trovarla. Ho domandato a tutti se l'avessero vista.»

Poirot rivolse un'occhiata interrogativa a Race il quale gli rispose con un leggero cenno di assenso.

«Dove l'avete vista per l'ultima volta, signorina Van Schuyler?»

«L'avevo nel salone, ieri sera. Però quando mi sono ritirata in cabina per andare a letto non sono più riuscita a trovarla.»

Race disse in tono sommesso: «Vi rendete conto del motivo per il quale è stata usata?» e la allargò indicandole con la punta di un dito una traccia di bruciato e parecchi piccoli fori. «L'assassino se n'è servito per avvolgervi la canna della rivoltella in modo da attutire il rumore dello sparo.»

«Che impertinenza!» protestò la signorina Van Schuyler. Intanto le sue guance avvizzite arrossivano violentemente.

Race disse: «Vi pregherei di spiegarci, signorina Van Schuyler, se conoscevate già la signora Doyle prima di questo viaggio».

«No, non avevo mai fatto la sua conoscenza.»

«Però ne avevate sentito parlare?»

«Sapevo chi fosse, naturalmente.»

«Ma non esisteva alcun rapporto di amicizia fra le vostre famiglie?»

«Come famiglia, colonnello Race, ci siamo sempre vantati di essere molto esclusivi. La mia cara mamma non si sarebbe mai sognata di scambiarsi visite e intrattenere rapporti di amicizia con la famiglia Hartz perché, a parte la loro ricchezza, erano degli illustri sconosciuti.»

«È tutto qui quello che avete da dirci, signorina Van Schuyler?»

«Non ho niente da aggiungere, a quanto vi ho detto. Linnet Ridgeway è stata educata in Inghilterra e io non l'ho mai vista prima di metter piede a bordo di questa nave.»

Si alzò. Poirot si precipitò ad aprirle la porta e lei uscì rigida e impettita.

I due uomini si guardarono.

«Questa dunque è la sua versione» esclamò Race. «Sono sicuro che non la cambierà mai! Del resto potrebbe essere anche vera. Non lo so. Ma... Rosalie Otterbourne? No, questo non me lo aspettavo.»

Poirot scrollò il capo con aria sconcertata. Poi allungò un violento colpo sul tavolo col palmo della mano ed esclamò: «Ma non ha alcun senso! *Non d'un nom d'un nom*! Non ha alcun senso».

Race lo guardò.

«Cosa intendete dire?»

«Voglio dire che fino a un certo punto tutto filava liscio. Qualcuno voleva uccidere Linnet Doyle. Benissimo, questo qualcuno ha assistito, non visto, alla scenata di ieri sera nel salone. Poi si è intrufolato dentro di soppiatto e ha recuperato la rivoltella... sì, se ben ricordate, era quella di Jacqueline de Bellefort. E infine qualcuno ha sparato a Linnet Doyle con quella rivoltella e ha tracciato la lettera J sulla parete... tutto chiarissimo, sì o no? E tutto sembrerebbe indicare che l'assassina è Jacqueline de Bellefort. Be', invece a questo punto, cosa fa l'assassino? Lascia quella stramaledetta rivoltella, la rivoltella di Jacqueline de Bellefort, lì, in vista, perché possa essere facilmente ritrovata? Nossignore, questa persona... un uomo o una donna... scaraventa in acqua la rivoltella, cioè l'elemento indiziario più grave di tutti. Perché, amico mio, perché?»

Race scrollò il capo. «Certo che è strano.»

«È più che strano... è impossibile!»

«Impossibile non direi, visto che è accaduto!»

«Non intendevo in questo senso. Intendevo dire che la sequenza degli avvenimenti è impossibile. C'è qualcosa di sbagliato.»

17

Il colonnello Race guardò con curiosità il suo compagno. Rispettava enormemente – e aveva molti buoni motivi per farlo – l'intelligenza di Hercule Poirot. Tuttavia, per un momento, si accorse di non essere in grado di seguire i suoi ragionamenti. Ma non fece domande. Del resto, ne faceva di rado. Preferì tirare avanti dritto per la sua strada.

«Cosa si dovrebbe fare, adesso? Interrogare la ragazza Otterbourne?»

«Sì. Può darsi che la sua deposizione ci faccia procedere di qualche passo.»

Rosalie Otterbourne entrò con aria visibilmente poco allegra. Non dava l'impressione di essere nervosa o spaventata, ma solo imbronciata e scontrosa.

«Be', si può sapere cosa c'è?» fu la sua domanda.

Race decise di interrogarla a nome anche del suo collega e le spiegò: «Stiamo conducendo un'indagine sulla morte della signora Doyle».

Rosalie assentì.

«Volete dirci che cosa avete fatto ieri sera?»

Rosalie ci pensò un momento.

«La mamma e io siamo andate a letto presto... prima delle undici. Non abbiamo sentito niente di particolare salvo un po' di trambusto davanti alla cabina del dottor Bessner. E, naturalmente, ho anche sentito quel suo vocione tonante... Certo che non ho saputo fino a stamattina di cosa si trattava!»

«Non avete sentito uno sparo?»

«No.»
«Non siete uscita dalla vostra cabina stanotte?»
«No.»
«Ne siete proprio sicura?»
Rosalie lo guardò sgranando gli occhi.
«Cosa volete dire? Naturale che ne sono sicura!»
«Vorrei sapere se, per esempio, non vi siete sporta dal parapetto di destra della nave e non avete gettato qualcosa in acqua.»
La ragazza arrossì.
«Perché? Esiste forse un regolamento che proibisce di buttare qualcosa in acqua?»
«No, affatto. Ma voi ci avete gettato qualcosa?»
«No. Come vi ho già detto non sono mai uscita dalla mia cabina.»
«Di conseguenza se qualcuno affermasse di avervi vista...»
Rosalie lo interruppe. «Chi dice di avermi vista?»
«La signorina Van Schuyler.»
«La signorina Van Schuyler?» Pareva sinceramente stupita.
«Sì. La signorina Van Schuyler ha detto di aver guardato fuori dalla sua cabina e di avervi vista mentre buttavate qualcosa in acqua.»
Rosalie esclamò con voce limpida e chiara: «È una maledetta bugia». Poi, come se fosse stata colpita da un'idea improvvisa, domandò: «Che ora sarebbe stata?».
Fu Poirot a rispondere.
«La una e dieci, *mademoiselle.*»
Lei assentì, con aria pensierosa. «Non ha visto nient'altro?»
Poirot la scrutò con curiosità, grattandosi il mento.
«Visto, veramente no...» rispose «però ha sentito qualcosa.»
«E che cosa?»
«Qualcuno che si muoveva nella cabina di Madame Doyle.»
«Capisco» mormorò Rosalie. Adesso era pallida, mortalmente pallida.
«Mentre voi persistete nell'affermare di non aver buttato assolutamente niente in acqua, stanotte, *mademoiselle*?»
«Si può sapere per quale motivo dovrei andare in giro nel cuore della notte a buttar roba in acqua?»
«Un motivo potrebbe esserci... magari innocentissimo.»
«Innocente?» ripeté la ragazza in tono brusco.

«Sì, innocente. Perché, capite, *mademoiselle*, stanotte qualcosa è stato effettivamente gettato in acqua... ma si trattava di qualcosa che non era affatto innocente.»

Race le mostrò senza parlare l'involto di velluto stinto e bagnato; poi lo spalancò per farle vedere ciò che conteneva.

Rosalie Otterbourne si tirò indietro di scatto. «Sarebbe... sarebbe quella l'arma con la quale è stata uccisa?»

«Sì, *mademoiselle*.»

«E secondo voi... sarei stata io? Che assurdità! Si può sapere per quale motivo avrei dovuto uccidere Linnet Doyle? Ma se non la conoscevo nemmeno!»

Scoppiò a ridere e si alzò con un gesto sprezzante. «Tutta questa storia è assolutamente ridicola.»

«Ricordatevi, signorina Otterbourne» disse Race «che la signorina Van Schuyler è dispostissima a giurare di aver visto distintamente la vostra faccia al chiaro di luna.»

Rosalie rise di nuovo. «Quella vecchia strega? Tra l'altro, deve anche essere mezza cieca! No, non sono io quella che ha visto.» Tacque per qualche attimo. «Posso andare adesso?»

Race annuì e Rosalie Otterbourne uscì dalla stanza.

I due uomini si guardarono. Race accese una sigaretta.

«Bene, questo è quanto. Siamo in aperta contraddizione. A chi delle due vogliamo credere?»

Poirot scrollò il capo. «Ho una vaga idea che nessuna delle due sia stata del tutto sincera.»

«Ecco, questa è proprio la cosa peggiore nella nostra professione» ribatté Race con aria avvilita. «Sono moltissime le persone che nascondono la verità per motivi assolutamente futili. Quale potrà essere, ora, la nostra mossa successiva? Continuiamo con l'interrogatorio dei passeggeri?»

«Direi di sì. È sempre bene procedere con ordine e con metodo.»

Race assentì.

La signora Otterbourne, avvolta nei fluttuanti drappeggi di un indumento di batik, prese il posto della figlia. Confermò la deposizione di Rosalie dichiarando che erano andate a letto sia l'una che l'altra verso le undici. Quanto a lei, non aveva sentito niente di particolare durante la notte. Ma non poteva dire se Rosalie fosse uscita dalla cabina o no. Si mostrò, invece, piuttosto desiderosa di parlare del delitto.

«Oh, il *crime passionnel*!» esclamò. «L'istinto primitivo... di uccidere! Così affine all'istinto sessuale. Quella ragazza, Jacqueline, che in parte dev'essere di origine latina, sangue caldo, ha ubbidito agli istinti più profondi, radicati nel suo essere, si è fatta avanti furtiva, l'arma in pugno...»

«Non è stata Jacqueline de Bellefort a sparare a Madame Doyle. Ne siamo certissimi. È dimostrato» si affrettò a spiegarle Poirot.

«Allora, il marito» riprese la signora Otterbourne, senza accusare il colpo. «La bramosia sanguinaria... l'istinto del sesso... sì, un delitto a sfondo sessuale. Del resto ne esistono moltissimi esempi famosi.»

«Il signor Doyle era stato colpito da un proiettile a una gamba, e quindi impossibilitato a muoversi... C'è di mezzo un osso fratturato» spiegò il colonnello Race. «Ha trascorso la notte con il dottor Bessner.»

La signora Otterbourne rimase ancora più delusa. Però continuò a lambiccarsi il cervello, speranzosa.

«Ma, naturale!» esclamò. «Che sciocca sono stata! La signorina Bowers!»

«La signorina Bowers?»

«Sì, certo. È chiarissimo da un punto di vista psicologico. Repressione! La vergine repressa! Che ha perduto la testa di fronte alla visione di quei due... un marito e una moglie giovani appassionatamente innamorati. Certo che è stata lei! Del resto sarebbe proprio il tipo... priva di qualsiasi attrattiva sessuale, ma fondamentalmente rispettabile. Nel mio libro, *La vigna sterile*...»

Il colonnello Race la interruppe con molto tatto: «I vostri suggerimenti ci sono stati molto preziosi, signora Otterbourne, ma, purtroppo, adesso dobbiamo procedere con le indagini. Vi ringraziamo moltissimo».

La accompagnò galantemente alla porta e tornò indietro, asciugandosi la fronte.

«Che donna insopportabile! Accipicchia! Chissà perché nessuno ha pensato ad assassinare lei!»

«Può anche darsi che succeda» lo consolò Poirot.

«Sarebbe un delitto che capirei di più! Dunque... chi ci rimane? Pennington... forse sarà meglio lasciarlo per ultimo, cosa ne dite? Richetti, Ferguson...»

Il signor Richetti si mostrò molto agitato e ciarliero anche se confuso.

«Ma che orrore! Che infamia! Una donna così giovane e bella... è davvero un delitto inumano!»

Intanto alzava al cielo le mani in un gesto molto espressivo.

Le sue risposte furono rapide e pronte: era andato a letto presto, molto presto. Anzi, subito dopo cena. Aveva letto per un po' un opuscolo molto interessante, di recente pubblicazione, *Prähistorische Forschung in Kleinasien*, che offriva un'interpretazione assolutamente nuova delle terraglie dipinte delle colline dell'Anatolia.

Aveva spento la luce poco prima delle undici. No, non aveva sentito nessuna detonazione. E nemmeno nessun rumore che assomigliasse a quello di un tappo che saltava. L'unica cosa che aveva sentito... ma più tardi, nel cuore della notte... era stato un tonfo, un tonfo molto forte come di qualcosa che fosse caduto in acqua proprio nelle vicinanze del suo oblò.

«La vostra cabina si trova sul ponte inferiore, a destra, se non sbaglio?»

«Sì, infatti! E ho sentito un gran tonfo nell'acqua!» Di nuovo alzò le braccia al cielo per descriverlo nel modo più espressivo possibile.»

«Ma non mi sapreste dire a che ora più o meno è accaduto?»

Il signor Richetti si mise a riflettere.

«Deve essere capitato una, due o tre ore dopo che sono andato a letto e mi sono addormentato. Magari un paio d'ore soltanto.»

«Dunque, potrebbe essere stato verso l'una e dieci, eh?»

«Direi di sì, verso quell'ora. Ah! Ma che delitto orribile... proprio inumano... Una donna così affascinante...» e il signor Richetti se ne andò, sempre gesticolando.

Race guardò Poirot. Poirot alzò le sopracciglia in un gesto molto espressivo e infine si strinse nelle spalle. Quindi passarono all'interrogatorio di Ferguson.

Fu un testimone difficile. Tanto per cominciare si stravaccò su una poltrona con aria piena di insolenza.

«Quanto baccano per questa faccenda!» ringhiò. «Si può sapere se ne vale la pena? C'è un tal mucchio di donne inutili a questo mondo!»

Race gli domandò in tono glaciale: «Ci potreste dare un resoconto esatto dei vostri movimenti di ieri sera, signor Ferguson?»

«Non vedo per quale motivo dovreste chiedermelo, ma ci passerò sopra. Ho girellato di qua e di là senza saper che cosa fare. Poi sono sceso a terra con la signorina Robson. Quando lei è risalita a bordo, io ho continuato a gironzolare per conto mio ancora per un po'. Poi sono tornato a bordo e mi sono ritirato in cabina verso mezzanotte.»

«La vostra cabina si trova sul lato destro del ponte inferiore, vero?»

«Sì, io non sto sul ponte di passeggiata, in mezzo a tutti questi "nobilastri".»

«Non avete sentito uno sparo? Forse vi può essere sembrato semplicemente un rumore più o meno simile a quando si fa saltare il tappo a una bottiglia.»

Ferguson ci pensò un momento. «Sì, mi pare di aver sentito qualcosa del genere... ma non riesco a ricordare quando... appena prima di addormentarmi. Ma c'era ancora un mucchio di gente in giro... sentivo un gran trambusto, e voci, e rumori di passi che correvano sul ponte soprastante.»

«Probabilmente si è trattato del proiettile sparato dalla signorina de Bellefort. Non ne avete sentito un altro?»

Ferguson fece segno di no.

«Nemmeno un gran tonfo in acqua?»

«Un tonfo? Sì, quello credo di averlo sentito... ma c'era un tal fracasso, giù dalle mie parti, che non ne sono del tutto sicuro.»

«Non avete mai lasciato la vostra cabina durante la notte?»

Ferguson sogghignò. «No, assolutamente. E quel che è peggio, non ho nemmeno partecipato alla festa!»

«Su, su, signor Ferguson, non comportatevi come un bambino!»

Il giovanotto reagì con visibile irritazione: «Per quale motivo non dovrei dire quello che penso? Io credo nella violenza».

«Ma non mettete in pratica quello che predicate, mi chiedo?» mormorò Poirot.

Si protese un poco verso di lui.

«È stato quel Fleetwood, vero? A raccontarvi che Linnet Doyle era una delle donne più ricche d'Inghilterra?»

«Si può sapere cosa c'entra Fleetwood in tutto questo?»

«Fleetwood, amico mio, aveva un eccellente motivo per assassinare Linnet Doyle. Dovete sapere che nutriva nei suoi confronti un vecchio rancore.»

Il signor Ferguson si alzò di scatto dalla poltrona come uno di quei pupazzetti che saltano fuori di colpo dalle scatole a sorpresa.

«Dunque è questo lo sporco gioco che state facendo?» domandò in tono pieno di collera. «Prendervela con un povero diavolo come Fleetwood, che non può difendersi, che non ha nemmeno il becco di un quattrino per pagarsi un avvocato! State a sentire invece quello che vi dico... ricordatevi bene che, se cercherete di scaricare la colpa di questo delitto su Fleetwood, dovrete vedervela con il sottoscritto!»

«E, precisamente, voi chi siete?» domandò Poirot in tono mielato.

Il signor Ferguson arrossì.

«Sono una persona che resta sempre al fianco degli amici nel momento del bisogno» disse in tono burbero.

«Be', signor Ferguson, mi sembra di non aver altro da chiedervi al momento» disse Race.

Mentre la porta si richiudeva alle spalle di Ferguson, il colonnello osservò inaspettatamente: «A me sembra quasi simpatico quel ragazzaccio, cosa ne dite?».

«Non pensate che possa essere l'uomo che state cercando?» gli domandò Poirot.

«Mi sembra un po' difficile. Eppure deve trovarsi a bordo. L'informazione era molto accurata. Be', una cosa per volta. Adesso proviamo a occuparci di Pennington!»

18

La reazione di Andrew Pennington si rivelò la più convenzionale possibile: la sua espressione era quella di un uomo profondamente addolorato e sconvolto. Come al solito era vestito con estrema cura. Si era messo una cravatta nera. Sulla sua faccia lunga e accuratamente rasata si leggeva un'espressione di enorme stupore.

«Signori,» disse con voce triste «quanto è accaduto mi ha profondamente turbato. La piccola Linnet... Figuratevi che me la ricordo ancora quando era alta così. Una bambinetta deliziosa... e come era orgoglioso di lei, Melhuish Ridgeway! Be', ormai è inutile rievocare tutte queste cose. Piuttosto ditemi cosa posso fare, è tutto quello che chiedo.»

Race disse: «Prima di tutto, signor Pennington, avete sentito niente la notte scorsa?».

«Nossignore, non posso dire di aver sentito qualcosa. La mia è la cabina attigua a quella del dottor Bessner... il numero 40-41, però ammetto di aver sentito un certo trambusto più o meno da quelle parti verso mezzanotte o giù di lì. Naturalmente, in quel momento, non immaginavo di che cosa si trattasse.»

«Nient'altro? Non avete sentito nessuna detonazione?»

Andrew Pennington fece segno di no con la testa.

«No, niente del genere.»

«A che ora siete andato a letto?»

«Dovevano essere passate da poco le undici.» Poi si chinò un poco verso di loro.

«Immagino che per voi non sia una novità se vi dico che, a bordo di questa nave, corrono le voci più incredibili. Quella ragazza mezza francese... Jacqueline de Bellefort... c'è qualcosa di poco chiaro nel suo modo di comportarsi, sapete? Linnet non mi ha mai detto niente ma, com'è logico, non sono né cieco né sordo! Pare che ci sia stato qualcosa fra lei e Simon, in passato... è vero?... *Cherchez la femme*... è sempre stata una buona regola e, stavolta, direi che non dovrete nemmeno *chercher* troppo lontano!»

«Dunque, a quanto mi par di capire, siete convinto che Jacqueline de Bellefort abbia sparato a Madame Doyle?» domandò Poirot.

«Mi sembra di sì, almeno a stare alle apparenze... Anche se, naturalmente, non so niente di niente...»

«Disgraziatamente, invece, noi sappiamo qualcosa!»

«Eh?» Il signor Pennington non nascose di essere sbalordito.

«Sappiamo che è assolutamente impossibile che Jacqueline de Bellefort abbia ucciso Madame Doyle.»

Poi gli spiegò accuratamente le circostanze. Pennington sembrò riluttante ad accettarle.

«Devo ammettere che, almeno in apparenza, tutto sembra chiaro. Però... per esempio, questa infermiera... scommetto che non è rimasta sveglia tutta la notte! Magari si è appisolata e la ragazza ha potuto sgattaiolare fuori e dentro la cabina senza che lei se ne accorgesse.»

«Un po' difficile, Monsieur Pennington. Non dimenticate che le aveva fatto un'iniezione molto forte di sedativo. E, in ogni caso, un'infermiera ha sempre il sonno molto leggero e si sveglia quando la sua paziente si sveglia.»

«A me tutta questa storia sembra molto poco chiara» dichiarò Pennington.»

«Credo che dovrete accettare quanto io affermo» disse Race in tono cortese ma pieno di autorità «e cioè, signor Pennington, che abbiamo esaminato tutte queste possibilità molto scrupolosamente. Il risultato è indiscutibile... Jacqueline de Bellefort non ha ucciso la signora Doyle. Di conseguenza siamo costretti a cercare altrove. Ecco perché speravamo che poteste aiutarci.»

«Io?» Pennington sussultò, innervosito.

«Sì. Eravate amico intimo della vittima. Conoscete tutti gli avvenimenti della sua vita con ogni probabilità molto, ma molto meglio di quanto li conosca il marito, dal momento che fino a pochi mesi fa era un perfetto sconosciuto per lei. Voi, per esempio, potreste sapere se c'era qualcuno che nutriva rancore nei suoi confronti. E forse, addirittura, se c'erano persone che avessero un valido motivo per desiderare la sua morte.»

Andrew Pennington si passò la lingua sulle labbra aride.

«Vi assicuro che non ne ho la minima idea... Vedete, Linnet era stata allevata ed educata in Inghilterra. Quindi io so molto poco dell'ambiente e delle persone che frequentava.»

«Eppure» interloquì Poirot con aria meditabonda «a bordo c'era qualcuno che desiderava la scomparsa di Madame Doyle. Forse ricorderete che è sfuggita per un attimo alla morte proprio qui, quando quel masso è precipitato giù dal pendio... Ah, ma... non eravate presente?»

«No. In quel momento mi trovavo all'interno del tempio. Poi, com'è naturale, ne ho sentito parlare. Sì, è sfuggita alla morte per un pelo. Ma non avrebbe potuto trattarsi semplicemente di una disgrazia? Cosa ne pensate?»

Poirot si strinse nelle spalle.

«Infatti è quello che abbiamo pensato in un primo momento. Adesso... ci si domanda invece...»

«Certo, certo...» e Pennington si asciugò la faccia con un bellissimo fazzoletto di seta. Il colonnello Race continuò: «Il signor Doyle ha accennato a una persona, qui a bordo, che aveva forti motivi di rancore... non tanto nei confronti della donna ma piuttosto della famiglia. Non sapete di chi potrebbe trattarsi?»

Pennington sembrò sinceramente stupito.

«Non ne ho idea.»

«Lei non ve ne ha mai accennato?»

«No.»

«Eravate un intimo amico di suo padre... Non sareste in grado di ricordare qualche operazione d'affari in virtù della quale Ridgeway ha provocato la rovina finanziaria di un concorrente?»

Pennington scrollò il capo con aria desolata. «Non mi risulta che siano accaduti fatti particolarmente clamorosi di questo genere. Come sapete si tratta di operazioni finanziarie piuttosto frequenti ma non riesco a rammentare nessuno che abbia fatto minacce... o qualcosa di simile.»

«In breve, signor Pennington, non potete aiutarci?»

«Così sembra. Vi assicuro che ne sono molto dolente, signori.»

Race scambiò uno sguardo con Poirot e disse: «Ne sono dolente anch'io. Confesso che avevamo qualche speranza...».

E si alzò in piedi per lasciargli capire che il colloquio era terminato.

Andrew Pennington disse: «Viste le condizioni di Doyle immagino preferirà che sia io a pensare a tutto. Perdonatemi, colonnello. Quali decisioni avete preso?».

«Alla nostra partenza di qui proseguiremo senza soste fino a Shellâl, dove arriveremo domattina.»

«E la salma?»

«Verrà rimossa dalla cabina e sistemata in una delle ghiacciaie della nave.»

Andrew Pennington chinò il capo e uscì.

Poirot e Race si scambiarono di nuovo uno sguardo.

«Il signor Pennington non sembrava per niente a suo agio» disse Race accendendosi una sigaretta.

Poirot annuì. «Fra l'altro era tanto sconvolto che si è lasciato andare a raccontare una bugia veramente stupida» gli rispose. «Perché lui non si trovava affatto nel tempio di Abu Simbel quando quel masso è precipitato. Io... *moi qui vous parle*... sono pronto a giurarlo. Ne uscivo proprio in quel momento!»

«Una bugia molto stupida» ripeté Race «ma molto significativa.»

Poirot assentì nuovamente.

«Comunque, per il momento» riprese con un sorriso «ci conviene trattarlo con i guanti, non vi pare?»

«Infatti, sono d'accordo» convenne Race.

«Amico mio, mi accorgo che ci intendiamo a meraviglia.»

Si udì un lieve cigolio, il pavimento ebbe un fremito sotto i loro piedi. Il *Karnak* era partito per il viaggio di ritorno a Shellâl.

«Le perle...» disse Race. «Adesso è la storia delle perle che dobbiamo chiarire.»

«Avete qualche piano?»

«Sì.» Guardò l'orologio. «Fra mezz'ora verrà servito il pranzo. E, alla fine del pasto, proporrei di fare un annuncio davanti a tutti: dirò che le perle sono state rubate e che sono costretto a pregare tutti i presenti di trattenersi in sala da pranzo mentre verrà eseguita una perquisizione.»

Poirot annuì con approvazione.

«Ottima idea. Chiunque sia stato a portar via quelle perle, deve averle ancora e, se non avremo dato il minimo avvertimento in precedenza, non sussisterà praticamente alcuna possibilità che vengano buttate in acqua in un momento di panico.»

Race si tirò davanti qualche foglio di carta e mormorò in tono di scusa: «Vorrei mettere per iscritto nel modo più conciso possibile un resoconto dei fatti finora appurati. Serve a non confondermi le idee quando faccio un'inchiesta».

«Mi pare una buona soluzione. Metodo e ordine, sono indispensabili» rispose Poirot.

Race scrisse per qualche minuto con la sua grafia piccola e ordinata. Poi spinse di fronte a Poirot i risultati della sue fatiche.

«Guardate un po' se c'è qualcosa su cui non vi trovate d'accordo!»

Poirot prese i fogli. In alto portavano la dicitura:

ASSASSINIO DELLA SIGNORA LINNET DOYLE

La signora Doyle è stata vista viva per l'ultima volta dalla sua cameriera, Louise Bourget. Ora: 23.30 (appross.).

Dalle 23.30 alle 24.20 le seguenti persone possiedono un alibi: Cornelia Robson, James Fanthorp, Simon Doyle, Jacqueline de Bellefort e nessun altro, ma il delitto è stato quasi certamente compiuto più tardi dal momento che è stato praticamente accertato che l'arma adoperata sia la rivoltella di proprietà di Jacqueline de Bellefort, sino a quel momento custodita nella sua borsetta. Non esiste la certezza assoluta che sia questa l'arma del delitto e lo potremo sapere soltanto dopo l'autopsia e un esame degli esperti sul proiettile. A ogni modo esistono elementi schiaccianti per ritenere che l'arma adoperata sia proprio questa.

Probabile svolgimento degli avvenimenti: X (l'assassino) ha assistito alla scenata fra Jacqueline e Simon Doyle nel salone-belvedere e ha osservato che la rivoltella era finita sotto un divano. Quando il salone è rimasto vuoto, X è corso a prenderla: la sua idea, infatti, era di far apparire Jacqueline de Bellefort colpevole del delitto. Partendo da questo presupposto, alcune persone vengono a essere automaticamente eliminate dalla lista dei sospetti:

Cornelia Robson, poiché non ha avuto l'opportunità di prendere la pistola prima che James Fanthorp tornasse a cercarla.

Signorina Bowers: per gli stessi motivi.

Dottor Bessner: per gli stessi motivi.

N.B.: Fanthorp non può essere escluso poiché nulla gli impediva di mettersi in tasca l'arma dichiarando poi di non averla trovata.

Tutti gli altri possono aver preso la rivoltella durante i dieci minuti di intervallo.

POSSIBILI MOVENTI DEL DELITTO

Andrew Pennington: nel suo caso si parte dal presupposto che sia colpevole di frode nell'amministrazione finanziaria. Esistono parecchie prove a favore di tale eventualità ma non sono sufficienti a imputargli il delitto. Se è stato lui a far precipitare il masso, è un uomo capace di approfittare dell'occasione quando gli si presenta. Il delitto evidentemente non è stato premeditato se non in via generale. La scenata di ieri sera, con lo sparo conseguente, ha rappresentato un'occasione ideale.

Obiezioni all'ipotesi di colpevolezza di Pennington: per quale ragione avrebbe buttato in acqua la rivoltella dal momento che questa costituiva un preziosissimo indizio contro J.B.?

Fleetwood: movente, la vendetta. Fleetwood si considerava profondamente danneggiato da Linnet Doyle. Potrebbe avere assistito alla scena, senza essere stato visto, e aver osservato dov'era andata a finire la rivoltella. E, successivamente, potrebbe averla presa perché l'arma gli tornava comoda e non tanto per l'idea di far ricadere la colpa su Jacqueline. In tal caso, si capirebbe del perché l'ha scaraventata in acqua. Ma, se le cose stanno a questo modo, per quale motivo ha tracciato quella J con il sangue sulla parete?

N.B.: il ruvido fazzoletto di stoffa da poco prezzo trovato con la rivoltella, è più probabile appartenga a un uomo come Fleetwood piuttosto che a uno dei passeggeri, tutte persone danarose.

Rosalie Otterbourne: dobbiamo accettare la deposizione della signorina Van Schuyler oppure quella di Rosalie, che la respinge? D'altra parte qualcosa è stato effettivamente buttato in acqua più o meno a quell'ora e, presumibilmente, si trattava proprio della rivoltella avvolta nella stola di velluto.

ELEMENTI DA PRENDERE IN CONSIDERAZIONE

Rosalie aveva qualche movente? Forse trovava Linnet Doyle antipatica, magari era addirittura invidiosa di lei ma come moventi per un delitto mi sembrano assolutamente inaccettabili. La testimonianza contro di lei può risultare convincente soltanto se si scoprisse un movente ragionevole. Per quanto ne sappiamo, non esisteva alcuna conoscenza, né tanto meno una relazione precedente, fra Rosalie Otterbourne e Linnet Doyle.

Signorina Van Schuyler: la stola di velluto nella quale era avvolta la pistola appartiene alla signorina Van Schuyler. Secondo le sue stesse dichiarazioni, l'aveva vista per l'ultima volta nel salone. Ha richiamato l'attenzione sul fatto di non trovarla più durante la serata, e subito è stata condotta una ricerca in tal senso, ma senza successo.

Come ha potuto X entrare in possesso della stola? È stato X che se n'è impossessato ieri sera, un po' di tempo prima? Ma in tal caso, perché? Nessuno poteva prevedere in anticipo la scenata che si sarebbe scatenata fra Jacqueline e Simon. È possibile che X abbia trovato la stola nel salone quando è andato a prendere la pistola sotto il divano?

Ma, allora, come mai nessuno era riuscito a trovare la stola prima, quando la stavano cercando? E se fosse sempre rimasta in possesso della signorina Van Schuyler? Cioè: se fosse stata la signorina Van Schuyler ad assassinare Linnet Doyle? E se le sue accuse nei confronti di Rosalie Otterbourne fossero una menzogna deliberata? Ma se è stata lei a uccidere, quale movente aveva?

Altre possibilità:

FURTO

È possibile, visto che le perle sono scomparse e sappiamo con certezza che Linnet Doyle le portava anche ieri sera.

QUALCUNO CHE NUTRE UN ANTICO RANCORE
CONTRO LA FAMIGLIA RIDGEWAY

Anche questo è possibile ma non esistono prove in proposito.

Sappiamo, inoltre, che a bordo c'è un uomo pericoloso, un assassino. Eccoci di fronte a un assassino e a un decesso. Che ci sia un nesso tra le due cose? Se è così, dovremmo riuscire a dimostrare che Linnet Doyle era in possesso di alcuni elementi pericolosi per la sicurezza di quest'uomo.

CONCLUSIONI

Le persone a bordo possono essere raggruppate in due categorie: quelle che avevano un probabile movente o sulle quali esistono indizi sicuri; e quelle che finora sono esenti da sospetti.

I GRUPPO	II GRUPPO
Andrew Pennington	Signora Allerton
Fleetwood	Tim Allerton

Rosalie Otterbourne
Signorina Van Schuyler
Louise Bourget (furto?)
Ferguson (motivi politici?)

Cornelia Robson
Signorina Bowers
Dottor Bessner
Signor Richetti
Signora Otterbourne
James Fanthorp

Poirot restituì i fogli a Race.

«Tutto ciò che avete scritto qui mi sembra giustissimo ed esattissimo.»

«Dunque siete d'accordo?»

«Sì.»

«E adesso qual è il vostro contributo?»

Poirot si raddrizzò su se stesso assumendo un'aria d'importanza, e disse: «Per quel che mi riguarda, mi faccio una domanda: per quale motivo la pistola è stata buttata in acqua?».

«Tutto qui?»

«Al momento sì. Fino a quando non otterrò una risposta soddisfacente a questa domanda, non ha senso indagare altrove. Infatti... quello dev'essere il punto di partenza. Fra l'altro, osserverete, amico mio, che nel vostro riepilogo della situazione, non avete tentato di dare una risposta a questo punto.»

Race si strinse nelle spalle.

«Panico.»

Poirot scrollò il capo con aria perplessa. Prese la stola di velluto inzuppata d'acqua e la allargò, fradicia e macchiata, sul tavolo. Poi con le dita sfiorò lievemente le bruciacchiature e i piccoli fori che vi si trovavano.

«Ditemi, caro amico,» esclamò all'improvviso «voi che senz'altro avete maggior pratica di me in fatto di armi da fuoco: secondo voi, un oggetto come questo, avvolto intorno a una rivoltella, servirebbe davvero a soffocare in qualche modo il rumore della detonazione?»

«Non molto. In ogni caso non quanto un silenziatore, per esempio.»

Poirot annuì. E riprese: «Un uomo... un uomo che fosse abituato a maneggiare armi da fuoco lo saprebbe di sicuro. Ma una donna... no, una donna non potrebbe immaginarlo».

Race lo guardò con curiosità. «Probabilmente, no.»

«Infatti. Una donna magari può aver letto queste notizie in un romanzo poliziesco ma sappiamo benissimo che tali libri non sono molto precisi quando si scende nei dettagli!»

Intanto Race stava sfiorando con la punta di un dito la piccola rivoltella dal calcio intarsiato di madreperla.

«D'altro canto un gingillino di questo genere non farebbe mai molto rumore» disse. «Più che altro un "plop", come quello di un tappo! E se intorno ci fossero stati altri rumori, sono pronto a scommettere uno contro dieci che nessuno lo avrebbe avvertito.»

«Sì, è quello su cui riflettevo anch'io.»

Poi Poirot afferrò il fazzoletto e lo esaminò.

«Un fazzoletto da uomo... ma non un fazzoletto da gentiluomo. Da Woolworth, immagino che sia stato comperato lì. Dev'essere costato al massimo tre pence.»

«È il classico tipo di fazzoletto che potrebbe usare un uomo come Fleetwood.»

«Già. Ho notato che Andrew Pennington ne ha uno bellissimo, di seta.»

«Ferguson?» suggerì Race.

«È possibile. Un po' come gesto di sfida! Ma in tal caso sarebbe stato, piuttosto, uno di quei fazzoletti che si portano al collo.»

«Immagino che l'assassino lo abbia usato al posto di un guanto, per impugnare la rivoltella e non lasciarvi le proprie impronte digitali.» E Race aggiunse, cercando di buttar la cosa sullo scherzo: «"L'indizio del Fazzoletto Che Arrossisce"».

«Ah, sì. Proprio un colore da *jeune fille*, vero?» Poi lo depose e tornò a esaminare la stola, osservando di nuovo le bruciacchiature e i piccoli fori.

«Eppure, è strano...» mormorò.

«Cosa volete dire?»

Poirot mormorò con voce lenta e dolce: «*Cette pauvre* Madame Doyle. Distesa in quel letto con quell'aria piena di pace... e un forellino nella testa. Ricordate la sua espressione?».

Race lo guardò con curiosità. «Sapete,» disse «ho una mezza idea che vogliate farmi capire qualcosa... Purtroppo non riesco a immaginare cosa.»

19

Si sentì un colpetto alla porta.

«Avanti» disse Race.

Entrò un cameriere.

«Scusate, signore» disse a Poirot. «Il signor Doyle chiede di voi.»

«Vengo subito.»

Poirot si alzò, uscì dalla stanza e s'incamminò lungo il ponte di passeggiata per raggiungere la cabina del dottor Bessner.

Simon, che aveva il viso arrossato e appariva febbricitante, era ancora sostenuto da un mucchio di guanciali. Appariva imbarazzato.

«È stato molto cortese da parte vostra essere venuto, Monsieur Poirot. Sentite un po', c'è qualcosa che vorrei domandarvi.»

«Sì?»

Simon diventò ancora più rosso. «Ecco... si tratta di Jackie. Vorrei vederla. Secondo voi... vi spiacerebbe... Credete che a lei spiacerebbe, cosa ne pensate? Se la pregassi di venire qui? Perché, vedete, costretto come sono a rimanere immobile in un letto ho cominciato a pensare... Quella povera bambina... in fondo è soltanto una bambina... io l'ho trattata così male... e...» continuò a balbettare sempre più piano; infine tacque.

Poirot lo scrutò con interesse.

«Desiderate vedere Mademoiselle Jacqueline? Vado a chiamarla.»

«Grazie. È molto gentile da parte vostra.»

Poirot uscì per eseguire il suo incarico. Trovò Jacqueline de Bellefort rannicchiata in un angolo del salone. Aveva un libro aperto in grembo ma non leggeva.

Poirot disse con dolcezza: «Volete venire con me, *mademoiselle*? Monsieur Doyle desidera vedervi».

Lei si alzò di scatto. Arrossì fino alla radice dei capelli, poi si fece di colpo pallidissima. Pareva stupefatta.

«Simon? Vuole vedermi? Vuole vedere proprio me?»

Lui trovò commovente tanta incredulità.

«Allora verrete, *mademoiselle*?»

Lei lo seguì docile come una bambina, una bambina sconcertata.

«Io... sì, certo che vengo.»

Poirot rientrò nella cabina di Bessner.

«Ecco qui *mademoiselle*.»

Lei lo seguì, rimase per un attimo incerta, si immobilizzò... Pareva impietrita, non riusciva a dire una parola, teneva gli occhi sbarrati e scrutava il volto di Simon.

«Salve, Jackie.» Anche lui era imbarazzato. Poi riprese: «Sei stata molto gentile a venire. Volevo dirti... insomma, ecco, intendevo... quel che volevo farti capire è...». Lei lo interruppe. E le parole le salirono alle labbra impetuose, disperate, rotte dall'emozione: «Simon... non sono stata io a uccidere Linnet. Lo sai, vero, che non avrei mai potuto fare una cosa simile? Io... ero pazza ieri sera. Oh, riuscirai mai a perdonarmi?».

Adesso pareva che lui non fosse più imbarazzato come prima. E le rispose con maggior disinvoltura: «Ma certo! Per carità! Non devi più pensarci! Ecco quello che volevo dirti. Perché immaginavo che tu avresti cominciato a tormentarti un poco, capisci...».

«Tormentarmi? Un poco? Oh! Simon!»

«Era proprio per questo che desideravo vederti. Va tutto bene, cerca di capirmi, vecchia mia, eh? Ieri sera eri un po' sbalestrata... forse anche un briciolino ubriaca. Del resto era tutto perfettamente naturale.»

«Oh, Simon! Avrei potuto ucciderti!»

«Tu? No. Come puoi pensare che avresti potuto uccidermi con quel gingillo che potrebbe servire, tutt'al più, a sparare piselli...»

«La tua gamba! C'è il rischio che tu non riesca più a camminare...»

«Su, da brava, Jackie, adesso non perdere la testa! Non appena arriveremo ad Assuan, mi faranno una radiografia, riusciranno a estrarre quel piccolo proiettile da niente e vedrai che tutto si sistemerà nel modo migliore.»

Jacqueline, che si sentiva la gola chiusa, deglutì un paio di volte, poi si precipitò in avanti, inginocchiandosi di fianco alla cuccetta dove Simon giaceva, nascondendosi la faccia fra le mani e scoppiando in singhiozzi. Simon le fece una carezza sulla testa, con un gesto pieno di imbarazzo. Poi i suoi occhi incrociarono lo sguardo di Poirot; e quest'ultimo, con un sospiro di riluttanza, lasciò la cabina.

Intanto, mentre si allontanava continuava a sentire quei mormorii confusi e sconnessi.

«Come ho potuto essere così perfida? Oh, Simon! Se tu sapessi come sono disperata...!»

Fuori, Cornelia Robson stava appoggiata al parapetto. Girò la testa verso di lui.

«Oh, siete voi, Monsieur Poirot. Sembra una cosa terribile da dire eppure... io trovo che è una giornata tanto bella!»

Poirot alzò gli occhi verso il cielo.

«Quando il sole splende non si può vedere la luna» disse. «Ma, quando il sole è tramontato... ah, quando il sole è tramontato!»

Cornelia lo guardò a bocca aperta.

«Come... come dite?»

«Stavo dicendo, *mademoiselle*, che quando il sole è tramontato, possiamo vedere la luna. Non è forse così?»

«Sì... sì, certamente... Senza dubbio!»

Intanto lo guardava con aria perplessa.

Lui sorrise garbatamente.

«Sto dicendo un mucchio di sciocchezze!» esclamò. «Vi prego, non badateci!»

E si incamminò senza fretta verso prua. Mentre passava davanti alla cabina successiva, si soffermò per un attimo: così gli giunse all'orecchio qualche brano di una conversazione che si stava svolgendo all'interno: «La più profonda ingratitudine... dopo tutto quello che ho fatto per te... non hai nessuna considerazione per la tua povera disgraziata mamma... non immagini nemmeno tutte le mie sofferenze...».

Poirot strinse le labbra e poi, alzata una mano, bussò alla porta.

Dall'interno gli giunse un profondo silenzio e, infine, la voce della signora Otterbourne chiese: «Chi c'è?».

«Mademoiselle Rosalie, prego?»

Rosalie apparve alla soglia. Poirot rimase sconvolto di fronte al suo aspetto. Aveva le occhiaie e due rughe profonde ai lati della bocca.

«Si può sapere cosa c'è?» gli domandò sgarbatamente. «Cosa volete?»

«Il piacere di un colloquio di pochi minuti con voi, *mademoiselle*. Verrete?»

Lei corrugò la fronte e gli scoccò uno sguardo pieno di sospetto.

«Per quale motivo dovrei venire?»

«Vi prego, *mademoiselle*.»

«Oh, immagino che...»

Uscì sul ponte richiudendo la porta dietro di sé.

«Be'?»

Poirot la prese gentilmente per un braccio e la condusse con sé lungo il ponte in direzione della poppa. Passarono davanti alle stanze da bagno e girarono l'angolo. Adesso avevano, tutta per loro, la parte destra del ponte. Il Nilo scorreva rapido sotto la fiancata.

Poirot appoggiò i gomiti al parapetto. Rosalie, invece, rimase rigida e impettita.

«Be'?» domandò di nuovo, e la sua voce aveva sempre il tono sgarbato di poco prima.

Poirot cominciò a parlare, scegliendo le parole. «Potrei farvi determinate domande, *mademoiselle*, ma non penso nemmeno per un attimo che accettereste di rispondermi.»

«In tal caso mi sembra che sia stato inutile condurmi fin qui.»

Poirot aveva preso a far scorrere lentamente un dito sul parapetto di legno.

«Siete abituata, *mademoiselle*, a portare il vostro fardello... ma non potete farlo ancora per molto. La tensione sta diventando insopportabile. Sì, per voi, *mademoiselle*, la tensione sta diventando eccessiva.»

«Non riesco a capire di che cosa parlate» disse Rosalie.

«Parlo dei fatti, *mademoiselle*, dei fatti nudi e crudi... Diciamo pane al pane e affrontiamo la verità senza troppe perifrasi: vostra madre beve, *mademoiselle*.»

Rosalie non rispose. Aprì la bocca; poi la chiuse. Per un attimo sembrò che le mancassero le parole per rispondere.

«Non occorre dire niente, *mademoiselle*. Parlerò io. Fin da Assuan mi ha interessato il rapporto che avevate con vostra madre. Infatti ho intuito immediatamente (malgrado le vostre battute studiate con cura perché non rivelassero nessun affetto filiale) che, in realtà, voi cercavate con tutte le vostre forze di proteggerla da qualche cosa e ben presto mi sono reso conto di che si trattava. Lo sapevo già ancora prima che mi capitasse di incontrare vostra madre, una mattina, in stato evidente di ubriachezza. Fra l'altro, ho capito subito che era abituata a bere di nascosto... e questo, in genere, è uno dei casi più difficili contro i quali lottare. Da parte vostra, invece, voi affrontavate la vostra battaglia con coraggio. Ma, nonostante questo, vostra madre metteva in pratica tutte le astuzie delle persone abituate a bere di nascosto. Era riuscita a mettere le mani su un certo numero di bottiglie di alcolici, e anche a nasconderle tanto bene che voi non eravate stata capace di trovarle. Non mi meraviglierei se, invece, aveste scoperto il nascondiglio soltanto ieri. Di conseguenza, durante la notte, non appena vostra madre è sprofondata nel sonno, siete uscita di soppiatto con il contenuto della *cache*, siete passata sul lato opposto della nave (dal momento che la vostra cabina guardava verso la riva) e avete buttato tutto nel Nilo.»

Fece una pausa.

«Ho ragione, sì o no?»

«Sì... avete ragione» esclamò Rosalie con impeto. «Immagino di essere stata una stupida a non dirlo! Ma non volevo che la faccenda si sapesse in giro! Ne avrebbero parlato tutti a bordo. E mi sembrava talmente... talmente stupido... voglio dire... che io...»

Poirot concluse la frase per lei.

«Talmente stupido che voi foste sospettata di aver commesso un assassinio?»

Rosalie annuì.

Poi riprese, con lo stesso tono impetuoso di prima: «Ho tentato disperatamente di impedire che qualcuno lo venisse a sapere... in fondo, non è colpa sua. Si è scoraggiata. I suoi libri non si vendono più come una volta. La gente ha cominciato a stancarsi di quei romanzi dove non si fa altro che parlare di sesso... storie che non valgono niente, da quattro soldi... Ne è rimasta addolorata... profondamente addolorata. Così ha cominciato a bere. Per molto tempo non sono riuscita a capire come mai a volte fosse così strana. Poi, quando l'ho scoperto, ho cercato... ho cercato di farla smettere. Lei rigava dritto per un po' ma, di colpo, ricominciava e così ci sono stati litigi violenti e discussioni anche con altre persone. È stato terribile». Fu scossa da un brivido. «Io dovevo sempre stare di guardia... ero lì sempre a sorvegliarla in modo da condurla via... Poi ha cominciato a odiarmi per questo e mi si è rivoltata contro... A volte, adesso, ho la sensazione che arrivi al punto di odiarmi!»

«*Pauvre petite*» disse Poirot.

Lei si voltò a protestare con veemenza.

«Non abbiate compassione per me! Non siate gentile! Tutto mi riuscirà più facile se non vi comporterete così.» Sospirò, un lungo sospiro tremulo e straziante. «Sono così stanca... stanchissima, mortalmente stanca.»

«Lo so» rispose Poirot.

«La gente mi considera insopportabile. Scontrosa, imbronciata, di pessimo carattere. Non so cosa farci. Ho dimenticato come si fa a essere buoni e gentili.»

«Proprio quello che vi dicevo; è troppo tempo che portate da sola la vostra croce.»

Rosalie riprese adagio: «È un sollievo... parlarne. Voi... voi siete sempre stato molto gentile con me, Monsieur Poirot. Io invece ho paura di essermi comportata in un modo molto scortese nei vostri confronti, e spesso».

«*La politesse* non è necessaria quando si è fra amici.»

Poi sul volto di Rosalie balenò il lampo di un sospetto.

«E adesso... non andrete a raccontarlo a tutti, vero? Immagino che sarà inevitabile visto che ho scaraventato in acqua quelle maledette bottiglie!»

«No, no, non sarà necessario. Però, ditemi una cosa che desidero sapere. Più o meno che ora poteva essere? L'una e dieci?»

«Sì, più o meno. Non ricordo esattamente.»

«Adesso ditemi qualcos'altro, *mademoiselle*. Mademoiselle Van Schuyler vi ha vista, e voi avete visto lei?»

Rosalie scrollò la testa.

«No, non l'ho vista.»

«Lei dice di aver guardato fuori dalla sua cabina.»

«In ogni caso non credo che l'avrei notata. Io mi sono limitata a dare un'occhiata su e giù per il ponte e poi ho guardato verso il fiume.»

Poirot assentì.

«E non avete visto nessuno... proprio nessuno, mentre guardavate su e giù per il ponte?»

Ci fu un silenzio... un lungo silenzio. Rosalie pareva riflettere intensamente.

Alla fine scrollò la testa, con un gesto deciso.

«No» disse. «Non ho visto nessuno.»

Hercule Poirot fece segno di sì con la testa. Ma i suoi occhi avevano un'espressione grave.

20

La gente cominciò a entrare in sala da pranzo alla spicciolata, una o due persone alla volta; ma tutti si comportavano in maniera impacciata, parevano a disagio. L'impressione generale era quella che sedersi a tavola e mangiare allegramente fosse la più smaccata dimostrazione di una vergognosa insensibilità, pertanto fu quasi con aria di scusa che un passeggero dopo l'altro, arrivando, andava a sedersi al proprio tavolo.

Tim Allerton si presentò quando sua madre si era già accomodata da qualche minuto. Sembrava di pessimo umore.

«Come vorrei non aver mai deciso di fare questo maledetto viaggio» borbottò.

La signora Allerton scrollò la testa con aria piena di tristezza. «Oh, mio caro, anch'io! Quella ragazza così bella! Sembra un tale peccato. Pensare che qualcuno abbia avuto il coraggio di ucciderla a sangue freddo. Mi sembra orribile che ci sia qualcuno capace di commettere un'azione simile. E quell'altra povera creatura!»

«Jacqueline?»

«Sì, mi fa una tale compassione! Ha un'aria terribilmente infelice.»

«Così imparerà ad andare in giro sparacchiando all'impazzata con quegli stupidi gingilli!» ribatté Tim in tono spietato, mentre si serviva del burro.

«La mia impressione è che sia stata educata molto male.»

«Oh, mamma, per amor di Dio, non cominciare con i tuoi commenti materni!»

«Tim, sei di umore spaventoso!»

«Sì, è vero. E chi non lo sarebbe?»

«Non riesco a capire cosa ci sia da arrabbiarsi! A me tutta questa storia sembra paurosamente triste, e basta.»

Tim ribatté, sempre più imbronciato: «Già, tu vedi sempre ogni cosa da un punto di vista romantico! Invece non ti rendi conto che non è affatto uno scherzo trovarsi immischiati in un caso di assassinio!».

La signora Allerton rimase un po' sconcertata.

«Ma certamente...»

«Proprio così. Non si scherza, in questi casi. C'è poco da ridere! Tutti i passeggeri di questa stramaledetta nave sono sull'elenco dei sospetti... tu e io, e tutti gli altri.»

La signora Allerton cercò di obiettare: «A rigor di termini, lo siamo, credo... ma, a considerare bene le cose, è assurdo!».

«Non c'è niente di assurdo di fronte a un delitto! Stai pur lì seduta comodamente, cara, a trasudare virtù, rettitudine e perbenismo ma ti garantisco che quando saremo a Shellâl oppure ad Assuan, un mucchio di antipatici poliziotti non andranno tanto per il sottile! Quella gente lì è abituata a non dare niente per scontato.»

«Può darsi che, prima di arrivarci, si sappia la verità!»

«E come sarebbe possibile?»

«Non è escluso che Monsieur Poirot la scopra.»

«Quel vecchio buffone? Non scoprirà un bel niente. Quello lì è soltanto capace di parlare... tutto chiacchiere e baffi!»

«Insomma, Tim» esclamò la signora Allerton. «Può darsi che sia vero quello che dici ma, anche se così fosse, dobbiamo rassegnarci. È uno scotto che dobbiamo pagare e quindi non ci resta che accettare quello che il futuro ci porterà il più serenamente possibile.»

Suo figlio invece non diede l'impressione di rassegnarsi.

«Fra l'altro c'è anche quella maledetta faccenda delle perle scomparse.»

«Le perle di Linnet?»

«Già. Si direbbe che qualcuno le abbia arraffate.»

«Immagino sia stato il movente del delitto» disse la signora Allerton.

«E per quale ragione? A me sembra che tu stia confondendo due questioni assolutamente indipendenti.»

«Chi ti ha raccontato che le perle sono scomparse?»
«Ferguson. L'ha saputo da quel suo rozzo amico che fa il macchinista, il quale a sua volta se lo è sentito raccontare dalla cameriera.»
«Erano perle stupende» dichiarò la signora Allerton.
Intanto Poirot era arrivato e stava sedendosi a tavola, dopo aver abbozzato un piccolo inchino verso la signora Allerton.
«Sono un po' in ritardo» disse.
«Immagino siate stato impegnato» rispose la signora Allerton.
«Sì, sono stato impegnatissimo.»
Ordinò una nuova bottiglia di vino al cameriere.
«Come siamo diversi nei nostri gusti» disse la signora Allerton. «Voi bevete sempre vino; Tim beve whisky e soda e io sto provando, di volta in volta, tutte le differenti marche di acque minerali.»
«*Tiens!*» disse Poirot. E la fissò intento per un attimo. Poi mormorò tra sé: "È un'idea, questa...".
Infine, con una scrollata di spalle, spazientito, scacciò quel pensiero improvviso che lo aveva distratto e cominciò a chiacchierare amabilmente.
«È molto grave la ferita del signor Doyle?» domandò la signora Allerton.
«Sì, piuttosto... il dottor Bessner è impaziente di arrivare ad Assuan in modo che si possa fare una radiografia e il proiettile venga estratto. Spera comunque che la gamba possa guarire completamente e non ci sia pericolo che quel poveretto resti claudicante.»
«Povero Simon» disse la signora Allerton. «Soltanto ieri aveva l'aria felice e contenta di un ragazzo, e pareva che avesse tutto ciò che si può desiderare al mondo! Adesso la sua bellissima moglie è stata uccisa e lui si trova immobilizzato in un letto. In ogni caso mi auguro...»
«Che cosa vi augurate, *madame*?» domandò Poirot visto che la signora Allerton si era interrotta.
«Mi auguro che non sia troppo in collera con quella povera bambina.»
«Con Mademoiselle Jacqueline? Anzi, al contrario! Era ansioso, e molto inquieto, sul suo conto.»
E si rivolse a Tim: «Vedete: questo, secondo me, è un interessante piccolo problema psicologico. Fintanto che Mademoiselle Jacqueline li seguiva da un posto all'altro, era letteralmente paz-

zo di rabbia nei suoi confronti; adesso, invece, che lei lo ha addirittura ferito... magari rischiando di azzopparlo per il resto dei suoi giorni... pare che tutta quella rabbia sia scomparsa. Lo capite voi questo?».

«Sì,» rispose Tim con aria meditabonda «credo di capirlo. Perché, vedete, nel primo caso gli sembrava di essere un povero idiota...»

Poirot assentì. «Avete pienamente ragione. Era un affronto alla sua dignità maschile.»

«Ma adesso, se provate a considerare la situazione sotto un certo punto di vista... è lei che si è resa ridicola. A parte il fatto che, in questo momento, tutti sono contro di lei e quindi...»

«Lui può comportarsi da persona generosa e perdonarla» concluse la signora Allerton. «Come sono infantili gli uomini!»

«Questa è un'affermazione quanto mai errata che alle donne piace enormemente fare» mormorò Tim.

Poirot sorrise. Poi riprese rivolgendosi a Tim: «Ditemi un po': la cugina di Madame Doyle, la signorina Joanna Southwood, assomiglia per caso un poco a Madame Doyle?».

«State facendo una piccola confusione, Monsieur Poirot. Joanna è nostra cugina e amica di Linnet.»

«Ah, *pardon*... Adesso ricordo: quella signorina fa sempre parlare molto di sé i giornali e per un certo periodo di tempo mi ha interessato...»

«Per quale motivo?» gli domandò bruscamente Tim.

Poirot fece il gesto di alzarsi per fare un inchino a Jacqueline de Bellefort, la quale stava passando in quel momento davanti al loro tavolo per raggiungere il proprio. Aveva le guance arrossate, gli occhi luccicanti, il respiro un po' affannoso. Mentre si rimetteva a sedere, Poirot diede l'impressione di aver dimenticato la domanda di Tim e mormorò in tono assente: «Mi domando se tutte le giovani signore che possiedono gioielli preziosi sono trascurate come lo era Madame Doyle».

«Dunque è vero che quelle perle sono state rubate?» domandò la signora Allerton.

«Chi ve lo ha detto, *madame*?»

«È stato Ferguson» si affrettò a ribattere Tim.

Poirot annuì con aria grave.

«Sì, è verissimo.»

«Immagino» disse la signora Allerton innervosita «che tutto questo significherà un mucchio di seccature per tutti noi. Del resto, è il parere di Tim!»

Suo figlio le lanciò un'occhiataccia ma Poirot si era già voltato verso di lui e gli stava domandando: «Ah! Avete avuto già qualche esperienza in merito, forse? Vi è capitato di trovarvi in qualche casa in cui era stato commesso un furto?».

«No, mai» rispose Tim.

«Ma sì, tesoro, non ti ricordi che eri anche tu dai Portarlington quella volta... quando sono stati rubati i brillanti di quella donna insopportabile?»

«È incredibile come tu capisca sempre le cose nel modo sbagliato, mamma. Ero presente quando hanno scoperto che la collana di brillanti, che lei portava a quel collo tondo e grasso, era falsa. La sostituzione vera e propria era avvenuta, con ogni probabilità, già da parecchi mesi... anzi c'è stata molta gente che ha detto addirittura che era stata lei a fare la sostituzione... lei in persona!»

«Suppongo che questa sia stata l'opinione di Joanna.»

«Joanna non c'era!»

«Però conosceva molto bene quella gente. E non mi meraviglierei affatto se le fosse sfuggita una insinuazione del genere!»

«Già, mamma... tu sei tutta contenta quando puoi prendertela con Joanna!»

Poirot si affrettò a cambiare argomento. Aveva intenzione di fare grosse spese in una delle botteghe di Assuan. Certe stoffe stupende color porpora e oro nella bottega di uno di quei mercanti indiani... D'accordo, ci sarebbe stata la dogana da pagare, ma...

«Mi dicono, però, che si potrebbe... non so se mi spiego nel modo più corretto... farsele spedire direttamente. E pare che il costo della spedizione non sia eccessivo. Cosa ne dite, arriveranno senza venire rovinate?»

La signora Allerton rispose che molta gente, da quello che aveva sentito, aveva l'abitudine di farsi spedire direttamente in Inghilterra vari oggetti dalle botteghe in questione e tutto era sempre arrivato sano e salvo.

«*Bien.* Allora farò anch'io così. Però, quanti fastidi quando si è all'estero se ci si fa spedire un pacchetto dall'Inghilterra! Non avete mai avuto esperienze simili? Non vi siete mai fatti arrivare qualche pacco mentre eravate in viaggio?»

«No, non mi pare, Tim, vero? A volte tu ricevi dei libri ma, naturalmente, in questi casi non si hanno mai noie.»

«Ah, no, con i libri è tutto differente!»

Intanto era stato servito il dessert. E subito dopo, senza alcun preavviso, il colonnello Race si alzò in piedi e fece il suo discorso.

Accennò alle circostanze del delitto e annunciò il furto delle perle. Adesso stava per essere organizzata la perquisizione della nave e, quindi, sarebbe stato molto grato a tutti i passeggeri se si fossero trattenuti nel salone fino a quando non l'avessero completata. Poi, se i passeggeri erano d'accordo, benché non dubitasse affatto del loro consenso, anche loro avrebbero dovuto essere tanto cortesi da sottoporsi a una perquisizione.

Intanto Poirot lo aveva raggiunto di soppiatto. Intorno a loro si levò un brusio di voci... stupite, indignate, emozionate...

Appena raggiunto Race, Poirot gli mormorò qualcosa all'orecchio. Race lo ascoltò, assentì e chiamò con un cenno un cameriere. Gli mormorò qualche parola poi, accompagnato da Poirot, uscì sul ponte richiudendosi la porta alle spalle.

Per qualche minuto rimasero appoggiati al parapetto. Race accese una sigaretta.

«Niente affatto cattiva, la vostra idea» disse. «Presto sapremo se ci è stata utile. Darò tre minuti di tempo a quella gente...»

La porta della sala da pranzo si aprì e comparve lo stesso cameriere al quale il colonnello aveva parlato poco prima. Costui si avvicinò a Race e, dopo averlo salutato, disse: «Precisamente, signore. C'è una signora che dice di dovervi parlare subito, con la massima urgenza».

«Ah!» Un lampo di soddisfazione illuminò il volto di Race. «Di chi si tratta?»

«Della signorina Bowers, l'infermiera.»

Adesso il volto di Race rivelava, invece, una leggera sorpresa.

«Accompagnatela nella sala per fumatori» disse. «Ma che nessun altro si muova!»

«Nossignore. C'è l'altro cameriere che penserà a sorvegliarli.»

E rientrò in sala da pranzo. Poirot e Race passarono nel salotto per fumatori.

«La Bowers, eh?» mormorò Race.

Ci erano appena entrati quando il cameriere ricomparve accompagnato dalla signorina Bowers. La fece entrare e se ne andò, richiudendo la porta dietro di sé.

«Ebbene, signorina Bowers?» Il colonnello Race la guardò con aria interrogativa. «Si può sapere cos'è tutta questa storia?»

La signorina Bowers aveva il suo solito aspetto composto, tranquillo. E non rivelava una particolare emozione.

«Credo vorrete scusarmi, colonnello Race,s» disse «ma date le circostanze ho pensato che la cosa migliore fosse quella di venire a parlarvi subito...» e intanto apriva la borsetta nera che aveva con sé «... per restituirvi queste.»

Tirò fuori un lungo filo di perle e le depose sul tavolo.

21

Se la signorina Bowers fosse stata il genere di donna che si compiace di far sensazione, sarebbe stata ampiamente ripagata dai risultati del suo gesto.

Sul viso del colonnello Race si disegnò un'espressione di profondo stupore. Intanto sollevava la collana di perle dal tavolo.

«È una cosa assolutamente incredibile» disse. «Vi dispiacerebbe essere tanto cortese da darci qualche spiegazione, signorina Bowers?»

«Naturale! È proprio quello che sono venuta a fare.» La signorina Bowers si sistemò più comodamente in una poltrona. «Capirete che è stato un po' difficile decidere quale fosse la cosa migliore da farsi. La famiglia, come è logico, non desidera provocare scandali di nessun genere e, quindi, si è affidata alla mia discrezione; ma le circostanze, ora, sono talmente particolari che ho capito di non aver altra scelta. Come è logico, non avendo trovato niente nelle cabine, la vostra mossa successiva sarebbe stata una perquisizione dei passeggeri e, se le perle fossero state scoperte in mio possesso, mi sarei trovata in una situazione molto imbarazzante e la verità sarebbe venuta a galla lo stesso.»

«Ma qual è questa verità? Siete stata voi a portar via le perle dalla cabina della signora Doyle?»

«Oh, no, colonnello Race, no di certo. È stata la signorina Van Schuyler.»

«La signorina Van Schuyler?»

«Sì. Non può farci niente, capite... è più forte di lei... Ehm... ha l'abitudine di prendere le cose. Soprattutto quando si tratta di gioielli. In realtà è questo il vero motivo per il quale sono sempre con lei. Non si tratta affatto della sua salute; ma soltanto di questo vizietto. Io sto sempre con gli occhi aperti e, per fortuna, da quando la assisto, non abbiamo mai avuto fastidi. Naturalmente occorre che io la sorvegli sempre con molta attenzione, mi capite! Fra l'altro ha l'abitudine di nascondere le cose che ruba sempre nello stesso posto, arrotolandole in un paio di calze; quindi, il mio compito è molto semplice. Ogni mattina faccio un controllo. Ho il sonno leggero e dormo sempre nella camera attigua alla sua, con la porta di comunicazione aperta se siamo in un albergo, quindi – in genere – la sento. Allora le corro dietro e la convinco a tornarsene a letto. Come potete ben capire è un po' difficile quando si è a bordo di una nave. Però, in genere, non lo fa mai durante la notte. Di solito si limita a portar via le cose che vengono lasciate in giro. Ma, com'è naturale, le perle hanno sempre avuto una grande attrazione su di lei.»

La signorina Bowers smise di parlare.

Race domandò: «Come avete fatto a scoprire che le aveva portate via?».

«Le ho trovate fra le sue calze stamattina. Ho capito subito di chi erano, naturalmente. Le avevo notate spesso. Quindi mi sono precipitata a restituirle nella speranza che la signora Doyle non fosse ancora sveglia né si fosse accorta della loro scomparsa. Invece c'era un cameriere di guardia davanti alla porta che mi ha avvertito del delitto e ha detto che nessuno poteva entrare. Così mi sono trovata in un bel guaio! Ho continuato ad avere la speranza di potermi infilare di soppiatto nella cabina per metterle di nuovo a posto prima che qualcuno si accorgesse che non c'erano più. Vi assicuro che ho passato una mattinata spaventosa continuando a lambiccarmi il cervello cercando la soluzione migliore. Capirete, la famiglia Van Schuyler è talmente rigida ed esclusiva! Guai se una notizia del genere fosse apparsa sui giornali. Spero che non si arriverà a questo punto, vero?»

La signorina Bowers, adesso, non nascondeva di essere molto preoccupata.

«Dipende dalle circostanze» disse il colonnello Race in tono prudente. «In ogni caso faremo del nostro meglio per venirvi in aiuto! Ma cosa avrebbe da dire a questo proposito la signorina Van Schuyler?»

«Oh, negherà tutto. Lo fa sempre. Dice che dev'essere stata qualche persona dispettosa a nascondere fra la sua roba questi oggetti. Non ammette, mai e poi mai, di aver preso qualche cosa. Ecco perché se si riesce a fermarla in tempo, se ne torna a letto buona buona, docile come un agnellino! Si limita a dire che si era alzata per vedere la luna o qualcosa del genere...»

«La signorina Robson è al corrente di questa sua... ehm... debolezza?»

«No, affatto. Sua madre, sì; lei, però, è una ragazza molto semplice e quindi sua madre ha pensato che fosse meglio lasciarla all'oscuro di tutto. Del resto, io sono più che sufficiente a sorvegliare la signorina Van Schuyler» aggiunse la signorina Bowers in tono pieno di efficienza.

«Non ci resta che ringraziarvi, *mademoiselle*, per essere venuta da noi con tanta prontezza» disse Poirot.

La signorina Bowers si alzò in piedi.

«Spero di aver agito per il meglio.»

«Potete esserne sicura!»

«Perché, vedete, con il fatto che c'è stato anche un assassinio...»

Il colonnello Race la interruppe, domandandole con voce grave: «Signorina Bowers, vorrei chiedervi un'informazione ma vi avverto subito che dovreste rispondermi con la massima sincerità. La signorina Van Schuyler, evidentemente, ha una forma di squilibrio mentale che l'ha fatta diventare cleptomane. Mi sapreste dire se, per caso, non è anche affetta da mania omicida?».

La risposta della signorina Bowers fu immediata: «Oh, poveri noi, no! Non c'è nessun pericolo di questo genere! Vi prego di credere alla mia parola! La signorina Van Schuyler non farebbe male a una mosca».

Il tono era stato così categorico da non lasciare dubbi. Pareva che non ci fosse altro da aggiungere. Tuttavia Poirot si azzardò a farle un'altra domanda: «Mi sapreste dire se la signorina Van Schuyler soffre di sordità?».

«A dire il vero sì, Monsieur Poirot. Per quanto sia un difetto che non si nota assolutamente, anche parlandole, se capite quello che voglio dire. Però succede molto spesso che non mi senta se, per esempio, entro nella sua camera. E tante altre cosette del genere.»

«Dunque, secondo voi, potrebbe aver sentito qualcuno che si

muoveva nella cabina della signora Doyle, che è attigua alla sua o no?»

«No, non direi proprio... lo escludo! Fra l'altro, se ben ricordate, il letto si trova addossato alla parete opposta, e non lungo quella divisoria. No, non credo davvero che avrebbe potuto sentire qualche cosa.»

«Vi ringrazio, signorina Bowers.»

«Non vi dispiacerebbe adesso rientrare in sala da pranzo e aspettare insieme agli altri?» le domandò Race.

Poi andò ad aprirle la porta e la seguì con lo sguardo mentre lei scendeva la scala ed entrava in sala da pranzo. Infine richiuse la porta e si avvicinò di nuovo al tavolo. Poirot aveva preso in mano le perle.

«Be',» disse Race con aria cupa «mi pare che la reazione si sia verificata molto in fretta. Quella ragazza è molto furba e ha un incredibile sangue freddo... sono sicurissima che non farà che confermare, anche in seguito, la sua versione dei fatti se è convinta che possa tornarle utile. E adesso come ce la caviamo con la signorina Marie Van Schuyler? Mi pare che non la si possa eliminare dall'elenco dei sospetti. Capite bene, potrebbe aver commesso il delitto per impadronirsi delle perle! Come facciamo ad accontentarci di quello che dice l'infermiera? In fondo lei si comporta così unicamente nell'interesse della famiglia!»

Poirot assentì. Era d'accordo con Race. Intanto continuava a esaminare le perle, se le faceva scorrere fra le dita, se le avvicinava agli occhi.

«Possiamo dare per scontato» disse «che, almeno in parte, la vecchia signorina ci ha detto la verità. Deve avere effettivamente guardato fuori dalla sua cabina e deve aver effettivamente visto Rosalie Otterbourne. Però non credo che abbia sentito qualcuno o qualcosa nella cabina di Linnet Doyle. La mia opinione è che lei stesse occhieggiando dalla porta della sua cabina preparandosi a sgusciar fuori per andare a prendere le perle.»

«Dunque la ragazza Otterbourne era davvero sul ponte?»

«Certo. Stava gettando in acqua la *cache* segreta di bottiglie di sua madre.»

Il colonnello Race scrollò il capo pieno di comprensione.

«Ah, è così! Che brava e coraggiosa figliola!»

«Già, non deve aver avuto una vita molto allegra *cette pauvre petite* Rosalie!»

«Be', sono contento che la cosa sia stata chiarita. E lei non ha proprio visto né sentito niente?»

«Gliel'ho domandato. E mi ha risposto – dopo una pausa di almeno venti secondi – che non aveva visto nessuno.»

«Oh?» Race drizzò subito le orecchie.

«Sì, fa pensare parecchie cose questa risposta!»

Race disse lentamente: «Se Linnet Doyle è stata uccisa verso la una e dieci o, comunque, in un momento qualsiasi dopo che il silenzio era calato sulla nave, mi sembra incredibile che qualcuno non abbia sentito la detonazione. D'accordo, la rivoltella era piccola e quindi non poteva fare molto rumore ma comunque la nave era immersa nel silenzio più completo e qualsiasi rumore, anche un piccolo scoppio come quello, si sarebbe pur dovuto sentire... Adesso però comincio a capire meglio. La cabina sull'altro lato, rispetto alla sua era vuota... perché il marito si trovava in quella del dottor Bessner. Da questa parte c'è quella della signorina Van Schuyler, che è sorda. Pertanto non ci resta...».

Tacque e guardò Poirot con aria piena di aspettativa. Quest'ultimo annuì: «La cabina attigua alla sua che guarda dalla parte opposta della nave. In altre parole... quella di Pennington. Insomma, ogni volta, sembra che si ritorni a lui!».

«E torneremo a farlo parlare, stavolta senza trattarlo più con i guanti! Ah, pregusto fin d'ora questo piacere.»

«Nel frattempo sarà meglio procedere con la perquisizione della nave. Le perle continuano a fornirci un ottimo pretesto anche se ci sono già state restituite. D'altra parte la signorina Bowers non avrà nessuna intenzione di dare troppa pubblicità a questo fatto.»

«Ah, queste perle!» Poirot le sollevò di nuovo controluce. Tirò fuori la lingua, le leccò leggermente e infine provò a metterne una, con le dovute cautele, sotto i denti. Poi, con un sospiro, le buttò di nuovo sul tavolo.

«Qui abbiamo altre complicazioni, amico mio» disse. «Non sono un esperto in pietre preziose ma, nella mia carriera, ho avuto occasione di esaminarne moltissime e sono praticamente certo di quello che dico. Queste perle sono un'abilissima imitazione.»

22

Il colonnello Race si lasciò sfuggire un'imprecazione.

«Accidenti! Questo stramaledetto caso diventa sempre più complicato.» Prese in mano le perle. «Siete proprio sicuro di non sbagliarvi? A me sembrano bellissime...»

«Sì, un'ottima imitazione...»

«E adesso... dove si va a finire dopo una notizia del genere? La signora Doyle aveva forse fatto eseguire di proposito questa imitazione in modo da portarla con sé in viaggio senza correre rischi? Ci sono molte donne che lo fanno.»

«In tal caso, il marito dovrebbe saperne qualcosa.»

«Forse non glielo ha detto.»

Poirot scrollò il capo. Non era soddisfatto.

«No, non credo sia andata così. Ho ammirato le perle di Madame Doyle la prima sera di viaggio sulla nave... Che splendore... che lucentezza! Sono convinto che allora portasse il filo di perle autentiche.»

«Di conseguenza ci troviamo di fronte a due possibilità: la prima, che la signorina Van Schuyler abbia rubato soltanto un'imitazione dopo che le perle vere erano già state portate via da qualcun altro. La seconda, che tutta la storia della cleptomania sia un'invenzione. O la signorina Bowers è una ladra, e ha inventato lì per lì questa versione dei fatti in modo da allontanare da sé ogni sospetto consegnandoci le perle false, oppure è d'accordo con la signorina Van Schuyler. Come dire che siamo davanti a una banda di ladri di gioielli molto intelligenti, e la storia della famiglia americana rigidissima e altolocata è una frottola.»

«Già» mormorò Poirot. «È difficile dirlo. Però, se permettete, vi farò osservare una cosa: eseguire una copia così perfetta di una collana di perle, con fermaglio e tutto, talmente bella da trarre in inganno persino Madame Doyle, significa avere una tecnica raffinatissima. A parte il fatto che sono lavori non eseguibili in fretta. Chiunque sia stato a copiare queste perle deve aver avuto un'ottima opportunità di studiare il filo originale.»

Race si alzò.

«Mi sembra inutile lambiccarci ancora il cervello su questa faccenda, almeno per ora... Continuiamo con il nostro lavoro. Dobbiamo trovare le perle autentiche. E, nel contempo, tenere gli occhi aperti.»

Per primo si dedicarono alle cabine del ponte inferiore. Quella del signor Richetti conteneva un certo numero di opere di archeologia in lingue diverse, un guardaroba vario e assortito, lozioni per i capelli dal profumo piuttosto intenso e due lettere personali: una da parte di una spedizione archeologica in Siria, l'altra, a quanto pareva, da una sorella che abitava a Roma. I suoi fazzoletti erano tutti di seta colorata.

Passarono alla cabina di Ferguson.

Qui trovarono un certo numero di volumi di argomento politico, parecchie buone istantanee, una copia dell'*Erewhon* di Samuel Butler e un'edizione economica del *Diario* di Pepys. Quanto ai suoi oggetti personali, non erano molti. I vestiti erano in massima parte piuttosto sporchi e malandati mentre la biancheria sembrava di ottima qualità. I fazzoletti erano di lino finissimo, del tipo più costoso.

«Certo che queste contraddizioni sono interessanti» mormorò Poirot.

Race assentì. «Fra l'altro è abbastanza strana l'assoluta mancanza di carte e documenti personali, lettere eccetera.»

«Già. È una cosa che fa meditare. Uno strano giovanotto, Monsieur Ferguson.» Scrutò con aria pensierosa un anello col sigillo che teneva in mano prima di metterlo di nuovo nel cassetto dove lo aveva trovato.

Procedettero verso la cabina occupata da Louise Bourget. La cameriera prendeva i pasti dopo gli altri passeggeri ma Race aveva chiesto espressamente che quel giorno mangiasse insieme a tutte le persone che c'erano a bordo. Un cameriere di cabina venne loro incontro.

«Sono spiacente, signore,» si scusò «ma non siamo stati capaci di trovare quella ragazza. Non riesco a capire dove può essere andata a cacciarsi.»

Race allungò un'occhiata all'interno della cabina. Era vuota.

Poi passarono sul ponte di passeggiata e cominciarono dalle cabine di destra. La prima era quella occupata da James Fanthorp. Qui tutto appariva in un ordine meticoloso. Il signor Fanthorp non aveva molta roba con sé, ma tutta di buona qualità.

«Niente lettere» disse Poirot meditabondo. «È molto cauto il nostro signor Fanthorp e si affretta a distruggere la sua corrispondenza.»

Passarono nella cabina attigua, quella di Tim Allerton.

Qui non mancavano le prove di quella che doveva essere la spiritualità religiosa del giovanotto, di pretto stampo anglo-cattolico; un piccolo trittico di rara bellezza, un rosario dai grossi grani di legno squisitamente scolpito... A parte gli oggetti di carattere personale, trovarono un manoscritto incompleto, tormentato da innumerevoli correzioni e arricchito da un buon numero di appunti, una buona raccolta di libri, quasi tutti di recente pubblicazione. C'era anche una quantità di lettere buttate alla rinfusa in un cassetto. Poirot, che non aveva alcuno scrupolo in fatto di discrezione e in caso di necessità leggeva sempre la corrispondenza altrui, le scorse rapidamente. Notò che, in mezzo alle altre, non c'erano lettere di Joanna Southwood. Poi prese in mano un tubetto di colla, vi si gingillò distrattamente per un paio di minuti e infine disse: «Procediamo pure».

«Qui niente fazzoletti da pochi soldi, comperati da Woolworth» gli riferì Race, mettendo rapidamente a posto il contenuto di un cassetto.

La cabina successiva era quella della signora Allerton, perfettamente ordinata. Vi aleggiava un tenue, antiquato profumo di lavanda. La perquisizione si concluse molto presto. Race osservò mentre ne uscivano: «Una donna simpatica, secondo me».

Quella attigua era di Simon Doyle che la usava come spogliatoio. Gli oggetti di prima necessità – il pigiama, il necessario da toilette eccetera – erano stati trasferiti nella cabina di Bessner, però vi rimanevano ancora tutte le altre cose che possedeva: due grosse valigie di cuoio e una valigetta. Nell'armadio erano appesi alcuni vestiti.

«Qui la nostra perquisizione dovrà essere attentissima, amico mio,» disse Poirot «perché non si può escludere che il ladro vi abbia nascosto le perle.»

«Lo credete probabile?»

«Ma certo! Provate un po' a pensarci! Il ladro, chiunque sia stato, deve aver immaginato che presto o tardi sarebbe stata compiuta una perquisizione. Quindi era pericolosissimo cercare un nascondiglio nella propria cabina. Ma le sale comuni presentano altre difficoltà. Questa, invece, è la cabina di un uomo che non può assolutamente servirsene: se anche le perle venissero ritrovate qui, non rivelerebbero niente di niente.»

Tuttavia anche le ricerche più meticolose furono inutili. Della collana scomparsa, nessuna traccia.

Poirot si lasciò sfuggire un'esclamazione indispettita e, seguito da Race, tornò di nuovo sul ponte.

Dopo aver rimosso il cadavere, si era provveduto a chiudere la cabina di Linnet Doyle, ma Race aveva la chiave con sé. Aprì la porta. I due uomini entrarono. La cabina, anche se adesso non vi si trovava più il corpo della vittima, era stata lasciata esattamente come l'avevano vista al mattino.

«Poirot,» disse Race «se è possibile trovare qualcosa qui dentro, per amor di Dio, cercate di riuscirci! Siete l'unico capace di farlo... lo so.»

«Stavolta non alludete alle perle, vero, *mon ami*?»

«No. Adesso la cosa più importante è l'assassinio. Non escludo di essermi lasciato sfuggire qualcosa stamane durante le prime ricerche.»

Abile e rapido Poirot si dedicò in silenzio alla perquisizione. Si mise in ginocchio e scrutò l'impiantito, palmo a palmo. Esaminò il letto. Frugò in fretta nell'armadio e nel cassettone. Poi passò al contenuto di un baule-armadio e di due lussuose valigie. Osservò il contenuto dell'elegante e costosa valigetta da toilette con le borchie d'oro. E infine rivolse la sua attenzione al lavabo. Sul ripiano si trovavano diversi barattoli di crema, cipria, lozioni per il viso. Ma le uniche cose che sembravano interessarlo furono due boccettine di smalto per unghie. Le tolse dal ripiano e le appoggiò sul tavolino da toilette. Una, sull'etichetta della quale c'era scritto NAILEX ROSA, era praticamente vuota, e conteneva solo poche gocce di un liquido rosso cupo sul fondo. L'altra, pressoché identica, delle stesse dimensioni, con l'etichetta NAILEX CARDINALE, era quasi piena. Poirot svitò il tappo della prima, quella che sembrava vuota, e poi dell'altra, quasi piena, e le annusò cautamente tutte e due.

Immediatamente si diffuse per la cabina un odore acuto. Con una smorfia appena accennata, Poirot mise di nuovo il tappo alle boccettine.

«Trovato qualcosa?» domandò Race.

Poirot gli rispose con un proverbio francese: «*On ne prend pas les mouches avec le vinaigre*». Poi aggiunse con un sospiro: «Amico mio, non siamo stati fortunati. L'assassino non ci ha fatto nessuna cortesia. Non ha lasciato cadere né un gemello da polsino, né un mozzicone di sigaretta, né tanto meno la cenere di un sigaro... o, nel caso di una donna, un fazzoletto, un rossetto o un fermaglio per i capelli».

«Soltanto la boccettina di smalto per le unghie?»

Poirot si strinse nelle spalle. «Devo domandare alla cameriera. Sì, lì qualcosa di... un po' curioso ci sarebbe.»

«Mi piacerebbe sapere dove diavolo è andata a cacciarsi quella ragazza!» disse Race.

Uscirono dalla cabina, richiusero a chiave la porta e si trasferirono in quella della signorina Van Schuyler. Anche qui si notavano subito tutti gli oggetti di lusso ai quali una persona ricca è abituata: eleganti e raffinati articoli da toilette, belle valigie, un certo numero di lettere personali e di documenti, tutti in ordine perfetto.

La cabina attigua era quella doppia, occupata da Poirot e, la successiva, quella del colonnello Race. «Un po' difficile che abbiano pensato a nascondere le perle proprio qui» osservò quest'ultimo.

Poirot obiettò subito: «Forse. Eppure, in un'occasione, mi sono occupato delle indagini di un delitto sull'Orient Express. E dovevo assolutamente risolvere il mistero di un kimono rosso. Era sparito, ma doveva assolutamente trovarsi sul treno. Be', sapete dove l'ho trovato? Nella mia valigia, chiusa a chiave! Ah, quella sì che è stata una bella impertinenza!».

«In tal caso vediamo subito se qualcuno ha usato la stessa impertinenza nei vostri... o nei miei confronti, stavolta.»

Ma no, il ladro della collana di perle non era stato impertinente né con Hercule Poirot né con il colonnello Race.

Doppiata la prua, si dedicarono a una perquisizione accuratissima della cabina della signorina Bowers ma, anche qui, non riuscirono a trovare niente di sospetto. I suoi fazzoletti erano di lino, molto semplici, con le cifre.

Attigua c'era la cabina delle signore Otterbourne e nemmeno lì Poirot, pur dedicandosi a una ricerca molto meticolosa, ottenne il minimo risultato.

Subito dopo veniva la cabina di Bessner. Simon Doyle aveva davanti un vassoio con il pranzo, praticamente intatto.

«Non ho nessuna voglia di mangiare» disse quasi in tono di scusa.

Aveva l'aria febbricitante e il suo aspetto pareva peggiorato a confronto di qualche ora prima. Poirot si rese conto che Bessner aveva tutte le ragioni se era ansioso di trasportarlo il più presto possibile in un ospedale dove avrebbero trovato medici capaci e attrezzature necessarie. Il piccolo belga spiegò quello che stava facendo con il colonnello Race e Simon annuì, approvandoli. Quando venne a sapere che le perle erano state restituite dalla signorina Bowers ma si erano rivelate una perfetta imitazione, manifestò lo sbalordimento più completo.

«Siete proprio sicuro, Monsieur Doyle, che vostra moglie non possedesse una imitazione di questa collana e la portasse con sé quando andava all'estero invece di quella di perle vere?»

Simon scrollò il capo con aria decisa.

«Oh, no. Ne sono sicurissimo. A Linnet quelle perle piacevano moltissimo e le portava sempre, dappertutto. A ogni modo erano assicurate contro ogni possibile rischio. Era proprio per questo, forse, che non se ne preoccupava troppo.»

«In tal caso continueremo le nostre ricerche.»

E cominciò ad aprire un cassetto dopo l'altro. Race si dedicò a una valigia.

Simon li guardava strabiliato. «Sentite un po', non avrete qualche sospetto sul vecchio Bessner, vero? Non penserete che sia stato lui a sgraffignarle?»

Poirot alzò le spalle.

«Perché no? Dopotutto, cosa sappiamo del dottor Bessner? Solo quello che lui stesso ci ha raccontato.»

«Ma non è possibile che le abbia nascoste qui, altrimenti io lo avrei visto.»

«D'accordo, non può aver nascosto niente in questa cabina oggi perché ve ne sareste subito accorto. Disgraziatamente non sappiamo quando è avvenuta la sostituzione. Potrebbe aver effettuato lo scambio già da qualche giorno.»

«È vero, non ci avevo pensato.»

Ma le indagini si rivelarono inutili.

La cabina successiva era quella di Pennington. E qui i due uomini dedicarono parecchio tempo alle loro ricerche. Fra l'altro, esaminarono con estrema attenzione una cartella piena di documenti legali, relativi agli affari di Linnet, gran parte dei quali aspettavano ancora la sua firma.

Poirot scrollò il capo con aria tetra. «Sembrano semplicissimi ed estremamente corretti. Tutto chiaro come il sole. Siete d'accordo?»

«D'accordissimo! Ma quest'uomo non è un imbecille. Se ci fosse stato qualche documento compromettente... per esempio una procura o qualcosa del genere... sono sicuro che si sarebbe già affrettato a distruggerlo!»

«Anche questo è vero!»

Poirot estrasse dal primo cassetto del comò una massiccia rivoltella Colt, la osservò attentamente e la rimise al suo posto.

«Si direbbe che ci sia ancora gente che viaggia armata di rivoltella» mormorò.

«Già, e fa pensare parecchie cose... A ogni modo Linnet Doyle non è stata uccisa con un'arma di quel calibro.» Race rimase in silenzio per qualche istante, poi aggiunse: «Sapete che forse ho trovato una risposta accettabile alla vostra domanda sul perché la rivoltella è stata gettata in acqua? Supponiamo che l'assassino l'avesse lasciata nella cabina di Linnet Doyle e che qualcun altro... una seconda persona... l'abbia portata via e buttata nel fiume».

«Sì, è possibile. Ci ho pensato. Ma darebbe il via a tutta una serie di interrogativi. Chi sarebbe questa seconda persona? E quale interesse poteva avere a tentare di proteggere Jacqueline de Bellefort portando via la rivoltella? E cosa ci stava facendo questa seconda persona nella cabina della signora Doyle? Noi sappiamo soltanto che Mademoiselle Van Schuyler ci è entrata. Possibile che sia stata proprio lei a portarla via? E perché avrebbe dovuto proteggere Jacqueline de Bellefort? Eppure... quale altro motivo poteva esserci per far scomparire la rivoltella?»

Race insinuò: «Potrebbe aver riconosciuto la stola che era sua, intuito quello che era successo e fatto scomparire tutto!».

«La stola, capisco, ma per quale motivo liberarsi della rivoltella? Tuttavia sono d'accordo che sarebbe una possibile soluzione. Però c'è sempre... *bon Dieu*! Ma sarebbe troppo forzata. A parte il fatto che non avete ancora valutato l'importanza di un determinato elemento, riguardo a quella stola...» Mentre uscivano dalla cabina di Pennington, Poirot propose a Race di continuare da solo la perquisizione delle cabine rimanenti, quelle occupate da Jacqueline, Cornelia e le altre due vuote in fondo alla fila, mentre lui andava a scambiare quattro parole con Simon Doyle. Tornò sui suoi passi ed entrò di nuovo nella cabina di Bessner.

Simon disse: «Sentite un po', ci ho ripensato. Sono sicurissimo che quelle perle ieri erano autentiche».

«Come mai?»

«Perché Linnet...» trasalì lievemente nel pronunciare il nome della moglie «le stava facendo scorrere fra le mani appena prima di cena e ne parlava. Se ne intendeva discretamente di perle. Sono sicuro che avrebbe capito se erano una contraffazione.»

«Non dimenticate, però, che sono state imitate in un modo quasi perfetto. Ditemi, Madame Doyle aveva l'abitudine di separarsi di tanto in tanto da quelle perle? Non le ha mai prestate a un'amica per esempio?»

Simon arrossì un po' imbarazzato. «Ecco, Monsieur Poirot, è un po' difficile dirlo per me... io... io... be', vedete, non conoscevo Linnet da molto tempo.»

«Già, infatti... È stato un amore a prima vista il vostro e tutto si è svolto molto in fretta.»

Simon riprese a parlare: «È così... insomma... confesso che non ne potrei sapere niente. D'altra parte, Linnet era oltremodo generosa con tutte le sue cose. E non escludo che possa averlo fatto».

«Per esempio...» la voce di Poirot si fece suadente «... non le ha mai prestate a Mademoiselle de Bellefort?»

«Sì può sapere cosa volete dire?» Simon diventò rosso fino alla radice dei capelli, cercò di raddrizzarsi ma si lasciò ricadere sui guanciali con una smorfia di dolore. «A che cosa volete arrivare? Insinuate che sia stata Jackie a rubare quelle perle? No, lei non c'entra! Sono pronto a giurarlo. Jackie è una persona onestissima, tutta d'un pezzo! La pura e semplice idea che sia una ladra, è ridicola... assolutamente ridicola.»

Poirot lo stava osservando bonariamente con un lampo malizioso negli occhi. «*Oh, la, la, la!*» esclamò all'improvviso. «Mi sembra che questa mia osservazione abbia suscitato un vero e proprio vespaio!»

Simon ripeté intestardito, senza lasciarsi commuovere dal tono più blando e garbato che Poirot aveva preso: «Jackie è l'onestà fatta persona!».

Poirot ricordò la voce di una ragazza, vicino al Nilo ad Assuan che diceva: "Io amo Simon... e lui ama me...".

Allora si era domandato quale delle tre dichiarazioni, che aveva udito durante la serata, fosse la più vera. Adesso pareva proprio che l'affermazione di Jacqueline si dimostrasse la più vicina alla verità.

La porta si spalancò per fare entrare Race.

«Niente» disse in tono brusco. «Be', del resto non ce lo aspettavamo. Vedo i camerieri che vengono a riferirci i risultati della perquisizione dei passeggeri.»

Infatti un cameriere e una cameriera si presentarono sulla porta. Fu il primo a parlare: «Niente, signore».

«Qualcuno ha protestato?»

«Soltanto il signore italiano. E come l'ha fatta lunga! Ha ripetuto che era una cosa vergognosa... un disonore e via dicendo... anche lui porta con sé una rivoltella.»

«Di che genere?»

«Una Mauser automatica, calibro 25, signore.»

«Già, gli italiani sono gente che ha il sangue caldo» osservò Simon. «Richetti se l'è presa in un modo terribile a Wâdi Halfa per un piccolo errore a proposito di un telegramma. È stato addirittura scortese con Linnet per questo motivo.»

Race si rivolse alla cameriera che era una bella ragazzona, alta e robusta.

«Niente, anche per le signore. Ma si sono lamentate, hanno protestato parecchio... salvo la signora Allerton che è stata gentile... ma così gentile! A ogni modo nessuna traccia delle perle. A proposito, la giovane signorina Rosalie Otterbourne, aveva una piccola rivoltella nella borsetta.»

«Di che genere?»

«Oh, molto piccola, signore, con il calcio di madreperla. Sembrava un giocattolo.»

Race sbarrò gli occhi. «Maledizione! Questo caso sta diventando sempre più complicato!» mormorò. «Credevo che almeno lei si potesse eliminare dalla lista dei sospetti e invece... possibile che ogni ragazza che viaggia su questa maledetta nave vada in giro portando con sé pistole dal calcio di madreperla che sembrano giocattoli?»

Poi rivolse subito un'altra domanda alla cameriera. «Qual è stata la sua reazione quando gliel'avete trovata?»

La donna scrollò il capo. «Non credo se ne sia nemmeno accorta. Le voltavo le spalle mentre frugavo nella borsetta.»

«In ogni modo avrà immaginato che l'avreste scoperta. Oh, vi confesso che non so più che pesci pigliare! E la cameriera?»

«Abbiamo frugato per tutta la nave, signore. Ma non riusciamo a trovarla.»

«Cos'è questa storia?» domandò Simon.

«La cameriera della signora Doyle... Louise Bourget. È scomparsa.»

«Scomparsa?»

Race mormorò con aria meditabonda: «Potrebbe essere stata lei a rubare le perle. È l'unica persona che avesse la possibilità di farne eseguire una copia».

«E poi, quando è venuta a sapere che si stava organizzando una perquisizione, si è buttata nel fiume?» insinuò Simon.

«Sciocchezze!» ribatté Race, irritato. «Una donna non va a buttarsi in un fiume in pieno giorno da una nave da crociera come questa senza che qualcuno se ne accorga! Impossibile che non si trovi a bordo!» Si rivolse di nuovo alla cameriera. «Quando è stata vista l'ultima volta?»

«All'incirca una mezz'ora prima che suonasse la campana del pranzo, signore.»

«Be', andiamo a dare un'occhiata alla sua cabina» disse Race. «Chissà che non sia possibile scoprire qualcosa.»

E ridiscese sul ponte inferiore. Poirot lo seguì. Aprirono la porta della cabina ed entrarono.

Louise Bourget, il cui compito era quello di tenere in ordine la roba altrui, per quel che riguardava la propria, evidentemente... si era presa una vacanza! Sul ripiano del cassettone era ammucchiata alla rinfusa, una quantità di oggetti; da una valigia socchiusa, zeppa di indumenti, ne penzolavano fuori alcuni; sottovesti e altri capi di biancheria erano sparsi qua e là sulle spalliere delle seggiole.

Mentre Poirot, con mani abili ed esperte, frugava nei cassetti del comò, Race si mise a esaminare la valigia.

Le scarpe di Louise erano allineate presso il letto. Ma una di esse, di camoscio nero, pareva appoggiata in un modo talmente insolito che richiamò subito l'attenzione di Race.

Perciò chiuse la valigia e si chinò a osservare meglio quella fila di scarpe. E, a questo punto, si lasciò sfuggire una brusca esclamazione.

Poirot si voltò di scatto.

«*Qu'est-ce qu'il ya*?»

Race esclamò con voce cupa: «Louise non è scomparsa. È qui... sotto il letto...».

23

Il corpo di colei che in vita era stata Louise Bourget giaceva inanimato sull'impiantito della cabina. I due uomini si chinarono a osservarlo meglio.

Race fu il primo che si rialzò.

«Secondo me, è morta da meno di un'ora; almeno, così si direbbe. Sarà meglio sentire l'opinione di Bessner. Pugnalata al cuore. Immagino che la morte sia stata istantanea. Non ha un bell'aspetto, vero?»

«No.»

Poirot scrollò la testa e rabbrividì lievemente.

Il bel viso bruno, dall'espressione felina, appariva contratto, deformato dallo stupore e dalla rabbia, le labbra socchiuse in una smorfia orribile.

Poirot si chinò di nuovo e afferrò delicatamente la mano destra. Fra le dita si intravedeva qualcosa. Le aprì e ne tolse un minuscolo pezzetto di carta sottile di un pallido color lilla. Lo mostrò a Race.

«Vedete che cos'è?»

«Denaro» disse Race.

«Infatti. A me sembra l'angolo di un biglietto di banca da mille franchi.»

«Be', è molto chiaro quello che dev'essere successo» disse Race. «Lei sapeva qualcosa... e ricattava l'assassino. In fondo, anche noi stamattina avevamo avuto l'impressione che non dicesse tutta la verità.»

Poirot esclamò: «Come siamo stati stupidi... veri imbecilli! Avremmo dovuto capirlo... allora. Che cosa ci aveva detto? "Cosa avrei potuto vedere o sentire? La mia cabina è sul ponte sottostante. Naturalmente, se non fossi riuscita a prender sonno, se fossi salita su per le scale, allora forse avrei potuto vedete quest'assassino, questo mostro, entrare o uscire dalla cabina di *madame*, e invece..." E invece è successo proprio questo! Lei è salita sul ponte superiore. Ha visto qualcuno che entrava furtivo nella cabina di Linnet Doyle... oppure ne usciva. E adesso per colpa della sua avidità, della sua insensata avidità, giace qui...».

«Mentre noi non abbiamo fatto un solo passo avanti per riuscire a capire chi l'ha uccisa» concluse Race in tono avvilito.

Poirot scrollò il capo. «No, no. Adesso sappiamo molto, molto di più. Sappiamo... sappiamo quasi tutto. Solo che sembra incredibile quello che sappiamo... eppure dev'essere così. Soltanto che non vedo... Bah! Che idiota sono stato stamattina! Lo abbiamo intuito... certo, lo abbiamo intuito entrambi che ci nascondeva qualche cosa eppure non ci è venuto in mente che si trattava del motivo più logico, il ricatto.»

«Deve aver domandato immediatamente del denaro in cambio del proprio silenzio» disse Race. «E lo avrà domandato con le minacce. L'assassino si è visto costretto ad acconsentire alla sua richiesta e l'ha pagata in banconote francesi. Non potrebbe essere un indizio?»

Poirot fece segno di no con la testa, meditabondo. «Non direi. Molta gente, viaggiando, porta con sé una scorta di valuta di vario genere... a volte banconote da cinque sterline, a volte dollari, ma molto spesso anche biglietti di banca francesi. Non si può nemmeno escludere che l'assassino l'abbia pagata con un po' di tutte queste monete, alla rinfusa. Ma continuiamo la nostra ricostruzione dei fatti.»

«L'assassino entra nella sua cabina, le consegna il denaro, e poi...»

«Poi» riprese Poirot «lei comincia a contarlo. Oh, sì, conosco la gente della sua classe sociale! Sono sicuro che dev'essersi messa subito a contare quel denaro e, mentre contava, com'è logico... non è più stata in guardia. L'assassino ha aspettato quel momento per colpirla. Dopo essere riuscito con tanto successo nella sua impresa, si è ripreso i soldi e se l'è data a gambe... senza accorgersi che l'angolo di uno di quei biglietti da mille franchi si era strappato.»

«Potremmo partire da questo indizio per rintracciarlo» suggerì Race in tono dubbioso.

«Ci credo poco» disse Poirot. «Avrà pur pensato a esaminare le banconote e, con ogni probabilità, si sarà accorto di quel pezzetto mancante. Naturalmente, se fosse un tipo parsimonioso, non si deciderebbe mai a trovare il coraggio di distruggere una banconota da mille franchi... mentre ho molti sospetti che il suo temperamento sia esattamente l'opposto.»

«E come siete riuscito a capirlo?»

«Ecco, vedete, sia questo delitto sia l'assassinio di Madame Doyle richiedevano particolari qualità – coraggio, audacia, prontezza nell'esecuzione, capacità di agire in modo fulmineo – e non si accordano con un carattere avaro, parsimonioso e prudente.»

Race scrollò il capo tristemente. «Sarà meglio che vada a chiamare Bessner» disse.

L'esame del corpulento dottore non richiese molto tempo. Si mise subito all'opera accompagnando le sue azioni con una sequela di *Ach so*.

«È morta appena da un'ora o poco più» annunciò. «La morte è stata molto rapida... istantanea.»

«E quale sarebbe stata l'arma, secondo voi?»

«*Ach!* Bah, questo sì che è un punto interessante. Direi che si è trattato di qualcosa di molto affilato, molto sottile, delicato... vi posso mostrare qualcosa del genere.»

Ritornarono nella cabina del dottore il quale aprì un astuccio e ne estrasse un lungo e affilato bisturi.

«Ecco, dev'essere stato qualcosa di simile, amico mio; non è stato adoperato di certo un coltello da tavola!»

«Devo pensare...» insinuò Race in tono mellifluo «che a voi, dottore, non manchi... ehm... nessuno dei vostri bisturi, vero?»

Bessner lo scrutò, arrossendo di indignazione.

«Come avete detto? Pensate forse che io... io, Carl Bessner... famoso in tutta l'Austria... io, con le mie cliniche, con i miei pazienti della miglior classe sociale... io abbia ucciso una miserabile piccola *femme de chambre*? Ma via, tutto questo è ridicolo... anzi è assurdo! Nessuno dei miei bisturi manca .. neanche uno, ve lo garantisco. Sono tutti qui, in ordine al loro posto. Del resto potete vederlo con i vostri occhi. Ma non dimenticherò questo insulto alla mia professione.»

Il dottor Bessner richiuse l'astuccio con un colpetto secco, lo rimise al suo posto e uscì a passi concitati, fremendo di indignazione, sul ponte.

«Perbacco!» disse Simon. «Lo avete proprio fatto arrabbiare!»

Poirot si strinse nelle spalle. «Molto deplorevole.»

«Comunque state seguendo la pista sbagliata. Il vecchio Bessner è una gran brava persona anche se, di origine, è un *Boche*.»

Il dottor Bessner ricomparve quasi subito.

«Volete essere tanto cortesi da lasciare la mia cabina, adesso? Devo medicare la gamba del mio paziente.»

La signorina Bowers era entrata con lui e si era messa da parte, con la sua solita aria efficiente e professionale, aspettando che Poirot e Race se ne andassero.

Sia l'uno che l'altro uscirono ubbidienti. Race, dopo aver borbottato qualcosa se ne andò per i fatti suoi. Poirot svoltò a sinistra. Gli giunse alle orecchie qualche brano della conversazione di due voci giovanili... una risatina. Jacqueline e Rosalie stavano chiacchierando insieme nella cabina di quest'ultima.

La porta era spalancata, le due ragazze sulla soglia. Quando la sua ombra si allungò su di loro, alzarono gli occhi. Poirot si accorse che Rosalie Otterbourne gli rivolgeva un sorriso, era la prima volta che lo faceva... quasi un timido sorriso accattivante... come se il suo viso non fosse abituato a prendere un'espressione serena e ridente.

«State facendo qualche pettegolezzo, *mesdemoiselles*?» le accusò.

«No davvero!» disse Rosalie. «A dire la verità, stavamo confrontando i nostri rossetti per le labbra.»

Poirot sorrise. «*Les chiffons d'aujourd'hui*» mormorò.

Ma si vedeva subito che il suo sorriso era forzato e Jacqueline de Bellefort, più osservatrice e più pronta di Rosalie, se ne accorse. Rimise via il rossetto che teneva in mano e uscì sul ponte.

«È... è successo di nuovo qualcosa?»

«Proprio come dite, *mademoiselle*. Avete indovinato. Sì, è successo qualcosa.»

«Cioè?» Anche Rosalie era uscita sul ponte.

«Un'altra morte» disse Poirot.

Rosalie trasalì, e rimase con il fiato sospeso. Poirot la stava osservando con estrema attenzione. Per un attimo gli era sembrato di scorgere un'espressione di allarme e forse anche di qualcos'altro... di costernazione... nei suoi occhi.

«La cameriera di Madame Doyle è stata assassinata» si affrettò a informarle, senza mezzi termini.

«Assassinata?» gridò Jacqueline. «Assassinata, avete detto?»

«Sì, precisamente.» Anche se in realtà stava rispondendo a lei era Rosalie che continuava a osservare. E fu Rosalie alla quale si rivolse continuando: «Ecco, vedete, la cameriera deve aver visto qualcosa che non avrebbe dovuto vedere. E allora... le hanno chiuso la bocca, casomai non sapesse tenere la lingua a freno».

«Cosa avrebbe visto?»

Di nuovo la domanda, anche questa volta era stata fatta da Jacqueline ma, di nuovo, la risposta di Poirot fu rivolta a Rosalie. Una buffa scena, la loro, con quella conversazione che si svolgeva a tre.

«Credo ci siano pochi dubbi in proposito» disse Poirot. «Deve aver visto qualcuno che entrava e usciva dalla cabina di Linnet Doyle nella notte fatale.»

Era stato molto attento e aveva teso l'orecchio. Non gli sfuggì il fatto che Rosalie Otterbourne aveva trasalito, trattenendo il fiato. Poi aveva sbattuto le palpebre. Sì, la sua reazione era stata quella che lui si aspettava.

«Ha detto chi era la persona che aveva visto?» domandò Rosalie.

Lentamente, quasi con rammarico... Poirot scrollò il capo.

Si sentì un rumore di passi sul ponte. Era Cornelia Robson, stupefatta, con gli occhi sbarrati.

«Oh, Jacqueline,» gridò «dev'esser successa un'altra cosa terribile!»

Jacqueline si voltò verso di lei e fece qualche passo per raggiungerla. Quasi inconsciamente Poirot e Rosalie Otterbourne si mossero nella direzione opposta.

Rosalie domandò in tono aspro: «Perché mi guardate? Che cosa vi siete messo in testa?».

«Mi fate due domande, *mademoiselle*. Io invece, in cambio, ve ne farò soltanto una. Perché non mi raccontate la verità?»

«Non capisco cosa volete dire. Vi ho già raccontato... tutto... stamattina.»

«No, ci sono alcune cose che non mi avete detto. Per esempio che portate nella borsetta qualcosa di molto pericoloso come un'arma da fuoco. E non mi avete rivelato tutto ciò che avete visto ieri sera.»

Lei arrossì. Poi ribatté in tono vivace: «Questo non è assolutamente vero. Non ho armi, io!».

«Nemmeno una rivoltella di piccolo calibro con il calcio di madreperla?»

Lei si girò di scatto, entrò a precipizio in cabina, ne uscì in fretta e furia e gli mise fra le mani una borsetta di cuoio grigio.

«Raccontate un sacco di storie! Guardateci voi, se preferite!»

Poirot aprì la borsetta. Dentro, nessun'arma.

Allora restituì la borsetta alla sua proprietaria e sostenne validamente il suo sguardo sprezzante e pieno di trionfo.

«No» osservò in tono garbato. «Qui non c'è.»

«Vedete? Non avete sempre ragione, Monsieur Poirot! A parte il fatto che avete sbagliato anche per l'altra cosa assurda che avete detto!»

«No, non credo.»

«Insomma, fate proprio perdere la pazienza!» e batté con forza un piede sul ponte, furiosa. «Quando vi cacciate un'idea in testa, insistete... insistete... nessuno può farvela cambiare.»

«Forse perché vorrei sentirvi dire la verità.»

«Quale verità? Mi pare che la sappiate molto meglio di me!»

Poirot disse: «Volete che vi dica ciò che avete visto? Se ho ragione, siete disposta ad ammetterlo? Ecco, dunque vi dirò qual è la mia piccola idea. Secondo me quando avete girato a poppa, vi siete fermata involontariamente perché avete visto un uomo venir fuori da una cabina che si trovava più o meno a metà del ponte... era la cabina di Linnet Doyle, come avete capito quest'oggi. Lo avete visto uscire, richiudersi la porta alle spalle e allontanarsi in direzione opposta alla vostra e... forse... entrare in una delle due ultime cabine. Dunque, allora... ho ragione, *mademoiselle*?».

Lei non rispose.

«Forse siete convinta che sia più opportuno non parlare» riprese Poirot. «Forse avete paura che, facendolo, uccidano anche voi.»

Per un attimo pensò che avrebbe abboccato... che l'accusa di mancare di coraggio avrebbe avuto successo quando argomentazioni molto più sottili avevano fallito.

Rosalie Otterbourne socchiuse le labbra tremanti... e poi disse: «Non ho visto nessuno».

24

La signorina Bowers uscì dalla cabina del dottor Bessner riaggiustandosi i polsini dell'uniforme.

Jacqueline piantò bruscamente in asso Cornelia e si accostò all'infermiera.

«Come sta?» domandò.

Poirot arrivò in tempo per sentire la risposta. La signorina Bowers sembrava piuttosto preoccupata.

«Ecco, a dir la verità, le cose non si mettono troppo bene» disse.

Jacqueline esclamò: «Volete dire che sta peggio?».

«Be', vi confesso che sarò molto più tranquilla quando lo avremo portato in ospedale a farsi fare una bella radiografia e la ferita sarà disinfettata, magari dopo avergli dato un anestetico. Quando pensate che arriveremo a Shellâl, Monsieur Poirot?»

«Domattina.»

La signorina Bowers corrugò le labbra e scrollò la testa.

«Peccato! Certo, noi stiamo facendo il possibile ma c'è sempre il rischio della setticemia.»

Jacqueline si aggrappò a un braccio della signorina Bowers e cominciò a scuoterla.

«Sta per morire? Sta per morire?»

«Oh, poveri noi, no! Assolutamente no, signorina de Bellefort. Cioè voglio dire che mi auguro proprio di no. La ferita in se stessa non è pericolosa ma... certo se si potesse fare il più presto possibile una bella radiografia... Fra l'altro quel povero signor Doyle oggi dovrebbe restare completamente tranquillo. Ha già avuto anche troppe emozioni! Non c'è da meravigliarsi che gli salga la temperatura. E poi... con lo shock della morte della moglie, una cosa e l'altra...»

Jacqueline lasciò il braccio dell'infermiera e voltò le spalle. Andò ad appoggiarsi al parapetto, nascondendo la faccia agli altri due.

«Come dico, bisogna sempre sperare che tutto vada per il meglio» disse la signorina Bowers. «Per fortuna il signor Doyle ha una costituzione fortissima... lo si vede subito... Con ogni probabilità non è mai stato malato neanche un giorno, in vita sua! E questo gioca a suo favore. Certo, è innegabile che quel rialzo nella temperatura sia un brutto segno e...»

Scrollò il capo, si riaggiustò meglio i polsini dell'uniforme e si allontanò a passo rapido.

Jacqueline si voltò e, a tentoni, accecata dalle lacrime, si diresse verso la cabina. Una mano la prese per un braccio, per sorreggerla e guidarla. Lei alzò gli occhi fra le lacrime e si accorse che era Poirot. Gli si appoggiò lievemente e lui l'aiutò a varcare la soglia della cabina.

Jacqueline si lasciò cadere sul letto e si abbandonò a un pianto disperato, scossa dai singhiozzi.

«Morirà! Morirà! So che morirà... e sarò stata io a ucciderlo. Sì, sarò stata io a ucciderlo...»

Poirot alzò le spalle. Poi scrollò il capo con tristezza. «*Mademoiselle*, quello che è stato è stato. È troppo tardi per i pentimenti.»

Lei si mise a gridare ancora più forte, con veemenza: «E sarò stata io a ucciderlo! Ma lo amo tanto... lo amo tanto...!»

Poirot sospirò. «Troppo...»

Era ciò che aveva pensato molto tempo prima, nel ristorante di Monsieur Blondin. Ed era quello che pensava anche adesso.

Con un po' di esitazione, disse: «In ogni caso, non badate troppo a quello che dice la signorina Bowers. Credetemi, le infermiere sono sempre così deprimenti! L'infermiera di notte si stupisce di trovare il paziente vivo alla sera; l'infermiera di giorno si stupisce sempre di ritrovarlo vivo alla mattina! Sanno troppe cose, vedete; si rendono conto di tutte le possibilità che possono verificarsi. Un po' come quando una persona si mette al volante. Niente di più facile che dirsi: "Ecco, se sbucasse all'improvviso dall'incrocio un'automobile... oppure se quell'autocarro ingranasse di colpo la retromarcia... o magari se una ruota uscisse dal mozzo di quell'altra automobile che si sta avvicinando... oppure se un cane saltasse fuori dalla siepe e mi venisse addosso mentre sono al volante... *Eh, bien*, con ogni probabilità mi ammazzerei!". Di solito, invece, si finisce per convincersi, e giustamente, che nessuna di queste cose succederà e si arriverà sani e salvi al termine del viaggio. Ma naturalmente, se qualcuno ha già avuto un incidente oppure gli è capitato di vederne uno, o magari anche più di uno, allora è logico che sia pronto a vedere le cose da un punto di vista diametralmente opposto...».

Jacqueline gli domandò, sorridendo appena fra le lacrime: «State cercando di consolarmi, Monsieur Poirot?».

«Lo sa *le bon Dieu* quello che sto cercando di fare! No, avreste dovuto rinunciare a questo viaggio.»

«No... non sarei dovuta venire. È stato tutto così... orribile! Ma... ormai presto sarà finito.»

«*Mais oui... mais oui.*»

«E Simon entrerà in ospedale, e lo cureranno nel modo migliore e tutto si sistemerà...»

«Parlate come una bambina! "E da quel giorno in poi vissero per sempre felici e contenti." Perché è così, vero?»

Lei arrossì violentemente.

«Monsieur Poirot, io non avevo nessuna intenzione...»

«È troppo presto per pensare a cose simili! Ecco, questo sarebbe proprio il commento più ipocrita da fare, non vi sembra? Del resto voi avete un po' di sangue latino nelle vene, Mademoiselle Jacqueline. E quindi dovreste avere il coraggio di ammettere la realtà dei fatti, anche se può sembrare poco decoroso. *Le roi est mort... vive le roi*! Il sole è tramontato e si alza la luna. Perché non è così, forse?»

«Voi non capite. Simon è soltanto spiacente, molto spiacente per me perché capisce quello che devo provare... sapendo di averlo ferito in un modo così grave!»

«Be', certo che la pietà, in se stessa, è un sentimento molto nobile» disse Poirot.

La guardò con un'espressione che in parte era beffarda e in parte commossa.

E prese a mormorare sottovoce le parole di una canzoncina francese:

Le vie est vaine.
Un peu d'amour
Un peu de haine,
Et puis bonjour.

La vie est brève
Un peu d'espoir
Un peu de rêve
Et puis bonsoir.

Tornò di nuovo sul ponte. Il colonnello Race che stava avvicinandosi a passo svelto lo chiamò subito.

«Poirot! Bravo! Ho bisogno di voi. Mi è venuta un'idea.»

Prendendolo sottobraccio, continuò a camminare con lui sul ponte.

«Mi è venuta in mente, di nuovo, un'osservazione casuale di Doyle. Al momento non ci avevo badato. Si tratta di quel telegramma.»

«*Tiens... c'est vrai!*»

«Magari non c'entra per niente ma non possiamo trascurare nessun indizio. Accidenti, caro amico, qui siamo davanti a due assassinii e brancoliamo tuttora nel buio.»

Poirot scrollò la testa.

«No, non brancoliamo affatto nel buio. Siamo in piena luce.»

Race lo guardò con una strana espressione.»

«Vi è venuta un'idea?»

«Sì, ormai è più di un'idea. Una certezza.»

«E... da quando?»

«Da quando abbiamo scoperto l'assassinio della cameriera, Louise Bourget.»

«Che mi venga un colpo se ci capisco qualcosa!»

«Eppure, amico mio, è tutto così chiaro... ma così chiaro! Solo che ci sono difficoltà... qualche imbarazzo... qualche piccolo impedimento! Perché, vedete, tanti sono i sentimenti che può suscitare una persona come Linnet Doyle... sentimenti in conflitto, come odio, gelosia, invidia e meschinità. Un po' come uno sciame di mosche che ronzano, ronzano...»

«Dunque voi credete di sapere...?» Il suo compagno lo guardò incuriosito. «Perché non parlereste a questo modo se non ne foste del tutto certo. Per quel che mi riguarda, non posso dire di aver visto la luce, nient'affatto! D'accordo, ho qualche sospetto ma...»

Poirot si fermò e posò una mano sul braccio di Race con aria d'importanza.

«Voi siete un grand'uomo, *mon colonel*. Non mi venite a dire: "Parlate. Raccontatemi quello che state pensando". No, sapete benissimo che se potessi parlare, lo farei. Ma, prima, occorre chiarire ancora molte cose. Però riflettete... riflettete per un momento seguendo la direzione che vi ho indicato. Esistono alcuni elementi... per esempio c'è l'affermazione di Mademoiselle de Bellefort che qualcuno avesse ascoltato, senza essere visto, la nostra conversazione quella sera nel giardino, ad Assuan. Poi la deposizione di Monsieur Tim Allerton riguardo a ciò che ha sentito e fatto la sera del delitto. E infine le risposte, molto significative, di Louise Bourget alle nostre domande di stamattina. E c'è il fatto che Madame Allerton beve acqua, suo figlio beve whisky e soda e io bevo vino. Aggiungete a tutto questo anche la faccenda delle due boccettine di smalto per le unghie e il proverbio che ho citato. E infine si arriva a quello che è il nocciolo dell'intera faccenda, il fatto che la rivoltella è stata avvolta in un fazzoletto ruvido, da pochi soldi, e successivamente in una stola di velluto, prima di essere buttata in acqua...»

Race rimase in silenzio per un paio di minuti, poi scrollò il capo.

«No» disse. «Non ci arrivo. Badate bene... ho una vaga idea di quello a cui state arrivando ma... a quanto posso giudicare, mi pare che sia una faccenda che non funziona.»

«Ma... sì... invece sì! In fondo voi vedete soltanto una mezza verità. Ma ricordatevi bene questo: dobbiamo ripartire da capo, perché le nostre prime ipotesi sono completamente sbagliate.»

Race fece una smorfia.

«Figuratevi se non ci sono abituato! A volte mi sembra che il lavoro di un investigatore sia fatto soltanto di questo: eliminare tutte le false partenze e ripartire dal principio.»

«Sì, è verissimo. Ed è proprio quello che alcune persone non si rassegnano a fare. Formulano una determinata teoria ma tutto deve adattarsi a perfezione a quella teoria. Se c'è qualche piccolo fatto che non quadra, lo mettono da parte. Purtroppo molto spesso succede che proprio questi fatti, che non quadrano, siano i più significativi. Fin dal principio mi sono reso conto del significato di un determinato punto e cioè che la rivoltella era stata fatta sparire dalla scena del delitto. Capivo che aveva un particolare significato ma mi sono reso conto di quale realmente fosse soltanto mezz'ora fa!»

«Io invece, purtroppo, continuo a non capirlo!»

«Lo capirete! Provate soltanto a riflettere seguendo le indicazioni che vi ho dato. E adesso vediamo di mettere in chiaro la faccenda del telegramma. Sempre che *Herr Doktor* ci lasci entrare.»

Il dottor Bessner era ancora di pessimo umore. Quando bussarono venne ad aprire con la faccia scura. «Si può sapere cosa c'è ancora? Possibile che vogliate parlare di nuovo con il mio paziente? Guardate... non è affatto opportuno! Ha la febbre. E per quest'oggi mi pare che abbia avuto fin troppe emozioni!»

«Si tratta solo di una domanda» disse Race. «Niente di più, vi assicuro.»

Con un grugnito il dottore si fece da parte sgarbatamente e i due uomini entrarono nella cabina. Poi Bessner, borbottando fra sé, si affrettò a uscire. Ma disse: «Tornerò fra tre minuti. E allora... dovrete andarvene... senza discussione!».

Lo udirono allontanarsi a grandi passi lungo il ponte.

Simon Doyle passò con gli occhi dall'uno all'altro dei due uomini con aria interrogativa.

«Be',» disse «cosa c'è adesso?»

«Si tratta di un dettaglio» rispose Race. «Poco fa, quando i camerieri sono venuti a farmi rapporto sulla perquisizione dei passeggeri, mi hanno fatto notare che il signor Richetti si è mostrato particolarmente riottoso ed eccitato. Voi avete aggiunto che la cosa non vi sorprende affatto, anzi sapevate che era un uomo dal carattere difficile; e avete aggiunto che è stato molto maleducato nei confronti di vostra moglie a proposito di un telegramma. Ci potreste raccontare come si è svolto l'incidente?»

«Certo, non ho nessuna difficoltà. Eravamo a Wâdi Halfa. Appena rientrati dalla Seconda Cateratta. Linnet ha creduto di vedere un telegramma indirizzato a lei, attaccato al pannello della posta che c'è a bordo. Vedete, si era dimenticata di non chiamarsi più Ridgeway; Richetti e Ridgeway sono due parole che si assomigliano molto, quando vengono scritte con una pessima grafia.

Quindi ha preso il telegramma, ha stracciato la busta, però non è riuscita a capire che cosa dicesse; lo aveva ancora fra le mani e ci stava meditando sopra quando questo bel tipo di Richetti si fa avanti, glielo strappa e si mette a imprecare, schiumante di rabbia. Dopo, Linnet è andata a scusarsi ma lui si è comportato ancora con la massima maleducazione!»

Race respirò a fondo: «Ma voi, signor Doyle, sapreste dirci con esattezza cosa c'era scritto in quel telegramma?».

«Sì. Linnet me ne aveva letta una parte a voce alta. Diceva...»

Fece una pausa. Fuori si sentiva un certo trambusto. E una voce stridula e acuta che si stava rapidamente avvicinando.

«Dove sono Monsieur Poirot e il colonnello Race? Devo vederli immediatamente! È importantissimo. Sono in possesso di informazioni vitali. Io... sono con il signor Doyle?»

Bessner non aveva chiuso la porta e l'ingresso della cabina era nascosto soltanto da una tenda leggera. La signora Otterbourne la scostò con violenza ed entrò come un ciclone. Aveva il colorito acceso, il passo malfermo e parlava a frasi sconnesse, con voce impastata.

«Signor Doyle,» attaccò in tono drammatico «io so chi ha ucciso vostra moglie!»

«Come?» Simon la guardò sbalordito. E gli altri due lo imitarono.

La signora Otterbourne sfiorò con uno sguardo trionfante l'uno dopo l'altro gli uomini presenti. Era felice... letteralmente in estasi.

«Sì» disse. «Finalmente le mie teorie trovano conferma. Gli impulsi più violenti, istintivi, primordiali... potrà sembrare impossibile... anzi addirittura fantastico... invece è la verità!»

Race esclamò in tono brusco: «Devo arguire che siete in possesso di prove tali da poterci rivelare chi sia stato l'assassino della signora Doyle?».

La signora Otterbourne si lasciò cadere su una seggiola e si sporse in avanti, facendo segno di sì con la testa, enfaticamente.

«Certo che le ho. Siete anche voi convinti che chiunque abbia ucciso Louise Bourget ha assassinato anche Linnet Doyle... che i due delitti sono stati commessi dalla stessa mano?»

«Certo, certo» rispose Simon spazientito. «È evidente. Andate avanti!»

«Dunque la mia affermazione è vera. So chi ha ucciso Louise Bourget; quindi so chi ha ucciso Linnet Doyle.»

«Volete dire che avete formulato un'ipotesi sull'assassinio di Louis Bourget e sull'eventuale colpevole?» insinuò Race in tono scettico.

La signora Otterbourne gli si rivoltò contro come una tigre.

«No, lo so con certezza. Ho visto quella persona con questi occhi!»

Simon esclamò in tono febbrile: «Per amor di Dio, andate con ordine! Dite di sapere chi ha ucciso Louise Bourget?».

La signora Otterbourne annuì.

«E vi racconterò anche con esattezza come tutto si è svolto.»

Sì, era proprio felice... impossibile dubitarne! Perché quello era il momento del suo trionfo! Che importanza aveva il fatto che i suoi libri non si vendessero più, che il pubblico sciocco e ignorante, se una volta li comperava per divorarli avidamente, adesso le aveva voltato le spalle dimostrando la sua preferenza per altri autori? Salomé Otterbourne sarebbe diventata celebre e famosa ancora una volta! Il suo nome sarebbe stato stampato su tutti i giornali. E lei si sarebbe presentata come principale testimone d'accusa al processo.

Respirò a fondo e aprì la bocca.

«È stato quando stavamo andando a pranzo. A dir la verità non avevo nessuna voglia di mangiare... dopo l'orrore di una tragedia così recente... be', immagino che capirete. A metà strada mi sono ricordata che avevo... ehm... lasciato qualcosa in cabina. Ho detto a Rosalie di precedermi. E lei ha ubbidito.»

La signora Otterbourne fece una pausa.

La tenda che nascondeva l'ingresso della cabina si mosse lievemente, come sotto una folata di vento, ma nessuno dei tre uomini se ne accorse.

«Io... ehm...» La signora Otterbourne fece un'altra pausa. Adesso le cose si presentavano più difficili; si rendeva conto di essersi incamminata su una lastra di ghiaccio molto sottile, ma non poteva più tornare indietro. «Io... ehm... mi sono accordata con uno del... ehm... personale della nave. Era incaricato di procurarmi qualcosa di cui ho bisogno, però non volevo che mia figlia lo sapesse. È sempre pronta a criticare, sotto certi aspetti è proprio noiosa...»

No, non era una versione dei fatti molto brillante, quella prescelta, ma avrebbe pensato a qualcosa di più convincente prima che venisse il momento di riferirla in un'aula di tribunale.

Race alzò le sopracciglia mentre lanciava uno sguardo interrogativo a Poirot che gli rispose con un cenno impercettibile del capo. Intanto le sue labbra formulavano una parola: «Liquori».

La tenda che copriva il vano della porta si mosse di nuovo, appena appena. Intanto qualcosa che luccicava lievemente, di un colore azzurro-acciaio si era insinuato fra la tenda stessa e lo stipite della porta.

La signora Otterbourne riprese: «I nostri accordi erano i seguenti: io avrei dovuto girare intorno alla poppa e scendere fino giù, sul ponte sottostante. Qui avrei trovato l'uomo che mi aspettava. Mentre mi avviavo, si è aperta la porta di una cabina e qualcuno ha guardato fuori. Era quella ragazza... Louise Bourget, o come diavolo si chiama. Pareva che aspettasse qualcuno. Quando ha visto che si trattava di me, è sembrata delusa e si è ritirata bruscamente. Io naturalmente, non ci ho badato. Ho continuato la mia strada come vi stavo dicendo per farmi... per farmi consegnare da quell'uomo la roba che mi interessava... l'ho pagato e... ehm... ho scambiato qualche parola con lui. Poi sono tornata indietro. Proprio mentre giravo l'angolo ho visto qualcuno che bussava alla porta della cameriera e poi entrava nella cabina».

Race disse: «E si trattava di...?».

Bang!

Il fragore dell'esplosione riempì la cabina. E subito si levò nell'aria un acre odore di fumo. La signora Otterbourne si girò lentamente su un fianco come per rivolgere a qualcuno una domanda suprema, poi il suo corpo si accasciò in avanti e cadde con un tonfo sul pavimento. Un po' di sangue sgorgava da un forellino dietro l'orecchio.

Ci fu un attimo di silenzio sbalordito. Poi i due uomini, che non erano immobilizzati come Doyle, balzarono in piedi. Ma il corpo della donna rese subito impacciati i loro movimenti. Purtuttavia, mentre Race si chinava a osservarlo, Poirot con un balzo felino usciva dalla porta e si precipitava sul ponte.

Era deserto. Sull'impiantito proprio davanti al parapetto giaceva una grossa rivoltella Colt.

Poirot guardò prima in una direzione, poi nell'altra. Il ponte era deserto. Si avviò correndo verso poppa. Mentre girava l'angolo evitò per un pelo di andare a sbattere contro Tim Allerton, che stava arrivando di corsa in direzione opposta.

«Mi sapete dire cosa diavolo è successo ancora?» esclamò Tim ansante.

Poirot gli domandò con asprezza: «Non avete incontrato nessuno, venendo qui?»

«Se ho incontrato qualcuno? No.»

«Allora, seguitemi.» Prese il giovanotto per un braccio e tornò sui suoi passi. Intanto davanti alla cabina si era radunata una piccola folla. Rosalie, Jacqueline e Cornelia erano uscite precipitosamente dalle loro cabine. Altre persone stavano arrivando sul ponte dal salone: Ferguson, Jim Fanthorp e la signora Allerton.

Race era fermo in piedi vicino alla rivoltella. Poirot, voltando appena la testa, domandò in tono brusco a Tim Allerton: «Non avete un paio di guanti in tasca?».

Tim con gesti impacciati li tirò fuori.

«Sì, eccoli.»

Poirot glieli tolse di mano, li infilò e si inginocchiò a esaminare la rivoltella. Race lo imitò. Gli altri li osservavano, stralunati.

Race disse: «Non è scappato da quella parte. Fanthorp e Ferguson erano nel salone qui, sul ponte di passeggiata; lo avrebbero visto».

Poirot rispose: «Il signor Allerton lo avrebbe incontrato se fosse andato dalla parte opposta».

Race indicò la rivoltella: «Chissà perché ho l'impressione di averla vista poco tempo fa. Però, sarà meglio che ce ne assicuriamo».

Bussò alla porta della cabina di Pennington. Nessuna risposta.

La cabina era vuota. Race si avvicinò subito al comò e aprì il cassetto di destra. La rivoltella era scomparsa.

«Almeno questo è chiaro» disse Race. «E adesso... si può sapere dove è andato a cacciarsi Pennington?»

Tornarono sul ponte. La signora Allerton si era unita al gruppetto e Poirot le si avvicinò rapido.

«*Madame*, conducete via la signorina Otterbourne e occupatevi di lei. Sua madre è stata...» si consultò con Race, allungandogli un'occhiata e Race assentì «... uccisa.»

Intanto il dottor Bessner stava arrivando in tutta fretta.

«*Gott im Himmel!* E, adesso, cosa c'è ancora?»

Gli fecero largo. Race gli indicò la cabina. Bessner entrò.

«Trovate Pennington» disse Race. «Nessuna impronta digitale su quella rivoltella?»

«Nessuna» rispose Poirot.

Rintracciarono Pennington nel salottino del ponte inferiore. Era occupatissimo a scrivere lettere. Alzò verso di loro la faccia serena e accuratamente rasata.

«Qualcosa di nuovo?» domandò.

«Non avete sentito uno sparo?»

«Già... adesso che mi ci fate pensare... sì, credo di aver sentito qualcosa di simile a un *bang*. Ma non avrei mai immaginato... A chi hanno sparato?»

«Alla signora Otterbourne.»

«Alla signora Otterbourne?» Pennington pareva sbalordito. «Be', confesso che mi lasciate di stucco. La signora Otterbourne!» Scrollò il capo. «Non ci capisco niente.» Poi abbassò la voce: «Secondo me, signori, dobbiamo avere a bordo un pazzo omicida. Bisognerebbe organizzare un sistema di difesa.»

«Signor Pennington,» gli domandò Race «ci vorreste dire da quanto tempo vi trovate qui?»

«Ecco, vediamo un po'...» Il signor Pennington si grattò il mento. «Direi da una ventina di minuti o poco più.»

«Non vi siete mai allontanato?»

«Oh, no... assolutamente.»

Poi guardò i due uomini con aria interrogativa.

«Perché vedete, signor Pennington,» disse Race «alla signora Otterbourne hanno sparato con la vostra rivoltella.»

25

Il signor Pennington era stupefatto. Non riusciva a credere alle proprie orecchie.

«Insomma, signori,» esclamò «qui la faccenda sta diventando molto grave. Sì, molto grave davvero!»

«Anzi, sta diventando gravissima per voi, signor Pennington.»

«Per me?» Pennington alzò le sopracciglia con aria sbalordita. «Ma, caro signore, quando quel colpo è stato sparato io ero tranquillamente seduto a scrivere in questo salottino.»

«Non c'è nessuno che possa confermarlo?»

Pennington scrollò il capo.

«Ecco, no... non mi pare. Ma è assolutamente impossibile che io sia potuto salire sul ponte di passeggiata, sparare a quella povera donna, a parte il fatto che non capisco per quale motivo avrei dovuto ucciderla, e ridiscendere qui senza essere visto da nessuno. Fra l'altro, a quest'ora, c'è sempre una quantità di gente sul ponte di passeggiata.»

«Come spiegate il fatto che l'assassino si sia servito della vostra pistola?»

«Ecco... forse, su questo punto merito un rimprovero. In realtà eravamo appena imbarcati quando, una sera, c'è stata una conversazione sulle armi da fuoco, nel salone... se non sbaglio... e io ho accennato al fatto che porto sempre con me una rivoltella quando viaggio.»

«Chi era presente?»

«Be', non ricordo con precisione. Un bel po' di gente, mi pare, proprio un bel po' di gente!»

Scrollò il capo con mestizia.

«Sì, non c'è niente da dire» riprese. «Quanto a questo, merito un rimprovero.»

E continuò: «Prima Linnet, poi la cameriera di Linnet e adesso la signora Otterbourne. Pare che tutti questi delitti non abbiano una ragione!».

«La ragione c'era!» disse Race.

«Davvero?»

«Sì. La signora Otterbourne stava per dirci chi fosse la persona che aveva visto entrare nella cabina di Louise. Ma, prima che potesse farne il nome, è stata uccisa.»

Andrew Pennington si passò sulla fronte un bellissimo fazzoletto di seta.

«Tutto questo è orribile» mormorò.

Poirot disse: «Monsieur Pennington, vorrei poter discutere alcuni aspetti di questo caso con voi. Sarete tanto cortese da venire nella mia cabina fra mezz'ora?».

«Ne sarò lietissimo.»

Ma, a sentirlo, Pennington non sembrava per niente contento. E non aveva neanche l'aria molto contenta. Race e Poirot si scambiarono un'occhiata e uscirono rapidamente.

«Che furbacchione, quel vecchio demonio!» osservò Race. «Però ha paura. Non vi sembra?»

Poirot assentì. «Certo, non è per niente soddisfatto il nostro signor Pennington!»

Avevano appena raggiunto il ponte di passeggiata quando la signora Allerton uscì dalla propria cabina e, vedendo Poirot, lo chiamò con un cenno imperioso.

«*Madame*?»

«Quella povera bambina! Ditemi, Monsieur Poirot, non sarebbe possibile avere una cabina doppia in modo da dividerla con lei? Non posso pensare che debba tornare in quella che occupava con la madre, e purtroppo la mia è una singola!»

«Credo che potremo sistemare le cose in tal senso senza difficoltà, *madame*. Siete molto buona.»

«Mi sembra il minimo che si possa fare! A parte il fatto che sono molto affezionata a quella ragazza. Mi è sempre stata simpatica.»

«È molto sconvolta?»

«Sì, spaventosamente. A quanto sembra era affezionatissima a quella donna detestabile. Ed è proprio la cosa più patetica in tutta questa tragedia. Tim dice che, secondo lui, la signora Otterbourne era un'alcolizzata. Credete sia vero?»

Poirot assentì.

«Be', povera donna, immagino che non tocchi a noi giudicarla; però quella disgraziata ragazza deve aver fatto una vita terribile.»

«Proprio così, *madame*. Ma è molto fiera e molto leale.»

«Sì, è una cosa che mi piace... la lealtà, voglio dire. È talmente fuori moda, oggigiorno! E poi, quella figliola ha uno strano carattere... fiera, piena di riserbo, testarda ma, sotto sotto, affettuosa e piena di calore umano, credo!»

«Mi accorgo di aver messo Rosalie in buone mani, *madame*.»

«Certo, non preoccupatevi. Mi occuperò io di lei. Fra l'altro mi si sta attaccando in modo quasi commovente.»

La signora Allerton rientrò nella sua cabina. Poirot si ripresentò sulla scena della tragedia.

Cornelia era ancora in piedi, immobile, sul ponte, con gli occhi sbarrati. «Non riesco a capire, Monsieur Poirot» gli disse.

«Come ha fatto la persona che ha sparato ad andarsene senza che noi la vedessimo?»

«Già, come ha fatto?» le fece eco Jacqueline.

«Ah!» esclamò Poirot. «Non dovete credere che sia stata una cosa strabiliante come può sembrare, *mademoiselle*. Ci sono tre vie ben distinte che l'assassino poteva prendere.»

Jacqueline parve sconcertata e domandò: «Tre?».

«Potrebbe essere andato a destra, oppure a sinistra, ma non vedo nessun'altra via» osservò Cornelia perplessa.

Anche Jacqueline aveva aggrottato le sopracciglia. Ma poi si rasserenò subito.

«Ma certo!» esclamò. «Poteva muoversi in due direzioni su un piano, ma poteva anche andarsene seguendo una direzione ad angolo retto, con il suddetto piano: salire sarebbe stato difficile, ma non scendere!»

«Avete un buon cervello, *mademoiselle*» esclamò Poirot con un sorriso.

Cornelia disse: «Capisco di essere proprio tonta ma continuo a non vedere qual è la terza possibilità».

Jacqueline disse: «Monsieur Poirot vuole dire, cara, che avrebbe potuto scavalcare il parapetto e scendere sul ponte sottostante».

«Mio Dio!» mormorò Cornelia emozionata. «Non ci avevo pensato! Però deve essere stato di una rapidità fulminea! Credete che abbia proprio fatto così?»

«Non doveva essere difficile» disse Tim Allerton. «Non dimenticate che quando succedono cose del genere si può sempre far conto su un minuto di shock generale. Si sente uno sparo e si rimane troppo paralizzati per muoversi... almeno per qualche secondo!»

«Sarebbe quello che è capitato a voi, Monsieur Allerton?»

«Sì, precisamente. Sono rimasto lì imbambolato almeno per cinque secondi. Poi mi sono mosso, quasi di corsa, girando intorno al ponte.»

Race uscì dalla cabina di Bessner e disse in tono autoritario: «Vi spiacerebbe lasciar libero il passaggio? Vorremmo portar fuori il cadavere».

Tutti si spostarono, ubbidienti. Poirot compreso. Cornelia si mise a parlargli in tono commosso e triste: «Credo che non dimenticherò mai questo viaggio per tutto il resto della mia vita. Tre morti... un po' come vivere in un incubo...».

Ferguson che l'aveva sentita, intervenne in tono aggressivo: «Il guaio è che siete troppo civilizzata! Dovreste avere nei confronti della morte lo stesso atteggiamento degli orientali. Per loro è un puro e semplice accidente... al quale non prestare molta attenzione».

«Sarà come dite» replicò Cornelia. «Ma questo succede perché sono ignoranti, povere creature!»

«No, è un vantaggio per loro. La cultura ha tolto ogni vitalità alla razza bianca. Guardate un po' l'America... lì fanno addirittura un'orgia di cultura. È semplicemente disgustoso!»

«Secondo me, state dicendo un mucchio di sciocchezze» esclamò Cornelia arrossendo. «Io frequento ogni inverno corsi sull'arte greca e sul Rinascimento. Sono andata perfino a sentire una serie di lezioni sulle donne famose nella storia.»

Il signor Ferguson si lasciò sfuggire un grugnito di indignazione! «Arte greca! Rinascimento! Donne famose nella storia! Mi viene la nausea a sentirvi. È il futuro che conta, ragazza mia, non il passato. Tre donne sono morte su questa nave. Be', e con ciò? Non possiamo considerarle una perdita! Linnet Doyle con tutti i suoi soldi! La cameriera francese... un parassita. La signora Otterbourne... una povera stupida assolutamente inutile a sé e agli altri. Cosa credete? Che a qualcuno importi sul serio se sono morte o vive? Secondo me, non importa a nessuno. E sono convinto che sia giusto ragionare così!»

«Invece sbagliate!» ribatté Cornelia inalberandosi. «E se proprio volete saperlo, mi fare star male a furia di sentire tutte le vostre chiacchiere, come se al mondo niente avesse importanza all'infuori di voi! Non provavo una grande simpatia per la signora Otterbourne ma sua figlia la adorava e, adesso, è disperata per la morte della mamma. Non so molto riguardo alla cameriera francese, però immagino che avesse anche lei, chissà dove, qualcuno che le voleva bene; e quanto a Linnet Doyle... be', a prescindere da tutto il resto, era una creatura talmente splendida! Appena entrava in una stanza ci si sentiva un nodo alla gola dalla commozione... tanto era bella! Io sono scialba, e piuttosto brutta, e proprio per questo apprezzo ancora di più la bellezza. Lei era bellissima... e non soltanto come donna... ma addirittura anche come un'opera d'arte, magari della Grecia antica. E quando qualcosa di bello scompare, è una perdita per tutto il mondo. Ecco come la penso!»

Il signor Ferguson indietreggiò di un passo, si prese i capelli fra le mani e cominciò a tirarseli con energia.

«Ci rinuncio!» esclamò. «Siete addirittura inconcepibile! Insomma a sentirvi si capisce subito che non avete nessuno dei classici sentimenti di odio e di antipatia che sono caratteristici delle donne!» E, voltandosi verso Poirot, riprese: «Lo sapevate, signor Poirot, che il padre di Cornelia è stato praticamente rovinato dal vecchio Ridgeway? Eppure sua figlia non digrigna i denti quando vede l'ereditiera che si presenta con le perle al collo, indossando una delle ultime toilette parigine! Nossignore, si mette semplicemente a belare: "Non è incredibilmente bella?" proprio come un povero agnellino. Comincio a pensare che non abbiate provato nemmeno un minuto di rancore nei suoi confronti!»

Cornelia arrossì. «A dir la verità, vi sbagliate... Sì, per un momento ho provato dell'antipatia... papà è quasi morto di crepacuore, sapete, perché aveva perso tutto.»

«Antipatia! Per un momento! Ecco... ma l'avete sentita?»

Cornelia si ribellò.

«Be', non avete appena finito di dire che è il futuro a contare, non il passato? Tutte quelle sono cose passate, è vero! Finite, concluse.»

«Insomma, io getto la spugna!» esclamò Ferguson. «Cornelia Robson, siete l'unica donna veramente cara e simpatica che abbia mai incontrato in vita mia. Volete sposarmi?»

«Non dite assurdità.»

«Ma la mia è una proposta seria... fra l'altro l'ho fatta addirittura in presenza del "vecchio segugio". Siete testimone, Monsieur Poirot, che ho deliberatamente chiesto a questa donna di sposarmi... anche se è contro tutti i miei principi perché non credo nei contratti legali fra i due sessi... D'altro canto, sono convinto che lei non accetterebbe nient'altro e quindi non si può parlare che di matrimonio! Su, da brava, Cornelia, ditemi sì!»

«Io vi trovo assolutamente ridicolo» esclamò Cornelia arrossendo.

«Perché non volete sposarmi?»

«Perché non siete serio» rispose Cornelia.

«Volete dire che non è seria la mia proposta o che io non sono serio di carattere?»

«L'uno e l'altro, ma alludevo soprattutto al carattere. Sbeffeggiate tutto quello che è serio. Vi mettete a ridere di fronte all'educazione e alla cultura e... sì, anche alla morte. No, non siete una persona di cui ci si possa fidare.»

Poi gli voltò le spalle e, arrossendo, si allontanò in fretta e furia in direzione della sua cabina.

Ferguson rimase di stucco. Seguendola con gli occhi disse: «Accidenti a quella ragazza! Credo che parli sul serio. Vuole che un uomo le ispiri fiducia. Ispirare fiducia... santi numi!» Tacque per qualche istante, poi disse in tono incuriosito: «Si può sapere che cosa vi prende, Monsieur Poirot? Mi sembrate così assorto nelle vostre meditazioni...».

Poirot si riscosse, trasalendo lievemente.

«Rifletto, tutto qui. Rifletto, io!»

«Meditazione sulla morte. *La morte, il numero periodico,* opera di Hercule Poirot. Una delle sue celebri monografie.»

«Monsieur Ferguson,» disse Poirot «siete un giovanotto molto impertinente.»

«Dovete perdonarmi. Mi piace da matti attaccare le solide istituzioni!»

«Ah... dunque io sarei un'istituzione?»
«Precisamente. Cosa ne pensate di quella ragazza?»
«Della signorina Robson?»
«Sì.»
«Trovo che ha molto carattere.»
«Avete ragione. E spirito. Sembra dolce e mite, ma non lo è. Ha coraggio. Ha... accidenti, la voglio sposare! Magari non sarebbe una mossa sbagliata se mi mettessi a stuzzicare la vecchia signorina. Chissà che, una volta scatenata contro di me, non si ottenga l'effetto opposto... quello di suscitare un certo interesse in Cornelia!»
Girò sui tacchi ed entrò nel salone. La signorina Van Schuyler era seduta nel suo solito angolo. E aveva sempre la solita aria arrogante. Stava sferruzzando. Ferguson le si avvicinò a lunghi passi. Hercule Poirot, che era entrato senza farsi notare, scelse un posto a una certa distanza e finse di sprofondarsi nella lettura di una rivista.
«Buongiorno, signorina Van Schuyler.»
La signorina Van Schuyler alzò gli occhi per un attimo, poi li abbassò di nuovo e mormorò in tono glaciale: «Ehm... buongiorno».
«Sentite, signorina Van Schuyler, vorrei parlarvi di una faccenda piuttosto importante. Si tratta di questo. Voglio sposare vostra cugina.»
Il gomitolo di lana della signorina Van Schuyler cadde sul pavimento e cominciò a rotolare attraverso il salone.
Quanto a lei, esclamò in tono carico di veleno: «Dovete essere impazzito, giovanotto».
«Niente affatto. Sono deciso a sposarla. Ho domandato la sua mano.»
La signorina Van Schuyler lo scrutò con aria gelida, dedicandogli pressappoco lo stesso curioso interesse che avrebbe potuto rivolgere a uno strano insetto.
«Davvero? Devo presumere che vi abbia respinto.»
«Sì, infatti.»
«È naturale!»
«No, non è affatto "naturale" per me! Ho intenzione di continuare a proporle il matrimonio fino a quando accetterà.»
«Vi posso assicurare, signore, che provvederò a prendere le misure necessarie onde evitare che la mia giovane cugina debba es-

sere sottoposta a una simile persecuzione» disse la signorina Van Schuyler in tono mordace.

«Si può sapere cosa avete contro di me?»

La signorina Van Schuyler si limitò ad alzare le sopracciglia e a dare un violento strappo alla lana, lasciandogli capire che la sua intenzione era quella di recuperare il gomitolo sfuggitole ma, nello stesso tempo, di mettere fine al colloquio.

«Su, ascoltate,» continuava intanto a insistere il signor Ferguson «si può sapere cosa avete contro di me?»

«Mi pare che sia più che evidente, signor... ehm... non conosco il vostro nome.»

«Ferguson.»

«Signor Ferguson.» La signorina Van Schuyler pronunciò questo nome con evidente disgusto. «Qualsiasi idea del genere è assolutamente inammissibile.»

«Vorreste dire che non vado bene per lei?» esclamò Ferguson.

«Mi sembra che questo dovrebbe essere ovvio!»

«In che senso non andrei bene per lei?»

La signorina Van Schuyler, anche stavolta, non rispose.

«Ho due gambe, due braccia, ottima salute e un cervello più che discreto. Cosa c'è che non va in tutto questo?»

«Esiste anche quella che si chiama "posizione sociale", signor Ferguson.»

«La posizione sociale? Tutte frottole!»

La porta girevole si spalancò per fare entrare Cornelia, la quale si fermò su due piedi scorgendo la terribile cugina Marie in conversazione con il suo pretendente.

L'indignato signor Ferguson girò la testa, le rivolse un largo sorriso e la chiamò: «Fatevi avanti, Cornelia. Sono qui a chiedere la vostra mano nel modo più conformista possibile!».

«Cornelia» esclamò la signorina Van Schuyler e la sua voce aveva assunto un tono che avrebbe potuto essere definito terrificante: «Avresti per caso incoraggiato questo giovanotto?».

«Io... no, certo che no... perlomeno... non esattamente... cioè voglio dire...»

«Avanti, parla... cosa vuoi dire?»

«Non mi ha incoraggiato affatto» esclamò il signor Ferguson, intervenendo per darle una mano. «Ho fatto tutto io. Lei non mi ha preso a schiaffi sul serio solo perché ha un cuore troppo tenero. Cornelia, vostra cugina dice che io non sono abbastanza buono per voi. Il che naturalmente è verissimo ma non nel senso che lei intende. Sono sicuro che la mia natura morale non è paragonabile alla vostra, però lei insiste nel dire che socialmente non sono al vostro livello. E quindi non ho speranze.»

«Mi pare che questo sia ovvio anche per Cornelia» disse la signorina Van Schuyler.

«Davvero?» Il signor Ferguson la scrutò attento. «È per questo che non volete sposarmi?»

«No, non è per questo.» Cornelia arrossì. «Se... se voi mi piaceste, vi sposerei indipendentemente da quello che siete.»

«Ma non vi piaccio?»

«Trovo che siete troppo... ecco... troppo esagerato. Il modo in cui dite le cose... le cose che dite... insomma non ho mai conosciuto nessuno come voi. E io...» Adesso si vedeva che lottava per trattenere le lacrime. Si voltò e uscì impetuosamente dal salone.

«Tutto sommato» osservò il signor Ferguson «come inizio non ci si può lamentare.» Poi si appoggiò più comodamente alla spalliera della poltrona, alzò gli occhi verso il soffitto, fischiettò, accavallò le gambe coperte da un paio di sudici pantaloni e osservò: «Presto vi chiamerò anch'io cugina».

La signorina Van Schuyler tremava di collera. «Uscite subito da questa stanza, signore, altrimenti suono per chiamare il cameriere.»

«Ho pagato il mio biglietto» disse il signor Ferguson. «Nessuno può buttarmi fuori da una sala pubblica. Ma cercherò di accontentarla.» Cominciò a canticchiare: «*Yo oh oh e una bottiglia di rum...*». Si alzò e si avviò con aria disinvolta e indifferente verso la porta. Infine uscì.

Schiumante di collera, la signorina Van Schuyler si alzò in piedi a fatica. Poirot, sbucando dalla rivista dietro alla quale si era nascosto più che altro per discrezione, si alzò di scatto e corse a recuperare il gomitolo di lana.

«Grazie, Monsieur Poirot. Volete essere tanto gentile da chiamare la signorina Bowers? Mi sento letteralmente sconvolta... l'insolenza di quel giovanotto!»

«Davvero un tipo bizzarro» disse Poirot. «Ma sono quasi tutti così nella sua famiglia. Viziato da morire, naturalmente. Sempre pronto a combattere contro i mulini a vento.» Poi aggiunse, in tono noncurante: «Lo avete riconosciuto, immagino!».

«Riconosciuto?»

«Si fa chiamare Ferguson e non vuole usare il suo titolo nobiliare sempre a motivo di quelle idee estremiste...»

«Il suo titolo?» domandò la signorina con voce tagliente.

«Certo, perché quello è il giovane Lord Dawlish. Nuota nell'oro... ma è diventato comunista quando studiava a Oxford.»

La signorina Van Schuyler, la cui faccia era diventata una specie di campo di battaglia dei sentimenti più diversi, disse: «Da quanto tempo lo sapete, Monsieur Poirot?».

Poirot si strinse nelle spalle.

«Tanto per cominciare c'era il suo ritratto su una di queste riviste... e ho subito notato la somiglianza. Poi ho trovato un anello con lo stemma... oh, vi assicuro che non c'è alcun dubbio!»

Se la godeva un mondo, nel frattempo, a osservare le espressioni contrastanti che si susseguivano in rapida successione sulla faccia della signorina Van Schuyler. Alla fine, piegando garbatamente la testa, lei gli disse: «Vi sono molto obbligata, Monsieur Poirot».

Poirot la seguì con lo sguardo, sorridendo, mentre usciva dal salone. Poi tornò a sedersi e la sua faccia riprese l'espressione grave di poco prima. Stava seguendo il filo di un determinato pensiero. Di tanto in tanto annuiva.

«*Mais oui*» esclamò infine. «Sì, le cose quadrano...»

26

Race lo trovò ancora lì seduto a riflettere.

«Ebbene, Poirot, cosa state facendo qui? Fra dieci minuti Pennington si presenterà nella vostra cabina. Lo affido alle vostre mani.»

Poirot si alzò rapidamente in piedi. «Prima, però, andate a cercarmi il giovane Fanthorp.»

«Fanthorp?» Race non gli nascose di essere stupefatto.

«Sì. Accompagnatelo nella mia cabina.»

Race assentì e scappò via. Poirot si trasferì nella propria cabina e un paio di minuti dopo Race arrivò in compagnia del giovane Fanthorp.

Poirot li pregò di accomodarsi e offrì loro una sigaretta.

«E adesso, Monsieur Fanthorp,» disse «pensiamo ai fatti nostri! Mi accorgo, dalla vostra cravatta, che è la stessa del mio vecchio amico Hastings...»

Jim Fanthorp abbassò gli occhi a scrutare la propria cravatta con aria piuttosto stupita.

«È una cravatta della mia scuola di Oxford» spiegò.

«Precisamente. Anche se sono straniero, non ignoro del tutto il modo di comportarsi degli inglesi. Per esempio, so che ci sono "cose che si possono fare" e "cose che non si possono fare".»

Jim Fanthorp ridacchiò.

«Oggi non siamo più abituati a definizioni del genere, signore!»

«Forse no, però l'abitudine resta. Una cravatta della scuola di Oxford rimane sempre tale ed esistono determinate cose, lo so per esperienza, che chi la indossa non fa mai! E una di queste, Monsieur Fanthorp, è intromettersi nei discorsi privati di altre persone senza essere stati interpellati né presentati.»

Fanthorp sgranò tanto d'occhi.

Poirot continuò: «Invece, qualche giorno fa, Monsieur Fanthorp, è proprio quello che avete fatto. Alcune persone stavano occupandosi tranquillamente dei loro affari nel salone panoramico. Voi, senza dar nell'occhio, vi siete avvicinato, gironzolando qua e là, con l'evidente intenzione di ascoltare quello che si stavano dicendo e, poco dopo, vi siete addirittura intromesso per congratularvi con una signora – Madame Doyle – per la serietà e il buon senso col quale si comportava».

Jim Fanthorp era diventato paonazzo. Ma Poirot tirò avanti senza aspettare i suoi commenti.

«Ora, Monsieur Fanthorp, questo non è precisamente il comportamento di una persona che porta la medesima cravatta del mio caro amico Hastings! Hastings è un uomo riservato, compitissimo, che sarebbe morto di vergogna prima di fare una cosa simile! Ora, preso atto del vostro contegno in tale circostanza e avendo osservato che siete molto giovane per potervi permettere il lusso di una vacanza così costosa, che siete socio di uno studio legale di provincia e quindi, con ogni probabilità, non sguazzate nell'oro, e, per di più, non mostrate assolutamente i segni di una malattia recente, e tale da richiedere un vostro prolungato soggiorno all'estero, mi sono visto costretto a domandarmi... ed è quello che domando a voi adesso... qual è il motivo della vostra presenza su questa nave?»

Jim Fanthorp buttò indietro la testa.

«Mi rifiuto di darvi qualsiasi spiegazione in tal senso, Monsieur Poirot. Anzi mi sto convincendo che dovete essere pazzo.»

«No, non sono pazzo. Tutt'altro, sono sanissimo. Dove si trova il vostro studio legale? A Northampton. Cioè non molto lontano da Wode Hall. E qual era la conversazione che avete cercato di ascoltare? Una conversazione che riguardava determinati documenti legali. E qual era lo scopo della vostra osservazione... un'osservazione, fra l'altro, che avete pronunciato con evidente imbarazzo e *malaise*? Il vostro scopo era quello di dissuadere Madame Doyle da firmare qualsiasi documento senza averlo letto.»

Fece una pausa.

«Su questa nave abbiamo avuto un delitto e, subito dopo quel delitto, altri due in rapida successione. Se aggiungo a questo la notizia che l'arma con la quale è stata uccisa Madame Otterbourne era di proprietà di Monsieur Andrew Pennington, forse comprenderete che, tutto sommato, è vostro preciso dovere raccontarci tutto quello che sapete.»

Jim Fanthorp rimase in silenzio per qualche minuto. Alla fine si decise a dire: «Avete uno strano modo di affrontare gli avvenimenti, Monsieur Poirot, però vi garantisco che capisco i motivi per i quali mi fate queste domande. Il guaio è che non ho informazioni precise da riferirvi».

«Volete dire che si tratta soltanto di sospetti?»

«Sì.»

«E, pertanto, giudicate un po' avventato parlarne? Questo può essere giustissimo da un punto di vista legale. Ma qui non siamo in un tribunale. Il colonnello Race e io stiamo dando la caccia a un assassino. Qualsiasi aiuto può rivelarsi prezioso.»

Jim Fanthorp continuava a riflettere. Infine disse: «Benissimo. Cosa desiderate sapere?».

«Perché state facendo questo viaggio?»

«È stato lo zio, l'avvocato Carmichael, legale inglese della signora Doyle, a mandarmi. È lui che si occupa di gran parte dei suoi affari. Per questo motivo è stato spesso in corrispondenza con il signor Andrew Pennington, l'amministratore americano della signora Doyle. Parecchi piccoli incidenti (non starò a enumerarveli tutti) hanno insospettito lo zio il quale si è convinto che non tutto proceda come dovrebbe...»

«In parole semplici» disse Race «vostro zio ha cominciato a sospettare che Pennington fosse un imbroglione?»

Jim Fanthorp assentì, abbozzando un sorriso.

«Vi esprimete in modo più brutale di quanto non avrei osato fare io ma in linea generale la vostra idea è esatta. Alcuni pretesti di Pennington, qualche spiegazione speciosa sul modo in cui determinati fondi erano stati impegnati, hanno suscitato la sfiducia dello zio. Mentre questi sospetti erano ancora piuttosto vaghi, la signorina Ridgeway si è sposata inaspettatamente ed è partita per l'Egitto in viaggio di nozze. Il suo matrimonio ha contribuito a sollevare lo zio da alcune delle preoccupazioni perché sapeva che, al suo ritorno in Inghilterra, avrebbe sistemato definitivamente tutto ciò che riguardava il suo patrimonio e ne avrebbe preso possesso di persona.

«Tuttavia, scrivendogli dal Cairo, la signora Doyle ha accennato al fatto di aver incontrato per caso Andrew Pennington. I sospetti dello zio sono di colpo aumentati. Ha cominciato a chiedersi se Pennington, che probabilmente a questo punto si trovava con le spalle al muro, non avrebbe tentato di ottenere dalla signora Doyle la firma di qualche documento che potesse sistemare tutte le irregolarità precedenti. Purtroppo lo zio non aveva prove chiare e precise da sottoporre alla signora Doyle e, quindi, si è venuto a trovare in una situazione molto difficile. Però gli è venuto in mente che avrebbe potuto mandarmi qui in aeroplano con precise istruzioni di scoprire quello che stava per accadere. Ero incaricato, insomma, di tenere gli occhi ben aperti e di intervenire, senza troppi complimenti, se fosse stato necessario... una missione molto poco gradevole, ve lo garantisco! In realtà nell'occasione alla quale avete accennato, so di essermi comportato come un vero villano! È stato molto imbarazzante, però nel complesso sono rimasto soddisfatto dei risultati.»

«Volete dire che siete convinto di aver messo in guardia la signora Doyle?» domandò Race.

«Non so fino a che punto, però credo di aver costretto Pennington a stare sul chi vive. Anzi mi sono persuaso che, almeno per un po', non avrebbe tentato altre mosse azzardate ma, nel frattempo, speravo di essere entrato abbastanza in amicizia con i signori Doyle per trovare il modo di avvertirli. A dir la verità, speravo di farlo attraverso Doyle. La signora Doyle era talmente affezionata a Pennington che sarebbe stato un po' imbarazzante fare certe insinuazioni sul suo conto! Mi sembrava molto più semplice tentare gli stessi approcci con suo marito.»

Race assentì.

Poirot domandò: «Vi spiacerebbe essere schietto con me e darmi la vostra opinione su un punto, Monsieur Fanthorp? Volendo raggirare qualcuno, chi avreste scelto come vittima... Madame o Monsieur Doyle?».

Fanthorp abbozzò un sorriso.

«Il signor Doyle, sempre e soltanto lui! Linnet Doyle era molto attenta e precisa in fatto di affari! Invece mi sembra che suo marito sia uno di quegli uomini che si fidano di chiunque, che non capiscono niente di questioni finanziarie e che sono sempre pronti a "mettere la firma sulla linea punteggiata" proprio come ha detto anche lui!»

«Sono d'accordo» disse Poirot. Poi guardò Race. «Ecco il movente che cercavate.»

Jim Fanthorp esclamò: «Guardate che queste sono tutte supposizioni! Supposizioni pure e semplici. Non c'è un briciolo di prova».

Poirot replicò disinvolto: «Ah, bah, quanto alle prove, le troveremo!».

«Come?»

«Magari ce le fornirà il signor Pennington in persona.»

Fanthorp non gli nascose di essere dubbioso su questo punto.

«Chissà. Non ne sono per niente convinto.»

Race guardò l'orologio. «Ormai dovrebbe essere qui.»

Jim Fanthorp fu pronto a cogliere l'allusione e si affrettò ad andarsene.

Due minuti più tardi Andrew Pennington faceva la sua comparsa. Gentile, sorridente, con un modo di fare accattivante. Solo la linea tesa e contratta della mascella e l'espressione cauta degli occhi rivelavano che, da lottatore capace ed esperto, stava in guardia.

«Ebbene, signori,» disse «eccomi qui.»

Si mise a sedere e li guardò con aria interrogativa.

«Vi abbiamo pregato di venire qui, Monsieur Pennington,» cominciò Poirot «perché è abbastanza evidente come voi abbiate un interesse molto speciale e diretto in questo caso.» Pennington alzò lievemente le sopracciglia.

«Davvero?»

Poirot riprese in tono pacato: «Sicuro! A quanto ho capito, conoscete Linnet Ridgeway fin da quando era piccola, no?».

«Ah... è per questo...» e la sua espressione diventò un po' meno guardinga. «Chiedo scusa. Vi avevo frainteso. Sì, come vi dicevo stamane, conoscevo Linnet fin da quando era ancora una graziosa bambinetta di pochi anni.»

«Eravate in stretti rapporti di amicizia con suo padre?»

«Precisamente. Melhuish Ridgeway e io eravamo amici... intimi amici.»

«La vostra era un'amicizia talmente intima che, morendo, lui vi ha nominato tutore di sua figlia e amministratore dell'enorme patrimonio che ereditava?»

«Ecco... sì... pressappoco...» L'espressione guardinga era riapparsa. E anche il tono di voce era più cauto. «Naturalmente non ero io il solo amministratore; ma ho sempre lavorato di comune accordo con altri.»

«Chi di loro è morto nel frattempo?»

«Ne sono morti due. L'ultimo, il signor Sterndale Rockford, è vivo.»

«Il vostro socio?»

«Sì.»

«Mademoiselle Ridgeway non era ancora maggiorenne quando si è sposata, giusto?»

«Avrebbe compiuto ventun anni nel giugno prossimo.»

«E, secondo un corso normale degli eventi, in quell'occasione sarebbe entrata in possesso del suo patrimonio?»

« Sì.»

«Il suo matrimonio, invece, ha precipitato le cose?»

La mascella di Pennington si indurì. Alzò di scatto la testa con aria aggressiva, guardandoli: «Scusatemi, signori, ma si può sapere che cosa c'entra questo con tutto il resto? Non mi pare che vi riguardi».

«Se non vi garba rispondere alla domanda...»

«Non è questione che mi dispiaccia o no! Non ha importanza quello che volete domandarmi. Però, confesso di non vedere quale interesse possa avere tutto questo.»

«Oh, ma c'è di sicuro, Monsieur Pennington...» E Poirot si sporse leggermente in avanti, mentre un lampo felino illuminava i suoi occhi verdi «... c'è la faccenda del movente. È proprio per questa ragione che non si possono trascurare le considerazioni di carattere finanziario.»

Pennington disse in tono cupo: «Secondo il testamento di Ridgeway, Linnet doveva entrare in possesso del suo patrimonio nel momento in cui avesse compiuto ventun anni oppure se si sposava».

«Nessun'altra condizione? Di nessun genere?»

«Nessun'altra condizione.»

«E da quanto mi è stato detto, e le mie fonti sono ineccepibili, si tratta di milioni.»

«Precisamente. Di milioni.»

Poirot riprese in tono pacato: «La vostra responsabilità, signor Pennington, come quella del vostro socio, era molto grave».

Pennington rispose asciutto: «Ci siamo abituati. Le responsabilità non ci preoccupano».

«Chissà!»

Qualcosa nel tono di Poirot irritò il suo interlocutore che ribatté, accalorandosi: «Si può sapere cosa diavolo volete dire?».

Poirot rispose con un tono di disarmante franchezza: «Mi stavo domandando, signor Pennington, se – per caso – l'improvviso matrimonio di Linnet Ridgeway non avesse provocato... una certa costernazione nel vostro ufficio».

«Costernazione?»

«Sì, ho proprio usato questa parola.»

«Si può sapere a che cosa diavolo state mirando?»

«È semplicissimo. Gli affari di Linnet Doyle sono in ordine perfetto... cioè come dovrebbero essere?»

Pennington si alzò in piedi di scatto.

«Basta così. Non ho intenzione di ascoltarvi!» Fece per avviarsi alla porta.

«Prima, però, non volete rispondere alla mia domanda?»

Pennington ribatté, tagliente: «Sono in ordine perfetto».

«Non vi siete talmente allarmato, quando vi è giunta la notizia del matrimonio di Linnet Ridgeway, da precipitarvi in Europa con il primo piroscafo in partenza e da inscenare un incontro, apparentemente casuale, in Egitto?»

Pennington tornò indietro facendo qualche passo verso di loro. Aveva pienamente riacquistato il controllo di sé.

«State dicendo un mucchio di idiozie! Non sapevo nemmeno che Linnet si fosse sposata fino a quando non l'ho incontrata al Cairo. E ne sono rimasto letteralmente sbalordito. La sua lettera dev'essere arrivata a New York uno o due giorni dopo la mia partenza. Mi è stata inoltrata, e io l'ho ricevuta una settimana più tardi.»

«A quanto mi avevate detto, avete fatto la traversata sul *Carmanic*.»

«Esatto.»

«La lettera è arrivata a New York quando il *Carmanic* era già salpato?»

«Quante volte devo ripetervelo?»
«Strano» disse Poirot.
«Cosa c'è di strano?»
«Ecco... sul vostro bagaglio non si vede nessuna etichetta del *Carmanic*. Le uniche etichette recenti di una traversata atlantica sono quelle del *Normandie*. Se non sbaglio, il *Normandie* è salpato due giorni dopo il *Carmanic*.» Per un attimo il suo interlocutore rimase senza parole. E i suoi occhi ebbero un lampo di incertezza.

Il colonnello Race se ne accorse e ne approfittò per attaccarlo a sua volta: «Su, andiamo! Vedete, signor Pennington, abbiamo svariati motivi per credere che siate arrivato con il *Normandie* e non con il *Carmanic*, come dite. In questo caso, dovete aver ricevuto la lettera della signora Doyle prima della vostra partenza da New York. È inutile negarlo perché come sapete... è la cosa più facile del mondo eseguire un rapido controllo presso le Compagnie di navigazione!».

Andrew Pennington cercò a tastoni una seggiola e vi si lasciò cadere. La sua faccia era impassibile... ma dietro quella maschera era evidente che il suo agile cervello doveva lavorare febbrilmente, meditando sulla prossima mossa.

«Ebbene, signori, sono costretto ad ammettere che mi avete battuto. Siete stati troppo intelligenti e furbi per me. Del resto, avevo i miei motivi, validi motivi, per agire come ho agito.»

«Non ne dubito» disse Race in tono asciutto.

«E se ve li esporrò, chiederò in cambio la massima riservatezza.»

«Potete fidarvi di noi senza preoccupazioni. Anche se, come è naturale, non possiamo darvi un'assicurazione del genere alla cieca.»

«Ecco...» Pennington sospirò. «Vi racconterò tutto, chiaro e tondo. Già da un po' di tempo in Inghilterra le cose non funzionavano come dovevano. Mi sono preoccupato. Per lettera non riuscivo a fare molto. Così ho pensato che l'unica soluzione possibile fosse quella di partire per venire a controllare di persona.»

«Vi vorreste spiegare meglio? In che senso le cose non andavano?»

«Avevo i miei buoni motivi per credere che qualcuno si fosse messo d'impegno a truffare Linnet.»

«Chi sarebbe stato?»

«Il suo legale inglese. Ora, come ben capite, queste non sono accuse che si possono fare alla leggera. Di conseguenza mi sono deciso a venire di persona a dare un'occhiata ai suoi affari.»

«Il vostro comportamento vi fa onore. Vedo che avete agito in modo accorto e prudente. Ma perché quel piccolo inganno... perché avete negato che la lettera vi fosse arrivata?»

«Ecco, provate un po' a pensarci» e Pennington allargò le braccia. «Come si fa a imporre la propria compagnia a una coppia in luna di miele senza fornire validi motivi di quello che state facendo e senza affrontare direttamente la questione? Ho pensato che la cosa migliore fosse quella di fingere un incontro casuale. Fra l'altro, non conoscevo affatto suo marito. Per quel che ne sapevo, avrebbe potuto essere d'accordo anche lui con la banda di truffatori.»

«Insomma le vostre azioni sono state dettate da scopi puramente disinteressati» osservò Race, in tono secco.

«È così, colonnello.»

Ci fu una pausa. Race diede un'occhiata a Poirot, che si chinò in avanti dicendo: «Signor Pennington, non crediamo una sola parola della vostra storia.»

«Non ci credete? Perdio! E, allora, mi volete dire a che cosa diavolo avete intenzione di credere?»

«Secondo noi, l'improvviso matrimonio di Linnet Ridgeway vi ha messo in una situazione finanziaria gravissima. La nostra opinione è che vi siete precipitato qui nella speranza di scoprire il modo di cavarvela senza troppi danni dai guai nei quali vi trovavate... sarebbe come dire, in un certo senso, che speravate di prendere tempo. Ed è stato proprio per questo motivo, e mirando a questo scopo, che avete sperato di ottenere da Madame Doyle la firma su alcuni documenti. Vi è andata male. Non solo ma, sempre a nostro avviso, durante il viaggio sul Nilo ad Abu Simbel, mentre passeggiavate lungo il margine del dirupo roccioso avete smosso di proposito un masso e l'avete fatto precipitare... Il masso, però, ha mancato di poco il bersaglio...»

«Siete pazzo.»

«Siamo anche convinti che durante il viaggio di ritorno si siano presentate, più o meno, le stesse circostanze. Cioè, l'opportunità di liquidare definitivamente Madame Doyle e, per di più, proprio quando sarebbe stata accusata un'altra persona della sua morte... Non soltanto crediamo, ma addirittura sappiamo, che è stata la vostra rivoltella a uccidere la donna che stava per rivelarci il nome della persona che riteneva avesse ucciso non soltanto Linnet Doyle ma anche la cameriera Louise...»

«Perdio!» La violenta imprecazione di Pennington interruppe il profluvio di parole di Poirot. «Mi volete dire a che cosa avete intenzione di arrivare? Siete impazzito? Quale motivo avevo di uccidere Linnet? Non avrei mai potuto metter le mani sul suo denaro, perché è il marito che lo eredita. E allora... perché non ve la prendete con lui? Il beneficiario è Doyle... non sono io!»

Race ribatté in tono glaciale: «Doyle non è mai uscito dal salone la sera della tragedia fino al momento in cui qualcuno gli ha sparato addosso, ferendolo a una gamba. La sua completa impossibilità di compiere anche un solo passo, subito dopo, è confermata da un medico e da un'infermiera, che l'hanno testimoniato indipendentemente l'uno dall'altra e sono persone degne della massima fiducia. Simon Doyle non può aver ucciso sua moglie. Come non può aver ucciso Louise Bourget. Soprattutto è assolutamente escluso che abbia ucciso la signora Otterbourne. Lo sapete bene quanto noi!».

«So che non è stato lui a ucciderla.» Pennington adesso pareva un poco più calmo. «Io dico soltanto questo: per quale motivo ve la prendete con me quando non ricavo il minimo vantaggio dalla sua morte?»

«A dire il vero, mio caro signore» riprese la voce di Poirot, che sembrava morbida e sommessa come il ronfare di un gatto che fa le fusa «anche questa è tutta questione d'opinioni... Madame Doyle era un'abile e attenta donna d'affari, s'intendeva perfettamente di tutto ciò che riguardava il suo patrimonio e sarebbe stata prontissima a scoprire anche la più piccola irregolarità. Non appena avesse assunto il controllo della propria posizione finanziaria – e lo avrebbe senz'altro fatto al suo ritorno in Inghilterra – le sarebbero sorti subito dei sospetti. Ma adesso che lei è morta e che suo marito eredita tutto, come mi avete fatto appena notare, le cose sono molto diverse. Simon Doyle è all'oscuro di quella che è la situazione finanziaria della moglie: sa semplicemente che era ricca. Fra l'altro è un uomo semplice, pronto a fidarsi di chiunque. Non vi sarebbe difficile presentargli un quadro della situazione molto complicato, nascondergli sotto un mare di cifre la vera entità del suo patrimonio e rimandare la sistemazione di tutto, adducendo qualche formalità legale e la crisi economica avvenuta di recente. Secondo me, fa una bella differenza per voi trattare con il marito piuttosto che con la moglie!»

Pennington alzò le spalle.

«Le vostre idee... sono fantastiche.»

«Il tempo ce lo dirà.»

«Come sarebbe?»

«Ho detto: "Il tempo ce lo dirà!". Siamo di fronte a tre decessi... tre delitti. La legge pretenderà un'investigazione accuratissima delle condizioni patrimoniali di Madame Doyle.»

Si accorse che il suo interlocutore si accasciava sulla seggiola, nascondendo la testa fra le spalle, e capì di aver vinto. I sospetti di Jim Fanthorp erano molto fondati.

«Avete giocato... e perduto» riprese Poirot. «Mi sembra inutile insistere a bluffare.»

«Voi non capite» mormorò Pennington. «In realtà è tutto molto semplice. La colpa è stata di quel maledettissimo crack... Wall Street sembrava impazzita. Ma io ho già studiato il modo di riguadagnare tutto ciò che è stato perduto. Con un po' di fortuna le cose dovrebbero essere sistemate per la metà di giugno.»

Prese una sigaretta con le mani che gli tremavano, tentò di accenderla, non ci riuscì.

«Immagino» mormorò Poirot con aria assorta «che quel masso sia stato una tentazione improvvisa... eravate sicuro che nessuno vi avesse visto.»

«È stato un puro e semplice incidente... vi giuro... che è stato un incidente!» Si sporse in avanti, la faccia stravolta, gli occhi colmi di terrore. «Ho inciampato e ci sono caduto contro... vi giuro che è stata una disgrazia...»

I due uomini continuarono a tacere. Pennington riacquistò di colpo il controllo di sé. Era ancora distrutto ma, almeno in una certa misura, stava riacquistando il solito spirito combattivo. Si avviò alla porta.

«Non potete accusarmi di quell'incidente, signori. Come vi ho detto è successo per un disgraziatissimo caso... e non sono stato io a spararle. Mi avete sentito? Non potete accusarmi nemmeno di quello... e non lo farete.»

Uscì.

27

Quando la porta si richiuse alle sue spalle, Race si lasciò sfuggire un profondo sospiro.

«Siamo riusciti a farci raccontare molto più di quello che speravo. In fondo, la sua è stata una ammissione di frode. Un'ammissione di tentato delitto. Più di tanto... era impossibile. Perché, vedete, un uomo è magari pronto a confessare, bene o male, un tentato delitto ma non riuscirete mai a ottenere la sua confessione quando c'è di mezzo un delitto reale.»

«A volte si riesce» disse Poirot. I suoi occhi sognanti ebbero un guizzo felino.

Race lo guardò con aria strana.

«Avete un piano?»

Poirot assentì. Poi cominciò a fare un elenco, contando sulle dita: «Il giardino di Assuan. Le dichiarazioni del signor Allerton. Le due boccettine di smalto per le unghie. La mia bottiglia di vino. La stola di velluto. Il fazzoletto macchiato. La rivoltella abbandonata sulla scena del delitto. La morte di Louise. La morte di Madame Otterbourne. Sì, c'è tutto. No, non è stato Pennington, Race!».

«Come avete detto?» esclamò Race allibito.

«Non è stato Pennington. Aveva un movente, d'accordo. E anche la volontà di mettere in esecuzione il suo piano, certo. È arrivato addirittura a compiere un tentativo. *Mais c'est tout*. Per un delitto come questo, occorreva qualcosa che Pennington non ha: audacia, una esecuzione rapida e impeccabile, coraggio, sprezzo del pericolo e un cervello calcolatore, pieno di risorse. Pennington non ha nessuna di queste qualità. Non commetterebbe mai un delitto a meno di non avere la certezza di restare impunito. Qui invece non se ne parla neanche! Qui è come camminare sulla lama di un rasoio. Ci voleva audacia. Pennington non è un uomo coraggioso. È soltanto astuto.»

Race adesso lo guardava con il rispetto che soltanto un uomo abile e capace sa tributare ai meriti di un altro.

«Avete le idee molto chiare» disse.

«Credo di sì. Restano ancora un paio di cose... per esempio quel telegramma che Linnet Doyle ha letto. È una questione che mi piacerebbe vedere chiarita.»

«Per Giove, ci siamo dimenticati di domandarlo a Doyle! Ce ne stava proprio parlando quando è entrata la povera signora Otterbourne. Andiamo a chiederglielo di nuovo...»

«Fra un minuto. Prima c'è un'altra persona con la quale vorrei fare quattro chiacchiere.»

«Di chi si tratta?»

«Di Tim Allerton.»

Race alzo le sopracciglia, stupito.

«Allerton? Benissimo, mandiamolo a chiamare.»

Suonò il campanello e mandò un cameriere ad avvertire il giovanotto il quale entrò quasi subito con aria interrogativa.

«Un cameriere mi ha detto che mi cercavate...»

«Sì, Monsieur Allerton. Accomodatevi.»

Tim si mise a sedere. La sua faccia registrava un'espressione attenta ma anche lievemente infastidita.

«Posso esservi utile in qualche cosa?» Il suo tono era cortese ma privo di entusiasmo.

Poirot disse: «In un certo senso, forse. In realtà devo chiedervi soprattutto di ascoltare».

Tim alzò le sopracciglia con un gesto di garbato stupore.

«Certo! Sono il miglior ascoltatore del mondo. Potete fidarvi di me. Sono bravissimo a esclamare: "Oh... già!" nei momenti giusti.»

«Ottimamente. "Oh... già!" mi sembra un'espressione molto efficace. *Eh bien*, allora cominciamo. Quando ho conosciuto voi e vostra madre ad Assuan, Monsieur Allerton, confesso che sono stato molto attirato dalla vostra compagnia. Tanto per cominciare, consideravo vostra madre una delle persone più simpatiche e affascinanti che avessi mai conosciuto...»

Sulla faccia infastidita e afflitta del giovanotto apparve un lampo di interesse.

«È... unica» disse.

«Ma la seconda cosa che mi ha interessato è stato il nome di una certa signora della quale avete parlato.»

«Davvero?»

«Infatti... avete menzionato una certa Mademoiselle Joanna Southwood. Ora, vedete, avevo già avuto occasione poco tempo prima di sentirla nominare...»

Fece una pausa e proseguì: «In questi ultimi tre anni si sono verificati alcuni furti di gioielli che hanno preoccupato profondamente Scotland Yard. Si tratta di quelli che potrebbero essere descritti come furti nella... Alta Società. Il metodo usato in genere è sempre lo stesso... la sostituzione di una copia con l'originale. L'ispettore capo Japp, mio buon amico, è arrivato alla conclusione che quei furti non erano opera di una, bensì di due persone, le quali lavoravano d'accordo, e con molta astuzia. Ha finito per convincersi, vista la straordinaria conoscenza di quell'ambiente, che i furti rivelavano che a compierli fossero un paio di persone le quali godevano di una posizione sociale molto in vista. E, alla fine, la sua attenzione si è concentrata su Mademoiselle Joanna Southwood.

«Ognuna delle vittime era stata una sua amica, o anche una semplice conoscente, e in ciascuno di questi casi lei aveva avuto per le mani, o si era fatta addirittura prestare, i gioielli in questione. Fra l'altro, aveva un tenore di vita molto più elevato di quanto non le consentisse il suo reddito. D'altra parte, era chiarissimo che il furto vero e proprio – vale a dire la sostituzione – non era stata eseguita da lei. In certi casi, lei era addirittura all'estero durante il periodo in cui al gioiello vero veniva sostituito quello falso.

«Così, a poco a poco l'ispettore capo Japp ha cominciato a crearsi un quadro abbastanza preciso degli avvenimenti. Per un certo periodo di tempo Mademoiselle Southwood era stata legata da rapporti di affari con una Associazione della Gioielleria Moderna. Lui aveva il sospetto che Joanna si impadronisse dei gioielli in questione, ne facesse un accurato disegno, poi provvedesse a farne eseguire una copia da qualche gioielliere sconosciuto, ma disonesto e, in seguito, come terza e ultima parte dell'operazione, la sostituzione venisse effettuata da un'altra persona ancora...

la quale avrebbe potuto dimostrare di non aver mai avuto fra le mani quei gioielli e soprattutto di non aver avuto mai niente a che fare con copie o imitazioni di pietre preziose. Naturalmente Japp era all'oscuro dell'identità di quest'altra persona.

«Ora dovete sapere che, durante la conversazione con voi, avete accennato ad alcuni argomenti che mi hanno interessato. Per esempio un prezioso anello era scomparso mentre vi trovavate a Maiorca; in un'altra occasione facevate parte anche voi degli ospiti di una casa in cui si era scoperta la sostituzione di un prezioso gioiello; inoltre affermavate di essere intimo amico di Mademoiselle Southwood. A parte tutto questo, era innegabile che vi garbava molto poco la mia presenza; anzi avete tentato più di una volta di impedire che vostra madre mostrasse nei miei confronti una crescente simpatia. In quest'ultimo caso, com'è logico, poteva trattarsi di un'antipatia di carattere personale, però non ci credevo. Eravate troppo ansioso di nascondere questa antipatia sotto modi di fare gentili e cordiali.

«*Eh bien*! Dopo l'assassinio di Linnet Doyle, abbiamo scoperto che le perle erano sparite. Come potete ben capire, ho pensato subito a voi! Ma non ero del tutto convinto. Perché, se lavoravate, come sospettavo, in coppia con Mademoiselle Southwood (intima amica di Madame Doyle), in tal caso avreste usato il metodo della sostituzione... non quello di un furto così sfacciato. Ma, in seguito, quando le perle sono state inaspettatamente restituite... che cosa scopro? Che non sono vere, si tratta di un'imitazione.

«Allora capisco chi è il vero ladro. Un filo di perle falso era stato rubato e poi restituito... ma si trattava di un'imitazione che voi in precedenza avevate provveduto a sostituire alle perle vere».

Guardò con attenzione il giovanotto che gli sedeva di fronte. Tim era tranquillo sotto l'abbronzatura. Non pareva un lottatore accanito come Pennington; non aveva la stessa tempra. Sforzandosi di non perdere il suo tono blandamente canzonatorio, esclamò: «Davvero? In tal caso... che cosa ne avrei fatto?».

«So anche questo.»

La faccia del giovanotto cambiò di colpo espressione... adesso era stravolto.

Poirot intanto continuava a parlare pacatamente: «Esiste un luogo soltanto dove potete averle nascoste. Ci ho riflettuto e sono giunto alla conclusione di non sbagliare. Quelle perle, Monsieur Allerton, sono nascoste in un rosario che avete appeso nella vostra cabina. I grani di quel rosario sono di legno, scolpiti in un modo molto elaborato. Credo che lo abbiate fatto fare appositamente. Ciascuno di quei grani si può svitare e aprire, come una scatolina, anche se non salterebbe mai in mente a nessuno di accorgersene. Nell'interno di ognuno di quei grani c'è una perla, incollata con l'attaccatutto. In genere anche nelle perquisizioni più minuziose, la polizia rispetta gli oggetti del culto religioso, a meno che non rivelino qualcosa di strano. E voi contavate proprio su questo fatto. Ho tentato di scoprire in quale modo Mademoiselle Southwood vi abbia spedito il filo di perle false. Deve essere stata lei a pensarci, dal momento che voi siete venuto qui direttamente da Maiorca non appena avete sentito che Madame Doyle avrebbe fatto questo viaggio durante la luna di miele. La mia ipotesi è la seguente: quel filo di perle false vi è stato spedito in un libro... dopo aver scavato un bel buco nella parte centrale delle pagine... Di solito i libri viaggiano sempre senza pericolo e arrivano a destinazione sani e salvi; fra l'altro la posta non apre praticamente mai i pacchi che contengono libri!».

Ci fu una pausa... una lunga pausa. Poi Tim disse con voce pacata: «Avete vinto! La partita è stata interrotta, ma ormai è finita. Credo non mi resti altro che pagare lo scotto, vero?».

Poirot annuì lentamente.

«Vi siete reso conto di essere stato visto, quella notte?»

«Visto?» E Tim trasalì.

«Certo: la notte in cui Linnet Doyle è stata uccisa, qualcuno vi ha visto uscire dalla sua cabina all'una appena passata.»

«Sentite un po'!» protestò Tim. «Non penserete... Non sono stato io a ucciderla! Ve lo giuro! Oh, se sapeste in che guaio ho capito di essermi andato a cacciare! Pensare che ho scelto proprio quella notte fra tutte per... Dio, è stato terribile!»

Poirot disse: «Sì, capisco che dovete aver passato qualche brutto momento. Ma adesso che la verità è venuta a galla, potrete aiutarci. Madame Doyle era morta o viva quando avete rubato quelle perle?».

«Non lo so» rispose Tim con voce rauca. «Ve lo giuro sulla mia testa, Monsieur Poirot, non lo so! Avevo scoperto che era solita metterle sempre sul ripiano del comodino, vicino al letto... ogni sera... sono entrato di soppiatto, ho allungato una mano e, a tentoni, ho frugato sul comodino, ho sentito le perle sotto le dita, le ho afferrate, ho messo l'altra collana al loro posto e sono uscito di nuovo in punta di piedi. Naturalmente ero convinto che fosse addormentata.»

«L'avevate sentita respirare? Immagino che avrete teso l'orecchio, prima di agire, no?»

Tim ci pensò un momento.

«Ecco... veramente c'era un gran silenzio, proprio un gran silenzio. No, non ricordo di averla sentita respirare.»

«Non c'era odore di polvere da sparo nell'aria, per esempio... perché ci sarebbe stato senz'altro se, in quella cabina, fosse stato sparato un colpo d'arma da fuoco poco prima, capite?»

«Non credo. Non me ne ricordo.»

Poirot sospirò.

«In tal caso siamo al punto di prima.»

Tim gli domandò incuriosito: «Chi sarebbe stato a vedermi?».

«Rosalie Otterbourne. Proveniva dall'altro lato della nave e vi ha visto lasciare la cabina di Linnet Doyle ed entrare nella vostra.»

«Dunque è stata lei a dirvelo!»

Poirot ribatté garbatamente: «Vi prego di scusarmi... no, non è stata lei a dirmelo...»

«Allora come fate a saperlo?»

«Perché sono Hercule Poirot. E non occorre che nessuno mi dica niente. Quando ho insistito perché lei me lo confessasse, sapete cosa mi ha risposto? Ha detto: "Non ho visto nessuno". E mentiva.»

«Ma perché?»

Poirot riprese con un certo distacco: «Forse perché credeva di aver visto l'assassino. In fondo, almeno stando alle apparenze... era inevitabile, non vi sembra?».

«A me sembra fosse una ragione in più per dirvelo.»

«Invece lei non è stata di questa opinione, a quanto pare» ribatté Poirot alzando le spalle.

Tim esclamò, con una strana intonazione di voce: «È una ragazza straordinaria! Con quella madre, non deve certo aver fatto una vita piacevole».

«È vero. La vita non è stata buona con lei.»

«Povera bambina» mormorò Tim. Poi rivolgendosi a Race aggiunse: «Ebbene, signore, qual è la mia posizione a questo punto? Ammetto di aver portato via le perle dalla cabina di Linnet. Le troverete esattamente dove ha detto il signor Poirot. Sono colpevole. Ma per quello che riguarda la signorina Southwood, non vi farò alcuna confessione. Non avete nessuna prova nei suoi confronti. Il modo in cui mi sono procurato il filo di perle falso è affar mio! ».

«Un comportamento molto corretto» mormorò Poirot.

Tim ribatté, in un lampo di buonumore: «Sempre gentiluomo, vero?». Poi aggiunse: «Potete quindi immaginare come mi ha dato fastidio vedere mia madre che vi manifestava tutta quella simpatia! Confesso di non essere un criminale tanto incallito da trovar divertente la compagnia di un investigatore celebre e famoso proprio nel momento in cui c'è da tentare un colpo abbastanza rischioso! Magari c'è anche chi si divertirebbe! Io, no. In tutta franchezza vi confesso che, se avessi potuto, avrei rinunciato all'impresa».

«Tuttavia la mia presenza non vi ha impedito di tentare ugualmente, vero?»

Tim si strinse nelle spalle. «Non potevo rovinare tutto in questo modo! La sostituzione doveva pur essere fatta prima o poi... e io sapevo di aver un'occasione unica facendo il viaggio su questa nave... Una cabina a poca distanza dalla mia e Linnet stessa talmente preoccupata dai propri guai da non accorgersi, molto probabilmente, che la sostituzione era avvenuta...»

«Mi domando se è proprio stato così...»

Tim trasalì, guardandolo: «Cosa vorreste dire?».

Poirot suonò il campanello. «Adesso pregherò la signorina Otterbourne di venire qui un momento.»

Tim aggrottò le sopracciglia ma non disse nulla. Un cameriere si presentò, ricevette il messaggio e andò a riferirlo.

Rosalie entrò dopo qualche minuto. I suoi occhi, arrossati per il pianto recente, si illuminarono un poco quando vide Tim; tuttavia il suo atteggiamento non era più scontroso né pieno di sospetto come una volta. Si mise a sedere con una docilità strana in lei e sfiorò con lo sguardo prima Race e poi Poirot.

«Siamo molto dolenti di disturbarvi, signorina Otterbourne» mormorò Race con gentilezza. Era un po' indispettito nei confronti di Poirot.

«Non importa» mormorò la ragazza a bassa voce.

Poirot disse: «È necessario mettere in chiaro un paio di questioni. Quando vi ho chiesto se avevate visto qualcuno sul ponte di tribordo alla una e dieci di stamattina, avete risposto che non avevate visto nessuno. Per fortuna sono riuscito ad arrivare alla verità senza il vostro aiuto. Monsieur Allerton ha ammesso di essere entrato nella cabina di Linnet Doyle stanotte».

Lei lanciò un rapido sguardo a Tim. E Tim, con la faccia grave e contratta, le rispose con un breve cenno di assenso.

«Anche l'ora è corretta, Monsieur Allerton?»

«Correttissima» rispose Allerton.

Rosalie lo stava guardando con gli occhi sgranati. Aveva le labbra socchiuse e tremanti...

«Ma voi non... voi non avete...»

Lui si affrettò a risponderle: «No, non l'ho uccisa io. Sono un ladro, ma non un assassino. Tanto... verrà subito fuori tutto e quindi è meglio che lo sappiate direttamente da me. Volevo le sue perle».

Poirot disse: «Secondo la sua versione dei fatti, il signor Allerton ieri sera è entrato in quella cabina per sostituire alla collana di perle vere una imitazione».

«È vero?» domandò Rosalie. I suoi occhi gravi, tristi, un po' da bambina, lo fissarono.

«Sì» disse Tim.

Ci fu un silenzio. Il colonnello Race si agitò, lievemente imbarazzato, sulla seggiola.

Poirot riprese con una strana voce: «Come vedete, questa è la versione dei fatti di Monsieur Allerton, in parte confermata da ciò che avete detto. Mi spiego meglio: abbiamo le prove che, ieri sera, è effettivamente entrato nella cabina di Linnet Doyle, ma non sappiamo il motivo per il quale l'ha fatto».

Tim lo fissò sbarrando gli occhi: «Sì, che lo sapete!».

«Cosa so?»

«Ecco... sapete che ho preso quelle perle.»

«*Mais oui... mais oui*! So benissimo che avete le perle, ma non so quando le avete prese. Potrebbe essere accaduto prima della notte scorsa... poco fa mi avete detto che Linnet Doyle non si sarebbe accorta della sostituzione... io non ne sono del tutto convinto... Supponiamo invece che se ne fosse accorta... supponiamo, addirittura che sapesse chi era stato... supponiamo che ieri sera abbia minacciato di svelare tutto, e che voi foste al corrente della sua intenzione... supponiamo che abbiate assistito, senza essere visto, alla scenata accaduta nel salone fra Jacqueline de Bellefort e Simon Doyle e, non appena tutti se ne sono andati, siete entrato di soppiatto a impadronirvi della rivoltella e poi, un'ora più tardi, quando il silenzio era calato sulla nave, siete entrato furtivamente nella cabina di Linnet Doyle per assicurarvi che non venisse fatta nessuna denuncia...»

«Dio mio!» esclamò Tim, diventando pallidissimo. I suoi occhi angosciati, colmi di tormento, adesso fissavano smarriti Hercule Poirot.

Intanto quest'ultimo riprendeva a parlare: «Però c'è stato qualcuno che vi ha visto... la cameriera, Louise. Il giorno dopo è venuta da voi a ricattarvi. Voi le avete pagato una bella cifra perché non dicesse ciò che sapeva. Ma vi siete accorto che accettare il ricatto sarebbe stato il principio della fine. Quindi le avete lasciato credere di acconsentire, avete fissato un appuntamento dicendo che sareste andato nella sua cabina con il denaro appena prima dell'ora di pranzo. Poi, mentre lei contava le banconote, l'avete pugnalata.

«Ma anche stavolta non avete avuto fortuna. Qualcuno vi ha visto entrare nella sua cabina...» e si girò leggermente verso Rosalie «... sua madre. Di nuovo vi siete visto costretto ad agire... anche se il rischio era grosso... ma non avevate altra scelta. Vi era capitato di sentire Pennington che parlava della sua rivoltella. Siete entrato a precipizio nella sua cabina, ve ne siete impadronito, vi siete fermato fuori dalla porta della cabina del dottor Bessner tendendo l'orecchio... e avete sparato a Madame Otterbourne appena prima che potesse rivelare il vostro nome».

«No-o!» gridò Rosalie. «No, non è stato lui! Non è stato lui!»

«Poi, avete fatto l'unica cosa che vi restava da fare... vi siete precipitato a poppa. E quando io ho tentato di inseguirvi, vi siete voltato e avete fatto finta di arrivare dalla direzione opposta. Avevate impugnato la rivoltella con i guanti... i guanti che tenevate in tasca quando io ve li ho domandati...»

«Vi giuro davanti a Dio che non è vero... Non c'è una sola parola di verità in tutto questo!» esclamò Tim. Ma la sua voce, incerta e tremante, non convinse nessuno.

A questo punto fu Rosalie Otterbourne che li lasciò di stucco.

«Naturale che non è vero! E Monsieur Poirot lo sa benissimo! Sta raccontando tutto questo perché ha i suoi buoni motivi...»

Poirot la guardò. E un lieve sorriso si disegnò sulle sue labbra. Allargò le braccia, come se volesse arrendersi.

«*Mademoiselle* è troppo intelligente... però ammettete... che le imputazioni contro il signor Allerton sarebbero state convincenti?»

«Si può sapere cosa diavolo...» cominciò Tim, accalorandosi, ma Poirot lo fece tacere alzando una mano.

«Sì, le apparenze sarebbero tutte contro di voi, Monsieur Allerton. Voglio che sia ben chiaro. Ma voglio anche dirvi qualcosa di più gradevole. Non ho ancora esaminato il rosario che tenete nella vostra cabina. Può anche darsi che, quando mi deciderò a farlo, non riesca a trovare nulla. In tal caso, dal momento che Mademoiselle Otterbourne continua a sostenere di non aver visto nessuno sul ponte stanotte, *eh bien*... ecco che anche tutto il castello di imputazioni costruito contro di voi finirebbe per crollare. Le perle sono state rubate da una cleptomane che ormai le ha già restituite da tempo. Si trovano in quella scatoletta sul tavolino vicino alla porta, se volete esaminarle con *mademoiselle*.»

Tim si alzò. Per un attimo non riuscì a pronunciare una sola parola. E quando lo fece, ciò che disse sembrò inadeguato alla situazione anche se non è affatto da escludere che i suoi ascoltatori siano rimasti ugualmente soddisfatti.

«Grazie!» esclamò. «Non sarà più necessario offrirmi altre occasioni!»

Si affrettò a tenere aperta la porta per fare uscire la ragazza la quale, andandosene, portò via con sé la scatoletta. Tim la seguì.

Si allontanarono l'uno di fianco all'altra. Tim aprì la scatoletta, ne estrasse il filo di perle false e le scaraventò lontano, il più lontano possibile, nel Nilo.

«Ecco!» disse. «È fatta. Quando restituirò quella scatoletta a Poirot, dentro ci sarà la collana autentica. Che pezzo d'idiota sono stato...»

Rosalie domandò con voce sommessa: «Si può sapere perché avete cominciato a fare cose di questo genere?».

«Perché ho cominciato, è questo che volete sapere? Oh, non lo so neanch'io! Noia... pigrizia... divertimento... in fondo era un modo molto più attraente di guadagnarsi da vivere, invece di piegare la schiena e andarsi a cercare un lavoro. Immagino che troverete molto sordido tutto questo ma provate a capire... per me ha sempre avuto un grande fascino... soprattutto il rischio...»

«Credo di capirvi.»

«Forse... però voi non lo fareste mai!»

Rosalie meditò su questa domanda per qualche minuto, tenendo abbassata la bella testolina.

«No» disse con semplicità. «Non lo farei.»

«Oh, mia cara...» disse Tim. «Come siete bella... siete proprio incantevole... Per quale ragione non avete detto di avermi visto stanotte?»

«Avevo paura... che potessero sospettarvi» rispose Rosalie.

«Ma... e voi?»

«No. Non potevo credere che foste capace di uccidere qualcuno.»

«No. Infatti gli assassini hanno una tempra più robusta. Io sono soltanto un miserabile ladruncolo.»

Lei allungò timidamente una mano e gli sfiorò il braccio.

«Non dite questo...»

Tim afferrò quella mano fra le proprie.

«Rosalie...» disse passando dal voi al tu «non vorresti... hai capito quello che sto dicendo? oppure mi disprezzeresti in eterno e me lo rinfacceresti di continuo?»

Lei sorrise lievemente. «Quante cose potresti rinfacciare anche a me...»

«Rosalie... tesoro...»

Ma lei lo respinse ancora per un attimo.

«Questa... Joanna?»

Tim proruppe in un grido: «Joanna? Sei anche tu terribile come la mamma? Io me ne infischio altamente di Joanna! Ha una faccia da cavallo e gli occhi da uccello rapace. Una femmina assolutamente priva di attrattive».

Dopo un po' Rosalie disse: «Non occorre che la mamma sappia mai niente di tutto quello che è successo».

«Non so...» Tim rispose, meditabondo. «Pensavo di dirglielo. La mamma ha un coraggio da leone, sai? Ed è capace di affrontare cose del genere! Sì, credo proprio che sarà meglio far crollare tutte le illusioni materne che aveva su di me. E poi, chissà che sollievo quando scoprirà che i miei rapporti con Joanna erano puramente... commerciali... Sono sicuro che mi perdonerà tutto il resto!»

Intanto erano arrivati davanti alla cabina della signora Allerton. Tim bussò a grandi colpi alla porta. Questa si aprì e la signora comparve sulla soglia.

«Rosalie e io...» cominciò Tim. Ma si interruppe.

«Oh, miei cari!» esclamò la signora Allerton. Abbracciò Rosalie. «Cara, cara bambina. Avevo sempre sperato... ma Tim era così noioso... continuava a fingere di trovarti antipatica. Invece, io, avevo già capito tutto da un pezzo!»

Rosalie mormorò con voce rotta dall'emozione: «E voi siete sempre stata così buona, così dolce con me... sempre... se sapeste... avrei voluto... avrei voluto...» ma non riuscì a concludere ciò che stava dicendo e scoppiò in lacrime di gioia con la faccia nascosta contro la spalla della signora Allerton.

28

Non appena la porta si chiuse alle spalle di Tim e Rosalie, Poirot guardò con espressione quasi di scusa il colonnello Race. Quest'ultimo, invece, sembrava piuttosto di cattivo umore.

«Acconsentirete a questo mio piccolo... arrangiamento, sì?» Poirot lo supplicò. «È irregolare... capisco che è irregolare, certo... ma ho sempre tenuto in grande considerazione la felicità umana.»

«Non avete la stessa considerazione per la mia!» ribatté Race.

«Quella *jeune fille*! Provo un po' di tenerezza per lei; e poi, ama quel ragazzo. Sarà un ottimo matrimonio; lei ha la severità e l'energia che a lui mancano; la madre di lui la trova molto simpatica. Mi sembra che tutto sia sistemato in un modo eccellente.»

«Insomma, un matrimonio voluto dal cielo e da Hercule Poirot. A me non resta altro che rendermi complice di... di un grave reato.»

«Ma, *mon ami*, ve l'ho già detto... da parte mia si trattava di pure e semplici congetture!»

Di colpo Race scoppiò in una risata.

«E va bene! Sono d'accordo» disse. «Io non sono un maledetto poliziotto, grazie al cielo! Sono sicuro che quel piccolo sciocco d'ora in avanti righerà dritto! Perché quella ragazza è di un'onestà incredibile. No, se mi lamentavo lo facevo per il modo in cui avete trattato me! D'accordo, sono un uomo paziente, ma anche la pazienza ha dei limiti! Lo sapete, sì o no, in fin dei conti, chi ha commesso tre delitti a bordo di questa nave?»

«Sì, lo so.»

«E allora perché continuate a menar il can per l'aia a questo modo?»

«Credete forse che io mi stia divertendo a risolvere tutte queste piccole questioni collaterali? E vi dà fastidio? Ma no, non si tratta di questo. Una volta mi è capitato, per motivi inerenti alla mia professione, di partecipare a una spedizione archeologica... e vi assicuro che ho imparato parecchie cose. Nel corso di uno scavo, a mano a mano che i reperti affiorano, si ripulisce il terreno attorno a loro con la massima cura. Si toglie il terriccio smosso, si gratta qui e là con un temperino in modo che l'oggetto rinvenuto sia completamente ripulito, pronto per essere disegnato e fotografato senza che materiale estraneo provochi confusione. È quello che ho cercato di fare anch'io... eliminare le materie estranee in modo da poter vedere la verità, la verità nuda e cruda, la splendida verità!»

«Bene» ribatté Race. «E adesso vediamola un po', allora, questa verità nuda e cruda. Non è stato Pennington. Non è stato il giovane Allerton. Devo concludere che non è nemmeno Fleetwood. Proviamo un po' a sentire, tanto per cambiare, chi può essere stato sul serio.»

«Amico mio, stavo proprio per dirvelo.»

Si sentì bussare alla porta. Race soffocò un'imprecazione. Era il dottor Bessner in compagnia di Cornelia. La ragazza pareva turbata.

«Oh, colonnello Race» esclamò. «La signorina Bowers ha appena finito di spiegarmi tutto quello che riguarda la cugina Marie. Per me è stato un colpo durissimo. Ha cominciato col dire che non si sentiva più di sopportare da sola tutta la responsabilità e che era meglio che io lo sapessi... in fondo faccio parte della famiglia. Io, subito, non ci volevo credere ma il dottor Bessner è stato così buono e comprensivo!»

«No, no» protestò il dottore, con modestia.

«È stato così gentile, mi ha spiegato tutto e mi ha detto che le persone, in realtà, non hanno nessuna colpa. Anche lui ha avuto dei cleptomani nelle sue cliniche. Mi ha spiegato che si tratta di nevrosi difficilissime da curare.»

Cornelia ripeteva le parole del dottore con rispettosa ammirazione. «Si tratta di qualche cosa che è profondamente radicato nell'inconscio; a volte basta una piccolezza che è accaduta quando si era bambini. Lui è riuscito a curare alcune persone costringendole a ripensare al passato e a ricordare quel piccolo episodio che pareva privo di importanza.»

Cornelia fece una pausa, respirò a fondo e ricominciò a parlare: «Però sono letteralmente atterrita al pensiero che la notizia venga risaputa. Sarebbe troppo, troppo terribile a New York! Figuriamoci! Tutti i giornaletti scandalistici ne parlerebbero. La cugina Marie... e la mamma... e chiunque altro... nessuno di noi avrebbe più il coraggio di camminare a testa alta!».

«Proprio così» esclamò Race con un sospiro. «Ma non preoccupatevi. Perché questa è la Casa dei Misteri.»

«Non capisco... cosa volete dire, colonnello Race?»

«Cercavo di spiegarvi che, qui, da noi, si fa tutto per mettere a tacere qualsiasi altra cosa che non sia il delitto!»

«Oh!» esclamò Cornelia congiungendo le mani. «Se sapeste come mi sento sollevata! Quante preoccupazioni... mi torturavo il cervello!»

«Avete il cuore troppo tenero» disse il dottor Bessner, e le allungò un colpetto affettuoso sulla spalla. Poi, rivolgendosi agli altri aggiunse: «Ha un carattere stupendo... così piena di sensibilità!».

«Oh, non è vero! Siete troppo buono!»

Poirot mormorò: «Non avete più visto il signor Ferguson?».

Cornelia arrossì.

«No... ma mi par di aver capito che la cugina Marie gli ha parlato.»

«Sembra che il giovanotto appartenga a una famiglia altolocata» disse il dottor Bessner. «Devo confessare che, a guardarlo, non si direbbe! Ha dei vestiti addirittura indecenti! No, neanche per un momento dà l'impressione di essere una persona ben educata.»

«Voi che cosa ne pensate, *mademoiselle*?»

«Secondo me, è semplicemente pazzo» disse Cornelia.

Poirot si rivolse di nuovo al dottore: «Come va il vostro paziente?».

«*Ach*, si comporta in un modo splendido. Ho appena finito di rassicurare Fräulein de Bellefort. Non ci crederete, ma l'ho trovata in preda alla disperazione. E tutto, perché quel poveretto, nel pomeriggio, ha avuto un po' di febbre! Cosa ci può essere di più naturale? Anzi c'è da meravigliarsi che non abbia una febbre da cavallo, ora! Invece no, assomiglia un po' a certi nostri contadini... ha una costituzione straordinaria... è forte come un toro. A me è capitato di vedere alcuni di questi contadini con ferite gravissime di cui quasi non si accorgevano. Con il signor Doyle è la stessa cosa. Il polso è regolare, la temperatura appena un poco più alta della norma. Di conseguenza ho potuto far capire alla giovane signorina che non doveva avere nessuna preoccupazione. Comunque è buffo. *Nich wahr?* Prima gli spara addosso, poi le viene una crisi isterica per la paura che le sue condizioni peggiorino.»

«Lo ama terribilmente, capite?» disse Cornelia.

«*Ach*! Ma non è ragionevole, questo. Se voi foste innamorata di un uomo, gli sparereste addosso? No, voi siete piena di buonsenso.»

«In ogni caso a me non piacciono tutti quei gingilli che sparano, ecco la verità» rispose Cornelia.

«È naturale che non vi piacciano. Voi siete molto femminile.»

Race interruppe questa scenetta complimentosa: «Dal momento che Doyle sta bene, non vedo perché non potrei fare un salto da lui a riprendere la conversazione che avevamo cominciato nel pomeriggio. Mi stava parlando del contenuto di un telegramma».

Il dottor Bessner prese a dondolarsi lentamente sui piedi, avanti e indietro, con la sua massiccia corporatura, manifestandogli la propria ammirazione.

«Oh, oh, oh! Questa sì che è proprio buffa! Doyle lo ha raccontato anche a me. Era un telegramma che parlava di verdure... patate, carciofi, porri... *Ach*! *Pardon*?»

Con un'esclamazione soffocata, Race si era raddrizzato di scatto sulla seggiola.

«Mio Dio!» esclamò. «Dunque è così! Richetti!» E scrutò l'una dopo l'altra le facce sbalordite dei suoi compagni.

«Certo... si tratta di un nuovo codice che è stato adoperato nelle ribellioni sudafricane. Patate significa mitragliatrici; carciofi sono gli esplosivi... e così via. Richetti non è un archeologo più di quanto lo sono io! È un pericolosissimo agitatore, un uomo che ha ucciso più di una volta e sono pronto a giurare che lo ha fatto di nuovo. La signora Doyle aveva aperto quel telegramma per errore, capite? Ma se le fosse capitato di ripetere qualcosa di ciò che aveva letto, magari davanti a me... lui aveva capito di potersi considerare spacciato!»

Si voltò verso Poirot: «Ho ragione?» gli domandò. «È Richetti il nostro uomo?»

«È il vostro uomo» rispose Poirot. «Ho sempre pensato che ci fosse qualche cosa di ambiguo in lui. Recitava la sua parte in un modo troppo perfetto; era troppo archeologo, e non abbastanza essere umano.»

Poi fece una pausa e riprese: «Ma non è stato Richetti a uccidere Linnet Doyle. E già da un po' che ho intuito come si possa spiegare quella che chiamerei la "prima parte" del delitto. Adesso conosco anche la "seconda parte". Il quadro è completo. Purtroppo, cercate di capirmi... anche se sono al corrente di quello che deve essere accaduto, non ne ho la minima prova! Dal punto di vista intellettuale, il caso è soddisfacente. Ma in termini reali, è profondamente insoddisfacente. Esiste solo una speranza... che l'assassino si decida a confessare».

Il dottor Bessner alzò le spalle con aria scettica. «Ah! Quello sarebbe... un miracolo!»

«Credo di no. Date le circostanze.»

Cornelia esclamò: «Ma insomma... si può sapere chi è? Non volete dircelo?»

Poirot sfiorò lentamente con lo sguardo prima l'uno e poi l'altro dei suoi compagni: Race che sorrideva sardonico, Bessner che appariva sempre più scettico, Cornelia con la bocca socchiusa, che lo fissava con occhi spalancati e curiosi.

«*Mais oui*» disse. «Sì, vi confesserò che adoro avere un pubblico! Sono vanitoso, capite? Pieno di presunzione. Mi piace poter dire: "Guardate un po' com'è intelligente il nostro Hercule Poirot"!»

Race si agitò leggermente sulla seggiola.

«Be',» domandò con garbo «insomma... ci volete dire allora come è intelligente Hercule Poirot?»

Facendo segno di no con la testa Poirot disse: «Tanto per cominciare sono stato stupido... incredibilmente stupido. A me pareva che l'ostacolo principale per la spiegazione del delitto fosse la rivoltella... la rivoltella di Jacqueline de Bellefort. Per quale motivo quella rivoltella non era stata lasciata sulla scena del delitto? L'idea dell'assassino, evidentemente, era quella di far ricadere ogni colpa su di lei. E, allora, per quale motivo l'assassino l'aveva portata via? Sono stato tanto sciocco da pensare a un'infinità di motivi uno più stravagante e fantastico dell'altro. Il motivo reale era molto semplice. L'assassino ha portato via quell'arma perché doveva portarla via... perché non aveva altra scelta!».

29

«Voi e io, caro amico» e Poirot si protese un poco verso Race «abbiamo iniziato le nostre indagini con un'idea preconcetta. Cioè l'idea che l'assassinio fosse stato commesso seguendo un impulso improvviso, senza un piano ben premeditato. Qualcuno voleva togliere di mezzo Linnet Doyle e ha colto l'occasione per farlo nel preciso momento in cui Jacqueline de Bellefort sarebbe stata quasi sicuramente accusata di averlo commesso. Era evidente, pertanto, che la persona di cui stiamo parlando doveva aver assistito, sia pure non vista, alla scena fra Jacqueline e Simon Doyle e si era impossessata della rivoltella quando gli altri avevano lasciato il salone.

«Invece, amici miei, quest'idea preconcetta era sbagliata e, di conseguenza, l'intero assetto del nostro caso veniva a essere alterato. Eccome se era sbagliata! Qui non si trattava di un delitto avvenuto così, all'improvviso, seguendo un impulso momentaneo. Al contrario era stato pianificato con estrema cura; perfino il momento più adatto nel quale eseguirlo era stato calcolato con precisione come tutti gli altri particolari che erano stati messi a punto, meticolosamente, in precedenza... arrivando addirittura a mettere un sonnifero nella bottiglia di vino di Hercule Poirot proprio quella sera!

«Ma certo... è andata proprio così! Qualcuno ha voluto avere la sicurezza che io dormissi profondamente in modo da escludere qualsiasi rischio di vedermi partecipare agli avvenimenti della nottata. Una possibilità, questa, alla quale non avevo pensato. Io bevo vino; i miei due compagni di tavolo bevono rispettivamente whisky e acqua minerale. Niente di più facile che far scivolare un po' di sonnifero innocuo nella mia bottiglia di vino... in fondo quelle bottiglie rimangono sui nostri tavoli tutto il giorno! Eppure io ho respinto quell'idea! Era stata una giornata molto calda; io mi ero stancato più del solito; non c'era niente di straordinario se, per una volta, il mio era stato un sonno di piombo mentre, di solito, è leggerissimo!

«Come vedete, continuavo a non abbandonare la famosa idea preconcetta. Se qualcuno mi aveva messo un sonnifero nella bottiglia, ciò non poteva che indicare la premeditazione e significava anche un'altra cosa, cioè che il delitto era già stato deciso prima delle sette e mezzo, l'ora in cui la cena viene servita; e questo (sempre dal punto di vista dell'idea preconcetta) era assurdo.

«Il primo duro colpo alla mia idea preconcetta è stato dato dalla rivoltella, quando l'hanno ripescata dal Nilo. Tanto per cominciare, se i presupposti dai quali noi partivamo fossero stati giusti, quella rivoltella non avrebbe mai dovuto essere stata buttata in acqua... ma non è tutto.»

Poirot si volse al dottor Bessner: «Voi dottore, avete esaminato il cadavere di Linnet Doyle. Ricorderete che intorno alla ferita apparivano tracce di ustione... sarebbe come dire che la rivoltella era stata praticamente appoggiata alla testa prima che il colpo venisse sparato».

Bessner assentì. «Precisamente. Tutto questo è esatto.»

«Ma quando la pistola è stata ritrovata, era avvolta in una stola di velluto e quella stola di velluto dimostrava, da segni ben precisi, che un proiettile fosse stato sparato attraverso le sue pieghe, presumibilmente con l'idea che in tal modo, il rumore della detonazione sarebbe rimasto attutito. Ma, se il proiettile era stato sparato attraverso la stola di velluto, non avremmo dovuto scoprire nessuna bruciatura sulla pelle della vittima. Pertanto, il colpo sparato attraverso la stola non poteva essere stato quello che aveva ucciso Linnet Doyle. E se fosse stato l'altro... quello che Jacqueline de Bellefort aveva sparato contro Simon Doyle? No, anche in questo caso non era possibile... due testimoni avevano assistito alla sparatoria, e sapevamo tutto il necessario su quello che era accaduto. Di conseguenza non restava che pensare che un terzo colpo fosse stato sparato... e di questo noi non sapevamo niente! Invece i colpi sparati dalla rivoltella di Jacqueline erano soltanto due, e non c'era traccia di un altro sparo.

«Eccoci dunque di fronte a una circostanza molto curiosa che non aveva spiegazione. Un altro elemento interessante è stato il seguente: nella cabina di Linnet Doyle ho trovato due boccettine di smalto per unghie. Ora, le signore cambiano spesso il colore delle loro unghie ma, almeno fino a quel momento, avevo notato che quelle di Linnet Doyle erano sempre state del colore della boccettina con l'etichetta NAILEX CARDINALE, cioè un rosso molto scuro. L'altra boccettina portava sull'etichetta la denominazione NAILEX ROSA, il che significa che doveva trattarsi di uno smalto rosa chiaro... invece le poche gocce che rimanevano non erano rosa chiaro, ma rosso vivo.

«La mia curiosità è stata talmente forte che ho svitato il tappo e ho provato ad annusare la boccettina. Invece del solito intenso odore di vernice... un po' caramelloso... l'odore era di aceto! Insomma, non mi restava che pensare che quelle poche gocce di liquido contenute nella boccettina fossero di inchiostro rosso. Ora non esiste nessun motivo per cui Madame Doyle non avrebbe dovuto possedere anche una boccettina di inchiostro rosso ma sarebbe stato più logico se l'inchiostro rosso fosse stato contenuto in una boccettina da inchiostro rosso e non in una di smalto per le unghie! Il fatto mi ha subito suggerito una connessione con un certo fazzoletto macchiato di rosa che era stato avvolto intorno alla rivoltella. L'inchiostro rosso si lava facilmente però la macchia resta, di un pallido colore rosato.

«Forse sarei arrivato alla verità anche solo sulla base di questi fragili indizi; ma poi è accaduto un avvenimento che avrebbe dissolto ogni dubbio. Louise Bourget veniva uccisa in circostanze che dimostravano inequivocabilmente che doveva aver cercato di ricattare l'assassino. E non soltanto perché è stata trovata con un pezzetto di banconota da mille franchi ancora stretta fra le dita, ma perché mi sono tornate in mente alcune parole molto significative da lei dette stamattina.

«Ascoltatemi bene, perché è proprio questo il nocciolo dell'intera faccenda. Quando le ho domandato se aveva visto qualcosa durante la notte lei mi ha dato una risposta molto strana: "Naturalmente, se non fossi riuscita a prender sonno, se fossi salita su per le scale, allora forse avrei potuto vedere questo assassino, questo mostro, entrare o uscire dalla cabina di *madame*...". Dunque, secondo voi, qual era l'esatto significato delle sue parole?»

Bessner, che seguiva la disquisizione con il vivo interesse della persona colta e intelligente, rispose con prontezza: «Che effettivamente la ragazza aveva salito le scale!».

«No, no, assolutamente; non avete ancora colto nel segno. Per quale motivo avrebbe dovuto dire una cosa del genere a noi due?»

«Per mettervi sulla buona strada.»

«Ma per quale motivo restare nel vago? Perché fare soltanto un'allusione? Se sapeva chi fosse l'assassino, aveva a sua disposizione due possibilità: rivelarci la verità oppure tacere e pretendere dei soldi per il proprio silenzio dalla persona interessata. La ragazza non ha fatto nessuna di queste due cose. Non si è affrettata a dire chiaro e tondo: "Non ho visto nessuno. Ero addormentata". Né tanto meno ha detto: "Sì, ho visto qualcuno, si trattava del Tal dei Tali". Perché servirsi, invece, di tante parole inutili... allusive e oziose? *Parbleu!* La ragione è una sola! Voleva far capire all'assassino di sapere qualcosa; di conseguenza l'assassino in quel momento doveva essere presente. Ora, all'infuori di me e del colonnello Race, erano presenti soltanto due persone: Simon Doyle e il dottor Bessner.»

Il dottor Bessner si alzò in piedi di scatto, con un autentico ruggito.

«*Ach!* Cosa state dicendo? Accusate me? Di nuovo? Ma tutto questo è ridicolo... è addirittura indegno!»

«State zitto» ribatté Poirot con asprezza. «Vi sto semplicemente spiegando ciò che avevo pensato in quel momento. Cerchiamo di non fare allusioni di carattere personale!»

«Vedete... con questo non vuol dire che ne sia convinto anche adesso» si affrettò a spiegargli Cornelia in tono suadente.

Intanto Poirot aveva ripreso: «Dunque la soluzione era lì: o Simon Doyle o il dottor Bessner. Ma quale motivo poteva avere Bessner di uccidere Linnet Doyle? Nessuno, per quel che ne so. E Simon Doyle, allora? Anche questo era impossibile! Quanti erano i testimoni disposti a giurare che Doyle non aveva mai lasciato il salone quella sera fino a quando era scoppiata la discussione? In seguito era stato ferito e sarebbe stato addirittura nell'impossibilità fisica di commettere il delitto. Avevo valide testimonianze su questi due punti? Sì, avevo la testimonianza di Mademoiselle Robson, di Jim Fanthorp e di Jacqueline de Bellefort sul primo punto; riguardo al secondo, c'erano la testimonianza del dottor Bessner e di Mademoiselle Bowers, due persone che conoscono il loro mestiere. Non c'era alcun dubbio.

«Dunque il dottor Bessner doveva essere il colpevole. A favore di questa teoria c'era anche il fatto che la cameriera era stata pugnalata con un bisturi. Per contro, non potevo nascondermi che Bessner aveva richiamato deliberatamente la nostra attenzione su questo fatto.

«Allora, amici miei, mi si è presentato di fronte un altro elemento che era assolutamente indiscutibile. No, le allusioni di Louise Bourget non potevano essere rivolte al dottor Bessner, perché sapeva che avrebbe potuto parlargli senza difficoltà in privato, e in qualsiasi momento. C'era una persona, e una persona sola che potesse spiegare il suo modo di comportarsi... Simon Doyle! Simon Doyle era ferito, era assistito costantemente dal dottore, si trovava ricoverato nella cabina del dottore. Quindi era a lui che Louise Bourget si era arrischiata a rivolgere quelle parole ambigue, nel caso non le riuscisse di trovare un'altra opportunità! Mi ricordo benissimo che lei aveva anche aggiunto, rivolgendosi a Simon Doyle: "*Monsieur*... vi supplico... vedete anche voi come sono le cose? Che altro posso dire?".

«E questa, era stata la risposta: "Cara la mia ragazza, non dite sciocchezze. Nessuno crede che voi abbiate visto o udito qualcosa. Non correte nessun rischio. Penserò io a voi. Nessuno vi accusa di nulla". Ecco l'assicurazione che lei cercava, e l'aveva ottenuta!».

Bessner si lasciò sfuggire un robusto grugnito.

«*Ach*, queste sono sciocchezze! Cosa credete? Che un uomo con una gamba fratturata e immobilizzata dalle stecche se ne possa andare in giro per la nave a pugnalare la gente? Credete a quello che vi dico, era assolutamente impossibile che Simon Doyle lasciasse la mia cabina.»

«È vero» ammise Poirot pacato. «Capisco benissimo. La cosa era impossibile. Era impossibile, ma anche vera! Le parole di Louise Bourget non potevano che nascondere un solo e logico significato.

«Così ho deciso di ripartire dal principio e di esaminare di nuovo il delitto alla luce di questa nuova idea. Era possibile che, nel periodo precedente alla discussione, Simon Doyle avesse lasciato il salone e gli altri se ne fossero dimenticati e non lo avessero notato? No, capivo che non era possibile. Come facevo a non tener conto di deposizioni accurate e convincenti come quella del dottor Bessner e di Mademoiselle Bowers? Nemmeno questo era possibile! Però poi mi sono ricordato che fra le due cose c'era un piccolo vuoto. Simon Doyle era rimasto solo nel salone per pochi minuti, non più di cinque, e la testimonianza valida e competente del dottor Bessner riguardava soltanto ciò che era accaduto dopo quel periodo. Ma per quanto concerneva quel periodo avevamo soltanto una prova visiva che, seppur valida in apparenza, non mi dava la necessaria sicurezza. Insomma, che cosa era stato realmente visto... tralasciando quelle che potevano essere le supposizioni dei presenti?

«Mademoiselle Robson aveva visto Mademoiselle de Bellefort sparare con la sua rivoltella. Aveva visto Simon Doyle accasciarsi in una poltrona, lo aveva visto afferrare un fazzoletto e portarselo a tamponare una gamba e si era accorta che quel fazzoletto a poco a poco si macchiava di rosso. Che cosa aveva visto e sentito Monsieur Fanthorp? Aveva sentito uno sparo, aveva trovato Doyle che si tamponava una gamba con un fazzoletto macchiato di rosso. E allora cosa era accaduto? Doyle aveva insistito, e molto, perché conducessero via Mademoiselle de Bellefort, e aveva raccomandato che non venisse mai lasciata sola. Poi aveva pregato Fanthorp di correre a chiamare il dottore.

«Di conseguenza Mademoiselle Robson e Monsieur Fanthorp sono usciti, con Mademoiselle de Bellefort, e per i cinque minuti seguenti hanno avuto tutti un gran daffare, sul ponte di sinistra. Le cabine di Mademoiselle Bowers, del dottor Bessner e di Mademoiselle de Bellefort si trovano tutte da quella parte della nave. Ma due minuti sono più che sufficienti per Simon Doyle. Raccoglie la rivoltella da sotto il divano, si toglie le scarpe, corre senza far rumore lungo il ponte di destra, entra nella cabina della moglie, le si avvicina con passo furtivo, nota che lei è addormentata, la uccide con un proiettile alla tempia, posa la boccettina che conteneva l'inchiostro rosso sul ripiano del lavabo, perché non doveva assolutamente essere trovata addosso a lui, esce di nuovo di corsa, si impadronisce della stola di Mademoiselle Van Schuyler, che aveva nascosto sotto il cuscino di una poltrona per averla a sua disposizione, la avvolge intorno alla rivoltella e si spara un proiettile nella gamba. La poltrona nella quale si lascia cadere (stavolta le sue sofferenze sono autentiche) si trova vicino a una finestra. La apre, e butta la rivoltella (avvolta in quel fazzoletto così significativo e nella stola di velluto) nel Nilo.»

«Impossibile!» esclamò Race.

«No, amico mio, non è impossibile. Ricordate la deposizione di Tim Allerton. Ci aveva detto di aver sentito un colpo, un colpo come un tappo saltato da una bottiglia... seguito da un tonfo in acqua. E aveva sentito qualcos'altro... i passi di un uomo che correva... un uomo che correva davanti alla sua porta. Ma nessuno avrebbe potuto correre sul ponte di destra. Quello che lui aveva sentito era lo scalpiccio di Simon Doyle, che si era tolto le scarpe, e che passava correndo davanti alla sua cabina.»

Race disse: «Continuo a ripetere che è impossibile. Nessuno potrebbe eseguire una serie di azioni così complicate in un batter d'occhio... soprattutto un tipo come Doyle che mi sembra piuttosto lento nei suoi processi mentali».

«Ma rapidissimo nelle reazioni fisiche!»

«Può darsi, però non sarebbe mai stato capace di organizzare un piano simile.»

«Ma non toccava a lui organizzarlo, amico mio. Ecco dove ci siamo sbagliati! Quello che sembrava un delitto commesso senza premeditazione... in realtà era un delitto commesso con premeditazione e astuzia! Come vi dicevo, è stato un piano architettato con grandissima intelligenza e studiato anche nei minimi particolari. No, non si può pensare che Simon Doyle si trovasse ad avere, per caso, una boccettina di inchiostro rosso in tasca. No, doveva fare parte di un piano. E non era nemmeno per caso che si trovava in tasca un fazzoletto di stoffa comune, senza le cifre. Come non è stato per caso che Jacqueline de Bellefort ha allungato un calcio alla rivoltella per mandarla sotto il divano dove sarebbe rimasta nascosta e dimenticata almeno per un po'.»

«Jacqueline?»

«Certo. Le due metà del delitto. Che cosa ha fornito a Simon il suo alibi? Lo sparo di Jacqueline. Che cosa ha dato a Jacqueline il suo? Le insistenze di Simon che qualcuno rimanesse con lei tutta la notte. Ecco, queste due persone, insieme, avevano tutte le qualità richieste dal delitto... un cervello freddo, pieno di risorse, capace di premeditazione, il cervello di Jacqueline de Bellefort; e l'uomo di azione, in grado di realizzare il piano con incredibile rapidità e tempismo.

«Provate un po' a esaminare i fatti sotto questo punto di vista e vedrete che ogni domanda avrà la sua risposta. Simon Doyle e Jacqueline erano amanti. Immaginate che lo siano ancora, e tutto vi sarà chiaro. Simon uccide la moglie, ricca, eredita i suoi soldi e, a tempo debito, sposa l'antica innamorata. Tutto molto ingegnoso. La persecuzione di Madame Doyle da parte di Jacqueline era solo parte di un piano! E Simon Doyle che fingeva di essere furioso... eppure... qualche errore c'è stato. Per esempio, lui, una volta, mi ha fatto un lungo discorso criticando le donne possessive... e dal tono con cui parlava, si capiva che la sua amarezza doveva essere autentica... avrei dovuto capire subito che non stava pensando a Jacqueline... ma a sua moglie. E poi... il suo modo di comportarsi in pubblico con Linnet. Da bravo inglese freddo, un po' goffo, come sono le persone della classe sociale di Simon Doyle, avrebbe dovuto sentirsi imbarazzato a far mostra del suo affetto in pubblico. E invece Simon non era un buon attore. Esagerava nelle premure di cui circondava la moglie. Poi c'è stata anche la mia conversazione con Mademoiselle Jacqueline, quando lei ha fatto finta che qualcuno ci ascoltasse di nascosto. Io, in verità, non ho visto nessuno. E infatti non c'era nessuno! Tuttavia era un particolare che le avrebbe fatto comodo per depistarci... in seguito! Poi, una sera, sulla nave, mi è sembrato di sentire Simon e Linnet che parlavano fuori dalla mia cabina. Lui stava dicendo: "Ormai dobbiamo andare fino in fondo". Era proprio Doyle, ma stava parlando con Jacqueline.

«Il dramma finale, poi, è stato preparato con un tempismo perfetto. Per me, il narcotico, casomai avessi tentato di immischiarmi in quello che non mi riguardava. Poi la scelta di Mademoiselle Robson come testimone... la preparazione della scenata, il rimorso esagerato, la crisi isterica di Mademoiselle de Bellefort. Ha fatto un gran chiasso, nel caso qualcuno potesse udire lo sparo. *En vérité*, la sua è stata un'idea straordinariamente intelligente. Jacqueline dice di aver sparato a Doyle, Mademoiselle Robson lo conferma, Fanthorp lo conferma... e quando la gamba di Simon viene esaminata, si trova che è veramente ferita. Insomma, non si discute! L'alibi è perfetto sia per l'uno che per l'altra... anche se sicuramente è costato un po' di sofferenze e un certo rischio per Simon Doyle... ma una ferita che lo mettesse in condizioni di non potersi più muovere era indispensabile.

«Poi, però, il piano così perfetto comincia a scricchiolare. Louise Bourget non riusciva a prender sonno. Ha salito le scale e ha visto Simon Doyle correre nella cabina della moglie e uscirne. Niente di più facile che mettere insieme questi due fatti per ricostruire l'accaduto, l'indomani. Lei, che è una donna avida, si illude di poter guadagnare un bel po' di quattrini servendosi del ricatto e non si accorge che, invece, ha firmato la sua condanna a morte.»

«Ma come ha fatto il signor Doyle a ucciderla? È assurdo!» obiettò Cornelia.

«No, è stata la sua complice a commettere quell'assassinio. Non appena possibile, Simon Doyle chiede di vedere Jacqueline. Poi si spinge addirittura a farmi capire di lasciarlo solo con lei. E le spiega qual è il nuovo pericolo. Bisogna agire subito. Lui sa dove Bessner tiene i bisturi. Dopo il delitto il ferro viene ripulito e messo di nuovo al suo posto. Poi, con parecchio ritardo e un po' affannata, Jacqueline de Bellefort si affretta a entrare in sala da pranzo.

«Purtroppo le cose non si sono ancora sistemate perché Madame Otterbourne ha visto Jacqueline entrare nella cabina di Louise Bourget. Si precipita subito a raccontarlo a Simon: Jacqueline è l'assassina. Ricordate che Simon si era messo a urlare parlando a quella poveretta? Nervi, abbiamo pensato. La porta, invece, era spalancata e lui stava cercando di avvertire la sua complice del pericolo. Lei ha udito ed è entrata in azione... veloce come il fulmine. Si è ricordata che Pennington aveva parlato della sua rivoltella. Se n'è impadronita, si è avvicinata in punta di piedi alla porta, ha teso l'orecchio e, al momento critico, ha fatto fuoco. Ricordo che una volta aveva dichiarato di essere un'ottima tiratrice e bisogna ammettere che la sua non era stata una vanteria...

«Ho fatto notare, dopo il terzo delitto, che l'assassino avrebbe potuto squagliarsela in tre maniere differenti. Intendevo dire che avrebbe potuto correre verso poppa e passare dall'altra parte del ponte (in tal caso il criminale era Tim Allerton); avrebbe potuto azzardarsi a scavalcare il parapetto e a scendere al ponte inferiore oppure entrare in una cabina. Quella di Jacqueline è vicinissima alla cabina del dottor Bessner. Le restava soltanto da buttar via la rivoltella, precipitarsi in cabina, darsi un'arruffatina ai capelli e lasciarsi cadere sulla cuccetta. Rischioso, ma non aveva altra possibilità.»

Ci fu un silenzio. Poi Race domandò: «Che ne è stato della prima pallottola, quella che la ragazza ha sparato contro Doyle?».

«Credo sia finita nel tavolo. Se non sbaglio, ci dev'essere un foro, fatto molto di recente. Penso che Doyle abbia avuto il tempo di estrarla con un temperino e di scaraventarla fuori dalla finestra. Naturalmente lui aveva un altro proiettile di scorta in modo che, almeno in apparenza, risultassero sparati soltanto due colpi.»

Cornelia sospirò. «Hanno proprio pensato a tutto» disse. «È... orribile!»

Poirot rimase in silenzio. Ma non era un silenzio modesto, il suo. Pareva che i suoi occhi volessero dire: "Vi sbagliate. Non hanno pensato a Hercule Poirot".

A voce alta, invece, aggiunse: «Adesso dottore, se andassimo a dire due parole al vostro paziente...».

30

Era molto più tardi quella sera quando Hercule Poirot andò a bussare alla porta di una cabina.

Una voce disse: «Avanti!» e lui entrò.

Jacqueline de Bellefort era seduta su una seggiola. Su un'altra, addossata alla parete, sedeva la bella cameriera alta e robusta. Gli occhi di Jacqueline scrutarono Poirot con aria pensosa. Poi fece un gesto verso la cameriera.

«Lei può andare?»

Poirot acconsentì e fece cenno alla donna di lasciarli soli. Questa se ne andò. Poirot accostò una seggiola a quella di Jacqueline e si accomodò. Nessuno dei due parlava. Poirot non aveva l'aria contenta.

Alla fine fu la ragazza che si decise a parlare per prima.

«Be',» disse «adesso è finita! Siete troppo intelligente per noi, Monsieur Poirot.»

Poirot sospirò. Allargò le braccia. Pareva che avesse perduto la voglia di parlare.

«Comunque» riprese Jacqueline in tono riflessivo «non mi sembra che abbiate molte prove. D'accordo, avete avuto ragione in tutto e per tutto ma se fossimo riusciti a bluffare anche con voi...»

«No, *mademoiselle,* le cose non potevano essere accadute in modo diverso!»

«Questa è una prova più che sufficiente per una mentalità logica, ma non credo che avrebbe convinto una giuria. Oh, be'... tanto non ci si può fare più niente! Vi siete scagliato contro quel povero Simon e lui non ha saputo resistere. È crollato subito. Ha perduto letteralmente la testa, povero tesoro, e ha finito per ammettere ogni cosa.» Scrollò il capo. «Non sa perdere.»

«Per voi, *mademoiselle*, è tutto il contrario!»

Lei scoppiò a ridere... una strana risata, argentina, quasi di sfida.

«Oh, sì, io so perdere... è giusto quello che dite.» Lo guardò.

Poi, seguendo un impulso improvviso, esclamò ancora: «Non siate così addolorato, Monsieur Poirot. Per me, voglio dire. Perché vi dispiace, vero?».

«Sì, *mademoiselle*.»

«Non vi è venuto in mente che potevate lasciar perdere... e non smascherarci?»

Hercule Poirot rispose sommessamente: «No».

Lei annuì. Era d'accordo.

«Certo, è inutile essere sentimentali. Potrei farlo di nuovo... ormai sono una persona pericolosa. Me ne accorgo io stessa...» e continuò, con aria assorta: «È talmente facile... tremendamente facile... uccidere la gente. A un certo momento si comincia ad avere la sensazione che non ha più importanza... siete soltanto voi, sei soltanto tu, che importa! E questo è pericoloso».

Tacque per qualche istante, infine riprese con un pallido sorriso: «Del resto, avete fatto del vostro meglio per impedirmelo, sapete? Quella sera ad Assuan... ricordo che mi avevate detto di non spalancare il mio cuore al male... ma, in quel momento, non vi eravate reso conto di quello che stavo meditando?».

Lui fece segno di no con la testa.

«Sapevo soltanto di dire una cosa vera.»

«Infatti. Forse, allora, avrei ancora potuto fermarmi, sapete? E per un momento ci avevo pensato... avrei potuto dire a Simon che non me la sentivo di andare fino in fondo... ma allora, forse...»

Si interruppe. Poi riprese: «Vi piacerebbe sapere com'è andata tutta questa storia? Fin dal principio?».

«Se volete raccontarmela, *mademoiselle*.»

«Sì, credo di sì. In realtà è stato tutto molto semplice. Vedete, Simon e io eravamo innamoratissimi...»

Era un'affermazione pronunciata con candore, la sua, eppure sotto sotto, dietro quel tono così noncurante, quasi frivolo, si levavano gli echi...

Poirot disse con semplicità: «Per voi l'amore sarebbe anche potuto bastare, ma non per lui».

«Forse, si può anche dire così... in un certo senso è vero. Ma voi non conoscete Simon. Vedete... i soldi sono sempre stati tutto per lui. Li ha sempre desiderati in un modo terribile. E gli piacciono tutte le cose che ci si procura con i soldi... cavalli e yacht e tutti gli sport che si possono fare... e quello che c'è di meglio in questo campo, tutte quelle cose che a un uomo piacciono da morire. Invece non ha mai potuto avere niente di tutto questo. In fondo Simon è una creatura molto semplice. Desidera le cose esattamente come le desidererebbe un bambino... mi capite, vero? con una smania spaventosa.

«A ogni modo non ha mai tentato di sposare una ragazza ricca e brutta. No, non è fatto così. Poi ci siamo conosciuti e... e... tutto si sarebbe sistemato. Solo che non riuscivamo a capire quando saremmo riusciti a sposarci. Lui aveva un lavoro discreto ma lo ha perduto. In un certo senso è stata colpa sua. Ha cercato di fare il furbo servendosi di denaro non suo ed è stato subito scoperto. Non credo avesse intenzioni disoneste. Probabilmente credeva che tutti, nella City, si comportassero come si era comportato lui.»

Uno strano lampo passò sul volto di Poirot, tuttavia si guardò bene dal fare commenti in proposito.

«Quindi ecco qual era la nostra situazione... in piena difficoltà finanziaria. Poi a me è venuta in mente Linnet, la sua nuova casa di campagna e mi sono precipitata da lei. Vedete, Monsieur Poirot, volevo bene a Linnet, credetemi... le volevo bene sul serio. Era la mia migliore amica e non avrei mai immaginato che nemmeno un'ombra potesse insinuarsi fra noi. Pensavo semplicemente che era molto fortunata a essere ricca. Per me e per Simon tutto sarebbe cambiato se lei gli avesse dato un impiego. Linnet è stata molto carina quanto a questo: mi ha pregata di tornare giù, in campagna, con Simon per fare la sua conoscenza. È stato più o meno in quell'epoca che ci avete visto quella sera da "Chez Ma Tante". Stavamo festeggiando la notizia anche se, tutto sommato, non ce lo potevamo realmente permettere.»

Tacque per qualche istante, sospirò, poi riprese: «Quello che vi dirò adesso, Monsieur Poirot, è la pura verità. Anche se Linnet è morta, la verità non si può cambiare. Ecco perché, in fondo, non provo un gran dispiacere nei suoi confronti, nemmeno ora. Perché, vedete, lei ha fatto di tutto per portarmi via Simon! Questa è la sacrosanta verità! Non credo abbia avuto nemmeno un attimo di esitazione, no, assolutamente. Io ero la sua più cara amica, eppure non ci ha pensato su un attimo. Si è precipitata a capofitto alla conquista di Simon...

«Quanto a Simon, se ne infischiava altamente di lei! È vero, vi ho parlato molto del suo fascino, anche se in realtà lui non lo subiva affatto. Lui non voleva Linnet. La giudicava una bella ragazza ma prepotente in un modo insopportabile e Simon odia le donne autoritarie e possessive! Tutta quella faccenda non ha fatto altro che creargli un sacco di imbarazzi. Quello che gli piaceva, però, era il suo denaro.

«Io, naturalmente, me ne sono accorta... e alla fine gli ho suggerito che non sarebbe stata una cattiva idea se si fosse deciso... a liberarsi di me per sposare Linnet. Ma lui ha respinto la mia proposta. Diceva, che per quanto ricca potesse essere, la sua vita come marito di Linnet sarebbe stata un inferno. Diceva che gli sarebbe piaciuto avere molti soldi... ma non essere il marito di una donna ricca che non gli avrebbe mai mollato i cordoni della borsa... "Finirei per diventare una specie di stramaledetto principe consorte" mi ripeteva. E poi diceva di non desiderare nessun'altra donna all'infuori di me...

«Credo di sapere quando quell'idea gli è balenata. Un giorno mi ha detto: "Se avessi un po' di fortuna, la sposerei, lei dovrebbe morire nel giro di un anno e lasciarmi erede di tutto". Poi gli era apparsa una strana espressione negli occhi. È stata quella la prima volta che ci ha pensato...

«E ha cominciato a parlarne... ne parlava sempre più spesso... ripeteva che sarebbe stato molto comodo se Linnet fosse morta. Io ribattevo osservando che era un'idea terribile, la sua; allora lui ammutoliva. Poi, un giorno, l'ho scoperto mentre leggeva su un libro tutte le notizie relative all'arsenico. L'ho preso in giro e lui è scoppiato a ridere dicendo: "Chi non risica non rosica! Mi pare che questo sarebbe l'unico momento della mia vita in cui potrei mettere le mani su un bel mucchio di soldi".

«Dopo qualche tempo ho capito che aveva preso una decisione. E ne sono rimasta terrorizzata... semplicemente terrorizzata. Perché, capite, mi rendevo conto che non se la sarebbe mai cavata. È un tale bambino! Così semplice! Manca di un minimo di sottigliezza... e non ha nessuna immaginazione! Probabilmente le avrebbe fatto prendere dell'arsenico illudendosi che qualsiasi medico dichiarasse che Linnet era morta di gastrite. Eppure aveva l'assoluta convinzione che le cose sarebbero andate a finire bene.

«Così ho dovuto entrare anch'io a far parte del suo gioco, per sorvegliarlo...».

Aveva parlato con semplicità, in completa buona fede. Poirot non dubitava minimamente che i suoi motivi fossero stati quelli. Certo, non doveva aver desiderato la ricchezza di Linnet Ridgeway; però aveva amato Simon Doyle, lo aveva amato oltre i limiti della ragione, della rettitudine, della pietà.

«Ci ho pensato a lungo tentando di studiare un piano adatto. Mi sembrava che, alla base di tutto, dovesse esserci una specie di alibi a due facce. Ecco, capite... se Simon e io avessimo dato prova di detestarci, nessuno avrebbe potuto imputarci. Non sarebbe stato difficile per me fingere di odiare Simon. Anzi, date le circostanze, era la cosa più logica. Poi se Linnet fosse stata uccisa, con ogni probabilità mi avrebbero sospettato; quindi tanto valeva che i sospetti si concentrassero su di me fin dal principio. Abbiamo studiato il nostro piano in tutti i minimi particolari, a poco a poco. Io volevo che, se qualcosa non avesse funzionato, tutta la colpa ricadesse sulle mie spalle e non su Simon. Lui invece era preoccupato per me.

«L'unica cosa della quale mi rallegravo era di non essere costretta a commettere io, quel delitto! Perché non ce l'avrei fatta! No, mai e poi mai sarei riuscita a ucciderla a sangue freddo, mentre dormiva! Perché, capite... ormai le avevo perdonato... forse sarei stata capace di ammazzarla se avessi dovuto affrontarla faccia a faccia, ma non nell'altro modo...

«Avevo studiato tutto con grande attenzione. Perfino per quello che riguardava la famosa J tracciata con il sangue, che è stato un gesto molto melodrammatico, a ben pensarci! Proprio il genere di cose che potevano venire in mente a lui! Ma anche quella è andata bene.»

Poirot assentì.

«Certo. Non è stata colpa vostra se Louise Bourget quella notte non riusciva a dormire... e dopo, *mademoiselle*?»

Lei incontrò il suo sguardo senza paura.

«Già,» disse «è stato tutto abbastanza orribile, vero? Ancora adesso non riesco a crederci... di essere stata io... proprio io! Capisco, sapete, cosa volevate dire quando parlavate di aprire il proprio cuore al male... Quanto al resto, più o meno dovete avere intuito quello che è successo. Louise aveva fatto capire chiaramente a Simon di essere al corrente di tutto. Simon vi ha pregato di accompagnarmi da lui. Non appena siamo rimasti soli mi ha detto tutto. E mi ha spiegato quello che dovevo fare. Io non mi sono nemmeno sentita inorridire. Avevo una tale paura... una paura mortale... ecco come ti riduce il delitto! Simon e io eravamo al sicuro... perfettamente al sicuro... se non ci fosse stata quella sciagurata ragazza francese che voleva ricattarci! Ho portato con me tutto il denaro che sono riuscita a mettere insieme. Ho fatto finta di essere umiliata, ho accettato tutto quello che chiedeva. Poi, mentre lei stava contando i soldi, io ho fatto quello che dovevo! È stato molto semplice. Ecco quello che c'è di terrificante in tutto questo... sembra così incredibilmente facile...

«Poi ci siamo accorti che nemmeno così potevamo considerarci al sicuro. La signora Otterbourne mi aveva vista. Ed è venuta trionfante sul ponte alla vostra ricerca. Io non ho avuto nemmeno il tempo di pensare. Ho agito seguendo il primo impulso, in un lampo. È stato quasi eccitante. Stavolta capivo che doveva svolgersi tutto in un batter d'occhio altrimenti... ma proprio questo l'ha fatto riuscire meglio... almeno mi è sembrato...»

Si interruppe di nuovo.

«Vi ricordate quando siete venuto nella mia cabina, in seguito? Mi avete detto che non sapevate bene perché eravate venuto a cercarmi. Io ero così infelice... così terrorizzata. Pensavo che Simon fosse lì lì per morire...»

«E io... me lo auguravo» disse Poirot.

Jacqueline assentì.

«Sì, per lui sarebbe stata la soluzione migliore.»

«No, non è quello che ho pensato.»

Jacqueline fissò il volto severo di Poirot e disse con gentilezza: «Non angustiatevi troppo per me, Monsieur Poirot. In fondo, io ho sempre avuto una vita difficile, sapete? Se ci fosse andata bene, credo che sarei stata molto felice. Mi sarei goduta un mucchio di cose e con probabilità non avrei mai rimpianto per un attimo quello che era accaduto. Visto che le cose vanno così... be', bisogna continuare, fino in fondo».

Poi aggiunse: «Immagino che la cameriera mi sia stata messa alle costole per evitare che io tenti di impiccarmi o di inghiottire la solita capsula miracolosa di cianuro come si legge sempre nei romanzi polizieschi. Non abbiate paura! Non farò niente del genere. Tutto sarà più semplice per Simon se gli sarò vicino».

Poirot si alzò in piedi. Jacqueline lo imitò. Con un improvviso sorriso gli disse: «Vi ricordate quando vi ho detto che dovevo seguire la mia stella? Mi avete risposto che poteva essere una stella falsa e io allora vi ho detto: "Essere stella molto brutta, signore! Quella stella cadere..."».

Poirot uscì sul ponte con la risata di Jacqueline ancora nelle orecchie.

31

Era l'alba quando arrivarono a Shellâl. La cupa scogliera scendeva fino all'acqua del fiume.

Poirot mormorò: «*Quel pays sauvage!*»

Race era in piedi vicino a lui. «Be',» disse «abbiamo fatto il nostro dovere. Ho combinato le cose in modo che Richetti scenda a terra per primo. Sono contento di averlo acchiappato. Vi assicuro che sembra un'anguilla quell'uomo... Ci era già sfuggito almeno una mezza dozzina di volte!»

Poi proseguì: «Ci vorrà una barella per Doyle. Incredibile come sia crollato all'improvviso».

«Non mi pare» disse Poirot. «I criminali come lui, che hanno quell'aspetto così fanciullesco, da bravi ragazzi, di solito sono anche straordinariamente presuntuosi. Quando il pallone della loro presunzione si sgonfia, è finita! Non dimostrano più un briciolo di coraggio... sembrano bambini!»

«Merita di essere impiccato» disse Race. «Perché è un farabutto dei peggiori... che sangue freddo! Mi dispiace per la ragazza... purtroppo non si può far niente!»

Poirot scrollò la testa.

«La gente dice che, di solito, l'amore giustifica tutto, ma non è vero... donne che amano come Jacqueline ama Simon Doyle sono molto pericolose. È stato quello che ho detto la prima volta che l'ho vista. "È troppo innamorata, la piccina!" È vero.»

Cornelia Robson li raggiunse.

«Oh,» esclamò «siamo quasi arrivati.» Restò in silenzio per un paio di minuti, poi aggiunse: «Sono stata con lei».

«Con Mademoiselle de Bellefort?»

«Sì. Mi pareva una cosa terribile lasciarla chiusa in cabina con la cameriera. Però ho paura che la cugina Marie si arrabbierà moltissimo.»

La signorina Van Schuyler stava procedendo a passo lento sul ponte nella loro direzione. I suoi occhi erano carichi di veleno.

«Cornelia!» esclamò in tono tagliente. «Ti sei comportata in un modo vergognoso. Adesso ti spedisco dritta dritta a casa.»

Cornelia respirò a fondo. «Spiacente, cugina Marie, ma non ho intenzione di tornare a casa. Mi sposo.»

«Ah, vedo che hai riacquistato un po' di buonsenso!» ribatté la vecchia signorina in tono secco.

In quel momento dall'angolo del ponte comparve Ferguson. «Cornelia, cosa sento?» esclamò. «Non è vero!»

«Invece è verissimo» disse Cornelia. «Sto per sposare il dottor Bessner. Ha domandato la mia mano, ieri sera.»

«Per quale motivo non volete sposare me?» domandò Ferguson infuriato. «Semplicemente perché lui è ricco?»

«No, affatto» ribatté Cornelia indignata. «Mi piace. È gentile, e sa un sacco di cose. E poi io ho sempre provato un grande interesse per i malati e le cliniche. Quindi con lui la mia vita sarà meravigliosa!»

«Vorreste forse dire» le domandò il signor Ferguson incredulo «che preferite sposare quel vecchio disgustoso invece di me?»

«Certamente! Voi siete una persona che non dà il minimo affidamento! E non sarebbe per niente piacevole vivere con voi. A parte il fatto che lui non è vecchio. Non ha ancora cinquant'anni.»

«Però ha la pancia» ribatté il signor Ferguson invelenito.

«Be', e io ho la schiena curva» ribatté Cornelia. «Non ha importanza l'aspetto che si ha. Lui dice che potrei essergli di grande aiuto nel suo lavoro e che mi insegnerà un mucchio di cose sulle nevrosi.»

Si allontanò. Ferguson domandò a Poirot: «Credete che dica sul serio?».

«Certo.»

«Cioè che preferisce quel vecchio rompiscatole pomposo a me?»

«Senza dubbio.»

«Quella ragazza è matta!» dichiarò Ferguson.

Gli occhi di Poirot ebbero uno scintillio malizioso.

«È una donna che ha un gran carattere» disse. «Con ogni probabilità è la prima volta che ne incontrate una in vita vostra!»

Intanto la nave si era accostata al pontile. Un cordone era stato predisposto intorno ai passeggeri, che vennero pregati di attendere prima di sbarcare.

Richetti, torvo e imbronciato, venne accompagnato a terra da due macchinisti.

Poi, si dovette aspettare un po' e infine arrivò una barella. Simon Doyle venne trasportato lungo il ponte, fino alla passerella.

Pareva un uomo completamente diverso: rannicchiato su se stesso, terrorizzato... tutta la sua allegra disinvoltura fanciullesca era scomparsa.

Jacqueline de Bellefort lo seguiva. Al suo fianco, la cameriera. Era pallida ma, all'infuori di questo, aveva più o meno il solito aspetto. Si avvicinò alla barella.

«Ciao, Simon!»

Lui alzò gli occhi di scatto a guardarla. L'antica espressione da ragazzo gli illuminò per un attimo il viso.

«Ho fatto un gran pasticcio» disse. «Ho perduto la testa e ho ammesso tutto. Mi spiace, Jackie. Mi spiace di averti delusa.»

Lei gli sorrise. «Non preoccuparti, Simon» disse. «Il nostro è stato un gioco rischioso e abbiamo perduto. Tutto qui.»

Si fece da parte. Gli infermieri si chinarono per afferrare di nuovo i manici della barella. Jacqueline si piegò ad allacciarsi la stringa di una scarpa. Poi insinuò una mano lungo la calza ed infine, quando si alzò, impugnava qualcosa. Si udì una violenta esplosione.

Simon Doyle sussultò, fu scosso da un brivido convulso, e infine giacque immobile sulla barella.

Jacqueline de Bellefort annuì. Rimase ferma per un attimo con la rivoltella in mano. Rivolse un fuggevole sorriso a Poirot.

Poi, mentre Race balzava verso di lei, rivolse il giocattolo scintillante contro il proprio cuore e premette il grilletto.

Si accasciò sul ponte come un morbido mucchietto di cenci.

Race gridò: «Dove diavolo si è procurata quella rivoltella?».

Poirot si accorse che qualcuno gli aveva posato una mano sul braccio. La signora Allerton gli domandò a mezza voce: «Voi... sapevate?».

Lui assentì. «Ne possedeva due. L'ho capito quando ho sentito che una rivoltella era stata trovata nella borsetta di Rosalie Otterbourne il giorno della perquisizione. Jacqueline era seduta al loro stesso tavolo. Quando ha intuito che l'avrebbero perquisita, ha fatto scivolare la rivoltella nella borsetta dell'altra ragazza. In seguito è entrata nella cabina di Rosalie per recuperarla, dopo essere riuscita a distrarre l'attenzione della sua compagna fingendo di voler fare un confronto fra i loro rossetti. E poiché sia lei sia la sua cabina erano state accuratamente perquisite ieri, non è stato necessario ripetere la perquisizione.»

La signora Allerton disse: «Voi preferivate che scegliesse questa fine?».

«Sì. Ma da sola non si sarebbe mai decisa. Ecco perché sono convinto che Simon Doyle abbia avuto una morte più facile di quanto non meritasse.»

La signora Allerton rabbrividì. «L'amore può essere una cosa terribile!»

«Proprio per questo buona parte delle grandi storie d'amore sono tragedie.»

Intanto gli occhi della signora Allerton si erano posati su Tim e Rosalie, fermi l'uno di fianco all'altra sotto il sole. In tono frementе, carico di emozioni, disse: «Però, grazie a Dio, a questo mondo esiste anche la felicità!».

«Proprio come dite, *madame*, e ringraziamo Dio per questo.»

Poco dopo i passeggeri scesero a terra.

Più tardi i corpi di Louise Bourget e della signora Otterbourne vennero trasportati giù dal *Karnak*. L'ultimo a tornare a terra fu il cadavere di Linnet Doyle e, allora, le linee telegrafiche del mondo intero cominciarono a diffondere la notizia, a raccontare al pubblico che Linnet Doyle, la quale prima di sposarsi si chiamava Linnet Ridgeway – la famosa, la stupenda, la ricchissima Linnet Doyle – era morta.

Sir George Wode lesse la notizia nel suo club di Londra, Sterndale Rockford a New York; Joanna Southwood in Svizzera. Ne discussero anche al Three Crowns a Malton-under-Wode e il signor

Burnaby osservò con molta acutezza: «Be', si direbbe che non le abbia portato molta fortuna, povera figliola».

Dopo un po' smisero di parlare di lei e il discorso si spostò, invece, su chi avrebbe vinto il Gran National. Perché, come il signor Ferguson stava affermando in quel preciso momento a Luxor, non è il passato che importa, ma il futuro.

Indice